STEFANIE ROSS

Zerberus

Unsichtbare Gefahr

STEFANIE ROSS

ZERBERUS

Unsichtbare Gefahr

Roman

LYX
EGMONT

Originalausgabe November 2013
verlegt durch EGMONT Verlagsgesellschaften mbH,
Gertrudenstr. 30–36, 50667 Köln

1. Auflage
Redaktion: Stefanie Zeller
Satz: Greiner & Reichel, Köln
Printed in Germany (671575)
ISBN 978-3-8025-9262-1

www.egmont-lyx.de

1

Afghanistan

Lieutenant Kenneth Milton hatte ein verdammt schlechtes Gefühl. Der Einsatz seines SEAL-Teams war perfekt geplant, und seine Männer waren in Bestform, trotzdem hatte er den Eindruck, geradewegs auf eine Katastrophe zuzusteuern. Er umklammerte das Lenkrad fester, als der Geländewagen durch ein Schlagloch polterte, das typisch für den Zustand der afghanischen Straßen war.

Sein Freund und Stellvertreter Dell warf ihm einen prüfenden Blick zu, ehe er sich wieder auf sein Smartphone konzentrierte. »Steht einer deiner berühmten Wutanfälle bevor?«

Die Anspielung auf den Spitznamen »Rage« – Wut –, den seine Männer ihm verpasst hatten, hätte sein Freund sich sparen können. »Pack lieber dein Spielzeug weg, und wenn du schon Mails checkst, dann bitte die dienstlichen und nicht die von deiner Frau.«

Schuldbewusst verstaute Dell das Telefon in seiner schusssicheren Weste, wo es eigentlich nichts zu suchen hatte. Da er jedoch erst vor einigen Wochen Vater geworden war, verzichtete Rage auf einen Hinweis auf die Vorschriften.

Dell sah ihn abwartend an. »Noch zwanzig Minuten Fahrt. Wir sind doch alles gefühlte hundert Mal durchgegangen. Was ist los?«

»Ein ganz mieses Gefühl, das mit jeder Minute schlechter wird. Ich verstehe nicht, warum die Afghanen unsere Unterstützung für eine normale Hausdurchsuchung angefordert haben.«

»Als ob in diesem Land irgendwas nach vernünftigen Regeln liefe. Beschwerst du dich etwa, weil unser Job zu einfach ist? Das wäre mir eigentlich egal, es gibt da nur ein Problem.«

»Und was ist das?«

»Auf dein schlechtes Gefühl ist ebenso Verlass wie auf das von Mark. Ihr beide habt euch noch nie getäuscht. Also werden wir uns ganz genau umsehen, ehe wir reingehen.« Dell sah auf seine Armbanduhr und seufzte. »Deine Mail an den Admiral war eine verdammt gute Idee. Ich hoffe, es klappt mit dem Wechsel zu den Spezialteams. Mark ist dort ja anscheinend sehr zufrieden. Du siehst, ich habe auch die dienstlichen Mails gelesen.«

Rage grinste zufrieden. »Und ich dachte, die Nachricht wäre in den ganzen Baby-Fotos, die dir deine Frau schickt, untergegangen.«

»Idiot.«

Fluchend wich Rage einem weiteren Schlagloch aus.

»Pass lieber auf die Straße auf. Ein Achsbruch würde allerdings den Einsatz auch verdammt schnell beenden.«

Rage antwortete mit einem verärgerten Brummen und fuhr dann schweigend weiter. Seine Anspannung wuchs.

«Da drüben, das sind die Häuser. Was ist mit dem zweiten Wagen? Irgendeine Hoffnung, dass Shade unseren Gast losgeworden ist?« Trotz aller Bemühungen hatte Rage nicht verhindern können, dass ein Reporter ihren Einsatz filmte.

Dell seufzte und griff nach seiner Wasserflasche. »Leider nicht.«

Ohne ihr Zielobjekt aus den Augen zu lassen, plante Rage ihr Vorgehen neu. Lag es nur an der Anwesenheit des Reporters, oder waren sie einfach schon zu lange in Afghanistan? Was immer auch der Grund war, er konnte sein schlechtes Gefühl nicht abschütteln. Im Gegenteil, seine inneren Alarmglocken läuteten Sturm. Die Versuchung, zurück zur Basis zu fahren, war groß, aber keine Option. »Planänderung. Wir gehen nur zu dritt rein. Dell, du übernimmst mit dem Rest die Absicherung von draußen.«

Erstaunt wandte sich Dell vom Fenster ab. »Hier ist doch nichts.«

»Eben, und das mitten in einem Wohngebiet. Findest du das normal?«

»Nun ja, der Esel vorhin hatte beinahe menschliche Züge und erinnerte mich an …«

Mit einem unterdrückten Lachen stieß Rage ihm den Ellbogen in die Rippen. Er ignorierte das plötzliche Husten seiner Männer. Die geflüsterten Anspielungen auf den umstrittenen General waren nicht zu überhören, mehr musste der Reporter nicht mitbekommen.

Obwohl an einem der flachen Gebäude eine Leine mit Wäsche hing, waren keine Bewohner zu sehen. Lediglich ein kleiner, struppiger Hund kläffte sie zweimal wütend an, ehe er sich zusammenrollte und mit dem Schwanz wedelte.

Sein schlechtes Gefühl verstärkte sich. »Kid. Such nach Sprengfallen. Irgendwas stimmt hier nicht.« Während ihr Sprengstoffexperte sämtliche Türen und Fenster kontrollierte, überprüfte Rage die GPS-Daten. Sie waren am richtigen Ort, wenigstens das stand fest.

Den Reporter mit seiner Kamera ignorierend, stürmten sie den weiß getünchten Bungalow. Leer. Die an der Wand gestapelten Holzkisten konnten durchaus Waffen enthalten. Im Prinzip war das Ganze zu einfach gewesen. Und seit wann war ihr Job einfach? Misstrauisch musterte er die Kisten und gab seinen Männern ein Zeichen, zurückzubleiben. Er suchte den

Boden ab. Kein Hinweis auf eine Falle. Ein leises, kaum hörbares Zischen war plötzlich zu hören. Ehe er die Quelle des Geräusches identifiziert hatte, spürte er einen metallischen Geschmack im Mund. Viel zu spät erkannte er den Zusammenhang und rang nach Luft. Vergeblich, kein Sauerstoff erreichte seine brennenden Lungen. Seine Beine gaben unter ihm nach. Mit einer letzten Kraftanstrengung drehte er sich um und befahl seinen Männern mit einer knappen Handbewegung, sofort das Haus zu verlassen. Er schlug hart auf dem Boden auf, spürte aber noch, dass er an den Schultern gepackt und weggezerrt wurde. Die Angst um sein Team durchbrach die Benommenheit, die sich über ihn senkte, dann verschwand jeder zusammenhängende Gedanke in einem roten Nebel, der ihn zu verschlingen schien.

Angespannt starrte Dell auf den Bungalow. Nach einem dumpfen Keuchen blieb der Kopfhörer seines Headsets still, und er hatte keinen Anhaltspunkt, was im Inneren vor sich ging. Auf seine drängende Nachfrage erfolgte keine Reaktion. Die Tür wurde so heftig aufgestoßen, dass er sein Sturmgewehr hochriss. Kid und Grey zerrten Rage nach draußen, unmittelbar hinter der Türschwelle gingen sie zu Boden und blieben zusammengekrümmt liegen. Shade, ihr Sanitäter, rannte bereits auf sie zu.

Dell folgt ihm. Shade sah ihm entgegen. »Sofortige Evakuierung. Wir brauchen einen Heli und den ABC-Trupp.«

Biologische oder chemische Waffen? Ein Albtraum. Er griff zu seinem Sat-Handy und gab die erforderlichen Befehle. Sein Blick irrte zu Rage. Wenn das Zeug aus dem Bungalow kam, waren sie noch nicht außer Gefahr. Entsetzt starrte er auf das Blut, das Rage aus Nase und Mund lief. Als er bemerkte, dass der Reporter aus sicherer Entfernung Aufnahmen von seinem am Boden liegenden Freund machte, reichte es ihm. Mit zwei Sätzen war er bei ihm und riss ihm die Kamera aus der Hand. »Noch eine derartige Aktion und ich schlage Sie nieder.« Ungeachtet der Gefahr ging er zurück. »Bericht, Shade.«

»Vermutlich Giftgas. Rages Atmung war weg, nur noch schwacher Puls. Ich habe ihm Atropin injiziert. Jetzt ist beides spürbar, aber zu schwach und unregelmäßig.« Shade brach ab und rieb sich über die Stirn. »Grey und Kid habe ich das Zeug ebenfalls gespritzt. Sie sind relativ stabil. Aber ich habe nicht genug für uns alle.« Shades Stimme klang rau, und er atmete schwer.

Dell zögerte keine Sekunde. »Jag dir den Rest rein. Sie brauchen dich dringender als mich. Sofort. Das ist ein Befehl.«

Er ignorierte den widerlichen Geschmack im Mund, der ihm zeigte, dass er bereits einiges abbekommen hatte, und griff nach Rages Schulter. »Wir müssen hier weg. Weiter zurück.«

Shade half ihm, die Männer zu dem Fahrzeug zu zerren. Als sie es geschafft hatten, brach Dell in die Knie und tastete nach Rages Hand. »Halt durch, Rage. Halt bloß durch. Wir schaffen das gemeinsam.« Ein Hustenanfall schnitt ihm jedes weitere Wort ab.

Navy Base, Little Creek, Norfolk

Mark Rawlins biss die Zähne so fest zusammen, dass es schmerzte. Es war eine Sache, einen Bericht über einen Anschlag auf ein SEAL-Team zu lesen, eine völlig andere, dies auf Video zu sehen. Es war typisch für die Navy, dass er zwar etliche Mails über den Hinterhalt in seinem Postfach hatte, aber keine, die ihm Informationen über den Zustand von Rage und seinen Männern lieferten. Verdammt, er wusste nicht einmal, ob sie überhaupt noch am Leben waren. Hier, in seinem Büro auf der Navy Base, wirkten die Filmaufnahmen von Rage und seinem Team wie aus einer anderen Welt. Er wünschte sich, er wäre schon in voller Ausrüstung unterwegs, um Jagd auf die Kerle zu machen, die hinter dem Anschlag steckten. Doch solange sie die Hintermänner nicht identifiziert hatten, konnten sie nur warten und Informationen auswerten.

Eigentlich hatte er in den nächsten Tagen andere Pläne gehabt. Der Gedanke an Lauras bevorstehenden Besuch versetzte ihm einen Stich, doch er verdrängte ihn sofort. Ein Problem nach dem anderen, und im Moment galt seine gesamte Aufmerksamkeit der Frage, wann sein Team endlich loslegen konnte. Warten gehörte zu seinem Job, aber das hieß nicht, dass er sich daran jemals gewöhnen würde.

»Zerberus.«

Die Stimme seines Stellvertreters Jake Fielding ließ Mark herumfahren. Er hatte Jakes Anwesenheit mittlerweile beinahe vergessen. Mit dem Namen konnte er jedoch nichts anfangen. »Nett, dass du dich kurz und prägnant ausdrückst. Verrätst du mir trotzdem, was der mythische Höllenhund mit diesem Giftzeug zu tun hat?«

»Wenn du die umlaufenden Geheimdienstinformationen oder deine Mails lesen würdest, könnte ich mir die Erklärung sparen.«

»Da mindestens fünfundneunzig Prozent von dem Zeug Zeitverschwendung sind, verzichte ich darauf. Wofür habe ich dich? Also, schieß los.«

»Die Geheimdienste haben Gerüchte aufgeschnappt, dass eine neue Chemiewaffe auf den Markt kommen soll, vermutlich ein hochwirksames Giftgas. Das Zeug nennt sich ›Zerberus‹. Experten haben ein Video von dem Hinterhalt auf Rage und sein Team im Internet gefunden. Da ist der kurze Clip wie ein netter Werbefilm für Terroristen gestaltet. Es fehlt nur noch das passende Bestellformular. Damit scheint festzustehen, dass du gerade die Wirksamkeit von Zerberus beobachten konntest. Rage schien nichts gemerkt zu haben, bis es zu spät war, dazu kommt noch die schnelle Wirkung. Das gefällt mir gar nicht.«

»Woher weißt du das alles?«

Ein kurzes Lächeln hellte Jakes versteinerte Miene auf. »Steht in einer der Mails. Die geht nur leider in dem Wust von überflüssigem Mist unter.«

»Ist unser Team auf dem neusten Stand?«

»Natürlich. Wir können jederzeit loslegen. Aber wenn du mich fragst, wird es dauern, bis wir ein Ziel haben. Das sind keine Amateure, sondern echte Profis. Der Versuch, über deren Webseite weiterzukommen, hat nichts gebracht.«

»Vielleicht reicht dann ja sogar die Zeit noch für …« Mark brach mitten im Satz ab, als ihm bewusst wurde, dass er doch wieder an Laura dachte.

Aber Jake grinste lediglich schief. »Du könntest tatsächlich Glück haben. Unsere Männer und Ausrüstung sind bereit, außer warten können wir nichts tun. Also spricht nichts dagegen, dass du dich um deinen Besuch kümmerst.«

»Das ist nicht so wichtig.« Mark verzog den Mund, als das selbst in seinen Ohren nicht übermäßig glaubwürdig klang. »Egal, ich sehe mir die restlichen Mails an. Kannst du in der Zwischenzeit herausfinden, was mit Rage und seinen Männern ist?«

Jake seufzte. »Als ob ich das nicht schon versucht hätte. Da hält jemand schön den Deckel drauf, und ich befürchte das Schlimmste. Aber wenn ich offiziell nicht weiterkomme, dann eben inoffiziell. So gut werden die IT-Systeme der infrage kommenden Krankenhäuser nicht geschützt sein.«

Grinsend signalisierte Mark seine Zustimmung. Es hatte eben durchaus Vorteile, wenn der eigene Stellvertreter nicht nur ein verdammt guter Freund und SEAL, sondern auch ein begnadeter Hacker war.

Ohne zu fragen schloss Jake die Tür hinter sich, als er ging. Normalerweise stand Marks Büro jedem offen. Sein Zimmer grenzte direkt an das Großraumbüro, das seinem Team zur Verfügung stand, und er schätzte den engen und direkten Austausch mit seinen Männern. Aber nun brauchte er einen Augenblick Ruhe, um nachzudenken. Sie hatten so gut wie keine Informationen über den Anschlag auf Rage, und dennoch war sein Team in Alarmbereitschaft versetzt worden. Das war aus mehreren Gründen ungewöhnlich. Sicher, er und seine Männer gehörten zu den Spezialteams, die polizeiliche Untersuchungen und militärischen Einsatz kombinierten, aber es gab auch direkt vor Ort, in Afghanistan, Einheiten, die in der Lage waren, die ersten Untersuchungen vorzunehmen. Wieso traf es sein Team, das weit entfernt an der amerikanischen Ostküste saß und nur warten konnte? Sinn ergab das keinen, aber andererseits war die Navy nicht unbedingt für logische Entscheidungen bekannt.

Dann zum nächsten Punkt: Der bevorstehende Besuch aus Deutschland. Mit einem Mausklick öffnete Mark eine Bilddatei, die eigentlich auf dem Server der Navy nichts zu suchen hatte. Rami, Lauras dreizehnjährige Adoptivtochter, hatte mit dem Selbstauslöser ihrer neuen Kamera experimentiert und ihm das Ergebnis zugemailt. Der Schnappschuss war dem Mädchen gelungen. Laura, Rami und der vier Jahre alte Nicki lachten und strahlten mit dem wolkenlosen Himmel um die Wette. Es war ihnen anzusehen, wie viel Spaß sie hatten. So oft er es einrichten konnte, flog er nach Hamburg, um ein paar Tage mit ihnen zu verbringen, und jedes Mal fiel ihm die Rückkehr schwerer. Nie hätte er gedacht, ausgerechnet in den wenigen Stunden mit Laura und ihren Kindern etwas zu finden, von dem er nicht einmal gewusst hatte, dass er es vermisste. Dabei hätte ihr Start nicht ungünstiger sein können, schließlich war er maßgeblich daran beteiligt gewesen, ihren Exmann dorthin zu bringen, wo der Mistkerl hingehörte: ins Gefängnis.

Ungewöhnlich nervös war Mark nach Abschluss des Einsatzes zu Laura gefahren, um sie über seine Doppelfunktion als Ermittler gegen ihren Mann und leiblicher Onkel ihrer Adoptivtochter zu informieren. Er hätte volles Verständnis dafür gehabt, wenn sie ihm den Umgang mit Rami verboten hätte, stattdessen hatte sie ihn bei seinen regelmäßigen, aber viel zu kurzen Besuchen wie einen ganz normalen Verwandten behandelt.

Mittlerweile war in ihm der Wunsch gewachsen, mehr Zeit mit Laura und den Kindern zu verbringen, viel mehr Zeit. Wie das bei ihren ungewöhnlichen Startbedingungen und den unterschiedlichen Wohnorten funktionieren sollte, wusste er allerdings nicht. Außerdem konnte er Lauras Haltung ihm gegenüber nicht einschätzen. Einerseits durchaus freundschaftlich, dann wieder distanziert. Auch der Reise nach Virginia hatte sie erst zugestimmt, als seine Eltern darauf gedrängt hatten, ihre Enkelkinder kennenzulernen, und Laura gehört hatte, dass auch seine anderen deutschen Freunde kommen würden. Vielleicht sah sie in ihm wirklich nicht mehr als einen Verwandten ihrer Tochter. Damit würde er dann leben müssen. Einfach würde es nicht werden – sofern ihm sein Job überhaupt genug Zeit ließ, um die offenen Fragen zwischen ihnen zu klären.

2

Noch drei Wochen. Dann war er frei und die Männer tot, die dafür verantwortlich waren, dass er jetzt hier war. Er spürte bereits wieder den bequemen Ledersitz seines Mercedes statt der dünnen, harten Matratze auf einem Bett, das diesen Namen nicht verdiente. Gefängnisse waren für Verbrecher und nicht für Männer, die einen entschuldbaren Fehler begangen hatten. Die vergitterten Fenster ließen Schatten wie Striche über die Decke huschen. Der Anblick erinnerte ihn an die Fäden von Marionetten. Das passte, wie ein Puppenspieler hielt er die Fäden in der Hand und zog sie exakt im richtigen Moment.

Noch drei Wochen, wiederholte er wie ein Mantra.

Ein Ende seiner Durststrecke war absehbar. Die zusätzliche Gewissheit, dass drei Männer seinen Plan nicht überleben würden, wärmte ihn wie eine Kaschmirdecke und ließ ihn die kratzige Decke vergessen. Sven Klein, Dirk Richter und Mark Rawlins würden bereuen, dass sie ihm in die Quere gekommen waren. Aber zuvor würde jeder von ihnen die Rolle spielen, die er ihnen zugedacht hatte.

Giftgasproduktion vor den Toren Hamburgs? Das klang verrückt, aber seine Auswertung hielt jeder Überprüfung stand. Dirk Richter bedachte den Drucker, der jede Seite quälend langsam herausschob, mit einer Verwünschung. Wenigstens verschaffte das veraltete Gerät ihm etwas Zeit. Die Reaktion von Sven Klein, nicht nur sein Freund, sondern beim Hamburger Landeskriminalamt auch sein Partner, konnte er sich bildhaft vorstellen. Mit einer Frage nach seinem Geisteszustand käme er noch gut weg.

Sven war es gewesen, der ihn dazu gebracht hatte, als Wirtschaftsprüfer für das Hamburger Landeskriminalamt zu arbeiten, und er hatte ihn trotz seiner fehlenden Erfahrung in polizeilichen Dingen immer als gleichwertigen Partner behandelt. Verbrecher aus dem Verkehr zu ziehen und der Crashkurs in Polizeiarbeit, den sein Freund ihm verpasst hatte, gefielen ihm um einiges besser als seine frühere Tätigkeit.

Der Drucker verrichtete seine Aufgabe weiterhin im Zeitlupentempo. Dabei zuzusehen und das Gerät zu verfluchen beschleunigte die Angelegenheit auch nicht. Dirk stand auf und blickte aus dem Fenster des sternförmigen Gebäudes, in dem neben anderen Hamburger Polizeistellen auch das LKA untergebracht war. Der feine Nieselregen sah wenig einladend aus, aber die blinkenden Positionslichter eines Passagierjets im Landeanflug auf den Flughafen Fuhlsbüttel erinnerten ihn an seinen geplanten Urlaub. Allerdings war er nach dem Ergebnis seiner Auswertung nicht mehr sicher, ob er wirklich fliegen würde. Aber wenigstens seine Familie wäre morgen Abend in Virginia. Bei ihrem letzten Telefonat hatte Mark von zwanzig Grad gesprochen, eine eindeutige Verbesserung zum trüben Märzwetter in Norddeutschland. Endlich spuckte der Drucker die letzte Seite aus, und es wurde Zeit, seinen Freund mit dem Ergebnis seiner Auswertung zu konfrontieren.

Ohne sich mit einem Klopfen aufzuhalten, betrat Dirk das Büro von Sven, das praktischerweise direkt neben seinem lag, und ließ sich auf einen der beiden Besucherstühle fallen. Mit einem schiefen Grinsen warf er die Blätter auf den Schreibtisch. »Ich habe nichts getrunken, ich bin nicht verrückt geworden, und ich bin sicher, dass es um Giftgas geht.«

Sven hob lediglich eine Augenbraue, überflog die Zusammenfassung auf der ersten Seite und fuhr sich mit der Hand durch die blonden Haare. Die Geste war typisch für ihn und der Grund, warum jeder Ansatz einer vernünftigen Frisur nach kurzer Zeit zerstört wurde. Mit den zerzausten Haaren und den feinen Lachfältchen um die Augen wirkte Sven nicht wie Ende dreißig, sondern erheblich jünger. Trotz seiner gelegentlichen Wutanfälle konnte Dirk sich keinen besseren Freund und Partner im Job wünschen.

Überraschend schnell schob Sven den Ausdruck zur Seite. »Giftgas? Ist das wirklich dein Ernst, Wirtschaftsprüfer?«

»Absolut, Kriminalhauptkommissar.«

»Verdammt, damit habe ich nicht gerechnet. Wie kommst du darauf?«

»Ganz kurz? Das, was hinten rauskommt, passt nicht zu dem, was sie vorne reinstecken.« Die Vereinfachung sagte Sven offensichtlich nichts. »Das war wohl zu kurz, also nächster Versuch: *VirTech* kauft Unmengen an Rohstoffen, aber ich kann nicht erkennen, dass sie diese auch weiterverarbeiten. Lagerbestände gibt es anscheinend keine. Für das, was sie verkaufen, müssten sie niemals diese Mengen einkaufen. Die Daten stammen vermutlich aus der Materialverwaltung und dem Einkauf. Gibt es noch mehr Informationen, und woher kommen sie?«

»Sag ich dir gleich. Hast du noch was?«

Seufzend setzte sich Dirk gerade hin. »Ja, Indizien, aber überzeugende. Ich habe mir den Laden gestern Abend von außen angesehen. *VirTech* ist wie ein Hochsicherheitsareal geschützt. Ziemlich ungewöhnlich, wenn du mich fragst.« Dirk suchte nach einer bestimmten Seite und reichte sie Sven. »Das hier sind sämtliche Einkäufe von *VirTech* in den letzten sechs Monaten. Mir sagte das ganze Zeug nichts, darum habe ich im Internet nachgesehen, wofür man es braucht.« Dirk beugte sich über den Schreibtisch und tippte mit dem Finger auf eine Zeile. »Hier zum Beispiel: Natriumhydroxid und Kupfersulfat, die können harmlos sein, werden aber auch bei Minen und Granaten verwendet. Erinnerst du dich an diese Explosion in Amerika vor einem FBI-Gebäude? Da haben sie aus ganz normalem Dünger den Sprengstoff zusammengebraut. Ich bin sicher, das tun sie hier auch. Also im übertragenen Sinn.« Er lehnte sich zurück und breitete die Hände aus. »Dann noch ein Punkt: Es macht keinen Sinn, dass die Firma Rohstoffe bei verschiedenen Zwischenhändlern einkauft, statt einen Großhändler mit entsprechenden Rabatten zu nutzen. Wenn du mich fragst, ist das eine Verschleierungstaktik, um Meldevorschriften zu umgehen und keinen Verkäufer misstrauisch zu machen. Ich bleibe dabei: Für mich sieht das nach chemischen Kampfstoffen aus, genauer gesagt: nach Gas, also Giftgas.«

Als Sven schwieg, nutzte Dirk die Chance, ihm einen Vorschlag zu unterbreiten: »Ich möchte mich da umsehen. Uns fällt schon ein Cover ein. Steuerprüfung oder so was.«

»Wenn du richtigliegst, wäre das verdammt gefährlich.«

»Na und? Ich kann auf mich aufpassen.«

»Stimmt auch wieder. Aber diesmal wärst du ohne Mark als Rückendeckung unterwegs.«

Bei seinem ersten Auftrag fürs LKA hatte er mit Mark verdeckt ermittelt. Es war am Ende zwar verdammt knapp gewesen, aber sie hatten die Drahtzieher einer üblen Softwaremanipulation, die der Finanzierung einer Terrororganisation diente, ins Gefängnis gebracht. Dabei war zwischen Mark und ihnen eine enge Freundschaft entstanden. Doch dass Sven glaubte, er brauchte Mark quasi als Leibwächter, gefiel ihm nicht. Sven, der ihm seinen Ärger ansah, grinste flüchtig. »Reg dich ab, Wirtschaftsprüfer. Ich darf mir um meinen Partner ja wohl Sorgen machen. Für mich klingt es schlüssig, aber wir lassen das vom BKA überprüfen. Die wissen im Zweifel mehr über dieses ganze chemische Zeug. Wenn die dir recht geben, besorgen wir dir ein vernünftiges Cover. Aber nun warte erst einmal ab und genieße deinen Urlaub.«

»Das ist doch nicht dein Ernst, oder? Ich kann auch ein anderes Mal nach Virginia fliegen, und meine Frau wird mit Tim auch alleine ihren Spaß dort haben. Wir können den Mist doch jetzt nicht liegenlassen.«

»Du übertreibst. Selbst wenn du richtigliegen solltest, brauchen wir Zeit, um ein vernünftiges Cover vorzubereiten. Ehe das BKA deine Vermutung nicht bestätigt hat, werde ich gar nichts unternehmen. Blinder Aktionismus hilft uns auch nicht weiter, und ich schicke dich nicht einfach so ins Blaue.«

Aufgebracht wollte Dirk widersprechen, aber Sven hob entschieden eine Hand. »Nun reg dich nicht auf. Ich habe ja nicht gesagt, dass ich dir nicht glaube. Aber jetzt sofort können wir wirklich nichts unternehmen. Flieg zu Mark. Du hattest dich darauf gefreut, und die paar Tage werden nichts ändern. Immerhin hat es nun auch was Gutes, dass ich meinen Flug stornieren musste. Wenn das BKA deine Auswertung bestätigt, bereite ich alles vor, und wir können direkt nach deiner Rückkehr starten.«

Dirk gab nach, wenn auch nicht ganz überzeugt. Wenigstens wäre sein Freund da, wenn sich neue Erkenntnisse ergaben. Wegen einer Mittelohrentzündung des Sohnes seiner Lebensgefährtin hatte der Kinderarzt dringend von dem Langstreckenflug abgeraten. Ohne zu zögern hatte Sven den geplanten Urlaub storniert. »Also gut, aber verrate mir endlich, woher die Daten stammen.«

»Ich habe dir nichts über die Quelle gesagt, damit du unvoreingenommen an die Sache rangehst. Die Leiterin der Buchhaltung von *VirTech* hat mir die Datei per E-Mail geschickt.

Am gleichen Abend ist sie bei einem Autounfall ums Leben gekommen.«

»Unfall? Nicht wirklich, oder?«

»Eher nicht. Aber ich warte noch auf den Abschlussbericht der Techniker. Außer den Daten, die du auseinandergenommen hast, habe ich nichts. Leider.« Sven nahm ein Blatt von seinem Schreibtisch und reichte es Dirk. »Hier, lies selbst.«

Dirk überflog die Mail und stutzte. »Was heißt das: ›Die Daten stehen in einer Verbindung zu einem Ihrer alten Fälle‹?« Er winkte ab, als Sven zu einer Antwort ansetzte. »Schon klar, du hattest keine Chance, sie zu fragen. Also ist es kein Zufall, dass der Mist bei uns gelandet ist.«

»Stimmt, und ich wüsste zu gerne, wieso. Aber was anderes. Ich habe noch ein Abschiedsgeschenk für dich.« Sven nahm aus seiner Schreibtischschublade mehrere zusammengeheftete Blätter. »Diese ewigen Verlängerungen deines Beratervertrages nerven. Sieh dir das mal an.«.

Es dauerte einige Sekunden, bis Dirk begriff, dass vor ihm das Angebot lag, unbefristet für das LKA zu arbeiten. »Dann muss ich ja keine Angst mehr haben, dass du mich mal rausschmeißt. Das Angebot geht in Ordnung.«

Sven erwiderte sein Grinsen. »Aber eine Sache ändert sich dann.«

»Und die wäre?«

»Du darfst auch endlich mit einem Ausweis herumlaufen.«

Dirk lachte. »Schöner Mist, dass du mich dann nicht mehr damit aufziehen kannst, dass ich keinen habe, oder? Was ist eigentlich mit einem Blaulicht für meinen BMW?«

»Bei deinem Fahrstil?«

3

Suchend blickte Laura Kranz sich in dem Flughafengebäude um. Nichts, kein bekanntes Gesicht, nur umhereilende Menschen. Jeder schien ein Ziel zu haben, nur sie konnte nichts anderes tun, als zu warten, und das auch noch mit zwei ungeduldigen Kindern, die sie mit Fragen nervten, auf die sie keine Antworten wusste. Dirk war auf der Suche nach ihrem Gepäck in die eine Richtung verschwunden, seine Frau mit ihrem kleinen Sohn zu den Toiletten in die andere. Damit war sie mit ihren Kindern allein zurückgeblieben – und keine Spur von Mark, der sie abholen wollte. Mit einem Wagen kämen sie nicht aus, und er hatte doch versprochen, dass …

»Laura?«

Eine Stimme, die sie kannte, aber hier nicht erwartet hätte. Ihre Tochter Rami stieß einen Freudenschrei aus. Rasch drehte Laura sich um und bemühte sich, ihre Enttäuschung nicht zu deutlich zu zeigen. »Ach ver…« Schnell schluckte sie den Rest des Fluchs herunter. Das hatte der Mann, der sie eher amüsiert als verärgert ansah, nicht verdient.

»Entschuldige die Begrüßung, Tom. Ich dachte nur, Mark wäre hier.«

Tom Bannings gehörte zu Marks Team, sodass sie sich schon einige Male begegnet waren. Der SEAL winkte lächelnd ab und begrüßte zunächst die Kinder. Vor allem Rami war von dem gut aussehenden Deutsch-Amerikaner mit den schulterlangen schwarzen Haaren und den auffallend blauen Augen hingerissen, ahnte jedoch zum Glück nicht, dass er ein Elitesoldat war. Ansonsten wäre ihre Schwärmerei für ihn wohl noch mehr ausgeufert. Allerdings hätte Laura auch zu gerne gewusst, warum Tom als Teenager nach Amerika gegangen und wie er bei den SEALs gelandet war. Leider hüllte er sich über seine Vergangenheit in Schweigen und wehrte jeden von Ramis Versuchen ab, ihn auszufragen. Die Zeit, während Tom überaus geduldig ihre Tochter und ihren Sohn begrüßte, nutzte sie, um ihre Fassung wiederzugewinnen. Offenbar war Mark etwas dazwischengekommen, das wichtiger war. Willkommen in der Realität. Klar, Mark sah gut aus, war nett, vielleicht auch mehr als nett, aber er wohnte auch ein paar Tausend Kilometer entfernt und hatte einen Job mit unberechenbaren Arbeitszeiten und wechselnden Einsatzorten in allen Ecken und Winkeln der Welt. Mehr als alle paar Wochen ein paar nette gemeinsame Stunden war zwischen ihnen einfach nicht denkbar. So einfach sah die Sache aus.

Endlich war Rami mit ihrem Redeschwall fertig, und Tom kam zu einer Erklärung. »Mark hat versucht, herzukommen, aber in letzter Sekunde wurde noch eine Besprechung angesetzt, an der er teilnehmen musste. Er hatte keine Wahl.« Tom zwinkerte ihr zu und Laura errötete.

»Danke, dass du für ihn eingesprungen bist.«

»Na, das ist doch selbstverständlich.« Er grinste. »Dirk bringt ja einiges zustande, aber zwei Wagen kann er dann doch nicht gleichzeitig fahren. Da muss er noch üben.«

»Sehr witzig«, erklang Dirks Stimme hinter ihr. »Dass wir auf Mark verzichten müssen, habe ich mitbekommen. Nett, dass du einspringst, und schön, dich zu sehen, Tom. Ich habe sämtliche Koffer, Taschen und was ihr sonst noch aufgegeben habt. Fahren wir direkt nach Virginia? Das heißt, natürlich erst, wenn meine Frau wieder auftaucht.«

»Ich hätte einen Gegenvorschlag. Wenn ihr nach dem Flug

noch fit genug seid, können wir einen Abstecher nach Virginia Beach machen. Das ist ganz in der Nähe der Basis. Bis wir da sind, dürfte Mark auch fertig sein, und wir könnten uns dort treffen. Er übernimmt dann die Fahrt zu euerm eigentlichen Zielort.«

Weder Dirk noch Laura kamen dazu, etwas zu sagen, da die Kinder lautstark ihre Begeisterung äußerten.

Dirk verzog demonstrativ das Gesicht. »Wenn du was dagegen hast, Laura, sagst du es ihnen. Ich traue mich nicht.«

»Ich bin doch nicht wahnsinnig. Aber was ist mit dir? Du musst ja fahren.«

»Kein Problem, ich habe im Flieger sowieso die meiste Zeit geschlafen.«

Mark bremste das Motorrad neben seinem eigenen Audi so scharf ab, dass Sand hochgeschleudert wurde, und klappte den Seitenständer mit mehr Schwung aus, als notwendig war. Die Besprechung hatte ihn den letzten Nerv gekostet. Zwei Stunden lang hatten er und Jake sich anhören müssen, wie gefährlich das Giftgas war. Als ob das Video nicht Beweis genug gewesen wäre. Ein klassischer Fall von Zeitverschwendung, denn es gab keinerlei neue Erkenntnisse. Nur Daniel, ihr Teamarzt, war mittlerweile relativ sicher, zu wissen, wie sie sich vor dem Giftzeug schützen konnten. Wenigstens etwas, aber nichts, das diese Theoretiker sich auf ihre Fahnen schreiben konnten. Parkplätze waren um diese Zeit am Strand Mangelware, sodass er froh war, dass er auch sein Motorrad vor seinem Zuhause auf der Naval Base geparkt hatte. Zuhause? Irgendwie passte die Bezeichnung nicht zu dem Reihenhaus, das nicht mehr als ein Ort zum Aufbewahren einiger Dinge war. Wenn ein Mann in seinem Alter bei ›Zuhause‹ an das Haus seiner Eltern dachte, lief irgendetwas falsch. Das Holzhaus inmitten der Berge war zwar seit Jahren Treffpunkt der Familie und Unterkunft für Freunde, sodass auch Dirk und Laura mit ihren Familien dort wohnen würden, aber trotzdem … Es war Zeit, etwas zu ändern, auch wenn er nicht sicher war, wie das funktionieren sollte.

Er riss sich den Helm herunter und fuhr sich mit der Hand durch die verschwitzten Haare. Ein Bad im Atlantik wäre genau das Richtige nach der Fahrt. Dank Toms Anruf wusste er ungefähr, wo er die kleine Gruppe finden würde. Aber schon nach wenigen Metern blieb er stehen und vergaß die Sonne, die unangenehm heiß auf seine Lederjacke schien.

Laura stand vor einem Handtuch, auf dem ihr Sohn spielte, und kämpfte mit dem Träger ihres Bikinioberteils. Sonnenstrahlen zauberten rötliche Reflexe in ihre kurzen braunen Haare, und zum ersten Mal sah er, dass seine Vermutung stimmte. An ihrer Figur gab es nichts auszusetzen, die Rundungen, gegen die sie angeblich immer kämpfte, saßen genau dort, wo sie seiner Meinung nach hingehörten, und es wäre ihm ein Vergnügen, sie … Energisch rief er sich zur Ordnung. So weit waren sie noch lange nicht und würden es vielleicht auch nie sein.

Langsam ging er weiter und blieb erst wieder stehen, als er ihr leises Schimpfen verstehen konnte.

»Was für eine blöde Idee, direkt an den Strand zu fahren. Mit dem ganzen Gepäck. Ich hatte nie vorgehabt, diesen Bikini überhaupt anzuziehen.«

Und wieso hatte sie ihn dann eingepackt? Und er hatte jedenfalls nicht das Geringste dagegen.

»Das war wieder eine deiner ausgesprochen dummen Ideen, Rami.«

Rami lag mit geschlossenen Augen auf dem Handtuch, ein Lächeln umspielte ihre Mundwinkel. »Du hättest ja noch länger nach einem deiner Badeanzüge suchen können. Außerdem gefällt der Bikini den Männern.«

Männern? Mark biss die Zähne aufeinander, doch dann sprach Rami weiter: »Und Mark wird er bestimmt auch gefallen.«

Stimmt. Schade, Laura hatte es endlich geschafft, den Träger zu befestigen, sodass er wesentlich weniger zu sehen bekam als zuvor. Vermutlich war das auch besser so. Es wurde Zeit, sich bemerkbar zu machen, ehe ihr auffiel, dass sie einen Beobachter hatte.

Ehe er dazu kam, erklang hinter ihm ein gedämpfter Laut. Schlagartig fiel ihm auf, dass weder Tom noch Dirk zu sehen waren. Er ahnte, wo die beiden waren und dass sie entschieden zu viel mitbekommen hatten. Langsam drehte er sich um.

Bei Tom reichte sein Blick, um jeden Kommentar zu unterbinden, aber bei Dirk erwartungsgemäß nicht.

»Wenn dir die Jacke nicht reicht, kann ich dir gerne eine Decke aus dem Wagen holen.«

»Sehr witzig. Ich bin gerade erst angekommen.«

Dirk murmelte etwas, das wie »ja, sicher doch« klang, und Tom hüstelte.

Spöttisch grinste Dirk ihn an. »Schon klar, Mark. Ich freue mich, dich zu sehen. Willst du auch eine Cola oder ein Eis? Wir wurden verdonnert, für eine Abkühlung zu sorgen.«

Eine Abkühlung wäre tatsächlich nicht verkehrt gewesen, aber Mark ahnte, dass jede Antwort nur zu weiteren Lästereien führen würde, sodass er das Angebot ignorierte und Tom auffordernd ansah. »Nimmst du das Motorrad zurück zur Base?«

»Klar, Boss. Gibt's was Neues?«

»Nein, leider nicht.«

»Na, dann bleibt dir wenigstens Zeit für …« Tom brach mitten im Satz ab und hustete wieder, »… für einen netten Abend am Strand. Ich gehe dann mal lieber. Ist der Helm an der Maschine?«

Mark warf ihm den Schlüssel zu. »Ist er. Und danke fürs Abholen.«

»Gern geschehen, alles ist besser als dieses nervige Warten.«

Dirk sah dem SEAL nach. »Das klingt ja nicht so gut. Ich hatte gehofft, dein größtes Problem wäre, dass Pat den Fitnesstest versaut hat, weil er die Nächte mit seinem neuesten PC-Spiel verbracht hat.«

Mark wusste, dass Pat und Dirk sich regelmäßig mailten. »Schön wäre es.«

»Willst du eigentlich deine Jacke anbehalten? Dein negativer Einfluss macht sich schon bemerkbar.« Vielsagend blickte Dirk auf einen Punkt hinter ihm.

Rasch drehte Mark sich um und widerstand in der nächsten Sekunde nur mit Mühe der Versuchung, seinen Freund in den Atlantik zu befördern. Laura hatte sich ein T-Shirt übergezogen und sah ihm mit unsicherer Miene entgegen. Schnell ging er zu ihr. »Es tut mir wahnsinnig leid, dass ich es nicht zum …« Weiter kam er nicht, dann hingen die Kinder an seinem Hals. Hilflos lächelte er Laura an und erwiderte die begeisterte Begrüßung. Etwas blitzte in ihren Augen auf, das er nicht richtig einschätzen konnte, das ihm aber gefiel.

Sven fuhr sich mit der Hand über die Augen und fluchte, als er auf die Uhr sah. Sonntagmittag, und er saß immer noch an seiner Arbeit. Das war der Nachteil, wenn der Partner im Urlaub war. Zum Glück war seine Familie noch unterwegs, und ihm blieben Vorwürfe erspart, dass er das ganze Wochenende am Notebook saß. Aber auch in Wiesbaden wurde am Wochenende noch gearbeitet, denn vor wenigen Minuten hatte das BKA Dirks Vermutung bestätigt, dass die einzelnen Stoffe sich für die Herstellung von chemischen Kampfstoffen perfekt eigneten. Damit hatte Sven nicht unbedingt gerechnet, es allerdings befürchtet.

Dank der Recherchen seines Freundes wusste Sven nun mehr über chemische Kampfstoffe, als er jemals wissen wollte. Eigentlich hatte er sich für einen gut informierten Menschen gehalten, aber beim Lesen der Unterlagen hatten sich wahre Abgründe aufgetan. Es war erschütternd, dass viele bekannte Unternehmen die Giftgasproduktion lediglich als lukrativen Geschäftszweig betrachteten. Grenzen existierten anscheinend nicht. Nicht, solange es um den schnellen Profit ging. Die Vorstellung, dass die Firma nur wenige Kilometer von seinem Wohnort entfernt tatsächlich solchen Geschäften nachging, war beängstigend. Er sah auf die Uhr und kalkulierte die Zeit, die er mit dem Motorrad von Ahrensburg nach Bad Oldesloe brauchen würde. Es war knapp, aber machbar. Wenn er sich beeilte, konnte er noch selbst einen Blick auf den Laden werfen und wäre kurz vor der Ankunft ihres Besuchs wieder zurück. Sollte er sich doch verspäten, wäre Britta, seine Lebensgefährtin, vermutlich ziemlich sauer, doch das hier war wichtiger. Und Andi hätte garantiert Verständnis, wenn er erfuhr, worum es ging. Der Bundeswehrsoldat hatte ihnen und Mark bei ihren gemeinsamen Ermittlungen im letzten Jahr entscheidend geholfen. Ohne Andis Hilfe für die SEALs wäre die Sache vielleicht ganz anders ausgegangen, aber darüber dachte Sven lieber nicht nach. Damals war Andi noch Hubschrauberpilot gewesen, nach dem Einsatz mit den SEALs jedoch zu der deutschen Sondereinheit Kommando Spezialkräfte, kurz KSK, gewechselt. Zwischen ihnen war eine enge Freundschaft entstanden, obwohl sie sich nur selten sahen. Aber heute würden sie das gute Wetter nutzen und am frühen Nachmittag den Grill anheizen. Noch ein Grund mehr, sich zu beeilen.

Sven ignorierte die geltenden Geschwindigkeitsbegrenzungen in den Ortschaften und jagte mit seinem Motorrad über die B75. Mit seinem BMW hätte er eine Ewigkeit gebraucht, denn anscheinend hatten sämtliche Traktoren der Gegend auf ein Ende des Regenwetters gewartet und waren ausgerechnet am Sonntag unterwegs. Doch mit der Yamaha war es kein Problem, die Wagenkolonnen zu überholen.

Nach einer Fahrt quer durch die Stadt bog er in ein Industriegebiet ab, das am Wochenende wie ausgestorben wirkte. Dank Dirks Beschreibung wusste er, in welcher der Sackgassen sein Ziel lag, und bremste wenig später in einem Wendehammer direkt vor dem Zaun, der das Gebäude umgab. Sofort schwenkte eine der Überwachungskameras in seine Richtung. Großartig. Sven nahm den Helm nicht ab und tat, als ob er etwas am Motor einstellen würde, während er sich unauffällig umsah. Außer ihm war niemand zu sehen, vermutlich war den Wachleuten in der Firma langweilig, wenn sie schon einen harmlosen Motorradfahrer ins Visier nahmen.

Das Firmenschild mit der Aufschrift »VirTech« war so unauffällig an dem Tor angebracht, dass Sven es erst auf den zweiten Blick entdeckte. Werbung sah anders aus, und der hohe Sicherheitszaun, der den Firmenparkplatz umgab, wirkte auch abschreckend und war für eine angeblich so kleine Firma reichlich übertrieben. Sowohl der benachbarte Spielzeughersteller als auch die KFZ-Werkstatt sahen wie völlig normale Betriebe aus, aber was *VirTech* anging, schloss sich Sven der Einschätzung von Dirk an. Hier stimmte einiges nicht. Das Gelände war wie ein Hochsicherheitstrakt geschützt, der Zaun gut drei Meter hoch und dazu die zahlreichen Kameras und Scheinwerfer. An Dirks geplantem Undercovereinsatz würde wie befürchtet kein Weg vorbeiführen. Der Gedanke gefiel Sven überhaupt nicht. Außerdem würde er sich von Dirk einiges anhören dürfen, weil er noch einmal selbst nach Bad Oldesloe gefahren war, aber andererseits musste er davon nicht unbedingt etwas erfahren.

Er startete den Motor und fuhr langsam an. Aus Gewohnheit sah er dabei in den Rückspiegel und stutzte. Auf dem Gelände der Werkstatt hatte sich ein weinroter Opel in Bewegung gesetzt und folgte ihm. Zufall? Möglich, aber eher nicht. Sven beschleunigte noch in der Sackgasse und vergewisserte sich vor der Kreuzung nur mit einem raschen Blick nach links, dass niemand ihm sein Vorfahrtsrecht streitig machte. Er legte sich tief in die Kurve und gab nach dem Abbiegen sofort wieder Gas. Es gab für den Opel keinen Grund, ebenso durch das Industriegebiet zu jagen. Mit angehaltenem Atem blickte Sven in den Rückspiegel und fluchte. Dicht hinter ihm fuhr der Opel. Doch leider konnte Sven weder die Person hinter dem Steuer noch das Kennzeichen erkennen.

In normalem Tempo fuhr er weiter Richtung Innenstadt. Dort kannte er sich gut genug aus, um den Fahrer des Opels zu ärgern oder sogar in die Enge zu treiben. Wie erwartet blieb ihm sein Verfolger mit einigem Abstand auf den Fersen. Am Anfang hatte der Typ Gas geben müssen, um ihn nicht aus den Augen zu verlieren, nun ließ er sich zurückfallen. Perfekt.

Wenig später fuhr Sven langsam durch einen verkehrsberuhigten Bereich am Rande der Innenstadt. Rechts lag der Rathausplatz mit seinem Kopfsteinpflaster. Das wäre eine Möglichkeit gewesen, den Verfolger endgültig abzuhängen, aber damit wäre seine Frage nicht beantwortet, wer ihm im Nacken saß. Vor sich sah er schon Brittas Lieblingsladen, das Möbelgeschäft, in dem sie bei jedem ihrer Besuche in der Stadt neue Dinge fand, die sie unbedingt für die Dekoration ihrer Wohnung brauchte. Direkt gegenüber lag die Fußgängerzone. Er beschleunigte und bog fast ohne zu bremsen in die Straße ein, die für Fahrzeuge aller Art gesperrt war. Ein älterer Herr mit Dackel rief ihm etwas nach, das Sven ignorierte. Sein Verfolger würde ihm kaum nachfahren und hatte nun die Wahl, entweder links zur Bundesstraße zurückzukehren oder rechts abzubiegen und damit parallel zu dieser Straße zu fahren. Sven, der genau das getan hätte, bog unter den irritierten Blicken einiger Spaziergänger hinter einem Kaufhaus links ab. Zum Glück war hier kaum jemand unterwegs, und er konnte wieder schneller fahren. Vor ihm lag ein Parkplatz, auf dem nur wenige Autos standen, und links sah er schon den Opel. Verdammt, ihm fehlten nur wenige Sekunden, um den Fahrer erkennen zu können. Das würde knapp werden, vermutlich zu knapp. Sven jagte seine Maschine über den holprigen Weg und erreichte nur wenige Augenblicke zu spät das Ende des Parkplatzes. Der Opel schoss an ihm vorbei, der Fahrer drehte sich kurz zu ihm um, aber es reichte nicht, um ihn sicher zu identifizieren. Wenigstens hatte er das Nummernschild, ein Berliner Kennzeichen, und die Zulassungsstelle würde wissen, wer der Fahrzeughalter war. Fluchend hielt Sven am Straßenrand an und zog sein Handy aus der Lederjacke.

Wenige Minuten später steckte er das Telefon wieder weg und runzelte die Stirn. Der Wagen war auf eine Behörde zugelassen, mehr hatte ihm die Dame am anderen Ende der Leitung nicht sagen können, denn eine genauere Angabe war im Computer nicht vorhanden gewesen. Eine solche Verschleierungstaktik des Fahrzeughalters war eigentlich nur bei Geheimdiensten üblich. Die Frage, wem der Opel nun letztlich gehörte, musste damit bis Montag warten. Vom Büro aus gab es durchaus Mittel und Wege, sich die fälligen Antworten zu besorgen.

Der Zwischenfall hatte ihn genug Zeit gekostet, es wurde Zeit, nach Ahrensburg zu fahren, ehe er Andi zu lange warten ließ. Sven entschloss sich, den kürzeren Weg über die Autobahn zu nehmen.

In Gedanken schon beim heißen Grill und kühlen Bier, gab

er Gas. Er hatte gerade die Abfahrt Ahrensburg hinter sich gelassen, als er den Blick kaum noch vom Rückspiegel abwenden konnte. Ein weinroter Opel näherte sich ihm viel zu schnell von hinten und machte keine Anstalten zu bremsen oder zu überholen. Es gab für ihn keinen Zweifel, dass es das gleiche Fahrzeug war, das ihn zuvor verfolgt hatte. Jetzt schienen sich die Absichten jedoch geändert zu haben. Eine unauffällige Überwachung sah anders aus. Wenn der Fahrer so weitermachte, würde er ihn rammen. Sämtliche Alarmsirenen schrillten in seinem Inneren. Vor Sven lag eine freie Strecke. Er riss am Gasgriff, und seine Yamaha schoss davon. Der Opel verlor ein paar Meter, holte dann aber wieder auf. Das sah gar nicht gut aus. Andererseits lag vor ihm schon die Stadt mit den zahlreichen Kreuzungen und Ampeln. Seine Chancen waren relativ gut, den Kerl dort mit ein paar gezielten Überholmanövern abzuhängen. Wo zum Teufel waren eigentlich die Kollegen von der Verkehrspolizei, wenn man sie mal brauchte? Lieber eine Diskussion wegen seines Fahrstils als eine weitere Verfolgungsjagd. Allmählich kam er sich vor wie im falschen Film.

Sven überholte einen Kleinwagen, der über und über mit pinkfarbenen Blumen beklebt war, und beobachtete im Rückspiegel, dass der Opel ihm wegen des Gegenverkehrs nicht folgen konnte. Das war doch schon mal ein Anfang. Zweimal hintereinander bog Sven schnell ab, wechselte wieder die Richtung und vergewisserte sich, dass der Opel nicht mehr zu sehen war. Endlich. Auf dem Weg nach Hause sah er immer wieder in den Rückspiegel, aber sein Verfolger war verschwunden. Trotzdem blieb er wachsam. Noch einmal wollte er sich nicht überraschen lassen. Ein letztes Mal blickte er sich um und bog dann in die Straße ein, in der er mit Britta und ihrem Sohn wohnte.

Erleichtert öffnete er das Visier und ließ die Maschine langsam rollen.

Vor ihm heulte ein Motor auf. Ehe er die Ursache erkannt hatte, schoss der Opel aus einer Parklücke und hielt direkt auf ihn zu. Fluchend umklammerte Sven den Lenker und suchte nach einem Ausweg. Auf den Gehweg kam er nicht. Zu viele parkende Wagen am Straßenrand. Bremsen? Das zögerte den Zusammenstoß nur heraus. Anhalten? Waffe ziehen? Keine Zeit. Gas geben und versuchen, seitlich vorbeizukommen. Großartige Idee, aber was blieb ihm schon übrig? Rechts oder links? Eine Richtung würde den Zusammenstoß und heftige Verletzungen bedeuten, die andere einen Zeitgewinn von einigen Minuten. Sven gab wieder Gas und hielt sich weit rechts. Vielleicht gelang es ihm, seinen Gegner zu täuschen. Sie rasten aufeinander zu, in letzter Sekunde riss Sven seine Yamaha nach links rüber. Haarscharf passierte er den Opel, dessen Fahrer nicht schnell genug reagierte. Dann hatte Sven genug damit zu tun, das Motorrad wieder unter Kontrolle zu bekommen.

Fast hatte er es geschafft, dann rutschte es ihm weg, und er schlitterte über den Asphalt. Bei der Geschwindigkeit würde nicht viel passieren, aber der Opelfahrer …

Kaum zum Stillstand gekommen, rappelte Sven sich hoch, riss die Handschuhe herunter und kämpfte mit dem Reißverschluss seiner Lederjacke. Er musste an seine Waffe kommen. Der Opel hatte schon gewendet und …

Ein Mann rannte über die Straße auf ihn zu, eine Pistole im Anschlag. Seine Waffe brauchte Sven nicht mehr. Er zog sich den Helm vom Kopf und atmete tief durch.

»Dein Timing ist perfekt, Andi.«

Sein Freund nickte nur und ließ den Opel nicht aus den Augen. Der Fahrer hatte die Situation offenbar neu bewertet, fuhr rückwärts und wendete dann mit quietschenden Reifen. Wieder das Berliner Kennzeichen. Sven fragte sich, ob eine Fahndung nach dem Fahrzeug etwas bringen würde. Vermutlich bekam der Opel schon in den nächsten Minuten ein neues Kennzeichen verpasst. Verdammter Mist.

Sven wartete, bis der Wagen außer Sicht war, und ging dann zu seinem Motorrad, das wenige Zentimeter vor einem parkenden Kombi lag. Eher zufällig fiel sein Blick auf Andis Waffe. Er stutzte und lachte dann. »Eure Standardwaffe?«

Grinsend steckte Andi das Plastikspielzeug weg. »Eine Leihgabe deines Sohnes. Ich habe aus dem Küchenfenster deinen Stunt gesehen, und meine Waffe liegt zu Hause. Nächstes Mal sagst du vorher Bescheid, wenn ich in voller Ausrüstung zum Grillen erscheinen soll. Verrätst du mir, was das zu bedeuten hat?«

»Das Wenige, das ich weiß, kann ich dir erzählen. Aber erst brauche ich ein kaltes Bier.«

Andi half ihm, das Motorrad aufzurichten. Außer einigen Kratzern hatte die Maschine zum Glück nichts abbekommen. »Und außerdem brauchst du noch eine Ausrede für Britta.«

»Oh verdammt. Meinst du, sie nimmt es mir ab, wenn ich sage, es wäre nur ein Verkehrsrowdy gewesen?«

4

Mark schmunzelte, als Dirk erst nach dem dritten Klingeln bemerkte, dass sein Handy ihm einen Anruf signalisierte. Der Ausblick von der Terrasse auf die vor ihnen liegenden Berge war offenbar immer noch um einiges interessanter.

Schon wenige Augenblicke, nachdem er den Anruf angenommen hatte, verzog Dirk genervt das Gesicht. »Wenn sie schon sicher sind, brauchen sie mich doch nicht mehr. Sag ihnen, sie sollen mir eine Mail schicken, wenn sie wirklich noch Fragen haben. Aber das ist nur wieder so ein formeller Schwachsinn. Sprich lieber mit dem Finanzamt, damit mein Cover steht und wir sofort starten können.«

Das klang nach verdeckten Ermittlungen. Gespannt wartete Mark auf die nächsten Sätze, die jedoch nicht kamen. Stattdessen sprang Dirk auf. »Was? Wieso bist du da überhaupt noch mal hingefahren? Verdammter Mist. Ich hätte nie in Urlaub fliegen sollen, und wenn du mir gleich geglaubt hättest, dann … Und wenn Andi nicht zufällig … Ach vergiss es, sag mal, kennen die etwa deinen Namen und deine Adresse?«

Nun war Marks Neugier endgültig geweckt, aber Dirk hörte lediglich schweigend zu und legte dann nach einigen Abschiedsworten das Telefon sichtlich nachdenklich zurück auf den Tisch. Erst nach einem Schluck Bier gelang ihm ein Grinsen. »Willst du fragen oder mich weiter stumm anstarren?«

»Natürlich bin ich neugierig, aber ich warte, ob du mir was erzählst.«

»Das ist kein großes Geheimnis. Anscheinend haben Sven

und ich in ein Wespennest gestochen. Wir haben einige Unterlagen zur Prüfung ans BKA weitergeleitet, und die fanden das so interessant, dass sie sich fürchterlich beschwert haben, dass ich für Nachfragen nicht vor Ort bin. So ein Blödsinn, Sven ist auch im Thema drin, und wenn sie lesen können, haben sie sämtliche Daten, die wir im Moment haben.«

»Und nach deinem Urlaub willst du dir weitere Informationen besorgen?«

»Das war ja nun nicht so schwer zu verstehen. Spricht aus deiner Sicht was dagegen, oder warum starrst du mich weiter so grimmig an, Mac?«

Mark entging die spöttische Betonung seines Spitznamens bei den SEALs nicht, aber er ließ sich dadurch nicht vom eigentlichen Thema ablenken. »Es ist noch nicht besonders lange her, dass ein solcher Einsatz schiefgegangen ist.«

In Dirks Augen trat ein Funkeln, das Mark gut kannte, und wenn er nicht auf einem der bequemen Terrassenstühle gesessen hätte, wäre er vorsichtshalber etwas zurückgewichen. Aber er hatte sich geirrt, Dirk blieb ruhig, auch wenn er vermutlich seinen Ärger nur verbarg. »Mir geht es gut, und ich habe kein Problem mit der Vorstellung, wieder undercover unterwegs zu sein. Aber heiß wird die Sache tatsächlich. Wenn Andi nicht zufällig mit einer Spielzeugpistole eingegriffen hätte, dann …« Dirk brach kopfschüttelnd ab und trank scheinbar gelassen einen weiteren Schluck Bier.

Das amüsierte Funkeln in Dirks Augen sprach für sich, seufzend lenkte Mark ein. »Du hast gewonnen. Was war da los?«

Grinsend erzählte Dirk ihm die ganze Geschichte.

Mark wollte gerade nachfragen, mit welcher Art von kriminellen Geschäften sich die verdächtige Firma vermutlich beschäftigte, als lautes Lachen vom Rasen her ihn ablenkte.

Laura spielte mit ihren zwei Kindern auf dem Rasen eine

Mischung aus Fußball und Fangen. Seit dem Wiedersehen am Strand vermied sie es, mit ihm alleine zu sein. Selbst seine Einladung zu einem Ausflug nach Washington hatte sie freundlich, aber entschieden abgelehnt, als ihr klargeworden war, dass Dirk und seine Familie sie nicht begleiten würden.

Dirk war seinem Blick gefolgt und prostete ihm mit der Bierflasche zu. »In Virginia Beach hatte ich Angst, dass sie über dich herfällt oder du über sie. Sie sieht aber im Bikini auch wirklich nett aus. Vor allem, als sich der Verschluss gelöst hatte.«

Der Gedanke, Dirk einen Tritt zu verpassen, wurde sehr reizvoll. »Du hast eine Frau.«

»Die kenne ich ja, das macht nicht so viel Spaß. Eigentlich komisch, dass sie seitdem so einen Ausweichkurs fährt.«

Also war Lauras Verhalten nicht nur ihm aufgefallen.

Dirk sah weiter auf die Rasenfläche. »Soll ich dir ein freies Angriffsfeld verschaffen? Den Rest musst du erledigen, schließlich bist du der Scharfschütze.«

Mark kam nicht dazu, ihn zurückzuhalten, Dirk sprintete förmlich auf Laura und die Kinder zu.

Als Rami ihn kommen sah, lief sie ihm begeistert entgegen. Dirk flüsterte ihr etwas zu, das sie mit heftigem Nicken beantwortete. Irgendwas hatten die beiden ausgeheckt, und Mark wusste nicht, ob er sich über die Einmischung freuen sollte. Auf der anderen Seite war er bisher bei Laura keinen Schritt weitergekommen. Er seufzte. Sein Urlaub konnte jederzeit durch die Suche nach den Verantwortlichen für den Giftgasanschlag unterbrochen werden. Auch ohne den drohenden Einsatz rückte der Abflugtermin schnell näher. Aber wie sollte er Laura näherkommen, wenn sie nicht einmal seine Einladung zu einer harmlosen Besichtigungstour annahm? Wobei »harmlos« in Anbetracht seiner Hintergedanken vielleicht nicht ganz zutreffend war.

Helles Kinderlachen riss ihn aus seinen Gedanken. Dirk wirbelte gerade Rami durch die Luft und zwinkerte ihr zu. Genau, wie Mark vermutet hatte. Im nächsten Moment schoss das Mädchen den Ball weit ins Gebüsch. Mit ihrem Bruder zusammen rannte sie los, um ihn zu suchen. Mark war gespannt, was Dirk dem Mädchen für das kleine Ablenkungsmanöver versprochen hatte.

Als Dirk den Kindern folgen wollte, hielt Laura ihn zurück. Sie wusste genau, wie gut Rami und Dirk sich verstanden, und hatte die verstohlenen Blicke der beiden ebenso wie den kurzen Wortwechsel durchaus bemerkt.

»Was soll das?«

»Keine Ahnung, was du meinst.«

»Dann helfe ich ihnen suchen.«

Sie hatte noch keinen Schritt zurückgelegt, als Dirk sie am Arm fasste und in eine lockere Umarmung zog. »Das kann ich leider nicht zulassen.«

»Was soll das? Was hast du Rami für diese Aktion versprochen?«

Dirks Mundwinkel entwickelten ein interessantes Eigenleben. »Eine halbe Stunde mein Smartphone zum Spielen und Surfen.«

Laura verdrehte demonstrativ die Augen. »Hast du keine Angst, dass du Ärger mit Alex bekommst, wenn du eine andere Frau umarmst?«

»Mit meiner Frau werde ich fertig, ich mache mir eher Sorgen, was meinen Freund angeht, der mich vermutlich gerade mit Blicken durchbohrt.«

Laura reckte sich etwas, um über seine Schulter sehen zu können, und lachte dann leise. »Tut er, und er kommt gerade auf uns zu.« Der Gedanke, dass Mark tatsächlich eifersüchtig auf seinen glücklich verheirateten Freund sein könnte, gefiel ihr. Lächelnd legte sie ihren Kopf an Dirks Schulter. »Sag mir Bescheid, wenn er knurrt.«

»Hey, übertreib es nicht. Er ist ein SEAL.«

»Na und? Ich behaupte einfach, ich hätte euch verwechselt.«

Dirk und Mark hatten zwar beide dunkle Haare und braune Augen, aber neben einer gewissen Ähnlichkeit gab es auch durchaus einige Unterschiede. Dirk lachte. »Na, ich bezweifele, dass ihn das überzeugt.«

Ehe Mark sie erreicht hatte, kam Rami auf sie zugelaufen. »Nicki hat den Ball schon gefunden. Und jetzt?«

»Den Rest überlassen wir Mark. Ich kümmere mich um deinen Bruder, und du kannst so lange mit meinem Smartphone spielen.«

»Oh super. Danke, Dirk. Und weißt du, Mama hat recht. Du siehst echt fast so gut aus wie Mark. Nur deine Augen gehen mehr ins Grüne und Marks ins Goldene. Das ist dann doch noch besser.«

Schmunzelnd nahm Dirk das Urteil zur Kenntnis. »Na, dann weiß ich ja jetzt Bescheid und muss mit Platz zwei leben.« Dirk grinste Mark an, der ihr Gespräch sichtlich fassungslos verfolgt hatte. »Glückwunsch zu Platz eins.«

Am liebsten wäre Laura ihm und den Kindern gefolgt, aber das brachte sie dann doch nicht fertig.

»Hast du ihn gebeten, die Kinder zu übernehmen?«, fragte sie ihn.

»Ganz sicher nicht.« Als sie ihn argwöhnisch musterte, wich er ihrem Blick nicht aus und grinste dann. »Aber nur, weil ich nicht auf die Idee gekommen bin. Willst du dir das mit dem Ausflug nach Washington nicht noch einmal überlegen? Ihr seid nur so wenige Tage hier, und es wäre doch schade, sich ausgerechnet das entgehen zu lassen.«

Sie blinzelte. Das kam überraschend. »Ich glaube, du machst dir völlig falsche Vorstellungen, wie ein Ausflug mit Kindern verläuft. Das wird ganz schön anstrengend, und du hast doch sowieso so wenig Zeit.«

Sein Blick bekam eine Intensität, die sie gleichermaßen erschreckte und anzog. »Lass es uns einfach ausprobieren.«

Wenn sie sich nicht sehr irrte, schwang in dem Vorschlag eine gewisse Doppeldeutigkeit mit, die sie nicht kaltließ. Langsam nickte sie. »Also gut, aber sag nachher nicht, ich hätte dich nicht gewarnt.«

»Das werde ich bestimmt nicht tun.« Von der Veranda erklang lautes Lachen. Grinsend drehte sich Mark zu den Kindern um. »Weißt du, du hast das verdammt gut hinbekommen. Ihnen ist das Chaos wirklich nicht anzumerken.«

Chaos war eine nette Umschreibung für die Ereignisse der letzten Monate, aber sie ließ sich auf den lockeren Ton ein. »Du meinst, dass ihr Vater im Gefängnis sitzt, du plötzlich als leiblicher Onkel auftauchst und zur Krönung auch noch deine Schwester, also Ramis leibliche Mutter, im Koma liegt? Eigentlich hast du recht, was ist dagegen schon ein Ausflug nach Washington?«

»Eben.« Er legte ihr entspannt einen Arm um die Taille. Beinahe hätte sie sich gegen ihn gelehnt. Manchmal erschien ihr das Leben so einfach, und dann wieder türmten sich die Probleme vor ihr auf.

»Schade, dass du so weit weg wohnst.« Erschrocken hielt sie die Luft an. Das hatte sie eigentlich nicht sagen wollen.

Er verstärkte jedoch lediglich den sanften Griff und nickte. »Stimmt.«

Mark hätte Lauras Warnung ernster nehmen sollen. Eine entspannte Stadtbesichtigung sah anders aus, und ruhige Momente zu zweit gab es nicht, wenn man mit Kindern unterwegs war. Trotzdem genoss er jede Minute des gemeinsamen Ausflugs.

Eigentlich hatten sie den Aussichtsturm der »Old Post« ansteuern wollen, aber kaum hatten sie das Innere des Gebäudes betreten, das mit den kleinen Läden und Imbissständen einem Einkaufszentrum glich, meldete sich Nicki. Dieses Mal hatte sich Rami erbarmt, ihren Bruder erst auf dem kürzesten Weg zu einer Toilette zu bringen und ihn dann mit dem anscheinend lebensnotwendigen Eis zu versorgen. Laura sah ihren Kindern lächelnd nach und ihn dann fragend an. »Gibt es eigentlich irgendwas, das dich aus der Ruhe bringt?«

»Einiges, ich lasse es mir nur nicht anmerken. Als wir Nicki das erste Mal aus den Augen verloren hatten, hätte ich am liebsten die Nationalgarde alarmiert.«

Laura lachte leise und deutete auf eine freie Bank in der Nähe. »Er hat sich doch nur hinter dem Ständer mit den Postkarten versteckt. Wollen wir dort warten, bis sie zurück sind?«

Er würde es zwar nicht zugeben, aber eine kurze Ruhepause klang verlockend. Mehr aus Gewohnheit legte er einen Arm über die Lehne, sodass sich im nächsten Moment Lauras Nacken gegen seine Hand schmiegte. Das war zwar keine Absicht gewesen, doch er würde sich sicher nicht beschweren.

»Du bist wirklich nett zu Nicki.«

Lauras Stimme klang merkwürdig belegt, und Mark spürte, dass die Feststellung eine besondere Bedeutung hatte. »Warum denn auch nicht?«

Laura schwieg. Er fühlte ihre Anspannung. »Immerhin ist er der Sohn eines Verbrechers. Dass du Rami magst, ist ja klar, ihr seid verwandt, aber bei Nicki sieht das ganz anders aus.«

Mit Mühe unterdrückte Mark ein ungeduldiges Seufzen und zog sie lediglich etwas dichter an sich. Immerhin widersetzte sie sich dem Körperkontakt nicht, und er genoss einige Sekunden ihre Nähe, ehe er sich zu einer Erklärung durchrang, die er für überflüssig hielt, aber auf die sie zu warten schien.

»Mich interessiert nicht, wer die Verwandten eines Menschen sind, für mich zählt nur der Mensch selbst. Schließlich weiß ich über meine leiblichen Eltern so gut wie nichts. Entscheidend ist doch, was man selbst aus seinem Leben gemacht hat. Das, was ich bei Nicki sehe, gefällt mir ausgesprochen gut.«

Lauras Wangen röteten sich leicht. »Es tut mir leid, ich hatte völlig vergessen, dass Jim und Rose deine Adoptiveltern sind.«

»Das muss dir nicht leidtun, meine Eltern würden das als Kompliment betrachten.«

Laura entspannte sich, rückte aber keinesfalls von ihm ab. Mark verbuchte dies als Etappenziel und suchte nach einem unverfänglichen Gesprächsthema, als er plötzlich stutzte. Gewohnheitsmäßig hatte er ihre Umgebung im Auge behalten, und ein blonder Mann fiel ihm auf, den er schon zuvor gesehen hatte. Der Typ wandte sich ein wenig zu schnell ab, als ihre Blicke sich trafen. Mark hätte schwören können, dass er ihm schon mal begegnet war, konnte sich aber nicht erinnern, wann und in welchem Zusammenhang. Auf jeden Fall hatte der Kerl zur gleichen Zeit wie sie das Weiße Haus besichtigt. Dort war er Mark aufgefallen, weil er mit einem der Wachleute diskutiert und sich auf einen Ausweis berufen hatte. Sollte sich wirklich ein Verfolger an ihre Fersen geheftet haben? Und dann auch noch einer, der einen Behördenausweis besaß? Das ergab keinen Sinn. Es konnte durchaus eine harmlose Erklärung für das erneute Treffen geben oder aber … In diesem Moment trat ein Mann, mit Sakko und Jeans bekleidet, auf den ersten zu. Ein kurzes Gespräch, dann gingen sie wieder auseinander. Nicht schlecht geschauspielert, nur überflüssig, da sich Mark erinnerte, den zweiten Mann ebenfalls im Weißen Haus unter den Besuchern gesehen zu haben.

»Hast du was?«

Lauras Frage traf ihn unvorbereitet. Zum Glück meldete sich im gleichen Moment sein Handy mit dem Klingelton, den er für Jake reserviert hatte.

»Nein, alles in Ordnung. Ich habe mir nur gerade gewünscht, dass Virginia und Hamburg nicht so weit voneinander entfernt wären. Entschuldige mich kurz. Der Anrufer ist Jake, der würde uns nicht stören, wenn es nicht wichtig wäre.«

Offensichtlich hatte er die richtigen Worte gefunden, denn Laura nickte mit einem strahlenden Lächeln. »Telefonier ruhig. Da hinten kommen die Kinder. Ich hole uns auch ein Eis.«

Erstes Problem gelöst. Blieben Jake und die möglichen Verfolger.

»Was ist denn?«, begrüßte er seinen Freund und Stellvertreter.

»Hu, das klingt ja, als ob ich stören würde.«

»Ganz im Gegenteil, ich wünschte mir gerade, du wärst hier. Wenn ich mich nicht sehr täusche, haben wir zwei Schatten, von denen sich einer vorhin im Weißen Haus mit irgendeinem Behördenausweis legitimiert hat. Wie klingt das für dich?«

Jake schwieg sekundenlang. »Ich überlege gerade, ob das zum Grund meines Anrufes passen könnte. Aber dann wären sie nicht an dir, sondern an Laura interessiert.«

»Wie bitte?« Zugegeben, das kam schärfer als beabsichtigt heraus.

»Hör mir erst einmal zu, ehe du mich umbringst. Ich glaube, dass der Einsatz unmittelbar bevorsteht und damit auch das Barbecue in Gefahr ist. Aber das ist nur geraten, der Admiral hat komplett dichtgemacht. Experten geben sich in den Besprechungsräumen die Klinke in die Hand, aber ich bin bei keinem der Meetings dabei.«

Das war extrem ungewöhnlich. Normalerweise bezog sie ihr

Vorgesetzter immer sehr früh in die Einsatzplanung ein, und das nicht deshalb, weil Mark sein Sohn und Jake mit seiner Tochter verheiratet war. Außerdem waren ihre Ränge hoch genug, um nicht erst in letzter Sekunde mit einem Bruchteil der notwendigen Informationen versorgt zu werden. »Hast du einen Verdacht, warum er sich abschottet? Und was hat das mit Laura zu tun?«

»Ich weiß nicht, was das soll, und die einzige mögliche Erklärung macht auch keinen Sinn. Daniel meinte, dass er den Namen ›Kranz‹ aufgeschnappt hat, als die Tür zum Büro des Admirals während eines Telefonats offen stand. Als unser Boss ihn bemerkt hat, wurde die Tür zugeknallt und das war's. Aber wie das zusammenhängen soll, weiß ich leider auch nicht.«

Mark hatte nicht die geringste Vorstellung, wieso Lauras Name in Verbindung mit ihrem aktuellen Fall auftauchen sollte. »Daniel muss sich verhört haben.«

»Das sehe ich auch so. Afghanistan, Giftgas und Kranz. Das passt nicht. Außerdem wäre das dann eher ein Fall für unsere Freunde vom LKA und nicht für uns.«

»Hast du …?«

Jake unterbrach ihn, und ihm war die Genugtuung anzuhören, dass er bereits gedanklich einen Schritt weiter war. »Natürlich habe ich bei Dirk nachgefragt, das war das Erste, das ich getan habe. Er und Sven haben seit Ewigkeiten nichts mehr von Kranz gehört. Tut mir leid, Mac. Ich kann dich nur vorwarnen, dass es bald losgeht und es nur noch maximal fünfzig zu fünfzig für das Barbecue steht. Mehr weiß ich nicht. Ich hoffe, wir sehen uns morgen Abend beim Grillen. Sofern du dann überhaupt Zeit für mich hast und nicht die ganze Zeit mit …«

Grinsend trennte Mark die Verbindung. Die Anspielungen seiner Freunde nervten und amüsierten ihn zugleich.

5

Zum Glück waren Laura und die Kinder von Marks Vorschlag begeistert gewesen, nach dem Besuch des Aussichtsturms der »Old Post« noch eine kurze Spielpause in der Mall einzulegen, ehe sie den Rückweg in Angriff nahmen. Der breite Rasenstreifen, die sogenannte »Mall«, zog sich vom Capitol über knapp vier Kilometer bis zum Lincoln Memorial und wurde teilweise von blühenden Kirschbäumen gesäumt. Zahlreiche Touristen und Mitarbeiter der umliegenden Behörden und Institutionen nutzten die parkähnliche Anlage, die dank der Weitläufigkeit trotzdem nicht überfüllt wirkte. Laura und die Kinder spielten mit einem Ball auf dem Rasen, während er vorgab, seine Mails zu checken. Obwohl er während des Telefonats mit Jake zuerst überzeugt gewesen war, dass Daniel sich verhört hatte, nagte jetzt der Zweifel an ihm. Was wäre, wenn Lauras Exmann … Er nahm sich vor, dem nachzugehen, so absurd es klingen mochte. Erst einmal jedoch würde er seinen beiden Verfolgern, die in gebührender Entfernung auf einer Parkbank saßen, eine unangenehme Überraschung bereiten.

Einer blickte angestrengt auf sein Handy, während der andere scheinbar entspannt die Gegend betrachtete, dabei aber in regelmäßigen Abständen zu Laura oder Mark herübersah. Kaum blickte der Mann wieder auf den Rasen, stand Mark langsam auf. Jede hektische Bewegung hätte nur unerwünschte Aufmerksamkeit erzeugt. Die Büsche hinter dem Sandweg verschafften ihm genug Deckung, um sich ungesehen dichter an die Bank mit den beiden Männern heranzuschleichen. Obwohl seine Gegner in der Überzahl und vermutlich bewaffnet waren, musste er sich ein Grinsen verkneifen, als er sah, dass der eine aufsprang, sichtlich aufgebracht die Rasenfläche betrachtete und dabei mit seinem Begleiter schimpfte. Anscheinend war ihnen aufgefallen, dass ihnen eines ihrer Zielobjekte abhandengekommen war. Langsam schob Mark sich weiter vorwärts. Nun zahlte sich sein hartes Training aus, kein Blatt rührte sich, als er sich ihnen immer weiter näherte.

»Du und dein dämliches Telefon. Ich kann unmöglich zwei Orte gleichzeitig im Auge behalten. Das erklärst du dem Boss. Verdammt, er hatte dich doch gewarnt, ihn nicht zu unterschätzen.«

Das klang, als ob sie wüssten, wer er war. Auf die Erklärung war er gespannt. Leider hatte er morgens keinen Grund gesehen, seine Dienstwaffe einzustecken, dann musste er eben bluffen. Wenigstens war so sichergestellt, dass er Andis Geschichte mit der Spielzeugpistole bei ihrem nächsten Treffen noch übertreffen konnte. Langsam griff Mark in die Jackentasche und holte einen dicken Kugelschreiber mit Seehundmotiv hervor, den Rami ihm in einem der Souvenirläden gekauft hatte.

»Mensch, nun reg dich ab. Weit kann er nicht sein, er wird doch kaum die Frau und die Kinder alleine lassen.«

Stimmt, aber statt sich zu streiten, hätten sie lieber einkalkulieren sollen, dass er ihnen auf die Schliche gekommen war. Der Typ mit dem Telefon saß immer noch entspannt auf der Bank, während der andere neben ihm stand und sich umblickte. Von dem Kerl trennten Mark keine drei Meter mehr, und er war garantiert schneller, zumal er den Überraschungseffekt auf seiner Seite hatte. Mark schnellte vor und ignorierte die Äste und Zweige, die ihm übers Gesicht peitschten. Ehe der Mann auch nur eine halbe Drehung gemacht hatte, war Mark dicht neben ihm und bohrte ihm den Kugelschreiber in die Seite. »Ganz ruhig und keine Bewegung. Das gilt auch für deinen Kumpel. Wir wollen doch kein Aufsehen erregen, und eine Schießerei wirft immer so lästige Fragen auf.«

Der Fluch, den der Blonde ausstieß, hatte es in sich. Mark verstärkte den Druck mit der angeblichen Pistolenmündung etwas. »Das sind aber sehr unschöne Ausdrücke. Ich will Antworten, und zwar schnell. Wer seid ihr? Für wen arbeitet ihr? Und vor allem: Was soll der Scheiß?«

Endlich hatte der Braunhaarige sein Telefon vergessen und starrte Mark an, als wäre er ein Geist. Dann huschte sein Blick zu dem Gebüsch. »So ein Mist, daran hätten wir denken müssen.«

»Richtig«, stimmte Mark betont freundlich zu. »Nachdem das geklärt wäre, hätte ich jetzt gerne die Antworten.«

Obwohl der Blonde ihn mit Blicken durchbohrte, zuckte der Braunhaarige mit der Schulter. »Die letzte Frage kann ich Ihnen nicht beantworten, Captain. Das sollten Sie mit meinem Boss klären. Spricht was dagegen, wenn ich Ihnen meinen Ausweis zeige? Dann können Sie meinen Boss anrufen und die Sache direkt klären. Mehr werden Sie von mir nicht erfahren, und ich glaube kaum, dass Sie hier im Park einfach zwei Bundesagenten erschießen werden.«

»Das kommt ganz drauf an. Zeigen Sie mir Ihren Ausweis, aber schön langsam, ehe Ihr Kollege ein Loch in der Seite hat.«

Vorsichtig zog der Braunhaarige ein Lederetui aus der Tasche und zeigte Mark sein Abzeichen. NCIS. Damit hatte Mark nicht gerechnet. Der Naval Criminal Investigative Service wurde immer dann tätig, wenn Angehörige der Navy als Opfer oder Täter in Verbrechen verwickelt waren.

Der Braunhaarige hatte ihm seine Überraschung wohl angesehen. »Ich weiß nur, dass wir irgendwie an der gleichen

Sache dran sind, und mein Job heute war es, Ihnen unauffällig zu folgen.«

»Nun, ob das unauffällig war, darüber könnte man streiten.« Den Grund für die Verfolgung würde er von den beiden Witzbolden sicher nicht erfahren. Mark überlegte fieberhaft, welcher gemeinsame Fall gemeint sein konnte. Im Prinzip kam nur der Anschlag auf das Team von Rage infrage. Aber dann musste es neue Erkenntnisse geben, dass es sich um einen rein kriminellen Hintergrund statt des vermuteten terroristischen handelte. Möglicherweise wurde Zerberus von den Behörden so eingeschätzt, das würde dann den Anruf von Jake und die Betriebsamkeit auf der Basis erklären, nicht jedoch die Beschattung.

Mark gab sich keinerlei Mühe, sein spöttisches Grinsen zu unterdrücken, als er offen den Kugelschreiber wegsteckte, der als Waffenersatz herhalten musste.

Die beiden wechselten einen perplexen Blick. »Den Bericht schreibst du«, zischte der Blonde seinem Kollegen wütend zu.

Mark ließ sie einfach stehen und ging zu Laura und den Kindern. Da der Leiter des NCIS ein guter Freund seines Vaters und praktischerweise auch sein Patenonkel war, wusste er, an wen er sich wenden musste. Allerdings ohne unliebsame Zuhörer, und dazu zählte leider auch Laura.

Laura musterte ihn prüfend. »Ich hasse diese Miene.«

»Was meinst du?«

»Deinen Gesichtsausdruck. Den setzt du immer dann auf, wenn du etwas verbergen willst. Schlechte Nachrichten? Wer waren die, mit denen du gesprochen hast? Besonders freundlich sahen sie nicht aus.«

Mark zuckte mit der Schulter. »Das ist alles ein wenig schwierig zu erklären. Weiß dein Mann eigentlich, dass du mit den Kindern hier bist?«

»Exmann«, fauchte Laura ihn an. »Natürlich. Ich beschränke meine Gespräche mit ihm zwar aufs Notwendigste, aber er muss es ja wohl wissen, wenn ich mit unseren Kindern nach Amerika fliege.«

Die Bezeichnung »unsere Kinder« versetzte ihm einen Stich, doch er gab nur einen zustimmenden Laut von sich.

Leider war sie noch nicht fertig, ausgesprochen argwöhnisch sah sie ihn an. »Wieso fragst du ausgerechnet jetzt nach ihm?«

Er konnte kaum zugeben, dass er einige Sekunden überlegt hatte, ob ihr Exmann tatsächlich in den Giftgasanschlag verwickelt war. Er winkte ab und überlegte bereits, wann er ungestört telefonieren konnte. Erst mit Verspätung fiel ihm auf, dass Laura ihn erst abwartend, dann enttäuscht ansah. Verdammt, er hätte irgendwie anders reagieren müssen.

Wie immer, wenn sie nervös oder unsicher war, kaute Laura an ihrer Unterlippe. Als ihr dies bewusst wurde, versuchte sie, damit aufzuhören, und es funktionierte – für geschätzte zwei Minuten.

Noch nie hatte sie einen so perfekten Familientag erlebt. Und doch blieb eine innere Unruhe. Warum? Ihr Sohn schlief auf dem Rücksitz, und Rami hatte ihren iPod schon beim Einsteigen in Marks Audi eingeschaltet. Eigentlich die ideale Voraussetzung für ein klärendes Gespräch mit Mark. Wenn sie nur wüsste, wie sie anfangen sollte, denn sie konnte nicht einmal sagen, was genau sie störte. Er war nett und freundlich wie immer, aber irgendetwas war anders. Als ob er eine unsichtbare Wand zwischen ihnen errichtet hätte. Und dann noch diese seltsame Frage nach Joachim.

»Wir haben so etwas nie miteinander gemacht«, platzte sie heraus.

Sichtlich überrascht drehte Mark sich zu ihr um. »Was meinst du?«

Laura wünschte sich, die Worte zurücknehmen zu können. »Mein ehemaliger Mann und ich haben niemals etwas zusammen mit den Kindern unternommen, das auch nur entfernte Ähnlichkeit mit unserem heutigen Ausflug hatte.«

»Gut.«

Wie konnte ein Mann mit einem Wort nur eine derartige Zufriedenheit ausdrücken? Das grenzte zwar an Arroganz, aber es gefiel ihr. Wieder wusste sie nicht, was sie sagen sollte, aber ein leises Piepen von Marks Handy sorgte zunächst für etwas Ablenkung. Mark warf dem Handy einen schnellen Blick zu, drückte eine Taste und fluchte dann.

»Schlechte Nachrichten?«

»Wie man es nimmt. Ich wollte nachher einen ... Freund anrufen, um ein paar offene Punkte zu klären, und er ist mir leider zuvorgekommen und teilt mir gerade per SMS mit, dass er sich bei mir melden wird. Verrät mir allerdings nicht, wann das sein wird. Mistkerl.«

»Hu, das klingt nicht schön. Hängt das mit den beiden Männern in der Mall zusammen?«

Wieder sah Mark sie überrascht an. »Wie kommst du darauf?«

»Weil sich seitdem deine Stimmung geändert hat.«

»Ach was, das war nicht wichtig.«

»Und wieso hast du unmittelbar danach Joachim ins Spiel gebracht?« Wenn sie nicht genau drauf geachtet hätte, wäre ihr entgangen, dass sich seine Kiefermuskeln anspannten. Innerlich seufzte sie. Da drohte ein weiteres Ausweichmanöver. Typisch für ihn, so gut kannte sie ihn mittlerweile, aber das hieß nicht, dass sie ihn damit durchkommen lassen würde. Es wurde allerhöchste Zeit, ihm ihren Standpunkt klarzumachen.

»Pass mal auf, Mark, ich habe kein Problem mit deinem Job. Ich weiß, dass du mir vieles nicht sagen darfst, und ich kann damit leben, auch wenn es schwerfällt. Aber sobald es um uns geht, funktioniert das nicht, da musst du schon offener sein. Und bei Joachim geht es nun mal um uns. Wieso erwähnst du diesen Mistkerl ausgerechnet heute? Mensch, das Kapitel ist doch schon lange abgeschlossen, und wenn du es genau wissen willst, wir haben seit Nickis Geburt nicht mehr miteinander …« Gerade noch rechtzeitig verschluckte Laura das letzte Wort und spürte, wie sich ihre Wangen knallrot färbten. Hoffentlich ahnte Mark nicht, was sie fast gesagt hätte. Angespannt wartete sie darauf, dass er etwas sagte, irgendwas …

»Dein Exmann ist für mich abgehakt.« Seine Mundwinkel verzogen sich zu einem breiten Grinsen, und ehe sie seine Absicht durchschaute, legte er ihr einen Arm um die Schultern und zog sie an sich. Sie zögerte kurz, aber dann ließ sie es zu. »Ich bin froh, dass du und er schon seit langer Zeit nicht mehr … du weißt schon.« Laura genoss den engen Körperkontakt und schwieg lieber, da sie ihrer Stimme nicht traute. »Morgen werde ich tagsüber in Norfolk sein, aber wenn mein Job uns nicht dazwischenkommt, gehört der Abend dir.«

Das klang gut.

6

Sven nahm jeweils zwei Stufen auf einmal und jagte in neuer Rekordzeit durch das Treppenhaus. Im dritten Stock des Polizeipräsidiums angekommen war er zwar außer Atem, aber bester Laune. Dank Dirks perfekter Vorbereitung hatte der schleimige Anwalt nicht die geringste Chance gehabt, die Vorwürfe abzustreiten. Ihr Tatverdächtiger war am Ende nur noch ein Häufchen Elend gewesen. Sehr schön, erst Millionen durch ein Geflecht von Scheinfirmen in die eigene Tasche schleusen und dann hoffen, damit durchzukommen. Aber nicht mit Dirk und ihm.

Er hatte gerade seine neu eingegangenen Mails überflogen, als sein Kollege Frank Placieksky in sein Büro stürmte.

»Du solltest dir eine Sekretärin zuteilen lassen.«

»Wieso? Ich habe doch dich.«

»Sehr witzig. Ich habe zwei Anrufer und einen Besucher für dich übernommen.« Frank legte zwei Zettel auf den Schreibtisch. »Das sind die Namen und Nummern, beide bitten um Rückruf, und zwar möglichst gestern. Dein Besucher versucht es in ein paar Minuten noch mal.«

»Wer war das?«

»Keine Ahnung, hat sich nicht vorgestellt, vermutlich ein Kollege, sonst wäre er hier nicht so einfach hereingekommen. Etwa dein Alter, groß, schlank, graue Augen, blonde Haare, länger als deine und im Gegensatz zu dir mit einer ordentlichen Frisur …«

Sven konnte seine Überraschung kaum verbergen. Ein Puzzleteil fiel an die richtige Stelle, aber das Bild gefiel ihm überhaupt nicht. Die Beschreibung traf exakt auf seinen Freund Stephan Reimers zu, der allerdings für den Verfassungsschutz arbeitete und damit für die Behörde, auf die der Opel zugelassen war, der ihn verfolgt hatte. Noch bestand die Hoffnung, dass Stephans Besuch reiner Zufall war, doch daran glaubte Sven nicht wirklich. Aber zunächst musste er Frank loswerden, der ihn zunehmend neugierig ansah.

»Wenn du so weitermachst, bitte ich den Alten, dass du mir und Dirk als Sekretär zugeteilt wirst. Üb schon mal, und hol mir einen Kaffee.«

Das wirkte. Frank beantwortete den Vorschlag im Weggehen mit einer eindeutigen Geste, während Sven bereits die Notizen überflog. Den bekannten Hamburger Strafverteidiger kannte er nur dem Namen nach, und »Rawlins« konnte nur Mark sein, auch wenn die Nummer eine andere war als die, die er kannte. Solange Stephan nicht wieder auftauchte, konnte er die Zeit für die fälligen Telefonate nutzen.

Ohne Erklärung oder Wartezeit wurde Sven sofort zu dem Strafverteidiger durchgestellt. Der Anwalt hielt sich nicht mit Vorreden auf, sondern kam gleich zur Sache. Lauras Exmann wollte Kontakt mit dem Amerikaner aufnehmen, der an seiner Verhaftung beteiligt gewesen war. Im Gegenzug für Informationen über etwas, das »Zerberus« hieß, wollte Joachim Kranz über seinen Anwalt erreichen, dass die restliche Strafe zur Bewährung ausgesetzt wurde.

»Das ist ziemlich ungewöhnlich. Außerdem ist mir die Verbindung zwischen amerikanischer Strafverfolgungsbehörde und deutschem Häftling nicht ganz klar. Die Amerikaner haben keinerlei Einfluss auf das Strafmaß oder eine vorzeitige Entlassung.«

Aus dem Hörer klang das Rascheln von Papier. »Das habe ich meinem Mandanten auch gesagt, aber immerhin sind Sie als LKA indirekt involviert. Sie brauchen mich nicht zu belehren, dass ich eigentlich mit der Staatsanwaltschaft reden müsste, aber in diesem Fall hat mein Mandant genaue Vorstellungen.«

»Also gut, ich gebe das weiter.« Zwischen Verwirrung und Ratlosigkeit schwankend beendete Sven das Gespräch. Wenigstens glaubte Kranz weiterhin, dass Mark für das Schatzamt als Ermittler tätig war. Aber wieso sollten sich die Amerikaner für ihn einsetzen, wenn sie das Wort »Zerberus« hörten? Sven gab den Begriff in »Google« ein. Diverse Firmen hatten den Namen des griechischen Höllenhundes, der den Eingang zur Unterwelt bewachte, als Firmennamen gewählt. So kam er nicht weiter.

Blieb die naheliegende Frage, warum Mark ihn ausgerechnet jetzt anrief. Aber das ließ sich leicht herausfinden. Er wählte die Nummer, die er hinterlassen hatte. Es wurde sofort abgenommen.

Sven hielt sich nicht mit einer Begrüßung auf. »Woher wusstest du, dass ich mit dir reden muss? Hochoffiziell sogar. Kannst du neuerdings Gedanken lesen?«

Ein tiefes Lachen kam aus dem Hörer, das eindeutig nicht Mark gehörte. »Vermutlich haben Sie mit meinem Sohn gerechnet. Könnten wir uns auf Englisch unterhalten? Mein Deutsch ist nicht mehr sehr gut.«

Der Admiral? Was wollte der von ihm? Die einzig mögliche Antwort jagte ihm einen Schreck ein. »Kein Problem, Sir. Ist Mark oder Dirk was zugestoßen?«

»Nein. Es geht um Ihre Anfrage an das BKA und Interpol. Ich brauche Hintergrundinformationen dazu.«

Es gab nur eine Anfrage von ihm: Dirks Auswertung von *VirTechs* Einkäufen. Was hatte Marks Vater damit zu tun? Die Worte des Admirals klangen wie ein Befehl, und Befehle interessierten ihn nicht. »Die können Sie haben, sobald ich weiß, worum es geht und wie es kommt, dass Sie von der Auswertung wissen.«

Wieder drang ein leises Lachen an sein Ohr. »Mit einer ähnlichen Antwort habe ich gerechnet. Auf eines unserer Teams ist ein Anschlag mit Giftgas verübt worden. Die Analyse der Zusammensetzung des Zeugs stimmt zu achtundneunzig Prozent mit Ihrer Auflistung überein.«

Sven war irritiert. »Sorry, aber da stimmt doch etwas nicht. Wollen Sie mir ernsthaft erzählen, dass wir bei uns auf eine mögliche Giftgasfabrik stoßen und parallel Mark oder Sie an dem gleichen Thema dran sind?«

»Da kann ich Ihnen nur zustimmen. Seitdem Ihr Name gefallen ist, glaube ich auch nicht an einen Zufall.« Der Admiral schwieg einige Sekunden. »Was halten Sie davon, dass Ihre Anfrage wenige Minuten, nachdem wir darauf gestoßen sind, zurückgezogen wurde? Wir wissen nicht genau, von wem, die Spur endet in Berlin. Wenn einer unserer Mitarbeiter die Seiten nicht ausgedruckt hätte, stünden wir mit leeren Händen da.«

»Das gefällt mir immer weniger. Sagt Ihnen der Begriff ›Zerberus‹ etwas?«

Es folgte ein Schweigen. »Woher haben Sie diese Auflistung?«

So einfach würde er es dem Admiral nicht machen. »Sage ich Ihnen, sobald Sie mir erklärt haben, was es mit ›Zerberus‹ auf sich hat. Ich habe nichts dagegen, offizielle Wege abzukürzen, aber daneben halte ich auch viel von ›Quidproquo‹. Alternativ kann ich auch Mark danach fragen.«

Die Drohung wirkte, der Admiral fluchte leise. »Also gut. Seit einiger Zeit kursiert der Name ›Zerberus‹ in sogenannten interessierten Kreisen, angeblich soll es sich um eine neuartige, einfach zu bedienende und extrem tödliche Waffe handeln. Nach Informationen der Geheimdienste ist das Zeug fast marktfähig.«

Langsam nickte Sven, bevor ihm einfiel, dass sein Gesprächspartner das kaum sehen konnte. »Dann vermuten Sie, dass sich hinter ›Zerberus‹ das Giftgas verbirgt, das gegen Ihr Team eingesetzt wurde.«

»Richtig. Also?«

Den Tonfall kannte er von Mark. »Wir haben einige Daten zugeschickt bekommen. Das Ergebnis der Auswertung kennen Sie. Wenn Sie Details wissen wollen, fragen Sie Dirk. Der hat die Daten auseinandergenommen und ist besser im Thema drin.« Sven zögerte kurz, aber es war noch nie seine Art gewesen, Fehleinschätzungen zu verschleiern. »Er hätte sich am liebsten sofort in der Firma umgesehen, aber ich wollte sichergehen, dass seine Auswertung stimmt. Nachdem das nun feststeht, wird er sich nach seiner Rückkehr sofort mit einem entsprechenden Cover in der Firma umsehen.«

Wieder schwieg der Admiral kurz. »Sie konnten nicht wissen, auf was Sie gestoßen sind. Wir werden uns den Laden zusammen ansehen. Ist der Name ›Zerberus‹ in Verbindung mit der Firma gefallen?«

»›Zusammen‹ heißt dann wohl, dass Mark hier kurzfristig auftaucht, oder?«

»Gehen Sie davon aus, auch wenn ich Ihnen jetzt noch nichts versprechen kann, die Sache ist komplizierter, als es aussieht. Aber noch einmal: Woher kennen Sie den Namen ›Zerberus‹?«

Sven verzog den Mund, als sein Ablenkungsmanöver keinerlei Wirkung zeigte. Nach der Offenheit des Admirals war es nur fair, dass er auch mit offenen Karten spielte. »Die Antwort wird Ihnen nicht gefallen. Ein bekannter und ziemlich teurer Strafverteidiger hat den Namen ins Spiel gebracht. Sein Mandant hat einen Deal vorgeschlagen: Informationen über Zerberus gegen seine Freiheit. Der Herr besteht allerdings darauf, die deutschen Behörden zu umgehen und …« Sven fluchte leise, als ihm einfiel, dass seine Anfrage aus dem internationalen System gelöscht worden war.

Marks Vater hatte den gleichen Gedanken. »Die Löschung Ihrer Anfrage … Anscheinend hat er auch allen Grund, den deutschen Behörden nicht zu trauen. Sagen Sie mir bitte, dass es nicht um Kranz geht.«

»Doch, tut es. Ich sollte einen Kontakt zu Mark herstellen, den er für einen Ermittler des Schatzamtes hält. Wie kommen Sie auf ihn?«

»Weil ich das seit gestern befürchte, genauer gesagt, seitdem ich auf Ihren Namen gestoßen bin. Lauras Mann ist die einzige offizielle Verbindung zwischen uns.«

»Exmann.«

»Meinetwegen auch das. Hören Sie, Sven. Hinter dem Ganzen steckt mehr, als Sie im Moment ahnen. Geben Sie mir einen Tag Zeit.«

»Was soll das heißen?«

»Kein Kontakt zu Mark oder Dirk, die wissen noch nicht, dass wir am gleichen Thema dran sind. Ich übernehme das von hier aus.«

Das ergab überhaupt keinen Sinn. »Sie verlangen verdammt viel, und das ohne Erklärung. Ich denke, dass Sie unsere Hilfe brauchen und wir zusammenarbeiten sollten.«

»Das habe ich auch vor, aber das wird nur funktionieren, wenn wir nach meinen Regeln spielen, sonst können Sie die Zusammenarbeit mit Mark vergessen. Sehen Sie sich die Fakten an: Kranz bringt Zerberus ins Spiel, und seine Exfrau hält sich zufällig gerade bei mir zu Hause auf. Geben Sie mir einen Tag.«

Dem Argument hatte er nichts entgegenzusetzen. Niemand würde einen persönlich betroffenen Ermittler mit der Aufklärung des Falles beauftragen. »Einverstanden, Sie haben Zeit bis morgen Mittag nach Ihrer Zeit.«

»Das wird reichen. Danke. Und, Sven, schade, dass Ihr Sohn krank geworden ist. Ich hätte Sie gerne persönlich kennengelernt. Das holen wir nach.«

In seinem Schreibtischsessel zurückgelehnt und die Hände hinterm Kopf verschränkt versuchte Sven vergeblich, die einzelnen Fakten zu einem Gesamtbild zusammenzusetzen. Mittlerweile fragte er sich, ob es richtig war, dem Admiral die Zeit zu geben. Besonders wohl fühlte er sich dabei nicht. Ein Klopfen an der Tür riss ihn aus seinen Gedanken. Ohne eine Aufforderung abzuwarten, betrat Stephan Reimers den Raum. »Das ist ja nun keine wirkliche Überraschung. Verrätst du mir jetzt, was dich von Berlin nach Hamburg führt?« Einladend deutete er auf den Besucherstuhl vor dem Schreibtisch.

Statt das Angebot anzunehmen, durchquerte Stephan den Raum und lehnte sich gegen die Fensterbank. Das Begrüßungslächeln erreichte seine Augen nicht. »Woher weißt du, dass ich nicht mehr von Köln aus arbeite?«

Geraten, aber das würde Sven nicht zugeben. »Berlin ist ja nicht gerade eine Weltreise von Hamburg entfernt. Wieso hast du dich nie gemeldet?«

»Ich war zwei Jahre durchgehend an einer Sache dran, mehr als eine Mail ab und zu war nicht drin. In Berlin bin ich noch nicht lange.«

Da sie sich bei einem verdeckten Einsatz kennengelernt hatten, akzeptierte Sven die Erklärung ohne weitere Nachfragen, dennoch stieg in ihm ein ungutes Gefühl auf, und er beschloss, zunächst Stephan das Reden zu überlassen.

»Wie kommt ein Drogenfahnder ins Wirtschaftsdezernat? Eigentlich müsste dich der Stoff doch zu Tode langweilen.«

Sein forschender Blick gefiel Sven nicht. »Das täuscht. Es hat durchaus spannende Seiten.«

Obwohl Stephan sofort den Kopf abwandte, hatte Sven noch das kurze Aufblitzen in seinen Augen gesehen. »Ich dachte, eure Zusammenarbeit mit den Amerikanern wäre eine einmalige Sache gewesen. So viele Terroristen laufen in Hamburg nun auch nicht herum, und dafür wäre dann eigentlich eine andere Abteilung zuständig.«

»Du bist ja erstaunlich gut informiert.«

Stephan trat an den Schreibtisch heran und stützte die Hände auf die Platte. »Du würdest dich wundern, wie gut.«

Scheinbar gleichgültig lehnte sich Sven wieder zurück. Wenn es um den Verfassungsschutz ging, sollte ihn nichts wundern, doch eigentlich hatte er Stephan für eine Ausnahme von der Regel gehalten. »Wieso sollte mich bei deinem Verein noch irgendetwas überraschen? Ich brauche doch nur die Zeitung aufzuschlagen, um nachzulesen, was bei euch läuft. Allerdings würde ich es begrüßen, wenn ihr nicht einfach ohne Grund meine Anfragen löschen würdet. Und jetzt will ich wissen, warum einer deiner Leute mich erst verfolgt und dann fast umbringt. Was soll der Mist?«

Damit hatte Sven mindestens einen Punkt gelandet. Stephan gelang es nicht, seine Überraschung zu verbergen. Unvermittelt lachte er auf und setzte sich auf den Stuhl. Für einen Augenblick wirkte er wieder wie der Mann, mit dem Sven sich angefreundet hatte. »Ich hätte nicht gedacht, dass du die Spur zu mir zurückverfolgst. Das war so nicht geplant. Ich wollte nur wissen, wer sich für die Fabrik noch interessiert.«

»Sehr überzeugend. Mein Kennzeichen hat euch wohl nicht gereicht, was? Und warum wollte der Kerl im Opel mich dann über den Haufen fahren?«

Stephan wirkte ehrlich ratlos, sodass Sven sich zu einer Erklärung entschloss. »Erst konnte ich ihn zweimal abhängen, dann hat er in der Nähe meines Hauses auf mich gewartet.«

Stephan schüttelte entschieden den Kopf, aber Sven hatte den kurzen Anflug von Unsicherheit bemerkt. »Du musst dich irren. Es hat etwas gedauert, herauszufinden, auf wen das Motorrad zugelassen ist, weil deine Daten für die normalen Abfragen gesperrt sind, aber danach war die Sache zu Ende.«

»Ich irre mich bestimmt nicht. Kennt der Mistkerl meine Adresse?«

»Natürlich nicht, wieso … Mensch, Sven, hör auf. Niemand wollte dir etwas tun. Wofür hältst du mich?«

Nun, die Antwort verkniff sich Sven lieber.

Stephan stand auf. »Ich freu mich für dich, Sven: neue Frau, Kind, einen Partner im Job, der gleichzeitig dein Freund ist. Setz das nicht aufs Spiel, nur weil du auf falsche Freunde hörst. Lass die Finger von *VirTech*, halte dich von Kranz und den Amerikanern fern.«

In Stephans grauen Augen war nicht die geringste Gefühlsregung zu erkennen. Das Gefühl, plötzlich einem Freund als Gegner gegenüberzustehen, ohne den Grund dafür zu kennen, war mehr als unangenehm. »Das ist ja eine nette Drohung. Und ich dachte, LKA und Verfassungsschutz arbeiten für die gleiche Seite. Aber dass dies nicht der Fall ist, habe ich ja schon festgestellt. Egal, wie oft du es abstreitest. Einer von deinen Männern hat versucht, mich vom Motorrad zu holen. Denk mal lieber darüber nach. Wenn du davon wirklich nichts weißt, macht es die Sache auch nicht besser.«

Stephan runzelte die Stirn und schüttelte leicht den Kopf. »Ich kläre das. Aber ich bin nicht hier, um dir zu drohen, sondern um dich zu warnen, weil ich dir etwas schulde und weil ich dich für einen Freund gehalten habe.« Stephan tippte auf den Zettel, auf dem Sven während des Telefonats mit dem Anwalt den Begriff »Zerberus« notiert hatte »Vergiss, dass du das Wort jemals gehört hast. Sonst wird es für dich verdammt unangenehm, und denk daran, dass du einiges zu verlieren hast.«

Ohne weitere Erklärung verließ Stephan das Büro, und Sven starrte die Tür an. Irgendjemand zog im Hintergrund die Fäden und hatte genügend Einfluss, Verfassungsschutz und LKA gegeneinander auszuspielen. Als ob das nicht reichen würde, nagte an ihm das Gefühl, etwas übersehen zu haben. Etwas Wichtiges.

Genervt schloss Stephan Reimers die Datei und starrte aus dem Fenster des Hotelzimmers, ohne die Aussicht auf das parkähnlich angelegte Grundstück wirklich wahrzunehmen. Nichts passte bei diesem Fall zusammen. Das fing schon damit an, dass sein Team nicht wie sonst in den Büroräumen des Polizeipräsidiums arbeitete, sondern von ihren Hotelzimmern aus operieren musste. Für Besprechungen trafen sie sich in einem der Konferenzräume des Hotels, sofern einer frei war.

Sven hatte absolut ehrlich und überzeugend gewirkt, als er das Zusammentreffen mit einem von Stephans Männern geschildert hatte. Und wieso sollte er sich so eine verrückte Geschichte ausdenken? Aber das hieße dann, dass sich einer seiner Männer über seine Anweisungen hinweggesetzt hatte. Möglich wäre das durchaus, schließlich kannte er seine Mitarbeiter kaum. Die Bezeichnung »Team« traf eigentlich nicht zu, sie arbeiteten zum ersten Mal zusammen. Auch das war eher ungewöhnlich. Normalerweise arbeitete er alleine, und wieder einmal stellte er fest, dass das eine Menge Vorteile hatte.

Zu grübeln und sich über die Umstände zu ärgern brachte ihn nicht weiter, und schließlich hatte er einen konkreten Auftrag: herauszufinden, ob *VirTech* tatsächlich die Quelle von Zerberus war. Nach ihren Informationen zogen die Amerikaner als selbst ernannte Weltpolizisten wieder einmal ihr eigenes Spiel durch, bei dem deutsche Interessen auf der Strecke blieben. Wenn sich der Verdacht gegen *VirTech* bestätigte, wäre es Sache der deutschen Behörden, komplett mit den widerlichen Geschäften aufzuräumen und dafür zu sorgen, dass sämtliche Drahtzieher aus dem Verkehr gezogen wurden. Auf Sven konnte er hierbei nicht zählen. Der fühlte sich eher Mark Rawlins gegenüber verpflichtet, nachdem dieser bei dem Einsatz letztes Jahr seine Freundin und ihren Sohn gerettet hatte.

Aber passte es wirklich zu jemandem wie Rawlins, sich an einer üblen Vertuschungsaktion zu beteiligen? Svens Besuch bei der Fabrik und der Notizzettel auf seinem Schreibtisch deuteten darauf hin, dass dem LKA die Verbindung zwischen *VirTech* und Zerberus bekannt war. Warum gingen sie nicht dagegen vor? Oder taten sie das doch?

Hier würde er keine Antworten bekommen. Aber wenigstens standen nun seine nächsten Schritte fest. Er würde sein Team darauf ansetzen, den Verdacht gegen *VirTech* zu bestätigen, und dem Hinweis nachgehen, dass es sich bei *VirTech* nur um die Spitze eines Eisberges handelte.

Stephan wollte die Datei schon mit einem Mausklick schließen, als sein Blick auf einen Satz fiel, den er bisher eher beiläufig überflogen hatte. Plötzlich bekam er eine völlig andere Bedeutung. Durch eine einfache Halterabfrage des Motoradkennzeichens würde man Svens Anschrift nicht erhalten, dafür waren Kompetenzen erforderlich, die nur Stephan besaß. In einem Nebensatz hatte ein niedersächsischer Polizeibeamter in der Akte jedoch erwähnt, dass er Svens Freundin und ihren Sohn nach Ende des Einsatzes bis in die Ahrensburger Tannenstraße gefahren hatte. Eine Hausnummer war nicht angegeben. Damit wussten Stephans Leute, in welcher Straße Sven wohnte. Ihm war dies bisher schlicht und einfach nicht aufgefallen, weil er Svens Adresse natürlich kannte. Damit konnte er nicht länger ausschließen, dass Sven ihm die Wahrheit erzählt hatte. Aber was mochte Westphal für einen Beweggrund gehabt haben, Sven beinahe über den Haufen zu fahren? Seine Anweisung war klar gewesen: den Motorradfahrer unauffällig verfolgen. Niemand hatte Westphal befohlen, sich mit Sven direkt anzulegen, geschweige denn, ihn zu verletzen. Irgendetwas stimmte hier nicht, und er brauchte dringend jemanden, dem er uneingeschränkt vertrauen konnte. Leider schied Sven für diese Rolle durch seine Freundschaft zu den Amerikanern aus, aber er konnte wenigstens sein Team mit einem Freund verstärken, denn seinen eigenen Leuten traute er nun nur noch eingeschränkt. Dieser Fall wurde immer verworrener und unerfreulicher, und das war noch untertrieben.

7

Zum vermutlich hundertsten Mal sah Laura sich um, konnte aber Mark nirgends entdecken.

Das Barbecue wurde einmal jährlich von den Nachbarn gemeinsam organisiert, aus irgendwelchen Gründen, die sie nicht richtig verstanden hatte, immer an einem Montag. Und der Begriff »Nachbar« schloss in dieser weitläufigen Gegend auch Anwohner im Umkreis von mehreren Kilometern ein. Die fußballfeldgroße Grasfläche war von Bäumen umgeben, Sterne funkelten über ihnen, während Fackeln und Lichterketten den Grillplatz in ein warmes Licht tauchten. Der verführerische Geruch nach gegrilltem Fleisch und Mais lag in der Luft und vermischte sich mit dem Duft der hohen Kieferbäume. Wenn jetzt endlich Mark auftauchen würde, wäre der Abend vollkommen. Oder auch nicht. Vorfreude und Nervosität hielten sich die Waage.

Ein weiteres Mal blickte sie sich suchend um und entdeckte Dirk, der ihr zuwinkte und auf sie zukam.

»Falls du auf Mark wartest, der hat es leider nicht bis hierher geschafft.«

»Ist er noch auf der Base?«

Dirk deutete grinsend Richtung Tanzfläche. »Nein, da drüben, auf der anderen Seite, da wird es gleich spannend.«

Endlich entdeckte sie Mark, aber selbst aus dieser Entfernung sprach seine abweisende Miene für sich. Zwei platinblonde Frauen belagerten ihn. »Wer sind denn die?«

»Das sind diese Roberts-Schwestern. Mark hat seiner Mutter versprochen, dass er sich ihnen gegenüber benimmt. Ein ziemlich dummes Versprechen, wenn du mich fragst. Ich hätte einige Vorschläge, was man mit denen machen sollte.«

»Ich auch. Was soll das denn werden? Diese dämliche Gans hängt sich ja förmlich an ihn.«

»Eigentlich erstaunlich, dass die sich von seinem mörderischen Blick nicht abschrecken lassen. Aber soweit ich weiß, macht der sie ja richtig heiß.«

»Er tut was?« Laura fuhr so heftig zu Dirk herum, dass er abwehrend die Hände hob. »Hey, ich kann nichts dafür. Ich kenne die Story auch nur von Jake. Sie haben Mark durch einen dummen Zufall in Uniform in Washington gesehen und waren von seinen schönen bunten Streifen beeindruckt.« Dirk lachte leise, als Laura ihn verständnislos ansah. »Das sind ihre Worte, nicht meine. Mark hat ihnen zwar schon etliche Male erklärt, dass er nur für logistische Aufgaben zuständig ist, aber das nehmen sie ihm nicht ab. Zum Glück ahnen sie nicht, dass er ein SEAL ist. Beim letzten Mal wollte die eine wissen, wie viele Männer er getötet hat, und die andere, was für ein Gefühl das war. Das ist einer der Gründe, warum er solche Veranstaltungen eigentlich meidet. Aber für dich hat er eine Ausnahme gemacht.«

Laura verdrehte die Augen. »Mir ist jetzt auch danach, jemanden umzubringen. Ich fange mit der einen Ziege an und erzähle der anderen, was für ein Vergnügen das war.«

Begleitet von Dirks Lachen lief Laura quer über die Tanzfläche auf Mark und die beiden Frauen zu. Sie erreichte Mark in dem Moment, als auch die zweite der blonden Püppchen sich noch dichter an ihn heranschob. Trotz seiner eisigen Miene sah sie Wärme in seinen Augen aufblitzen, als sie heranstürmte. Zum Glück war ihre Tochter zu Hause geblieben, um auf die kleineren Kinder aufzupassen, sonst hätte sie sich wohl so einiges über Manieren und Benehmen anhören müssen, denn nach Höflichkeiten stand ihr nicht der Sinn. Energisch drängte sie sich zwischen Mark und die aufdringliche Frau und trat ihr dabei zielsicher auf den Fuß. Der Schmerzenslaut gefiel ihr ausgesprochen gut. Laura wirbelte herum und erwischte die Blondine mit dem Ellbogen in den Rippen. Rasch hob sie die Hand an den Mund, um ihr zufriedenes Lächeln zu verbergen. »Entschuldigung, wie ungeschickt von mir.«

Hinter ihr erklang ein gedämpfter Laut, den sie wohlweislich ignorierte. Marks amüsierter Blick hätte sie endgültig zum Lachen gebracht und ihr Schauspiel entlarvt. Laura trat einen Schritt auf eine der Schwestern zu, die sofort zurückwich. Anscheinend war die Botschaft angekommen, reichte aber noch nicht, um die aufgedonnerten Wesen in die Flucht zu schlagen. »Danke, dass Sie Mark bis zu meinem Eintreffen beschäftigt haben. Aber nun bin ich ja da. Einen schönen Abend noch.«

Sie nickte den beiden zu und wartete keine Antwort ab. Das empörte Schnauben interessierte sie genauso wenig wie der unverkennbare Protestlaut. Im Gegensatz zu Mark hatte sie niemandem versprochen, sich zu benehmen. Zufrieden, dass sie die Fronten geklärt hatte, drehte sie sich zu Mark um. Im Licht der Fackeln wirkten seine Augen fast goldfarben. In seinen Mundwinkeln zeigte sich schon der Ansatz seines unwiderstehlichen Grinsens.

»Es wurde aber auch Zeit, dass du kommst.«

Ein neuer Protestlaut erklang hinter ihr, aber Laura achtete nicht auf die Frauen und legte Mark die Arme um den Hals und zog ihn an sich. »Entschuldige die Verspätung, aber jetzt bin ich ja da.« Selbst sie hörte das unausgesprochene »Und jetzt gehörst du mir« heraus, aber das war ihr egal.

In Marks Umarmung vergaß sie für einige kostbare Augenblicke alles, was zwischen ihnen stand. Warum konnte die Zeit nicht anhalten und diesen Moment für immer bewahren?

Dirk hatte Lauras Auftritt amüsiert verfolgt. Die beiden passten verdammt gut zusammen, und er würde es Mark gönnen, wenn sich zwischen ihm und Laura etwas Dauerhaftes entwickelte. Als SEAL war es nicht einfach, Freunde zu finden und zu halten. Mark hatte zwar einen großen Bekanntenkreis, betrachtete aber neben Jake und Sven nur noch Brian Relston, der als Teamchef der SEALs regelmäßig am anderen Ende der Welt im Einsatz war, als Freund, und bei Jake kam noch hinzu, dass Mark sein Vorgesetzter war. Eine Frau und eine Familie wären der perfekte Ausgleich zu dem harten Job und der Verantwortung, die Mark bei seinen Einsätzen trug. Wenn es zwischen Mark und Laura wirklich funktionieren würde, hätte sich der gefährliche Einsatz in Hamburg doppelt und dreifach bezahlt gemacht, und das nicht nur für Mark. Ohne die damaligen Ermittlungen gegen die al-Qaida hätte Dirk weder Sven noch Mark, beide heute enge Freunde, kennengelernt.

Neben ihm hielt sich seine Frau Alex die Hand vor den Mund, und Dirk schüttelte die Gedanken an Mark und die Vergangenheit ab.

»Ich dachte, es kommt zum richtigen Kampf zwischen ihnen.« Seine Frau lachte nun doch laut los.

»Du bist vergnügungssüchtig. Aber interessant ist es schon.«

Er sah den beiden nach, die in Richtung Parkplatz davongingen. Schon nach wenigen Metern legte sein Freund Laura wie selbstverständlich einen Arm um die Taille und zog sie an sich.

Erst als sie direkt vor seinem Motorrad standen, löste Mark die enge Umarmung. Laura unterdrückte im letzten Moment einen Protestlaut. Marks Vorschlag zu einer nächtlichen Motorradtour hatte sie überrascht, aber sie hatte keine Sekunde überlegen müssen.

Der Parkplatz wurde nur schwach von einigen weit entfernten Laternen beleuchtet, aber dennoch erkannte sie, dass in Marks Augen wieder der intensive Ausdruck lag, der ihr in den letzten Tagen öfter aufgefallen war.

»Bist du schon mal auf einem Motorrad mitgefahren?«

»Ja, früher, bei meinem Bruder.«

Sie hätte wissen müssen, dass Mark der traurige Unterton in ihrer Stimme nicht entging. Sofort fasste er sie sanft am Arm. »Ich wusste gar nicht, dass du einen Bruder hast. Was ist passiert?«

»Als ich so alt war wie Rami jetzt hat mein Bruder mich häufig auf seinem Motorrad mitgenommen, obwohl unsere Eltern strikt dagegen waren. Das ist eine meiner wenigen schönen Kindheitserinnerungen. Deshalb habe ich Rami ja auch erlaubt, bei dir mitzufahren, obwohl ich ständig Angst um euch habe, wenn ihr beide unterwegs seid. Aber das ist eben so. Rick ist …« Sie räusperte sich. »Rick ist bei einem Autounfall ums Leben gekommen, und danach war meine Kindheit endgültig vorbei. Dann hatte ich nur noch meine Eltern, sein Name durfte nicht mehr erwähnt werden.«

Er zog sie eng an sich und streichelte ihr über den Rücken. Eine Weile schwiegen sie, trotzdem fühlte sie sich getröstet und verstanden. »Wenn es dir lieber ist, vergessen wir den Ausflug«, sagte Mark.

»Nein, auf keinen Fall, es ist nur ungewohnt, aber auch schön, ganz normal darüber reden zu können. Aber wir haben nur einen Helm und eine Jacke.«

»Hey, ich bin SEAL, und davor war ich Wirtschaftsprüfer. Zählen kann ich also.« Er zog seine Jacke aus und hielt sie ihr hin. »Für mich ist es warm genug, und ausnahmsweise fahre ich ohne Helm.«

Das war absolut unvernünftig. Dennoch kuschelte Laura sich ohne ein weiteres Wort in seine Jacke. Eigentlich war die

Nacht warm genug, aber sie roch nach Mann, nein, nach Mark, und seine Körperwärme hüllte sie ein.

Die Fahrt war viel zu kurz. Die hohen Bäume, deren Silhouetten dunkel in den Nachthimmel ragten, die engen Kurven, durch die Mark das Motorrad sicher lenkte, und der atemberaubende Sternenhimmel, das alles schuf eine beinahe unwirkliche Stimmung. Wieder schien Mark ihre Gedanken zu erraten.

»Wenn du möchtest, können wir später noch eine längere Tour unternehmen.«

»Meinetwegen auch gleich. Ich sehe hier nichts Besonderes. Meintest du die Straße bei Nacht? Die habe ich jetzt gesehen. Du kannst wieder Gas geben.«

Sein tiefes, raues Lachen fuhr direkt in ihre Magengegend. »Sei nicht so ungeduldig. Es geht da drüben lang.« Außer Bäumen konnte sie nichts erkennen, aber ohne zu zögern nahm sie seine Hand, die er ihr entgegenhielt. »Es sind nur ein paar Meter.«

Nach einem geschätzten halben Kilometer und dem gefühlten hundertsten Stolpern blieb sie stehen. »Das sind doch keine paar Meter. Außerdem ist es stockdunkel, und ich kann …« Abrupt brach sie ab, als neben ihr im Unterholz ein lautes Krachen ertönte.

»Ganz ruhig, das ist nur ein Reh, das vor uns flüchtet. Und wir sind wirklich gleich da.«

»Woher weißt du, dass das ein Reh und kein Bär war?«

»Weil ich den Schatten gesehen habe.«

»Gesehen?« Angestrengt starrte sie in das tiefe Schwarz, das sie umgab. »Wie willst du ohne Taschenlampe etwas erkennen? Ach, auch egal, ich glaube dir einfach. Besser ein Reh als ein Bär.«

Als er sie sanft an sich zog, spürte sie, wie sein Brustkorb vor unterdrücktem Lachen vibrierte. »Du brauchst keine Angst zu haben. Ich würde niemals zulassen, dass dir etwas geschieht.«

Die ruhige Feststellung jagte einen wohligen Schauer über ihren Rücken. Sie wusste nicht, was sie sagen sollte. Doch das war auch gar nicht nötig, denn Mark führte sie weiter durch die Dunkelheit. Nach wenigen Schritten blieb sie wie angewurzelt stehen. Im Licht des Mondes sah sie das zufriedene Glitzern in Marks Augen. »Habe ich dir zu viel versprochen?«

Fassungslos schüttelte sie den Kopf. War die relativ kurze Motorradfahrt durch die nächtliche Bergwelt schon beeindruckend gewesen, so fehlten ihr jetzt die Worte, um ihre Empfindungen auch nur annähernd ausdrücken zu können. Es war, als wäre sie mit einem Schlag in einer Fantasiewelt gelandet. »Es ist unglaublich.«

»Finde ich auch. Aber bleib dicht bei mir. Gut zehn Meter weiter vorne geht es steil bergab.«

»Als ob ich mich bewegen könnte.«

Der Mond tauchte die felsigen Berggipfel in silbernes Licht, Sterne funkelten wie Diamanten über den Wipfeln der hohen Bäume auf den Hängen, ein Wasserfall ergoss sich von einem Felsvorsprung in einen schmalen Fluss, der nach wenigen Windungen in einen tiefschwarzen See mündete. Wäre im nächsten Augenblick ein Einhorn am See aufgetaucht oder ein Drache mit weiten Schwingen über sie hinweggesegelt, sie wäre nicht erstaunt gewesen. Ein Fabelwesen hätte zu diesem Anblick gepasst. Langsam, beinahe andächtig ließ sie den Blick umherwandern und bemühte sich, jedes Detail tief in ihre Erinnerung einzubrennen, um diesen Moment niemals zu vergessen.

Endlose Minuten schienen vergangen zu sein, als sie bemerkte, dass Marks Aufmerksamkeit nicht der überwältigenden Landschaft galt, sondern ihr. In seinem Blick lag ein undefinierbarer Ausdruck.

Langsam neigte er sich vor, sein Mund fuhr sanft über die Konturen ihrer Lippen, bevor seine Zunge zärtlich, aber energisch Einlass begehrte. Sofort kam sie ihm entgegen.

Eine Leidenschaft, die sie so noch nie empfunden hatte, erfasste sie. Zum ersten Mal in ihrem Leben konnte sie sich vorstellen, einfach nur loszulassen und sich einem anderen völlig hinzugeben. Als Mark etwas zurückwich, legte sie ihm einen Arm um den Nacken, um ihn wieder dichter an sich heranzuziehen. Sie wollte mehr von dieser Hitze und dieser Nähe. Erst nach und nach wurde ihr bewusst, dass Mark sich zurückzog. Als er den Kuss beendete, empfand sie plötzlich Verlegenheit. Sofort zog er ihren Kopf an seine Brust. »Du ahnst gar nicht, wie gerne ich weitermachen würde. Aber nicht hier und jetzt.«

»Obwohl du recht hast, tut es mir leid, dass du recht hast.«

Er lachte. »Mir auch. Ich hätte es wirklich besser wissen müssen. Aber wir werden noch den richtigen Ort und Zeitpunkt erwischen.«

»Versprochen?«

Sein Grinsen ließ ihre Knie wieder weich werden. »Aber ja, und du weißt ja, dass ich meine Versprechen halte. Immer.«

Statt den direkten Weg zum Haus seiner Eltern zu wählen, fuhr er weiter durch die nächtliche Berglandschaft. Ausgesprochen widerwillig stieg sie eine knappe Stunde später vor der Holzveranda ab. Noch während sie nach den richtigen Worten suchte, legte er ihr einen Finger an die Lippen. »Wir sehen uns. So schnell wie möglich. Wir bekommen das hin.« Sie glaubte ihm jedes Wort.

Noch einmal zog er sie eng an sich. »Ich glaube, ich fahre lieber noch eine Runde, sonst …«

Seine heisere Stimme fuhr ihr wieder direkt in die Magengegend. Sie bekam ein Nicken hin, und er ließ sie los. Als er anfuhr, hob er grüßend die Hand. In seine Lederjacke gekuschelt sah sie ihm nach, bis der Schein des Rücklichts nicht mehr zu erkennen war. Die Vernunft sagte ihr, dass eine ernsthafte Beziehung zwischen ihnen ausgeschlossen war, aber sie hatte noch sein Versprechen im Ohr und klammerte sich an die Hoffnung.

8

Drei Stunden Schlaf waren zu wenig gewesen. Gähnend öffnete Mark die Augen, als Dirk ihn anstieß. Überrascht stellte er fest, dass sie die Navy-Basis Little Creek in unmittelbarer Nähe von Norfolk bereits erreicht hatten.

»Sorry, Mark. Aber ohne deinen Ausweis werden sie uns kaum durchlassen.«

»Kein Problem. Danke, dass du gefahren bist.«

»Das ist ja nun wirklich kein Problem.«

»Dann eben danke, dass du heute Morgen auf Fragen verzichtet hast.«

»Das war auch selbstverständlich, weil ich zufällig mitbekommen habe, dass du Laura vorm Haus abgesetzt hast und dann wieder weggefahren bist.« Dirk warf ihm einen vielsagenden Blick zu.

Mark beschränkte sich auf ein unverbindliches Schnauben. Die Anzahl seiner bisherigen Besuche in Hamburg würde er nicht nennenswert steigern können. Das reichte kaum für eine ernsthafte Beziehung, aber dennoch war es das, was er wollte.

Nach einem weiteren Seitenblick wechselte Dirk das Thema: »Ich hatte schon befürchtet, unser kleiner Ausflug nach Norfolk findet nicht statt.«

»Nur weil ein Einsatz droht? Die Vorbereitungen sind abgeschlossen. Wir können nur noch warten, und das heißt, unser Leben geht ganz normal weiter, bis das Startsignal kommt. Oft genug kommt es auch gar nicht zum Einsatz, aber das glaube ich dieses Mal nicht.«

»Klingt logisch. Hast du eigentlich noch Kontakt zu Andi?«

Die Frage kam überraschend, aber Mark war für jede Ablenkung dankbar. »Ja, wir mailen und telefonieren regelmäßig.«

»Kann es sein, dass sein Vorgesetzter ein ziemlicher Totalausfall ist?«

»Das könnte man so sagen. Woher weißt du das?«

»Wenn Andi und Mike freihaben, treffen wir uns gelegentlich. Mike machte so ein paar Anspielungen. Er sagte auch, es gebe Gerüchte, dass die Zusammenarbeit mit euch verstärkt werden soll.«

Nun hatte Dirk seine volle Aufmerksamkeit. Nachdenklich steckte Mark seinen Ausweis wieder weg, den er nur flüchtig hochgehalten hatte. »Anscheinend bist du besser informiert als ich. Ich habe darüber noch nichts gehört, allerdings war eine der Mails, die ich gestern beantworten musste, eine Beurteilung, wie gut die Deutschen sich beim gemeinsamen Training gehalten haben. Ich glaube, ich sollte mal meinen Vater ausquetschen, ob da was dran ist.« Dirk schien noch etwas sagen zu wollen, schwieg dann aber. »Weiter geradeaus und ganz am Ende rechts. Erst kommt der Bereich für die regulären Teams und dahinter ein flaches Gebäude, das du nicht verfehlen kannst. Das ist dann unser Teil.«

Dirk rangierte den Audi in eine freie Parklücke. Schon beim Aussteigen sah er sich neugierig um und gab schließlich einen enttäuschten Laut von sich.

»Was ist?«

»Das sieht alles nach ganz normalen Geschäftsgebäuden aus. Gut, dass ihr überall eure Fahne rumhängen habt und einige in Uniform rumlaufen, sonst würde ich nicht auf die Idee kommen, dass wir auf einer Navy Base sind.«

»Drinnen sieht es bei uns nicht viel anders aus als in deinem Büro, und wir tragen entweder zivil oder Tarnhose und

T-Shirt, nur bei den Waffen haben wir mehr Auswahl. Aber der erste Termin findet auf dem Hindernisparcours statt. Ich hoffe für Pat, dass er heute in der Zeit bleibt. Da drüben geht's lang.«

Von dem Hügel aus winkte Jake ihnen bereits zu. Auf der flachen Kuppe angekommen sah Mark auf seine Uhr. »Wir haben noch ein paar Minuten.«

Offensichtlich konnte Pat es jedoch nicht erwarten, den Parcours zu absolvieren. Der rothaarige Ire kam den Weg hochgesprintet. »Hey, Dirk. Das wird auch Zeit, dass du endlich auftauchst. Schön, dich zu sehen.« Für seine Teamchefs hatte Pat lediglich einen finsteren Seitenblick übrig. »So schön es auch ist, dich zu treffen, ein anderer Anlass wäre nett gewesen.«

Jakes zuckender Mundwinkel half Mark nicht, seine ernste Miene beizubehalten. Mit Pats frecher Art konnte er leben. Wenn nicht sein Hang zu durchlesenen Nächten oder stundenlangen PC-Spielen gewesen wäre, die sich gelegentlich in seiner mangelnden Fitness niederschlugen, hätte es an den Leistungen des SEALs nichts auszusetzen gegeben. Eine kleine Ermahnung konnte nichts schaden. »Hauptsache, dir ist klar, worum es heute geht.«

»Logisch. Hast du eigentlich eine Vorstellung davon, was mir droht, wenn ich das Ding in den Sand setze?«

Jetzt grinste Mark ganz offen. Die anderen Teammitglieder würden ihn schon angemessen zur Verantwortung ziehen, wenn Pat ihnen das angedrohte Extratraining einbrachte. »Eine ziemlich genaue.«

Aber Pat war noch nicht fertig. Herausfordernd stieß er Dirk an. »Machst du mit? Alleine ist der Parcours höllisch.«

»Vergiss es. Ich habe Urlaub.«

»War mir klar, Wirtschaftsprüfer. Das ist eben was anderes als eine lockere Joggingrunde.«

Obwohl Dirk äußerlich gelassen blieb, merkte Mark ihm an, dass ihn die Stichelei ärgerte. Doch er bekam keine Gelegenheit, Pat in die Schranken zu weisen. Dirks Lächeln glich einem Zähnefletschen. »Und wie willst du es deinem Boss erklären, wenn ich schneller bin?«

Die Versuchung war groß, das Duell schlicht und einfach zu verbieten, aber Dirk würde ihm das kaum danken. Pats herablassende Herausforderung war eine Sache, aber dass Jake und er Zeugen geworden waren, würde Dirk wurmen. Konditionell traute er Dirk die Strecke zu, aber die Hindernisse waren ein anderes Thema. Andererseits war Pat weit von seiner normalen Form entfernt, Dirk hingegen gut durchtrainiert, damit konnte er durchaus der Ansporn sein, den Pat offenbar brauchte. »Wenn du das durchziehen willst, brauchst du andere Klamotten. Ich leih dir was.«

Knapp zwanzig Minuten später hatte Dirk seine Jeans und sein Sweatshirt gegen eine Tarnhose und ein Navy-T-Shirt getauscht. Mark hätte einiges dafür gegeben, den Wortwechsel zwischen Dirk und Pat an der Startlinie mitanzuhören. Mittlerweile hatte sich sein gesamtes Team auf dem Hügel versammelt, und leise Kommentare wurden abgegeben.

»Wenn Pat das versaut, wird er sich wünschen, nicht geboren worden zu sein«, kündigte Tom an.

Daniel wandte den Blick nicht von Dirk ab. Braun gebrannt und mit blonden Haaren, die ihm ständig ins Gesicht fielen, wirkte Daniel wie der klassische unbekümmerte Surfer, aber der Eindruck täuschte. Er kam zwar aus Kalifornien und war erst nach seinem Medizinstudium zur Navy gegangen, hatte aber schon einigen Ärger bei den SEALs hinter sich. Erst die Funktion als Arzt in Marks Team hatte für etwas Ruhe und Beständigkeit in seiner Navy-Laufbahn geführt. Eigentlich war

Daniel allmählich so weit, selbst die Leitung eines Teams zu übernehmen, aber bisher war er offensichtlich mit seiner Position als dritter Offizier im Team zufrieden, und Mark würde sich deswegen nicht beschweren. »Abwarten, ich glaube unsere Chancen, dass der Idiot die Zeit einhält, sind dank Dirk um einiges besser.«

Das entsprach exakt Marks Einschätzung, aber Tom sah es anders: »Du spinnst, spätestens am dritten Hindernis steigt der aus.«

Als Fox, der Älteste im Team, der zum Ärger seiner Frau schon zweimal seine aktive Zeit verlängert hatte und für sämtliche logistischen Aufgaben zuständig war, das Startsignal gab, endete die Diskussion vorübergehend. Dirk befolgte Marks Rat und ging die Strecke in seinem normalen Lauftempo an. Das reichte, um die vier Meter hohe Kletterwand vor Pat zu erreichen. Dicht nebeneinander bewältigten die beiden Konkurrenten das Holzgerüst. Danach zeichnete sich ein Trend ab: Der SEAL war an den Hindernissen schneller, aber auf den Laufstrecken holte Dirk jeweils wieder auf. Die beiden lieferten sich ein Kopf-an-Kopf-Rennen, dessen Ausgang völlig ungewiss war. »Wenn er das Tempo hält, packt er es«, überlegte Jake laut, der gebannt das Rennen verfolgte.

Mark hielt ihm die Hand hin. »Ich wette eine Flasche Single Malt, dass Dirk durchhält.«

Jake winkte ab. »Ich bin doch nicht bescheuert und halte dagegen.«

Pats Lauftempo ließ weiter nach, aber auch Dirk schien am Ende seiner Kraft zu sein. Dennoch überquerten sie dicht nebeneinander die Ziellinie und ließen sich in den Sand fallen.

»Mist, damit hätte ich nicht gerechnet.« Tom drückte Daniel einen Zwanzig-Dollar-Schein in die Hand.

Grinsend verstaute Daniel das Geld in seiner Tarnhose.

Als Mark seinen Freund erreichte, gab Dirk bereits wieder erste Lebenszeichen von sich.

»Wie war die Zeit?« Pat, der wohl das Gleiche fragen wollte, brachte nur ein Keuchen zustande.

»Es war knapp, aber es reicht, um den Teamstandard zu erfüllen.«

Blinzelnd stieß Pat im zweiten Anlauf ein Wort hervor. »Beide?«

»Ja.«

Mark hielt Dirk die ausgestreckte Hand hin, und er ließ sich hochziehen.

Jake musterte Dirks schlammverschmierte Kleidung und Haare. »Als nächster Punkt steht dann wohl eine Besichtigung unserer Duschen auf dem Programm.«

Marks Handy meldete sich mit einem Vibrieren. Sein Vater. Er kam nicht einmal dazu, sich zu melden. »Ich will dich, Jake und Dirk sofort im Besprechungsraum sehen.«

Der Admiral gab ihm weder die Möglichkeit zuzustimmen noch nachzufragen. Nur eins war sicher: Eine freundliche Einladung zum Kaffee hätte anders geklungen.

»Was ist?« Besorgt sah Jake ihn an.

»Keine Ahnung, wir sollen ihn im Besprechungsraum treffen, aber nicht nur wir, auch Dirk wurde soeben dort hinzitiert.«

»Ich?«

Dirk sah ihn ratlos an, und Mark konnte lediglich mit den Schultern zucken. »Keine Ahnung, worum es geht.«

»Okay. Aber sollte ich nicht erst duschen?« Dirk deutete auf sein verdrecktes Outfit.

»Das ist kein Problem, Jake und ich sind dort auch schon oft genug so aufgetaucht.«

Sie hatten das Gebäude fast erreicht, als Dirk plötzlich stehen blieb. »Mir fällt nur ein möglicher Grund ein. Dieser Anschlag auf euer Team: Wurde dabei Giftgas eingesetzt?« Mark brauchte nichts zu sagen, Dirk sah ihm die Antwort an. »Das gibt's doch gar nicht. Bei dieser Firma, von der ich dir erzählt habe, geht's auch um Gas.«

Jakes Miene wirkte wie versteinert. »Das kann kein Zufall sein.«

Nicht nur das, unausgesprochen stand der Name »Kranz« als einzig mögliches Bindeglied zwischen ihnen.

9

Neben dem Admiral waren lediglich drei weitere Männer anwesend. Einer von ihnen war Marks Patenonkel Harm Richards, der Leiter des NCIS und damit für die Beschattung bei ihrem Ausflug nach Washington verantwortlich. Mark beschränkte sich auf einen eisigen Blick zur Begrüßung, den Harm lächelnd abtat. Wenigstens würde er nun Antworten bekommen; er ahnte aber, dass sie ihm nicht gefallen würden.

Sein Vater begrüßte Dirk freundlich, allerdings wirkte das Lächeln des Admirals gezwungen. »Danke, dass du dir die Zeit nimmst, Dirk. Ich gehe davon aus, dass ihr wisst, worum es geht, und euch schon ausgetauscht habt?«

»Nur flüchtig. Die Details liegen auf einem Server in Hamburg oder, wenn ich richtig vermute, schon bei dir.«

Das Lächeln des Admirals wurde entspannter. »Du vermutest richtig und hast auch gleich das Wort. Und tu mir einen Gefallen: Lass bitte deinen Partner leben, ich musste schwere Geschütze auffahren, bis er bereit war, euch nicht darüber zu informieren.«

»Ich denke drüber nach.«

»Dann lass uns beginnen. Aber ehe du die Einführung übernimmst, möchte ich dir kurz die Anwesenden vorstellen. Unsere Struktur und meinen Job kennst du, neben mir sitzt Harm Richards. Er ist Leiter des NCIS. Damit ist klar, warum er heute hier ist, denn einen normalen militärischen Konflikt können wir mittlerweile als Motiv für den Anschlag auf unser Team ausschließen.«

Harm stand auf und schüttelte Dirk die Hand. »Ich habe schon einiges von Ihnen gehört. Ich denke, nach Ihrer erfolgreichen Zusammenarbeit mit Mark im letzten Jahr wäre es eine gute Idee, Sie erneut zusammen loszuschicken.«

»Davon bin ich auch ausgegangen, nachdem feststeht, dass wir an der gleichen Sache dran sind.«

Mark schmunzelte. Auch Harm lächelte, während Admiral Ramsey leise schnaubte, aber Zuständigkeiten hatten Dirk noch nie interessiert.

»Daneben sitzt Admiral Ramsey. Er leitet die regulären Teams und ist damit durch den Anschlag auf Rage direkt betroffen.« Der Admiral beschränkte sich auf ein kühles Nicken, das Dirk ebenso distanziert erwiderte. »Und als Letztes ist da noch Dr. Brewer. Er ist unser wissenschaftlicher Leiter und hat die Koordination mit den Nachrichtendiensten sichergestellt. Er ist derjenige, der auf Svens Anfrage gestoßen ist. Aber dazu gleich noch mehr.«

Auch Dr. Brewer war aufgestanden und schüttelte Dirk die Hand.

»Dann ist es vermutlich Ihnen zu verdanken, dass wir schneller als erwartet auf eine Verbindung zwischen unseren Fällen gestoßen sind.«

»Was meinen Sie damit?« Ramseys Ton gefiel Mark nicht, und Dirks Stirnrunzeln sprach für sich, als er sich langsam zu dem Admiral umdrehte.

»Es liegt doch auf der Hand, dass wir kaum zufällig auf die gleiche Sache gestoßen sind. Mir fehlt im Moment noch die Fantasie, mir auszumalen, wer das eingefädelt hat und wie ihm das gelungen ist, aber an einen Zufall glaube ich nicht.«

»Woran Sie glauben, interessiert mich nicht, ich bin lediglich an Fakten interessiert.« Offenbar hatte Dirk einen empfindlichen Nerv getroffen. Sekundenlang wünschte Mark sich, Sven wäre ebenfalls anwesend. Der LKA-Beamte wäre am ehesten in der Lage, die einzelnen Puzzleteile zusammenzufügen.

Statt in gleicher Weise zurückzuschießen, wandte Dirk sich ab und musterte das Notebook, das vor der hufeisenförmig angeordneten Tischreihe auf einem Extratisch stand und an einen Beamer angeschlossen war. »Soll ich anfangen?«

Marks Vater nickte. »Sven hat mir sämtliche Dateien geschickt, aber ich kenne sie noch nicht, weil ich auf deine Erläuterungen warten wollte.«

»Die kannst du haben, aber erwarte nicht zu viel, wir standen noch ganz am Anfang.«

Ramsey lehnte sich auf seinem Stuhl zurück, bis die Lehne bedrohlich knarrte. »Wenn Sie schneller aktiv geworden wären, würden meine Jungs jetzt vielleicht bei ihren Familien sein, statt im Krankenhaus um ihr Leben zu kämpfen.«

Dirks Kiefermuskeln spannten sich sichtbar an, aber er wich Ramseys vorwurfsvollem Blick nicht aus. »Sie sagten eben selbst, dass es ›vielleicht‹ anders gekommen wäre. Sicher sagen kann das niemand. Soweit ich weiß, sind wir erst nach dem Anschlag auf die Firma gestoßen, aber Sie können davon ausgehen, dass mich die Frage auch verfolgen wird, ob wir irgendetwas hätten verhindern können. Fakt ist aber auch, dass wir nicht mehr als einen Anfangsverdacht hatten. Ich bin Wirtschaftsexperte und kenne mich mit Chemikalien nicht besonders gut aus. Wir hatten nicht mehr als mein Gefühl und meine Recherchen im Internet in der Hand. Vielleicht hätten wir trotzdem sofort loslegen sollen. Ich weiß es nicht. Für solche Überlegungen ist es jetzt zu spät, wenn ich etwas ändern könnte, würde ich das tun.« Dirk wartete keine Antwort ab, sondern warf mit einem Tastendruck den Bildschirminhalt über den Beamer an die Wand. Mark sah ihm jedoch an, wie stark Ramseys Vorwurf ihn getroffen hatte, und er ahnte auch, dass es

Sven gewesen war, der ihn ausgebremst hatte. Aber Dirk würde niemals etwas Negatives über seinen Partner sagen, sondern stand zu einer möglichen Fehleinschätzung.

Schnell und präzise setzte er sie ins Bild, indem er mit der Mail an Sven begann und dann zu der Aufstellung verschiedener Chemikalien, die er der Lieferantenbuchhaltung entnommen hatte, überleitete. Als er sich mit der Hand durch die Haare fuhr, lösten sich einige Schlammbrocken, und er geriet ins Stocken. Erstmals schien ihm sein Aufzug bewusst zu werden. »Sorry, das nächste Mal versuche ich, auf dem Weg hierher noch einen Umweg über die Duschen einzulegen. Zurück zu *VirTech*. Uns erschien es unlogisch, dass die Firma bei zahlreichen Lieferanten bestellt. Damit verzichtet sie nicht nur auf mögliche Rabatte, sondern umgeht vermutlich auch Meldevorschriften. Mittlerweile hat das BKA ja bestätigt, dass die Chemikalien alles andere als harmlos sind, sodass wir uns nun die Firma genauer ansehen werden.«

»Und wie sollte das aussehen?« Im Gegensatz zu Ramsey wirkte Harm lediglich interessiert.

»Ich will mir im Rahmen einer angeblichen steuerlichen Prüfung das Rechnungswesen ansehen. Da die Lieferantenbuchhaltung uns schon einiges geboten hat, erwarte ich, dass ich noch mehr finde, wenn ich Zugriff auf die vollständigen Daten habe. Womit sie ihr Geld verdienen, wo es hingeht und solche Dinge.«

Harm beugte sich leicht vor. »Gab es Kontakte der Firma in die USA?«

»Nur indirekt. Keine Lieferanten oder Kunden, aber der Server und die IT werden anscheinend von einer amerikanischen Firma gewartet, das heißt eigentlich von deren deutscher Tochter.« Dirk stutzte und deutete auf Jake. »Das wäre vielleicht auch eine Möglichkeit, jemanden reinzubringen.«

Zustimmend nickte Harm. »Klingt nach einem guten Ansatz.«

Unerwartet stand Ramsey auf und ging um die Tische herum. Direkt vor Dirk blieb er stehen. »Mir reicht es, wenn einer von uns reingeht. Glauben Sie, weil Sie hier einmal SEAL spielen durften, bekommen Sie so was hin? Danke für die Informationen, aber den Rest übernehmen wir.«

Dirk wich keinen Schritt zurück, sondern grinste Ramsey spöttisch an. »Sie selbst vielleicht? Auf mich wirkt es, als ob Sie nicht mehr aktiv mitspielen. Außerdem dachte ich, die Zuständigkeit wäre geklärt: LKA und Navy *gemeinsam*.« Dirk betonte das letzte Wort überdeutlich. »Und anscheinend haben Sie es noch nicht mitbekommen: Der Zweite Weltkrieg ist vorbei. Einsätze Ihrer Streitkräfte ohne Abstimmung mit den zuständigen nationalen Behörden kommen bei uns ziemlich schlecht an.«

»Sie meinen die Behörden, die Ihre Anfrage ans FBI, an Interpol und die anderen aus den Systemen gelöscht haben?«

Überrascht fuhr Dirk zu Marks Vater herum, der langsam nickte. »Das stimmt. Sven weiß darüber schon Bescheid. Wir wissen im Moment jedoch nicht, wer das aus welchem Grund veranlasst hat.« Der Admiral stand auf und stellte sich demonstrativ neben Dirk. »Was immer auch dahinterstecken mag, Dirk und sein Partner haben schon bewiesen, dass wir ihnen vertrauen können.«

»Dir vielleicht, mir nicht. Was ist mit Ihnen, Richter? Wenn es drauf ankommt, wem gehört dann Ihre Loyalität: Ihrem Land oder unserem?« Ramseys spöttisch-herausfordernder Ton ließ Dirk sichtbar die Zähne zusammenbeißen.

Mark wollte gerade eingreifen, als Dirk ihm ein Zeichen gab, sich zurückzuhalten. »Solange ich nicht weiß, was hier gespielt wird, kann ich Ihnen die Frage nicht beantworten. Aber eins ist sicher: Weder meinen Partner noch mich zwingt eine Uniform zu blindem Gehorsam. Und wenn Sie wissen wollen, wem unsere Loyalität gehört, lautet die Antwort: Captain Rawlins und seinem Team. Unser Ziel wird es sein, die Verantwortlichen für den feigen Anschlag auszuschalten. War's das jetzt?«

Statt Ramsey antwortete Harm. »Mir reicht es jedenfalls.« Sein Patenonkel ließ offen, ob er Dirks Vortrag oder Ramseys Verhalten meinte. »Sowohl BKA als auch Dr. Brewer haben Dirks Verdacht bestätigt, damit kennen wir unser Ziel. Wir verschaffen Jake ein vernünftiges Cover, damit er direkt an die IT-Systeme herankommt, damit haben wir zwei Männer in der Firma. Das sollte reichen. Die weitere Vorgehensweise liegt dann bei Captain Rawlins und dem LKA. Ich bin sicher, dass die Abstimmung problemlos funktionieren wird.«

Erstaunlicherweise wirkte Ramsey keineswegs beleidigt, sondern ausgesprochen zufrieden mit der Entwicklung. Mark schob seinen Stuhl zurück. »Das war doch ein passendes Schlusswort. Wir kümmern uns um den Flug und die Unterbringung.«

Der Gesichtsausdruck seines Vaters gefiel ihm nicht, zumal er seinem Blick auswich. »Überlass das Jake und Dirk. Wir müssen noch einen weiteren Punkt klären.«

Wenigstens blieb neben seinem Vater lediglich Harm zurück. Vermutlich war es Ausdruck seines Missfallens, dass Ramsey die Tür des Besprechungsraums demonstrativ hinter sich zuschlug. Vor seinem Vater und seinem Patenonkel hielt Mark sich nicht mit Formalitäten auf. »Was ist denn noch?«

»Es gibt einige Rahmendaten, die du kennen solltest.«

Sein Misstrauen wuchs. »Wieso nur ich? Was ist mit Jake und Dirk?«

Diese kalte, unnahbare Miene hatte Mark bisher nur selten bei seinem Vater gesehen. Das letzte Mal, als er als Siebzehnjähriger seinen Jeep gegen einen Baum gesetzt hatte. »Ich weiß, dass dir das hier nicht gefallen wird, aber mach dir klar, dass es eine direkte Anweisung aus dem Pentagon und auch von mir ist. Entweder du befolgst den Befehl, oder dein Team wird nicht nach Hamburg fliegen. Es ist deine Entscheidung.«

»Worum geht es?«

»Das Team von Rage ist auf Basis eines gefälschten Befehls losgezogen. Die Anweisung kam direkt von hier. Obwohl sie angeblich von Ramsey unterschrieben war, hat er das Schreiben nie zuvor gesehen und wusste auch nichts von der geplanten Hausdurchsuchung. Der Reporter, der sie begleitet hat, hat einige Geldeingänge auf seinem Konto bisher nicht erklären können. Aber es steht fest, dass er eine echte Legitimation hatte. Die stammt ebenfalls aus Norfolk. Und als letzten Punkt haben wir das, was wir eben nur kurz angesprochen haben: Wenige Minuten nachdem Dr. Brewer auf Svens Anfrage übers BKA an Interpol gestoßen ist, wurde sie aus dem System gelöscht. Auch wenn die Löschaktion von deutscher Seite ausging, muss die Information, dass wir darauf gestoßen sind, von hier stammen.«

Mark brauchte keine Sekunde, um die richtige Schlussfolgerung zu ziehen. »Das heißt, dass jemand innerhalb der Navy unsere Gegner mit Informationen versorgt und gleichzeitig genug Einfluss hat, um ein SEAL-Team auf eine gefakte Mission zu schicken.« Der nächste Gedanke lag auf der Hand. »Und dann glaubt ihr ernsthaft, dass ich Jake und Dirk in die Firma schicke? Die wissen doch vermutlich längst über unseren Plan Bescheid, wenn wir in Hamburg landen. Vergiss es. Das Risiko ist unkalkulierbar.«

Harm seufzte. »Ich will das Risiko nicht kleinreden, sondern sehe die Sache eigentlich wie du. Aber wir haben keine andere Wahl. Ramsey hat hinter unserem Rücken die Information über die Löschung von Svens Anfrage ans Pentagon weitergeleitet. Wie du gemerkt hast, hält er von deiner Zusammenarbeit mit dem LKA überhaupt nichts und wäre froh, wenn ein anderes Team den Fall übernimmt. Im Pentagon ist man seiner Ansicht und traut den deutschen Behörden auch nur eingeschränkt. Ich muss zugeben, dass das Misstrauen grundsätzlich berechtigt ist. Wir haben nicht die geringste Vorstellung, wer hier und gleichzeitig in Berlin falschspielt.«

»Und deshalb soll ich Dirk und Jake als Köder benutzen, um zu sehen, ob und wann sich unser Gegner zeigt. Oder sehe ich das falsch? Und dann wäre da ja wohl noch ein Punkt zu klären, oder soll ich mich ständig umsehen, ob deine Männer hinter mir her sind.«

Die Antwort übernahm sein Vater. »Dazu kommen wir gleich. Erst einmal will ich wissen, ob du den Auftrag zu diesen Bedingungen annimmst. Du fliegst nur nach Hamburg, wenn du mir dein Wort gibst, dass du dich exakt an deine Befehle hältst. Keine Eigenmächtigkeiten, keine Auslegung deinerseits.«

In der Vergangenheit hatte Mark oft genug Anweisungen großzügig ausgelegt und damit Erfolg gehabt. Er verstand nicht, warum sein Vater ihm den Weg dieses Mal versperrte. Jake und Dirk als Köder zu benutzen war undenkbar. Unwillkürlich sah er Harm Hilfe suchend an und überlegte ernsthaft, den Auftrag abzulehnen.

»Himmel, Jim, sag es ihm. Es dauert keine fünf Minuten, bis er es direkt von seinem Freund in Hamburg erfährt. Außerdem schätze ich, dass er schon längst selbst draufgekommen ist, und ich werde ihm auch nicht länger verschweigen, warum meine Männer in Washington unterwegs waren.«

»Also gut, Mark. Ich muss sicher sein, dass du objektiv und frei von Gefühlen den Auftrag übernimmst. Ramsey ist nur deine freundschaftliche Beziehung zum LKA ein Dorn im Auge. Aber es geht um mehr: Kranz ist in die Sache verwickelt. Ich habe keine Vorstellung davon, warum und in welchem Umfang. Rede mit Sven, der hat vielleicht schon mehr Informationen. Außer Harm und mir weiß bisher niemand, dass die Frau des einzigen Verdächtigen gerade ihren Urlaub ausgerechnet mit dir verbracht hat. Willst du mir erzählen, dass das ein Zufall ist? Und bist du wirklich sicher, welche Rolle sie in diesem Fall spielt? Und ehe du auf Harm sauer bist – er hat seine Männer auf meine Bitte hin losgeschickt. Ich war nicht sicher, ob du deinen Job vielleicht vergisst, wenn es um sie geht.«

Mark antwortete nicht sofort, obwohl heiße Wut in ihm aufstieg. Doch er ließ sich nichts anmerken. Damit hätte er seinem Vater nur in die Hände gespielt. »Du hättest mich auch einfach fragen können. Laura hatte nichts mit den Verbrechen ihres Mannes zu tun. Wenn du meiner Einschätzung nicht glaubst, lass dir von Sven die Ermittlungsakten geben.«

»Sie hat doch selbst zugegeben, dass durch ihre Schuld Dirks Cover aufgeflogen ist.«

Dieses Mal musste Mark tief durchatmen, bis er sich genug in der Gewalt hatte, um ruhig zu antworten. Dirk und er hatten gefühlte Ewigkeiten gebraucht, um Laura davon zu überzeugen, dass sie keine Schuld traf. »Wenn das so wäre, würde Dirk kaum mit ihr befreundet sein. Alleine das sollte dir schon genug sagen.«

»Es reicht gerade eben, um sie nicht sofort festzunehmen und zu verhören.«

Jetzt konnte Mark einen Fluch nicht zurückhalten. »Das solltest du lieber gar nicht erst versuchen. Sie ist unschuldig. Punkt.«

Sein Vater behielt die unnahbare Miene bei, aber Harm seufzte vernehmlich. »Könntet ihr jetzt bitte beide aufhören?

Mark, du musst einsehen, dass du nicht besonders objektiv an diesen Fall herangehst. Du kannst es als großes Entgegenkommen betrachten, dass du von dem Einsatz nicht wegen persönlicher Betroffenheit abgezogen wirst. Und Jim, Mark hat auch recht. Es fällt mir schwer zu glauben, dass Laura es geschafft hat, deinen Sohn und seine Freunde vom LKA hinters Licht zu führen. Aber wenn, ich betone, wenn sie doch auf irgendeine Art und Weise in Zerberus verwickelt ist, müssen wir sicher sein, dass du deinen Job tun wirst.«

Mark zögerte. Wenn er den Auftrag ablehnte, erreichte er nichts. Im Gegenteil, die Vorstellung war unerträglich, dass Laura in das Visier anderer Ermittler geraten könnte. Aber Jake und Dirk auf einen Selbstmordtrip zu schicken, war ebenfalls ausgeschlossen. Er musste eine Lösung finden. Später.

»Ich übernehme es.«

Langsam schüttelte Jim den Kopf. »Das reicht mir in diesem Fall nicht, ich will dein Wort haben, dass du genau nach unseren Vorgaben spielst. Ohne Ausflüchte. Ohne eigene Ermessensspielräume.«

»Du hast mein Wort.« Seine Stimme klang heiser, aber das konnte er nicht ändern. Er verließ den Raum, ohne sich zu verabschieden.

10

Gegen Mitternacht war der Himmel in den Blue Ridge Mountains beinahe schwarz. Schnell durchziehende Wolkenfetzen verbargen immer wieder den Mond und die Sterne, dann war der Scheinwerfer des Motorrads die einzige Lichtquelle. Mark ließ die Maschine auf dem Seitenstreifen ausrollen. Von hier aus konnte er sein Elternhaus bereits sehen. Die Tour nach Virginia war Wahnsinn. Wenn sein Vater ihn bemerkte, käme er nicht mit einem einfachen Tadel davon. Es war ein ungeschriebenes Gesetz, dass der Teamchef die Nacht vor dem Abflug mit seinen Männern verbrachte. Ein Besuch bei der Exfrau eines Verdächtigen war wohl kaum eine Entschuldigung, die Basis zu verlassen. Jake hatte nichts gesagt, als er losgefahren war, aber dadurch war sein schlechtes Gewissen nur weiter gewachsen.

Er hätte dem Auftrag niemals zustimmen dürfen. Aber wenn er abgelehnt hätte, wäre er auch keinen Schritt weiter.

Langsam stieg er ab. Lautloses Anschleichen gehörte zum Job, allerdings hätte er nicht damit gerechnet, diese Fähigkeit jemals in seinem Elternhaus anzuwenden. Als er das Gästezimmer erreichte, in dem Laura untergebracht war, blickte er unschlüssig auf die geschlossene Tür. Natürlich würde sie um diese Zeit schlafen, und wenn er sich mit Klopfen aufhielt, riskierte er es, jemanden zu wecken. Lautlos betrat er den Raum.

In dem Moment, als er das Bett erreichte, kam der Mond hinter einer Wolke hervor und tauchte das Zimmer in silbernes Licht. Laura lag auf der Seite, die Bettdecke eng um sich gewickelt. Das zerzauste Haar umrahmte ihr Gesicht. Vorsichtig setzte er sich auf die Bettkante und legte seine Hand an ihre Wange. Ehe er sie wecken konnte, schmiegte sie ihr Gesicht in seine Handfläche. Wie in Zeitlupe hoben sich ihre Lider, doch statt zu erschrecken, als sie ihn sah, lächelte sie. »Ich habe mir gewünscht, dass du noch vorbeikommst, ehe du wegfliegst.«

Schweigend sah er sie an und fuhr sich schließlich durch die Haare. Natürlich hatte ihr Dirk sagen müssen, warum er alleine nach Virginia zurückgekehrt war, aber dass sie ihn trotzdem mehr oder weniger noch erwartet hatte … »Ich sollte nicht hier sein. Aber wir müssen reden.«

Sichtlich erstaunt setzte sie sich auf. Die Bettdecke rutschte von ihren Schultern und entblößte ein weit ausgeschnittenes T-Shirt. Verdammt, das machte die Sache noch schwieriger.

Laura rieb sich über die Augen und lächelte ihn verschlafen an. »Eine ziemlich ungewöhnliche Zeit, um zu reden. Und warum solltest du nicht hier sein?«

Die Frage war so absurd, dass er beinahe gelacht hätte. Laura tat, als ob Besuche weit nach Mitternacht völlig normal wären. »Das ist einer der Punkte, die so kompliziert sind, dass ich nicht weiß, wie ich sie dir erklären soll.«

»Fang einfach an.«

Das war leichter gesagt als getan. Er konnte ihr kaum sagen, dass sein Vater es für möglich hielt, dass sie zusammen mit ihrem Exmann in Giftgasanschläge verwickelt war. Oder dass seine Regierung wollte, dass er Jake und Dirk als Köder einsetzte. Warum war er eigentlich hergekommen? Er wusste es selbst nicht. Alles, was er erreichen konnte, war, Laura auch noch gegen sich aufzubringen.

»Ich kann nicht, Laura.«

Verdammt, verdammt, verdammt. Das klang auch völlig falsch. Er rechnete mit einer heftigen Reaktion, aber stattdessen sah sie ihn stumm an und nickte dann langsam.

»Also gut. Dann zieh deine Jacke aus.«

»Warum?«

»Tu einfach einmal das, was ich dir sage.«

Es war einfacher, ihrer Aufforderung nachzukommen, als sich auf eine Diskussion einzulassen. Kaum hatte er die Lederjacke ausgezogen, fasste Laura nach seinem Arm und zog ihn an sich. »Keine Angst, ich will dich nicht … also, ich meine … du brauchst eine Pause, Mark. Leg dich einfach hin und ruh dich aus. Meistens sieht die Welt nicht mehr ganz so grau aus, wenn man etwas geschlafen hat.«

Schlaf? Er war ganz bestimmt nicht hergekommen, um sich auszuruhen, aber da war etwas in ihren Augen, das ihn dazu brachte, ihrem Wunsch nachzugeben. Kaum hatte er sich neben ihr auf das Bett sinken lassen, kuschelte sie sich an ihn, zögerte dann aber. »Also noch mal, ich will nicht, dass du denkst …«

Ein Lachen stieg in ihm auf, das er kaum zurückhalten konnte. Er vergrub sein Gesicht in ihren Haaren. »Zur Not könnte ich mich auch wehren, wenn du …« Die Vorstellung war so absurd, dass er nun doch leise lachte. Laura schnaubte empört und versetzte ihm einen spielerischen Schlag in die Rippen.

»Hey, du willst also wirklich kämpfen?«

Sie stimmte in sein Lachen ein und schüttelte den Kopf. »Nein, ganz bestimmt nicht.«

Sanft strich sie ihm durch die Haare, und er genoss die Berührung mehr, als er sich vorgestellt hatte. Wenigstens zweifelte er nicht länger an seinem Entschluss, hierherzufahren. Es gab keinen Ort, an dem er in diesem Moment lieber wäre, auch wenn das an seinen Problemen nichts änderte.

»Wir bekommen das alles hin, Laura, auch wenn ich noch nicht weiß, wie.«

»Vielleicht solltest du aufhören, alles alleine lösen zu wollen. Du bist nicht für alles verantwortlich, Mark.«

Ihm gelang ein zustimmender Laut. »Ich bekomme das hin, Laura«, wiederholte er.

Sie seufzte tief. »Genau das meinte ich, aber nun hast du genug geredet. Ruh dich aus, und das war ein Befehl, Captain.«

Lächelnd gehorchte er.

Leises Vogelzwitschern weckte Laura am frühen Morgen. Eine ungewohnte, aber sehr angenehme Wärme umfing sie. Mark. Himmel, sie hatte geträumt, er wäre noch vorbeigekommen und dann … Das Kopfkissen unter ihr bewegte sich leicht. Schlagartig war sie wach. Traum? Von wegen. Mark war tatsächlich hier, und ihr Kopf lag auf seiner Schulter. Einen Arm hatte sie um ihn geschlungen, als ob sie verhindern wollte, dass er ging.

Dann war es kein Traum gewesen. Irgendetwas hatte ihn sehr beschäftigt. Wie typisch für ihn, dass er nicht darüber sprach, sondern versuchte, sämtliche Probleme alleine zu lösen. Jeder brauchte einen Menschen, der einfach nur für ihn da war, aber bei Mark fiel ihr niemand ein, der diese Rolle innehatte.

Seine Finger malten kleine Kreise in ihren Nacken und ließen sie erschauern.

Sie hob den Kopf an und sah direkt in seine amüsiert funkelnden goldfarbenen Augen.

Ehe sie seine Absicht durchschaute, rollte er sich mit ihr so herum, dass sie auf ihm lag. »Guten Morgen. Eigentlich hatte ich andere Pläne für unsere erste gemeinsame Nacht.«

Auf seiner Brust zu liegen und von seinen Armen gehalten zu werden, gefiel ihr ausgesprochen gut. »Ich auch, aber das war auch sehr schön und … ich meine, nicht, dass du denkst, ich wollte das andere nicht, aber …« Himmel, sie stotterte wie ein

Teenager. Doch er sah sie weiter einfach nur liebevoll an, dabei hätte sie es verstehen können, wenn er sie auslachte. »Geht es dir ein bisschen besser?«

Die Wärme verschwand aus seinen Augen. »Du hattest recht, ich könnte eine Auszeit gebrauchen.«

Widerstrebend löste sie sich aus seiner Umarmung und setzte sich neben ihn auf die Bettkante. Sie zögerte, aber wenn sie Antworten haben wollte, musste sie die Gelegenheit nutzen, ehe er aufbrach. »Hast du auch ein Problem mit uns?«

Seine Miene wurde wachsam, und er atmete tief durch. »Bin ich mittlerweile so leicht zu durchschauen? Dann sollte ich wohl froh sein, dass wir auf der gleichen Seite stehen.«

Sie runzelte verärgert die Stirn. Rasch zog er sie an sich. »Entschuldige, das war nicht so gemeint. Und leider muss ich jetzt dringend los. Wenn mein Vater merkt, dass ich hier war, haben wir ein ernsthaftes Problem.«

Laura machte sich los und starrte ihn fassungslos an. »Deine Eltern dürfen nichts von uns erfahren? Gibt es denn überhaupt ein ›Uns‹?«

»Nein, so meinte ich das nicht.« Er fuhr sich durch die Haare, und sein Lächeln wirkte gezwungen. »Natürlich gibt es ein ›Uns‹.« Was auch immer das bedeutete, und besonders überzeugend klang das auch nicht. »Gib mir einfach ein bisschen Zeit, Laura. Vertrau mir.«

Das war viel verlangt, sehr viel. Schon einmal hatte sie einem Mann vertraut und war schwer enttäuscht worden. Mark saß immer noch neben ihr, aber sie hatte das Gefühl, sich meilenweit von ihm entfernt zu haben.

»Mark, ich will nicht, dass du über Dienstgeheimnisse mit mir sprichst. Aber ich spüre doch, dass da etwas ist, das dich beschäftigt und das sowohl mit uns als auch mit deinem Job zu tun hat.«

Mark schüttelte den Kopf, stand auf und griff nach seiner Jacke. »Ich melde mich möglichst schnell bei dir.«

»Was heißt das? Ich denke, du hast erst einmal einen Einsatz vor dir.«

Und wieder einmal setzte er die unnahbare Miene auf, die sie hasste. »Trotzdem. Vertrau mir«, wiederholte er.

Wie sollte sie das, wenn er sich so verschloss? Sie schlang die Arme um sich, wie um sich zu schützen, und wandte den Blick ab.

Mit zwei großen Schritten war er bei ihr. Wortlos zog er sie an sich. »Es ist schon spät, Laura. Ich muss jetzt los. Wir reden später in Ruhe miteinander.«

Sie schob ihn von sich.

»Später wird es nicht möglich sein. Ich fliege heute zurück nach Hamburg.« Mark schien etwas sagen zu wollen, schüttelte dann aber lediglich leicht den Kopf. Was sollte das denn nun bedeuten? Einen Moment herrschte Schweigen. Dann seufzte er. »Warum muss es nur so höllisch kompliziert sein? Aber ich werde eine Lösung finden, das verspreche ich dir.«

»Und zwar alleine … ich weiß, Mark.« Fast tat er ihr leid, aber nur fast. »Du bist wirklich …« Seine Augenbraue hob sich. »… ein verdammter Sturkopf.«

Endlich zeigte sich sein gewohntes Grinsen. »Damit kann ich leben. Wir sehen uns, Laura. Bald.« Ohne weiteres Wort wandte er sich nach einem viel zu flüchtigen Abschiedskuss der Tür zu. Mit der Hand an der Klinke drehte er sich noch einmal um. »Außerdem ist es besser, wenn ich jetzt gehe, solange ich mich von dem verführerischen Anblick noch lösen kann.«

Erst jetzt bemerkte sie, dass ihr T-Shirt verrutscht war und mehr von ihrer Brust zeigte, als beabsichtigt war. Fassungslos starrte sie weiter auf die Tür, obwohl er schon längst verschwunden war, und wusste nicht, ob sie lachen oder weinen sollte.

Leise zog Mark die Haustür hinter sich ins Schloss, obwohl ihm mehr danach war, sie laut zuzuknallen. Bei seinem Motorrad angekommen schien ihn sämtliche Energie zu verlassen. Müde lehnte er sich an die Sitzbank. Das war es vermutlich, was sein Vater mit unprofessionellem Verhalten gemeint hatte. Er hätte niemals zu ihr fahren und schon gar nicht die Nacht bei ihr verbringen dürfen, wenn er gegen ihren Exmann ermittelte und seine Vorgesetzten vermuteten, dass Laura ebenfalls in die Verbrechen verwickelt war. Wenigstens das schloss er aus. Selbst wenn der Fall nicht zwischen ihnen stehen würde, hatte er keine Ahnung, wie es weitergehen sollte. Laura, ihr Haus und die Kinder waren wie ein Ruhepol für ihn. Aber das war verdammt egoistisch, denn was konnte er ihr schon bieten? Wochenlanges Warten auf ihn, während er irgendwo in der Welt unterwegs war. Außerdem hatte er immer noch keine Ahnung, wie er es vermeiden konnte, dass Jake und Dirk ohne Vorwarnung in tödliche Gefahr gerieten. Seine Befehle auszuführen, kam nicht infrage, aber er hatte sein Wort gegeben … Außerdem hatten sie keine Alternative, wenn sie an die Giftgasproduzenten herankommen wollten.

Ein leises Geräusch hinter ihm verriet ihm, dass er nicht länger alleine war. Er fuhr herum.

Instinktiv sprang Dirk zurück. »Ganz ruhig. Ich bin es nur.«

Mark ließ die kampfbereit erhobenen Hände wieder sinken. »Was machst du hier?«

»Na, deine Laune ist ja immer noch hervorragend. Ich hatte gehofft, dass eine Joggingrunde gegen den verdammten Muskelkater hilft, ehe ich stundenlang im Flieger sitze. Eine nette Erinnerung an den Parcours.« Als Mark schmunzelte, nutzte Dirk sofort die Gelegenheit: »Sollte ich nicht eher fragen, was du hier machst? Was ist mit dir los, Mark? Wenn ich unbemerkt so dicht an dich rankomme, muss es verdammt schlimm sein.«

Er zog es vor, nicht darauf einzugehen. »Es muss nicht unbedingt jeder mitkriegen, dass ich hier war.«

»Das war mir klar, sonst hättest du nicht hier geparkt.« Dirk blickte zum Haus hinüber. »Ist es wegen Kranz und Laura? Wir waren uns doch einig, dass sie nichts mit dem Mist zu tun hat.«

»Wir vielleicht, mein Vater sieht das anders.«

»Verdammt.« Dirk musterte Marks Gesicht. »Aber erzähl mir nicht, dass dir das so die Stimmung vermiest hat. Da ist doch noch mehr.«

Mark hätte wissen müssen, dass Dirk sich nicht so leicht überzeugen ließ. Er starrte schweigend auf den Boden. Schließlich seufzte Dirk. »Na gut, wenn du reden willst, weißt du ja, wo du mich findest. Und wenn es wegen Laura ist, das bekommst du schon hin. Immerhin seht ihr euch übermorgen wieder.«

»Davon weiß sie noch nichts, also erwähne es bitte auch nicht.«

Dirks Gesicht war ein einziges Fragezeichen. Mark winkte ab. »Lass gut sein.« Er schwang sich auf sein Motorrad, startete den Motor und ließ seinen Freund ratlos und misstrauisch zurück, aber das konnte er im Moment nicht ändern.

11

Laura hasste Langstreckenflüge. Die Enge, die schlechten Filme und das miserable Essen, für das insbesondere British Airways berüchtigt war, das alleine wäre mit zwei ungeduldigen und gelangweilten Kindern schon eine Höchststrafe, aber hinzu kam noch die Trennung von Mark. Die Probleme, die er offensichtlich sah, aber vor ihr verbarg, ließen ihr keine Ruhe. Mit jeder Sekunde entfernte sie sich weiter von ihm. Sie schrak zusammen, als eine Berührung am Arm sie aus ihren Gedanken riss.

»Unser Sohn schläft. Meine Frau sieht sich auf ihrem Tablet mit Rami und Nicki einen Disney-Film an. Ist es in Ordnung, dass wir die Plätze getauscht haben? Ich würde mir hier gerne etwas in Ruhe durchlesen, und ich glaube, du solltest auch etwas Schlaf nachholen.«

»Ich bin nicht müde, ich habe nur …«

Dirks zuvor angespannte Miene wurde weicher. »Ihr bekommt das schon hin.«

»Du weißt, dass ich und Mark … also, dass er noch da war …?«

»Ja, ich habe ihn noch zufällig getroffen.«

Ihr kam ein Gedanke. Es war zwar hinterhältig, Dirk auszuhorchen, aber manchmal waren eben alle Mittel erlaubt. »Dafür müssten wir uns erst einmal treffen. Wie soll das funktionieren, wenn er unterwegs ist?«

Dirks Grinsen blitzte auf. »Oh nein, er muss dir selbst sagen, wo er hinfliegt. Ich kann und darf nicht über seine Einsätze reden.«

Mist, durchschaut. Sein Zwinkern beruhigte sie, obwohl sie nicht sagen konnte, warum. »Na, du bist ja gut informiert.«

»Das wärst du auch, wenn du genau hingehört hättest.«

Dirks freche Art war genau das, was sie brauchte. Als ob damit alles geklärt wäre, wandte er sich seinem Notebook zu. Sie schlug ihr Buch auf. Leider ein glatter Fehlgriff. Es interessierte sie nicht im Geringsten, ob die junge, erfolgreiche Karrierefrau sich für den hippiehaften Bildhauer oder ihren Chef entschied. Beide Männer kamen nicht an Mark heran. Genervt schlug sie das Buch zu und verstaute es in der Tasche am Vordersitz. Zufällig fiel ihr Blick auf ein Wort auf Dirks Monitor, und sie stutzte. »Giftgas?«

Dirk war so in den Text vertieft gewesen, dass er zusammenzuckte. Schnell klappte er das Notebook zu und sah einen Augenblick in die Ferne, ehe er sich ihr zuwandte. »Ja, Giftgas. Das ist ein Fall, an dem Sven und ich dran sind.« Sein Blick bekam etwas Forschendes, das ihr nicht gefiel. »Weißt du was über das Zeug?«

»Nur, dass es widerlich ist. Man sollte alle erschießen, die daran verdienen.«

Offensichtlich hatte sie das Richtige gesagt, denn er entspannte sich. »Stimmt. Aber du ahnst gar nicht, was für ein lukratives Geschäft das ist. Die Herstellung kostet praktisch nichts, und die Gewinnmargen sind enorm.«

»So was bei uns in Hamburg?«

»Nicht direkt, eher bei Sven und mir vor der Haustür, aber mehr kann und darf ich dir leider nicht darüber erzählen.«

»Und ich dachte, Joachim wäre ein Schwein. Aber für die Leute, die so etwas verkaufen, fällt mir keine passende Bezeichnung ein.«

»Dann würdest du ausschließen, dass er sich in so etwas verwickeln ließe?«

»Wer? Joachim? Wie kommst du denn darauf? Er ist zwar ein ganz mieser Lügner und Verbrecher, aber so etwas würde er nie anfassen. Da bin ich ganz sicher.«

Dirk nickte langsam, als ob er mit den Gedanken meilenweit entfernt wäre. »Das dachte ich mir. Ich habe mir nur überlegt, was das wohl für Kerle sind, die nur an ihren Profit denken und dabei über Leichen gehen. Aber warte mal, ich habe was für dich.« Er beugte sich vor und zog ein Taschenbuch aus seiner Notebooktasche. »Hier, das dürfte eher dein Geschmack sein.«

Laura überflog den Klappentext und hob eine Augenbraue. Serienkiller? Wofür hielt er sie eigentlich? Aber sie musste zugeben, dass die Handlung spannend klang, und alles war besser, als weiter nachzugrübeln.

Mit Schwung platzierte Dirk die Reisetasche auf den Koffern und betrachtete abwägend den Gepäckwagen. Besonders stabil wirkte der Berg aus Gepäckstücken nicht. Mit dieser Auffassung war er nicht alleine, hinter ihm lachte jemand. »Typisch Wirtschaftsprüfer, reine Theoretiker, das hält nie. Ich nehme die Tasche freiwillig.«

Lächelnd drehte sich Dirk zu Sven um. »Zu dem Ergebnis bin ich auch schon gekommen. Schön, dich zu sehen, was machst du hier? Nichts zu tun, Herr Kommissar?«

»Meinen Partner begrüßen und sehen, ob er noch mit mir spricht.«

Dirk grinste bei der Anspielung auf das Telefonat, in dem er Sven mitgeteilt hatte, was er davon hielt, dass er ihn nicht vorgewarnt hatte. »Muss ich mir noch überlegen.«

»Beeil dich damit. Britta hat garantiert schon das Essen fertig, und danach beginnt dann wieder die Arbeit. Schluss mit dem Lotterleben.«

Dirk stöhnte auf. »Nimm Rücksicht auf meinen Jetlag. Ich dachte, wir fangen morgen in aller Ruhe an.« Mit einem Blick über die Schulter vergewisserte er sich, dass die Frauen und Kinder noch außer Hörweite waren. »Pass auf, was du gleich sagst. Die Frauen wissen nicht, mit wem wir zusammenarbeiten.« Verständnislos sah Sven ihn an, aber da Alex und Laura den Streit der Kinder anscheinend beendet hatten, blieb für Erklärungen keine Zeit. »Marks Idee, nicht meine. Keine Ahnung, warum.«

Misstrauisch blickte Alex zwischen ihnen hin und her. »Sagt mal, kann der Job nicht noch ein bisschen warten?«

Lächelnd winkte Sven ab und umarmte sie. »Schön, dass ihr wieder da seid. Bei den Gepäckmengen könnte man allerdings meinen, ihr wärt vier Wochen unterwegs gewesen.«

Beide Frauen machten beleidigte Gesichter. Dirk lachte. »Du weißt wirklich, was Frauen hören wollen, Sven. Lass uns zu den Autos gehen, ehe das in eine Grundsatzdiskussion ausartet. Laura hat den gleichen Weg, sie parkt ein Stockwerk unter uns.« Ohne eine Zustimmung abzuwarten, schob Dirk den Gepäckwagen Richtung Drehtür und sah zufrieden seine Taktik aufgehen. Durch die Kinder aufgehalten, folgten die Frauen ihnen in ausreichendem Abstand zum direkt gegenüberliegenden Parkhaus, das er sich trotz der überhöhten Preise gegönnt hatte.

»Wann landet das Team?«, wollte Sven wissen.

»Morgen Vormittag, frühmorgens mit einer Militärmaschine in Ramstein, und dann geht's mit einem Privatflieger weiter. Das nennt sich wohl Umgehung des deutschen Zolls. Was meinst du, was die sagen würden, wenn sie die Ausrüstung sehen? Das Konsulat kümmert sich um Fahrzeuge, und Jake und Mark melden sich, wenn sie auf dem Weg ins Präsidium sind. Das Haus ist wie geplant angemietet. Ich habe Unmengen von

Informationen auf dem Notebook. Wenn du dich benimmst, fasse ich sie für dich zusammen.«

»Wenn du mein kleines Begrüßungsgeschenk siehst, machst du das bestimmt. Außerdem habe ich auch einiges ausgegraben, aber darüber reden wir nachher in Ruhe.«

Sie gingen langsamer und warteten, bis die Frauen und Kinder sie eingeholt hatten. Alex' aufgebrachter Blick zeigte Dirk, dass sie sein Manöver durchschaut hatte. »Seid ihr endlich fertig?«, fragte sie spitz.

Er zwinkerte seiner Frau lediglich zu und wandte sich an Laura. »Wo stehst du genau?«

»Dahinten links, der silberne Volvo.«

Nach wenigen Metern blieb Dirk abrupt stehen. »Sven?«

»Ja, ich sehe es auch. Komm mit. Ihr wartet mit den Kindern«, befahl er den Frauen.

Zurzeit waren sie auf der Parkebene alleine, sodass Dirk seinem Freund nach kurzem Zögern folgte. Besonders wohl fühlte er sich trotzdem nicht, seine Familie zurückzulassen, auch wenn es nur ein paar Meter waren. Mit gerunzelter Stirn betrachtete er die beiden platten Hinterräder des Volvos, dann musterte er die anderen Fahrzeuge, die keine Schäden aufwiesen. Sven ging bereits um Lauras Wagen herum und warf einen Blick unter den Wagen.

»Nichts. Nur die Räder.«

»Reicht ja auch.« Mit der Hand fuhr Dirk den Schlitz im Gummi nach. »Ein Messer. Eindeutig. Und irgendwie glaube ich nicht an einen Zufall.« Fröstelnd zog er den Reißverschluss seiner Lederjacke hoch. In Washington waren es bei ihrem Abflug bereits am frühen Morgen über zwanzig Grad gewesen, in Hamburg war es wieder deutlich kühler, höchstens zehn Grad. Missmutig verzog er das Gesicht, als er sich über die Mauerbrüstung beugte und den Platz vor dem Parkhaus musterte.

Doch wer immer Lauras Wagen beschädigt hatte, würde wohl kaum dort unten noch warten, sondern hatte dies vermutlich bereits vor Tagen erledigt. Oder auch nicht.

Vor der Einfahrt parkte ein Mercedes. Der Beifahrer hatte zu ihm hochgesehen und war dann auffallend schnell eingestiegen. »Sven? Der dunkle Mercedes Kombi, rechts neben der Schranke.« Während Dirk versuchte, das Kennzeichen zu entziffern, beugte sich Sven ebenfalls über die Mauer. »Was ist mit dem?«

»Der hat hier hochgesehen und so interessant ist das Parkhaus von außen nicht. Ich kann aus diesem Winkel das verdammte Kennzeichen nicht erkennen.«

Der Wagen fuhr los und wendete verkehrswidrig. Verärgert schüttelte Dirk den Kopf. »Eventuell eine Hamburger Nummer, das Schild war so verdreckt, dass ich das verdammte Kennzeichen immer noch nicht habe. Aber wenn da unten eine Überwachungskamera ist, können wir vielleicht klären, ob der Typ vielleicht nur telefoniert hat oder da doch noch mehr hintersteckt.«

Mittlerweile waren die Frauen trotz Svens Anweisung näher gekommen, und Laura starrte fassungslos auf die zerstörten Reifen. »Wie kann das denn passieren? Die Reifen waren ganz neu.«

»Wenn jemand die Reifen mit einem Messer bearbeitet, ist es egal, wie alt die Dinger sind. Wusste irgendjemand, dass du den Wagen hier abgestellt hast?«, erkundigte sich Sven.

»Nein.« Laura biss sich auf die Unterlippe. »Doch, ich habe mit meiner Mutter darüber gesprochen, dass die Preise hier Wahnsinn sind, aber ich zu spät dran war, um nach einer Alternative zu suchen. Ich hatte gerade geparkt, als sie anrief.« Sie runzelte die Stirn. »Aber sonst niemand.«

»Ist dir sonst in letzter Zeit irgendetwas Merkwürdiges passiert?«

»Nein, nichts.«

»Dann mochte da vermutlich jemand keine schwedischen Wagen.«

»Und wie komme ich nach Hause? Ich habe doch nur ein Reserverad.«

Sven hielt sein Handy bereits in der Hand. »Wir lassen deinen Wagen abschleppen, und ich fahre euch nach Hause. Nicki müsste in Jans Kindersitz gerade noch reinpassen. Wir warten zusammen, bis Dirk mit seinem Wagen hier ist, und dann hole ich meinen.«

Langsam nickte Dirk. »Gut, aber vorher möchte ich noch eine Sache kontrollieren.«

Das lange Sitzen im Flugzeug hatte seinem Muskelkater vom Ausflug auf den Hindernisparcours nicht besonders gutgetan, und er fluchte leise, als er die Rampe heruntersprintete und sich gleichzeitig sagte, dass die Eile völlig überflüssig sei. Wenig später hatte er die Kamera im Einfahrtsbereich entdeckt und sah sofort das herabhängende Kabel. Zufall oder Absicht? Die Frage würden sie vermutlich nie klären können. Nachdenklich und wesentlich langsamer als zuvor machte er sich auf den Weg zu seinem BMW. Irritiert blieb er vor seinem Wagen stehen. Er hätte schwören können, ihn einige Stellplätze weiter rechts abgestellt zu haben. Langsam ging er um den BMW herum, stutzte, als er den Gegenstand auf dem Fahrersitz sah, und fing an zu lachen. Er kontrollierte die Anschlüsse, klemmte das magnetische Blaulicht aufs Dach und steckte den LKA-Ausweis ein. Das war also Svens Begrüßungsgeschenk. Mit rotierendem Blaulicht hielt er zur Freude der Kinder wenig später dicht hinter Lauras Wagen.

»Nette Idee«, bedankte er sich bei Sven.

Der boxte ihn zufrieden grinsend in die Seite. »Dachte ich mir, dass dir das gefällt.«

12

Die Vormittagssonne spiegelte sich silbern in den Wellen der Elbe. Ein Containerschiff glitt, von einem Schlepper gezogen, durch das Wasser und schien durch das Panoramafenster zum Greifen nahe. Browning hatte für die beeindruckende Aussicht keinen Blick übrig, sondern sah auf den Monitor des Notebooks. Er fuhr sich mit der Hand über seine kurzen schwarzen Haare und kämpfte entschieden gegen den Anflug von Bedauern an, den er überraschenderweise empfunden hatte, als der Mann zusammengebrochen war.

Erst die Handbewegung, mit der der SEAL seinen Männern befahl, den Bungalow zu verlassen, dann der unverkennbare Anflug von Panik in den bereits verzerrten Gesichtszügen. Weil er spürte, dass es für ihn vorbei war? Vermutlich eher, weil seine Männer sich seinem Befehl widersetzt hatten. Er wusste, wie diese Männer dachten und fühlten.

»Warum ausgerechnet SEALs? Die sind als Gegner nicht zu unterschätzen und werden den Angriff auf eines ihrer Teams nicht hinnehmen.«

Der grauhaarige Mann neben ihm, der seit etlichen Monaten sein Gehalt zahlte, winkte geringschätzig ab. »Das hat schon seinen Grund. Und es war ein wahrer Glücksfall. Bei unseren potenziellen Kunden hat es sich wie ein Lauffeuer verbreitet, dass wir mit der geringen Menge und ohne nennenswerte Vorbereitung ein gesamtes SEAL-Team kampfunfähig gemacht haben. Dieser kurze Film hat wahre Begeisterungsstürme ausgelöst, dazu noch die problemlose Anwendung und der absolut sichere und unauffällige Transport über jede Grenze, und die Nachfrage ist explodiert. Wir können den geplanten Absatz schon jetzt mühelos verdoppeln.«

Sein Chef sprach über das Giftgas wie über die Einführung eines neuen Markenproduktes. Vermutlich war es für ihn auch nichts anderes, einfach ein weiteres lukratives Geschäft. Und zwar eins, auf das er dringend angewiesen war. Nach einem nächtlichen Öffnen des Tresors im Arbeitszimmer hatte Browning einen guten Überblick über die finanziellen Verhältnisse seines Chefs. Es gab zwar im Ausland geparktes Schwarzgeld, aber seine offiziellen Mittel waren so gut wie erschöpft. Viel Zeit blieb ihm nicht, bis ihm die Banken den Geldhahn zudrehten. Er brauchte dringend reguläre Einnahmen, wenn er seinen Lebensstil aufrechterhalten wollte. Das Giftgas war so etwas wie seine letzte Chance.

»Da ich für Ihre Sicherheit verantwortlich bin, bleibe ich dabei: Sie gehen ein unkalkulierbares Risiko ein, wenn Sie sich mit den SEALs anlegen. Sie haben nicht nur alle technischen Möglichkeiten, sie werden auch persönlich hochmotiviert sein.«

»Sollen sie.« Sein Vorgesetzter verzog die dünnen Lippen zu einem selbstgefälligen Lächeln. »Was glauben Sie denn, wie ich die SEALs dazu gebracht habe, sich ausgerechnet dieses Haus vorzunehmen? Sie unterschätzen meinen Einfluss. Wir werden über jeden ihrer Schritte informiert.«

Browning zeigte bewusst seine Überraschung und hoffte, den Konsul so zum Weiterreden zu bringen. Aber zunächst überließ sein Chef es ihm, die Videodatei zu schließen, als die Übertragung erneut begann. Einmal reichte, ein weiteres Mal musste er sich das nicht antun.

Seine Taktik ging auf. »Sie wirken nicht überzeugt. Die Amerikaner werden kurzfristig in Hamburg eintreffen, und wir werden sie erwarten. Bis auf Weiteres brauchen Sie sich nicht darum zu kümmern, das erledigen andere.« Der Konsul lächelte erneut selbstgefällig. »Erst wenn es Probleme gibt, werden Sie aktiv. Bis dahin bereiten Sie das Haus und die Männer vor.«

Browning nickte knapp, konnte sich eine letzte Frage jedoch nicht verkneifen. »Sind die SEALs an den Folgen gestorben?«

Misstrauen erschien auf dem Gesicht des Konsuls. »Haben Sie Ihr Gewissen entdeckt?«

Mit gleichgültiger Miene schüttelte Browning den Kopf und fragte sich, warum sein Chef erstaunlich heftig auf die harmlose Frage reagierte. Da musste noch mehr hinterstecken. »Mich interessiert die Wirksamkeit von Zerberus.«

Der Konsul lächelte dünn. »Das hätte ich mir bei Ihrer Vergangenheit ja denken können, Sie können kaum ein Fan dieser angeblichen Elitetruppe sein. Ich muss Sie enttäuschen, sie waren zu schnell außer Reichweite. Wenn Sie an näheren Informationen interessiert sind, sehen Sie sich den Ordner an.«

Browning griff nach dem dünnen Aktenordner, öffnete ihn jedoch nicht. Trotz seines beachtlichen Gehalts und der bisher leichten, schon beinahe anspruchslosen Aufgabe empfand er tiefe Verachtung für das Vorgehen des Konsuls. In der Öffentlichkeit ließ er sich als Wohltäter feiern, aber in Wahrheit war ihm jedes Mittel recht, um Geld zu verdienen. Grenzen galten für ihn nicht – weder moralische noch gesetzliche. Sekundenlang dachte Browning an die Zeit, als er selbst …

Entschieden schüttelte er die Gedanken ab und schlug den Ordner auf. Den Navy-Offizier auf dem Porträtfoto kannte er. Ausgerechnet Mark Rawlins sollte sein Gegner sein? Das konnte kein Zufall sein. Schlagartig verstand er den Argwohn des Konsuls. Wieder holte ihn die Vergangenheit ein, Bilder erschienen vor seinem inneren Auge. Ein junger Lieutenant mit blutverschmiertem Gesicht und am Ende seiner Kräfte, der ihn dennoch bedrohte, entschlossen, seinen Willen durchzusetzen. Sie brüllten sich an, aber das Geräusch der Rotoren, die Schüsse und das Stöhnen der Verwundeten übertönten ihre Worte. Abrupt kehrte er in die Gegenwart zurück und bemerkte, dass ihn sein Arbeitgeber nachdenklich ansah. Das war ein Test, vielleicht sogar eine Falle. »Ich kenne ihn. Er ist verdammt gut.«

»Dann wird es Zeit, zu beweisen, dass Sie Ihr Geld wert sind. Aber wie gesagt, zunächst werden Sie sich im Hintergrund halten. Haben Sie ein Problem mit ihm?«

Browning blätterte den Ordner rasch durch. Wenn sie Zugriff auf die Personalakten des SEALs hatten, kannten sie vermutlich auch Einzelheiten seiner Begegnung mit Rawlins. »Letztlich ist er dafür verantwortlich, dass ich im Gefängnis gelandet bin. Was glauben Sie denn, was ich von ihm halte? Haben Sie auch Informationen über die anderen Teammitglieder?«

»Die restlichen Unterlagen kommen heute im Laufe des Tages, aber Sie können sich die Amerikaner auch persönlich ansehen. Wir kennen ihre Ankunftszeit.«

Die lang gezogene Rechtskurve führte den Gulfstream-Jet bis an die Nordseeküste. Normalerweise hätte Mark den Anblick genossen, aber jetzt blickte er gleichgültig durch das Cockpitfenster auf die von Prielen durchzogene Wattlandschaft. Nachdem Jake den zweistrahligen Jet in die vom Tower zugewiesene Warteschleife geschwenkt hatte, warf er Mark einen prüfenden Seitenblick zu. »Was ist mit dir?«

»Nichts«, antwortete Mark und hoffte, dass sein Ton ihm weitere Fragen ersparen würde.

»Willst du die Landung übernehmen?«

»Nein.«

»Also gut, du willst nicht mit mir reden, du willst die Anzahl deiner Flugstunden nicht aufbessern, sondern nur aus dem Fenster starren. Meinetwegen, ich habe lieber einen schlecht gelaunten Kopiloten im Cockpit als einen Teamchef in der Kabine, der für schlechte Stimmung unter seinen Männern sorgt.«

Obwohl Mark zugeben musste, dass Jakes Vorwurf berechtigt war, passte ihm die Zurechtweisung nicht. »Pass auf, was du sagst, Lieutenant«, knurrte er.

»Versuch erst gar nicht, deinen Rang auszuspielen, *Mark*«, erwiderte Jake unbeeindruckt und betonte den Vornamen. »Es gab keinen Grund, Pat fertigzumachen. Seine Sprüche waren nicht schlimmer als sonst. Wenn du nicht darüber reden willst und ich dir nicht helfen kann, dann bekomm dich selbst in den Griff.«

Mark wandte seine Aufmerksamkeit der unter ihnen liegenden Elbe und einem der unzähligen Containerterminals zu. Unwillkürlich dachte er an die bewaffnete Auseinandersetzung mit den Terroristen dort unten zurück. Das leise Summen der Höhenkontrolle beendete seinen Ausflug in die Vergangenheit. Jakes besorgten Blick ignorierend, griff er zum Mikrofon seines Kopfhörers und übernahm die Abstimmung für ihren Landeanflug.

»Bring den Vogel runter.«

»Und dann?«

»Es warten genügend Fahrzeuge auf uns. Das Team fährt nach Ahrensburg, du ins Präsidium, ich habe noch etwas zu erledigen.«

Jakes Kopf fuhr zu ihm herum. »Wieso kommst du nicht mit? Wo willst du hin?«

Als er schwieg, hakte Jake nicht nach.

Durch das Teleobjektiv beobachtete Browning, wie der Gulfstream-Jet seine Parkposition direkt vor einigen Fahrzeugen erreichte und nahezu sofort die seitliche Tür geöffnet wurde. Die Fahrzeuge und deren Kennzeichen hatte er bereits festgehalten. Die Verbindungen seines Chefs zu den SEALs waren anscheinend doch nicht so gut, wie dieser behauptete. Außer dem Teamchef hatten sie bisher weder die Namen noch Bilder der anderen SEALs, aber das würde sich jetzt ändern. Zwei Geldscheine hatten gereicht, um ihnen den Zugang auf das abgesperrte Flughafengelände zu sichern, und der Zoom der Digitalkamera war gut genug, um die Aufnahmen aus sicherer Entfernung zu machen.

Unwillkürlich setzte er die Kamera ab, als ein mindestens zwei Meter großer Mann mit kurzen rotbraunen Haaren die Maschine als Erster verließ. An seinen richtigen Namen konnte Browning sich nicht mehr erinnern, aber er wurde »Fox« genannt. Wer könnte den muskelbepackten Hünen mit schottischen Vorfahren vergessen? Obwohl er lediglich Unteroffizier war, galt seine Meinung im Team viel. Browning erinnerte sich an jede Minute, die sie zusammen verbracht hatten. Für einen Moment dröhnten wieder die Hubschrauberrotoren in seinen Ohren, wie damals, als er blutend und nach Atem ringend am Boden gelegen hatte, über sich den Schotten, der ihm unmissverständlich mitgeteilt hatte, was er von ihm hielt.

»Wieso lächelst du?«, erkundigte sich Brownings Begleiter.

Genervt drehte er sich um. »Ich bin zufrieden, den Gegner zu kennen.«

»Die werden nie auf uns stoßen.«

Browning nickte unverbindlich. Es war nicht sein Problem, wenn der Konsul und seine temporären Kollegen ihre Gegner unterschätzten. Wieder hob er die Kamera, beobachtete und fotografierte die SEALs. Er spürte den forschenden Blick seines Begleiters, als Mark Rawlins als Letzter die Gulfstream verließ, sofort zu einem Audi ging und losfuhr. Die Stimmung unter den Männern schien nicht die beste zu sein, angespannte Mienen, keine Spur der sonst üblichen lockeren Sprüche. Fluchend setzte er die Kamera ab. Er war zu langsam gewesen, den Dunkelblonden hatte er nicht erwischt.

»Hast du alle?«

»Nein, den Dunkelblonden habe ich bisher nur von hinten drauf. Den Rest habe ich.« Auch dieser Mann löste eine vage Erinnerung aus. Der Dunkelblonde bedeutete den anderen Männern mit einem knappen Handzeichen, einen der Mercedes-Kombis zu nehmen, während er selbst auf einen anderen zuging und Browning dabei nicht das Gesicht zuwandte. Das war's, mehr würde er nicht erreichen. Browning deutete auf einen Flughafenmitarbeiter, der ihnen neugierige Blicke zuwarf.

»Lass uns verschwinden.«

Zum wahrscheinlich hundertsten Mal sah Laura von den Kräutern, die sie klein hacken wollte, zum Mobilteil des Telefons. Sie sollte das verdammte Ding in der tiefsten Ecke des Hauses vergraben. Die Vorbereitung des Mittagessens konnte sie nicht von ihren Gedanken ablenken, die sich nahezu ständig um Mark drehten. Erwartete sie wirklich, dass er sie mitten aus einem Einsatz anrief? Andererseits hatte er versprochen, sich bald zu melden. Leider gab es keine allgemeingültige Definition für die Zeitangabe »bald«. Für Notfälle hatte sie die Nummer seines Satellitenhandys. Er hatte ihr gesagt, dass er damit fast immer erreichbar wäre und so schnell wie möglich zurückrufen würde, wenn sie ihn brauchte. War ihre Ungeduld ein ausreichender Grund, die Nummer zu benutzen? Wohl kaum.

Sie wollte sich gerade wieder den Kräutern zuwenden, als ihr bei einem Blick aus dem Küchenfenster ein dunkelblauer A6 auffiel, der auf der anderen Straßenseite in eine der wenigen freien Lücken einparkte. Wenn er nicht gerade mit dem Motorrad unterwegs war, fuhr Mark den gleichen Wagen. So ging es nicht weiter. Wann würde sie endlich aufhören, bei jeder passenden und unpassenden Gelegenheit an ihn zu denken? Die Petersilie landete in der Spüle, als der Fahrer ausstieg und sie Mark erkannte.

Sie wusste nicht, was sie sagen sollte, als sie die Tür aufriss. Für einen Moment standen sie sich stumm gegenüber, sahen sich nur in die Augen. Dann lächelte Mark. »Willst du mich hier draußen stehen lassen? Wenn du mich mit einem Messer bedrohen willst, solltest du wenigstens ein größeres nehmen. Das Ding betrachte ich als Beleidigung.«

Irritiert sah sie auf ihre Hand, die in Brusthöhe das Küchenmesser fest umklammert hielt. »Ich …« Verwirrt wollte sie sich eine störende Strähne zurückstreichen, aber Mark hielt ihre Hand fest.

»Vorsichtig, sonst stichst du dir ein Auge aus.«

Er schob sie sanft zur Seite, trat ein und schloss die Tür. Dann deutete er auf die zersplitterte Glasscheibe in der oberen Hälfte der Haustür. »Was ist passiert?«

Laura zuckte die Schultern. »Keine Ahnung. Irgendwelche Kinder, die beim Fußballspielen Pech gehabt haben.« Dann fiel ihr sein ernstes Gesicht auf. »Warum?«

Doch er war schon auf dem Weg zur Küche. »Und wo ist dein Wagen?«

Sie lief ihm nach. »Erklär mir lieber, was du hier machst. Ich dachte, du wärst im Einsatz.«

Mark verzog keine Miene, sondern sah sie ruhig an. »Ich habe zuerst gefragt. Also?« Nachdrücklich hob er eine Augenbraue.

Wie sie diese Art hasste. »Die Scheibe war kaputt, als ich vom Einkaufen zurückgekommen bin. Warum fragst du?«

»Ist sonst noch irgendwas passiert?«

»Was meinst du?«

»Irgendetwas Ungewöhnliches?«

»Jemand hat an meinem Wagen die Reifen zerstochen, als er am Flughafen stand.«

Marks Miene verfinsterte sich. »Ist das alles?«

»Nicht ganz, ich habe mir einen Fingernagel abgebrochen.« Endlich zeigte sich sein Grinsen, wenn auch nur für einen flüchtigen Moment. »Ich mache Kaffee. Willst du deine Jacke nicht ausziehen?«

»Wo ist Nicki?«

»Die Kinder sind hinten im Garten.« Ungläubig verfolgte Laura, wie Mark seine Lederjacke ordentlich an die Flurgarderobe hängte, statt sie wie sonst auf einen Stuhl oder den Fußboden zu legen, oder besser gesagt: zu schmeißen.

Wenig später war der Kaffee fertig, und Laura stellte die Becher auf den Küchentisch. »Ich bin froh, dich zu sehen.« Sie lächelte ihn an.

Ein ungewohnter Anflug von Unsicherheit zeigte sich in seiner Miene. »Ich wollte es dir eigentlich schon in Virginia sagen, aber ich wusste nicht, wie.«

»Dann fang jetzt damit an. Ich dachte, du und dein Team zieht wieder los, um die Welt zu retten.«

Ihr Scherz führte nur zu einem flüchtigen Lächeln. »Das sind wir auch. Ich bin nicht privat hier, unser Einsatz hat uns nach Hamburg geführt. Ich arbeite mit Sven und Dirk zusammen, und du bist Teil meines Auftrags.« Er schloss kurz die Augen und verzog den Mund. »Verdammt, ich wollte dir das irgendwie schonender beibringen, und ich meine nicht …« Zum ersten Mal, solange sie sich kannten, schienen ihm die Worte zu fehlen, und obwohl er fließend Deutsch sprach, fluchte er nun leise in seiner Muttersprache.

Nur langsam begriff Laura den Sinn seiner Worte. Enttäuschung machte sich in ihr breit, als ihr klar wurde, dass er nicht ihretwegen hier war. Hatte sie sich alles zwischen ihnen nur eingebildet? »Was habe ich mit deinem Job zu tun?«

»Ich weiß es nicht, vielleicht nichts. Hoffe ich. Aber wenn ich an deinen Wagen und die Haustür denke, vielleicht doch. Bis auf Weiteres kann ich nur für deinen Schutz sorgen. Tom kennst du ja, er wird sich um dich und die Kinder kümmern.«

Schutz? Absurd. Sie hatte niemals jemandem etwas getan. »Wieso sollte ich in Gefahr sein?«

»Ich weiß es noch nicht, nur dass dein Mann darin verwickelt ist.«

»Exmann!«

Wieder zeigte sich sein Grinsen, und wieder verschwand es viel zu schnell. »Den meinte ich. Hat er dir gegenüber irgendwann mal den Namen ›Zerberus‹ erwähnt?«

»Das ist ein Hund aus der griechischen Mythologie, der irgendeinen Eingang bewacht.« Nachdenklich runzelte sie die Stirn. »Das sagt mir was, aber ich weiß nicht genau, wo und wann ich das gehört habe. Wieso?«

»Dein Mann hat den Begriff erwähnt. Mehr weiß ich leider noch nicht.«

Laura hatte das Gefühl, in ihrem Kopf wirbelte alles durcheinander, zu viel war in den letzten Minuten über sie hereingebrochen, aber dann erinnerte sie sich an ihr Gespräch mit Dirk im Flugzeug. »Zerberus ist ein Giftgas, oder?«

Mark zuckte zusammen. »Woher weißt du das?«

Obwohl er seine beherrschte Miene nur kurz fallen gelassen hatte, ahnte sie, was er dachte. Der Schmerz übertraf alles, was sie zuvor gefühlt hatte. »Ich weiß, woran Dirk und Sven arbeiten, also dass es um Giftgas geht, das hier in der Nähe produziert werden soll. Wenn du mit ihnen zusammenarbeitest, liegt die Verbindung ja auf der Hand. Allerdings hat Dirk nicht erwähnt, dass Joachim darin verwickelt ist. Und du glaubst wirklich, dass ich etwas mit so einem Zeug zu tun habe?«

Er wich ihrem Blick nicht aus. »Natürlich nicht.«

Forschend sah sie ihn an. »Dann bist du nicht hier, um herauszufinden, ob ich weiß, was sich hinter Zerberus verbirgt?«

Mark stand auf und schob den Stuhl unter den Tisch. Seine Hände umklammerten die Lehne so fest, dass seine Fingerknöchel weiß hervortraten. »Nein, Laura, nicht nur. Ich bin von den Ereignissen genauso überrollt worden wie du in diesem Moment.«

Auch Laura sprang auf. »Mit einem kleinen Unterschied, Mark. Du wusstest schon in Virginia, dass Joachim in deinen Fall verwickelt ist. Gib das wenigstens zu! Und die ganze Zeit hast du mir misstraut? Wenn es dir nur um Zerberus geht, hättest du mich doch sofort fragen können. Warum warst du nicht ehrlich zu mir, wenn du mich angeblich nicht verdächtigst?« Ohne es zu wollen, war ihre Stimme immer lauter geworden. Das Gefühl, betrogen worden zu sein, wurde übermächtig.

Mark fuhr sich durch die Haare und atmete tief durch. »So einfach ist das leider nicht. Ich …«

Er brach mitten im Satz ab, weil Rami und Nicki ins Haus stürmten. Sofort verschwand Marks ausdruckslose Miene, und er begrüßte ihre Kinder mit der Wärme, nach der sie sich sehnte. Der Schmerz wich und wurde von Wut abgelöst, die sie kaum noch unter Kontrolle hatte.

Das Chaos aus Umarmungen und Rufen, von dem sie sich schmerzlich ausgeschlossen fühlte, wurde von Marks Handy beendet. Bevor Mark reagieren konnte, rannte Rami zur Garderobe. »Ist dein Handy in der Jacke? Ich hole es dir.«

»Stopp, Rami. Finger weg von meiner Jacke.«

Rami blieb bei dem Befehlston wie erstarrt stehen, hatte

aber bereits eine Hand in einer Jackentasche. Sie riss die Augen auf. »Da ist …«

Mark stand schon neben ihr und zog ihre Hand zurück. »Das meinte ich. Einen Moment, Rami.« Nach einem raschen Blick auf das Display seines Handys drückte er eine Taste, und das Hardrock-Stück verstummte. »Finger weg von meiner Jacke, wenn sie dort hängt. Ich bin leider nicht privat, sondern dienstlich hier.«

Da hatte Laura die Bestätigung, auf die sie gewartet und die sie befürchtet hatte. Sie biss die Zähne so fest zusammen, dass es schmerzte.

Ramis Augen funkelten vor Aufregung. »Klar, verstanden. Kann ich sie wenigstens mal ansehen?«

Marks Mundwinkel zuckten, als er in die Jacke griff. »Ansehen ja, anfassen nein. Wenn du älter bist, zeige ich dir, wie man damit umgeht.«

Sichtlich fasziniert blickte Rami abwechselnd auf die Waffe und Mark. Der Anblick machte Laura noch wütender. »Rami, lass uns bitte kurz alleine«, forderte sie mit bebender Stimme.

Ausnahmsweise gehorchte ihre Tochter widerspruchslos und nahm ihren Bruder freiwillig mit.

Laura vergewisserte sich, dass die Kinder außer Hörweite waren, und bemühte sich um einen ruhigen Ton. »Mir reicht es. Ich gebe es dir gerne schriftlich, dass ich nichts über Giftgas weiß. Du kannst hier jederzeit als Onkel von Rami auftauchen und sie und Nicki besuchen, aber beruflich will ich weder dich noch einen deiner Männer jemals wiedersehen. Und wehe, du tauchst hier noch mal mit diesem Ding da auf.«

Zum ersten Mal sah sie Mark an, wie hart er um seine Beherrschung kämpfen musste, doch das ließ sie jetzt kalt. »Hast du dir überlegt, dass ich dieses *Ding* eventuell brauchen könnte, um dich oder die Kinder zu beschützen?«

Laura brachte keinen Ton hervor. Er seufzte und griff nach seiner Jacke. An der Tür drehte er sich noch einmal um. »Der Name deines Exmannes ist im Zusammenhang mit diesem Teufelszeug aufgetaucht. Dem muss ich nachgehen, ob es mir gefällt oder nicht.« Dann ging er.

Am liebsten wäre Laura ihm nachgelaufen. Doch sie tat es nicht.

13

Der Widerspruch zwischen der sachlichen, aber kühlen Atmosphäre in Svens Büro zu ihrem sonstigen lockeren Umgangston zerrte an Marks Nerven, zumal ihm bewusst war, dass er die Verantwortung dafür trug. Aber das konnte er im Moment nicht ändern. Zum wiederholten Male überflog er das Schriftstück des Anwalts, den Kranz engagiert hatte, um einen Deal auszuhandeln. Er kam einfach nicht darauf, welches Detail ihn daran störte. Svens prüfender, bereits skeptischer Blick tat ein Übriges, um seine Stimmung weiter zu verschlechtern. Wenn er offen mit seinen Freunden über das Informationsleck bei der Navy hätte reden können, würde Sven vielleicht bereits die Facetten eines Gesamtbilds sehen, das Mark derzeit noch völlig verborgen blieb. Auch Kranz' anscheinend spurloses Verschwinden aus dem Gefängnis ergab keinen Sinn. Das Verlegungsprotokoll war durch ein bedauerliches Versehen unleserlich und der begleitende Justizbeamte für drei Wochen im Urlaub und nicht erreichbar. Eindeutig zu viele Zufälle. Gereizt legte Mark die Seiten neben sich auf die Fensterbank und überlegte, wie er zumindest Dirk von seinem Undercoverjob abbringen konnte.

Mit einem Fluch stieß er sich von der Fensterbank ab und unterbrach die Diskussion zwischen Jake und Dirk. »Die Abstimmung könnt ihr euch sparen. Es reicht, wenn Jake als IT-Berater Zugriff auf die Daten hat. Wir brauchen Dirk nicht, um an die Buchhaltung ranzukommen.«

Wie in Zeitlupe drehte Jake den Kopf in seine Richtung. »Wie bitte? Ich dachte, die Rahmenbedingungen wären klar.

Dirks Auftritt als Prüfer von diesem Außenwirtschaftskram ist für mindestens zwei Tage wasserdicht, und damit haben wir sofort Zugriff auf die Daten, die uns eigentlich interessieren. Ob ich über die IT darankomme und überhaupt die entscheidenden Informationen finde, ist doch total unsicher.«

Auch Dirk wirkte eher ratlos als verärgert. »Was ist los, Mark? Wo ist das Problem? Sicher wäre eine normale Steuerprüfung günstiger, aber zwei Tage sind besser als nichts. An die Daten der Buchhaltung kämen wir sonst nie so schnell heran. Jake kümmert sich um die Produktions- und Forschungsdaten, aber so finden wir nicht heraus, wo das Geld hingeht und wer die Hintermänner sind.«

Sven und Jake nickten zustimmend, während Marks Ärger weiter wuchs. »Ich brauche niemanden, der mir erklärt, wie das Einsatzziel aussieht. Es reicht, wenn wir einen Mann drinnen haben, und zwar einen ausgebildeten SEAL.«

Erstaunt sah Dirk ihn an. »Du weißt aber auch, dass …«

Mark unterbrach ihn. »Meine Entscheidung steht.« Er schnaubte verächtlich. »Dir geht es doch nur darum, bei uns mitzuspielen, aber im Gegensatz zu deinem Ausflug auf dem Hindernisparcours ist das hier kein Job für Amateure.«

Dirk starrte ihn an, schüttelte dann leicht den Kopf, als könnte er nicht glauben, was er da hörte. Was vermutlich auch der Fall war. Ihm war deutlich anzusehen, wie verletzt er war, als er wortlos Svens Büro verließ.

Jakes Augen waren zu schmalen Schlitzen verengt. »Geht es dir noch gut? Weißt du eigentlich, was du gerade gesagt hast?«

»Überleg dir gefälligst, in welchem Ton du mit mir redest«, schoss Mark scharf zurück.

»Du willst mir was über den richtigen Ton erzählen? Das ging zu weit, und das weißt du auch.« Jake warf ihm einen wütenden Blick zu und folgte Dirk.

Den Blick starr auf den grauen Teppich gerichtet wartete Mark auf Svens Wutausbruch. Stattdessen stand der LKA-Beamte ebenfalls auf und lehnte sich so gegen die Schreibtischkante, dass sie sich direkt gegenüberstanden.

»Ich werde dich nicht fragen, was mit dir los ist, Captain.« Die ironische Betonung seines Ranges entging Mark nicht, aber er hob nicht einmal den Kopf. Sven sprach weiter: »Du scheinst vergessen zu haben, dass das unser gemeinsamer Auftrag ist, und wenn du dich gegenüber meinem Freund und Partner nochmals wie ein Arschloch aufführst, bist du draußen, nicht er. Verstanden? Leg deine Karten auf den Tisch oder steig aus. Glaubst du wirklich, ich merke nicht, dass du etwas vor uns zurückhältst?«

Svens eisern beherrschte Wut berührte ihn mehr, als wenn der LKA-Beamte ihn wie erwartet angebrüllt hätte. Widerwillig gab er ihm recht. Er hatte lediglich vorgehabt, Dirk von den Ermittlungen abzuhalten, stattdessen war er weit über das Ziel hinausgeschossen. Ohne dass er es wollte, hatte sein Freund völlig unverdient den angestauten Frust abbekommen. Er wusste nicht, was er sagen sollte, und wich Svens anklagendem Blick aus. »Was weiß dein Boss?«, wechselte er das Thema.

»Was hat das mit deinem Verhalten zu tun?«

»Nichts, aber antworte trotzdem. Bitte.«

Tief Luft holend stieß sich Sven vom Schreibtisch ab. »Nicht viel, ich habe Tannhäuser über den Namen der Firma und unseren Anfangsverdacht informiert. Wir haben die Sache bisher auch nicht an die Staatsanwaltschaft weitergeleitet, sondern sammeln alles hier.«

»Gut, bitte belass es im Moment dabei.« Als Sven ihn mit einem kalten Blick bedachte, fuhr sich Mark mit der Hand übers Gesicht. »Keine Angst, wir stehen definitiv auf der gleichen

Seite und haben das gleiche Ziel. Ich rede mit Dirk. Du hast recht, es gibt da ein paar Dinge, über die ich im Moment nicht reden kann. Aber ich kläre das und brauche nur etwas Zeit.«

»Vierundzwanzig Stunden, dann will ich Antworten haben. Und die sollten besser gut sein, Mark.«

»Einverstanden.« Vergeblich suchte Mark nach einer Erklärung oder Entschuldigung und wandte sich schließlich wortlos der Tür zu. Als er sich umdrehte, sah er Svens jetzt besorgten Blick auf sich gerichtet. »Morgen früh bei Dirk, ehe sie aufbrechen. Gegen sieben. Dann reden wir.«

»Und ich dachte, ihr seid Teamplayer und ich wäre der Einzelgänger. Eigentlich sollte dir klar sein, dass du über alles mit uns reden kannst und wir immer hinter dir stehen, Mark.«

»Danke«, sagte Mark und verließ das Büro endgültig.

Die Tür zum Nachbarzimmer stand einen Spalt offen. Dirk und Jake kehrten ihm den Rücken zu und unterhielten sich leise, beiden war die Anspannung anzusehen. Sekundenlang presste Mark die Lider fest zusammen. Er konnte sich nicht erinnern, wann er das letzte Mal die Beherrschung verloren hatte, und nun war er ausgerechnet auf Dirk losgegangen.

Zögernd stieß Mark die Tür auf. Dirk ignorierte ihn, während Jake ihn wütend anfunkelte.

Endlich drehte sich Dirk mit ausdrucksloser Miene um. »Verschwinde, Mark. Ich denke, du hast alles gesagt. Oder hast du noch was vergessen?« Einladend hob er die Hände. »Bitte, dann mach weiter.«

Innerlich krümmte er sich, als er hinter Dirks kühler Haltung die tiefe Kränkung erkannte. »Es tut mir leid, Dirk. Du weißt, was ich von dir und deinen Fähigkeiten halte, wesentlich mehr als im Moment von mir. Ich kann mich für meine Worte nur entschuldigen. Ihr wisst, dass ich …« Er wusste nicht weiter. »Verdammt. Bevor einer von euch bei *VirTech* reingeht, muss ich erst einiges klären. Das ist mein Ernst und definitiv mein letztes Wort.« Mit zwei Schritten war Mark bei Dirk und fasste ihn fest bei den Schultern. »Ich habe das eben nicht ernst gemeint. Bitte glaube mir wenigstens das.«

Dirk nickte knapp und entspannte sich geringfügig.

Die tief stehende Sonne kam hinter einer Wolke hervor und schien direkt durch das Fenster, sodass Mark geblendet die Augen zusammenkniff und sich abwandte. Als sein Blick dabei auf Dirks Motorradhelm fiel, kam ihm ein Gedanke. »Wahrscheinlich ist der Zeitpunkt nicht gerade ideal, dich um einen Gefallen zu bitten. Kannst du mir deine Kiste leihen und meinen Audi nehmen?«

Wieder nickte Dirk und warf ihm den Zündschlüssel zu. »Nimm dir, was du brauchst.«

»Danke, Helm und Handschuhe reichen. Wir treffen uns morgen gegen sieben bei dir. Dann werde ich oder besser wir wissen, wie es weitergeht und was wir machen. Bis dahin muss ich euch um Geduld bitten.« Mark wollte den Raum verlassen, als Dirk ihn zurückhielt.

»Mark? Wieso morgen früh? Unser Gästezimmer gehört dir, daran hat sich nichts geändert. Außerdem kann ich Hilfe gebrauchen, wenn Alex erfährt, dass ihr hier seid.«

Mark schluckte. »Danke«, stieß er heiser hervor, ehe er sich endgültig abwandte.

Nach kurzem Suchen hatte er Dirks Maschine auf dem Mitarbeiterparkplatz gefunden. Er wartete nicht, bis die Schranke sich öffnete, sondern lenkte die Maschine durch den schmalen Spalt zwischen Absperrung und Grünstreifen. Den Mann im zivilen Streifenwagen, der sein Manöver mit erstaunter Miene verfolgte und ihm nachsah, ignorierte er. Die Begrüßung musste warten.

Matthias Albers beugte sich auf die Beifahrerseite rüber und angelte sich einen Schokoladenkeks aus der fast leeren Packung. Mark Rawlins, sieh an. Kauend überlegte er, was das zu bedeuten hatte. Mit einem weiteren Keks in der Hand, seinem letzten, wie er bedauernd feststellte, machte er sich kauend auf den Weg zu Svens Büro.

Da die Tür nur angelehnt war, hielt er sich nicht mit Klopfen auf, sondern betrat sofort Svens Büro. Sven und Dirk drehten sich nahezu gleichzeitig zu ihm um. »Störe ich? Ich wollte Dirk zu seinem Entschluss gratulieren, fest hier anzufangen, obwohl ich nie begreifen werde, wie er es mit dir als Partner aushält.«

Lächelnd öffnete Sven seine Schreibtischschublade und warf Matthias einen Schokoriegel zu. »Friss und halt die Klappe.«

»Was immer du befiehlst, schließlich bist du mir vom Rang her vorgesetzt. Theoretisch.«

Zufrieden riss Matthias die Hülle des Snickers auf und warf Dirk das Papier zu. »Hier, du bist der Neue und damit für Hilfstätigkeiten zuständig.«

Dirk hob eine Augenbraue, aber seine Augen funkelten amüsiert. »Klare Fehleinschätzung.« Sicher fing er das Wurfgeschoss auf und warf es postwendend zurück.

Mit dem Fuß schloss Matthias die Tür hinter sich und verstaute gleichzeitig das Papier in seiner Jackentasche. »Aber ich habe noch einen anderen Grund, euch zu besuchen. Ist es wieder gefährlich für mich, bei der Fischküche vorbeizufahren?«, erkundigte er sich und biss von dem Schokoriegel ab.

»Was meinst du?«, fragte Dirk ratlos.

Sven hingegen verstand die Anspielung auf seine erste Begegnung mit Mark sofort. »Vor einiger Zeit hat Mark es angeblich gewagt, vor der Fischküche das Blaulicht von Matthias' Streifenwagen mit einem gezielten Schuss zu zerlegen«, erklärte Sven augenzwinkernd.

»Alles klar, verstanden. Wobei Mark so etwas selbstverständlich niemals tun würde«, stellte Dirk nicht weniger spöttisch als Sven fest. »Aber wie kommst du jetzt darauf?«, schob er wieder ernst werdend hinterher.

»Ganz einfach, wenn ich mich getäuscht habe und es nicht Mark war, dann solltest du dein Motorrad zur Fahndung ausschreiben lassen. Verrät mir jemand, warum sich hier anscheinend wieder SEALs herumtreiben?«

»Wer möchte das wissen?«

Erschrocken fuhr Matthias herum und ignorierte die amüsierten Mienen von Sven und Dirk, die den Mann bereits bemerkt hatten, der lautlos das Büro betreten hatte und nun beinahe drohend hinter ihm stand. »Matthias Albers, Hauptkommissar und normalerweise nicht beim LKA. Aber …« Mit dem Rest des Schokoladen-Erdnuss-Gemischs in seinem Mund kämpfend, suchte er nach einer Erklärung, als ihm schlagartig bewusst wurde, dass er dabei war, sich vor einem Unbekannten zu rechtfertigen. »Andersrum. Wer sind Sie, dass Sie glauben, ich wäre Ihnen eine Erklärung schuldig? Wenn ich Ihren Akzent richtig deute, sind Sie Amerikaner, oder?«

Das kurz geschnittene dunkelblonde Haar und das autoritäre Verhalten konnten auf Militär hindeuten. Auf jeden Fall hatte Matthias nicht vor, sich einschüchtern zu lassen, auch wenn er unwillkürlich den Bauch einzog und die Schultern straffte.

»Lass ihn leben, Jake. Er kennt Mark, und wir können ihm vertrauen.«

»Zu gütig, danke, Dirk. Und das aus dem Mund eines Wirtschaftsprüfers«, brachte Matthias nuschelnd hervor und würgte den Rest des Schokoriegels herunter.

»Aber einer, dem ich vertraue. Jake Fielding. Nett, Sie kennenzulernen«, stellte der Amerikaner sich vor. Er zeigte die Andeutung eines Lächelns. »Mark erwähnte einen Polizisten, den man nie ohne Kekse, Kuchen oder Brötchen antrifft.«

Matthias nickte, alles andere als verlegen. »Schön, dass mein Ruf bereits nach Little Creek vorgedrungen ist, Lieutenant.« Die Rangbezeichnung und der Ort waren Schüsse ins Dunkle, aber der Amerikaner widersprach nicht, sondern lächelte. »Jake reicht.«

SEALs und LKA arbeiteten wieder gemeinsam? Seufzend entschied sich Matthias, das Feld zu räumen, nahm sich aber vor, bei nächster Gelegenheit Sven oder Dirk gnadenlos auszuquetschen.

14

Die schnelle Fahrt durch den Hamburger Berufsverkehr, der jeden Nachmittag die Straßen in ein Geduldsspiel verwandelte, forderte zunächst Marks komplette Aufmerksamkeit, da er nicht vorhatte, stundenlang zu warten, ehe er die Autobahn erreichte. Nach einigen riskanten Fahrmanövern lag die A1 vor ihm, und er konnte, die Geschwindigkeitsbegrenzung ignorierend, den Gashahn aufdrehen. Die schnelle Fahrt auf der wendigen Suzuki, die jeden seiner Spurwechsel mühelos mitmachte und tiefe Kurvenlagen ermöglichte, wirkte beruhigend und anregend zugleich. Ein Großteil der Spannung fiel von ihm ab, und er begann die Fahrt zu genießen. Kurz kam ihm der Gedanke, in Ahrensburg Dirks Suzuki gegen seine eigene Yamaha zu tauschen, die dort seit Monaten neben den Motorrädern seiner Freunde in der Garage stand. Aber der Gedanke, Alex zu begegnen, hielt ihn davon ab, zumal Dirks relativ neues Motorrad seinem eigenen in nichts nachstand, sondern ihm in der Beschleunigung sogar überlegen war. Er musste grinsen, als ihm die Parallelen zwischen seinem Freund und dessen Suzuki bewusst wurden. Auf den ersten Blick wirkte das schwarze Motorrad eher unscheinbar, erst wenn man genau hinsah, erkannte man die Stärke des Motors und das Potenzial, das sich unter den Chromteilen verbarg. Vermutlich würde Dirk ihn umbringen, sollte er diesen Gedanken jemals laut aussprechen. Er schoss an der Ausfahrt Ahrensburg vorbei und überschlug die Zeit, die er brauchen würde, um an die Ostsee zu gelangen.

Obwohl er ab Scharbeutz das Gefühl hatte, die Luft sei salziger und das Meer bereits zum Greifen nah, blieb er zunächst auf der Autobahn und jagte die Suzuki durch die lang gezogenen Kurven. Die Tankanzeige beendete schließlich seine wilde Fahrt. Wesentlich entspannter als zuvor verließ er in Grömitz die Autobahn, tankte und trank einen überteuerten Becher Kaffee, der sich vermutlich seit Stunden in der Warmhaltekanne befunden hatte und entsprechend schmeckte. In gemäßigtem Tempo fuhr er über die Bundesstraße zurück Richtung Lübeck. Ohne dass er es vorher bewusst geplant hatte, wusste er plötzlich, wohin die Fahrt ihn führen würde.

Eine halbe Stunde später parkte er das Motorrad am Rand einer Straße, die parallel zu einer Steilküste verlief. In unmittelbarer Nähe lag ein hell erleuchteter Gebäudekomplex, die Ostsee-Klinik, in der seine Schwester seit Jahren im Koma lag und behandelt wurde. In letzter Zeit schien ihr Arzt eine minimale Chance zu sehen, dass sie wieder aufwachen würde, da sie Reaktionen auf ihre Umwelt zeigte. Er wandte den Blick ab. Dies war der falsche Zeitpunkt für derartige Gedanken.

Über einen rutschigen und in der Dämmerung kaum zu erkennenden Trampelpfad gelangte er direkt ans Meer. Irgendwie erschien es ihm passend, wenn seine Zeit bei der Navy an diesem Ort enden sollte. Wind kam auf und zerrte an seinen Haaren und seiner Kleidung, Wellen, deren weißer Schaum hell im Mondlicht schimmerte, schlugen an den Strand. In Virginia war es früher Nachmittag, eine Zeit, die sich sein Vater üblicherweise frei hielt. Heute würde er keine Rücksicht darauf nehmen. Mark holte sein Handy aus der Lederjacke und wählte die Nummer des Admirals.

»Mark hier«, meldete er sich. »Wir müssen reden, Sir«, fügte er sofort hinzu, um seinem Vater zu signalisieren, dass es offiziell werden würde.

»Ich habe mit deinem Anruf bereits gerechnet. Was gibt es, Captain?«

»Eine einfache Entscheidung. Wenn du mir nicht zutraust, mein Team zu führen, wie ich es für richtig halte, dann such dir jemand anderen für den Job. Ich werde Jake und Dirk nicht blind in die Firma reinschicken, egal, was das Pentagon sagt oder du befiehlst.«

»Das klingt verdammt nach Erpressung.«

»Das ist eine reine Feststellung von Tatsachen.«

»Ich dachte, du hängst an deinem Job.«

»Nein, an der Aufgabe, und die muss ich nicht unbedingt für die Navy erledigen. Es gibt auch andere Arbeitgeber.« Mark lächelte leicht. »Und zwar welche, die ohne diesen ganzen formellen Schwachsinn auskommen.«

Sein Vater lachte leise. »Das habe ich lieber überhört.«

Erstaunt über die anscheinend gute Stimmung seines Vaters schwieg Mark. Er hatte seine Karten auf den Tisch gelegt, jetzt war der Admiral am Zug.

Eine geraume Zeit drangen nur schwache atmosphärische Geräusche an Marks Ohr. Schließlich seufzte der Admiral. »Ich kann mir ungefähr vorstellen, was passieren würde, wenn ich Jake das Kommando übertragen würde. Wahrscheinlich stünde eines meiner Teams komplett ohne Führung da, und die Beziehung zum LKA wäre empfindlich gestört, wenn nicht dauerhaft beschädigt. Kommt das hin, mein Sohn?«

Mark nickte anerkennend. Er selbst hatte wesentlich länger gebraucht, um darauf zu kommen, dass seine Freunde hinter ihm stehen und es ihm ermöglichen würden, auch außerhalb der Navy mit den Ermittlungen weiterzumachen. Jake würde das Team nie übernehmen, wenn Mark den Dienst quittierte, um ihn zu schützen. »Exakt. Schick doch Brian rüber. Ich stelle ihm Sven und Dirk gerne vor.« Auch Brian, der Teamchef des zweiten Spezialteams, würde ihm kaum in den Rücken fallen. Das wusste sein Vater genauso gut wie er.

»Sehr witzig. Er kann dann Urlaub in Hamburg machen und sehen, wo er bleibt, während ihr auf eigene Faust weiterermittelt.« Wieder eine Pause. »Einverstanden, entscheide nach eigenem Ermessen.«

Erstaunt wartete Mark auf eine Erklärung, die nicht kam. Sein Vater lenkte so einfach ein? Er war sicher gewesen, dass er in hohem Bogen aus der Navy fliegen würde, und war bereit gewesen, das zu akzeptieren. »Wieso dieser Sinneswandel?«, fragte er verblüfft.

Wieder blieb die Leitung stumm, aber Mark hörte, wie sich sein Vater eine Zigarre anzündete. Nach einem tiefen Atemzug sprach der Admiral weiter: »Bestimmt nicht wegen deiner versuchten Erpressung. Ich hatte selbst kein gutes Gefühl dabei, Jake und Dirk im Ungewissen zu lassen. Die Anweisungen aus dem Pentagon haben mir aber keinen offiziellen Spielraum gelassen, nicht in Gegenwart von Ramsey.«

»Der war bei unserem Gespräch nicht dabei«, erwiderte Mark kalt.

»Lass mich gefälligst ausreden. Ich war noch nicht fertig. Aber ich denke, du weißt, weshalb ich mir Gedanken gemacht habe.«

»Laura, oder?«

»Ja, allerdings habe ich gestern sehr deutlich zu hören bekommen, dass ich gefälligst deiner Einschätzung trauen soll.«

»Von wem?«

»Von deiner Mutter, wenn du es genau wissen willst. Sie hat mir einen Vortrag darüber gehalten, dass ich nicht nur dir vertrauen soll, sondern mir nur die Kinder ansehen muss, um zu erkennen, dass Laura mit den Machenschaften ihres Exmannes nichts zu tun hat. Weibliche Logik.« Wieder schwieg sein Vater.

Mark sah ihn vor sich, wie er zurückgelehnt in seinem wuchtigen Ledersessel saß und perfekt geformte Rauchringe in die Luft blies. »Ich hatte ehrlich gehofft, dass du den Einsatz unter diesen Vorzeichen ablehnen würdest und eines der regulären Teams ran muss. Aber mir hätte klar sein müssen, dass ich damit falschliege.«

Verblüfft über die unerwartete Offenheit seines Vaters schwieg Mark zunächst. »Wir sollten demnächst beide ein paar freie Tage einreichen.«

»Warum?«

»Es wird Zeit, dass wir mal wieder etwas zu zweit unternehmen. Zufällig habe ich einige Beziehungen und kann uns problemlos ein vernünftiges Boot besorgen.«

»Gute Idee, das sollten wir tun.« Noch ein tiefer Atemzug, und Mark ahnte, dass das Vater-Sohn-Gespräch vorbei war.

»Hast du bereits deine letzten Mails gecheckt?«

»Nein.«

»Typisch, ich habe dir die Daten bereits vor Stunden zugemailt. Wahrscheinlich bist du wieder stundenlang durch die Gegend gelaufen oder gerast. Bereits als kleiner Junge hast du dazu geneigt, alles mit dir alleine auszumachen. Werde endlich erwachsen, Mark. Du hast genug Freunde um dich herum.« Es hatte eindeutig Nachteile, wenn der eigene Vater der Vorgesetzte war. Zum Glück wurde von ihm keine Antwort erwartet. »Der Reporter, der den Einsatz von Rage begleitet hat, hat endlich ausgepackt. Den Verbrechern reichte der Camcorder im Inneren des Bungalows nicht, sie wollten sich auch das Filmmaterial dieses schmierigen Kerls sichern.«

Nachdenklich blickte Mark über die Ostsee. Die präzise Vorbereitung und Kaltschnäuzigkeit ihrer Gegner war erschreckend. Ein flüchtiger Gedanke kam ihm. Kranz. Es war Zeit, sich offen mit Sven auszutauschen, die zeitliche Übereinstimmung konnte kein Zufall sein. Aber sein Vater war noch nicht fertig.

»Noch eine Kleinigkeit, mein Sohn. Als SEAL bist du verdammt gut, aber wenn du glaubst, du kannst dich unbemerkt in *mein* Haus schleichen, dann hast du dich getäuscht. Anscheinend hast du nicht besonders viel dazugelernt, seitdem du sechzehn warst. Ich hoffe, es war richtig, dass ich darüber hinweggesehen habe, dass mein Teamchef sich keineswegs auf der Base aufgehalten hat, wo er hingehört hätte.«

Es hatte eindeutig *gravierende* Nachteile, wenn der eigene Vater auch der Vorgesetzte war. Mit einem leisen, hörbar zufriedenen Lachen beendete der Admiral zu Marks Erleichterung das Telefonat.

Vor der Garage hielt Mark das Motorrad an und blickte lächelnd auf das Haus. Obwohl beide Gebäude mit Bewegungsmeldern ausgestattet waren, hatte Dirk das Licht brennen lassen, und er fühlte sich auf angenehme Art und Weise willkommen geheißen. Amüsiert las er wenig später den Zettel, den Alex gut sichtbar neben seinem Notebook auf dem Esszimmertisch deponiert hatte. *»Nudeln mit Huhn sind im Kühlschrank. Wenn du eine gute Erklärung für deine dämliche Verschwiegenheit hast, gibt's morgen früh auch Frühstück.«* Irritiert hob er eine Augenbraue, als er Dirks Nachsatz las. *»Von mir hat sie es nicht. Deine Sachen sind oben.«* Alex hatte ihn bereits in der Vergangenheit mit ihren Informationsquellen beeindruckt. Es war nicht das erste Mal, dass er mitten in der Nacht eintraf und sie sich erst am nächsten Morgen begegneten. Dankbar dachte er daran, wie selbstverständlich seine Freunde ihm ihr Haus geöffnet hatten. Im Gästezimmer lagen seit Monaten seine Sachen, sein Motorrad stand neben ihren Maschinen in der Garage, und er besaß einen eigenen Haustürschlüssel.

Nach einer raschen Dusche überflog er beim Essen die neu eingegangenen Mails auf seinem Notebook, darunter auch eine extrem kühle und knappe von Jake. Er verzog das Gesicht. Eine einfache Entschuldigung würde dieses Mal nicht reichen. Als leises Weinen an sein Ohr drang, vergaß er die Mails und sprintete die Treppe hoch. Vielleicht war er schnell genug, um zu verhindern, dass Tim seine Eltern weckte.

Zufrieden kuschelte sich wenige Sekunden später der weinende Junge an ihn und lauschte Marks beruhigenden englischen Worten, auch wenn er sie nicht verstand. Schließlich schlief er wieder ein, und Mark legte ihn vorsichtig zurück ins Bett. Während der Junge sich mit einem zufriedenen Laut zusammenrollte, spürte Mark, dass er nicht mehr alleine im Kinderzimmer war. Lautlos hatte Dirk den Raum betreten. Das kleine Nachtlicht auf dem Regal spendete nicht genug Licht, um die Stimmung seines Freundes einschätzen zu können.

Erst als sie gemeinsam in der Küche standen, erkannte Mark Dirks Anspannung. »Du siehst nicht aus, als ob du schon geschlafen hättest«, stellte er fest.

Unverbindlich hob Dirk eine Schulter und musterte unschlüssig den Kühlschrankinhalt. »Versucht habe ich es.« Er warf Mark einen schwer zu deutenden Blick zu, schloss den Kühlschrank und nahm stattdessen ein schweres Kristallglas aus der Vitrine. Wortlos wollte Dirk die Küche verlassen, doch Mark, der sich ebenfalls ein Glas genommen hatte, hielt ihn zurück. »Was ist los? Bist du noch sauer?«

Zögernd blieb Dirk stehen, sah sich jedoch nicht um. »Nein«, wehrte er ab und ging durch das Wohnzimmer in sein Arbeitszimmer. Ein herausfordernder Blick, dann griff Dirk zu einer Flasche seiner teuren Whiskysammlung. Nachdem er sich eingeschenkt hatte, hielt er Mark die Flasche hin. »Talisker, achtzehn Jahre alter Scotch, ziemlich rauchig, mein derzeitiger Favorit. Oder trinkt ein SEAL vor einem Einsatz nichts?«

Allmählich ahnte Mark, dass Dirk die Erinnerung an den letzten Undercovereinsatz zu schaffen machte, bei dem seine Tarnung aufgeflogen war. Erneut verfluchte er sich für seinen unbeherrschten Ausbruch. Er ignorierte den scharfen Ton und goss die bernsteinfarbene Flüssigkeit in sein Glas. »Ein Glas Whisky heißt nicht, sich zu betrinken. Wenn ich Mist baue, dann gleich richtig.«

Dirk betrachtete angelegentlich den Rücken eines Fachbuches im Wandregal.

Mark ließ sich auf die Couch fallen. »Die Aussicht, wieder verdeckt zu ermitteln, bringt die Erinnerung ans letzte Jahr zurück, richtig?«

Dirk fuhr herum. »Meinst du ernsthaft, ich könnte das jemals vergessen? Aber keine Angst, ich passe schon auf, dass du dein Team nicht wieder losjagen musst.«

Ruhig erwiderte Mark Dirks aufgebrachten Blick. »Setz dich.«

»Du hast mir gar nichts zu befehlen.«

»Stimmt. *Bitte*, setz dich. Wir müssen darüber reden.«

Mit einem resignierten Laut ließ sich Dirk in seinen Ledersessel, der ihm gleichzeitig als Schreibtischstuhl diente, fallen. »Warum? Im Prinzip hattest du recht. Ich bin Wirtschaftsprüfer, du ein SEAL, Sven LKA-Beamter mit einer Spezialausbildung.«

Unbeeindruckt schwenkte Mark die Flüssigkeit im Glas und genoss die deutliche Rauchnote mit der dezenten Süße. »Du hast gute Instinkte und Nerven, kannst nahkampfmäßig mit uns mithalten und ganz gut mit einer Waffe umgehen. Das reicht. Aber du hast allen Grund, auf mich sauer zu sein, meine Sprüche waren unverzeihlich. Soll ich dich ein paar Mal über den

Hindernisparcours jagen, um dein Selbstbewusstsein wiederherzustellen?«

Bei Dirk zeigte sich der Anflug eines Lächelns. »Danke, verzichte.«

Doch überzeugt wirkte er nicht. »Es ist völlig normal, vor einem Einsatz Angst zu haben«, legte Mark nach.

Schweigend trank Dirk einen Schluck und wandte den Blick nicht von dem Glas ab. »Angst? Weißt du überhaupt, was das Wort bedeutet?«

»Wenn ich keine Angst hätte, könnte ich meinen Job an den Nagel hängen.«

Verständnislos sah Dirk ihn endlich direkt an. »Wie meinst du das?«

»Wenn du in unserem Job keine Angst kennst, wirst du unvorsichtig, leichtsinnig, bringst dich und andere in Gefahr. Was du meinst, ist etwas anderes.« Nach kurzem Überlegen fuhr er fort: »Wir müssen lernen, die Angst zu beherrschen und damit zu leben. Als SEAL lernst du das zu Beginn der Ausbildung auf die harte Tour: Wenn du an Händen und Füßen gefesselt ins Wasser geschmissen wirst, überlebst du nur, wenn du die Panik vorm Ertrinken in den Griff bekommst. Die Ausbilder hämmern einem ständig ein, dass Angst und Panik töten, nicht das Wasser. Wenn man das begriffen hat, kommt automatisch die Erkenntnis, dass dies für alle Bereiche gilt. Selbst wenn man die Möglichkeit akzeptiert hat, nicht lebend aus einem Einsatz zurückzukommen, bleiben genügend Dinge übrig, die man fürchtet: einen Freund zu verlieren, einen Fehler mit fatalen Folgen zu begehen, einen Unschuldigen zu töten.« Geistesabwesend starrte Mark in sein Whiskyglas. Es gab einen Aspekt seines Jobs, den er gerne verdrängte.

Nachdenklich drehte Dirk sein Glas in der Hand. »Gut, Botschaft angekommen. Zu sagen, ich hätte Angst, wäre übertrieben, ich bin nervös, das trifft es eher. Das dürfte aber kein Problem sein, wenn eine Sache erst mal begonnen hat, ist das bei mir normalerweise verschwunden.«

»Das denke ich auch. Ich erinnere mich noch gut daran, wie du letztes Jahr im Containerhafen losgelegt hast oder wie cool du in der Reederei aufgetreten bist.«

»Danke.« Dirks Lächeln wirkte ehrlich. Eine Weile herrschte Schweigen, dann warf Dirk ihm einen auffordernden Blick zu. »Was ist mit dir los?«

Als Mark abwinken wollte, schnaubte Dirk. »Nun hör schon auf. Statt deine schlechte Laune an uns auszulassen, solltest du mit einem von uns reden. Laura, oder?«

Das Offensichtliche abzustreiten wäre sinnlos. »Sie glaubt, dass ich sie verdächtige, mit dem Giftzeug etwas zu tun zu haben, fühlt sich betrogen und so weiter. Sie hat mich quasi rausgeschmissen und mir verboten, jemals wieder bei ihr bewaffnet aufzutauchen. Sie will nur noch privat mit mir etwas zu tun haben, keinesfalls dienstlich und so weiter. Da sind noch einige Wogen zu glätten. Ich wollte eigentlich, dass Tom ihren Schutz übernimmt, aber das wird Pat nun erst einmal verdeckt erledigen müssen, bis ich mit ihr geredet habe. Allerdings wird das Reden auch ein Problem. Vermutlich denkt sie wieder, ich sei nur wegen des Jobs hier, und macht sofort dicht.« Resigniert fuhr Mark sich mit der Hand durch die Haare.

Dirk pfiff leise durch die Zähne. »Kompliziert.« Er zögerte. »Warum bist du ihr gegenüber nicht ein wenig offener?« Mark sah ihn überrascht an. »Ich meine es ernst. Eine Zukunft mit ihr kannst du vergessen, wenn du weiterhin alles mit dir selbst ausmachst. Rede mit ihr über den Konflikt, in dem du dich befindest, und zeig zur Abwechslung mal deine Gefühle.« Er leerte das Glas und stellte es mit Nachdruck auf dem niedrigen Holztisch ab. »Anderes Thema. Woran hast du vorhin gedacht? Was versetzt einen Captain der US-Navy-SEALs in Panik?«

Erstaunt, dass sein Freund die Reaktion bemerkt hatte, winkte Mark ab. »Vergiss es.«

Zufrieden beugte sich Dirk vor. »Sehr schön, wenigstens streitest du es nicht ab. Was? Ratten? Schlangen?«

»Nichts davon.« Dirks beharrlicher Blick brachte ihn zum Grinsen. »Und dann wunderst du dich, dass ich lieber nichts sage. Wie kommst du überhaupt darauf?«

Dirk ließ nicht locker. »Höhe? Tiefe?«

»Panik wäre übertrieben.« Mark stand auf, um anzudeuten, dass die Diskussion beendet war. »Es wird Zeit, zu schlafen.«

Unbeeindruckt blieb Dirk sitzen. »Guter Versuch. Du kommst hier nicht raus, bevor ich nicht weiß, was es ist.«

»Du rechnest doch nicht wirklich mit einer Antwort, oder?«

»Doch, schließlich habe ich auch zugegeben, dass mich der Gedanke beunruhigt, meine Tarnung könnte wieder auffliegen. Ich warte …«

»›Beunruhigt?‹ Nette Formulierung.« Mark stellte sein leeres Glas auf den Tisch und hob dann resignierend die Hände. »Also gut, ich würde nämlich wirklich gerne noch ein paar Stunden schlafen. Ich schätze Aufenthalte auf U-Booten nicht besonders.«

»›Nicht besonders schätzen‹ ist auch eine nette Formulierung.« Dirk lachte leise. »U-Boote? Und das als Navy-Offizier? Na, immer noch besser, als seekrank zu werden. Ich dachte, ihr steigt da durch die Torpedorohre aus.«

Mark bemühte sich um einen grimmigen Blick, merkte jedoch, dass er scheiterte. »Das Aussteigen ist nicht das Problem. Die Enge an Bord macht mich fertig. Das ist die einzige Gelegenheit, bei der ich die Privilegien meines Rangs voll ausspiele, damit ich wenigstens etwas Raum zum Atmen habe. Wenn du nicht gerade Offizier bist, musst du dir auf einigen Booten sogar das Bett mit jemandem teilen. Und dann noch die Vorstellung von den unzähligen Tonnen Wasser über einem. Hast du überhaupt eine Ahnung, wie es auf so einem Scheißboot überall knarrt, kracht und ächzt? Vielen Dank, verzichte gerne. Ich bin als Erster bereit, rauszutauchen.«

Mark hielt demonstrativ die Tür auf. Grinsend nahm Dirk die wortlose Einladung an: »Na dann, schlaf gut und träum nicht von U-Booten.« Die Titelmelodie von *Das Boot* pfeifend verschwand er im ersten Stock.

15

Die Kaffeemaschine signalisierte Mark mit lautem Blubbern, dass sie nahezu fertig war, als zeitgleich Sven und Jake vor dem Haus eintrafen. Er lächelte, als er Jakes Motorrad sah. Die Suzuki mit Plastikverkleidung und hoher PS-Zahl war typisch für ihn, der im Gegensatz zu Sven, Dirk und ihm derartige Rennmaschinen bevorzugte. Ein Punkt, der ständig zu heftigen, aber freundschaftlichen Diskussionen zwischen ihnen führte.

Dirk betrat die Küche und lehnte sich gähnend gegen die Arbeitsplatte. Er sah müde aus, wirkte aber gelassen. »Hast du schon Alex getroffen?«

»Ja. Und ich wurde zum Kaffeekochen verdonnert.«

»Dann machst du wenigstens was Sinnvolles«, kommentierte Sven von der Küchentür aus.

Statt zu antworten, nahm Mark vier Kaffeebecher aus dem Schrank und stellte sie auf die Arbeitsplatte. »Sonst noch Wünsche?«, erkundigte er sich mit übertriebener Freundlichkeit, während er absichtlich nur seinen Becher füllte.

Schnaubend schob Dirk ihn zur Seite. »Nicht gerade überzeugend, dein Auftritt als Kellner. Den ›Sprich-mich-an-und-ich-leg-dich-um‹-Part hast du besser hinbekommen.«

Gelassen prostete Mark Dirk zu. »Touché, ich arbeite dran.« Grinsend füllte er die restlichen Becher und schob sie Jake und Sven zu. »Also gut, dann zum Thema. Ich hatte in Little Creek Befehle bekommen, die mir nicht gefielen. Dazu musste ich noch mein Wort geben, keine eigenmächtigen Interpretationen vorzunehmen, sondern mich exakt an die Anweisungen zu halten. Hätte ich das nicht getan, wäre mir wegen Laura der Fall sofort entzogen worden, und das wollte ich auch nicht. Den Rausschmiss aus der Navy wegen Befehlsverweigerung hätte ich ja noch in Kauf genommen, aber das hätte mich oder eher uns bei diesem Fall nicht weitergebracht.« Verlegen trank Mark einen Schluck Kaffee und wusste nicht, ob Sven und Dirk ihn verstehen würden. »Ich nehme es eben ernst, wenn ich mein Wort gebe. Bis gestern Abend wusste ich einfach nicht, wie ich da rauskommen sollte.«

So knapp wie möglich fasste Mark die Informationen über das Leck bei den SEALs zusammen. Stille folgte seiner Eröffnung, sodass selbst das leise Zischen der Isolierkanne unangenehm auffiel.

»Dann sollten Jake und Dirk eher Köder als verdeckte Ermittler sein«, stellte Sven nachdenklich fest und drehte am Deckel der Kaffeekanne.

»Stimmt. Wobei ich nicht sicher bin, inwieweit sie von Dirk wissen, von Jake vermutlich schon.«

Amüsiert verfolgte Mark, dass Sven die Kanne wegstellte, ohne seinen Becher nachgefüllt zu haben. Geistesabwesend führte er den leeren Becher an den Mund und betrachtete ihn dann verständnislos. »Anscheinend brauchst du doch einen Kellner«, stellte Mark süffisant fest.

Seufzend griff Sven erneut nach der Kanne. »Ich verstehe einfach nicht, wie Kranz da reinpasst.«

Hilflos hob Mark eine Schulter. »Das ist die Frage. War das Ganze eine absichtliche Provokation? Will jemand, dass wir hier sind? Dazu Kranz' Verschwinden und eure gelöschte Anfrage. Ich weiß es nicht und hatte gehofft, dass dir etwas einfällt.«

Mit einem lauten Knall stellte Sven die Kanne auf der Arbeitsplatte ab. »Ich weiß nur, dass Dirks Liste vom Verfassungsschutz gelöscht wurde. Aber mir ist es ein Rätsel, wie das mit euch oder den SEALs zusammenhängt. Allerdings wurde ich ausdrücklich davor gewarnt, mit euch zusammenzuarbeiten.«

Als Mark die wissenden Mienen der anderen sah, wurde ihm klar, dass ihm am Vortag einiges entgangen war. »Von wem?«

»Stephan Reimers, Abteilungsleiter beim Verfassungsschutz. Ich dachte, er wäre ein Freund.«

Nach einem Blick auf die Uhr stellte Dirk seinen Becher weg, griff zur Kaffeekanne und schenkte Sven nach. »Hier, ehe du verdurstest.«

»Danke, dir nehme ich den Kellner wenigstens ab.« Spöttisch musterte Sven seinen Partner, der zwar noch keine Krawatte und kein Sakko trug, aber mit dunkler Hose und weißem Hemd bereits für seinen Auftritt als Wirtschaftsprüfer gekleidet war. »Nettes Outfit übrigens. Willst du das nicht auch zukünftig im Büro tragen?«

»Noch so ein Spruch, und der nächste Kaffee landet auf deiner Jeans.«

»Oder du nimmst Nachhilfe im IT-Bereich, dann bleibt dir der Anzug erspart«, schlug Jake vor, der lediglich ein graues Hemd zu einer schwarzen Jeans trug.

»Schon klar, Jake. Ich erinnere dich daran, wenn du dich das nächste Mal in deine Uniform schmeißen musst.«

»Wenn ihr mit euern Kleiderfragen durch seid, hätte ich noch eine Frage«, beendete Sven das Geplänkel. »Wollt ihr wirklich bei *VirTech* rein? Auch wenn ihr jetzt wisst, dass sie vermutlich wissen, dass ihr oder zumindest einer von euch kommt?« Sven schnaubte und grinste schief. »Himmel, ist das kompliziert. Also, vielleicht wäre es wirklich besser, ihr verzichtet darauf. Wir könnten auch anders an die Informationen gelangen.«

Keiner der beiden würdigte Sven einer Antwort.

Nachdem Jake und Dirk gegangen waren, zogen Sven und Mark sich in Dirks Arbeitszimmer zurück.

»Sag mal, wieso weiß Alex eigentlich, dass ich hier bin?«, fragte Mark und ließ sich auf dem Sofa nieder.

Zum ersten Mal an diesem Morgen lachte Sven befreit auf. »Vor unseren Frauen kann man einfach nichts verbergen. Das Haus, das Dirk für dein Team organisiert hat, liegt fast genau gegenüber von Nataschas Haus. Als sie Jake zufällig gesehen hat, hat sie natürlich sofort bei Alex angerufen, und dann haben die beiden dein Team besucht. Ganz stilecht mit Kuchen und Muffins zur Begrüßung.«

Natascha war eine Staatsanwältin, die mit Dirk und Alex befreundet war und die ihnen im letzten Jahr einige Eigenmächtigkeiten hatte durchgehen lassen. Da wäre er gerne dabei gewesen. »Und wie ist es gelaufen?«

»Die Küche war wohl überraschend aufgeräumt, aber die Ersatzmunition und die schusssicheren Westen im Flur haben sie irgendwie gestört.«

Mark grinste, wurde aber gleich wieder ernst. »Also, wenn Kranz nicht weiß, dass ich ein SEAL bin, sondern immer noch glaubt, ich wäre beim Schatzamt, dann macht der Angriff auf unser Team keinen Sinn.«

Sven nickte und zog sich Dirks Schreibtischsessel heran. »Trotzdem liegt es auf der Hand, dass die Auswahl von Rages Team kein Zufall war.«

Der nächste Punkt war genauso rätselhaft: Wenn wirklich ausgerechnet sein Team nach Hamburg gelockt werden sollte, war die Löschung der Anfrage des LKA absolut unverständlich.

Sven betrachtete angelegentlich einen Punkt an der Wand hinter Mark. »Dir ist aber schon klar, was unser nächster Schritt sein wird?«

Ehrlich ratlos zuckte Mark mit der Schulter, ahnte aber, dass Svens nächste Worte ihm nicht gefallen würden.

Tief durchatmend sah Sven ihn direkt an. »Egal, wie du es drehst, Laura ist in den Mist verwickelt.«

Als Mark widersprechen wollte, hob Sven entschieden eine Hand. »Nun lass mich doch erst einmal ausreden. Doch nicht in die Verbrechen, sondern ich vermute, sie weiß etwas, das ihr selbst nicht bewusst ist. Deshalb auch diese Einschüchterungsversuche, denn was anderes ist es nicht. Eine echte Gefahr kann ich bei zerstörten Reifen oder einer eingeschlagenen Scheibe nicht erkennen. Trotzdem müssen wir mit ihr reden. Suche es dir aus: Rede du mit ihr, oder ich übernehme das. Und wenn sie wirklich dichtmachen sollte, habe ich auch kein Problem, sie offiziell vorzuladen.«

»Das würde sie nicht tun. Wir hatten nur … ein paar Differenzen. Ich kläre das.«

»Bist du sicher, dass du das …?« Marks drohender Blick reichte, Sven brach mitten im Satz ab, aber seine skeptische Miene sprach für sich.

Seufzend beugte sich Dirk vor und schaltete den MP3-Spieler aus. Nach den harten Klängen von AC/DCs *Hells Bells* wirkte die plötzliche Stille ungewohnt, aber es hätte kaum zu seinem Image als seriöser Wirtschaftsprüfer gepasst, mit dröhnenden Boxen vorzufahren. Mit einem letzten Blick vergewisserte er sich, dass das Fax vom Außenwirtschaftsministerium, das ihn zu der angeblichen Prüfung bevollmächtigte, griffbereit in der Notebooktasche steckte.

Wegen der Sicherheitsmaßnahmen zog Dirk es vor, außerhalb des Firmengrundstücks zu parken. Bei Tageslicht war der Eindruck eines Hochsicherheitsbereichs noch deutlicher. Energisch unterdrückte Dirk einen Anflug von Nervosität.

Selbst wenn sie erfahren sollten, dass er fürs LKA arbeitete, würden sie feststellen, dass er sich durchaus zu wehren wusste, auch ohne seine Sig Sauer, die im Handschuhfach lag. Er seufzte leise. Leider hatten sie keine Möglichkeit gefunden, dass er die Waffe unauffällig bei sich trug. Seine Tarnung wäre sofort aufgeflogen, und das war die zusätzliche Beruhigung nicht wert.

Vor der gläsernen Eingangstür standen zwei Wachleute, bei denen er sich mit Personalausweis und dem Fax des Ministeriums ausweisen musste, erst dann wurde er durchgelassen. Der Eingangsbereich verband die beiden Gebäudeflügel miteinander. Rechts, in der Halle mit den Laderampen, vermutete er die Produktionsanlagen, während der linke Flügel wie ein typischer Bürobereich wirkte. Mit einem unverbindlichen Lächeln ging er auf den Empfangstresen zu und ließ sich dabei nicht anmerken, dass er den Mann, mit dem die Frau am Tresen sprach, kannte. Offensichtlich hatte sie schon auf ihn gewartet, denn die Blondine, deren Namensschild sie als Angelika Göhrlich auswies, verstummte mitten im Satz und begrüßte ihn mit einem liebenswürdigen Lächeln. »Sie müssen Herr Richter sein.«

»Richtig.« Dirk nickte ihr und Jake freundlich zu.

Frau Göhrlich tippte auf die Tastatur ihres Computers und lächelte dann angestrengt. »Wir haben leider ein kleines Problem mit unseren PCs und der Telefonanlage, ich sage Herrn Westinghaus rasch persönlich Bescheid, dass Sie eingetroffen sind, Herr Richter. Nehmen Sie doch bitte Platz.« Zuvorkommend wies sie auf eine Gruppe Ledermöbel und war bereits auf dem Weg in den linken Gebäudetrakt. Erst kurz vor einer weiteren Glastür schien sie sich an den anderen Besucher zu erinnern. »Danach sage ich unserem EDV-Leiter, dass Sie da sind«, rief sie wesentlich kühler Jake zu.

Aus den Augenwinkeln beobachtete Dirk, wie der angebliche IT-Experte bei dieser Behandlung ironisch eine Augenbraue hob. Über seine Notebooktasche gebeugt senkte Dirk seine Stimme zu einem kaum hörbaren Flüstern: »Tja, Anzugträger eben. Solltest du drüber nachdenken.« Jakes Mundwinkel zuckte, die Augen funkelten amüsiert, dann saß die ausdruckslose Miene des SEALs wieder.

Wenig später saß Dirk dem Geschäftsführer in dessen Büro bei einer Tasse Kaffee gegenüber. Obwohl sich Westinghaus freundlich zeigte, registrierte Dirk eine unterschwellige Spannung. Den Gedanken, seine Tarnung könnte bereits aufgeflogen sein, verdrängte er. Niemand hatte gerne Prüfer im Haus, da war *VirTech* keine Ausnahme.

Obwohl Westinghaus seiner Sekretärin Anweisung gegeben hatte, keine Anrufe durchzustellen, wurden sie vom Klingeln des Telefons unterbrochen.

Mit einem entschuldigenden Lächeln griff der Geschäftsführer zum Hörer. »Das passt im Moment schlecht.« Sein Blick irrte zu einem kleinen Aktenschrank. »Ich melde mich dann.«

Wortreich entschuldigte er sich anschließend bei Dirk für die Störung, bevor er endlich höflich lächelnd zur Sache kam. »Sie können sich bestimmt vorstellen, dass wir gestern von der Ankündigung Ihrer Prüfung überrascht worden sind.«

»Natürlich, eigentlich müsste ich mich für diesen Überfall entschuldigen. Ich habe keine Ahnung, was im Ministerium schiefgegangen ist, schließlich bin ich schon vor zwei Monaten beauftragt worden, diese Prüfung für die Berliner Kollegen durchzuführen. Leider war ich bis gestern im Urlaub, ansonsten hätte ich mich selbstverständlich früher mit Ihnen in Verbindung gesetzt.«

»Ist es nicht ungewöhnlich, dass die Behörde keine Beamten aus Berlin herschickt?«

»Nein, dieses Vorgehen ist mittlerweile gängiger Usus.« Dirk trank lächelnd einen Schluck Kaffee. »Kosteneinsparungen und Effizienzsteigerungen sind dort keine Fremdworte mehr, sodass häufig Wirtschaftsprüfer vor Ort mit kleineren Aufträgen betraut werden. Die Kollegen aus Berlin werden nur noch bei längeren, aufwendigeren Prüfungen tätig. Hier geht es um eine reine Routineangelegenheit, die gut delegierbar ist und die wir bestimmt rasch erledigt haben.«

Offensichtlich war es Dirk gelungen, den Umfang der Prüfung ausreichend herunterzuspielen, denn der Geschäftsführer wirkte erleichtert. »Wie lange werden Sie brauchen?«

»Ich rechne mit drei Tagen. Wahrscheinlich reicht es, wenn ich bis zum frühen Nachmittag vor Ort bin.« Am liebsten hätte er einen längeren Zeitraum angegeben, wusste aber nicht, ob Westinghaus oder ein Mitarbeiter von ihm Erfahrungen mit derartigen Prüfungen hatte. Bereits mit dieser Zeitangabe bewegte er sich bei dem kaum vorhandenen Exportgeschäft von *VirTech* am obersten Rand dessen, was vertretbar war.

»Gut, das entspricht dem, was mir der Leiter unserer Buchhaltung gesagt hat. Herr Fehling hat bereits bei einem anderen Unternehmen eine solche Prüfung begleitet und wird Sie tatkräftig unterstützen.«

»Schön, das vereinfacht meine Aufgabe.« Dirk achtete sorgfältig darauf, dass sein Gesichtsausdruck nichts verriet. Genau das hatte er nicht hören wollen, sondern gehofft, sich möglichst selbstständig umsehen zu können. Abwartend sah er Westinghaus an, dem anzumerken war, dass er noch etwas sagen wollte, aber offensichtlich nicht wusste, wie er es anfangen sollte. Dirk hatte eine ziemlich genaue Vorstellung davon, worum es ging, und fragte sich gespannt, wie der Geschäftsführer ihm den Zusammenbruch des Computernetzwerks verkaufen würde.

Mit einem leisen Seufzer stellte Westinghaus schließlich

seine Kaffeetasse ab. »Herr Richter, ich will ganz offen sein. Ich kann Ihnen heute gerne alles zeigen, allerdings haben wir derzeit ein ernsthaftes Problem mit unserer EDV-Anlage. Ein Fachmann ist bereits beauftragt worden, und wir sind sicher, dass morgen wieder alles im gewohnten Rahmen funktionieren wird. Ein Zugriff auf die Daten der Buchhaltung ist zurzeit leider nicht möglich.«

Dirk konnte sich gut vorstellen, wie unangenehm dem Geschäftsführer dieses Eingeständnis war. Zum Glück ahnte der Mann nicht, dass der vermeintliche Fachmann derjenige war, der die Computeranlage am Vorabend mit etwas Hilfe einer amerikanischen Computerfirma erfolgreich lahmgelegt hatte. Dirk bemühte sich um einen bedenklichen Gesichtsausdruck. »Das klingt nicht gut. Kommt das öfter vor?«

Westinghaus hob abwehrend die Hände. »Nein, natürlich nicht. Es gab ein Sicherheitsproblem mit unserem Mailserver. Wir sind das Opfer eines Virenangriffs geworden. Unsere EDV-Abteilung spielt gerade die Back-ups ein, und wir werden mit externer Hilfe sicherstellen, dass sich ein solcher Vorfall nicht wiederholen kann und wird.«

Mit diesen offenen und ehrlichen Worten hatte Dirk nicht gerechnet. »Gut, dann schlage ich vor, dass mir einer Ihrer Mitarbeiter die Räume und Ähnliches zeigt, und ich beginne morgen früh mit der Prüfung. Ist Ihnen das recht?«

Wieder zeigte sich Erleichterung auf Westinghaus' Gesicht. »Ich bin Ihnen für Ihr Entgegenkommen wirklich verbunden. Herr Fehling wird Sie herumführen und steht Ihnen auch sonst für Fragen zur Verfügung.«

»Vielen Dank.« Wie erwartet wäre er in kürzester Zeit wieder im Präsidium, aber wenigstens hatte Dirk einen ersten Eindruck von der Firma. Westinghaus konnte er noch nicht einschätzen, normalerweise müsste der Geschäftsführer in eventuell illegale Machenschaften verstrickt sein. Entweder fühlte er sich verdammt sicher, oder er war unschuldig. Dann würde ihre Theorie, dass *VirTech* ein Giftgasproduzent war, allerdings wie ein Kartenhaus zusammenfallen.

16

Wenigstens fand Mark sofort einen freien Parkplatz. Doch er stieg nicht aus. Er hatte keine Vorstellung, wie er Laura begegnen sollte. Am Telefon hatte sie ihm überraschend bereitwillig und freundlich erklärt, wo er sie finden würde. Erst hatte er ein Gespräch auf einem Spielplatz ablehnen wollen, aber vielleicht war sie in der Atmosphäre zugänglicher, und immerhin handelte es sich nicht um eine offizielle Befragung. Trotzdem konnte er nichts gegen seine Unsicherheit tun. Sie mussten herausfinden, was Laura über Zerberus wusste. So weit der dienstliche Teil. Vermutlich würde er sie mit seinen Fragen noch mehr verletzen und sie endgültig davon überzeugen, dass ihm sein Job wichtiger war als alles andere. Wenn sie nur wüsste, wie verkehrt sie damit lag. Aber dies war kaum der richtige Ort für eine Aussprache.

Andererseits wollte er auch nicht, dass die Distanz zwischen ihnen noch größer wurde. Entschieden beendete er die Grübeleien, sie würden ihn nicht weiterbringen, genauso wenig, wie noch länger im Auto zu sitzen.

Beim Aussteigen erinnerte ihn das Gewicht seiner Jacke an ihre Auseinandersetzung. Er zögerte. Die Einschüchterungsversuche waren harmlos gewesen, auch unbewaffnet war er keineswegs wehrlos, und Pat hielt sich in ihrer unmittelbaren Nähe auf. Er warf seine Lederjacke auf den Beifahrersitz. Mit Jeans und T-Shirt bekleidet war auf den ersten Blick zu sehen, dass er unbewaffnet war. Vielleicht würde Laura so begreifen, dass er keineswegs nur dienstlich in Hamburg war.

Der Spielplatz lag nur wenige Meter hinter dem Eingang

des Parks. Dichte immergrüne Hecken, die lediglich an einer Ecke eine Öffnung aufwiesen und damit den Eltern die Aufsicht über die spielenden Kinder erleichterten, rahmten eine Rasenfläche und einen Bereich mit Sand und Geräten ein. Automatisch ließ Mark seinen Blick prüfend über das Gelände schweifen. Nur eine Handvoll Kinder hielten sich auf dem Spielplatz auf. Nicki buddelte in einiger Entfernung vergnügt im Sand, während Laura auf einer Bank saß und in ein Taschenbuch vertieft war. Pat hatte sich eine strategisch günstige Position ausgesucht, saß scheinbar entspannt in ihrer Nähe und schien zu dösen. Der SEAL formte mit Daumen und Zeigefingern einen Kreis. *Alles ruhig*. Mark fragte sich, ob Laura wusste, dass der Ire zu ihm gehörte.

Er wollte auf Laura zugehen, zögerte dann aber. Instinktiv spürte er eine Bedrohung. Erneut sah er sich um. Eine leichte Bewegung in einer der Hecken erregte seine Aufmerksamkeit. Er winkte Nicki zu, während er unauffällig die Stelle beobachtete. Es war windstill, ein Kind hätte er bereits erkannt, ein Tier hätte niemals die Zweige in Brusthöhe erreichen können. Es gab keinen logischen Grund für die Bewegung. Marks Unruhe wuchs.

Im nächsten Moment erstarrte er. Ein Gewehrlauf zielte auf Nicki. Instinktiv griff Mark zu seiner Waffe und fluchte, als ihm klar wurde, wo sich seine Sig befand.

Es war eine Frage von Sekundenbruchteilen, bis der Schütze abdrücken würde. Für eine lautlose, unauffällige Annäherung würde die Zeit nicht reichen. Ein offener Angriff wäre Selbstmord. Viele Optionen blieben nicht. Warum Nicki? Die Frage musste warten.

Mit dem schrillen Pfiff, den seine Männer kannten, lief er auf Nicki zu und signalisierte dabei Pat die Richtung, aus der die Gefahr drohte. Er sah noch, dass der Ire mit gezogener

Waffe auf die Hecke zurannte, dann galt seine ganze Aufmerksamkeit dem Jungen.

Nicki kam ihm freudestrahlend entgegengelaufen. Damit befand sich Mark zwischen ihm und dem Schützen, und der Junge war nicht länger in akuter Gefahr. Noch wenige Meter, und er konnte ihn … Ein heftiger Schlag in den Rücken ließ Mark vornüberstürzen. Er schaffte es noch, Nicki zu Boden zu reißen, dann entglitt der Junge seinem Griff.

Eisige Kälte überkam ihn. Im ersten Moment begriff er nicht, was geschehen war. Vergeblich kämpfte er um die Kontrolle über seinen Körper. Er konnte sich nicht bewegen. Wie aus weiter Ferne hörte er eine Stimme, die seinen Namen rief. Laura. Dann Pat. Schussverletzungen fühlten sich anders an, irgendetwas stimmte nicht. Er versuchte, den Kopf zu drehen. Aussichtslos. Sand drang in seinen Mund und seine Nase. Nebel schien ihn zu umhüllen, dann setzte schlagartig der Schmerz ein und tobte glühend durch seinen Körper. Keuchend rang Mark nach Luft. Der Nebel verdichtete sich zu einer willkommenen Dunkelheit, die ihn von den Schmerzen erlöste.

Entsetzt war Laura aufgesprungen und starrte fassungslos auf Mark, der reglos im Sand lag, und auf ihren Sohn, der verstört neben ihm hockte. Sie rannte los und ließ sich neben ihnen in den Sand fallen. »Mark!« Zunächst verbarg das schwarze T-Shirt das Ausmaß seiner Verletzung, dann erkannte sie die Blutlache, die sich weiter ausbreitete. Unsicher streckte sie die Hand aus, sämtliche Erste-Hilfe-Kenntnisse schienen sie verlassen zu haben.

»Machen Sie Platz. Zur Seite.«

Automatisch befolgte sie die Anweisungen, dankbar, dass ihr jemand sagte, was sie tun sollte.

Ein rothaariger Mann kniete neben Mark. Erst mit Verspätung wurde ihr bewusst, dass er Englisch gesprochen hatte. Nachdem er Puls und Atmung überprüft hatte, zerrte er ein Handy aus seiner Jacke und hielt es ihr hin. »Rufen Sie den Notarzt. Sagen Sie, ein Polizeibeamter ist angeschossen«, befahl er, ohne sie anzusehen. Als Laura nicht reagierte, hob er den Kopf. »Machen Sie schon!«

Automatisch griff Laura nach dem Handy. »Gehören Sie zu ihm? Ich meine …«

»Telefonieren Sie, und kümmern Sie sich um Ihren Sohn«, fuhr er sie an, während er Mark auf die Seite drehte. Er riss ein großes Stück von Marks T-Shirt ab und presste den Stoff auf die großflächige Rückenwunde. Gegen aufsteigende Übelkeit ankämpfend verfolgte Laura, wie der Rothaarige versuchte, die Blutung zu stoppen, während sie darauf wartete, dass die Verbindung hergestellt wurde. Wenigstens schien der Mann am anderen Ende der Leitung sie sofort ernst zu nehmen. Die tiefe, ruhige Stimme brachte sie zur Besinnung. Einigermaßen gefasst erklärte sie, wo der Spielplatz war und wo sich die Zufahrten befanden.

»Komm schon, Mac, kämpfe, gib nicht auf«, hörte sie ihn vor sich hin murmeln, also gehörte er tatsächlich zu Mark.

Ihre Blicke trafen sich. »Reden Sie mit ihm, sagen Sie irgendwas. Vielleicht hört er Sie.«

»Wie schlimm …?« Lauras Hand tastete nach Nickis Hand, der die Ereignisse wie erstarrt verfolgte. Keiner der anderen Spielplatzbesucher war auch nur in ihre Nähe gekommen, kein Hilfsangebot, alle gafften aus sicherer Entfernung.

»Sieht nicht gut aus. Hören Sie zu, Laura, der Schütze ist geflohen, zurzeit sind Sie und Ihr Junge nicht in Gefahr, aber Sie müssen möglichst schnell verschwinden, irgendwohin fahren, wo Sie sicher sind, bis wir alles Weitere geklärt haben. Sven, Dirk, eine Freundin.«

»Ich lasse ihn nicht alleine. Wer sind Sie?«

»Pat reicht. Und jetzt reden Sie mit Mark. Sobald der Notarzt eintrifft, verschwinden Sie. Ich bleibe bei ihm.«

Widerwillig nickte Laura. Sanft umfasste sie Marks Kopf mit den Händen und kämpfte ihre Angst nieder. »Wage es nicht, mich zu verlassen, Mark. Wir haben noch so viel zu klären. Bitte, ich …« Ihre Stimme brach, und sie unterdrückte ein Schluchzen. Wieder zwang sie sich zur Ruhe und reihte mehr oder weniger sinnvolle Worte aneinander.

»Mami, da kommt ein Hubschrauber, der fliegt ganz tief. Was ist denn mit Mark?«

Sie hatte den Lärm der Sirenen und der Rotoren nicht einmal bemerkt. In unmittelbarer Nähe setzte nicht nur ein Bundeswehrhubschrauber zur Landung an, auch ein Krankenwagen hatte am Eingang des Spielplatzes gehalten. Der Arzt rannte auf sie zu. Zögernd wich sie weiter zurück und musste Nicki mit sich zerren, der eher fasziniert als ängstlich wirkte.

»Gewehrkugel. Starke Blutung. Keine Austrittswunde. Atmung und Puls kaum wahrnehmbar, unregelmäßig«, rief Pat dem Notarzt zu.

Zum Glück sprach der Mann Englisch und antwortete in der gleichen Sprache. »Halten Sie den Stoff weiter auf die Wunde gedrückt, überprüfen Sie die Atmung, bis meine Kollegen da sind.« Routiniert legte der Arzt eine Infusion, wenige Augenblicke später übernahmen die Rettungsassistenten Marks Versorgung.

Die Anspannung der Männer war unverkennbar, dazu Pats besorgte Miene. Laura zitterte mittlerweile am ganzen Körper. Einer der Sanitäter sah hoch. »Einigermaßen stabil, Zugänge gelegt, wir nehme ihn mit ins BWK Wandsbek. Die wissen Bescheid, dass wir kommen.«

»Wie sieht's aus?«, erkundigte sich Pat, während Mark auf eine Trage gebettet wurde.

Der Arzt, der zuerst eingetroffen war, wiegte bedenklich den Kopf. »Nicht besonders gut. Kennen Sie den Mann? Wollen Sie mit?«

»Ja.«

»Irrtum. Sie bleiben und keine Bewegung.«

Zwei Polizisten waren unbemerkt näher gekommen und hielten ihre Waffen auf Pat gerichtet. Verständnislos fuhr sich Pat mit der blutverschmierten Hand über die Stirn, machte aber keine Anstalten, den Rettungssanitätern und Ärzten zu folgen, die zum Hubschrauber liefen.

»Werfen Sie Ihre Waffe auf den Boden. Ganz langsam.«

Pat wirkte komplett ratlos. Ehe Laura sich einmischen konnte, hob der junge Polizist seine Waffe höher und zog mit einem deutlichen Knacken den Abzugshahn zurück.

Genüsslich biss Matthias Albers in ein Salamibrötchen, während er den zivilen BMW mit einer Hand Richtung Alsterdorf lenkte. Da in Hamburg nahezu alle Polizeistellen in einem Gebäude untergebracht waren, konnte er die Gelegenheit nutzen, bei Sven und Dirk vorbeizusehen.

Ein Funkspruch kam durch. Das Brötchen landete auf dem Beifahrersitz. »Schießerei auf einem Spielplatz? Ein schwer verletzter Polizeibeamter?«, wiederholte er die Durchsage. Da er weniger als zwei Kilometer von dem Ort entfernt war, griff er zum Funkgerät und bot seine Unterstützung an. Der Besuch bei Sven musste warten.

Erst nachdem er das Blaulicht auf dem Dach befestigt hatte, fiel ihm sein zweites Frühstück wieder ein, das plötzlich viel von seinem Reiz verloren hatte.

Vor dem Park deutete nichts auf eine Schießerei hin, aber

durch die erst ausschlagenden Bäume und Büsche schimmerten rotierende Blaulichter. Nach kurzem Überlegen fuhr Matthias den Kiesweg entlang und parkte quer hinter einem Streifenwagen, achtete aber darauf, dass dem Krankenwagen genug Platz zum Rangieren blieb.

Mit seinem Ausweis in der Hand rannte er auf die kleine Gruppe zu und versuchte, sich einen Überblick zu verschaffen. Die Lage schien ernst, die beiden uniformierten Kollegen angespannt. Sie hielten ihre Waffe auf einen Mann gerichtet, der jedoch eher verwirrt als gefährlich wirkte. Erst dann bemerkte Matthias die Pistole, die im Bund der Jeans des Rothaarigen steckte. Sein Blick irrte zu der Frau und dem Kind, die danebenstanden. Laura Kranz und ihr Sohn. Er mochte zwar regelmäßig seinen Hochzeitstag vergessen, aber Gesichter merkte er sich. Wenn er sich nicht irrte, hatte er den Rothaarigen letztes Jahr schon einmal kurz bei Dirk getroffen, allerdings erinnerte er sich nicht an den Namen.

Über den zunehmenden Rotorenlärm hinweg schrie Laura den Polizisten etwas zu, das seine Kollegen offensichtlich ignorierten.

Außer Atem erreichte er die Gruppe und sah, wie der Rothaarige langsam seine Waffe zog und vor sich auf den Boden warf. Er ignorierte die Polizisten, flüsterte Laura etwas zu und blickte dann mit angespanntem Gesicht zu dem startenden Hubschrauber.

»Was ist passiert?«, erkundigte sich Matthias, als ein Gespräch in normaler Lautstärke möglich war.

»Die Lage ist unübersichtlich. Ein Mann, der laut eingegangenem Notruf ein Polizeibeamter sein soll, wurde lebensgefährlich verletzt. Dieser Mann hier war bewaffnet und wurde in unmittelbarer Nähe des Opfers angetroffen.«

Ungläubig musterte Matthias das blutverschmierte T-Shirt

und Gesicht des Rothaarigen und zweifelte sofort an dem von seinem uniformierten Kollegen unterstellten Tathergang. Der Polizeiobermeister schien noch nicht allzu lange im Dienst zu sein, sonst würde er kaum reden, als ob er bereits einen Bericht schreiben würde. Auf Matthias hatte es eher gewirkt, als ob der Rothaarige seine Waffe schlicht und einfach vergessen und nicht verstanden hatte, was die Polizisten von ihm wollten. Er bückte sich und hob die Waffe auf. Eine Sig Sauer P220, in sehr gepflegtem Zustand mit eindeutigen Gebrauchsspuren und vollem Magazin. Prüfend schnupperte er am Lauf. Aus dieser Pistole war in den letzten Stunden kein Schuss abgegeben worden, für diese Feststellung brauchte er keinen Kriminaltechniker.

»Pat hat nur Erste Hilfe geleistet. Nicht geschossen. Sie liegen total falsch.« Laura schüttelte hilflos den Kopf und presste sich eine Hand auf den Mund.

Pat? Der Name klang nicht deutsch. »Haben Sie eine Berechtigung, die Waffe zu tragen?«, erkundigte sich Matthias in bewusst ruhigem Ton.

Pat hob lediglich eine Schulter.

»Einen Ausweis? Wer sind Sie?«, unternahm Matthias einen neuen Versuch, weiterhin bemüht, die Situation zu entspannen.

»Der redet nicht, sagt kein Wort.« Ungeduldig trat der zweite Polizist, dem Namensschild nach Thomas Jünger, vor und löste die Handschellen von seinem Gürtel. Für einen Moment hatte Matthias den Eindruck, dass Pat sich wehren wollte.

»Dazu haben Sie kein Recht. Er ist amerikanischer …« Laura brach ab und sah Pat an. Fast wäre Matthias dessen kaum merkbares Kopfschütteln entgangen. »Amerikanischer Staatsbürger, informieren Sie wenigstens das Konsulat«, beendete sie den Satz.

Plötzlich ahnte Matthias die Zusammenhänge. Der Rothaarige schien zu Marks Team zu gehören. »Beruhige dich, Laura. Kümmere dich um dein Kind, das wird langsam ungeduldig. Ich übernehme Pat.«

Verblüfft starrte Laura ihn an. Anscheinend hatte sie ihn erst jetzt erkannt. Immerhin hatten sie sich nur einmal bei Sven getroffen. Für den Bruchteil einer Sekunde zeigte sich Misstrauen bei Pat, und Matthias seufzte innerlich. Vermutlich wäre es zu viel verlangt, wenn der SEAL sich ebenfalls an ihre kurze Begegnung erinnern würde.

»Also gut, ich war sowieso auf dem Weg zum LKA und übernehme euern Verdächtigen und seine Waffe. Alles Weitere klären wir nachträglich. Befragt die Leute und kümmert euch um eine vernünftige Absperrung für die Spurensicherung.«

»Der Schuss kam aus einem Gewehr, die Richtung«, erklärte Pat auf Deutsch mit starkem amerikanischen Akzent und wies mit der Hand auf eine Ecke des Spielplatzes.

»Du scheinst dich in unserem Job ja verdammt gut auszukennen, mein Freund«, stellte Jünger sarkastisch fest. »Dann wollen wir mal sicherstellen, dass du dich auf der Fahrt benimmst.« Ehe Matthias etwas einwenden konnte, zerrte sein Kollege Pats Arme auf den Rücken und legte ihm Handschellen an. Gleichgültig ließ Pat die Behandlung über sich ergehen, und auch Matthias entschied sich dagegen, einzuschreiten. Stattdessen bemerkte er, wie Pat leicht den Kopf neigte und sich Laura danach unauffällig entfernte. Auch wenn Kollege Jünger glaubte, die Sache in der Hand zu haben, führte der Rothaarige die Regie.

»Wir verschwinden, ehe es noch voller wird«, verkündete Matthias und lenkte die Aufmerksamkeit von Laura ab. »Mitkommen, mein Junge«, wandte er sich an Pat und stieß ihn leicht in Richtung Ausgang. Widerstandslos folgte der Amerikaner seiner Anweisung, warf ihm aber über die Schulter einen Blick zu, der klar besagte, dass er trotz der Handschellen keineswegs ein einfacher Gegner wäre. Tief durchatmend rieb sich Matthias über seinen Bart. Die Fahrt zum LKA würde interessant werden. Irgendwie musste er Pat dazu bringen, die Karten auf den Tisch zu legen, ohne selbst allzu viel zu verraten. Immerhin bestand die Möglichkeit, dass er sich täuschte und der Rothaarige keineswegs einer von Marks Männern war. Er konnte ihn kaum fragen, ob er die Namen »Mark Rawlins« oder »Jake Fielding« kannte. Wenn er falschlag, hätte er grundlos die vollständigen Namen zweier SEALs preisgegeben, und Sven und Dirk würden ihn dafür umbringen, sofern die Amerikaner dies nicht selbst übernähmen. Aber am meisten interessierte ihn die Frage, auf wen geschossen worden war. Abrupt blieb er vor seinem Wagen stehen, als ihm ein Gedanke kam. Sven?

»Wer ist das Opfer?« Matthias suchte seine Englischkenntnisse zusammen. »Auf wen wurde geschossen?«

»Sie können ruhig Deutsch reden, ich verstehe das ganz gut. Die Frage werde ich nicht beantworten.«

»Dann nur so viel: Kennen Sie Sven? Sven Klein? War er das im Hubschrauber?«

Ein kaum merkliches Weiten der Pupillen verriet Matthias, dass der Amerikaner den Namen zumindest kannte. Aber eine Antwort erhielt er nicht, lediglich ein stummes Kopfschütteln, das alles und nichts heißen konnte. Pat wandte sich ab und blickte dem Hubschrauber nach, der sich noch als dunkler Punkt vor dem strahlend blauen Himmel abhob. Ein Tag, der zu schön zum Sterben war, schoss es Matthias durch den Kopf. Er öffnete die Beifahrertür. »Steigen Sie ein. Wir fahren zum LKA. Vermutlich kommen wir dort weiter.«

Pat warf einen Blick ins Wageninnere, rührte sich aber nicht.

»Was ist los? Ich denke, es ist auch in Ihrem Sinne, dorthin zu fahren.«

Pat deutete ein Lächeln an. »Ist es. Aber was ist damit? Soll ich mich da draufsetzen?«

Verlegen fischte Matthias das Salamibrötchen vom Beifahrersitz. »Sorry, das hatte ich völlig vergessen.« Ratlos betrachtete er es. Der Appetit war ihm vergangen, mit einem Seufzer warf er es hinter sich in die Büsche.

Matthias hielt das Funkgerät bereits in der Hand, als er es sich anders überlegte. Für eine digitale Funkausrüstung, wie in anderen Ländern längst üblich, hatte es in Deutschland noch nicht gereicht. Im Zweifel hätte er einige ungebetene Zuhörer. Im Stillen verfluchte er seine eigene Inkonsequenz, während er den BMW rückwärts aus dem Park herauslenkte. Wenn er überzeugt gewesen wäre, dass Pat ein Verbrecher war, hätte er ihn auf den Rücksitz verfrachten müssen; wenn seine Theorie stimmte, dass er ein SEAL war, konnte er ihm ebenso gut die Handschellen abnehmen und die Waffe zurückgeben. Es musste verdammt unbequem sein, mit auf dem Rücken gefesselten Händen unangeschnallt auf dem Beifahrersitz zu sitzen. Endlich hatte er das Ende des Fußweges erreicht. Erleichtert legte er den Vorwärtsgang ein und winkte den gerade eintreffenden Polizeiwagen zu. Er stutzte und musterte seinen unfreiwilligen Beifahrer genauer. Jetzt saß Pat völlig reglos und scheinbar entspannt neben ihm, aber noch wenige Augenblicke zuvor hatte er aus den Augenwinkeln bemerkt, wie er an seinem Gürtel herumgenestelt hatte. Matthias seufzte, stoppte vor einer roten Ampel und fischte seinen eigenen Handschellenschlüssel aus der Jeans. Grinsend sagte er: »Beugen Sie sich vor. Die Dinger können Sie einfacher als mit einem Ihrer Tricks loswerden.«

Ausdruckslos sah Pat ihn an, tat jedoch, was Matthias verlangte. »Gut. Ich denke, Sie kommen damit klar.« Ohne weitere

Erklärung ließ Matthias den Schlüssel in Pats Hand fallen. Seinen fragenden Blick ignorierte er und steckte stattdessen sein Handy in die Freisprecheinrichtung, überlegte es sich dann aber anders und hielt es sich ans Ohr, nachdem er Svens Nummer gewählt hatte. Besetzt. Fluchend versuchte er es auf Dirks Handy und hatte Erfolg. »Sag deinem Partner, er soll aufhören zu telefonieren, und dann kommt runter auf den Parkplatz.«

Schweigen. »Soll das ein Scherz sein?«

»Nein, ich meine das ernst«, sagte Matthias und bog einhändig nach rechts ab. «Ich bin in gut zwei Minuten da.«

Dirk hielt sich nicht mit weiteren Fragen auf. »Also meinetwegen, wir warten auf dich.«

Sich über die Handgelenke reibend sah Pat ihn ratlos an und gab ihm den Schlüssel zurück. »Danke. Mit wem haben Sie gesprochen?«

Ironisch zog Matthias einen Mundwinkel hoch. »Bisher haben Sie mir nicht eine Frage beantwortet. Wieso sollte ich das jetzt tun? Ich habe denjenigen angerufen, den Sie vermutlich auch angerufen hätten.«

Flüchtig blitzte ein freches Grinsen auf, und Matthias bekam einen Eindruck, wie sein Beifahrer war, wenn er nicht unter extremem Druck stand. »Wir werden sehen«, erwiderte Pat und starrte aus dem Fenster. Matthias erriet seine Gedanken. »Mit Blaulicht ist man verdammt schnell vom LKA aus beim Bundeswehrkrankenhaus, und ich denke, Ihre Freunde warten dort bereits auf Sie.«

Ein tiefer Atemzug und ein Nicken waren die einzigen Reaktionen, aber das war mehr, als Matthias erwartet hatte.

17

Mechanisch setzte Laura einen Fuß vor den anderen und hielt dabei ihren Sohn trotz seines Protests fest umklammert. Der enge Kontakt gab ihr Trost, den sie dringend brauchte. Sie starrte die Polizeiwagen vor dem Parkeingang an, bis sie bemerkte, dass sie vor Marks Audi stand. Dann begannen die Tränen zu fließen. Sie lehnte sich gegen den Audi, klammerte sich an der Dachreling fest.

Ein uniformierter Polizist kam zu ihr. »Kann ich Ihnen helfen? Waren Sie Zeugin der Schießerei?«

Ehe sie antworten konnte, zog Nicki energisch an ihrem T-Shirt. »Mama? Mama! Wohin fliegte der Hubschrauber mit Mark?«

»Fliegt oder flog«, korrigierte sie automatisch. Zum Glück schien Nicki nicht begriffen zu haben, was geschehen war. Sie löste die verkrampfte Hand von dem Audi. »Es geht schon wieder. Die ganze Aufregung war ein bisschen viel. Ich habe Ihren Kollegen dahinten bereits alles gesagt. Ich muss mit meinem Sohn nach Hause, meine Tochter kommt gleich aus der Schule.« Laura machte eine unbestimmte Handbewegung Richtung Spielplatz und fragte sich, wo der bärtige, korpulente Polizist geblieben war. Mittlerweile wusste sie wieder, dass er mit Sven befreundet war, aber der Name fiel ihr nicht ein.

Der Polizist wirkte weiterhin besorgt. »Kann ich Sie nach Hause bringen? Wollen Sie jemanden anrufen?«

Laura schüttelte den Kopf. Ihre Gedanken überschlugen sich. »Nein, danke. Wir wohnen gleich da drüben.« Wieder eine unbestimmte Handbewegung, diesmal die Straße entlang. Sie schaffte es, eine Art Lächeln zustande zu bringen, und zog Nicki entschieden mit sich. Ausnahmsweise folgte er ihr widerspruchslos.

Mark … Sie musste zu ihm. Wer hatte auf ihn geschossen? Abrupt blieb sie stehen und rief sich die Szene ins Gedächtnis zurück. Niemand hatte auf Mark geschossen, Nicki war das Ziel gewesen. Mark war dazwischengegangen. Oh Gott, Mark … und sie hatte an ihm gezweifelt … Ungeduldig wischte sie sich über die Augen, damit half sie niemandem. Endlich hatte sie ihren Volvo erreicht. Sie setzte Nicki in den Kindersitz, fuhr los und schlug, ohne nachzudenken, den Weg nach Wandsbek zu Emilie Winter ein. Die ältere Frau, die darauf bestand, »Em« genannt zu werden, stand ihr näher als ihre eigene Mutter. Em würde sich um Nicki kümmern, damit sie zu Mark konnte. Wenn er nicht überlebte, dann … Erst ein energisches Hupen hinter ihr riss sie aus den Gedanken. Wahrscheinlich zeigte die Ampel schon geraume Zeit Grün. Schnell fuhr sie an, sie musste zu ihm.

Mit Nicki auf dem Arm rannte sie die Treppe in der Altbauvilla hoch und hämmerte mit der Faust gegen die Tür. Ihr fehlte die Geduld, zu klingeln oder nach ihrem Schlüssel zu suchen.

Sichtlich erstaunt öffnete Em die Wohnungstür, stutzte und fasste Laura am Arm. »Kind, was ist passiert?«

»Mark. Er ist angeschossen worden. Rami kommt aus der Schule. Kannst du dich um sie kümmern? Und nimm bitte auch Nicki. Ich muss zu ihm.« Es war ein Wunder, dass Em ihren Wortschwall überhaupt verstand.

»Ganz ruhig. Ehe du dich nicht beruhigt hast, musst du gar nichts.«

Em zog Laura energisch in die Wohnung, und Sekunden später fand sie sich im Wohnzimmer in einem der bequemen

Sessel wieder. Ihre Freundin startete im Schlafzimmer eine von Nickis geliebten *Bob der Baumeister*-DVDs und versorgte ihn mit einer Portion Gummibärchen, ehe sie zurück ins Wohnzimmer kam.

»Erzähl. Aber der Reihe nach. Was ist mit Mark?«

Laura fuhr sich mit der Hand über die Stirn und holte zitternd tief Luft. »Jemand hat auf Nicki geschossen, aber Mark ist dazwischengegangen und schwer verletzt worden. Ich muss zu ihm. Er ist im Krankenhaus, in Wandsbek. Wir haben uns vorher gestritten. Es ist alles meine Schuld. Ich habe ihm vorgeworfen …« Betreten blickte Laura auf den Boden.

Em umarmte sie. »Mach dir keine Sorgen. Ich kümmere mich um Nicki und hole mit ihm zusammen Rami von der Schule ab. Ich habe dir schon immer gesagt, dass ihr füreinander bestimmt seid. Die Karten haben mich noch nie angelogen.«

Durch Ems ruhige Sicherheit gewann Laura ihre Fassung zurück. Sie wusste, wie sehr Em auf die Vorhersagen ihrer Tarotkarten vertraute. Obwohl sie eigentlich wenig davon hielt, hatten Ems Vorhersagen in der Vergangenheit erstaunlich oft gestimmt. Mit dem Anflug eines Lächelns musterte sie Ems Kleidung. Schwarze Jeans und gelbe Bluse waren bestimmt keine typische Kleidung für eine Frau, die bereits ihren siebzigsten Geburtstag gefeiert hatte, passten aber zu ihrer Freundin, deren Einrichtung eine bunte Mischung verschiedener Esoteriksachen und Accessoires in warmen Farben war. »Ich weiß überhaupt nicht, wie ich früher ohne dich ausgekommen bin.«

Noch einmal zog Em sie an sich. »So, jetzt bekommst du noch eine Tasse Tee, und erst dann fährst du ins Krankenhaus.«

»Aber …«

»Keine Widerrede. Du brauchst deine Kraft noch.«

Dirk lehnte entspannt an der Motorhaube seines BMWs und verfolgte belustigt, wie Sven via Handy mit viel Charme und versteckten Andeutungen eine Frau beim Verfassungsschutz über den Aufenthaltsort von Stephan Reimers aushorchte.

Mit einem zufriedenen Grinsen beendete Sven schließlich das Gespräch.

»Und ich dachte, du versprichst ihr noch die Ehe und drei Kinder«, kommentierte Dirk den Telefonflirt.

»Dann würde ich Probleme mit Britta bekommen. Er ist noch in Hamburg.«

»Und jetzt?«

»Ganz einfach.« Sven wählte erneut eine Nummer, aber diesmal war sein Ton kühl und geschäftsmäßig, als er eine kurze Nachricht auf Reimers' Mailbox sprach und um Rückruf bat.

»Meinst du, der meldet sich?«

»Das werden wir sehen. Ich habe ihn bisher mehr oder weniger für einen Freund gehalten, und immerhin hat er so etwas Ähnliches wie eine Warnung bei mir abgesetzt.«

Zweimal hupend näherte sich ihnen ein BMW und hielt nach einem scharfen Bremsmanöver direkt vor ihnen. Der Wagen war noch nicht zum Stillstand gekommen, als Pat heraussprang.

Verwundert starrte Dirk dessen blutverschmiertes Gesicht und T-Shirt an. »Pat? Was ist passiert? Bist du verletzt?«

Wesentlich langsamer als der SEAL war nun auch Matthias ausgestiegen. »Es gab eine Schießerei auf einem Spielplatz in Eppendorf. Ein Schwerverletzter. Ich war zufällig in der Nähe. Laura Kranz war auch dort. Die Kollegen hatten Pat vorläufig festgenommen, aber ich war sicher, dass ihr euch kennt.«

»Festgenommen? Pat?«, wiederholte Dirk ratlos.

Die Beherrschung verließ den SEAL, man sah ihm den Schock an. »Es hat Mark erwischt. Ein Gewehrschuss. Sie hatten es auf den Jungen abgesehen, und Mac ist dazwischengegangen.« Pat wich Dirks Blick aus. »Es sah nicht gut aus. Das war keine normale Munition.«

»Wo ist er?«, fragte Sven mit rauer Stimme, die ihm nicht zu gehören schien.

»Bundeswehrkrankenhaus Wandsbek«, antwortete Matthias knapp.

Ohne zu zögern klemmte Dirk das Blaulicht aufs Dach und deutete auf den Beifahrersitz. »Steig ein, Pat. Wir fahren hin. Sven?«

»Ich fahre selbst. Bleib dicht hinter mir, ich mache uns den Weg frei. Matthias, regele bitte den Papierkram, sorge dafür, dass Pats und Lauras Namen erst einmal nirgends auftauchen. Das Gleiche gilt für Mark. Ich überlege mir eine offizielle Version und melde mich.«

Pat war kreidebleich, als er Matthias rasch am Arm fasste. »Danke für Ihre Hilfe, Sir.«

»Matthias reicht. Dein Boss wird es schon schaffen. Alles Gute.«

Dicht hintereinander rasten sie mit eingeschaltetem Blaulicht und Sirene über den Parkplatz. Da Sven vorwegfuhr, musste Dirk sich weniger konzentrieren, als ihm lieb war. Seine Gedanken überschlugen sich. Schließlich zerrte er sein Handy aus der Jacke und wollte es Pat geben. Als er sah, wie fertig der SEAL war, überlegte er es sich anders und drückte eine Kurzwahltaste. »Fox? Dirk hier. Es gibt Probleme. Mac ist angeschossen worden. Ich bin zusammen mit Pat und Sven auf dem Weg ins Bundeswehrkrankenhaus Wandsbek. Informier Jake via SMS.«

Sekundenlang blieb die Leitung still, und Dirk fragte sich, ob der Senior Chief ihn bei dem Lärm des Martinshorns überhaupt verstanden hatte.

»Was ist mit Pat?«

»Der ist in Ordnung.«

»Gut, ich schicke euch Doc rüber und kümmere mich um alles Weitere«, versprach Fox mit belegter Stimme.

Dirk verfluchte die unbequemen Stühle. Die Ellbogen auf die Oberschenkel gestemmt verbarg er sein Gesicht in den Händen. Die Warterei machte ihn wahnsinnig. Die Plastikstühle, die bei jeder Bewegung knarrten, der Geruch nach Desinfektionsmittel und die vor der Tür hin und her hastenden Ärzte und Schwestern – das alles trug nicht dazu bei, ihn zu beruhigen. Nur der Gedanke an Pat und Sven hielt ihn davon ab, auf und ab zu laufen. Das würde ihm zwar eine gewisse Erleichterung verschaffen, doch die anderen Männer vermutlich verrückt machen.

Als ob die Angst um Mark nicht reichen würde, kam ihm ein anderer Gedanke: Mark wirkte immer so souverän, so sicher. Wenn ihre Gegner den SEAL dermaßen unerwartet treffen konnten, was sollte er gegen sie ausrichten können?

Irritiert sah er hoch, als ein weißer Plastikbecher vor seinen Augen erschien, und nahm dann dankbar den Kaffee von Sven entgegen. »Irgendwas Neues?«

»Nein, die Operation läuft noch.«

Während er selbst nur warten konnte, hatte Sven wiederholt den Raum verlassen und Telefonate geführt, aber Dirk hatte nicht genug Energie aufgebracht, sich nach dem Ergebnis der Gespräche zu erkundigen. Ein zweiter Kaffeebecher wurde ihm hingehalten.

»Rede mit ihm«, befahl Sven und deutete mit dem Kopf auf Pat, der am anderen Ende des Raumes bewegungslos am Fenster stand und seit ihrer Ankunft auf die kleine Parkanlage des Klinikgeländes starrte. Sven sah ihn ernst an. »Jedes Mal, wenn es einen von uns erwischt, werden wir daran erinnert, dass es ebenso gut möglich wäre, selbst dort zu liegen. Das ist normal. Werde damit fertig, und dann mach weiter. Pat sieht aus, als ob er einen Freund brauchen könnte.«

Dirk nickte, doch wohl war ihm nicht dabei. Um Zeit zu gewinnen, trank er einen Schluck Kaffee und stutzte. Der war erstaunlich gut und stark. Sven grinste. »Der stammt aus dem Schwesternzimmer, nicht aus dem Automaten. Die blonde Oberschwester hatte Mitleid mit uns.«

Dirk lächelte nicht zurück. Schwerfällig stand er auf und überlegte, wie er zu Pat durchdringen konnte, wenn er sich nicht einmal selbst im Griff hatte. Zunächst tat er das Gleiche wie Sven: Wortlos hielt er dem SEAL den Kaffee hin.

Ohne ihn anzusehen nahm Pat den Plastikbecher, starrte aber weiter aus dem Fenster. Schweigend standen sie so dicht nebeneinander, dass sich ihre Schultern berührten. Schließlich atmete Dirk tief durch. »Er wird es schaffen. Ganz sicher.«

»Wenn nicht, ist es meine Schuld.«

Dirk wusste nicht, was er sagen sollte, zumal er den genauen Hergang nicht kannte. »Keiner konnte mit einem Gewehrschützen rechnen. Wir sind alle von etwas Harmlosem ausgegangen.«

»Mark hat ihn bemerkt. Ich nicht.« Pat schlug mit der geballten Faust so heftig gegen den Fensterrahmen, dass die Doppelscheiben bedrohlich klirrten. »Ich gehe es wieder und wieder durch und begreife nicht, was passiert ist. Wieso hat Mac nicht auf den Schützen geschossen? Ich verstehe es nicht.«

»Was war mit seiner Waffe?«

Erstmals sah Pat ihn an, und Dirk erschrak über seine Blässe. »Ich weiß es nicht. Ich wollte sie verschwinden lassen, ehe der Arzt übernahm, aber er hatte keine.«

Mark unbewaffnet? Dirk kam ein Verdacht. Laute Schritte und Stimmen auf dem Korridor vor dem Wartezimmer ließen

Dirk und Pat herumfahren. Vor der Glastür erkannte er die Silhouette von Daniel, dem Teamarzt der SEALs, der mit einem Mann im weißen Kittel sprach. Bisher hatte der blonde SEAL stets einen lockeren, beinahe sorglosen Eindruck auf Dirk gemacht, jetzt erlebte er erstmals eine andere Seite. Er wirkte ernst, kompetent und beherrscht. Schließlich nickte Daniel knapp und öffnete die Tür.

»Die OP dauert nur noch wenige Minuten, Macs Zustand ist stabil. Wir erfahren gleich mehr«, verkündete Daniel, kaum dass er den Raum betreten hatte. »Was ist passiert?«

Pat schüttelte lediglich den Kopf. Als Daniel nachhaken wollte, hielt Sven ihn davon ab und deutete auf die Glastür. »Warte.«

Jake betrat im selben Moment den Raum. »Doc?«

Das eine Wort reichte. Rasch erstattete Doc Bericht und nickte dann Pat zu, damit er fortfuhr, doch der hob lediglich die Schultern und schwieg.

»Pat, Bericht«, fuhr Jake den rothaarigen SEAL an. Er zuckte zusammen, aber der Befehlston zeigte Wirkung. Knapp und präzise fasste Pat die Ereignisse auf dem Spielplatz zusammen. Auch Jake runzelte schließlich ratlos die Stirn. »Willst du damit sagen, dass Mac unbewaffnet war?«

Dirk fuhr herum, als hinter ihm ein erstickter Laut erklang. Kreidebleich stand Laura im Türrahmen und starrte Jake entsetzt an. Sven war mit zwei großen Schritten bei ihr und hielt sie fest. »Er ist noch nicht außer Gefahr, aber sein Zustand ist stabil. Setz dich hin, ehe du umkippst.«

Widerstandslos ließ sich Laura zu einem Stuhl ziehen.

Lauras Reaktion auf Jakes Worte bestätigte Dirks Verdacht. Wütend ballte er die Hände zu Fäusten. War Mark tatsächlich so ein Risiko eingegangen? Wahnsinn.

Ein Arzt betrat den Raum und lenkte Jakes Aufmerksamkeit von ihm ab, der ihn bereits misstrauisch beobachtet hatte.

»Brenner, ich bin der Leiter der Chirurgie.« Dr. Brenner schien perplex, sich auf einmal vor so viel Publikum zu befinden. »Gehören Sie zusammen? Sind Sie alle Angehörige?« Er wandte sich an Jake. »Mein Kollege hat mich informiert, dass der Arzt des Patienten anwesend ist. Sind Sie das?«

»Nein, das bin ich. Die anderen sind Familie und Freunde«, erklärte Daniel und trat vor. »Sprechen Sie Englisch?«

Überrascht musterte Dr. Brenner Daniel von Kopf bis Fuß, ungläubig zog er seine buschigen, grauen Augenbrauen zusammen, kam aber nicht dazu, seine Zweifel auszusprechen.

»Daniel Eddings, studiert und promoviert an der Stanford University School of Medicine. Meine Urkunde habe ich nicht dabei, aber ich kann Ihnen einen Vortrag über meine Doktorarbeit halten, wenn Sie darauf bestehen«, bot er ungeduldig an.

»Das ist nicht erforderlich, ich war nur überrascht. Dieser Fall ist gelinde gesagt ungewöhnlich. Ich spreche ausreichend Englisch. Hoffe ich. Das Wichtigste zuerst: Die Operation ist erfolgreich verlaufen. Davon konnten wir unmittelbar nach Einlieferung nicht ausgehen. Wenn er die Nacht übersteht, und das erwarte ich, ist er endgültig außer Gefahr.« Brenner strich eine graue Haarsträhne zurück, die ihm in die Stirn gefallen war. »Ist Ihnen klar, dass ich bei Schussverletzungen die Polizei informieren muss? Und ich brauche wenigstens einen Namen und noch einige weitere Angaben.«

Seinen LKA-Ausweis in der Hand trat Sven vor. »Wir sind vom Landeskriminalamt.« Er deutete mit der Hand auf Dirk, der bereits seinen eigenen Ausweis hervorgeholt hatte.

»Gut, dann sehen Sie zu, dass Sie den Kerl kriegen, der dafür verantwortlich ist. So etwas habe ich nicht einmal im Kosovo erlebt. Ihr Freund wäre verblutet, wenn nicht jemand schnell und kompetent Erste Hilfe geleistet hätte.« Dr. Brenners Blick wanderte über die Anwesenden und blieb an Pats blutverschmiertem T-Shirt hängen. »Erstklassige Arbeit. Der Schock hätte ebenfalls tödlich sein können, aber dank seiner guten physischen Verfassung ist er damit fertiggeworden.«

»Explosivgeschoss?«, erkundigte sich Daniel mit belegter Stimme.

»Ja, ich tippe auf eine Form von Hochgeschwindigkeitsmunition, und zwar ein Hohlspitzgeschoss. Das Projektil ist beim Aufprall aufgepilzt. Genaueres müssen die Kriminaltechniker anhand der Überreste feststellen. Die Schäden im Muskelgewebe sind eher schmerzhaft als gravierend, innere Organe sind nicht betroffen. Die starken Blutungen waren das Problem, und die großflächig verletzten Nervenenden haben den angesprochenen Schockzustand ausgelöst. Wir haben im Prinzip nur die Blutungen gestoppt.«

Zum ersten Mal ergriff Laura das Wort: »Das eigentliche Ziel war mein vierjähriger Sohn. Was wäre, wenn es ihn getroffen hätte?«

»Bei dieser Art Munition reicht ein Streifschuss, um ein Kind zu töten.« Dr. Brenner brach das entsetzte Schweigen, das seinen Worten folgte. »Und jetzt hätte ich gerne einige Angaben über meinen Patienten. Wie wäre es für den Anfang mit einem Namen?«

»Wie können wir es arrangieren, dass sein Aufenthalt hier nicht bekannt wird?«, erkundigte sich Sven, statt die Frage zu beantworten.

Neugier zeigte sich in den blauen Augen des Arztes, als er aus der Brusttasche seines Kittels einen Zettel und einen Bleistiftstummel hervorholte und einige Zahlen notierte. »Das ist die Durchwahl unseres Verwaltungschefs. Es wäre nicht das erste Mal, dass wir so etwas machen.« Er reichte Sven den Zettel und stutzte dann, als er Dirk genauer ansah. »Sie kenne ich doch. Eine Schussverletzung an der Schulter und äußerst begierig darauf, unsere Klinik zu verlassen, wenn ich mich richtig erinnere.«

»Stimmt«, gab Dirk zu. »Letztes Jahr im September.«

Ein prüfender Blick, dann der Anflug eines Lächelns. »Sie oder Ihre Freunde müssen hier nicht unbedingt regelmäßig vorbeisehen, wir haben auch so genug zu tun. Ist mein Patient auch ein Polizist? Deutscher oder Amerikaner? Wie sieht es mit der Versicherung aus?«

Sven und Jake wechselten einen raschen Blick. »Die Rechnung geht ans LKA Hamburg. Ihr Patient heißt Mark Rawlins und arbeitet mit uns zusammen«, erklärte Sven.

Brenner nickte, musterte aber Jake prüfend und lächelte schließlich. »Nun gut, ich bin übrigens selbst Offizier im Range eines Obersts und weiß, wann ich den Mund zu halten habe. Ansonsten können Sie mich begleiten, Dr. Eddings. Besucher danach nur immer einer allein. Machen Sie sich nicht zu viele Sorgen. Ihr Freund hat bewiesen, dass er ein Kämpfer ist, und das Schlimmste hat er hinter sich.«

»Wie lange muss er hierbleiben?«, erkundigte sich Jake.

»Noch eine Nacht auf der Intensivstation, danach zwei bis drei Wochen auf der normalen Station, und für mindestens zwei Monate sind körperliche Anstrengungen verboten.«

»Das hält er nie durch«, murmelte Dirk leise.

Auch Daniel lächelte zum ersten Mal entspannt. »Ich wette, dass er in weniger als einer Woche wieder draußen ist. Da kommt einiges auf uns zu, um ihn ruhig zu halten.«

»Großartige Aussichten«, stellte der Bundeswehrarzt trocken fest.

Nachdem Laura mit Daniel zusammen den Raum verlassen und Jake dafür gesorgt hatte, dass Pat nach Ahrensburg fuhr, blieben nur Jake, Sven und Dirk übrig. Vergeblich suchte Dirk nach einem Fluchtweg. Die Mienen der anderen deuteten auf drohendes Unheil hin, und er ahnte auch, worum es ging.

Darauf, dass Jake noch dichter an ihn herantrat, hätte er verzichten können, und er unterdrückte den Impuls, zurückzuweichen.

»Warum war Mac unbewaffnet?«

Unverbindlich hob Dirk eine Schulter und betrachtete eines der Gemälde an der Wand. Die Van-Gogh-Landschaft war eine bessere Alternative als Jakes unbarmherziger Blick. »Keine Ahnung, ich war nicht dabei«, versuchte er die Frage lässig abzutun.

»Mark ist nicht nur dein Freund. Ich will wissen, was da los war, und ich rate dir, meine Frage zu beantworten. Ich habe doch genau gesehen, wie es bei dir klick gemacht hat und du stinksauer wurdest.«

Dirk wandte den Blick nicht von dem Bild ab. »Klärt das mit Mark persönlich und lasst mich in Ruhe.«

Sven legte ihm eine Hand auf die Schulter und zwang ihn, sich umzudrehen. Sekundenlang überlegte Dirk, es auf eine Auseinandersetzung ankommen zu lassen, dann verließ ihn jede Energie. Er schüttelte Svens Griff ab und gab, den Blick fest auf das graue Linoleum geheftet, nach. »Er hatte Streit mit Laura, wegen des Einsatzes, des Falls, seiner Waffe und allem. Ich vermute, dass er deshalb seine Sig im Wagen gelassen hat. Das werden wir wissen, wenn wir den Audi dort abholen.« Wut stieg wieder in ihm auf. »Wenn das wirklich so war, bringe ich den verdammten Idioten um«, stieß er heiser hervor.

Fassungslos schüttelte Jake den Kopf und ließ sich auf einen Stuhl fallen. »Das übernehme ich. Ich habe ältere Rechte.«

Sven lehnte sich kopfschüttelnd gegen die Wand. »Lasst mir was übrig.«

18

Schmerzen. Seine ganze Welt bestand aus Schmerzen. Die Lage analysieren, sich einen Überblick verschaffen, entsprechend reagieren, diese Grundsätze waren Mark während der Ausbildung gnadenlos eingehämmert worden, aber es funktionierte nicht. Verzweifelt rang er nach Sauerstoff, kämpfte gegen den regelmäßig wiederkehrenden Druck in seiner Brust an. Erinnerungsfetzen kamen, ergaben keinen Sinn. Die Schmerzwellen, die durch seinen Körper rasten, und das verzweifelte Ringen nach Luft verhinderten jeden klaren Gedanken, jede Möglichkeit, zu begreifen, was geschehen war. Die Atemnot nahm weiter zu. Ohne ausreichend Luft konnte er nicht weiterkämpfen, nur die verbleibende Zeit nutzen. Seine Hand tastete über einen weichen Untergrund. Anscheinend lag er auf der Seite. Grelles Licht brannte ihm trotz seiner geschlossenen Lider schmerzhaft in den Augen. Dann stieß er auf einen Widerstand und konnte die Hand nicht heben.

Langsam öffnete er die Augen. Blendende Lichter und eine verschwommene, unscharfe Umgebung. Eine schemenhafte Gestalt und Stimmen, die er nicht verstand. Der Sauerstoffmangel führte zu einem Summen in seinen Ohren, das jedes Geräusch übertönte. Viel Zeit blieb ihm nicht. Er unternahm einen letzten Versuch, stieß sich mit der Hand ab und rollte auf den Rücken. Schlechte Idee. Die Welt um ihn herum explodierte in grellen Farbblitzen. Die Lider fest zusammengepresst, kämpfte er weiter. Laute Stimmen, unverständliche Worte. Mark versuchte, etwas zu sagen, brachte keinen Ton hervor, stattdessen stieg ein Würgereiz in seiner Kehle auf. Erschöpft ballte er die Hände zu Fäusten und wehrte sich gegen Berührungen, die er nicht einordnen konnte.

»Ganz ruhig, Mark. Es ist alles in Ordnung.« Die bekannte Stimme direkt an seinem Ohr durchdrang die Schatten, die sich über ihn senkten. Ein durchdringender Piepston riss ihn endgültig aus der Dunkelheit zurück.

»Stopp, Dr. Brenner, keine Beruhigungsmittel. Das geht auch anders.« Wieder die bekannte Stimme. Doktor? Daniel …

»Wir haben keine Zeit für Diskussionen. Er erstickt.«

»Nicht, wenn Sie auf mich hören. Lassen Sie ihn in Ruhe, sonst wehrt er sich weiter, und der Stress könnte ihn kollabieren lassen.«

Mark spürte einen festen Griff an seiner Schulter. »Schluss damit, Captain. Du bist angeschossen worden, aber in Sicherheit. Jetzt lass mich meinen Job machen. Es ist alles in Ordnung. Ganz ruhig, Boss.«

Mit Mühe brachte Mark ein Nicken zustande und ließ die Hände sinken.

»Gut so, Mark. Wir entfernen jetzt den Tubus, dann kannst du selbst atmen. Und wenn du wieder anfängst, dich gegen uns zu wehren, werde ich dich höchstpersönlich …« Der Rest der Drohung ging in einem unverständlichen Gemurmel unter. Das war vermutlich auch besser so.

Nach einigen noch zittrigen Atemzügen gelang es Mark, die Augen zu öffnen. Er wollte etwas sagen, doch er brachte kein Wort hervor. Daniel verstand ihn jedoch auch so. »Es ist wirklich alles in Ordnung. Laura und dem Jungen ist nichts passiert, und du wirst auch wieder völlig gesund.«

Dirk atmete erleichtert auf, als Marks Kopf zurücksank und er sich endlich entspannte. Dr. Brenner drehte sich zu ihm um und schüttelte schließlich resigniert den Kopf, als er neben Dirk auch noch Jake und Sven sah.

Entschuldigend breitete Dirk die Hände aus. »Ich weiß, es sollte immer nur ein Besucher rein. Aber bei dem Tumult haben wir uns Sorgen gemacht.«

»Nachdem Sie sich nicht eingemischt haben, werde ich ausnahmsweise darüber hinwegsehen.« Der Arzt rieb sich mit der Hand über die Stirn und wandte sich an Daniel. »Ich hätte Ihre Warnung ernster nehmen müssen, Dr. Eddings. Aber dass er so früh aufwacht, hätte ich nicht gedacht. Es wäre allerdings hilfreich gewesen, wenn Sie mir verraten hätten, dass Sie einer Spezialeinheit angehören. Dann hätte ich gewusst, wovon Sie sprechen. ›Captain‹ sagten Sie? Navy? SEALs?«

Daniel sah Jake fragend an, der schließlich nickte.

Dr. Brenner schmunzelte. »Verdammt, von den SEALs habe ich schon einiges gehört. Das sind die Schlimmsten.«

Jakes Augenbraue fuhr hoch. »Wie bitte?«

»Die schlimmsten Patienten.« Dr. Brenner überprüfte die Anzeigen auf den verschiedenen Monitoren, nickte dann zufrieden. »Ich denke, Sie können beruhigt nach Hause fahren. Die Werte sind im Normbereich, und er schläft jetzt. Wenn er Captain ist, kann ich nicht mal meinen Rang ausspielen. Ich wette, es wird schwierig werden, ihn zu Schmerzmitteln zu überreden oder überhaupt im Bett zu halten.«

Jakes Mundwinkel hoben sich leicht. »Mit Ihrer Vermutung dürften Sie richtigliegen. Aber er wird trotzdem tun, was Sie sagen, dafür werden wir sorgen.«

Erst ein behutsamer Griff an seinem Arm erinnerte Dirk an Lauras Anwesenheit. Müdigkeit und die ausgestandene Angst ließen ihn schroffer reagieren, als er beabsichtigt hatte. »Was ist?«

»Was hat er gesagt? Wie geht es ihm?«

Dirk kämpfte noch um eine freundliche Antwort, als Jake übernahm. »Er wollte wissen, wie es dir und Nicki geht«, erklärte er ihr kühl. »Du kannst mit Daniel zusammen hierbleiben, tust aber jederzeit, was er dir sagt, und gehst nirgends alleine hin. Ist das klar?«

Röte stieg in ihre Wangen und vertrieb ihre Blässe. »Seit wann hast du mir etwas zu sagen?«

Jakes Blick wurde pures Eis. »Seitdem mein Boss und Freund beim Versuch, dich und deine Kinder zu schützen, fast gestorben wäre. Such es dir aus: Schutzhaft auf Veranlassung des LKA, oder du gehorchst. Eine andere Option bleibt dir nicht. Wo sind die Kinder?«

»Bei Em. Sie ist –«

»Ich kenne Em. Weiß jemand, dass Rami und Nick dort sind?«

»Nein, aber –«

Wieder ließ Jake sie nicht ausreden. »Gut. Keine Schule, kein Kindergarten, bis wir wissen, womit wir es zu tun haben.« Ohne ein weiteres Wort verließ Jake den Raum. Mitleid stieg in Dirk auf, als Laura Jake sichtlich verunsichert nachsah. Im Vorbeigehen legte er ihr eine Hand auf die Schulter und bemühte sich um ein aufmunterndes Lächeln.

Es war bereits weit nach Mitternacht, und wenn Dirk noch ein paar Stunden Schlaf bekommen wollte, sollte er sich auf den Weg machen. Doch statt zum Zündschlüssel zu greifen, legte er den Kopf aufs Lenkrad und schloss die Augen. Sven war bereits losgefahren. Vermutlich ins Präsidium, um sich um die Formalitäten zu kümmern. Da Dirk morgen früh einigermaßen fit sein sollte, wenn er wieder bei *VirTech* auftauchte, hatte Sven ihm geraten, nach Hause zu fahren. Er konnte sich jedoch nicht einmal aufraffen, den Motor zu starten. Der erste Tag ihrer Ermittlungen, und dann ein solcher Rückschlag. In seinem Kopf wirbelten die offenen Fragen durcheinander. Wieso der Anschlag auf das Kind? Um die Mutter einzuschüchtern? War Laura doch in den ganzen Mist verstrickt? Vorstellen konnte er sich das nicht. Allerdings hätte er auch niemals damit gerechnet, dass Mark ihr zuliebe seine Waffe im Wagen ließ. Er schrak zusammen, als unerwartet die Beifahrertür geöffnet wurde und Jake sich auf den Sitz fallen ließ.

Niedergeschlagenheit stand in seiner Miene statt der üblichen ruhigen Beherrschung. »Nimmst du mich mit?«

»Und dein Motorrad?«

»Kann einer der Jungs morgen abholen. Wenn ich jetzt losfahre, halte ich erst morgen früh wieder. Außerdem müssen wir reden.«

Dirk nickte und schaffte es endlich, den Zündschlüssel zu drehen. »Hast du schon mit dem Admiral gesprochen?«

»Nein, das habe ich mir noch aufgehoben. Vermutlich will er einen sofortigen Abbruch der Aktion. Verstehen kann ich ihn, keine vierundzwanzig Stunden nach dem Start der Ermittlungen liegt der Teamchef schwer verletzt im Krankenhaus.«

Die Straßen in Wandsbek waren so gut wie menschenleer, aber rote Ampeln zwangen sie zum Halten, obwohl die Kreuzungen verlassen vor ihnen lagen. Nach kurzer Zeit verlor Dirk die Geduld und befestigte beim nächsten überflüssigen Stopp das Blaulicht auf dem Dach. Auf das Martinshorn verzichtete er, der Lärm hätte ihn wahnsinnig gemacht.

»Machen wir denn weiter?«

»Ja. Jetzt erst recht. Wir müssen diesen Wahnsinn stoppen, aber es wird nicht einfach. Marks Aufgabe war es unter anderem, die kompletten Daten zusammenzufügen, die wir beide besorgen, und dann alles mit dem zu verbinden, was Sven herausfindet, und bei Bedarf noch andere Quellen anzuzapfen. Das müssen wir uns jetzt irgendwie teilen.«

Endlich lag die Bundesstraße nach Ahrensburg ohne weitere Hindernisse vor ihnen, und Dirk konnte Gas geben. »Dann machen wir das. Eine andere Wahl haben wir doch nicht.«

Laura lehnte sich gegen die Wand und wünschte sich, sie könnte noch weiter zurückweichen. Den Raum zu verlassen kam allerdings nicht infrage, sie konnte und wollte Mark nicht aus den Augen lassen, obwohl er anscheinend schlief. Endlich waren der deutsche Arzt und Daniel fertig. Dr. Brenner schien sie ansprechen zu wollen, aber Daniel gab ihm ein Zeichen, das den Arzt veranlasste, das Zimmer mit einem Nicken in ihre Richtung zu verlassen.

»Wir haben uns bisher nicht richtig vorgestellt. Daniel Eddings, ich bin unter anderem der Arzt in Marks Team. ›Daniel‹ reicht für Marks Freundin.«

Sein Deutsch war stark akzentgefärbt, und sie merkte ihm an, dass er nach den richtigen Worten suchen musste, sodass sie zum Englischen überging.

»›Laura‹ ist dann natürlich auch in Ordnung. Wie geht es Mark?«

»Er schläft. Vermutlich kann er morgen früh schon in ein normales Zimmer verlegt werden.«

Lauras Blick irrte zu den zahlreichen Kabeln und Monitoren, deren Zweck sie nicht einmal erahnte.

Daniel erriet ihre Gedanken und legte ihr eine Hand auf den Arm. »Das ist eine reine Vorsichtsmaßnahme. Mach dir nicht zu viele Sorgen, das Schlimmste hat er überstanden.«

Sie brachte die Frage, deren Antwort sie eigentlich kannte, kaum über die Lippen, musste sie aber trotzdem stellen. »Es war knapp, oder?«

»Ja, höllisch knapp. Aber er hat es geschafft, nur das zählt. Willst du bei ihm bleiben? Vermutlich bekommst du zu Hause ohnehin kein Auge zu.«

Daran, nach Hause zu fahren, hatte sie keine Sekunde gedacht, sondern es für selbstverständlich gehalten, dass sie bei Mark blieb. Erst jetzt wurde ihr klar, dass sie keinerlei Anspruch darauf hatte, bei ihm zu bleiben. Theoretisch hatte sie schon Glück, dass ihr Daniel so bereitwillig Auskunft über seinen Zustand gab. »Ja, wenn es geht, würde ich gerne hierbleiben.«

»Natürlich geht das. Ich bin draußen im Flur und sofort da, wenn etwas sein sollte. Wenn eines der Geräte Alarm gibt, bitte nicht gleich panisch werden, meistens hat sich nur ein Kontakt gelöst. Trotzdem werde ich in regelmäßigen Abständen reinschauen. Und du denkst bitte daran, dass du ihm nicht hilfst, wenn du auch noch im Krankenhaus landest. Ausreichend essen und trinken ist Pflicht.« Ein flüchtiges Grinsen blitzte auf. »Denke dran, dass du verdonnert wurdest, zu tun, was ich dir sage.« Er zwinkerte ihr zu und ließ sie allein.

Laura atmete unwillkürlich auf.

Zu viel war in den letzten Minuten auf sie eingestürmt: die Angst um Mark, das kühle Auftreten der Männer, die ihr bisher immer freundlich begegnet waren, und vor allem die nur mühsam im Zaum gehaltenen Selbstvorwürfe, die in ihr tobten und nun an die Oberfläche kamen.

Die wenigen Schritte zu dem Stuhl neben Marks Bett erschienen ihr wie ein unüberwindliches Hindernis, aber sie erreichte ihn und ließ sich schwer auf die Sitzfläche fallen. Sie ignorierte die Kabel und Messgeräte, die ihr nach wie vor eine fürchterliche Angst einjagten, und betrachtete Marks Brust, die sich regelmäßig hob und senkte. Sein Gesichtsausdruck war nun friedlich, keine Spur mehr von dem harten Kampf ums Überleben.

»Verdammter Mist.« Eigentlich hätte sie noch wesentlich kräftigere Flüche im Sinn gehabt, aber ihre Erziehung schlug in den ungünstigsten Momenten durch.

Sie beugte sich vor und umfasste Marks rechte Hand, die frei von Infusionsnadeln oder Messkontakten war. Die Wärme seiner Haut beruhigte sie schlagartig. Er lebte, nur das zählte, der Rest würde sich finden.

Sie drückte ihre Lippen an seinen Handrücken. »Ich liebe dich«, flüsterte sie. Ihr kamen die Tränen. »Verdammt, verdammt, verdammt.«

Als sie plötzlich Marks festen Händedruck spürte, wäre sie vor Schreck fast an die Decke gehüpft. Hatte er sie gehört? Erst als seine Hand sich wieder entspannte, stieß sie den angehaltenen Atem aus.

Ihr Rücken protestierte allmählich gegen die vornübergebeugte Sitzhaltung, doch das machte ihr nichts aus. Sie würde weder den Platz an Marks Seite noch den Körperkontakt aufgeben. Ihn nicht loslassen. Egal, was die Zukunft brachte, sie würde dafür sorgen, dass er sich schnell erholte. Wenigstens das war sie ihm schuldig.

19

Mark wäre froh gewesen, wenn Dirk und Sven endlich gegangen wären. Das Liegen im Bett brachte ihn um. Egal, in welcher Position, sein Rücken meldete sich bei jeder Bewegung und erinnerte ihn an seinen fatalen Entschluss, die Sig im Wagen zu lassen. Vielleicht hätte er die Schmerztabletten doch nehmen sollen. Aber die Angst, benommen im Bett zu liegen, war stärker gewesen, und er hatte die blau-weißen Pillen verschwinden lassen. Das Letzte, was er brauchte, waren die Vorwürfe und tadelnden Blicke seiner Freunde. Dirks Anzug zeigte, dass er direkt von *VirTech* ins Krankenhaus gekommen war, aber als Mark ihn nach den Ergebnissen seiner Nachforschungen fragte, verschränkte er lediglich demonstrativ die Arme und bedachte ihn mit einem Blick, den er normalerweise für Menschen reservierte, die er nicht mochte.

»Wo ist mein Handy?«, erkundigte sich Mark betont freundlich.

Falsche Frage. Svens Wangen röteten sich, anscheinend hatte er endlich ein Ventil für seine bisher unterdrückte Wut gefunden. »Vermutlich in deiner Jacke, direkt neben deiner Waffe.«

Von Dirk war keine Hilfe zu erwarten. Zähneknirschend bemühte sich Mark um einen ruhigen Ton: »Dann lasst wenigstens das Telefon freischalten.«

Dirk warf eine Fernbedienung aufs Bett und deutete auf den Fernseher an der Wand. »Das ist alles, was du im Moment brauchst. Ansonsten haben wir noch zu arbeiten. Sven?«

»Stimmt.«

Grußlos verließen die beiden das Zimmer. Wütend und erleichtert zugleich sah Mark, wie die Tür hinter ihnen zufiel, und widerstand erfolgreich dem Impuls, ihnen die Fernbedienung hinterherzuwerfen. Dann hörte er, dass sie sich auf dem Flur mit jemandem unterhielten. Einzelheiten verstand er nicht, aber die Stimme kannte er. Frustriert schloss er die Augen. Auf den nächsten Besucher hätte er verzichten können, für eine weitere Runde war er nicht in der richtigen Verfassung, hätte aber einiges dafür gegeben, bei dem Gespräch der drei dabei zu sein.

Er versuchte, sich auf die Ellbogen hochzustemmen, ließ sich dann aber stöhnend zurücksinken. Ausgerechnet in diesem Moment betrat Jake das Zimmer.

»Bleib gefälligst liegen. Vor zwölf Stunden hast du noch in akuter Lebensgefahr geschwebt.« Wenn möglich wurde Jakes Blick noch kälter. »Und über deine Aktion von heute Mittag reden wir auch noch.«

Allmählich reichte es ihm endgültig. Stand er unter Dauerbeobachtung? »Schon gut, ich habe selbst gemerkt, dass die Idee nicht besonders gut war.«

»Dann funktioniert dein Verstand wenigstens zeitweise.«

Wenn er weiter dermaßen oft und fest seine Zähne zusammenbiss, würde sein Zahnarzt ein Vermögen an ihm verdienen. »Es reicht. Ich weiß, dass ich einen Fehler gemacht habe, aber das haben mir Sven und Dirk bereits mehr als deutlich gemacht. Als ob ich das nicht selbst wüsste.«

»Einen Fehler? Das ist untertrieben.«

»Ich dachte –«

Jake unterbrach ihn vehement. »Du hast alles Mögliche getan, aber bestimmt nicht gedacht und wenn, dann nicht mit dem Kopf, sondern mit dem –«

»Vorsicht! Geh nicht zu weit. Auch wenn es falsch war, war es meine Entscheidung, und es ist immer noch mein Leben.«

Mark konnte sich nicht mehr daran erinnern, bei welcher Gelegenheit Jake das letzte Mal laut geworden war, jetzt war es offenbar so weit. Aber er hatte sich geirrt, sein Freund bekam sich wieder in den Griff. »Dein Leben, Captain? Du hast uns alle in Gefahr gebracht. Pat wäre fast von einem übereifrigen Polizisten erschossen worden, weil er so fertig war, dass er nicht an die Sig gedacht hatte, die im Bund seiner Jeans steckte. Wenn Matthias nicht eingegriffen hätte, wäre er festgenommen worden.« Er verschränkte die Arme vor der Brust. »Du vergisst die einfachsten Regeln unseres Jobs. Und wegen was? Wegen einer Frau? Wann besinnst du dich wieder auf deine Aufgabe? Wenn einer von uns tot ist? Wenn das Gas ein komplettes SEAL-Team ausgelöscht hat, weil wir es nicht verhindert haben? Wann?«

Diesmal schaffte Mark es, sich auf die Ellbogen hochzustemmen. »Hör auf. Ich muss mit Laura reden. Sven und ich sind überzeugt, dass sie etwas über Zerberus weiß. Leider hat sie selbst keine Ahnung, was das sein könnte.« Jake zog ungläubig die Augenbrauen in die Höhe.

Mark beugte sich vor, obwohl neue Schmerzen durch seinen Rücken schossen. »Frag Sven. Deshalb die Einschüchterungsversuche und jetzt der Anschlag. Wir müssen herausbekommen, was sie weiß. Glaub mir, jetzt wird sie kooperieren, die Kugel galt ihrem Sohn.« Marks Atem kam stoßweise. Auch wenn die halb sitzende Haltung ihm eine bessere Position gegenüber Jake verschaffte, war der Preis verdammt hoch.

»Leg dich sofort wieder hin. Und ich hätte auch schon vorher mit dir zusammengearbeitet, du Idiot. Jedenfalls wenn du von Anfang an offen gewesen wärst. Aber darüber reden wir später.« Mit zornig blitzenden Augen stürmte Laura auf ihn zu.

Verwirrt fragte Mark sich, wo sie herkam und was sie gehört hatte. Es war bezeichnend für seinen Zustand, dass er keine der Fragen beantworten konnte. Halb bewusstlos sank er zurück und drehte den Kopf weg. Er brauchte Zeit und wollte weder mit ihr noch mit Jake diskutieren, wenn er vor Schmerzen nicht vernünftig denken konnte.

Wenigstens war ihm eine kurze Atempause vergönnt, weil Laura sich Jake vornahm. »Du musst ihm zur Not Vernunft einprügeln. Als ich heute Mittag hier war, ist der hirnlose, sture Kerl bewusstlos gewesen, weil er aufgestanden ist.«

Mark verzog missmutig das Gesicht. Es hatte keine für ihn akzeptable Alternative gegeben, und letztlich hatte er den Ausflug ins Badezimmer überlebt – und die Schimpfkanonade der Oberschwester. »Hirnlos?«, stieß er angestrengt hervor, wurde aber ignoriert.

»Davon habe ich schon gehört. Wenn er sich nicht benimmt, wird Daniel dafür sorgen, und wenn er vierundzwanzig Stunden neben dem Bett sitzen muss. Wo ist Tom?«

»Wartet mit Rami im Auto, ich wollte erst sehen, wie es Mark geht, ehe wir weiter zu Em fahren.«

Es war höchste Zeit, den beiden klarzumachen, dass es eine verdammt schlechte Idee war, über ihn zu sprechen, als wäre er nicht da. »Mir geht es gut. Können wir uns jetzt auf das Wesentliche konzentrieren?«

Wenigstens hatte er nun ihre uneingeschränkte Aufmerksamkeit. Er ignorierte Jakes misstrauische Miene ebenso wie Lauras gerunzelte Stirn.

»Und was soll im Moment wichtiger sein als deine Gesundheit?«, erkundigte sich schließlich Laura.

»Deine Sicherheit. Wer wusste, dass du mit Nicki auf dem Spielplatz bist?«

»Das hat Sven mich auch schon gefragt. Eine ganze Menge

Leute, weil der Kindergarten immer früher schließt und ich deswegen eigentlich jede Woche um diese Zeit dort bin.«

Er zögerte, gab sich dann einen Ruck. »Gilt das auch für deine Mutter?«

Jakes leiser englischer Fluch hätte Mark unter anderen Umständen amüsiert. Anscheinend hatten seine Freunde an die Möglichkeit nicht gedacht. Da Laura jedoch schlagartig blass geworden war, hielt sich seine Zufriedenheit in Grenzen.

»Ja, sie wusste es. Du meinst, weil sie auch wusste, wo ich meinen Wagen am Flughafen geparkt habe. Aber du kannst doch nicht ernsthaft glauben, dass sie jemanden auf Nicki schießen lässt.«

»Nein, das nicht, aber vielleicht hat sie unbewusst jemandem die Information weitergegeben.«

Ihre Blässe verstärkte sich noch, aber ihre Miene spiegelte auch Entschlossenheit wider. »Gut. Ich denke weiter über alles nach, und du schonst dich noch und benimmst dich nicht länger wie ein verzogenes Kind. Ich bringe Rami weg und komme dann ganz schnell zurück.«

Das klang fast wie eine Drohung. »Du musst nicht –«

Sie ließ ihn nicht ausreden, sondern legte ihm eine Hand auf die Wange. »Doch, ich muss.«

Ohne ihm die Möglichkeit zu einer Antwort zu geben, eilte sie zur Tür. Eine Hand schon auf der Klinke, drehte sie sich noch einmal um und sah Jake an. »Mir ist gerade noch etwas eingefallen. Wir waren auch letztes Jahr schon immer mittwochvormittags auf dem Spielplatz. Theoretisch weiß mein Exmann also auch davon. Der ist zwar ein Mistkerl, würde aber seinem Sohn nie etwas antun.«

Sie verließ das Zimmer endgültig, und Mark wünschte, Jake hätte sie begleitet. Auf weitere Vorwürfe konnte er verzichten. Vielleicht half ein kleines Ablenkungsmanöver.

»Was meinst du? Ihr Exmann oder die Mutter?«

»Ihr Exmann konnte nicht wissen, wo sie ihren Wagen geparkt hat. Allerdings sind zerstochene Reifen und ein Auftragskiller ziemlich unterschiedliche Kaliber. Sven grübelt schon die ganze Zeit darüber nach, allerdings muss ich zugeben, dass wir nicht an ihre Mutter als gemeinsamen Nenner gedacht haben.«

»Und was ist mit dem möglichen Killer?«

»Sven ist an der Frage dran, und ehe du deinen Kopf weiter anstrengst: Wir gehen alle bekannten Auftragskiller durch, die jemals solche Munition benutzt haben.« Jakes Handy klingelte, aber statt den Anruf anzunehmen, verließ er das Zimmer. Wütend starrte Mark hinter ihm her, aber schon nach kurzer Zeit kehrte Jake mit einer Flasche Cola in der Hand zurück.

»Und? Gibt es was Neues?«

Jake grinste. »Klar, aber nicht für dich bestimmt. Du hältst dich aus den Ermittlungen raus. Verstanden? Willst du was trinken?«

Zähneknirschend nickte Mark. Sein Freund reichte ihm einen gefüllten Becher, und Mark überlegte, wie er Jake zum Reden bringen konnte. Durstig trank er die Cola und nahm den bitteren Beigeschmack viel zu spät wahr. Jetzt verstand er auch, warum Jake grinste. »Verdammt, Jake … was – ?«

»Schönen Gruß von Daniel, Boss. Und schlaf gut. Wenn du brav bist, bekommst du morgen einen Bericht. Vielleicht.«

Mark konnte Jake nur noch wütend anstarren. Seine Zunge lag bereits wie Blei in seinem Mund, aber sein Kopf funktionierte noch. Er würde sie umbringen, alle, einen nach dem anderen, und zwar langsam, damit er möglichst viel davon hatte. Verschwommen sah er, dass Daniel den Raum betrat, dann fiel sein Kopf auf die Seite, und die Schmerzen verschwanden. Endlich.

Dirk schickte die Mail an Sven ab. Er deutete auf die beiden Notebooks und den USB-Stick vor sich. »Das kostet zu viel Zeit, Jake. Es ist totaler Schwachsinn, dass ich die Buchführungsdaten auf meinem Rechner auswerte, die Daten über Marks Notebook nach Little Creek schicke und Sven parallel Nachforschungen nach Firmen oder Personen vor Ort im Präsidium durchführt.«

»Stimmt«, gab Jake ihm recht. »Da du von Vorschriften sowieso nicht allzu viel hältst, habe ich vielleicht eine Lösung.«

»Wie meinst du das?«

»Wer ist denn gestern Nacht mit Blaulicht durch Wandsbek gerast?«

»Das war ein Notfall. Ich musste einen Freund ins Bett bringen.«

Jake lachte. »Bring du lieber Tim ins Bett und koch uns eine neue Kanne Kaffee, aber schreib mir vorher noch deine Zugangsdaten für den Polizeicomputer auf.«

Neugierig, aber alle Fragen auf später verschiebend, notierte Dirk die Angaben auf einen Haftzettel und klebte ihn mitten auf den Monitor von Jakes Notebook. »Wenn du mich so nett bittest …«

»Tims Initialen und sein Geburtsdatum? Verdammt, Dirk, du brauchst dringend Nachhilfe in Sachen Passwörter, das hätte ich in zwei Minuten geknackt.«

»Und warum fragst du dann?« Zufrieden, das letzte Wort gehabt zu haben, verließ Dirk das Arbeitszimmer.

Mit einer vollen Thermoskanne in der Hand kehrte er zurück. Jake blickte dermaßen selbstgefällig auf das Notebook, dass er Erfolg gehabt haben musste.

Gähnend trat Dirk näher und stutzte. »Himmel, du bist ein Genie. Wie hast du das hinbekommen?« Ungläubig blickte er auf die Desktopoberfläche, die er aus dem Präsidium kannte.

»Es wird noch besser.« Mit einem Mausklick rief Jake ein anderes Programm auf. »So hast du Zugriff auf Little Creek, verschiedene Datenbanken, inklusive FBI und anderer interessanter Behörden mit drei Buchstaben im Namen.« Der SEAL fuhr mit dem Mauszeiger auf ein Icon. »Hiermit forderst du bei Bedarf Satellitenaufnahmen an, die Angabe der GPS-Daten reicht. Ich habe dir eine entsprechende Berechtigung verpasst, gehe aber davon aus, dass du die nicht leichtfertig benutzt, Wirtschaftsprüfer.«

»Natürlich nicht, Soldat. Noch so ein Spruch und du holst dir den nächsten Kaffee selbst. Wie hast du das geschafft?«

»Ist wesentlich einfacher, als es aussieht, da ich die Servernamen kenne und die Passwörter hatte. Einziger Schwachpunkt ist, dass Mark nicht mehr mit seinem Notebook ins Internet kommt, weil du seine Satellitenkarte hast und es zwei Tage dauert, bis Ersatz da ist.«

Grinsend lehnte sich Dirk gegen das Regal. »Wo ist das Problem? Hattest du ernsthaft vor, ihm das Notebook zu geben?«

»Stimmt auch wieder. Die Kiste kann er haben, aber in den nächsten Tagen garantiert noch keinen Zugriff auf unsere Daten.«

Mit einem boshaften Grinsen nahm Dirk eine DVD-Hülle aus dem Regal. »Hier, lass uns das Spiel auf seinem Notebook installieren. Die Wirtschaftssimulation hat Alex gekauft und nach dreißig Minuten gelangweilt in die Ecke geschmissen.«

Breit grinsend steckte Jake die DVD ins Laufwerk. »Dafür bringt er uns um. Wenn er was spielt, dann Ballerspiele, aber nicht so was.«

»Ich weiß – « Dirk hätte noch einiges mehr zu sagen gehabt, aber der melodische Klingelton von Jakes Handy unterbrach ihn.

»Sven«, erklärte Jake und stellte die Verbindung her. Nach

kurzer Zeit wurde seine Miene ernst. »Verdammt gute Arbeit, Sven. Das übernehmen wir selbst. Wir treffen uns um kurz vor Mitternacht …« Ein rascher Blick auf die Armbanduhr. »Also in neunzig Minuten direkt vorm *Steigenberger*.« Wieder hörte Jake konzentriert zu, und Dirk musste sich beherrschen, um nicht dazwischenzufragen. »Dirk? Vergiss es, Sven. Der kommt mit, er sieht aus, als ob er mir gleich das Handy aus der Hand reißt. Bis gleich.«

Jakes Lächeln drückte tiefe Zufriedenheit aus, als er sich Dirk zuwandte. »Sven und Pat hatten Erfolg. Sven hat die Meldedaten aus den Hamburger Hotels besorgt und mit allen Daten abgeglichen, die Pat über diverse Auftragskiller hatte. Dabei gab es eine Übereinstimmung, sie sind auf den Decknamen eines Killers gestoßen. Die Beschreibung passt, und Sven hat dem Empfangschef bereits ein Bild unter die Nase gehalten. Er ist es, und ich wette, der hat auf Mac geschossen.«

»Informierst du das Team?«

»Es reicht, wenn wir zu viert sind.«

Dirk nickte und holte seine Sig Sauer und zwei Ersatzmagazine aus der Schreibtischschublade, die normalerweise fest verschlossen war. »Hat Sven gedacht, ich warte brav zu Hause, oder worum ging es da eben?«

»Ja, aber mach nicht mich an, sondern Sven. Vergiss nicht, dass du immer noch ein Wirtschaftsprüfer bist. Halt dich im Hintergrund.«

»Tja, *ich* stecke immerhin meine Waffe ein.«

Jake verzog das Gesicht, als ob er Zahnschmerzen hätte. »Da hat Mark unseren Ruf ja gründlich versaut.«

»Stimmt, was hat eigentlich der Admiral dazu gesagt? Hast du ihm erzählt, dass Mark unbewaffnet losgezogen ist?«

»Natürlich nicht! Himmel, der würde ihn sofort … Nicht, dass er es nicht verdient hätte, aber ich würde ihn doch vermissen.«

Sie lachten leise, aber dann wurde Jake wieder ernst. »Wir nehmen die Motorräder. Wenn etwas schiefläuft, sind wir beweglicher. Oder ist das ein Problem für dich?«

»Nein, natürlich nicht, ich liebe es, bei knapp zehn Grad nachts zu fahren.«

20

Fröstelnd stellte Dirk eine Stunde später seine Suzuki unter der Brücke ab und blickte zu den Metallstreben hoch. Im hellen Mondschein wirkte die Überführung unwirklich, wie ein Bauwerk aus einem anderen Zeitalter, vielleicht dem Beginn der industriellen Revolution. Skelettartig fügten sich schwarze Teile zu einem Gesamtgefüge zusammen, auf dem die Hamburger U-Bahn-Trasse ausnahmsweise oberirdisch verlief. Tagsüber bewohnten Scharen von Tauben die Metallkonstruktion, und die Fläche unterhalb der Brücke war ein begehrter Parkplatz. Um diese Zeit standen dort nur zwei Fahrzeuge: Svens BMW und direkt daneben ein schwarzer Mercedes Kombi der SEALs. Eine U-Bahn, in Hamburg skurrilerweise »Hochbahn« genannt, fuhr mit ihren silber-roten Waggons und mächtigem Getöse über die Schienen und zerstörte die unwirkliche Atmosphäre. Sven sah ihnen gegen seinen BMW gelehnt entgegen.

»Wo ist Pat?«, erkundigte Jake sich, kaum dass der Lärm verstummt war.

»Sieht sich das Hotel von außen an.«

Kritisch musterte Dirk das wenige Meter entfernte *Steigenberger*. Hinter erstaunlich vielen Fenstern brannte noch Licht.

Lautlos kehrte Pat zurück und hielt sich nicht mit einer Begrüßung auf. »Die Fenster sind das reinste Kinderspiel, die haben eine nette balkonartige Brüstung zur Flussseite hin. Wenn einer von uns abstürzt, wird er höchstens nass.«

»Fleet heißt das, nicht Fluss«, korrigierte ihn Sven.

Jake ignorierte Svens Auftritt als Stadtführer und blickte sich misstrauisch um. »Ich dachte, ich hätte mich klar ausgedrückt.«

Mit wenig überzeugender Unschuldsmiene zuckte Pat die Achseln. »Was meinst du?«

Jake sah ihn mit spöttisch erhobener Augenbraue an, bis er seinen unschuldigen Gesichtsausdruck nicht mehr beibehalten konnte. »Sorry, Jake. Wie hast du sie bemerkt?«

Jake grinste lediglich und stieß eine perfekte Imitation von Marks schrillem Pfiff aus.

Aus den Schatten der umliegenden Brückenpfeiler tauchten Tom und Fox auf. »Das ideale Wetter, um einen Spaziergang durchs nächtliche Hamburg zu machen«, erklärte Fox und hielt Jakes Blick stand. »Hör zu, wenn du glaubst, wir lassen es uns entgehen, den Mistkerl, der den Boss –«

Jake winkte ab, aber Dirk hatte das kaum merkliche Lächeln im Schein eines vorbeifahrenden Fahrzeugs erkennen können. »Dann strengt euch das nächste Mal gefälligst mehr an. Selbst ein Marine hätte euch bemerkt. Tom übernimmt den Vordereingang, Fox die Wasserseite. Ich glaube nicht, dass uns der Mistkerl entgeht, aber falls doch, schnappt ihr ihn euch. Wer hat Lauras Schutz übernommen?«

Sven gähnte und winkte ab. »Das macht vorübergehend die deutsche Polizei. Können wir dann langsam loslegen?«

Auf dem Weg zum Hotel vergewisserte Dirk sich, dass außer Jake keiner der SEALs in Hörweite war. »Wie hast du sie bemerkt? Mir ist nichts aufgefallen«, erkundigte er sich leise.

Jakes Mundwinkel zuckten kurz. »Mir auch nicht. Aber mir war klar, dass sie sich diese Gelegenheit nie entgehen lassen würden. Sollen sie ruhig denken, sie hätten sich verraten. Dann haben sie wenigstens was zum Nachdenken und werden nicht zu selbstsicher.«

Bernd Carlsson war seit vier Jahren Direktor des Hotels und hatte sich in seinem eigenen Büro bisher noch nie unwohl gefühlt. Wenn er den Gesichtsausdruck seines Empfangschefs richtig interpretierte, wünschte sich Christian, ein überzeugter Star-Trek-Fan, in diesem Moment, dass Scottie ihn wegbeamte, in eine ferne, unerforschte Galaxie. Egal wohin – Hauptsache, raus. Er konnte ihn verstehen.

Die vier Männer vor ihm strahlten trotz ihrer entspannten Haltung eine Kälte aus, die ihm Angst einjagte. Das Foto des Hotelgastes, hinter dem sie her waren, wirkte im Vergleich zu ihnen harmlos. Der gesuchte Verbrecher hatte ein glattes, jungenhaftes Gesicht und spärliche hellblonde Haare. Carlsson wünschte sich verzweifelt, er hätte seine Bedenken gegen den Polizeieinsatz anders, vielleicht vorsichtiger formuliert, denn der blonde LKA-Beamte vor ihm sah aus, als würde er jeden Moment die Geduld verlieren.

Mit Wehmut erinnerte er sich an die ruhige Zeit als Hoteldirektor auf der dänischen Insel Bornholm, da wäre eine solche Situation undenkbar gewesen. Dort war der Dreck durch die Möwen das größte Problem gewesen. Er stemmte sich hoch und bereute es sofort, die sitzende Position hinter seinem Schreibtisch aufgegeben zu haben. Die Männer waren deutlich größer als er.

»Der Mann hat nach unseren Informationen in den letzten vier Jahren über zwanzig Auftragsmorde in ganz Europa durchgeführt. Glauben Sie immer noch, es reicht, wenn einer von uns freundlich an die Zimmertür klopft? Die Schlüssel. Jetzt. Sonst lasse ich das Hotel evakuieren und benachrichtige das Mobile Einsatzkommando. Entscheiden Sie sich, wir sind nicht zwingend auf Ihre Kooperation angewiesen.«

Es war natürlich keine Option, die Gäste aus ihrem Schlaf zu reißen, und das wusste der Polizist genau. Aber nun hatte er die

Möglichkeit nachzugeben, ohne das Gesicht zu verlieren. Er nickte. »Also gut, gehen Sie so vor, wie Sie es für richtig halten.«

»Das haben wir vor«, erwiderte Sven Klein, der Blonde, nun wesentlich freundlicher.

Carlsson holte aus seiner Schreibtischschublade zwei Karten und einen Schlüssel. »Mit dem Schlüssel können Sie den Fahrstuhl so steuern, dass er ohne Zwischenhalt fährt, die Karten sind als Generalschlüssel programmiert und öffnen jede Tür im Haus.« Mit wenigen Tastendrucken holte er den Grundriss des fraglichen Zimmers auf den Monitor und drehte den Bildschirm so, dass die Polizisten bequem die Möblierung und die Raumaufteilung des Zimmers betrachten konnten. Als sie zufrieden nickten, zögerte er, gab dann aber seiner Neugier nach. »Ich hatte Sie so verstanden, dass Sie durch das Fenster reinwollen. Brauchen Sie dafür nicht eine entsprechende Ausrüstung? Im –« Verlegen brach er ab. Dass er sein Wissen aus einem Actionfilm bezog, in dem sich schwarz gekleidete Gestalten aus einem Hubschrauber abgeseilt hatten und durch ein Glasdach gesprungen waren, musste niemand wissen. Den Film mit Bruce Willis hatte er begeistert verfolgt – entspannt auf der Couch sitzend, mit seiner Frau und einer Schüssel Chips neben sich.

Der Rothaarige lachte leise. Gehörte der eigentlich auch zum LKA? So ganz schlau geworden war Carlsson aus der kurzen Vorstellung nicht. Dirk Richter, wenn er sich an den Namen richtig erinnerte, lächelte ihn nun amüsiert an. »Sie meinen, wir sehen mit Jeans und Lederjacken nicht so aus, wie Sie es aus dem Kino kennen? Wir wollten nicht mit unserer Ausrüstung durchs Foyer rennen. Aber wenn wir loslegen, dann in voller Montur.«

Trotz des freundlichen Tons merkte Carlsson zu seinem Entsetzen, wie er langsam rot anlief. »Entschuldigung, ich wollte nur –«

Richter winkte ab. »Kein Problem. Danke für Ihre Hilfe. Wir bemühen uns, so wenig Aufsehen wie möglich zu verursachen.«

»Dann gehen Sie durch die Tiefgarage«, schlug Carlsson vor.

Erneutes leises Lachen, dann zwinkerte Richter ihm zu. »Das hatten wir auch vor. Keine Angst, Sie sehen uns erst wieder, wenn alles vorbei ist.«

Als die Bürotür hinter den Männern zufiel, öffnete Carlsson eine Klappe im Aktenschrank. Statt Ordnerrücken kam eine Flasche französischer Cognac zum Vorschein. »Wie sieht es mit dir aus?«, wandte er sich an seinen Empfangschef. »Ich brauche eine Stärkung. Dieser Typ in Zimmer 354 kann einem fast leidtun.«

Der Empfangschef nickte stumm und ließ sich auf einen Stuhl fallen.

Dirk griff nach einer der schusssicheren Westen der Amerikaner, die im Kofferraum des Mercedes lagen, aber Sven hielt ihn zurück. »Auch wenn die bequemer sind, nehmen wir besser unsere eigenen. Die sind so gut wie ein Ausweis.«

Sven deutete auf den Rücksitz seines BMWs. Schulterzuckend nahm Dirk sich eine Weste und verzog das Gesicht. Die deutsche Variante war deutlich schwerer, aber wenn sein Freund meinte, dass die weiß reflektierende Aufschrift »Polizei« das wert war, würde er keine Diskussion beginnen.

Jake hatte bereits das Headset aufgesetzt. »Fox? Wie sieht's aus?«

Rasch griff Dirk zu seinem eigenen Kopfhörer, um das Gespräch mitzuverfolgen.

»Schwacher Lichtschein durch halb zugezogene Vorhänge. Vermutlich sieht er Fernsehen«, antwortete Fox.

»Dann liegt er wahrscheinlich auf dem Bett. Sehr schön, da haben wir ihn in der Zange«, überlegte Sven laut.

Dirk rief sich den Grundriss und die Möblierung des Zimmers ins Gedächtnis und nickte. Er wandte sich an Pat. »Wie wollt ihr die Fenster aufbekommen? Freundliches Klopfen scheidet aus, oder?«

Pat warf ihm das Knäuel paketbandartiger Schnur zu. »Damit kommen wir durch die Scheibe. Sprengstoffschnur.«

Beinahe hätte Dirk das klebrige Paket instinktiv fallen lassen. »Sprengstoff? Aber ohne Zünder ungefährlich, oder?«

»Aber natürlich«, bestätigte Pat grinsend.

Äußerlich blieb Dirk ruhig, obwohl er den Lautsprecher im Fahrstuhl am liebsten zertrümmert hätte. Die leise Hintergrundmusik, eine erbarmungslose Verhunzung eines Klassikers von Christopher Cross, zerrte an seinen Nerven. Er schaltete das Mikrofon seines Headsets aus, um ohne Zuhörer mit Sven zu reden. »Wir hätten die Treppe nehmen sollen.«

»Warum?«, erkundigte sich Sven, ohne den Blick von der Stockwerksanzeige abzuwenden.

»Weil es im Fernsehen so gemacht wird?«, schlug Dirk vor.

»Tolle Idee, außer Atem oben ankommen und das Risiko erhöhen, im Treppenhaus Gästen zu begegnen, die bei unserem Anblick einen Herzinfarkt bekommen.«

Dirk musterte ihr Spiegelbild in der verchromten Wand der Kabine und gab seinem Freund recht. Mit den Westen und ihren Waffen boten sie einen filmreifen Anblick. »Meinst du, der Direktor wäre jetzt zufrieden?«

Sven lachte leise. »Vermutlich.«

Mit einem dezenten Klingeln hielt der Fahrstuhl, aber Dirk drückte sofort den Knopf, um die Türen geschlossen zu halten, und zog den Schlüssel ab, der ihnen eine ungestörte Fahrt verschafft hatte. Ehe Jake und Pat ihre Ausgangsposition nicht erreicht hatten, würden sie den Flur nicht betreten, damit blieben ihnen einige Minuten Zeit, genug, um etwas Grundsätzliches zu klären. »Wieso wolltest du mich nicht dabeihaben?«, fragte Dirk, während er Sven den Schlüssel reichte.

Die Hand seines Freundes verharrte in der Luft. Dirks forschendem Blick ausweichend, verstaute er den Schlüssel schließlich in seiner Jeans. »Ich weiß nicht, was uns erwartet, aber wir brauchen Antworten, und ich glaube nicht, dass die SEALs besonders zimperlich sein werden. Ich bin es jedenfalls nicht, und damit kann es hässlich werden. Vielleicht wollte ich dir deine Illusionen nicht rauben. Ich weiß nicht ..., einfach nur der Versuch, einem Freund zu helfen.«

»Bevormunden trifft es eher.«

Verärgert runzelte Sven die Stirn. Ehe er antworten konnte, erklang Jakes Stimme aus dem Headset. »Wir sind in Position. Zielobjekt liegt auf dem Bett.«

Tief durchatmend entsicherte Dirk seine Sig. Obwohl sie es etliche Male geübt hatten, war er nervös. Aber das war nichts Neues, sobald es ernst wurde, hatte er sich im Griff. Jedenfalls war das bisher der Fall gewesen, egal, ob es um Prüfungen oder Vorträge ging. Er hoffte, dass dies auch für Polizeieinsätze galt. Aufmunternd nickte Sven ihm zu und öffnete die Tür des Aufzugs. »Komm schon, Partner. Wir haben eindeutig den besseren Teil erwischt.«

Dirk zwang sich zu einem schiefen Lächeln und dachte an die SEALs, die sich aus dem darüberliegenden Zimmer abgeseilt hatten und auf der schmalen Brüstung balancierten. »Stimmt.«

Nach wenigen Metern hatten sie ihr Ziel erreicht und pressten sich an die Wand neben der Tür. Sven hielt die Karte in unmittelbarer Nähe des Schlosses. »In Position«, informierte er Jake knapp.

»Verstanden und ... Zugriff«, befahl der SEAL.

Mit einem leisen Klicken öffnete sich das Schloss. Dirk stieß die Tür auf und gab seinem Freund Deckung, während sie in den schmalen Flur hineinsprangen. Leer. Wie erwartet. Sie liefen ins Schlafzimmer. Das in sich zusammenfallende Glas gab lediglich ein dumpfes Klirren von sich. Nach einer Schrecksekunde warf der Mann sich aus dem Bett und tastete nach der Pistole auf dem Nachttisch. Seine schnelle Reaktion hatte ihn zwar aus dem Schussfeld der SEALs gebracht, aber auch direkt vor die Mündungen von Sven und Dirk. Mit einem Schritt war Dirk bei ihm und presste ihm die Sig ins Genick. »Vergiss es.«

Langsam ließ der Mann seine Hand sinken und starrte die vier bewaffneten Männer an. Die resignierte Miene zeigte deutlich, dass ihm die Aussichtslosigkeit seiner Situation bewusst war. Langsam hob er die Hände.

Sofort war Pat bei ihm, stieß ihn unsanft aufs Bett und fesselte ihm die Hände mit Plastikhandschellen, die im Prinzip nichts anderes als Kabelbinder waren, auf dem Rücken.

Jake und Sven nahmen sich bereits das Gepäck und die Schrankinhalte vor, Pat hatte keine Probleme, mit Felton alleine fertigzuwerden. Damit fühlte Dirk sich überflüssig und trat unschlüssig zurück. Erst im Nachhinein wurde ihm bewusst, wie dicht der Killer an seiner Waffe dran gewesen war. Wenige Sekunden langsamer, und es wäre zu einer Schießerei mit ungewissem Ausgang gekommen. Obwohl alles exakt nach Plan gelaufen war, schluckte er hart. Sein Hals wurde trocken, sein Puls beschleunigte sich.

Svens lauter Pfiff ließ ihn erschrocken herumwirbeln. Im doppelten Boden eines der beiden Hartschalenkoffer war Sven auf das zerlegte Gewehr gestoßen. Stoßsicher in passende Schaumstofflöcher verpackt lagen die Einzelteile vor ihnen und sahen auf den ersten Blick wie harmlose Werkzeugteile aus. Sven warf Jake eine Patrone zu. »Hohlspitzgeschoss, oder?«

Dem SEAL genügte ein Blick, er nickte.

Ihr Gefangener hob den Kopf und versuchte vergeblich, sich auf den Rücken zu drehen, sofort drückte Pat ihn zurück. »Wer sind Sie? Was wollen Sie von mir?«

Pat verstärkte den Druck, bis Feltons Kopf sich tief ins Kissen grub. »Ruhe, sonst teste ich, wie lange du die Luft anhalten kannst, Felton.«

Feltons Augen weiteten sich überrascht, als er seinen wahren Namen hörte. Jake setzte sofort nach: »Derrick Cramer … Ist dir nichts Besseres als Deckname eingefallen? Den hast du schon vor zwei Jahren in Brasilien benutzt. Schönen Dank, dass du es uns so leicht gemacht hast.«

Unsicherheit flackerte in seiner Miene auf, und sofort trat Sven dicht an das Bett heran.

»Sie wollen wissen, was hier los ist? Aber gerne doch. Erstens stehen wir nicht auf Typen, die auf Kinder schießen. Zweitens ist der Mann, den Sie statt des Jungen getroffen haben, ein Freund von uns. Drittens haben wir die ganze Nacht Zeit, um von Ihnen alles zu erfahren, was uns interessiert. Die Frage ist nicht, ob Sie reden, sondern wann. Und ehe ich es vergesse: Falls Sie auf das Auftauchen der Polizei hoffen, muss ich Sie enttäuschen. Wir sind schon da.« Sven drehte sich um, sodass Felton den Schriftzug auf seiner Weste erkennen konnte.

»Wenn Sie von der Polizei sind, müssen Sie … Ich habe Rechte. Es gibt Gesetze.«

»Selbstverständlich. Wir können das Gespräch auch jederzeit im Präsidium fortsetzen. Und wenn Sie einen Anwalt wollen, ist das auch in Ordnung. Mir ist das egal. Wir haben mehr Beweise, als wir brauchen. Für Sie bedeutet das dann aber auch, dass Sie jede Aussicht auf einen Deal vergessen können. Wir brauchen die Informationen jetzt und nicht später.«

Der Kerl schwieg. Angewidert wandte sich Dirk ab. Erst auf ein vierjähriges Kind schießen und dann auf seine Rechte pochen. Er brauchte dringend eine Ablenkung, ehe er sich einmischte und Felton sagte, was er von ihm hielt. Nachdenklich betrachtete er das Notebook auf dem Schreibtisch. Den Gerätetyp kannte er. Das Blinken zeigte an, dass es sich im Stand-by-Modus befand. Versuchsweise drückte er eine Taste. Sofort erwachte der Computer zum Leben, und statt der erwarteten Passwortfrage erschien das vertraute Bild eines Onlinebanking-Programms.

Das war eher seine Welt als das Feilschen mit Killern um Informationen. Dirk überflog die letzten Transaktionen. Unwichtige Überweisungen mit geringen Beträgen. Mit zwei Mausklicks wechselte er die Ansicht und betrachtete die Kontoumsätze. Sein Blick blieb auf einem Geldeingang in Höhe von fünfzigtausend US-Dollar hängen. Das war schon interessanter. Er rief die Detailansicht auf: Im Verwendungszweck stand das wenig aussagekräftige Wort »Beratungsdienstleistung«, dazu eine Auftragsnummer. Erst das Konto, von dem das Geld überwiesen worden war, ließ ihn nach Luft schnappen. Das Geld kam von *VirTech*. Übelkeit stieg in ihm auf. Mehr kostete es nicht, ein Kind umbringen zu lassen? Nur fünfzigtausend Dollar? Die Welt, die er als Wirtschaftsprüfer kannte, kollidierte mit der, in der er sich seit Monaten beim LKA bewegte. Marks bleiches Gesicht, die ausgestandene Angst um ihn und der Gedanke an Nicki, einen unschuldigen Jungen, der nur durch Zufall dem Anschlag entgangen war, brachten seine Beherrschung ins Wanken. Fassungslos starrte er auf die fiktive Auftragsabrechnung. Die ausgewiesene Umsatzsteuer gab ihm den Rest. Mit zwei Schritten war er bei Felton und stieß Pat und Sven kurzerhand zur Seite.

»Fünfzigtausend Dollar kostet der Tod eines Kindes? Oder

bekommt *VirTech* einen Mengenrabatt?«, fragte er mit einer Stimme, die er nicht als seine eigene erkannte.

Dirk presste Felton die Mündung seiner Waffe gegen die Kehle und wusste nicht einmal, wann er seine Pistole gezogen hatte. »Du verdammter Bastard.«

Sie starrten sich in die Augen. Langsam, ganz langsam schien bei Felton die Erkenntnis zu wachsen, dass Dirk nichts vortäuschte, sondern wirklich kurz davor war, die Beherrschung zu verlieren. Niemand griff ein, niemand hielt ihn zurück. Je länger der Blickwechsel dauerte, desto unsicherer wurde Felton. Schließlich lag Panik in seinen blassblauen Augen. »Nicht. Was ist für mich drin, wenn ich Ihnen alles sage?«

Darum ging es Dirk nicht, aber ein fester Griff an seiner Schulter brachte ihn zur Besinnung. Langsam wich er zurück und schüttelte Jakes Hand ab.

»Dein Leben«, beschied ihm Jake kalt. »Ich kann dich auch mit meinem Freund alleine lassen.«

Sven hob zwar eine Augenbraue, sagte zu der unsinnigen Drohung aber nichts. Dirk rieb sich heftig über die Augen und starrte auf die Waffe in seiner Hand. Er musste sich zwingen, den Sicherungshebel einrasten zu lassen. Es gab keinen Grund, die Waffe in der Hand zu halten, die einzige Bedrohung in dem Raum war von ihm ausgegangen.

»Komm mit.«

Als Dirk nicht reagierte, zog Sven ihn aus dem Zimmer. Widerstandslos folgte er ihm und versuchte, gegen die Wand im Flur gelehnt, zu begreifen, was geschehen war.

»Ich hätte ihn fast umgebracht. Er war hilflos. Ich … ich hätte niemals …« Immer noch hielt er die Waffe in der verkrampften Hand.

»Steck sie weg.« Dirk blinzelte lediglich. »Ich sagte, steck sie weg. Du brauchst sie heute nicht mehr«, wiederholte Sven nachdrücklich und sah ihn fest an. »Die nächsten Tage bestimmt wieder, und jetzt beruhige dich. Ich habe mir das Notebook angesehen. Was ist mit dem Umsatz?«

Widerstrebend verstaute Dirk die Sig in seiner Jacke. »Das Geld kommt von *VirTech*. Ich habe die Kontonummer sofort erkannt. Da werden Aufwendungen für Beratungsdienstleistungen drüber gebucht.« Er lachte bitter auf. »Steuerlich als Betriebsausgaben absetzbar.« Erneut rieb er sich über die brennenden Augen. »Es tut mir leid. Ich weiß nicht ...«

Wieder packte Sven ihn fest an den Schultern. »Hör auf damit. Du hast nicht abgedrückt, nur darauf kommt es an. Jeder kann unter diesen Umständen die Beherrschung verlieren. Es kommt nur darauf an, sich am Ende wieder einzukriegen, und das ist dir gelungen. Sei nicht zu streng zu dir.«

»Und was wäre, wenn ...«

»Kein ›wenn‹, Dirk, es kommt nur darauf an, was du getan hast. Oder eher nicht getan hast.«

Prüfend musterte Dirk seinen Freund. Er meinte es ernst.

»Also gut, ich denke darüber nach. Später. Was für eine verdammte Scheiße.«

21

Die einzige Ablenkung von der endlosen Langeweile waren Lauras Besuche. Vermutlich hätte Mark ohne sie tatsächlich schon versucht, das Krankenhaus zu verlassen. Er hasste die Vorstellung, dass die Ermittlungen ohne ihn weitergingen und er auf jeden Informationsfetzen angewiesen war, den seine angeblichen Freunde ihm sporadisch hinwarfen.

Lauras Lachen durchbrach seinen Ärger. »Du weißt schon, dass du dich genauso wie Nicki aufführst?«

»Du vergleichst mich mit einem Vierjährigen?«

»Zumindest bist du genauso ungeduldig. Aber wie Em immer sagt: In jedem Unheil steckt etwas Gutes.«

Kalenderweisheiten. Die hatten ihm gerade noch gefehlt. »Und zu was soll das hier bitte schön gut sein?«

»Na ja, so lernst du, auch anderen mal die Zügel zu überlassen. Und weißt du, soweit ich es verstanden habe, kommt man ganz gut ohne dich aus.«

Mark biss die Zähne zusammen, bis es schmerzte. Das war nicht das, was er hatte hören wollen. Den Funken Wahrheit in ihren Worten ignorierte er wohlweislich. Aber es ging ihm nicht nur um die Ermittlungen. Laura so nah bei sich zu haben und dabei an dieses verdammte Bett gefesselt zu sein war beinahe mehr, als er ertragen konnte. Sicher, sie verbrachte jede freie Minute bei ihm, und er genoss die Zeit mit ihr trotz der Ungeduld, die sie ihm zu Recht vorwarf. Aber er im Bett auf dem Rücken liegend und sie auf dem Stuhl daneben, das waren nicht gerade ideale Voraussetzungen für das, was er sich vorstellte.

Lange würde es nicht mehr dauern, bis dieser unerträgliche Zustand ein Ende hatte. Egal, was Daniel und die deutschen Ärzte sagten.

»Tja, ganz schön schlimm, wenn man sich für unersetzlich hält und immer alles alleine machen will und dann feststellt, dass man falschlag.«

Die Provokation verfehlte ihre Wirkung, da er das Lachen in ihren Augen sah. »Bist du allmählich fertig? Hast du nicht irgendein harmloses Thema?«

Ein Schatten senkte sich über ihre Miene und sie begann auf ihre typische Art an der Unterlippe zu knabbern. Als sie den Blick abwandte, griff er nach ihrer Hand. »Was ist denn?«

»Ich weiß einfach nicht, warum jemand es auf mich abgesehen haben könnte. Ich verstehe das nicht. So wichtig kann es doch eigentlich nicht sein, was ich angeblich weiß. Sonst wäre mir das doch schon wieder eingefallen.«

Mark zögerte, schwieg dann aber. Laura zog leicht an seiner Hand. »Nicht schon wieder Ausflüchte, sondern bitte die Wahrheit.«

Schlagartig begriff er, dass er sie vermutlich endgültig verlieren würde, wenn er ihr nicht offen antworten würde. »Wir gehen davon aus, dass das Ziel der Einschüchterungsversuche und des Anschlags dasselbe war: Du solltest beschäftigt und abgelenkt werden. Wenn Nicki etwas passiert wäre, hättest du alles Mögliche im Kopf, würdest aber nicht weiter über Zerberus nachdenken. Im Prinzip haben sie ihr Ziel erreicht, weil du jetzt durch mich abgelenkt bist. Es ist wirklich wichtig, dass es dir einfällt. Aber je mehr du dich unter Druck setzt, desto weniger wird es klappen.« Er versuchte sich aufzusetzen, aber sie drückte ihn sofort zurück.

Für eine Auseinandersetzung war er nicht ausreichend in Form, sodass er es bei einem empörten Blick beließ, der Laura nur zum Schmunzeln brachte. Trotzdem würde er sich nicht vom eigentlichen Thema ablenken lassen. Sven hatte mit Lauras Mutter geredet, nichts erfahren, aber einen Tag später den Anruf eines Anwalts erhalten. Der hatte ihm noch einmal offiziell mitgeteilt, dass seine Mandantin mit niemandem über Lauras Aufenthaltsorte geredet hatte. Für die Zukunft verbat er sich im Namen seiner Mandantin sämtliche Überlegungen, sie sei in irgendeiner Form in die entsetzlichen Vorkommnisse verwickelt. So kamen sie an der Front nicht weiter, und eine offizielle Vernehmung würde unter diesen Umständen auch nichts bringen.

Den Kopf etwas zur Seite geneigt, sah Laura ihn forschend an. »Woran hast du gerade gedacht?«

Mark widerstand der Versuchung, die Frage mit einer Ausrede abzutun. »Ich überlege immer noch, welche Rolle deine Mutter oder deine Familie spielen könnte.«

Laura zuckte mit den Schultern. »Keine, sie nervt zwar, aber das ist auch alles. Meine Mutter würde den Kindern nie schaden.« Ein Lächeln zeigte sich in ihren Mundwinkeln.

»Und was bringt dich bei dem Thema fast zum Lachen?«

»Ihre Beschwerde über Sven. Sie hat am Telefon so getan, als ob er ihr unterstellt hat, den Killer persönlich bezahlt zu haben, und ich war daran natürlich schuld.«

»Ich verstehe trotzdem nicht, warum sie Svens Fragen so beiläufig abtut und dann ihren Anwalt vorschickt. Ihr sollte doch auch an der Aufklärung des Falls gelegen sein.«

»Gute Frage. Das passt eigentlich gar nicht zu ihr. Sie wäre eher in seinem Büro aufgetaucht und hätte ihm klargemacht, aus welcher Familie sie stammt und wie er es da wagen kann, sie zu belästigen. Vielleicht hat sie einen Anruf vom Polizeipräsidenten und nicht von einem normalen Kommissar erwartet.« Laura zog die Unterlippe zwischen die Zähne und schlug dann so plötzlich mit der flachen Hand auf das Bett, dass er zusammenzuckte.

»Was hast du?«

»Da war eben ein Gedanke. Ganz flüchtig, aber ehe ich den richtig zu fassen bekam, war er weg. So etwas Blödes.«

»Keine Angst, das fällt dir wieder ein, allerdings gilt dafür wirklich: je eher, desto besser.«

Laura zog die Schulter hoch, als ob sie frieren würde. »Mir war nicht klar, wie wichtig es ist, dass ich mich erinnere und dass jemand das wiederum für so gefährlich hält, dass er deshalb Nicki umbringt. Ich begreife erst so langsam, gegen was für Mistkerle ihr eigentlich kämpft. Dabei dachte ich, nach Joachim kann mich nichts mehr erschüttern.«

Was sollte er dazu sagen? Er fasste lediglich stumm nach ihrer Hand und drückte sie.

Als sich die Tür öffnete, richtete Mark sich erstaunt wieder auf. Laura war gerade erst gegangen, leider nicht richtig beruhigt, sondern höchstens etwas zuversichtlicher und sehr nachdenklich. Doch statt ihr stand Dirk vor ihm.

Seine angespannte Miene und die gelockerte Krawatte verhießen nichts Gutes. Wahrscheinlich drohte ihm eine weitere Runde mit Vorwürfen und dämlichen Sprüchen.

Um ihm zuvorzukommen, deutete Mark auf sein Notebook. »Ich will meine Internetverbindung zurückhaben.«

Der Anflug eines Lächelns zeigte sich. »Du klingst wie mein Sohn. Möchtest du auch noch mit dem Fuß aufstampfen und dich auf den Boden werfen?«

Erst der Vergleich mit einem Vierjährigen und nun mit einem Zweijährigen. »Sehr witzig.«

»Dann lach doch. Deine Internetanbindung brauche ich, und nicht du. In ein paar Tagen ist Ersatz da.«

»Geht in ein Geschäft und kauft euch so einen verdammten Stick und zerfleddert nicht mein Notebook.«

»Dass wir darauf nicht selbst gekommen sind …«, murmelte Dirk, während er seine Krawatte abnahm und in die Hosentasche stopfte. Gähnend ließ er sich auf einem Stuhl neben dem Bett nieder. »Noch mehr Beschwerden, Mark? Oder war's das? Ansonsten weck mich, wenn du fertig bist. Du erholst dich gefälligst noch ein paar Tage.«

Erst jetzt sah Mark, dass Dirk nicht gestresst, sondern müde war. Dunkle Schatten lagen unter seinen Augen. »Tut mir leid, aber das Nichtstun macht mich fertig. Das Nachmittagsprogramm im deutschen Fernsehen ist eine Katastrophe, und wenn ich denjenigen erwische, der mir diese verdammte Wirtschaftssimulation auf den Rechner gespielt hat, ist er tot.«

Dirk lachte und griff in sein Jackett. »Wenn du brav bist, bekommst du das hier.«

Neugierig blickte Mark auf die DVD-Hülle und den USB-Stick. Es konnte nur besser werden. »Was ist das?«

»Der neue James Bond, und auf dem Stick sind die letzten Berichte. Ich wollte dir noch ein nettes Ballerspiel mitbringen, aber Daniel war dagegen.«

»Der ist auch tot.«

»Wenn du alle aus dem Team umbringst, schaffen wir die Arbeit nie.«

Sofort meldete sich Marks schlechtes Gewissen. »Habt ihr die Nacht durchgemacht? Du siehst schlimm aus.«

Dirk murmelte etwas wenig Freundliches über Glashäuser und Steine und deutete auf den USB-Stick. »Das meiste ist da drauf. Wir haben gestern den Kerl erwischt, der auf dich geschossen hat, darum hinke ich mit der Auswertung der Buchhaltungsdaten hinterher. Aber morgen noch ein halber Tag bei *VirTech*, dann bin ich dort fertig und sehe mir alles in Ruhe an.

Bisher wirkt alles relativ normal. Na ja, bis auf die Rechnung, mit der sie diesen verdammten Killer bezahlt haben. Und dann stimmt da was mit der Anzahl der Mitarbeiter nicht.«

»Was meinst du?«

»Die haben auf dem Papier viel mehr Angestellte, als sich in der Zentrale herumtreiben.« Dirk lachte leise. »Du wirst es nicht glauben, aber deine Jungs haben sogar schon die Fahrzeuge und die Fahrräder gezählt und verfolgt, wie viele Leute morgens zu Fuß kommen, um herauszufinden, was dort vor sich geht.«

»Das klingt ja wirklich interessant.«

Dirk zwinkerte ihm zu. »Lass dir noch etwas Zeit, dann darfst du diese Dinge übernehmen. Aber weiter im Text. Die Information, dass Laura und Nicki auf dem Spielplatz zu finden waren, wurde per Mail weitergeleitet. Jake konnte die Nachricht bis zu einem Einwahlknoten in Berlin zurückverfolgen. Das war's dann leider: ein Internetcafé in der Innenstadt, und die verwendete E-Mail-Adresse gibt auch nichts her, das war ein anonymer Dienst in der Schweiz. Trotzdem mussten wir bei Berlin an den Verfassungsschutz denken. Ich sag nur: Svens angeblicher Freund Reimers.«

»Na, der wird kaum auf kleine Kinder schießen lassen.«

Dirk hob demonstrativ eine Augenbraue. »So weit waren wir auch schon.«

Mark setzte sich auf und verzog das Gesicht.

»Schmerzen?«, fragte Dirk.

Mark schnaubte. »Geht schon. Wie wäre es, wenn ich mir die Buchhaltungsdaten ansehe?«

»Vergiss es.«

Seufzend gab Mark auf. Wenn Dirk auf stur stellte, war jedes weitere Wort verschwendete Zeit. Aber etwas anderes fiel ihm auf. Obwohl Dirk ihn ruhig ansah, glomm ein Feuer in seinen

Augen, das er bisher nur selten gesehen hatte. Meistens hieß das für irgendjemanden nichts Gutes. »Was ist mit dir?«

»Nichts, ich will die Kerle in den Knast bringen. Mehr nicht.«

Mark glaubte ihm kein Wort, aber ehe Dirk nicht von alleine redete, konnte er nichts tun. Es war Zeit, das Thema zu beenden. »Ich dachte, der letzte James Bond wäre noch nicht auf DVD erschienen.«

»Ist er auch nicht, aber im Internet gibt's alles, wenn man weiß, wo man suchen muss.« Dirks Grinsen verriet ihm, dass er und vermutlich Jake sich nicht nur die DVD besorgt hatten. »Möchte ich wissen, was ihr sonst noch so getrieben habt?«

Dirks Grinsen wurde breiter. »Nein, möchtest du nicht, sonst bringst du uns auch noch um. Man könnte sagen, dass wir gewisse Ressourcenumverteilungen im Sinne der Allgemeinheit vorgenommen haben. Mehr wirst du nicht erfahren. Sieh dir lieber den Film an, da kannst du noch was lernen: 007 würde seine Knarre nie im Wagen liegenlassen.«

Nettes Ablenkungsmanöver, aber irgendwann würde er die Wahrheit von Dirk oder Jake erfahren. Nicht jetzt. Wenn es darauf ankam, konnte er durchaus geduldig sein. »Gibt es sonst irgendetwas Neues?«

»Die Rolle des Verfassungsschutzes ist nach wie vor unklar. Sie sind anscheinend an der gleichen Sache dran, aber wir wissen nicht, wieso sie dann nicht mit uns reden. Weder beim LKA noch bei *VirTech* sind sie bisher offen aufgetaucht, allerdings ist deinen Jungs bei *VirTech* ein Mietwagen mit einem Mann und einer Frau aufgefallen, der dort anscheinend auch einen Beobachtungsposten bezogen hatte. Die Überprüfung des Kennzeichens hat leider nichts gebracht. Svens Versuch, diesen Reimers zu erreichen, endete damit, dass die beiden nichtssagende Nachrichten auf ihren Mailboxen austauschen. Der NCIS und dein Vater suchen vergeblich nach dem Leck in

Little Creek. Alles, was wir haben, ist Svens Überzeugung, dass wir es mit zwei verschiedenen Gegnern zu tun haben oder zumindest zwei unterschiedlichen Hierarchieebenen.«

»Wie kommt er darauf?«

»Er leitet das aus den Vorkommnissen mit Laura ab, weil für ihn die erst harmlosen Einschüchterungsversuche und dann dieser Anschlag nicht zusammenpassen. Außerdem scheinen die ersten Sachen von Hamburg ausgegangen zu sein, während der Schütze aus Berlin beauftragt wurde. Bei Berlin landen wir wieder beim Verfassungsschutz und haben uns einmal im Kreis gedreht, weil wir davon ausgehen, dass der zwar sein eigenes Ding durchzieht, aber weder Killer beauftragt noch auf Kinder schießen lässt. Also ist alles beim Alten, jeden Tag mehr Fragen und bisher kaum Antworten. Wir wären einen Riesenschritt weiter, wenn wir endlich wüssten, was Laura damit zu tun hat. Dass es um sie geht, ist sicher, denn niemand wusste, dass du dort auftauchen würdest. Nur Laura. Oder hast du sie so geärgert, dass sie einen Killer auf dich ansetzen würde?«

Mark verzog gequält das Gesicht.

Dirk schmunzelte. »Na gut, lassen wir das. Sven ist nach dem Auftritt des Anwalts ziemlich sicher, dass ihre Mutter darin involviert ist. Aber uns fehlt die Fantasie, wie das passt. Daher hoffen wir noch immer auf einen Geistesblitz von Laura. Eine offizielle Vorladung bringt uns im Moment auch nicht weiter und könnte die Falschen aufscheuchen. Wenn du sonst nichts mehr hast, fahre ich wieder.«

»Tu das und schlaf dich gefälligst mal richtig aus.«

Dirk verdrehte lediglich die Augen und ging zur Tür. Als er die Hand nach der Türklinke ausstreckte, rief Mark ihn zurück. »Dirk? Danke.«

Lächelnd winkte Dirk ab. »Schon gut, Mark. Bis morgen.«

Unentschlossen drehte Dirk den Kugelschreiber zwischen den Fingern und sah aus dem Fenster des Büros, das die Firma ihm zur Verfügung gestellt hatte. Es blitzte, und er wartete mit angehaltenem Atem, bis sich ein gewaltiger Donnerschlag entlud. Das Gewitter tobte nun bereits den halben Vormittag über Bad Oldesloe, und eine Wetterbesserung war nicht in Sicht. Aber es gab Wichtigeres als das unbeständige Aprilwetter, für das Norddeutschland berüchtigt war. Wieder blickte er auf den Ausdruck vor sich. Sven würde ihm einiges zu seinem Vorhaben zu sagen haben, das war sicher, aber andererseits war seine Aufgabe bei *VirTech* bisher das reinste Kinderspiel gewesen, das Risiko müsste also überschaubar sein. Oder auch nicht. Rhythmisch mit dem Kuli auf die Schreibtischplatte trommelnd überlegte er und lächelte dann. Ach was, er war alt genug, seine eigenen Entscheidungen zu treffen. In der Abgeschiedenheit des Büros, das einem erkrankten Mitarbeiter gehörte, hatte er problemlos sämtliche Buchhaltungsdaten des laufenden Jahres und des Vorjahres kopieren können. Das komplette Zahlenmaterial befand sich dank eines USB-Sticks bereits auf seinem Notebook. Ehe er sich verabschiedete, konnte und wollte er noch eine Sache klären.

Dirk markierte eine Stelle auf dem Blatt und ging zum Büro von Fehling, dem Leiter des Rechnungswesens.

Als Fehling einladend auf einen Stuhl deutete, winkte Dirk ab. »Vielen Dank, ich habe lange genug gesessen.« Er lehnte sich lässig gegen den Tisch in der kleinen Besucherecke und lächelte Fehling an. »Dank Ihrer hervorragenden Vorbereitung bin ich fertig und wollte mich gleich verabschieden.«

Dirks Lob erzielte die gewünschte Wirkung, der Leiter der Buchhaltung entspannte sich etwas. »Das höre ich gerne.« Vielsagend hob Dirk bei der zweideutigen Bemerkung eine Augenbraue, und sofort präzisierte Fehling: »Dass Sie mit der Vorbereitung zufrieden sind, meinte ich. Selbstverständlich können Sie so lange bleiben, wie es nötig ist.«

Dirk lächelte erneut. »Ich hatte Sie schon richtig verstanden und habe auch Verständnis dafür, dass Sie froh sind, wenn die lästige Prüfung endlich beendet ist.«

Fehling lächelte zurück und wirkte endgültig beruhigt. Im Prinzip war der Mann nett, aber unsicher, beinahe schüchtern. Niemand, der die Nerven für illegale Aktivitäten hätte. Aber das würde er bald genau wissen, es war Zeit für den nächsten Akt. »Sie haben Ihre Abteilung wirklich im Griff. Damit hatte ich nicht unbedingt gerechnet.« Fehlings Wangen röteten sich vor Ärger oder Verlegenheit. Sofort hob Dirk beschwichtigend die Hand. »Das war ein Kompliment, keineswegs eine Beleidigung. Ich habe gehört, dass Sie erst vor Kurzem die Leitung übernommen haben, und hätte nicht gedacht auf ein dermaßen eingespieltes Team zu treffen.«

»Das stimmt, aber viel hat sich nicht geändert seit dem tragischen Tod von Frau Kiebig. Ich war ihr Stellvertreter, und sie hat seit Langem … Ich meine, ihr Tod war ein großer Verlust für uns alle. Sie war sehr beliebt, aber … nicht, dass Sie es falsch verstehen, aber die Auswirkungen aufs operative Geschäft waren eher gering.«

»Ich verstehe. Das kenne ich, die eigentliche Arbeit wird nicht unbedingt vom Leiter gemacht. Dann war es wirklich gut für Ihre Mitarbeiter, dass Sie der Nachfolger geworden sind. Ich habe schon zu oft erlebt, dass in solchen Fällen jemand Neues geholt wird, der aus reiner Profilierungssucht ein wahres Durcheinander anrichtet.«

Dirks offene Worte beruhigten Fehling weiter, und er schien allmählich Vertrauen zu fassen. »Das war auch eine meiner Befürchtungen«, gab Fehling zu und legte die Stirn in traurige

Dackelfalten. »Ehrlich gesagt hatte ich mir nach der Pensionierung von Frau Kiebigs Vorgänger bereits Hoffnung auf den Leitungsposten gemacht, aber einer der Eigentümer hat sie auf die Position gehievt. Dagegen kam ich nicht an. So schön es auch war, den Posten nun doch noch zu bekommen, hatte ich wegen der Umstände doch ein schlechtes Gewissen.«

Dirk nickte mitfühlend. »Das kann ich gut verstehen. Wenn Sie von den Eigentümern sprechen, habe ich dazu noch eine Frage: Wer steckt eigentlich hinter dieser Holding, die die Mehrheit der Anteile an *VirTech* hält?«

Eine Antwort würde ihm einige Stunden Recherche ersparen, aber Fehling hob bedauernd eine Schulter. »Kann ich Ihnen auch nicht sicher sagen. Alter Hamburger Geldadel, heißt es, aber Namen kenne ich keine. Vermutlich möchte dort jemand nicht mit einer chemischen Fabrik in Verbindung gebracht werden. Man hört und sieht sie nicht. Anweisungen kommen per Mail oder Fax, und vermutlich weiß nur unsere Geschäftsführung Einzelheiten. Wieso fragen Sie?«

»Reine Neugier, für meine Prüfung ist das nicht weiter von Belang.« Wenigstens war das Gespräch keine komplette Zeitverschwendung gewesen. Einen unangenehmen Punkt hatte Dirk für Fehling noch, aber er kam nicht dazu, ihn anzusprechen. Ohne anzuklopfen betrat der Geschäftsführer Westinghaus das Büro und blieb auf der Türschwelle stehen, als er Dirk sah. »Herr Richter? Ich dachte, Sie wären bereits … Alles zu Ihrer Zufriedenheit?«

Wenn Dirk sich nicht sehr täuschte, stand Westinghaus unter erheblichem Druck. Aber er konnte nicht erkennen, was sich hinter seiner freundlichen Fassade verbarg. Misstrauen? Oder nur Stress? Dieses Mal musste sich Dirk zu einem unverbindlichen Lächeln zwingen. Das Auftauchen von Westinghaus kam ihm entgegen, aber er konnte die Wirkung seiner nächsten

Frage nicht abschätzen und bereitete sich innerlich auf alles Mögliche und Unmögliche vor.

»Ich habe mich bei Herrn Fehling gerade für die Unterstützung bedankt und bin so gut wie weg. Es gibt da nur einen letzten Punkt.« Er legte den Ausdruck vor Fehling auf den Schreibtisch. »Zu dieser Buchung würde ich gerne den entsprechenden Vertrag sehen.« Gespannt wartete Dirk auf die Begründung für die Zahlung, die an den Auftragskiller gegangen war. Sven hatte ihm befohlen, den Punkt nicht anzusprechen, aber dank eines eigentlich unbedeutenden Fehlers bei der Eingabe der Buchung war die Gelegenheit zu günstig.

Der Leiter des Rechnungswesens sah nach einem flüchtigen Blick seinen Vorgesetzten an. »Tut mir leid, die Buchung ist direkt von oben gekommen, ich habe sie zwar veranlasst, aber keine weiteren Unterlagen zu dem Geschäftsvorfall. Herr Westinghaus, können Sie Herrn Richter helfen?«

Die Atmosphäre im Büro kühlte merklich ab, und Westinghaus' Misstrauen war deutlich spürbar. Dirk kamen Svens Warnungen in den Sinn, aber äußerlich blieb er ruhig.

Nach einer gefühlten Ewigkeit legte Westinghaus den Ausdruck zurück. »Wieso ist ausgerechnet dieser Umsatz wichtig? Das ist eine eher geringe Zahlung an einen amerikanischen Geschäftspartner.«

»Auf welcher Grundlage?«, fragte Dirk sofort nach und zwang sich zu einem Lächeln. »Sie wissen doch: Keine Buchung ohne Beleg. Und fünfzigtausend US-Dollar sind bei Ihren geringen Auslandsumsätzen nicht gerade wenig, und da ich mir für das Finanzamt Ihre Auslandsgeschäfte ansehe, muss ich leider nachfragen. Auf dem Buchungsbeleg ist eine Auftragsnummer angegeben. Hilft die Ihnen vielleicht weiter?«

Aus zusammengekniffenen Augen fixierte Westinghaus Dirk, von dem ursprünglich freundlichen, unverbindlichen Auftreten war nichts übrig geblieben. Nun war nur noch pures Misstrauen zu spüren. »Wir haben täglich über tausend Umsätze. Warum interessiert Sie genau dieser?«

Dirk stieß sich vom Tisch ab und gab seine lässige Haltung auf. »Ich verstehe nicht, wo das Problem ist. Diese Zahlung ist in die Vereinigten Staaten gegangen, aber durch die Verwendung des Buchungsschlüssels wird automatisch Vorsteuer in Deutschland abgeführt, das ist nicht zulässig.« Am liebsten hätte er sich bei Fehling für diesen Flüchtigkeitsfehler, der ihm den idealen Grund für eine Nachfrage verschafft hatte, bedankt. Westinghaus' Reaktion war hochinteressant und warf weitere Fragen auf.

Unheilvolles Schweigen breitete sich aus. Fehling erntete einen Blick seines Vorgesetzten, der ihm die Röte ins Gesicht trieb. Dann setzte Westinghaus ein gezwungenes Lächeln auf. »Ein einfacher Erfassungsfehler … ich verstehe. Entschuldigen Sie, dass ich so heftig auf Ihre Nachfrage reagiert habe, aber der Grund ist mir ein wenig peinlich. Wir haben keine schriftliche Grundlage oder einen Vertrag. Die Anweisung kam direkt von den Eigentümern per Fax. Das können Sie natürlich gern sehen. Reicht Ihnen das? Selbstverständlich wird der falsche Steuerschlüssel korrigiert.«

Mehr würde er nicht erreichen. Dirk nickte scheinbar verständnisvoll. »Natürlich. Ihr Wort reicht mir. Allerdings würde ich tatsächlich gerne einen Blick auf das Fax werfen.«

»Aber sicher. Ich hole es sofort.«

Westinghaus war wie ausgewechselt, nun wieder freundlich und überaus bemüht. Schon wenige Augenblicke später lag das Fax vor Dirk. Ihn interessierte an dem Ausdruck nur eins: die Telefonnummer des Absenders. Er prägte sich die Zahlen nach der Berliner Vorwahl ein und gab das Blatt Westinghaus zurück. »Vielen Dank. Das war's dann auch. Die Erstellung des

Prüfungsberichts dauert ein paar Tage. Sie erhalten ihn dann direkt aus Berlin, aber ich kann Ihnen versichern, dass Ihnen das Ergebnis gefallen wird.«

Die Erleichterung war beiden Männern anzumerken, als Dirk sich endgültig verabschiedete. Auch er selbst atmete auf dem Flur auf. Einige Sekunden lang hatte er befürchtet, die Angelegenheit würde eskalieren. Fehling schien unschuldig zu sein, bei Westinghaus war er nicht sicher. Die Eigentümer waren der Schlüssel, und je eher er die identifiziert hatte, desto schneller konnten sie die Hintermänner ausschalten. Da er nun nicht länger die Vormittage in der Firma verbringen musste, hatte er Zeit genug, weitere Nachforschungen in diese Richtung zu unternehmen. Auf dem Weg zu seinem Wagen wünschte er sich, der Einsatz bei *VirTech* wäre auch für Jake bereits vorbei. Plötzlich hatte er ein verdammt ungutes Gefühl, aber wenn es weiter wie geplant lief, war dies auch Jakes letzter Besuch bei *VirTech*. Am frühen Abend wussten sie mehr. Jetzt wartete erst einmal sein Arbeitszimmer auf ihn.

22

Am frühen Abend tobte nach einer kurzen Pause das nächste Unwetter. Wenigstens war Dirk der Weg nach Hamburg erspart geblieben, und er konnte in Ruhe von seinen eigenen vier Wänden aus arbeiten. Als ein Klingeln ertönte, tastete Dirk nach seinem Handy, nur um festzustellen, dass das Geräusch von dem normalen Telefon stammte. Nach kurzem Suchen hatte er das Mobilteil unter einem Stapel Ausdrucke entdeckt. Sein Schreibtisch war auch schon aufgeräumter gewesen. Irritiert erkannte er die Nummer des Admirals im Display. Seit wann rief Jim ihn direkt an? Die Antwort war einfach: seitdem das Gewitter die Erreichbarkeit der Mobilfunknetze stark beeinträchtigt hatte und weder Marks noch Jakes Satellitenhandys eingeschaltet waren. Genauso wenig wie Dirk Sven auf seinem Handy erreicht hatte, konnte der Admiral einen aus dem Team erreichen. Zunehmend besorgt lauschte Dirk Jims Bericht und vergaß vorübergehend jeden Gedanken an das Geflecht von Scheinfirmen, das die Eigentümerstruktur von *VirTech* verschleierte. Der NCIS, die Navy-Polizei der Amerikaner, überwachte seit Tagen den ausgehenden Mailverkehr aus dem Bereich der SEALs und war am Vorabend auf eine verschlüsselte Nachricht gestoßen, deren überaus kurzer Inhalt nun endlich lesbar war. Die Botschaft war eindeutig und brachte Dirk zum Schlucken. Irgendjemand auf der Basis war der Meinung, dass Jakes Aktion sofort gestoppt werden müsste, weil er zu dicht dran war, etwas zu entdecken.

Das hieß dann wohl, dass ihr Gegner über sämtliche Daten

informiert war, die sie nach Amerika weitergeleitet hatten. Als Dirk auf die Zeitanzeige seines Notebooks blickte, fluchte er laut. Es war bereits nach sechs. Um diese Zeit saß er sonst bereits zusammen mit Jake in seinem Arbeitszimmer. Er antwortete nicht auf Jims besorgte Nachfrage. »Ich melde mich später«, versprach er. Er musste sich beeilen.

Schwarze Wolkenberge verdunkelten den Himmel. Obwohl es erst kurz nach 18:00 Uhr war, herrschte tiefe Dunkelheit. Jake fluchte. Es hatte nichts gebracht, sich eine Stunde länger im Serverraum von *VirTech* aufzuhalten, die erforderlichen Daten hatte er schon längst vorher kopiert. Pfützen verwandelten den Parkplatz in eine Wasserlandschaft, an einigen Stellen lagen Hagelkörner. Der nächste wolkenbruchartige Schauer würde nicht lange auf sich warten lassen. Wirklich ideale Bedingungen zum Motorradfahren. Aber das war sein Fehler, er hätte Marks Audi nehmen sollen. Die Erkenntnis kam zu spät. Das Wetter war seit dem frühen Morgen unberechenbar, und ihm hätte klar sein müssen, dass jede Motorradfahrt einem Glücksspiel glich. Er rannte auf seine Maschine zu. Wenn er schnell genug war, hatte er vielleicht eine Chance, trocken bei Alex und Dirk anzukommen.

Kaum hatte er den Motor gestartet, schien der Himmel seine Schleusen zu öffnen. So viel zu seiner Hoffnung, trocken anzukommen. Unmittelbar nach Verlassen des Firmengeländes gab er Gas und verringerte die Geschwindigkeit sofort wieder, als das Motorrad die Bodenhaftung verlor. Herzhaft über die schlechten Wetter- und Sichtverhältnisse fluchend, fuhr er sich mit der Hand über das Helmvisier. Neidisch sah er im Rückspiegel ein sich näherndes Scheinwerferpaar. Er würde einiges dafür geben, in einem trockenen … Der Wagen hinter ihm kam schnell näher, zu schnell. Er musste hinter ihm das Firmengelände verlassen haben, da sowohl bei der Autowerkstatt als auch in der anderen Firma am Freitag schon seit Stunden nicht mehr gearbeitet wurde. Der Fahrer machte weder Anstalten, sein Tempo zu verringern, noch zu überholen. Jake beschleunigte, wieder geriet die schwere Maschine ins Schwimmen. Abhängen oder wegfahren schied bei den Straßenverhältnissen aus. Wenn die Typen wirklich hinter ihm her waren, würde er die direkte Konfrontation suchen müssen.

Bevor er anhalten konnte, heulte der Motor hinter ihm auf. Ein heftiger Aufprall, und er flog durch die Luft. Sofort übernahmen seine Instinkte die Kontrolle über seinen Körper. Als erfahrener Fallschirmspringer konnte er mit harten Landungen umgehen. Er schaffte es, sich abzurollen. Aber dann verließ ihn sein Glück, er war zu schnell unterwegs gewesen und bekam die Rollbewegung um die eigene Achse nicht in den Griff. Er konnte nur hoffen, mit keinem Hindernis zu kollidieren. Die Hoffnung war vergebens, mit Rücken und Helm prallte er hart gegen den Kantstein und blieb auf der Seite liegen. Für einen kurzen Augenblick verschwand die Welt hinter einem schwarzen Vorhang, im nächsten Moment kehrte jedes Detail mit unglaublicher Schärfe zurück. Regen prasselte auf seinen Helm, tropfte auf den Kragen und versickerte in der Jacke. Zwei helle Lichter bewegten sich auf ihn zu. Das Fahrzeug. Es kam langsam näher.

Er musste weg. Die Angreifer würden sich überzeugen wollen, dass sie ihn richtig erwischt hatten. Es würde ihnen nicht gefallen, dass er den Zusammenstoß nahezu unverletzt überstanden hatte. Unverletzt? Er konnte weder Arme noch Beine bewegen. Erinnerungen an einen missglückten Fallschirmabsprung kamen zurück, der Hauptschirm hatte versagt, und mit dem Reserveschirm war er bei der Landung hart mit dem Rücken auf den Boden geprallt. Nachdem der erste Schock überstanden war, hatte sein Körper ihm wieder gehorcht. Vermutlich war es diesmal das Gleiche. Alles, was er brauchte, war Zeit. Die er nicht hatte.

Es musste einen Ausweg geben. Hilflos liegenbleiben und sich umbringen lassen war keine Alternative. Außer einem leichten Heben seines Kopfes erreichte er nichts. Resignation breitete sich in ihm aus, die er sofort niederkämpfte. Er war nicht bereit zu sterben, nicht auf diese Art und Weise. Wie viele Sekunden blieben ihm noch? Er musste auf die Beine kommen. Die Frage, wie er dann gegen bewaffnete Gegner bestehen sollte, die garantiert in der Überzahl wären, schob er energisch zur Seite.

Der Wagen kam nicht näher. Durch den Regenschleier konnte er im Scheinwerferlicht schemenhaft erkennen, dass zwei Männer das Fahrzeug verließen und jetzt langsam auf ihn zukamen. Beide hielten Waffen auf ihn gerichtet.

Die Zeit wurde knapp. Nun wusste er zwar, dass die Typen über ihn und seinen Auftrag Bescheid wussten, aber das half ihm auch nicht weiter. Es blieb nur noch die Frage, ob sie ihn tot oder lebend haben wollten.

Dirk jagte seinen BMW mit Höchstgeschwindigkeit durch den Ahrensburger Feierabendverkehr Richtung A1. Blaulicht und Sirene verschafften ihm Platz. Meistens. Wütend schlug er zusätzlich auf die Hupe, als ihm ein älterer Mann – natürlich mit Hut – kurz vor der Autobahnauffahrt nicht schnell genug auswich. Endlich lag das Gewerbegebiet, das er gegen Mittag verlassen hatte, wieder vor ihm. Sofort hinter dem Kreisel schaltete er das Blaulicht aus, löste es vom Dach und warf es auf den Beifahrersitz. Sollte Jake tatsächlich in Schwierigkeiten stecken, gab es keinen Grund, ihre Gegner vorzuwarnen, dass er unterwegs war. Er hätte in diesem Augenblick einiges dafür gegeben, Mark oder Sven an seiner Seite zu haben, aber unerfüllbare Wünsche halfen ihm nicht weiter. Außerdem war Jake verdammt gut. Vielleicht gab es einen harmlosen Grund für seine Verspätung. Bei dem Mistwetter fuhr schließlich keiner freiwillig Motorrad.

Kaum war er in die Sackgasse eingebogen, in der das Firmengelände von *VirTech* lag, musste er so heftig bremsen, dass der BMW auf der nassen Straße ins Schleudern geriet. Im Licht der Scheinwerfer erkannte er Details, die seinen Puls zum Rasen brachten: Jakes Motorrad lag quer auf der Fahrbahn, auf dem Asphalt eine reglose Gestalt. Jake. Zwei Männer gingen auf ihn zu. Es sah nicht aus, als wollten sie ihm helfen. Jetzt waren die beiden stehen geblieben und sahen in seine Richtung.

Eine Idee kam ihm. Einen Versuch war es wert. Und alles war besser, als sich auf eine Schießerei mit ungewissem Ausgang einzulassen. Er fuhr wieder an und brachte seinen Wagen zwischen Jake und den Männern zum Stehen. Dirk hätte schwören können, dass die Männer noch vor wenigen Sekunden Waffen in den Händen gehalten hatten, aber jetzt sahen sie ihm abwartend entgegen. Sie standen so weit auseinander, dass er nur einen von ihnen im Blick behalten konnte. Die Taktik kannte er von den SEALs. Sein Frösteln beim Öffnen der Wagentür kam nicht vom Regen. Wenn sie ihm seine Show nicht abnahmen, hatte er ein ernsthaftes Problem. Er sprang aus dem Wagen und sah denjenigen an, der dichter bei ihm stand. »Haben Sie schon einen Krankenwagen alarmiert? Ich bin Arzt und übernehme den Verletzten.« Ohne eine Antwort abzuwarten hockte er sich neben Jake hin. Sein Gesicht war hinter dem regennassen Visier nicht zu erkennen. Rasch legte Dirk ihm zwei Finger an die Halsschlagader und atmete auf. Der Puls war regelmäßig, nur zu schnell.

Einer der beiden Typen stand jetzt direkt neben ihm. Dirk hob kurz den Kopf. »Kein Puls, keine Atmung. Was ist mit dem Krankenwagen?«

»Der ist jeden Moment da. Wir haben über Handy den Notarzt alarmiert.«

Na sicher, und das, obwohl die Funknetze seit Beginn des Gewitters nur sporadisch funktionierten. »Ich fürchte, der kann auch nicht mehr helfen.«

Der Mann wandte sich ab. Dirk nahm Jake vorsichtig den Helm ab. Als er sich bewegte, drückte er ihn sanft zurück. »Ruhig liegenbleiben, ich habe denen gerade weisgemacht, dass du tot bist.«

Der Motor des Fahrzeugs heulte auf und jagte an ihnen vorbei. Der Regen war so dicht, dass Dirk kaum das Kennzeichen und den Fahrzeugtyp erkennen konnte, aber es gelang ihm. »Sie sind weg. Was ist mit dir?«

Jakes Versuch, sich aufzusetzen, scheiterte. Stöhnend sank er zurück. »Gib mir ein paar Minuten. Dann geht's wieder.«

»Ich bin zwar kein Experte, aber mit einer Rückenverletzung solltest du dich lieber nicht bewegen.«

»Keine Angst, der Rückenprotektor der Jacke hat das meiste abgefangen. Ich kenne das Gefühl, es geht gleich vorbei.«

»Na dann warten wir eben, nass bin ich sowieso. Langsam wird's richtig gemütlich, und die Typen sind eh weg.«

Jakes Keuchen ging beinahe als Lachen durch. »Dein Timing war perfekt, woher wusstest du …? Aber trotzdem hast du mir den Schreck meines Lebens eingejagt.«

»Der Admiral hat mich informiert, dass deine Tarnung aufgeflogen ist. Wieso habe ich dir einen Schrecken eingejagt?«

Jake fuhr sich mit der Hand durch das vor Nässe triefende Haar. »Ich konnte mich nicht bewegen, nur hilflos zusehen, wie die Mistkerle mit der Waffe in der Hand näher kamen. Plötzlich verschwand alles in einem gleißend hellen Licht. Ich konnte nichts mehr erkennen. Deine Halogenscheinwerfer … Ich dachte, sie hätten abgedrückt.« Jake schluckte hart, dann hatte er seine Gesichtszüge wieder unter Kontrolle. »Aber der Regen hat mir schnell deutlich gemacht, dass ich noch lebe.«

Von der unerwarteten Offenheit überrascht, legte Dirk ihm eine Hand auf die Schulter. »Ich verstehe, dann ist dieses Mistwetter wenigstens für etwas gut. Na los, es wird Zeit, dass wir hier wegkommen.«

Mit Dirks Hilfe kam Jake hoch, und wenig später saßen sie im BMW, während die Heizung auf vollen Touren lief. Verärgert steckte Dirk sein Handy weg. »Verdammtes Gewitter, immer noch kein Empfang. Dann halte ich eben bei dem Supermarkt dahinten und telefoniere von dort aus. Die Fahndung können wir vergessen, bei dem Wetter sind schon alle Wagen zu Unfällen und sonstigem Mist unterwegs. Aber wie wäre es, wenn wir eine Polizeimeldung verbreiten, dass heute Abend ein Motorradfahrer im Oldesloer Gewerbegebiet ums Leben gekommen ist?«

»Gute Idee«, stimmte Jake sofort zu und rieb fröstelnd die Hände aneinander.

Dirk musterte Jake unauffällig, aber nach einer langen, heißen Dusche schien der SEAL sich komplett erholt zu haben. Er wirkte jedenfalls relativ entspannt, und sein Appetit hatte auch keinen Schaden genommen. Etwas missmutig sah er die letzte Scheibe Schinken auf dem Teller des SEALs landen. Seufzend entschied er sich gegen Mettwurst und stand auf, um Nachschub aus der Küche zu holen. Als er Geräusche aus dem Windfang hörte, glaubte er, seine Frau käme zurück, und ging zur Haustür. Überrascht blieb er stehen, als er Sven erkannte. Einer seiner berühmten Wutausbrüche stand bevor, der eindeutig ihm galt. Auch wenn Dirk keine Ahnung hatte, was er verbrochen hatte. Vorsichtshalber wich er leicht zurück und hob abwehrend die Hände. »Ist irgendwas passiert?«

»Ob irgendwas passiert ist? Ich habe die Polizeimeldung über Jakes Tod gute fünfzehn Minuten vor deiner Entwarnung bekommen. Ich dachte, es hätte euch beide erwischt. Das ist passiert. Bist du völlig verrückt geworden, so einen Mist zu verbreiten?«

»Bin ich nicht, aber ich kann doch nichts dafür, dass bei dem Wetter der Handyempfang so instabil ist. Wieso ist denn die Polizeimeldung vorher bei dir angekommen?«

»Weil Frank mich im Gegensatz zu deiner SMS erreicht hat.« Mit hochrotem Kopf ballte Sven die Hand zur Faust.

Es reichte. Dirk packte Sven an der Schulter. »Reg dich ab und komm mit. Ich habe Hunger. Du kannst dir ja mein Handy ansehen. Ich habe Dutzende Male versucht, dich zu erreichen.«

Endlich schien Sven wieder ansprechbar zu sein. Sein stummes Nicken reichte Dirk. Er ging in die Küche und kehrte mit Schinken und Teller und Besteck für Sven zurück.

Sven griff bereits nach dem Aufschnitt und zögerte dann. »Was ist denn jetzt eigentlich passiert? Ich habe seit heute Morgen nichts mehr von euch gehört.«

Möglichst knapp schilderte Dirk sein Gespräch mit dem Geschäftsführer, die Nachforschungen nach den Eigentümern und schließlich den Versuch, Jake umzubringen. Als er schwieg, blitzten Svens Augen erneut vor Wut. »Du bist doch verrückt geworden. Du kannst doch nicht die Kerle mit deinem Verdacht konfrontieren und dann auch noch alleine losziehen, um Jake zu helfen. Und dann dieser Auftritt als Arzt. Wofür trägst du eigentlich eine Waffe und einen Ausweis?«

Äußerlich ruhig nahm Dirk sich eine Scheibe Brot. »Was

das Gespräch bei *VirTech* angeht, musst du schon meiner Einschätzung trauen. Die Sache mit Jake: Schon klar, dass du alles besser gemacht hättest. Aber da du nicht da warst, musste ich eben alleine zurechtkommen. Das waren Profis, mit denen wäre ich alleine nie fertiggeworden, und sie einfach so ohne Vorwarnung zu erschießen, das erschien mir dann doch übertrieben.«

»Trotzdem. Du gehst unvertretbare Risiken ein.«

»Es gab keine Alternative.« Weiterhin scheinbar gelassen griff Dirk nach dem Teller mit Aufschnitt und kämpfte gegen die Versuchung an, ihn Sven an den Kopf zu werfen.

Als Sven zum nächsten Satz ansetzte, hob Jake eine Hand. »Jetzt reicht es. Dirk hat die Angelegenheit richtig geklärt. Fertig.« Er sah Sven fest an. Der schnaubte noch einmal kurz und biss in sein Brot. Eine Weile herrschte Schweigen.

»Was gibt's bei dir Neues?«, fragte Dirk schließlich.

Sven warf ihm noch einen bösen Blick zu, antwortete aber widerstrebend. »Ich habe den Tag wieder zusammen mit Pat vor dem PC verbracht. Wir haben jetzt ein besseres Bild davon, womit wir es zu tun haben. Zunächst das Wichtigste: Rage wird wieder völlig gesund werden. Er und sein Team werden morgen von Ramstein aus nach Norfolk geflogen. Die Wirkstoffe des Gases sind rein konventioneller Herkunft. Sie greifen die Lungenfunktion an, verflüchtigen sich aber sofort und sind eigentlich nichts Besonderes. Das klingt unwichtig, aber damit ist die Zuständigkeit nun endgültig geklärt und sichergestellt, dass wir nicht noch Besuch von Behörden mit beeindruckenden Abkürzungen bekommen.«

»Welche meinst du?«, warf Dirk ein.

»Zum Beispiel USAMRID«, erklärte Jake.

»Jetzt weiß ich Bescheid …«, erwiderte Dirk ironisch.

»US Army Medical Research Institute of Infectious Diseases.

Die Eierköpfe hätten bestimmt nichts dagegen gehabt, dass wir die Arbeit machen und sie die Lorbeeren ernten. Wäre nicht das erste Mal. Die kommen bei unbekannten Erregern oder bei Verdacht auf Biowaffen automatisch ins Spiel, auch wenn's um Navy-Angelegenheiten geht«, erklärte Jake.

Dirk schüttelte den Kopf. Als ob sie nicht andere Probleme als interne Zuständigkeitskämpfe der Amerikaner hatten. Wenigstens wusste er jetzt, warum Sven so heftig reagiert hatte. Es musste ihn unglaublich nerven, sich mit so einem Mist herumzuschlagen, während er und Jake direkt vor Ort ermittelten. Sven grinste etwas angestrengt. »Neben der Frage der Zuständigkeit haben wir noch mehr klären können. Daniel ist nun absolut sicher, dass reines Atropin im Ernstfall als Gegenmittel reicht. Die medizinische Erklärung könnt ihr euch von ihm holen, ich habe nur die Hälfte verstanden, irgendwas mit Erweiterung der Bronchien und Auswirkungen aufs Herz-Kreislauf-System. So weit die gute Nachricht, jetzt die schlechte. Daniel ist leider auch sicher, dass je nach verwendeter Menge dieses Zerberuszeug für den Massenmarkt und für gezielte Attentate verwendet werden kann. Die Marktaussichten für ein solches Produkt sind damit phänomenal.«

Als Sven fortfahren wollte, hielt Dirk ihn zurück. »Sekunde, Attentate sind mir klar, aber was meinst du mit Massenmarkt? Das klingt, als ob das Zeug im Regal des nächsten Supermarktes präsentiert wird.«

»Damit liegst du nicht ganz verkehrt. Mit ›Massenmarkt‹ ist der Einsatz innerhalb einer Armee oder einer ähnlichen Gruppe gemeint. Denk mal an Saddam Hussein, was der im Irak mit den Kurden gemacht hat. Das Gas wäre für etliche reguläre Armeen interessant oder eben auch für militärisch organisierte Widerstandsgruppen. Philippinen, Kongo, Sudan – Pat und ich haben irgendwann aufgehört. Es reichte uns. Fest steht, dass es ein Verkaufsschlager sein wird, wenn wir es nicht verhindern, und das liegt weniger an der Wirkung als vielmehr an der Herstellung: Die einzelnen Bestandteile lassen sich gefahrlos und unauffällig an jeden gewünschten Ort bringen. Erst beim Mischen entsteht das Teufelszeug, dann ist die Wirkung hochkonzentriert. Eine kleine Menge, etwa ein Schnapsglas voll, reicht, um sämtliche Personen in einem normalen Wohnhaus auszuschalten, aber eine halbe Stunde später kann es gefahrlos wieder betreten werden.«

»Oh, verdammt.« Dirk schob seinen Teller von sich, ihm war der Appetit gründlich vergangen. »Das klingt erschreckend. Auch wenn wir es schon befürchtet haben, ist es irgendwie … Ach, ich weiß auch nicht. Aber es ist doch interessant, dass sie bei *VirTech* von Jake wussten, aber nicht von mir. Verstehen tu ich das zwar nicht, aber dafür habe ich ja einen Partner. Allerdings weiß ich nicht, was wir jetzt noch unternehmen können. Nur noch in den Daten herumwühlen?«

Jake schüttelte den Kopf. »Nein, dafür fehlt uns noch ein Puzzleteil. Wir werden heute Nacht *VirTech* noch einen Besuch abstatten.«

Dirk sah Jake ratlos an. »Das ist jetzt nicht dein Ernst, oder? Das wäre für mich dann das dritte Mal heute. Willst du den Laden in die Luft jagen?«

Schmunzelnd schüttelte Jake den Kopf. »Bring mich nicht auf solche Ideen. Sauer genug wäre ich. Ich bin nicht in die Produktionshalle reingekommen, und dafür muss es einen Grund geben. Und dann sind da noch die alten Daten, die auf getrennten Platten aufbewahrt werden und an die auch kein Herankommen war. Ich will wissen, warum.«

Nachdenklich nickte Dirk. »Das klingt logisch. Ich komme mit. Ich würde gerne einen Blick in einen Aktenschrank im Büro des Geschäftsführers werfen. Was ist mit dir, Sven?«

Sven seufzte tief. »Bekommen wir das hin, ohne Spuren zu hinterlassen?« Jakes beleidigter Blick reichte ihm offenbar als Antwort. Er lachte. »Vermutlich wäre ich verpflichtet, mein Veto einzulegen, aber leider sehe ich auch keine andere Möglichkeit, um an Beweismittel heranzukommen. Selbst wenn wir die später nicht vor Gericht verwenden können, wird es Zeit, dass wir Fortschritte machen. Das, was wir bisher haben, reicht einfach nicht, um sich offiziell in dem Laden umzusehen. Es sei denn, einer von euch kann Jakes Angreifer zweifelsfrei als Angestellte von *VirTech* identifizieren.«

Jake und Dirk schüttelten den Kopf, und Sven seufzte. »Dachte ich mir. Wenigstens komme ich dann endlich auch da rein. Aber mir ist noch eine andere Idee gekommen. Wenn unsere Gegner über alles in Norfolk so überaus gut informiert sind, sollten wir das ausnutzen und die Nachricht von einem führerlosen SEAL-Team verbreiten.«

Damit hatte Sven Dirk erfolgreich abgehängt. »Wieso führerlos?«

Jake hingegen hatte verstanden. Er grinste breit. »Na ganz einfach, das klingt, als ob Mark morgen sterben würde. Das Ganze als top secret aufgezogen, und wir müssen nur noch gespannt warten, wo es durchsickert. Gute Idee, Sven.«

23

Fröstelnd zog Dirk den Reißverschluss seiner Lederjacke höher. Der Regen war zwar unangenehm, bot aber einen idealen Sichtschutz für ihre am Straßenrand parkenden Fahrzeuge und sie selbst. »Verdammtes Mistwetter. Irgendwann muss es doch genug geregnet haben. Wo bleiben deine Jungs? Mir wachsen langsam Schwimmhäute.«

Bevor Jake antworten konnte, erklang eine amüsierte Stimme dicht hinter Dirk: »Wir sind schon hier.«

Erschrocken fuhr er herum und ließ seine kampfbereit erhobenen Hände sinken, als er Pat erkannte. »Irgendwann schlage ich zu. Könnt ihr es euch nicht abgewöhnen, euch ständig anzuschleichen?«

Ein heftiger Donnerschlag ließ die Männer zusammenzucken. »Bei dem Wetter würdest sogar du das hinbekommen«, stellte Pat süffisant fest.

Hinter Pat tauchte Fox auf, ebenso durchnässt wie sie alle. »Wenigstens leuchten Dirks Haare nicht im Dunkeln, und er weiß, wann er den Mund zu halten hat. Ein Zeichen von Intelligenz, das ich bei dir vermisse. Da laufen einige Wachen um das Haus herum, und mindestens einer sitzt im Eingangsbereich. So ganz unauffällig wird das wohl nicht vonstattengehen.«

»Mist.« Sven sah aus, als würde er am liebsten das ganze Vorhaben sofort abbrechen.

Dirk packte ihn am Arm. »Kein Mensch wird auf die Idee kommen, dass wir hinter der Aktion stecken.«

»Du meinst, weil Einbrüche oder Überfälle sonst nicht zum

Aufgabengebiet des LKA gehören? Aber du hast recht, das Ganze ist so absurd, dass wir ebenso gut weitermachen können. Allerdings macht es mir schon etwas Sorge, wie leicht sich mein Partner auf der falschen Seite des Gesetzes bewegt.«

Dirk zog es vor, den Punkt nicht zu vertiefen, sondern folgte Pat zum Kofferraum des Mercedes, der hinter ihnen parkte. Er pfiff leise durch die Zähne, als er im Schein der Kofferraumbeleuchtung das Waffenarsenal erkannte. »Bedien dich«, bot Pat an.

»Mir reichen Westen für Sven und mich und eines eurer Messer.«

Pat grinste ihn an. »Du meinst, es wäre nicht sinnvoll, wenn heute ›Polizei‹ auf euerm Rücken steht?«

»Hör bloß auf, sonst bricht Sven das Ganze doch noch ab.«

Pat reichte ihm ein Kampfmesser. »Und dann wären wir völlig umsonst nass geworden, also halte ich ausnahmsweise meine Klappe. Übrigens: Nicht schlecht, wie du Jake da vorhin rausgeholt hast.«

Dirk befestigte das Futteral des Messers am Gürtel und wog das Messer prüfend in der Hand. »Ach was, ich war nur zur richtigen Zeit am richtigen Ort.«

Pat legte ihm freundschaftlich eine Hand auf die Schulter. »Was willst du eigentlich mit dem Ding? Ich dachte, Sven hätte gefordert, dass niemand einen Kratzer abbekommen darf.«

»Das würde mich allerdings auch interessieren«, erklang Jakes Stimme direkt hinter Dirk.

Dirk fuhr erschrocken herum und hatte instinktiv das Messer hochgerissen. »Verdammt noch mal, den nächsten, der sich an mich heranschleicht, erschieße ich!«

Jakes Mundwinkel zuckten kurz. »Danke für die Warnung. Das dürfte dir aber mit dem Messer schwerfallen.«

Dirk hätte zu der Art der SEALs noch einiges zu sagen gehabt, aber dafür war dies der falsche Ort. »Mich interessiert der Inhalt eines Aktenschranks. Damit müsste ich den aufbekommen.«

Daniel und Tom überquerten trotz des Stacheldrahts mühelos den hohen Zaun und übernahmen es, die Wachen auszuschalten. Wenig später war das Tor einen Spalt offen. Dirk rannte neben Sven über den Parkplatz auf das Gebäude zu. »Stand der Zaun nicht unter Strom?«

»Dann haben sie den wohl vorher abgeschaltet.«

Sven und Dirk gingen hinter einer der Säulen am Haupteingang in Deckung. Vorsichtig spähte Dirk durch die Glasfassade ins Innere. »Der eine liest Zeitung, und der andere konzentriert sich auf den PC.«

»Ich bin gespannt, wie sie das nun lösen wollen, ohne dass einer der Wachposten verletzt wird. Hoffentlich ändert sich die Ausgangslage noch.«

Über ihre Headsets wurde jedes ihrer Worte an alle übertragen. Sie hörten, wie Pat ungeduldig stöhnte.

»Hey, der Typ hat Sven gehört. Er steht auf und kommt auf die Tür zu. Vielleicht will er uns reinlassen.«

Dirk verkniff sich ein Grinsen. Der Wachmann trat ins Freie, nicht ahnend, dass sich hinter jeder der Säulen ein oder zwei Männer verbargen. Er blieb unter dem Vordach stehen und zündete sich eine Zigarette an. Dirk hörte nur einen leisen Seufzer, dann war der auf das Dach prasselnde Regen wieder das einzige Geräusch.

»Den letzten übernehme ich direkt«, teilte Jake ihnen über das Headset mit.

Vorsichtig spähte Dirk um die Säule herum. Der Raucher lag bewusstlos, gefesselt und geknebelt am Boden. Für Dirk sah der Mann unverletzt aus, und er fragte sich, wie die SEALs das hinbekommen hatten. Vermutlich mit einem Griff aus ihrer Nahkampf-Trickkiste. Außer Kopfschmerzen würde der Mann hoffentlich nichts davontragen. Wider Erwarten kommentierte Sven den Anblick nicht.

Jake sprintete durch den Eingangsbereich auf den Empfangstresen zu, aber der Mann nahm seinen Blick nicht vom Monitor. »Schon fertig, oder hat dir das Wetter die Lust aufs Rauchen verdorben?«, erkundigte er sich beiläufig.

Erst als Jake über den Tresen flankte, sah der Wachposten hoch und blinzelte beim Anblick des bewaffneten, schwarz gekleideten Mannes, der plötzlich vor ihm aufragte. Erstaunlicherweise tat er nichts, um sich zu verteidigen oder zurückzuweichen, sondern starrte wieder auf den Monitor. Jake nutzte die Chance und schickte ihn mit einem Griff an den Hals, den Dirk kannte, aber noch nie angewendet hatte, bewusstlos zu Boden.

Dirk sprintete los und erreichte gleichzeitig mit Pat die Rückseite des Tresens. Neugierig sah er auf den Monitor und verstand sofort, warum der Mann Jake quasi ignoriert hatte. Er bemühte sich, das aufsteigende Lachen zu unterdrücken. Vergeblich – als Pat ungehemmt loslachte, war es auch mit seiner Beherrschung vorbei.

»Spinnt ihr?« Verständnislos und sichtlich genervt stand Sven auf der anderen Seite des Tresens und konnte damit nicht sehen, warum sie lachten.

»Nein, wir nicht, aber der Typ wird an seinem Verstand zweifeln. Es muss auf ihn gewirkt haben, als ob sein Computerspiel Realität geworden ist. Sieh selbst, er hat *Call of Duty* gespielt, als Jake vor ihm aufgetaucht ist. Die Gegner in dem Spiel sehen wie die SEALs in ihrer Kampfmontur aus. Aber mit Jake als Gegner hat er in diesem Level nicht gerechnet.«

Flüchtig lächelte Sven. »Verstanden, aber ich hebe mir das Lachen für später auf, wenn wir heil wieder raus sind.«

Pat zwinkerte Dirk zu. »Schön, dass wenigstens einer meinen Humor teilt.«

Eigentlich bestand kein Grund zur Eile. Trotzdem rannten Dirk und Sven den spärlich beleuchteten Korridor entlang. Dirk stieß die Tür zu Westinghaus' Büro auf. »Sieh dir an, was immer du willst, ich nehme mir den Schrank da drüben vor.«

Sven begann mit der Durchsuchung des Schreibtisches. Zunächst schien Dirks Plan aufzugehen, mit dem Kampfmesser bekam er das Schloss aufgehebelt, aber trotzdem rührte sich die Abdeckung des Schranks nicht. Nachdem er vergeblich an dem widerspenstigen Teil gerüttelt und gezerrt hatte, verlor er die Geduld und versuchte es mit einem gezielten Karatetritt.

Erschrocken fuhr Sven bei dem Knall hoch und stieß mit dem Kopf gegen die Schreibtischlampe. Fluchend rieb er sich über die Stirn. »Kannst du mich nicht vorwarnen, bevor du so einen Krach veranstaltest?«

Zufrieden betrachtete Dirk den offenen Aktenschrank. »Stell dich nicht so an. Hauptsache, das Ding ist endlich auf.«

»Und mein Kopf ist dir egal?«

»Ehrliche Antwort?«

»Danke, verzichte.«

Der Inhalt des Aktenschranks war eher enttäuschend: lediglich einige dünne Ordner. Doch vielleicht gaben die mehr her, als der erste Blick vermuten ließ. Dirk blätterte den ersten Ordner durch und legte ihn sofort wieder zur Seite. Die chemischen Formeln sagten ihm nichts, aber vielleicht konnten die Experten in Amerika etwas damit anfangen. Der Inhalt des nächsten Ordners ließ ihn einen begeisterten Pfiff ausstoßen, und er warf die Papiere Sven zu. »Hier, sieh mal: Namen, Handynummern und E-Mail-Adressen, das sieht aus wie eine Kundenliste. Das wäre ja völlig genial.« Jetzt war Dirks Jagdtrieb endgültig erwacht, und er überflog die weiteren Unterlagen. Einige Seiten, die von einer Heftklammer zusammengehalten wurden, rutschten ihm entgegen.

»Mensch, pack die Sachen einfach zusammen. Die kannst du dir später in Ruhe ansehen.«

Doch Dirk ließ sich nicht davon abhalten, die ausgedruckte Mail zu überfliegen. Obwohl ihn nicht überraschen sollte, was er dort las, lief ihm ein Schauer über den Rücken. Unwillkürlich blickte er sich um. Sven war seine Reaktion nicht entgangen und stand bereits neben ihm. Mit einem lässigen Schulterzucken versuchte Dirk, seine Bestürzung abzutun. »Ziemlich beeindruckend, was Jake bisher so alles gemacht hat.«

Sven warf einen raschen Blick auf die Personalakte ihres Freundes und erblasste. »Ich hätte nicht gedacht, dass die Mistkerle auf solche Daten Zugriff haben. Verdammte Sauerei.«

»Hätte ich nicht besser ausdrücken können. Sieh mal, das war ein Mailanhang, und die Mail stammt schon wieder von diesem anonymen Dienst aus der Schweiz. Westinghaus wusste also genau, wer Jake ist. Aber hier steht nichts davon, dass er ausgeschaltet werden soll oder zu gefährlich wird.«

»Das reicht trotzdem, damit wir ihn uns vornehmen. Verwenden können wir das allerdings nicht. Die Erklärung, wie wir darangekommen sind, bringt uns selbst in den Knast.«

»Schon, aber …« Dirk verstummte mitten im Satz, als der Strahl seiner Taschenlampe auf einen Gegenstand unter dem Schreibtisch fiel. »Das glaube ich nicht. Sven, sag mir bitte, dass das nicht das ist, wofür ich es halte.«

Sven fuhr herum und keuchte überrascht auf. »Oh Scheiße.«

Dirk bekam lediglich ein Nicken hin und griff zu dem Mikrofon, das er wenige Minuten zuvor ausgeschaltet hatte. »Daniel?

Kannst du bitte mal ins Büro des Geschäftsführers kommen? Gang runter, das letzte rechts. Und … beeil dich. Bitte.«

»Ist einer von euch verletzt?«

Dirk schüttelte den Kopf, bis ihm klar wurde, dass Daniel das nicht sehen konnte. Er räusperte sich. »Mit uns ist alles klar. Es geht um dein anderes Spezialgebiet. Unter dem Schreibtisch liegt hier so ein hässlicher Block mit Drähten dran, der wie eine Bombe aussieht.«

Sie hörten bereits Daniels schnelle Schritte auf dem Korridor. Ohne weiteren Kommentar rannte Daniel an ihnen vorbei und sah sich den Gegenstand an. Dirk kämpfte gegen den Impuls an, aus dem Gebäude zu sprinten, und wartete angespannt auf Daniels Urteil. Er brauchte nur wenige Sekunden.

»Das Ding ist scharf und reicht, um den Raum und vermutlich einen Großteil des Gebäudes komplett zu verwüsten. Da hängt ein Timer dran. Wir haben noch gut dreißig Minuten, dann sollten wir verschwunden sein.«

Sven betrachtete den Sprengstoff eher neugierig als besorgt. »Damit sind unsere Einbruchsspuren vernichtet, aber wir müssen noch die Wachleute in Sicherheit bringen.«

»Weißt du, Sven, allmählich nervst du. Natürlich kümmern wir uns um die. Du weißt schon, dass die Männer ohne uns die Nacht vermutlich nicht überlebt hätten? Ich wette, hier gibt es noch mehr von den Dingern. Da plant jemand ein hübsches Feuerwerk.«

Aus dem Kopfhörer drang Jakes Stimme: »Die Wette gewinnst du. Ich habe auch gerade so ein Paket vor mir. Aber ihr solltet euch die Produktionshalle trotzdem noch kurz ansehen. Ich weiß jetzt, warum sie streng abgeschottet wurde.«

Im gleichen Moment meldete sich Pat, der sich in den Laboratorien umsah. »Nicht, dass ihr denkt, bei mir sieht's anders aus. Ich bin auch gerade auf den Mist gestoßen.«

Dirk stopfte die Ordner in seinen Rucksack und zuckte mit den Schultern. »Nächster Halt: Lager- und Produktionshalle, und dann raus hier.«

Wie angewurzelt blieb Dirk in der Halle stehen und konnte nicht glauben, dass er buchstäblich nichts sah. Langsam drehte er sich um die eigene Achse, das Bild veränderte sich nicht. Die Notbeleuchtung in Verbindung mit ihren Halogentaschenlampen spendete genug Licht, um die Umgebung gut erkennen zu können. Ein Irrtum war ausgeschlossen: leer. Lediglich ein Gabelstapler, der aussah, als ob er noch nie benutzt worden wäre. Keine Paletten, keine Kanister oder sonstige Behälter. Nichts.

»Haben die das heute alles weggebracht, weil sie den Laden abfackeln wollen?«

Jake schüttelte den Kopf. »Das wäre uns aufgefallen. Ich habe heute keinen einzigen Lkw gesehen. Aber sieh dir mal den Fußboden an.«

Dirk nickte und verstand, worauf Jake hinauswollte. Von etwas Staub abgesehen gab es keinerlei Hinweise, dass in der Halle jemals gearbeitet worden war, keinerlei Schleifspuren oder Ölflecke.

Schritte kamen näher. In der weitläufigen, leeren Halle klangen sie merkwürdig laut. Pat blieb neben ihnen stehen und sah sich überrascht um. »Damit hätte ich nicht gerechnet.«

Mittlerweile hielt Dirk alles für möglich. »Wie sah es denn im Labor aus?«

»Ganz normal, da wird definitiv intensiv gearbeitet. Aber zum Glück lagern da nur geringe Mengen Chemikalien. Das Zeug verdampft gefahrlos, wenn der Laden wirklich hochgeht. Willst du da im Ernst nur zusehen, Boss?«

Auf die Antwort war Dirk auch gespannt, aber Jake nickte.

»Wir haben keine andere Wahl. Willst du mir garantieren, dass wir alle Ladungen rechtzeitig finden und entschärfen? Im Prinzip haben unsere Gegner uns einen Gefallen getan, weil damit sämtliche Spuren unseres Einbruchs verwischt werden. Man wird denen auch die Schuld am Überfall auf die Wachleute geben. Lasst uns verschwinden.«

Dirk ignorierte die Aufforderung und musterte Jake prüfend. »Du bist der Einzige, der nicht besonders überrascht wirkt. Hast du gewusst, dass das hier nur eine Fassade ist?«

»Gewusst nicht, aber vermutet. Fassade trifft es nicht. Ich würde sagen, dieser Standort war auf Verwaltung und Forschung beschränkt, das heißt dann leider auch, dass wir nur einen Teil des Problems gelöst haben. Ich habe ein paar Bemerkungen im IT-Bereich aufgeschnappt, und im Gegensatz zu dir konnte ich das Gelände überblicken. In der gesamten Zeit habe ich nicht einen Truck gesehen.«

»Truck?«, wiederholte Dirk nachdenklich, als er an einige Umsätze dachte, die ihm aufgefallen waren und jetzt einen Sinn ergaben.

»Ein Truck ist ein Lastwagen«, übersetzte Pat grinsend.

»Vielen Dank, Pat, du bist zu gut zu mir. Aber im Gegensatz zu euch weiß ich, wo wir den eigentlichen Produktionsort finden.« Als er ihre ratlosen Gesichter sah, wandte er sich zufrieden ab. Eigentlich genoss er die Flachsereien mit den SEALs, aber manchmal nervte die durchschimmernde Überheblichkeit. Die Jungs konnten ab und zu einen Dämpfer gebrauchen.

»Anscheinend sind wir ohne unseren Wirtschaftsprüfer aufgeschmissen«, stellte Pat fest.

Dirk knurrte nur und überließ dem SEAL das letzte Wort. Sie hatten noch gut fünfzehn Minuten, um sich in Sicherheit zu bringen, und diese Zeit würde er nicht mit einem Rededuell mit Pat verbringen.

Der Regen hatte wieder zugenommen, sodass das Gebäude von *VirTech* hinter dem dichten Schleier kaum zu sehen war. Daniel ließ seine Uhr nicht aus den Augen. Exakt zu dem von ihm vorhergesagten Zeitpunkt gab es einen dumpfen Knall, und das Dach brach recht unspektakulär ein.

»Das ist alles?«, erkundigte sich Dirk.

»Auf keinen Fall«, widersprach Daniel. »Es müsste sofort weitergehen.«

Eine orangefarbene Stichflamme schoss aus dem Gebäudeflügel, in dem sich das Büro des Geschäftsführers befand. Die Wucht der Explosion spürte er am ganzen Körper. Berstendes Glas, einstürzende Mauern und meterhohe Flammen, die aus der halb in sich zusammengesackten Lagerhalle schossen, bildeten eine filmreife Kulisse. Beeindruckt pfiff er durch die Zähne. »Die Wachmänner sollten sich wirklich bei euch bedanken. Das hätten die nie überlebt.«

Sven nickte ernst. »Das sehe ich auch so. Was das über unsere Gegner aussagt, blende ich für heute Abend lieber aus. Morgen früh knöpfen wir uns den Geschäftsführer vor. Ich schlafe erst wieder ruhig, wenn auch der Produktionsstandort in Trümmern vor uns liegt und die Verantwortlichen im Gefängnis sitzen.«

24

Stephan fuhr sich mit der Hand über die Augen und konnte es nicht fassen. Aber der Bericht seiner Leute war ebenso klar wie die Fotos vor ihm: Von *VirTech* war nicht mehr als eine rauchende Ruine übrig geblieben. Die Kriminaltechniker waren noch mit den Untersuchungen beschäftigt, aber einem seiner Männer war es gelungen, einen Brandexperten in ein Gespräch zu verwickeln. Die Art und Weise, wie das Gebäude in die Luft gejagt worden war, deutete auf extreme Professionalität hin. Das war kein normaler Verbrecher gewesen, der mit Sprengstoff mehr oder weniger herumgespielt hatte, sondern jemand, der genau wusste, wie und wo er die Ladungen platzieren musste. Der Polizist war sicher gewesen, dass der oder eher die Täter mit relativ wenig Sprengstoff die komplette Zerstörung des Gebäudes erreicht hatten. Von den Zündern war nicht genug übrig geblieben, um schon erste sichere Aussagen zu treffen, aber auch da war der Brandermittler überzeugt gewesen, dass es sich um professionelle Konstruktionen handelte, die mit osteuropäischem Sprengstoff bestückt gewesen waren. Das passte auf jemanden, der eine Ausbildung wie ein Navy-SEAL hatte. Natürlich würden die Amerikaner kaum ihren eigenen Sprengstoff nehmen, dessen Herkunft durch entsprechende chemische Analysen in ein paar Tagen nachweisbar wäre. Und rein zufällig mischte sich Sven in die Ermittlungen ein und zog einen Großteil zum Hamburger LKA hinüber, obwohl der Tatort in Schleswig-Holstein war. Sicher, das war im Grenzgebiet der Bundesländer durchaus manchmal üblich, aber in diesem

Fall doch auffällig. Der Verdacht lag nahe, dass die SEALs hinter der Explosion steckten, aber warum? Was wollten sie damit erreichen? Die Beteiligung von Amerikanern an der Entwicklung und der Produktion des Giftgases vertuschen? Möglich, aber wieso waren dann Svens Partner und einer der SEALs vorher anscheinend verdeckt dort im Einsatz gewesen? Sowohl Dirk Richter als auch Jake Fielding tauchten auf Fotos auf, die seine Leute von den Besuchern der Firma gemacht hatten. Stephan hatte nach diesen Bildern gehofft, dass sie vielleicht doch das gleiche Ziel hatten, aber danach sah es nun nicht mehr aus. Und es war eine Frage der Zeit, bis es zu einer ernsten Konfrontation zwischen ihm und Sven kam.

Neben ihm stieß sein Freund Bernd Steilmann einen Seufzer aus und klappte das Notebook zu. Trotz des Altersunterschieds von fast zwanzig Jahren war Bernd einer der wenigen Männer, die Stephan als Freund betrachtete. Nachdem er ihn als Verstärkung angefordert hatte, besaß wenigstens ein Mitglied seines Teams sein uneingeschränktes Vertrauen. In der letzten Stunde hatte sich Bernd durch den Einsatzbericht des vorigen Jahres sowie ihre bisherigen Erkenntnisse gelesen. Nun war Stephan auf Bernds Meinung gespannt. »Und, was sagst du?«

Bernd tippte auf das Notebook. »Das, was da drinsteht, passt überhaupt nicht zu dem, was hier anscheinend geschieht. Wir, oder genauer gesagt: du solltest dringend mit deinem alten Freund oder noch besser dem Amerikaner reden.«

»Um mir wieder irgendwelche Ausflüchte anzuhören?«

»Kann sein, es kann aber auch eine Chance sein, der Wahrheit näher zu kommen.« Bernd zögerte sichtlich, aber als Stephan ihm aufmunternd zunickte, sprach er weiter: »Ich will dich nicht beunruhigen, aber hier scheint einiges nicht zu stimmen, und mit ›hier‹ meine ich nicht die möglichen Aktionen vom LKA und den SEALs, sondern unseren eigenen Laden.

Leider habe ich nicht mehr als ein verdammt schlechtes Gefühl und keine Fakten.« Bernd breitete seine Hände aus. »Nun kannst du mich fertigmachen. Vielleicht bin ich zu alt für den Mist.«

Langsam schüttelte Stephan den Kopf. »Würde ich gerne, aber mir geht es genauso. Es gibt nur ein Problem.« Er deutete auf das Foto mit den Überresten von *VirTech*. »Warum haben die SEALs das getan?«

»Waren sie es denn?«

»Der Verdacht liegt nahe, und vor allem: Wer denn sonst? Glaubst du ernsthaft, die jagen ihren eigenen Laden in die Luft? Warum sollten sie das tun?«

Bernd starrte schweigend aus dem Fenster. Dann klappte er das Notebook wieder auf. Stephan kannte ihn gut genug, um geduldig abzuwarten, bis er seine Gedanken aussprach. Schließlich war es so weit. »Wir gehen doch davon aus, dass der eigentliche Produktionsort woanders ist, oder?«

Die Information war zwar nicht hundertprozentig sicher, aber einer der Mitarbeiter hatte nach einer großzügigen Geldspende bereitwillig über die Tätigkeiten in der Firma gesprochen. Am Ende war Stephan sicher gewesen, dass in Bad Oldesloe das Gas entwickelt worden war und an einem anderen, noch unbekannten Ort produziert wurde. Daher nickte Stephan und war gespannt, worauf Bernd hinauswollte.

Der reckte sich und gähnte. »Tja, da das Gas produktionsreif ist, braucht man kein Entwicklungslabor mehr und verwischt so gleichzeitig sämtliche Spuren. Im Zweifel kassieren sie noch eine ordentliche Versicherungsprämie, und zusätzlich werden dir die SEALs als Täter präsentiert. Wäre doch auch möglich, oder?«

Die Schlussfolgerung verschlug Stephan die Sprache. Das hieße dann, dass jemand gezielt den Verfassungsschutz und das

LKA behinderte und sogar gegeneinander arbeiten ließ. Leider fiel ihm kein Gegenargument ein, um Bernds Theorie sofort zu entschärfen. Er würde den Gedanken im Hinterkopf behalten müssen. »Also gut. Wir arbeiten weiter daran, den Produktionsort herauszufinden, und dann sehen wir uns noch mal Kranz und seine Frau an. Die sind ein entscheidendes Bindeglied, auch wenn ich noch nicht sicher bin, welche Rolle sie spielen.«

Sven hatte Mühe, die ernste Miene beizubehalten. Innerlich gratulierte er sich zu der Idee, das Verhör von Westinghaus weitestgehend seinem Freund Matthias zu überlassen. Er spielte die Rolle des gemütlichen, betulichen Brandexperten perfekt – ein echter »Wolf im Schafspelz«. Westinghaus konzentrierte sich mittlerweile komplett auf den verständnisvollen und vermeintlich harmlosen Kommissar Albers. Auf die abwegigen Erklärungen des Geschäftsführers antwortete Matthias lediglich mit zustimmendem Nicken. Aber allmählich wurde es Zeit, Ton und Gangart zu verschärfen.

Noch wirkte der Geschäftsführer relativ entspannt. Mit der randlosen Brille, dem Anzug, dessen Grau mit seiner Haarfarbe nahezu identisch war, und der dezenten Krawatte war Westinghaus der Inbegriff eines distinguierten, farblosen Geschäftsmannes. Unwillkürlich dachte Sven an die Zeit, als Dirk und Mark verdeckt als Wirtschaftsprüfer gearbeitet hatten. Selbst damals, als er nicht ahnen konnte, dass Mark ein SEAL war und Dirk wenige Wochen später nicht nur sein Freund, sondern auch sein Partner werden würde, waren sie ihm nie dermaßen farblos vorgekommen. Grau eben.

Jetzt beugte sich Matthias über den Tisch, dessen Hellgrau zu Westinghaus passte, und Sven ahnte, dass der Wolf gerade seinen Schafspelz abgeworfen hatte. »Nur eine militante Umweltschutzgruppe könnte etwas gegen Ihr Unternehmen haben? Kein Konkurrent, kein unzufriedener Angestellter? Kommen Sie, geben Sie mir einen Anhaltspunkt, womit wir es zu tun haben.«

Der Geschäftsführer zuckte vor Matthias' plötzlich kalter und aggressiver Art zurück. »Es tut mir leid. Ich würde Ihnen gerne helfen, aber ich habe wirklich keine Vorstellung, wer uns gegenüber eine dermaßen feindliche Gesinnung hegen könnte.«

Die Ausdrucksweise des Mannes ging Sven auf die Nerven, aber noch überließ er Matthias das Feld.

»Militante Umweltschützer verfügen weder über eine militärische Ausbildung noch über das erforderliche Equipment«, stellte Matthias ironisch fest.

Treffer. Schweißperlen auf der Stirn und rote Flecken an der Schläfe und den Wangen. »Was meinen Sie damit? Ich dachte, solche Anleitungen gibt's schon im Internet, sodass jeder so was zusammenbasteln kann.«

Die Frage kam fast stotternd. Schlagartig ahnte Sven, in welche Richtung Westinghaus' Vermutungen gingen. Der dachte garantiert, dass die SEALs aus Wut über den vermeintlichen Tod ihres Anführers den Laden in die Luft gejagt hätten. Der Gedanke war so abwegig, dass Sven den Geschäftsführer beinahe mit offenem Mund angestarrt hätte. Aber es sprach nichts dagegen, diese Vermutung auszunutzen. Es würde zwar noch geraume Zeit dauern, bis die Techniker die Bomben analysiert hatten, aber Daniels erste Einschätzung reichte Sven als Basis für einen Bluff. Er räusperte sich und gab Matthias ein Zeichen, dass er das Gespräch übernehmen würde. »Die Art des verwendeten Sprengstoffs, die Platzierung der Sprengkörper und die bisherigen Erkenntnisse über den Zusammenbau weisen auf einen militärischen Hintergrund hin.« Dass Daniel auf Osteuropa als Herkunft getippt hatte, unterschlug Sven besser.

Wenn er nicht so genau darauf geachtet hätte, wäre ihm das

Zittern von Westinghaus' Hand entgangen. »War das amerikanischer Sprengstoff?«, platzte der Geschäftsführer heraus.

Soweit Sven wusste, gab es keinen speziellen amerikanischen Sprengstoff, und die Frage erschien ihm reichlich absurd, doch sie war in gewisser Weise auch verräterisch. Matthias rieb sich langsam und bedächtig über den Bart, um sein zufriedenes Grinsen zu verbergen.

»Wie kommen Sie denn darauf?«, fragte Sven. »Und was sagen Sie dazu, dass wenige Stunden vor der Explosion ein Mann direkt vor Ihrer Tür bei einem Motorradunfall mit Fahrerflucht getötet wurde? Vielleicht können Sie mir den Zusammenhang damit erklären.«

Als Westinghaus sich tief durchatmend gerader hinsetzte, hielt Sven den Atem an und befürchtete, dass der Geschäftsführer wieder Oberwasser bekam. Bisher war ihm nicht aufgefallen, dass das Hamburger LKA wohl kaum für Explosionen oder Todesfälle in Schleswig-Holstein zuständig sein dürfte. »Ich kannte den Mann kaum. Ein Amerikaner, IT-Experte, Angestellter einer Firma, die uns seit Jahren betreut. Er war erst seit wenigen Tagen in unserem Haus tätig.«

Sven hob eine Augenbraue. Das war zu einfach gewesen. Selbst Matthias gelang es nicht, seine Überraschung zu verbergen. Sven gab ihm ein Zeichen, das Gespräch weiterzuführen.

»Interessant. Woher wussten Sie, um wen es sich bei dem Opfer handelt, Herr Westinghaus? Ich habe den Namen nicht erwähnt, und in der Zeitung wurde er ebenfalls nicht genannt.«

Das hektische Rot verschwand, und der Geschäftsführer wurde leichenblass. »Was wollen Sie damit andeuten? Einer meiner Angestellten berichtete mir, dass Herr Fielding bei einem Motorradunfall ums Leben gekommen ist.«

»Wann haben Sie mit wem darüber gesprochen?«, hakte Sven sofort nach.

Westinghaus zerrte an seiner Krawatte. »Ich kann mich im Moment nicht daran erinnern. Der ganze Tag war bisher extrem hektisch.«

Schweigend sah Sven sein Gegenüber an.

»Sind wir fertig? Ich fühle mich allmählich wie ein Angeklagter und möchte gehen.«

»Wie ein Angeklagter?«, fragte Matthias. »Dann sollten Sie einen Anwalt einschalten, und wir erklären unser Gespräch offiziell zu einer Vernehmung.«

Sich die Augen reibend schüttelte Westinghaus den Kopf. Zu der bereits offensichtlichen Nervosität kam jetzt Angst hinzu. Sven verschränkte die Hände hinter dem Kopf und gab damit Frank, der das Verhör hinter einem Einwegspiegel verfolgte, das vereinbarte Zeichen.

Ihr Kollege klopfte so hart und laut, dass Westinghaus zusammenzuckte. Frank steckte den Kopf herein und sah den Geschäftsführer misstrauisch an. »Könnt Ihr unterbrechen? Wir sind da auf etwas gestoßen, das ihr euch ansehen solltet.« Ein erneuter, auffälliger Blick in Richtung Westinghaus.

Sven nickte. »Sicher. Herr Westinghaus, während wir mit den Kollegen reden, überlegen Sie sich bitte, warum Lagerhalle und Produktionsbereich in nahezu jungfräulichem Zustand waren. Und machen Sie sich eins klar: Wenn wir Sie vor den Tätern schützen sollen, müssen wir erfahren, womit wir es zu tun haben. Sie haben doch Familie, oder?«

Zufrieden mit der Wirkung seiner Worte verließ Sven nach Matthias das Besprechungszimmer, das ihnen manchmal auch als Verhörraum diente. Auf dem Flur sah Frank ihnen neugierig entgegen.

»Danke, dein Auftritt war perfekt«, lobte ihn Sven.

»Kein Problem. Erfahre ich, worum es geht?«

»Sicher, irgendwann. Vielleicht in zehn Jahren, wenn unsere eigenen Straftaten verjährt sind«, versprach Sven ihm lächelnd.

»Du und Dirk mit euern Extratouren.«

Dirk erschien, von ihren Stimmen angelockt, auf dem Flur. »Das habe ich gehört. Du hast einen völlig falschen Eindruck von mir.« Lächelnd warf Dirk Matthias eine angebrochene Packung Kekse zu. »Hier, du Brandexperte. Eine kleine Stärkung, ehe du verhungerst.«

Matthias ließ sich von den spöttischen Worten nicht abhalten, sondern kaute bereits am ersten Schokoladenkeks.

»Wir sollten Daniel hinzuziehen«, schlug Dirk vor.

»Wieso?«, fragte Matthias mit vollem Mund.

»Weil Westinghaus aussieht, als ob er gleich einen Herzinfarkt bekommt.«

Alarmiert betrat Sven den kleinen Raum, den Jake und Dirk genutzt hatten, um das Gespräch zu verfolgen, und blickte durch den Einwegspiegel. Allzu sehr hatte Dirk nicht übertrieben, der Geschäftsführer schien kurz vorm Zusammenbruch zu sein. »Ich möchte wissen, wie der da reingeraten ist. Die Nerven für so ein doppeltes Spiel hat er jedenfalls nicht.«

Jake schnaubte verächtlich. »Immerhin hat er zugelassen, dass sie mich umbringen.«

»Sehe ich auch so.« Nachdenklich musterte Sven Dirks Jeans und T-Shirt. »Tu mir einen Gefallen: In meinem Schreibtisch liegt ein Schulterhalfter. Benutz es ausnahmsweise für deine Sig. Wenn ich dir ein Signal gebe, kommst du rein. Spätestens dann dürfte Westinghaus zusammenbrechen.«

»Findest du, dass ich ohne Waffe zu harmlos aussehe?« Dirk zeigte drohend die Zähne.

Schmunzelnd winkte Sven ab. »Glaub mir, die Sig wirkt besser. Es wird Zeit, wieder reinzugehen. Haltet euch bereit.«

Matthias angelte sich schnell unter Jakes amüsierten Blicken zwei weitere Kekse aus der Packung, ehe er Sven genüsslich kauend folgte.

Sven rümpfte die Nase. Der Schweißgeruch in dem Zimmer war penetrant. Westinghaus war anscheinend zu Schlussfolgerungen gekommen, die nicht zu seiner Beruhigung beigetragen hatten.

Da Westinghaus offensichtlich erwartete, dass Matthias weiterhin sein Gesprächspartner sein würde, signalisierte Sven seinem Freund unauffällig, die Rollen zu tauschen.

»Also weiter im Text. In Ihrer Belegschaft ist der Name des Unfallopfers heute Morgen noch nicht bekannt gewesen. Erklären Sie mir, woher Sie wussten, wer der Tote ist. Und dann möchte ich wissen, was in Ihrer Firma eigentlich getrieben wurde.« Sven beugte sich drohend vor. »Ich will Antworten. Jetzt. Entweder von Ihnen, dann verbessern Sie Ihre Lage, oder ich hole sie mir woanders. Ihre Entscheidung.«

Westinghaus atmete hektisch und knetete seine Finger. Unauffällig gab Sven Matthias ein Zeichen, wieder den verständnisvollen Polizisten zu spielen. Das alte Wechselspiel von guter-Bulle-böser-Bulle klappte eigentlich immer. Selbst abgebrühte Verbrecher oder erfahrene Krimileser merkten in der Stresssituation eines realen Verhörs meistens nicht, dass sie geschickten psychologischen Schachzügen auf den Leim gingen. Vermutlich brauchten sie bei Westinghaus nur auf Zeit zu spielen, aber dafür fehlte Sven die Geduld.

Matthias beugte sich vor. »Kommen Sie, Herr Westinghaus. Wir wollen Ihnen helfen, Sie beschützen. Wir sind nicht Ihre Feinde. Glauben Sie mir, ich habe mit der Explosion Ihrer Fabrik nichts zu tun.« Angestrengt starrte Sven auf den Teppich, um sein Lächeln zu verbergen, denn ihm war Matthias' ironischer Seitenblick nicht entgangen. Natürlich wusste sein Freund, dass nicht sie die Fabrik in die Luft gejagt hatten, aber eben auch, dass sie die Explosion nicht verhindert hatten – aus mehreren Gründen. »Stellen Sie sich vor, Sie oder Ihre Frau steigen morgens in Ihren Wagen und es macht …« Matthias machte eine bedeutungsvolle Pause und schlug dann mit der flachen Hand auf den Tisch. »Bumm. Wollen Sie das?«

Wieder fuhr Westinghaus zusammen. »Ich habe nichts getan. Ich weiß überhaupt nicht, worauf Sie hinauswollen.«

»Gut, wie Sie wollen.« Sven drückte die Kurzwahl von Dirks Handy. Sein Freund schien schon geahnt zu haben, dass es Zeit war, die Schraube enger anzuziehen. Ohne anzuklopfen betrat er das Zimmer und lehnte sich lässig neben der Tür an die Wand. »Ich hätte nicht damit gerechnet, Sie so schnell wiederzusehen, Herr Westinghaus.«

»Sie …?«, stammelte der Geschäftsführer, ohne den Blick von Dirks Waffe abzuwenden.

»Ja. Ich.« Mit einer lässigen Handbewegung warf Dirk seinen Ausweis auf den Tisch. »Ich bin zwar Wirtschaftsprüfer, arbeite aber fürs Landeskriminalamt. Und damit dürfte Ihnen klar sein, warum ich mich in Ihrer Firma umgesehen habe. Wir wollen Ihnen helfen, aber dafür müssen Sie reden. Wir wissen, dass der eigentliche Produktionsort in Mecklenburg-Vorpommern liegt, und wir kennen Ihre Kunden. Viel haben Sie uns nicht mehr anzubieten. Für wen wollen Sie den Kopf hinhalten? Ihre Hintermänner lassen Sie als Erstes fallen. Wetten? Bisher haben Sie sich nicht allzu viel zuschulden kommen lassen, und Ihr Geständnis wird sich strafmildernd auswirken.«

Dirks überraschendes Erscheinen und seine ruhige Art erreichten offenbar den endgültigen Durchbruch, denn Westinghaus nahm seine Brille ab und sah Sven beinahe flehend an. »Sie haben recht, ich werde Ihnen alles sagen, was ich weiß. Ich hätte bereits gestern zu Ihnen kommen müssen. Jetzt ist es viel zu spät, aber damit muss ich leben.« Er ließ den Kopf auf die Brust sinken. Dann griff er nach seinem Wasserglas wie nach einem Rettungsanker. »Sie können das vermutlich nicht verstehen, aber ich bin fünfundfünfzig Jahre alt und damit auf dem Arbeitsmarkt nichts mehr wert. Vor drei Jahren wurde mein alter Arbeitgeber Opfer einer Übernahme, als Finanzchef musste ich gehen. Zehn Monate lang habe ich einen neuen Job gesucht. Vergeblich. Dann kam das Angebot von *VirTech*, und ich dachte …« Westinghaus leerte das Glas in einem Zug. Dirk schenkte ihm sofort nach. »Danke. Zunächst lief alles normal, es war nur ungewöhnlich, dass ich keinen direkten Kontakt zu den Eigentümern hatte. Nach und nach häuften sich die Auffälligkeiten, aber da konnte und wollte ich nicht mehr zurück. Das Gehalt, der Dienstwagen, vermutlich können Sie nicht begreifen, wie wichtig mir diese Dinge waren. Zu neunzig Prozent war es ein ganz normaler Job, und mit der Zeit habe ich gelernt, die restlichen zehn Prozent zu übersehen. Aber ich bin froh, dass es ein Ende hat. Ich habe letzte Nacht keine Minute geschlafen.« Westinghaus starrte auf die Tischplatte, dann ruckte sein Kopf hoch, und er sah Sven wieder direkt an. »Es geht nicht nur um irgendwelche illegale Substanzen oder halbseidene Geschäfte, sondern um erheblich mehr. Dieser Motorradfahrer. Der Amerikaner, er war ein Kollege von Ihnen.« Westinghaus lachte bitter auf. »Zwei Männer arbeiten verdeckt in meinem Unternehmen, zur selben Zeit, und wissen nicht einmal voneinander. Es ist unglaublich.«

Erstaunt stellte Sven fest, dass der Geschäftsführer nicht auf die Idee kam, dass sie zusammenarbeiteten. Doch er glaubte ihm jedes Wort. Ein abgebrühter Verbrecher hätte anders reagiert, und kein Schauspieler bekäme eine solche überzeugende Körpersprache hin. Westinghaus wurde von Angst und schlechtem Gewissen zerrissen.

Wieder leerte er das Glas in einem Zug. »Ihr Kollege hatte

weniger Glück. Ich bekam ein Fax mit ausführlichen Informationen über ihn und die Anweisung, ihn im Auge zu behalten. Man würde sich um ihn kümmern, aber ich sollte mich melden, wenn vorher etwas geschah. Ich wusste überhaupt nicht, was ich tun sollte. Ich konnte mich doch nicht stundenlang im Serverraum aufhalten, und ansonsten wusste von der Belegschaft kaum jemand etwas über unseren zweiten Standort in Mecklenburg-Vorpommern. Ich habe dann gar nichts getan und einfach die Augen verschlossen, obwohl ich ahnte, dass ›kümmern‹ nichts Gutes hieß. Gegen acht Uhr bekam ich einen Anruf, dass das Problem gelöst wäre und dass alles normal weiterlaufen würde. Der Anruf der Feuerwehr kam völlig überraschend.« Er atmete tief durch und sah Sven direkt an. »Ich werde Ihnen helfen, in jeder erdenklichen Art und Weise. Steuerhinterziehung, Geldwäsche, Unterschlagung, damit hatte ich mich arrangiert, aber nicht mit Mord.«

Etwas unbehaglich rieb sich Sven über den Nacken. Oft hatte er es noch nicht erlebt, dass ein vermeintlicher Verbrecher aufrichtige Reue zeigte. Dirk stand auf. »Einen Moment bitte.« Mit einem kurzen Blick zu Sven verließ er den Raum und war gleich darauf mit seinem Notebook wieder zurück. »Herr Westinghaus, ich möchte Ihnen etwas zeigen. Bitte sehen Sie sich die Bilder genau an.«

Mit einem Mausklick startete Dirk das Video, das die verhängnisvolle Hausdurchsuchung des SEAL-Teams in Afghanistan zeigte. Fassungsloses Begreifen stand am Ende in Westinghaus' Augen. »Das … das Zeug …«

»Die Komponenten sind eindeutig identifiziert und entsprechen den Materialien, die Sie verwenden.«

»Die Männer auf dem Video … haben sie überlebt?«

»Ja, knapp. Sie sehen, dass es um deutlich mehr geht als vergleichsweise harmlose Unterschlagungen.«

»Das wusste ich nicht. Ich schwöre Ihnen –«

»Schon gut, wir glauben Ihnen. Wenn Sie mit uns zusammenarbeiten, bekommen wir das schon hin«, ergriff erstmals wieder Matthias das Wort. Seine beruhigende Art verfehlte ihre Wirkung nicht. Westinghaus lehnte sich deutlich entspannter zurück, fuhr dann aber wie von der Tarantel gestochen wieder hoch. »Die Soldaten – waren das Amerikaner?« Allmählich schien ihm zu dämmern, dass er nur die halbe Wahrheit kannte.

Keiner antwortete, aber Sven nickte unauffällig in Richtung Spiegel. Wieder öffnete sich ohne vorheriges Klopfen die Tür. »Ja, Amerikaner, ein SEAL-Team«, erklärte Jake.

Westinghaus sprang auf und umklammerte die Tischkante mit beiden Händen. Wenn möglich wurde er noch blasser. Angespannte Stille herrschte, bis Westinghaus heftig nach Luft schnappte und sich räusperte. »Ich bin froh, dass Sie noch leben«, flüsterte er kaum verständlich.

»Das ist nicht Ihr Verdienst.« Jake deutete mit dem Kopf auf Dirk. »Mein Freund war da, als ich ihn gebraucht habe. Wie sieht's aus? Helfen Sie uns?«

Westinghaus verbuchte weitere Pluspunkte bei Sven, als er Jakes eiskaltem Blick nicht auswich, sondern ohne zu zögern nickte. »Ja. Es tut mir aufrichtig leid, dass ich gestern nicht mutig genug war, Sie anzusprechen. Ich bin froh, dass Sie den … Unfall überlebt haben.«

Als Jake nichts auf die Entschuldigung erwiderte, entschloss sich Sven, das Gespräch zum Abschluss zu bringen. »Also gut, wir nehmen Herrn Westinghaus' Aussage offiziell auf und spendieren dann ihm und seiner Familie auf Staatskosten einen Urlaub. Das LKA hat für solche Fälle ein nettes Ferienhaus auf Pellworm. Wenn wir Sie brauchen, müssen wir Sie erreichen können, aber ansonsten sind Sie für einige Zeit von der Bildfläche verschwunden. Ich denke, die Staatsanwaltschaft wird Ihre Kooperationsbereitschaft zu schätzen wissen. Einverstanden?«

»Ja.« Die Blässe war verschwunden, immer wieder blickte der Geschäftsführer zu Jake, als ob er sich versichern wollte, dass der SEAL tatsächlich noch am Leben war. Dann hob er eine Hand, als ob er in der Schule wäre. »Sie wissen vermutlich schon, dass wir uns in Bad Oldesloe nur mit der Forschung und Entwicklung beschäftigt haben. Soweit ich weiß, wird das Gas auf der Insel Poel produziert. Ich weiß leider nicht, wo dort genau, aber so groß ist die Insel ja nicht.«

Das wussten sie zwar schon dank der Daten, die Dirk in der Buchhaltung gefunden hatte, aber dennoch bedankte sich Sven mit einem knappen Nicken für die Auskunft.

Seufzend stand Matthias auf. »Ich denke, mit dem Ergebnis können wir zufrieden sein. Ich mache das Protokoll fertig und besorge Kaffee.«

»Vergiss die Kekse nicht«, zog Dirk ihn freundschaftlich auf.

Verständnislos blickte sich Westinghaus um, als Sven und Jake lachten.

Schulterzuckend sah Matthias den Geschäftsführer an. »Meine Kollegen haben einen merkwürdigen Sinn für Humor. Aber wer könnte schon einer solch charmanten Aufforderung widerstehen? Mögen Sie Schokoladenkekse?«

25

Mit zusammengekniffenen Augen fixierte Mark die Strümpfe und Schuhe. Wenn er es nicht einmal hinbekam, sich selbstständig anzuziehen, konnte er sämtliche weiteren Pläne vergessen. Aber die SEAL-Ausbildung hatte ihm bewiesen, dass nur der Kopf übers Durchhalten entschied, nicht der Körper. Gehen, stehen und sitzen, das alles funktionierte, lediglich Bücken oder Vorbeugen brachte unerfreuliche Erinnerungen an die Verletzung zurück. Unerfreulich? Beim Versuch, die heruntergefallene Fernbedienung aufzuheben, hätte er beinahe das Bewusstsein verloren. Trotzdem, es war Zeit, wieder das Kommando zu übernehmen, sowohl über seinen Körper als auch über sein Team. Ärger kochte in ihm hoch und gab ihm genügend Energie, den Kampf mit den Schuhen aufzunehmen und zu gewinnen. Erleichtert stand er auf und lehnte sich gegen das Fenster. Später Nachmittag, die Sonne ging bereits unter. Er hatte aus den Nachrichten erfahren müssen, was seine Männer und Freunde in der letzten Nacht getrieben hatten. Auf die Erklärung war er gespannt.

Während er das Notebook in die Tasche stopfte, wurde die Zimmertür geöffnet. Mark verzichtete darauf, sich umzudrehen.

»Was zum Teufel … Bist du verrückt? Leg dich wieder hin! Was hast du vor?«

Wie in Zeitlupe drehte sich Mark zu Sven um, zum einen, weil er um Beherrschung kämpfte, zum anderen, weil jede Bewegung noch mit Schmerzen verbunden war. »Wo bleibt deine Kombinationsgabe? Wonach sieht es denn aus? Ich gehe. Wenn ihr es schon nicht nötig habt, mir mitzuteilen, dass ihr halb Bad Oldesloe in die Luft jagt, kannst du wenigstens Taxi spielen.« Er griff nach seiner Lederjacke und sah Sven auffordernd an.

»Vergiss es. Leg dich hin. Sofort.«

»Vergiss du es. Auf der Fahrt zu Dirk hast du Zeit genug, mir zu erklären, warum ihr *VirTech* abgefackelt habt.«

»Haben wir überhaupt nicht, wir haben es nur nicht verhindert. Zweifelst du an unseren Entscheidungen?«

»Nein, aber ich will wissen, was läuft, und da sich hier kein Mensch sehen lässt, ändere ich eben meinen Standort. Ende der Diskussion.«

Mark wappnete sich innerlich gegen einen Wutausbruch, doch Sven sah ihn nur fest an und nahm sich dann kommentarlos einen in Folie eingepackten Keks vom Nachttisch, ein Überbleibsel vom Nachmittagskaffee.

»Machst du Matthias Konkurrenz?«

»Nein, mein Essen ist ausgefallen, ich habe Hunger. Kannst du alleine gehen oder brauchst du Hilfe?«

Misstrauisch musterte Mark Svens undurchdringliche Miene. »Einfach so? Natürlich kann ich gehen. Es geht mir gut.«

Svens Augenbraue wanderte höher. Kauend ließ er den Blick rasch durchs Zimmer schweifen und griff nach der Reisetasche und dem Notebook. »Das ist alles, oder? Komm, mein Wagen steht direkt vor der Tür im Halteverbot.«

Mark rührte sich nicht. »Wieso gibst du so einfach nach?«

Sven warf ihm einen ironischen Blick über die Schulter zu. »Traust du mir nicht? Keine Tricks. Ehrenwort. Wenn du rauswillst, meinetwegen. Was wäre die Alternative? Dich mit Handschellen ans Bett zu fesseln? Ich gebe zu, das hätte was, aber du bist alt genug, selbst zu entscheiden, was du dir zumuten kannst. Zur Not werden wir dir schon Vernunft einprügeln, und Daniel wird auch ein Auge auf dich haben.« Sven fuhr sich wie so oft durch die Haare. »Mir ginge es an deiner Stelle auch nicht anders. Also lass uns verschwinden, ehe einer der Ärzte auftaucht.« Jetzt lächelte Sven erstmals. »Außerdem habe ich eben mit dem Verwaltungschef gesprochen: Offiziell bist du seit ungefähr zehn Minuten tot. Genau wie Jake übrigens.«

Sven schloss die Haustür auf. »Sie sind vermutlich in Dirks Arbeitszimmer. Ich bringe deine Sachen hoch und suche mir was zu essen. Hast du Hunger?«

»Nein.«

Ehe sich Sven der Treppe zuwenden konnte, legte Mark ihm die Hand auf die Schulter. »Danke.«

»Kein Problem.«

Leise näherte sich Mark der halb offenen Tür des Arbeitszimmers, in dem Jake und Dirk konzentriert auf die Displays ihrer Notebooks blickten. Mit hinterm Kopf verschränkten Händen lehnte sich Dirk zurück. »Ich glaube es nicht, dank des Mistwetters können wir im Moment nur auf »Google Earth« zurückgreifen. Auf den letzten Satellitenbildern ist nichts außer einer dicken Wolkenschicht zu erkennen.«

»Und du bist sicher, dass der Ort stimmt?«

»Ja, Westinghaus' Aussage, dazu Überweisungen wie Grundsteuer, Ausgaben für den Objektschutz und einige andere kleinere Zahlungen, und die Sache ist eindeutig, oder so gut wie. Letzte Sicherheit haben wir erst, wenn wir uns den Laden ansehen.«

»Nicht ohne Satellitenaufnahme. Normale Wolkendecken stören nicht, nur ein Unwetter wie dieses. Aber das kann ja nicht mehr lange dauern. Wir sollten warten, das Risiko ist sonst zu groß.«

»Warum eigentlich? Ich denke, man bemerkt euch erst, wenn es zu spät ist?«

Mark grinste. Dirk war nicht der Typ, der Befehle oder Anweisungen ohne Nachfragen hinnahm. »Weil wir es nicht mit Amateuren zu tun haben und weil gute Vorbereitung die halbe Miete ist«, erklärte Mark von der Tür aus.

Jakes Augen verengten sich unmerklich, während Dirk so rasch aufsprang, dass er mit den Oberschenkeln an die Schreibtischkante stieß. »Mark…? Bist du verrückt geworden?«

»Lass dir was Neues einfallen, so hat Sven auch reagiert.« Mark beugte sich über Dirks Notebook und rief den Taskmanager auf, der ihm die ausgeführten Programme anzeigte. Leise durch die Zähne pfeifend scrollte er durch die Anwendungen, die normalerweise der Navy vorbehalten waren. »Dein Notebook hat ja eine interessante Ausstattung bekommen.«

»Irgendwelche Einwände, Boss?«

Obwohl Jakes Miene ausdruckslos war und sein Ton kühl, erkannte Mark den unterdrückten Ärger. Langsam drehte er sich um und stützte sich unauffällig an der Schreibtischplatte ab. »Habe ich deine Entscheidungen jemals kritisiert oder infrage gestellt?«

»Setz dich hin, ehe du umkippst«, forderte Dirk und ersparte Jake eine Antwort.

Mark entschied, es besser nicht auf eine Auseinandersetzung ankommen zu lassen. Die würde er im Moment verlieren, vor allem wenn er beide gegen sich hatte. Er musste sie überzeugen, mit Befehlen kam er nicht weiter.

Widerspruchslos setzte er sich in den Sessel und sah Jake an. »Im Krankenhaus werde ich wahnsinnig, und es geht mir gut genug, um am PC zu arbeiten oder mit Laura die Sachen ihres Exmannes durchzugehen. Kommt schon, lasst mich mitmachen. Bitte.«

Überraschung zeigte sich auf Jakes und Dirks Gesichtern. Auf eine heftige Diskussion waren sie vorbereitet, aber mit einer friedlichen Bitte hatten sie nicht gerechnet. Er ließ sich seine Zufriedenheit nicht anmerken.

Hilflos hob Dirk die Hände. »Hat Sven dich ins Bild gesetzt?«

»Ja, hat er. Worum ging es eben?«

Mit einem resignierten Seufzer nickte Jake. »Also gut, wir sind an zwei Baustellen dran. Zum einen versucht Dirk, die verschachtelte Firmenkonstruktion aufzulösen, um an die Eigentümer heranzukommen, zum anderen haben wir durch den Geschäftsführer und einige Buchungen Hinweise auf den Produktionsort. Der liegt vermutlich auf der Insel Poel, direkt oben an einer Steilküste, netter Meeresblick inklusive. Das ist alles.«

Mit einem Mettwurstbrot in der Hand kam Sven ins Arbeitszimmer. »Und? Lasst ihr ihn wieder mitspielen?«, erkundigte er sich mit vollem Mund.

Marks drohender Blick ging im Lachen seiner Freunde unter.

Laura hatte Marks Vorschlag sofort zugestimmt, gemeinsam die Sachen ihres Exmannes durchzugehen. Vielleicht fiel ihr so endlich ein, in welchem Zusammenhang sie den Namen »Zerberus« gehört hatte. Vielleicht konnte sie dann auch endlich wieder eine Nacht durchschlafen, ohne stundenlang zu grübeln. Aus den Augenwinkeln beobachtete sie, wie Mark einen Ordner durchblätterte und ihn anschließend in die Kiste mit den bereits überprüften Unterlagen legte. Vermutlich wäre es vernünftiger gewesen, wenn er im Krankenhaus geblieben wäre, aber sie musste zugeben, dass ihm die Verletzung kaum anzumerken war. Er bewegte sich lediglich vorsichtiger, nicht ganz so geschmeidig wie sonst. Marks Nähe lenkte sie ab und brachte sie auf andere, wesentlich angenehmere Ideen, wie sie den Tag verbringen konnten. Er schien jedoch kein Problem damit zu haben, sich auf ihre Aufgabe zu konzentrieren. Typisch. Wenn seine gelegentlichen zärtlichen Berührungen oder sein Grinsen nicht gewesen wären, hätte sie vermutlich wieder an seinen Gefühlen gezweifelt.

Seit dem frühen Morgen sahen sie nun schon die Papiere durch, die bisher in verstaubten Kisten auf dem Dachboden gestanden hatten. Laura erinnerte sich noch gut daran, wie sie voller Wut alles, was auch nur entfernt an Joachim erinnerte und mit den Kindern nichts zu tun hatte, in Kartons geworfen hatte. Eigentlich hatte sie schon längst vorgehabt, die Sachen zur Mülldeponie zu fahren, aber sie war nie dazu gekommen. Vielleicht erwies sich dieses Versäumnis nun als Glücksfall.

Erst mit Verspätung fiel ihr auf, dass Mark bereits seit geraumer Zeit einige Fotos betrachtete. Sie beugte sich vor und riss sie ihm aus der Hand. »Die sollten überhaupt nicht dabei sein. Ich habe die schon überall gesucht.«

Er musterte sie nachdenklich. »Das sind die ersten Aufnahmen von dir als Kind, die ich sehe, auf denen du lachst und die nicht künstlich wirken. Ist das dein Bruder?«

»Ja. Die Mutter einer Freundin hat die Fotos gemacht. Mit Rick war immer alles anders, normal eben, und wir haben viel Spaß zusammen gehabt. Ich glaube, ohne ihn hätte ich nie die Kraft gefunden, mich von meiner Familie zu lösen.« Sie hob die Schultern und fror plötzlich. »Ich weiß nicht, was ohne ihn aus mir geworden wäre. Es vergeht kein Tag, an dem ich nicht an ihn denke oder ihn vermisse.«

»Du hattest einen Unfall erwähnt. Was ist passiert?«

»Ich kenne keine Einzelheiten, das Thema war bei uns zu Hause tabu. Abends war er noch da, am nächsten Morgen tot.

Ein Verkehrsunfall. Angeblich ist er betrunken eine Böschung runter und im Wagen verbrannt, aber das glaube ich nicht. Er wäre nie betrunken gefahren. Nicht Rick.«

Wie war sie nur jemals auf die Idee gekommen, Mark wäre kalt oder gefühllos? Voller Verständnis und Mitgefühl sah er sie an. »Dann muss ich ihm wohl dankbar sein.« Er warf ein weiteres Foto auf den Tisch. »So hättest du mir weniger gefallen.«

Laura lachte auf, als sie ihre Eltern auf einem Tennisplatz erkannte, im typisch hanseatischen Sportoutfit in Weiß und Dunkelblau und mit blasierten Mienen. Ein vager Gedanke kam ihr, aber ehe sie ihn zu fassen bekam, war er weg.

Mark sah auf die Uhr, stand auf und reckte sich. »Lass uns für heute Schluss machen. Morgen nehmen wir uns den Rest vor.«

»Ich dachte, du bleibst zum Abendessen?« Bedauernd erhob sie sich ebenfalls.

»Nein, vielen Dank. Tom müsste jeden Moment eintreffen, und ich habe noch zu tun. Vielleicht ein anderes Mal.« Lächelnd deutete er auf den leeren Kuchenteller. »Du verwöhnst uns schon genug. Wenn du so weitermachst, müssen wir Extra-Trainingseinheiten einlegen.«

Rasch stopfte sie die Fotos in den Umschlag und legte ihn zur Seite. »Das ist das Mindeste, was ich für dich … für euch tun kann.«

Mark runzelte die Stirn. »Hör auf damit. Dich trifft keine Schuld. An nichts, überhaupt nichts. Akzeptier das endlich.«

Laura wich seinem Blick aus und biss sich auf die Unterlippe. Es ging nicht nur um ihren Exmann oder Marks Verletzung, sondern darum, dass sie bereits vor Jahren Joachims doppeltes Spiel hätte durchschauen müssen. Wenn sie rechtzeitig aus ihrer Traumwelt aufgewacht wäre, wäre es nie so weit gekommen. Sie überhörte die leise Stimme, die ihr sagte, dass sie dann Mark nicht kennengelernt hätte.

Sanft legte er ihr zwei Finger unters Kinn und zwang sie, ihn anzusehen. »Ich meine es ernst, verdammt ernst.«

Statt sich dem forschenden Blick zu stellen, wandte sie den Kopf ab. »Es ist doch alles sinnlos. Mir müsste doch schon längst eingefallen sein, wo ich Zerberus gehört habe, aber selbst das bekomme ich nicht hin.«

So leicht ließ Mark sie nicht davonkommen, zärtlich umfasste er ihr Gesicht mit beiden Händen. »Was redest du denn da? Du bekommst doch alles hin, was du willst.«

Seine raue Stimme ging ihr durch und durch. »Sieh dich doch um. Was habe ich aus meinem Leben gemacht? Jahrelang habe ich, ohne es zu merken, neben einem Mann gelebt, der ein mieser Verbrecher war und dich ins Krankenhaus gebracht hat.«

Ohne den Blickkontakt abzubrechen, ließ sich Mark rückwärts auf die Couch fallen und zog sie mit sich. Nur ein flüchtiges Zusammenziehen der Augenbrauen verriet, dass ihm die Bewegung Schmerzen bereitete, dann saß sie auf seinem Schoß.

»Du wirfst mir vor, dass ich mich für alles verantwortlich fühle. Und was ist mit dir?«

Protestierend öffnete sie den Mund.

»Sei still, ich bin dran. Du bist weder für die Taten deines Exmannes verantwortlich noch für meinen Fehler. Was glaubst du denn, warum Sven und Dirk und ihre Frauen dich sofort ins Herz geschlossen haben? Niemand von uns hat auch nur eine Sekunde geglaubt, dass du mit deinem Exmann unter einer Decke steckst oder etwas mit dem Giftgas zu tun hast. Du bietest Rami und Nicki ein glückliches Familienleben, das du selbst niemals gekannt hast. Du hast nicht den geringsten Grund, an dir zu zweifeln. Sieh dir die Fotos an und dann dein Haus. Keine Spur von dem Lebensstil, den deine Eltern führen, dabei wäre es um einiges einfacher für dich, wie sie zu leben und deine Vormittage im Tennisclub zu verbringen oder mit Leuten, die genauso oberflächlich sind.«

Laura hatte das Gefühl, in seinen goldfarbenen Augen zu versinken. Zu gerne hätte sie seinen Worten geglaubt, aber darüber konnte sie später nachdenken, nicht jetzt. Unwillkürlich öffnete sie leicht die Lippen. Anscheinend konnte er ihre Gedanken lesen, mit seinem unwiderstehlichen Grinsen überwand er die letzten Zentimeter und küsste sie. Ein kehliges Stöhnen entwich ihr, als sie den Kuss erwiderte und sich eng an ihn schmiegte.

»Hast du das jetzt begriffen?«, erkundigte er sich, ohne sich wirklich von ihren Lippen zu lösen.

»Ich wollte nur …«, begann sie eine Erklärung.

»Schon klar.« Seine Schultern bebten, und sein Mund zuckte unter ihren Lippen. Anscheinend hatte er Probleme, ein Lachen zu unterdrücken. Empört wollte sie sich von ihm lösen, sofort hielt er sie fest und streichelte zärtlich ihren Rücken. »Oh nein, Rückzug ausgeschlossen. Das hättest du dir überlegen müssen, bevor du dies begonnen hast.«

Sie hatte etwas begonnen? Sie hatte doch nur daran gedacht, seit wann war das verboten? Sie holte Luft und öffnete den Mund zu einer Erwiderung. Die Gelegenheit ließ sich Mark nicht entgehen. Erneut vergaß sie bei seinem zärtlichen Angriff alles um sich herum. Unwillig bemerkte sie, dass Mark sich von ihr zurückzog. Er strich leicht mit den Lippen über ihre Schläfen und vergrub sein Gesicht in ihren Haaren, bevor er sich von ihr löste.

»Es tut mir leid, aber wenn wir nicht sofort aufhören, garantiere ich für nichts, und ich möchte nicht im Wohnzimmer von den Kindern überrascht werden.«

Kinder? Was für Kinder? Es dauerte ein paar Sekunden,

bis sie die Bedeutung seiner Worte verstanden hatte. Wieder zuckten seine Mundwinkel amüsiert. Am liebsten hätte sie ihn kräftig gegen das Schienbein getreten.

»Ich liebe es, wenn du dich aufregst. Aber was hast du vor? Dich ernsthaft mit einem SEAL anzulegen?« Seine Augenbraue wanderte in die Höhe, aber seine Augen lachten sie aus. »Eigentlich sollte ich mich doch wohl eher über dein mieses Timing beschweren, schließlich wusstest du, dass Tom jeden Moment auftaucht.«

Irgendwann würde sie die Oberhand behalten und sich gnadenlos rächen, aber nicht jetzt, nicht heute. »Das ist alles so kompliziert. Ich weiß nicht –«

»Du machst es kompliziert«, unterbrach Mark sie sofort. »Ich –«

»Mama!« Nickis gellender Schrei unterbrach ihn.

Warum waren die Kinder im Vorgarten? Sie sollten doch hinten spielen. Mark hatte bereits die Lederjacke übergezogen und seine Waffe in der Hand. Eilig folgte sie ihm zur Haustür. »Du bleibst hinter mir und wirst tun, was ich sage.«

Laura nickte.

26

Als Erstes sah Mark Rami, die mit zornrotem Gesicht vor einem blonden Mann etwa Mitte dreißig stand, der den strampelnden, weinenden Nicki auf dem Arm hielt. Daneben ein zweiter Mann, vielleicht Mitte fünfzig, tiefe Falten, der sich, als er Mark mit gezogener Sig entdeckte, seitlich von seinem Begleiter wegbewegte. Ein Profi. So wurde es dem Gegner erschwert, den Überblick zu behalten.

»Lass ihn runter!«, schrie Rami mit sich überschlagender Stimme und boxte den Blonden gegen die Taille.

»Stehen bleiben, keiner bewegt sich«, befahl Mark. »Rami, geh ins Haus.«

»Es ist alles meine Schuld, aber ich wollte nur sehen, ob Tom …«

»Laura, Rami, geht ins Haus, sofort.« Erschrocken lief Rami zu ihrer Mutter. Erleichtert nahm er aus den Augenwinkeln wahr, dass beide widerspruchslos taten, was er verlangte. In den letzten Tagen hatte Ramis Schwärmerei für Tom für einige Lästereien unter den Männern gesorgt. Vermutlich hatte sie den SEAL abfangen wollen und dafür die Anweisung, nur im Garten hinterm Haus zu spielen, ignoriert.

Kalt fuhr er den Blonden an: »Lassen Sie den Jungen los.«

Der Mann reagierte nicht, sondern sah ihn hasserfüllt an, ehe sein Blick flackernd zu der auf ihn gerichteten Sig zurückkehrte. Ein vierjähriger Junge bot definitiv keinen ausreichenden Schutzschild für einen erwachsenen Mann, das schien ihm klar zu sein. Und er hatte seine Angst nicht im Griff. Gut.

»Waffe weg, oder ich breche ihm das Genick«, drohte er wenig überzeugend.

Äußerlich ruhig hob Mark die Waffe höher und zielte auf einen imaginären Punkt zwischen den Augen des Blonden.

Endlich mischte sich der Grauhaarige ein: »Tu, was er sagt, lass endlich das Kind in Ruhe.« Ihn schien die Waffe nicht weiter zu beunruhigen. Gelassen sah er Mark an. »Sie sind Rawlins.« Eine Feststellung, keine Frage. Doch Mark dachte nicht daran, dies in irgendeiner Form zu kommentieren. »Wir wollten lediglich mit Frau Kranz reden. Mehr nicht. Es tut mir leid, dass die Situation eskaliert ist.«

Allmählich verlor Mark die Geduld. »Ich wiederhole mich nicht gerne. Lassen Sie endlich den Jungen los. Und niemand redet mit Frau Kranz. Stattdessen können Sie mir einige Fragen beantworten.«

Der Grauhaarige nickte nachdenklich. »Ich stimme Ihnen insoweit zu, als mein Chef auch lieber mit Ihnen als mit Frau Kranz reden würde.«

Mark hob spöttisch eine Augenbraue. »Das kann ich mir vorstellen, aber bestimmt nicht jetzt und unter diesen Umständen.«

Wieder nickte der Grauhaarige. »Ich kann Sie verstehen, dies scheint tatsächlich weder der passende Ort noch der richtige Zeitpunkt zu sein. Wie wäre es, wenn wir uns später in unserem Hotel treffen?«

Mark sah lediglich bedeutungsvoll auf den zweiten Mann, der immer noch das Kind festhielt.

Seufzend zuckte der Grauhaarige mit den Schultern. »Nun lass endlich das Kind in Ruhe, Burkhard. Allmählich werde ich ernsthaft sauer.« Dann sah er Mark fest an. »Sie sollten sich das Angebot überlegen, Ihr Freund vom LKA weiß, wie er uns erreicht.« Marks Waffe ignorierend wandte der Mann sich ab.

Nach kurzem Zögern ließ der Blonde Nicki los und ging eilig Richtung Straße, sah dabei jedoch immer wieder nervös zu Mark zurück.

Verstört klammerte sich Nicki an sein Bein, aber Mark wartete, bis die beiden Männer zwischen den parkenden Fahrzeugen verschwanden, ehe er die Waffe wegsteckte und den Jungen auf den Arm nahm. »Komm mit rein, es ist ja nichts passiert. Ich wette, der Typ hatte mehr Angst als du. Jetzt überlegen wir uns, wie wir deine Mutter dazu bringen, uns ein Stück Schokolade zu spendieren. Einverstanden, Großer?«

Bereits wieder lächelnd nickte Nicki begeistert. Mark setzte ihn ab, und der Junge rannte ins Haus. Ehe er ihm folgen konnte, bog Tom in die Carporteinfahrt ein und hielt hinter Lauras Volvo.

Sein Handy in der Hand sprang er aus dem Mercedes. »Boss? Zwei Männer in einem weinroten Opel. Einer grauhaarig, der andere blond. Sie beobachten das Haus, parken aber so geschickt, dass man sie von hier aus nicht sehen kann.«

»Ich dachte mir, dass die nicht so schnell aufgeben. Hast du das Kennzeichen?«

Beleidigt hielt Tom ihm das Telefon hin. »Hier.«

Aus dem Handy erklang Svens amüsierte Stimme: »Du solltest deinen Männern mehr zutrauen. Tom hat mich bereits nach dem Halter gefragt oder eher befohlen, dass ich meinen Computer anschmeiße. Aber das bringt uns nicht weiter: Die Abfrage ist gesperrt, ein Regierungsfahrzeug, aber die Beschreibung passt auf den Wagen, der mich beinahe umgefahren hätte. Vermutlich also der Verfassungsschutz. Es dauert noch ein paar Minuten, um das definitiv zu klären. Was war los?«

»Mit Verfassungsschutz liegst du richtig, er meinte, du wüsstest, wie du sie erreichen kannst. Damit kann eigentlich nur Reimers gemeint sein.«

»Was wollten die?«

»Die haben offenbar ihr Interesse an Laura entdeckt, aber noch lieber würden sie mit mir reden. Wenn die sowieso noch da sind, kann ich ihnen den Gefallen ja doch tun.«

Verblüfft schwieg Sven. »Das meinst du nicht ernst.«

Für eine langwierige Diskussion fehlte Mark die Zeit und die Lust, er trennte die Verbindung.

Misstrauisch runzelte Tom die Stirn. »Was hast du vor, Mark?«

»Der Grauhaarige hat sofort gewusst, wer ich bin. Ich möchte zu gerne wissen, woher. Und der Blonde trat eher wie ein schmieriger Verbrecher auf. Also sollte ich mit ihnen reden.«

»Die werden kaum einer Einladung zum Kaffee folgen. Wir schnappen uns die Kerle und bringen sie zum Reden«, widersprach ihm Tom.

»Nein, dann mauern sie nur und wären sogar im Recht damit. Wir können ihnen nichts vorwerfen, außer dass der Blonde sich an Nicki vergriffen hat. Ich lasse sie im Glauben, dass sie die Fäden in der Hand haben, so erfahre ich eher, was sie eigentlich wollen und auf welcher Seite sie mitspielen.«

»Das gefällt mir nicht.«

»Muss es auch nicht. Du passt auf Laura und die Kinder auf, ich übernehme die beiden.«

Tom wiegte bedenklich den Kopf. »Mark, du bist nicht fit genug für solche Touren.«

Als ob er nicht alleine auf sich aufpassen konnte. »Glaubst du, das war ein Vorschlag? Los jetzt, Chief.«

Zähneknirschend und mit einem deftigen deutschen Fluch auf den Lippen wandte Tom sich ab.

Scheinbar entspannt, aber aus den Augenwinkeln die Straße beobachtend, ging Mark auf seinen Audi zu und war gespannt, ob der Grauhaarige einen neuen Versuch unternehmen würde oder ob er selbst die Initiative ergreifen musste. Ehe er die Wagentür öffnete, winkte er lächelnd Laura zu, die hinter dem Küchenfenster stand und besorgt in seine Richtung blickte. Obwohl er mehr spürte als hörte, dass sich jemand von hinten näherte, drehte er sich nicht um.

»Ich denke, wir sollten wirklich miteinander reden, Captain. Mein Chef versucht seit geraumer Zeit, Sie ausfindig zu machen.«

Spöttisch musterte Mark den Grauhaarigen. »Dann hat er mich ja gefunden.«

»Eben. Und anscheinend geht es nicht anders: Sie kommen mit. Jetzt.«

Verächtlich blickte Mark auf die Hand des Mannes, die in seinem Jackett verborgen war. »Brauchen Sie dafür nicht einen Haftbefehl?«

»Im Moment reicht meine Walther, aber versuchen Sie bitte keine Tricks. Wir wollen nur mit Ihnen reden.«

»Als ob ich eine solch nette Einladung ausschlagen könnte, wenigstens halten Sie nicht einem vierjährigen Kind die Waffe an den Kopf.«

Der Grauhaarige zeigte sich verlegen. »Es tut mir wirklich leid, wie es gelaufen ist.« Dann zog er misstrauisch die Augenbrauen zusammen und warf einen schnellen Blick zum Haus. »Trotzdem passt einiges nicht zusammen. Ich bin mir nicht sicher, ob Sie nicht –«

Der Blonde trat näher und unterbrach sie. »Probleme, Bernd?«

»Nein. Kommen Sie. Es wird Zeit zu verschwinden. Da, der rote Opel. Steigen Sie ein.« Widerstandslos ging Mark los. Als ihm der Blonde trotzdem einen Schubs versetzte, der ihn ins Taumeln brachte, fuhr er herum. »Hände weg.« Sein Ton wirkte. Der Mann wich zurück und starrte ihn ängstlich an.

Ungeduldig verzog der Grauhaarige den Mund. »Burkhard, reiß dich endlich zusammen und lass ihn in Ruhe.«

Der Blonde öffnete die hintere Tür des Kombis und gab ihm ein Zeichen einzusteigen, während der Grauhaarige seine Walther erstmals offen über das Wagendach auf ihn richtete. Plötzlich weiteten sich die Augen des älteren Mannes überrascht. Instinktiv fuhr Mark herum und riss seinen Arm zu einer Abwehrbewegung hoch. Hart traf seine Handkante auf den Unterarm des Blonden, dann erkannte er den Gegenstand in seiner Hand. Etwas streifte glühend heiß seinen Hals, ein stechender Schmerz schoss durch seinen Körper, seine Beine gaben unter ihm nach. Unfähig, den Sturz abzufangen, prallte er hart gegen das Wagenblech, ehe er zu Boden ging. Die Welt löste sich in einem Strudel weißer und roter Blitze auf. In einem letzten klaren Augenblick begriff er, dass er die Situation falsch eingeschätzt hatte, dann war es vorbei, und er verlor das Bewusstsein.

Sven schob die Tastatur zur Seite und schnaubte. »Immer noch keine Antwort vom BKA wegen des Unfallberichts dieser *VirTech*-Angestellten. Es reicht. Dutzende Hinweise, aber kein roter Faden.«

Wesentlich gelassener legte Dirk einige zusammengeheftete Papiere zur Seite. »Ich finde, wir haben schon einiges in der Hand. Morgen soll das Wetter besser werden, dann kommen wir auf der Insel Poel weiter.«

»Am liebsten würde ich da heute noch vorbeifahren und einen Blick auf die Anlage werfen.«

Auch Dirk war ungeduldig. Doch er steckte noch mitten in seinen Recherchen über die Eigentümer, während Sven allmählich die Arbeit ausging. »Ehe du dich langweilst, kannst du mir –«

Sein Handy unterbrach ihn mit einem Rockklassiker von Queen. Jakes Klingelton.

»Ist Sven bei dir? Dann mach den Lautsprecher an.«

Durch Jakes belegte Stimme alarmiert drückte Dirk die Taste. »Du bist auf Lautsprecher. Was ist passiert?«

Zunehmend entsetzt lauschte Dirk Jakes knappem Bericht. »Wieder einer von Marks verdammten Alleingängen. Wenn das schiefgeht, ist er fällig, und zwar endgültig. Aber seit wann bedroht der Verfassungsschutz Kinder oder schlägt Männer bewusstlos, die sie schon in ihrer Gewalt haben? Das passt nicht«, überlegte Dirk laut.

Ein knappes Klopfen erklang an der Bürotür. Ohne eine Aufforderung abzuwarten betrat ein blonder Mann den Raum.

Obwohl sie sich bisher nicht begegnet waren, wusste Dirk sofort, dass es sich um Stephan Reimers handelte. Instinktiv schaltete er den Lautsprecher des Handys aus. »Ich melde mich gleich wieder«, versprach er Jake.

Nur mit Mühe schaffte Dirk es, den unerwarteten Besucher nicht wütend anzufahren. Sven schien es ähnlich zu gehen. An seinem angespannten Kiefer zuckte ein Muskel. Dirk ahnte, wie schwer Sven um seine Beherrschung rang. Schließlich saß die ausdruckslose Miene. »Was willst du, Stephan?«

»Mit dir reden. Alleine.«

»Vergiss es. Ihr kennt euch noch nicht, oder? Stephan Reimers, Verfassungsschutz.« Aus Svens Mund klang der Name der Behörde wie ein Schimpfwort. »Dirk Richter, mein Partner und Freund.« Überdeutlich betonte Sven das letzte Wort.

»Botschaft angekommen, Sven.«

»Das war ja auch nicht übermäßig schwer. Was kann ich für dich tun?«

»Die Frage kommt ein bisschen spät, oder? Wenn du früher

auf mich gehört hättest, wäre dein SEAL-Freund jetzt nicht tot.«

Dirk horchte auf. Meinte Reimers die fingierte Meldung über Jakes Tod? Und wie passte das zu der Entführung von Mark durch den Verfassungsschutz? Falls Sven ebenfalls verwirrt war, zeigte er es nicht.

»Wen meinst du, Stephan?«, erkundigte er sich erstaunlich ruhig.

»Jake Fielding. Falls du dich nicht an ihn erinnerst: Du hast letztes Jahr mit ihm zusammengearbeitet. Nun erzähle mir bitte nicht, dass es reiner Zufall ist, dass der plötzlich tot vor den Toren von *VirTech* liegt. Ich könnte dir auch noch ein paar nette Fotos als Erinnerung überlassen, auf denen Fielding und rein zufällig auch dein Partner drauf sind.« Mit zwei Schritten war Reimers bei Svens Schreibtisch, stemmte die Hände auf die Platte und beugte sich vor. »Ich hatte dich gewarnt, Sven. Du hättest von der Sache die Finger lassen sollen. Wenn wir überhaupt noch eine Chance haben, weitere Zwischenfälle dieser Art zu verhindern, kommst du jetzt mit.«

»Ist das eine Drohung?«

»Verdammt, nein. Eine Bitte.«

»Dann solltest du ernsthaft an deinem Ton arbeiten.«

»Hör auf mit diesen Empfindlichkeiten. Es wird Zeit, dass wir herausfinden, wer auf welcher Seite steht und wer welches Ziel verfolgt. Bitte, Sven. Ich möchte dir nicht als Gegner gegenüberstehen, und ich will verhindern, dass es noch weitere Opfer gibt. Komm einfach mit.«

»Du verlangst eine ganze Menge«, stellte Sven fest, wirkte aber nachdenklich.

Dirk ahnte bereits, wie seine Antwort ausfallen würde, und das gefiel ihm nicht. »Wenn ihr reden wollt, tut das hier.«

Reimers würdigte ihn keines Blickes. »Hier sind nicht alle

vertretenen Parteien anwesend. Meinetwegen kommt beide mit.«

Das klang, als meinte er Mark. Aber dann hätte Reimers kaum veranlasst, dass seine Männer Mark so behandelten. Sven nickte langsam. »Also gut, du bekommst deine Chance. Aber Dirk bleibt hier. Einer von uns muss erreichbar bleiben.«

»Es gibt Handys«, unternahm Dirk einen letzten Versuch, winkte aber ab, als Sven zu einer Erklärung ansetzte. »Schon gut, ich hoffe, du weißt, was du tust. Aber ich komme mit runter und mache in Ahrensburg weiter.«

Auf dem Weg zum Parkplatz musterte Dirk den Verfassungsschützer unauffällig. Er wurde aus dessen Verhalten nicht schlau. Einerseits hatte er ehrlich gewirkt, als er ihnen geschildert hatte, worum es ihm ging. Andererseits war da das Verhalten seiner Männer gegenüber Nicki und Mark.

Sie erreichten Svens Wagen zuerst.

»Ich kann auch fahren«, bot Reimers an.

Sven schüttelte den Kopf. »Vielen Dank, wenn du mich schon entführst, dann wenigstens zu meinen Bedingungen.«

Reimers' Grinsen blitzte kurz auf. »Du klingst, als ob ich dich mit vorgehaltener Waffe zwingen würde, mitzukommen.«

Sven erwiderte den Blick ernst. »Ich dachte, das gehört neuerdings zu den Gepflogenheiten deines Vereins?«

Entweder verstand Reimers Svens Anspielung nicht, oder er war ein hervorragender Schauspieler. »Na sicher doch.«

Lässig warf Reimers seine eigenen Wagenschlüssel in die Luft, griff jedoch beim Auffangen daneben. Der Schlüsselbund landete klirrend neben der Beifahrertür von Svens BMW.

»Verdammt, sag lieber nichts«, grollte er und bückte sich.

»Käme mir nie in den Sinn. Tolle Reflexe hast du.«

»Stimmt, du würdest dich wundern.« Reimers' Lächeln wirkte einen Sekundenbruchteil lang gezwungen.

Irritiert sahen sich Sven und Dirk an, aber dann war der Augenblick vorbei, und Reimers stieg ein. Mit einem beiläufigen Winken verabschiedete sich Dirk.

27

Zusammenhanglose Gedankenfetzen, dann setzte schlagartig die Erinnerung an die letzten Minuten vor Lauras Haus ein und die Erkenntnis, dass er überlebt hatte. Damit hatte Mark nicht unbedingt gerechnet. Elektroschocker jagten üblicherweise fünfzigtausend Volt durch den Körper eines Opfers, genug, um einen erwachsenen Mann bewegungsunfähig zu machen, aber niemals ausreichend, um ihn dermaßen umzuhauen. Die Schlussfolgerung war einfach: Hätte der manipulierte Elektroschocker ihn voll erwischt, wäre er jetzt tot.

Angespannt lauschte er, während er gleichmäßig in flachen Zügen weiteratmete. Nichts. Doch instinktiv spürte er, dass er Gesellschaft hatte. Unauffällig testete er seine Bewegungsfreiheit. Offenbar war er nicht gefesselt. Er lag seitlich auf kaltem Betonboden, mehr konnte er nicht feststellen. Mit zusammengebissenen Zähnen unterdrückte er ein Stöhnen. Der Stromstoß und das Liegen auf dem harten Untergrund waren seinem Rücken nicht besonders gut bekommen. Er hörte das Rascheln einer Zeitung, die umgeblättert oder zusammengelegt wurde. Vorsichtig öffnete er die Augen einen Spalt und versuchte, seine Umgebung zu erkennen.

»Wie fühlen Sie sich? Alles in Ordnung?«

Damit konnte er es vergessen, weiter den Bewusstlosen zu spielen und auf eine Gelegenheit zu einem Gegenangriff zu warten. Über die Sorge in der Stimme überrascht öffnete er die Augen. Langsam setzte er sich auf und musste erneut die Zähne zusammenbeißen, als von seinem Rücken aus ein reißender

Schmerz durch seinen Körper fuhr. Es gab keinen Grund, den Grauhaarigen darüber zu informieren, dass er sich keineswegs in Topform befand. Ihm war, als hätte er sich mit einer Dampfwalze angelegt und dabei den Kürzeren gezogen. Wenn er die Angelegenheit nicht möglichst schnell geregelt bekam, würde Jake ihm wegen seines Alleingangs den Hals umdrehen. Oder Dirk, je nachdem, wem er zuerst über den Weg lief. Sven hätte vermutlich am meisten Verständnis für ihn. Oder auch nicht. Entschieden schob er die Gedanken zur Seite und sah den Grauhaarigen ausdruckslos an.

Außer einem Stuhl, auf dem der Mann gesessen und Zeitung gelesen hatte, war der Raum leer. Keine Fenster, weder Tapeten noch Farbe an der Wand. Das Ganze wirkte wie ein Rohbau. Mark ignorierte den Grauhaarigen ebenso wie die auf ihn gerichtete Neunmillimeter und stand auf. Trotz der Schmerzen hatte er keine Probleme, auf den Beinen zu bleiben. Wenigstens etwas.

»Ich bin froh, dass Sie die Attacke mit dem Taser einigermaßen unbeschadet überstanden haben. Auch wenn Sie es vermutlich nicht glauben, lag das nicht in meiner Absicht. Mein Chef müsste bald eintreffen. Er will mit Ihnen reden, und ich hoffe, dass dann einige Missverständnisse ausgeräumt werden.« Ein nachdenkliches Stirnrunzeln. »Ich könnte mir vorstellen, dass Sie das gleiche Ziel verfolgen. Wenn Sie mich wirklich nicht bemerkt haben, werden Sie Ihrem Ruf nicht gerecht. Außerdem verstehe ich nicht, warum einer Ihrer Männer unsere Aktion lediglich beobachtet hat. Der Schwarzhaarige gehört doch zu Ihnen, oder?«

Im Gegensatz zu dem blonden Kerl war der Grauhaarige clever und verstand seinen Job, aber ehe Mark nicht wieder die Regie übernommen hatte, würde er kein Wort sagen.

Seufzend nickte der Grauhaarige. »Meinetwegen, ich habe

schon damit gerechnet, dass Sie den großen Schweiger spielen. Ich weiß, dass Sie jünger und besser trainiert sind als ich. Auch wenn es mir keinen Spaß machen würde, werde ich sofort schießen, wenn Sie irgendwelche Tricks versuchen. Vielleicht tröstet Sie der Gedanke, dass ich nicht vorhabe, Sie zu töten, aber eine Kugel ins Knie dürfte Ihnen auch nicht gefallen. Öffnen Sie die Tür, dann den Flur rechts entlang.«

Der Grauhaarige hielt exakt so viel Abstand, dass jeder direkte Angriff Selbstmord wäre. Aber es würde eine andere Gelegenheit kommen. Sein Eindruck war richtig gewesen: Das Gebäude war ein Rohbau. Anscheinend befanden sie sich im Erdgeschoss eines Mehrfamilienhauses inmitten eines Neubaugebietes, so viel konnte er bei einem Blick aus dem Flurfenster in der beginnenden Dämmerung erkennen. Am Ende des Flurs schien eine Art Treppenhaus zu sein.

»Stehen bleiben. Hier rein. Und nochmals: Keine Tricks, Captain.«

Ohne ihn einer Antwort zu würdigen öffnete Mark die Tür und blieb unmittelbar hinter der Schwelle stehen. Zwei Fenster, die mit Planen abgedeckt waren, mehrere Klappstühle und ein Tapeziertisch, der als provisorischer Schreibtisch genutzt wurde.

Dort saß der Blonde mit einem Notebook vor sich, in dem Marks USB-Stick steckte, den er üblicherweise am Schlüsselbund trug und der lediglich ein paar private Daten enthielt. Direkt daneben lagen sein Handy und seine Sig Sauer.

Verächtlich sah der Mann ihn an. »Keine besonders beeindruckende Vorstellung, Rawlins. Ich dachte, SEALs hätten mehr drauf. Wie ist das Passwort für den Zugriff auf den Stick? Sag es mir lieber, ehe ich ungemütlich werde.«

Mark registrierte ein scharfes Luftholen hinter sich, und das Bild nahm deutlichere Konturen an. Hier lief einiges, das so nicht geplant gewesen war, und das Verhältnis der Männer, die eigentlich zusammenarbeiten sollten, war sehr interessant. Der Zeitpunkt, die Karten neu zu mischen, war gekommen. Verächtlich sah er den Blonden an. »Hier ist kein Junge, hinter dem Sie sich verstecken können. Und von hinten klappt es dieses Mal auch nicht. Meinen Sie, Sie schaffen es trotzdem noch, mich umzubringen?« Ein kurzes Aufflackern in den Augen des Blonden verschaffte ihm letzte Sicherheit. Provozierend hob er arrogant eine Augenbraue. »Ich warte.«

Mit einem dumpfen Knall landete die Faust des Blonden auf der Tischplatte, dann sprang er mit gezogener Waffe auf ihn zu.

Der Grauhaarige versuchte vergeblich, dazwischenzugehen. »Burkhard, zurück! Nicht so nah ran, das will er nur.«

Der Blonde schob seinen Kollegen einfach zur Seite und blieb so dicht vor Mark stehen, dass ihm sein Atem übers Gesicht strich. Angewidert trat Mark einen Schritt zur Seite und wandte sich demonstrativ ab. Der Lauf der Pistole folgte ihm.

»Dann bringen wir es eben jetzt zu Ende –« Weiter kam der Blonde nicht. Mark drehte sich wieder zu ihm um und schlug ihm in der Bewegung die Waffe aus der Hand. Eine Kugel fuhr in die gegenüberliegende Wand. Mit einem Schritt brachte Mark sich hinter den Blonden und schlang ihm den Arm um den Hals. Ein fester Druck auf die Luftröhre, und sein Gegner hing nach Luft ringend hilflos in einem festen Klammergriff und war dabei ein wesentlich effektiverer Schutzschild gegen den Grauhaarigen als ein vierjähriger Junge. Der Ältere, der den richtigen Zeitpunkt zum Eingreifen verpasst hatte, fluchte nun leise vor sich hin.

Mark zerrte den Blonden rückwärts zum Schreibtisch und tastete nach seiner Sig. Auch mit einer Hand hatte er keine Probleme, den Sicherungshebel zurückzuschieben. Das Gewicht der Waffe verriet ihm, dass sich nach wie vor ein gefülltes Magazin im Inneren befand. Ein weiterer Fehler seiner Gegner, über den er sich nicht beschweren würde.

»Waffe weg«, befahl er dem Grauhaarigen.

»Verdammter Idiot.« Mark hob vielsagend eine Augenbraue. Die Walther P99 des Grauhaarigen polterte zu Boden. »Ich meinte nicht Sie, Captain.«

Mark deutete auf einen der Klappstühle. »Schön zu hören. Nehmen Sie sich einen. Direkt an die Wand stellen, hinsetzen und keine Bewegung.« Wortlos befolgte der Mann seine Anweisungen.

Der Blonde hing kraftlos in Marks Griff und keuchte. »Sie bringen mich um, lassen Sie mich los«, brachte er kaum verständlich hervor.

»Warum sollte ich? Ich mag weder Leute, die Kinder bedrohen, noch welche, die versuchen, mich umzubringen.« Er schlug dem Kerl den Lauf der Sig gegen die Schläfe und ließ ihn bewusstlos zu Boden gleiten.

Möglichst unauffällig lehnte sich Mark gegen den Schreibtisch. Die Nahkampfeinlage nach dem Stromstoß war Gift für seinen Rücken gewesen. Er wandte sich an den Grauhaarigen. »Wie heißen Sie?«

»Bernd Steilmann, ich bin vom –«

»Verfassungsschutz, das ist mir schon klar.« Mark stieß den vor ihm Liegenden mit dem Fuß an. »Bei dem bin ich mir sicher, dass wir auf verschiedenen Seiten stehen; was Sie angeht, habe ich mich noch nicht festgelegt. Was wollten Sie von Laura Kranz?«

»Woher wissen Sie, für wen ich arbeite?«

»Ich stelle die Fragen. Also?«

»Klären Sie das mit meinem Vorgesetzten.«

»Gut, wie Sie wollen. Wie lange arbeiten Sie schon mit dem Typen zusammen?«

Sichtlich erstaunt sah Steilmann ihn an. »Warum wollen Sie das wissen?«

»Verderben Sie nicht den guten Eindruck, den ich bisher von Ihnen hatte. Es mag ja sein, dass Ihr Chef mit mir reden will, aber Ihr Kollege hat alles getan, um genau das zu verhindern. Wenn die Stromladung mich voll erwischt hätte, wäre ich tot. Außerdem hatte der andere Raum keine Fenster, aber eine stabile Tür. Durch Wände gehen kann ich nicht. Wieso hätten Sie mich bewachen sollen? Vermutlich wollten Sie eher dafür sorgen, dass ich wieder aufwache.«

Steilmann nickte schließlich. »Sie haben recht. Westphal ist uns für diesen Auftrag zugeteilt worden, weder mein Chef noch ich haben ihm so richtig getraut. Aber mit diesen Aktionen habe ich nicht gerechnet. Nun ergibt allerdings auch eine andere – nennen wir es Beschwerde – Sinn.«

Nachdenklich rieb sich Mark übers Kinn. »Sie meinen die Tatsache, dass ein Freund von mir, der mit dem Motorrad unterwegs war, fast umgefahren worden wäre?«

Steilmann wich seinem Blick nicht aus und nickte. Vielleicht sagte er die Wahrheit, aber sicher konnte Mark nicht sein. Er kickte die Waffen der beiden Verfassungsschützer in die gegenüberliegende Ecke des Raums und ignorierte Steilmanns erstaunten Blick. Solange es nicht sein musste, würde er sich nicht bücken, sondern ausnahmsweise Daniels Ratschlag befolgen. Mark drückte eine Taste an dem Notebook, um den Bildschirmschoner abzuschalten. Wie erwartet wurde sofort eine Passworteingabe verlangt. Fragend sah er Steilmann an. »Passwort?«

Der Verfassungsschützer zögerte, dann sagte er: »Da Sie im Zweifel das Ding einstecken und mitnehmen, kann ich es Ihnen genauso gut verraten.«

Mark kopierte sämtliche interessanten Dateien auf seinen

USB-Stick und verstaute ihn in seiner Jeans. »Gratuliere zu Ihrer Entscheidung, damit haben Sie dem deutschen Steuerzahler Geld erspart und dürfen Ihr Spielzeug behalten.«

»Unglaublich großzügig. Seit wann stehen sich deutsche Behörden und amerikanische Spezialeinheiten als Gegner gegenüber?«

Marks Mundwinkel hoben sich kaum merklich. »Seitdem deutsche Behörden versuchen, amerikanische SEALs und deutsche LKA-Beamte umzubringen«, antwortete er.

Steilmann lächelte. »Touché.« Dann wurde er wieder ernst. »Irgendetwas passt nicht zusammen.«

Motorengeräusch erklang vor dem Haus. »Ende der Plauderstunde, Steilmann. Das dürfte Ihr Chef sein. Wenn Sie ihn warnen, sind Sie beide tot.«

Die Waffe weiter auf Steilmann gerichtet, presste er sich eng an die Wand neben der Tür. Am Geräusch der Schritte erkannte er, dass sich zwei Männer näherten. Damit hatte er ein Problem. Steilmann und dessen Chef konnte er in Schach halten, aber nicht drei gleichzeitig, nicht aus diesem Winkel. Auch wenn sein Rücken ihn umbrachte, er musste schnell sein, verdammt schnell. Angespannt wartete er, bis die Türklinke sich bewegte, steckte die Sig in den Bund seiner Jeans und riss die Tür mit aller Kraft auf. Er packte den überraschten Mann am Handgelenk und zog. Die Vorwärtsbewegung nutzend stieß er ihm sein Knie gegen den Solarplexus und ließ ihn los. Während der Erste zu Boden ging, riss er seine Sig Sauer hoch. Der Zweite hatte die erste Schrecksekunde bereits überwunden und eine Hand in seine Lederjacke geschoben, erstarrte jedoch in der Bewegung.

Mark taumelte zurück, lehnte sich Halt suchend an die Wand und rang nach Luft. Er ignorierte sowohl die Walther des zweiten Neuankömmlings als auch dessen wütende Blicke.

»Du verdammter Idiot.«

Mit dieser Begrüßung konnte er leben. »Du kannst mir später deine Meinung sagen. Wer ist dein Begleiter? Reimers?«

Sven nickte und betrachtete stumm das Bild, das sich ihm bot. Reimers lag stöhnend am Boden. Steilmann war so heftig aufgesprungen, dass der Klappstuhl umgekippt war. Ohne Sven oder Mark zu beachten, kniete er neben seinem Chef.

Ratlos betrachtete Sven den bewusstlosen Westphal. »Was ist hier los? Und nebenbei: Du siehst beschissen aus, du verdammter Idiot«, zischte er Mark zu.

»Ich freue mich auch, dich zu sehen.« Mark atmete tief durch und hatte zunehmend Probleme, die Schmerzen im Rücken auszuschalten. »Frag Reimers«, sagte er laut. »Angeblich will er mit mir reden, aber einer seiner Leute hätte mich lieber tot gesehen.«

Benommen blinzelnd setzte Stephan Reimers sich auf. »Niemand will Sie umbringen.« Eine Hand auf die Magengegend gepresst stand er mühsam auf. »Was soll der Blödsinn?« Er sah Steilmann an. »Was macht ihr überhaupt hier? Warum seid ihr nicht ins Hotel gefahren, wie abgesprochen?«

Steilmann hob bedauernd eine Schulter. »Es tut mir leid, Stephan, aber er hat recht. Westphal wollte ihn definitiv tot sehen. Nachdem Westphal ihn mit dem verdammten Taser fast umgebracht hat, schied das Hotel aus. Ich wollte vorhin am Telefon nicht ins Detail gehen, weil Westphal zugehört hat. Aber der wird uns jede Menge Fragen beantworten müssen.«

»Die Auswahl eurer Leute ist genauso daneben wie dieser Rohbau als Ort für ein klärendes Gespräch. Wenn dir so sehr an einem Treffen gelegen ist, hätte doch nichts gegen mein Büro gesprochen, oder?« Sven sah aus, als ob der nächste Wutanfall drohte. Mahnend legte Mark ihm eine Hand auf den Arm.

Stephan wich Svens anklagendem Blick nicht aus. »Nach

meinem letzten Besuch bei dir habe ich mir davon nichts versprochen und wollte mit deinem Freund direkt reden.«

Ehe Sven antworten konnte, mischte sich Steilmann ein. »Der Ort hier war meine Idee. Mein Bruder ist der verantwortliche Architekt des Gebäudes. Ich wusste nicht, wohin sonst, nachdem die Lage vor dem Haus von Frau Kranz bedauerlicherweise eskaliert ist.« Er sah Mark fest an. »Es gehört nicht zu den Gepflogenheiten des Verfassungsschutzes, Kinder anzugreifen oder Verbündete hinterrücks niederzuschlagen. Bitte glauben Sie mir das.« Er deutete auf Reimers. »Sie wollten auch mit ihm reden. Tun Sie es. Bitte. In gewisser Weise schulden Sie mir das.«

Langsam nickte Mark. Vermutlich wäre er tatsächlich tot, wenn Steilmann nicht bei ihm geblieben wäre, solange er bewusstlos gewesen war. Er musste mit Reimers reden, aber nicht jetzt. Er konnte jederzeit zusammenbrechen. Schwarze Schatten engten sein Blickfeld bereits ein, und das Atmen fiel ihm zunehmend schwer. Er würde es nicht riskieren, bewusstlos auf dem Boden zu landen und es Sven alleine zu überlassen, die Situation zu klären. Vielleicht reichten vorerst auch schon die kopierten Daten auf seinem USB-Stick. »Ich melde mich bei Ihnen, aber so lange kommt niemand von Ihnen mir oder Laura Kranz zu nahe. Sonst werden Sie es bereuen.« Reimers machte einen Schritt auf ihn zu, setzte zu einer Erwiderung an. »Ich hoffe, wir haben uns verstanden«, sagte Mark warnend. Verdammt, seine Stimme klang entschieden zu heiser. Rasch wandte er sich ab und musste darum kämpfen, nicht das Gleichgewicht zu verlieren. »Sven? Ich will hier verschwinden.«

Ein prüfender Blick und ein scharfer Atemzug von Sven. »Klar, mittlerweile bin ich es gewohnt, für dich Taxi zu spielen.«

Mark ließ sich in den Beifahrersitz fallen und konnte ein Stöhnen nicht unterdrücken. Er schloss die Augen, um Svens besorgtem Blick auszuweichen.

»Das Risiko war unvertretbar«, fauchte Sven ihn an, während er losfuhr.

»Das ist mein Job, außerdem hatte ich die Lage unter Kontrolle.« Die meiste Zeit jedenfalls, aber das musste er ja nicht erwähnen.

»Das glaubst du doch nicht ernsthaft, das war pures Glück. Du hättest draufgehen können, und wir hätten nicht mal gewusst, wo du steckst. Und wofür das Ganze?«

»Erstens habe ich jetzt sämtliche Daten des Verfassungsschutzes, zweitens wird es Zeit, dass wir endlich weiterkommen.«

»Aber nicht so. Dein Alleingang war unverantwortlich.«

Widerwillig öffnete Mark die Augen. »Tu mir den Gefallen, und sei ruhig. Wir sehen uns die Dateien im Präsidium an. Bis dahin kann ich eine kurze Auszeit gebrauchen. Aber vor allem: Warum, zum Teufel, greift der Verfassungsschutz zu solchen Mitteln? Der Mann wollte mich umbringen, daran gibt es für mich keinen Zweifel. Immerhin schien Reimers ziemlich überrascht zu sein.«

»Das sehe ich auch so. Aber du hättest wirklich mit ihm reden sollen.« Sven warf ihm einen raschen Blick zu. »Oder auch nicht, ich verstehe.«

»Eben, ich brauche wirklich eine Pause.« Eigentlich sollte er Laura anrufen, aber seine Lider fielen zu, ehe er den Gedanken umsetzen konnte. Mark wehrte sich nicht länger gegen die Erschöpfung, die ihn in ein schwarzes Loch zog und die Schmerzen verschwinden ließ.

28

»Aufwachen, Dornröschen, wir sind da.« Erschrocken fuhr Mark zusammen, dann erkannte er Svens Stimme. Eine Hand legte sich beruhigend auf seine Schulter. »Ganz ruhig, ich bin es. Sven.«

»Sonst würde es auch kaum einer wagen, mich ›Dornröschen‹ zu nennen.« Irritiert sah Mark auf Dirks Haus. »Ich dachte, wir fahren ins Präsidium.«

»Falsch gedacht. Was sollen wir dort, wenn alle hier sind?«

Mark warf dem schwarzen Mercedes neben Dirks BMW einen misstrauischen Blick zu. »Lass mich raten, Jake ist rein zufällig vorbeigekommen.« Er seufzte übertrieben. »Wen hast du noch angerufen? Ich glaube, ich lege mich lieber noch mal mit drei Verfassungsschützern an als mit euch.«

»Dann tu das. Kannst du alleine aussteigen oder brauchst du Hilfe?« Anscheinend war Sven immer noch sauer.

»Ich dachte, wenigstens du würdest mich verstehen«, entgegnete Mark, der sich mit zusammengebissenen Zähnen aus dem BMW quälte. Er würde sich eher umbringen, als zuzugeben, dass ihm der Alleingang keineswegs bekommen war.

»Dann hast du dich wieder geirrt.«

Dirk und Jake schienen ebenfalls nicht besonders begeistert, aber wenigstens hielten sie sich mit Kommentaren zurück. Wahrscheinlich, um den dritten Mann nicht dabei zu stören, wie er ihn auseinandernahm. Selten hatte Mark Daniel so aufgebracht erlebt.

»Ich habe gesagt, du sollst dich schonen und alle körperlichen Anstrengungen strikt meiden. Was ist daran so schwer zu verstehen, Mark?«

»Deine Sorge ist rührend, Daniel, aber mir geht's gut, und ich rate dir dringend, an deinem Ton zu arbeiten, Lieutenant.«

»Ich denke darüber nach, sobald ich mir deinen Rücken angesehen habe, Captain.«

»Anscheinend hast du ein ernsthaftes Problem mit den Ohren. Ich sagte, mir geht es gut. Wir müssen uns die Daten auf dem Stick ansehen.«

Mit einem Satz war Dirk bei ihm und riss ihm den Datenträger aus der Hand. »Das übernehmen wir. Du legst dich hin. Sofort!«

Gegen die Übermacht hatte er keine Chance. Fluchend wandte er sich der Treppe zu, die wie ein unüberwindbares Hindernis vor ihm lag. Aber um Hilfe zu bitten kam nicht infrage. Irgendwie schaffte er es, auf das Geländer gestützt, bis ans obere Ende und schlug die Tür des Gästezimmers hinter sich zu. Dann verließen ihn die Kräfte. Er fiel auf das Bett.

Nur Daniels Anwesenheit hielt Dirk davon ab, laut auszusprechen, was er von Marks Verhalten hielt. Manchmal war seine Sturheit unerträglich.

»Los, Doc, dein Einsatz, oder wartest du auf eine schriftliche Einladung?«, brach Jake schließlich das Schweigen.

Zweifelnd neigte Daniel den Kopf zur Seite. »Ich weiß nicht. Hast du nicht irgendwelche Terroristen, die ich erschießen kann?«

Jake deutete wortlos mit dem Kopf Richtung Treppe.

»Irgendwelche Häuser, die ich in die Luft jagen könnte?«, bot Daniel hoffnungsvoll an.

Jakes Mundwinkel zuckten, als er erneut mit dem Kopf auf die Treppe wies.

Seufzend griff Daniel zu seinem Rucksack. »Also gut, wenn ich es nicht überlebe, sagt meinen Eltern … Shit, wieso habe ich keine Praxis in Kalifornien eröffnet?«

Nach einer guten Viertelstunde kam Daniel wieder herunter, fuhr sich müde mit der Hand über die Stirn und grinste schief. »Dafür habe ich eine Auszeichnung verdient.«

»Hat er noch was gesagt?«

»Nein, dazu hat es nicht mehr gereicht, er war fast bewusstlos. Aber sein eisiger Blick funktionierte noch, bei dem hätte ich mir unsere Winterausrüstung gewünscht.«

»Wie geht es ihm?«

»Geht so. Eine Naht war aufgegangen und das T-Shirt durchgeblutet, wenigstens musste ich nicht nähen, klammern reichte. Aber ich möchte nicht wissen, was er für Schmerzen hatte. Trotzdem musste ich ihn fast mit Gewalt zu einem leichten Schmerzmittel überreden. Er schläft, und morgen müsste es ihm besser gehen. Aber irgendwie musst du ihm klarmachen, dass er sich noch schonen muss. Viel Spaß dabei.« Daniel schüttelte missbilligend den Kopf, dann lächelte er. »Wie viele Leute hat er ausgeschaltet? Drei?«

»Mich hätte er auch erwischt. Mach vier draus.« Svens Miene zeigte seine Verwunderung. »Ich glaube es nicht. Er war genauso schnell wie immer, als ob nichts gewesen wäre.«

»Tja, auch wenn er manchmal nervt, ist er eben ein SEAL«, erklärte Daniel augenzwinkernd und lachte, als Sven die Augen verdrehte.

Laura schmetterte die Tür ihres Volvos ins Schloss, obwohl sie wusste, dass jede ihrer Bewegungen von Tom beobachtet wurde. Wütend stapfte sie zu dem Mercedes, als sie den Amerikaner im Schein der Garagenlampe grinsen sah.

»Ich finde das überhaupt nicht witzig«, fauchte sie.

»Das hast du in der letzten Stunde mehr als deutlich gemacht, ich hab's kapiert. Ehe du nun auf mich losgehst: Mir tun nur die anderen leid.« Lächelnd deutete er auf Dirks Haus, und ein weiteres Mal verstand Laura, warum Rami so begeistert von ihm war. Die ebenmäßigen Züge, die schwarzen, langen Haare, die blauen Augen: Der Mann sah verboten gut aus.

Hinter dem Küchenfenster erkannte Laura die Silhouetten von Alex und Sven, die sich gut gelaunt unterhielten. »Ich bringe sie um.«

»Komm schon, Laura, vergiss nicht, unter welchem Druck sie stehen. Ich kann mir nicht vorstellen, dass sie dich absichtlich vergessen haben.«

»Druck?«

Tom betrachtete Sven, der sich lachend gegen den Kühlschrank lehnte. »Nun ja, sie sollten sich Gardinen zulegen.«

Die trockene Feststellung brachte Laura zum Schmunzeln. »Ich verspreche dir, sie leben zu lassen. Kommst du mit rein?«

»Nein, ich warte, bis du drinnen bist, und fahre dann zum Team. Und du bist ganz sicher, dass niemand die Adresse von Em kennt?«

»Und du bist ganz sicher, dass uns niemand gefolgt ist?«, äffte sie ihn nach. »Wir reden über die Sicherheit meiner Kinder, vergiss das nicht. Niemand aus meiner Familie oder von meinen Bekannten kennt Ems Namen oder Adresse, nur die Todeskandidaten in dem Haus da, und die stellst du ja wohl nicht infrage, oder?«

»Nein. Erwähnte ich schon, dass sie mir leidtun? Da, Sven hat dich gesehen und geht zur Haustür. Mutig ist er, das muss ich ihm lassen. Schönen Abend, Laura, und Gruß an den Boss.« Er zwinkerte ihr süffisant zu.

Sobald sie sich davon überzeugt hatte, dass es Mark gutging, würde sie zurückfahren. Sie stutzte. Wieso ließ ihr Schatten sie alleine? Die Frage hatte Zeit. Entschlossen marschierte sie auf die Haustür zu und suchte nach den geeigneten Worten, um Sven unmissverständlich klarzumachen, was sie von ihm hielt: weniger als nichts.

Doch Sven ließ sie gar nicht erst zu Wort kommen. »Verdammt, Laura, es tut mir leid. Ich hätte dich schon längst anrufen müssen. Mark geht es gut, mach dir keine Sorgen.« Er fuhr sich mit den Fingern durch die Haare. »Ich weiß, es klingt bescheuert, aber wir haben das einfach vergessen. Jake und Dirk brüten seit Ewigkeiten über den Daten, die Mark besorgt hat, und er selbst schläft. Aber wenigstens ich hätte an dich denken müssen.«

Alex erschien mit einem Geschirrhandtuch und einer Pfanne in der Hand an der Tür. »Könnt ihr das bitte drinnen weiter besprechen?«

Laura ignorierte die Aufforderung. »Ich dachte, ihr wärt vielleicht sauer auf mich, und deshalb hat niemand angerufen.«

Verblüfft ließ Alex die Pfanne sinken. »Spinnst du? Wieso denn auch? Männer sind einfach unfähig, zwei Dinge gleichzeitig zu erledigen. Sie mögen zwar dämlich sein, aber niemand wäre so grausam und würde dich absichtlich im Ungewissen lassen.« Sie hielt Laura die Pfanne hin. »Hier, nimm und zieh sie Sven über den Kopf, verdient hat er es.«

Der Gedanke hatte was, aber Laura bedachte Sven nur mit einem vernichtenden Blick, ehe sie Alex in die Küche folgte. »Sag bloß, du kochst für alle?«

»Bin ich neuerdings ihre Haushälterin? Das war das Abendessen für Tim. Ich weiß doch nie, wer wann auftaucht, die können sich gefälligst selbst versorgen.«

»Ach ja?« Laura deutete auf einen Topf mit Gulasch. »Und was ist das?«

»Ein verhängnisvoller Augenblick von Schwäche.«

»Kann ich gefahrlos reinkommen?«, erkundigte sich Sven von der Tür her.

Alex warf ihm ein Geschirrhandtuch zu. »Natürlich, aber nur, wenn du den Geschirrspüler ausräumst. Ich zeige Laura, wo Marks Zimmer ist.«

Sven verzog das Gesicht. »Wartet kurz. Ich habe noch eine Frage: Wieso hast du nicht einfach angerufen, Laura? Du wusstest anscheinend, dass alles gut ausgegangen ist, oder?«

»Natürlich wusste ich das.« Svens ratloses Gesicht gefiel Laura, aber sie war zu ungeduldig, Mark endlich zu sehen, und wollte das Spielchen nicht fortsetzen. »Vor über zwei Stunden hat jemand vom Verfassungsschutz bei mir angerufen, sich sehr nett für das Vorgehen seiner Männer entschuldigt und auch erwähnt, dass Mark und du zusammen weggefahren seid.«

Verwirrung zeigte sich auf Svens Gesicht. »Stephan Reimers?«

»Ja, so hieß er. Der war wirklich nett, ganz im Gegensatz zu dir oder Dirk.«

Der Vergleich gefiel Sven nicht, aber Laura gab ihm keine Chance zu einer Antwort. »Wo ist Mark?«

»Oben. Komm mit.«

Im ersten Stock deutete Alex der Reihe nach auf die geschlossenen Türen. »Unser Schlafzimmer, Kinderzimmer und mein Arbeitszimmer.« Mit einer weit ausholenden Geste tippte Alex auf die letzte Tür. »Unser Gästezimmer, seit geraumer Zeit Marks Zimmer.« Alex drehte sich um und deutete auf eine Tür am anderen Ende des Flurs. »Badezimmer. Im Schrank sind Handtücher und neue Zahnbürsten. Nimm dir einfach alles, was du brauchst.«

»Wieso sollte ich … ich will nicht …«

»Du vielleicht nicht, aber vielleicht will Mark ja, dass du …

was auch immer.« Lächelnd brach Alex ab. »Viel Spaß«, rief sie ihr im Weggehen zu.

Unschlüssig stand Laura vor der Tür. Sollte sie anklopfen und riskieren, Mark zu wecken? Besser nicht, ein schneller Blick, um sich zu überzeugen, dass es ihm gutging, musste reichen. Vorsichtig drückte sie die Klinke herunter und betrat den Raum. Die Außenjalousie war nicht heruntergelassen, und die zugezogenen, beigefarbenen Vorhänge sorgten für ein warmes Dämmerlicht, das ausreichte, um zu erkennen, wie gemütlich das Zimmer eingerichtet war. Entweder hatte Alex die Einrichtung extra für Mark ausgesucht, oder ihr Geschmack stimmte zufällig überein. Bilder von Motorrädern vor den unterschiedlichsten Landschaften, dunkle Möbel zu hellen Wänden – das passte zu Mark. Vorsichtig trat sie an das breite französische Bett. Ihr Blick fiel auf die Jeans und das T-Shirt, die nachlässig auf dem Fußboden vor dem Bett lagen. Sie lächelte. Typisch. Mark lag auf der Seite. Noch nie hatte sie ihn so entspannt gesehen. Die zerzausten Haare ließen ihn jünger wirken, keine Spur von dem beherrschten Navy-Offizier. Auf dem Nachttisch lagen ein aufgeschlagenes Taschenbuch und seine Pistole, das Magazin direkt daneben. Sekundenlang ruhte ihr Blick auf der Waffe, die wie ein Sinnbild für die Gefahr war, in der er ständig schwebte. Damit würde sie sich abfinden müssen. Sie beugte sich vor und strich ihm sanft eine Haarsträhne aus dem Gesicht.

Erschrocken schnappte sie nach Luft und versuchte zu begreifen, was geschehen war. Eben hatte sie noch vor dem Bett gestanden, jetzt lag sie unter Mark und blickte in seine amüsiert glitzernden Augen. »Genug gesehen?«

»Ich wollte nur –«

»Hm, ich auch.« Zärtlich fuhr sein Mund über ihre Lippen.

Entschieden schob sie Mark von sich. »Halt. Wie geht es dir?«

»Gut genug.«

»Wofür? Was meinst du?«

Seine Augen schienen sie auszulachen. »Das wirst du gleich sehen.«

Sie brauchte ihre ganze Beherrschung, um nicht weich zu werden. »Ich meine es ernst. Ich wollte nur wissen, ob es dir gutgeht. Ich dachte, du schläfst.«

»Habe ich. Wer sich einem schlafenden SEAL nähert, muss auch die Konsequenzen tragen.«

Misstrauisch kniff sie die Augen zusammen. »Wie lange bist du schon wach?«

»Lange genug.« Anscheinend hatte er keine Lust, das Gespräch fortzuführen. Wieder beugte er sich zu ihr herab, doch diesmal umfasste sie seinen Hinterkopf, um ihn noch dichter an sich heranzuziehen, und ließ ihre andere Hand über seinen nackten Rücken wandern. Als er leise stöhnte, zuckte sie zurück.

»Mist, dein Rücken?«

Sein leises, dunkles Lachen jagte einen Schauer über ihren ganzen Rücken. »Nein, dem geht es dank Daniel gut.« Er drängte sich dichter an sie, und sie verstand. »Ach so. Ich glaube, das Problem können wir lösen.«

Seine Brust vibrierte vor leisem Lachen. »Ich hatte gehofft, dass du das sagen würdest.«

Sehr viel später kuschelte sich Laura eng an Mark. »Ein Glück, dass Alex und Dirk so ein großes Gästebett haben.«

Mark gab lediglich ein Brummen von sich.

»Willst du schlafen?«

»Woran dachtest du?«

Der Unterton war unmissverständlich, und auch ohne zu ihm hochzusehen, wusste sie, dass seine Augen goldfarben glitzerten. »Nicht daran. Du kannst unmöglich schon wieder … Wie wäre es mit Reden?«

»Soll das eine Herausforderung sein?«

»Dass wir miteinander reden?« Jetzt hatte Laura den Faden verloren.

»Nein, dass ich unmöglich schon wieder …« Fordernd zog er sie an sich.

Lachend schubste sie ihn weg. »Nein, hör sofort auf, denk an deinen Rücken.«

»Was spricht gegen Bewegungstherapie? Aber wenn du unbedingt willst.« Er schwieg kurz und blickte sie dann ernst an. »Hast du das, was du im Krankenhaus gesagt hast, ernst gemeint?«

Erschrocken sah sie ihn an. Sie schluckte, wandte den Blick schnell wieder ab. Hatte er sie doch gehört? »Was meinst du?«

Keine Antwort, und ihr letzter Hoffnungsschimmer, davonzukommen, verflog. »Das war gar nicht … ich dachte doch, du wärst … Also, eigentlich wollte ich nur …« Sie brach ab, suchte seinen Blick. Lachte er etwa?

Sie boxte ihm leicht in die Seite. »Hör sofort auf damit, das ist nicht witzig.«

Grinsend hielt er ihre Hand fest. »Vorsichtig, du könntest dir wehtun.«

»Ich mir? Du bist unmöglich.«

Sie spürte, wie jede Belustigung schlagartig von ihm abfiel. »Du brauchst keine Hände oder Waffen, um mich zu verletzen. Du hast ganz andere Möglichkeiten. Ich warte immer noch.«

»Ich sehe nicht ein, dass ich den Anfang mache.«

»Du wolltest reden, nicht ich. Also? Ich warte.«

Sie verzog das Gesicht. »Du hast doch schon alles gehört. Was willst du denn noch?«

»Ich möchte es hören, wenn du nicht glaubst, dass ich nichts mitbekomme.«

Sie schwieg.

Mark zog Laura zu sich heran, sodass ihr Kopf auf seiner Brust lag. Trotz der letzten Tage und vor allem der letzten Stunden nagte die Angst an ihm, dass es zwischen ihnen wieder so enden könnte wie in Virginia. Das würde er nicht zulassen, und ein erster Schritt war, dass Laura zu ihren Gefühlen stand. Das war nicht nur wichtig für ihn, sondern vor allem für sie selbst.

Sichtlich verlegen klemmte Laura sich eine Haarsträhne hinter das Ohr. »Wie bin ich nur auf die Idee gekommen, zu reden?« Sie ließ ihre Hand über seinen Körper wandern.

Nettes Ablenkungsmanöver, aber Mark verlor sein Ziel nicht aus den Augen. »Das steht als nächster Punkt auf dem Programm, aber erst wird geredet.«

Laura atmete tief durch. »Also gut, dann beginnen wir mit deinem Ton. Hast du eigentlich eine Ahnung, wie es wirkt, wenn du deine Augenbraue hochziehst und dabei ›also‹ sagst? Und das nervt nicht nur mich. Auch Alex würde dir dann am liebsten gegen das Schienbein treten. Eigentlich eine gute Idee, es muss ja nicht unbedingt das Schienbein sein.«

Ein kurzer Blick zeigte ihm, woran sie dachte. Das Gespräch nahm eine Wendung, die ihm überhaupt nicht gefiel. »Hey, Sekunde, darum ging es nicht.«

»Und ob. Jetzt halt den Mund. Du wolltest, dass ich rede, dann hör auch zu, Captain.«

»Hast du schon mal überlegt, selbst Offizier zu werden?«

Laura gab einen Laut von sich, der wie ein Knurren klang, und warf sich auf ihn. Er unterdrückte ein Stöhnen, als sein Rücken schmerzhaft protestierte.

»Ich sagte, du sollst den Mund halten.« Allmählich war er gespannt, worauf sie hinauswollte, schwieg aber sicherheitshalber. Sie betrachtete ihn argwöhnisch und nickte schließlich. »Na also, es geht doch. Ich habe keine Ahnung, wie wir damit umgehen, dass du Tausende Kilometer von mir entfernt wohnst. Schließlich kann ich mit Rami nicht mitten im Schuljahr umziehen. Und wenn ich ehrlich bin, möchte ich auch gar nicht in Virginia leben. Natürlich gefällt es mir nicht, wenn du dich in Gefahr begibst. Ein Fernsehmechaniker oder ein Tischler wäre mir lieber, aber nein, ich muss mich ja ausgerechnet in einen SEAL verlieben. Irgendwie bekommen wir es hin, und du passt gefälligst auf, dass dir nichts geschieht. Ist das klar?«

»Aye, Ma'am.« Sie kuschelte ihren Kopf an seine Brust. Einen Moment lang schwieg er und lauschte ihrem Atem. Dann strich er ihr sanft über das Haar. »Du hast dich verliebt?«, fragte er leise.

Sie hob den Kopf, sah ihm in die Augen und lächelte. Er lächelte zurück. Sie knuffte ihn sanft. »Du bist dran.«

»Bist du sicher, dass du mit meinem Beruf leben kannst?«

»Ja, bin ich, auch wenn es nicht leicht ist. Ohne ihn wärst du nicht der Mann, der du bist. Aber glaub ja nicht, dass du zu Hause mit deinem Befehlston und deiner undurchdringlichen Miene durchkommst. Da gelten andere Regeln. Ich liebe dich, Mark, Mac oder Captain.«

Er rollte sich mit ihr herum. Zu Hause – das klang unglaublich verlockend in seinen Ohren. »Mark reicht.«

Er spürte ihre Anspannung und küsste sie flüchtig und sanft auf den Mund. »Ich glaube, ich habe mich schon bei unserer ersten Begegnung in dich verliebt.«

Sie sah ihm forschend in die Augen. »Ehrlich?«

Er nickte. »Ein Leben ohne dich und die Kinder kann ich mir nicht mehr vorstellen. Ich werde alles tun, um immer zu euch zurückzukehren.« Er küsste sie zart auf den Hals. Sie schloss die Augen. »Was ist«, murmelte er, »willst du noch weiterreden?«

»Später.«

»Später was?«

»Reden. Später reden.«

Er lachte. »Dein Wunsch ist mir Befehl.«

29

Der strahlendblaue Himmel passte zu Marks Stimmung. Er wusste nicht, ob es an Docs Tabletten oder der Nacht mit Laura lag, aber er fühlte sich so gut und erholt wie lange nicht mehr. Zudem würden sie jetzt endlich Satellitenaufnahmen bekommen. Eine, höchstens zwei Stunden zusammen mit dem Team am Notebook, dann würde er mit Laura die letzten Sachen ihres Exmannes durchgehen.

Er parkte den Audi neben einem der Daimler und ging eilig auf das Haus zu, kam aber nicht dazu, die Tür zu öffnen, denn Jake erschien auf der Schwelle. Er musterte ihn spöttisch. »Muss Liebe schön sein.«

Mark verdrehte die Augen und wollte wortlos an ihm vorbeigehen, doch Jake versperrte ihm den Weg. »Vergiss es, du wirst woanders gebraucht.«

»Hier draußen? Damit du mir deine dämlichen Sprüche um die Ohren hauen kannst?«

»Ich habe versucht, dich anzurufen, aber es war besetzt. Laura?«

Verlegen wich Mark dem Blick seines Freundes aus. »Was war denn los?«

»Tannhäuser hat Sven und Dirk zu sich zitiert. In einer halben Stunde. Sieht so aus, als ob ihr Boss herausgefunden hat, was wir treiben.«

»Verdammt.«

»Eben. Was willst du tun?«

»Wenn wir ohne die Unterstützung des LKA vorgehen, wird

es eng. Die beiden würden auf jeden Fall weitermachen, aber schön wäre das nicht. Für keinen von uns.« Nachdenklich spielte er mit seinem Autoschlüssel. »Tannhäuser hat Sven bereits früher bei seinen Alleingängen gedeckt. Vielleicht haben wir Glück, und er hilft uns. Sven kennt ihn seit Jahren und vertraut ihm, das sollte uns reichen. Ich fahre nach Hamburg und klinke mich in das Gespräch ein.«

»Dachte ich mir. Bist du fit genug dafür? Nach der Nacht?«

Mark warf seinem Freund einen, wie er hoffte, grimmigen Blick zu, stellte aber frustriert fest, dass Jake sich davon nicht beeindrucken ließ, sondern ihn angrinste. »Wir freuen uns für dich.«

Mark brummte als Antwort nur. Als er gehen wollte, rief Jake ihn zurück. »Mac?«

»Was ist denn noch?«

»Dein Audi hat kein Blaulicht. Schon mal was von Berufsverkehr gehört? So sind sie längst fertig, wenn du ankommst.«

Mark fing den Autoschlüssel des Mercedes auf, den Jake ihm zuwarf. Ehe er einsteigen konnte, erschien Pat, außer Atem und in verschwitzter Sportkleidung.

»Morgen, Boss. Gute Nacht gehabt?«

Mark fuhr aufgebracht zu Jake herum. Sein Freund hob sofort beschwichtigend die Hände. »Ich habe nichts gesagt«

Pat sah zunächst verblüfft von einem zum anderen, dann zeigte sich Verständnis auf seinem Gesicht, und er gab einen Laut von sich, der irgendwo zwischen Keuchen und Lachen lag. »Entschuldige, Mac. Ich dachte an deinen Rücken. Aber das ist ja sehr interessant.«

Bevor Mark eine Erwiderung eingefallen war, ging Pat aufs Haus zu und pfiff dabei »When a man loves a woman«.

Jakes Mundwinkel zuckten zunächst belustigt, bevor er den Kampf um seine Beherrschung aufgab und offen lachte. »Na komm, Mac, nimm's locker. Weißt du, was Pat und die anderen abends treiben, wenn sie Zeit haben? Warum sollten für dich andere Regeln gelten? Solange du dich nicht wieder unbewaffnet mit Killern anlegst, spricht doch nichts dagegen. Jeder gönnt dir deinen … Spaß. Und jetzt hau endlich ab, sonst übernehme ich Tannhäuser.«

Auf der Fahrt zu Em und ihren Kindern wuchs Lauras schlechtes Gewissen mit jedem Kilometer. Aber kaum hatte sie die Tür geöffnet, fiel ihre Tochter ihr um den Hals und musterte sie im nächsten Moment prüfend. Dann lachte das Mädchen laut los. »Ich weiß, wo du heute Nacht warst. Du strahlst ja richtig. Leugnen ist zwecklos.«

»Das würde ich auch nie tun. Bist du sauer, dass du bei Em bleiben musstest?«

Rami kicherte übermütig. »Das kommt ganz darauf an.«

»Und worauf?«

»Na ja, wenn du bei Mark warst, dann sage ich dazu nur: endlich und perfekt. Wenn du aber ganz woanders warst, dann bekommst du Ärger mit mir.«

Laura zog ihre Tochter an sich. »Dann geht das für dich in Ordnung?«

»Klar. Aber ich weiß, was du gegen dein schlechtes Gewissen tun kannst.«

Laura zog eine Augenbraue hoch. »Ach?«

»Ich brauche eine neue Jeans. Können wir ins Einkaufszentrum? Bitte, Mama. Da kann doch nichts passieren. Ich werde hier sonst noch wahnsinnig…«

Als sie das flehende Gesicht ihrer Tochter sah, meldete sich Lauras schlechtes Gewissen sofort wieder. Während es Nicki nichts ausmachte, den Tag bei Em zu verbringen, langweilte sich Rami fürchterlich. Erst hatten sie das Mädchen vorübergehend in der Schule entschuldigt, und dann ließ sie es noch abends und die ganze Nacht alleine. Ein kleiner Einkaufsbummel wäre eine verdiente Ablenkung, außerdem würde ja Tom aus sicherer Entfernung auf sie aufpassen.

»Natürlich können wir shoppen gehen. Hol deine Jacke, und dann sagen wir Em Bescheid.«

Das Wandsbeker Quarree hätten sie auch zu Fuß erreichen können, aber Laura wollte trotzdem den Wagen nehmen. Am frühen Vormittag waren Parkplätze noch keine Mangelware, und zur Not würde sie ins Parkhaus fahren. Sie war gespannt, wo Rami hinwollte, denn dass ihre Tochter mal wieder ganz genaue Vorstellungen haben würde, war ihr klar. Kompromisse waren für das Kind ein Fremdwort, aber damit konnte Laura gut leben. Kurz überlegte sie, Mark anzurufen und nach Tom zu fragen, aber so wie sie die SEALs kennengelernt hatte, war das überflüssig.

Sie wollte sich gerade von Em verabschieden, als ihr Handy einen leisen Sirenenton von sich gab. Rami verdrehte demonstrativ die Augen. »Nicht jetzt. Geh nicht dran.«

Den Klingelton hatte ihre Tochter auf Lauras Handy für ihre Großmutter eingestellt, und Laura hatte es nicht fertiggebracht, mit ihrer Tochter zu schimpfen oder dies rückgängig zu machen. Seufzend entschloss sich Laura, den Anruf ihrer Mutter anzunehmen. Wenn die unbedingt mit ihr reden wollte, würde sie es im Zweifel alle fünf Minuten versuchen. Das Handy auszuschalten kam nicht infrage, solange sich Nicki bei Em aufhielt und Mark möglicherweise versuchte, sie zu erreichen.

»Frag Mark, ob er einen Trick kennt, das Handy für Anrufe von ihr zu sperren«, schlug Rami vor.

»Rami! Das ist deine Großmutter.« Laura stellte die Verbindung her. Statt einer Begrüßung überfiel ihre Mutter sie mit einem Schwall Vorwürfe, weil sie nicht zu Hause war.

»Wir sind bei einer Freundin, und ich wollte gerade mit Rami shoppen gehen.«

»Und wo? Ich hoffe, in einem vernünftigen Laden. Dieses Billigzeug ist doch nun wirklich nichts für das Kind.«

Laura konnte nichts gegen den Ärger tun, der in ihr aufstieg. »Ich muss dich enttäuschen, da ich noch nicht im Lotto gewonnen habe, wird das Billigzeug reichen müssen. Außerdem handelt es sich bei einer üblichen Markenjeans keineswegs um Billigzeug.«

»Und wo wollt ihr hin? Vielleicht kann ich mich ja euch anschließen.«

»Ich glaube nicht, dass das Wandsbeker Quarree deinen Anforderungen entspricht.«

»Stimmt, das dann doch eher nicht. Ich melde mich wieder.« Sie legte auf.

Verwirrt betrachtete Laura das Handy. Seltsam.

»Wollte Oma nur wissen, wo wir einkaufen? Was ist denn mit der los?«

»Das möchte ich auch wissen. Egal, lass uns losfahren, ehe Nicki noch einfällt, dass er mitmöchte.«

Wie erhofft fanden sie in unmittelbarer Nähe ihres Ziels einen freien Parkplatz. Doch kaum hatten sie das Kaufhaus betreten, hatte Laura plötzlich ein ungutes Gefühl. Unauffällig sah sie sich um, konnte aber nichts entdecken.

Zielsicher steuerte Rami die Jeansabteilung an. Nach kurzem Suchen stieß sie einen leisen Begeisterungsschrei aus. »Die habe ich gesucht.«

Laura stöhnte innerlich auf, als sie den Preis entdeckte. Fünfzig Euro? Was war denn an dieser Jeans so Besonderes?

Ihr Blick fiel auf ein anderes Etikett. Fast achtzig Euro. Vermutlich sollte sie dankbar sein, dass Rami nicht danach gegriffen hatte. Nur ihre Mutter nannte die Hosen »Billigzeug«.

Kaum war Rami in der Umkleidekabine verschwunden, hatte Laura erneut das Gefühl, beobachtet zu werden. Wieder sah sie sich um. Und stutzte. Hinter einem Ständer mit Jacken standen zwei Männer, die in dieser Abteilung sicher nichts zu suchen hatten. Einer der beiden sah zu ihr herüber, und sein Grinsen bekam etwas Boshaftes. Instinktiv wich sie einen Schritt zurück und blieb dann wie angewurzelt stehen. Von jetzt auf gleich waren die Männer verschwunden. Eine Gestalt näherte sich ihr. Jemand, den sie gut kannte. Tom. Ihr stockte der Atem.

»Mama? Wie findest du die? Etwas weit, oder?«

Laura fuhr zu Rami herum. Ihre Tochter! Sie mussten sofort hier raus. Noch ehe sie einen Ton hervorgebracht hatte, wurde sie sanft am Arm berührt. »Alles in Ordnung, Laura. Ich bin gleich wieder bei euch.«

Sie brachte kein Wort heraus. »War das Tom, Mama?« Rami reckte neugierig den Hals. »Na super, dann frage ich ihn nach seiner Meinung über die Jeans.« Sie wollte ihm nach. Laura hielt sie zurück.

»Ich … er … wir …«

Rami musterte sie besorgt. »Was hast du denn? Er kommt doch wieder, oder habe ich das falsch verstanden?«

Aber sicher nicht, um Rami beim Aussuchen ihrer neuen Jeans zu helfen. Laura nickte, sie traute ihrer Stimme nicht. Tom hatte sie vor einer Gefahr bewahrt. Aber sie hatte keine Ahnung, wer warum hinter ihnen her war.

Wie versprochen stand Tom wenig später wieder vor ihnen und begrüßte Rami ungezwungen. Doch Laura sah ihm an, dass er keineswegs so entspannt war, wie er sich gab.

Rami verschwand erneut in der Umkleidekabine, dieses Mal nahm sie auch die teure Jeans mit.

Tom wartete, bis der Vorhang hinter dem Mädchen geschlossen war. »Keine Angst, Laura, ich habe das geklärt. Fox ist auch schon unterwegs hierher. Lass sie sich in Ruhe eine Jeans aussuchen, und dann sorgen wir dafür, dass ihr sicher nach Hause kommt.«

Seine leise, feste Stimme strahlte Ruhe und Sicherheit aus. Trotzdem brachte Laura wieder nur ein stummes Nicken zustande.

Das letzte Mal hatte sich Dirk so unbehaglich gefühlt, als er im Alter von vierzehn Jahren dabei erwischt worden war, wie er eine Silvesterrakete gezündet und sie kopfüber in den Briefkastenschlitz des Nachbarn gesteckt hatte. Anschließend hatte er die Standpauke seines Lebens erhalten. Er mochte und, vor allem, respektierte seinen Chef, aber im Moment hätte er einiges dafür gegeben, wenn er sich nicht in seiner Nähe aufhalten müsste. Selbst der Chef des LKA, eher ein Politiker als ein Polizist, mit dem Sven und er kaum Berührungspunkte hatten, da sie Tannhäuser in ihrer Sonderfunktion direkt unterstellt waren, wäre ihm lieber gewesen.

Es war allgemein bekannt, wie man Tannhäusers Stimmung einschätzen konnte: Wurden einem Kaffee und ein Platz in der Sitzecke angeboten, war die Welt in Ordnung. Ohne Kaffee sah es schlechter aus. Aber landete man auf den unbequemen Stühlen direkt vorm Schreibtisch, lag Ärger in der Luft. In der letzten Eskalationsstufe gab Tannhäuser jede Höflichkeit auf und kannte nur noch Nachnamen. Dann konnte man laut Sven gleich seine Kündigung einreichen. Die unfreundliche Anrede war ihnen bisher erspart geblieben – er hatte sie überhaupt noch nicht angesprochen. Ihr sonst so jovialer Chef hatte kein

Wort zur Begrüßung verloren, sondern stumm auf die beiden Stühle gedeutet.

Vergeblich ermahnte sich Dirk, ruhig zu sitzen und nicht hin und her zu rutschen. Wer diese Dinger entworfen hatte, musste eine Folterausbildung haben.

Der Polizeipräsident tippte auf ein eng bedrucktes zweiseitiges Fax und sah Sven an. »Haben Sie zwischenzeitlich vergessen, zu welchem Bundesland Bad Oldesloe gehört? Sie arbeiten für das Landeskriminalamt Hamburg. Ein Kriminaldirektor aus Kiel möchte eine Stellungnahme zum Verhalten meiner Beamten.«

Aufatmend lehnte Dirk sich zurück. Auch wenn es unfair war, erleichterte es die Sache, dass Sven aufs Korn genommen wurde. Sein Freund kannte sich in den politischen und polizeilichen Spielchen und Zuständigkeiten perfekt aus, allerdings nur, um sie erfolgreich zu umgehen. »Die Frage ist auch an Sie gerichtet, Richter. Zumal ich es bemerkenswert finde, wie gelassen Sie auf den Tod zweier Männer reagieren, mit denen Sie nach meinen Informationen befreundet waren. Klein taucht bei dem Brand einer Fabrik als leitender Ermittlungsbeamter auf, und Sie übernehmen die Ermittlungen bei einem tödlichen Motorradunfall, dem eindeutig Fremdverschulden vorausging? Beides in Bad Oldesloe?« Tannhäusers Faust fuhr auf den Schreibtisch herab. »Und keiner von Ihnen hat es für nötig befunden, mich zu informieren? Und es gibt weder Berichte noch Kollegen, die mit den Fällen vertraut sind? Von einer Akte bei der Staatsanwaltschaft ganz zu schweigen? Was veranstalten Sie hier? Einen Privatkrieg?«

Dirk blickte aus dem Fenster hinter dem Schreibtisch und hoffte, dass Sven eine Idee hatte, wie sie aus der Sache – oder zumindest aus dem Büro – herauskämen. Er wagte es nicht, seinen Freund anzublicken.

Und tatsächlich klang Svens Stimme erstaunlich sicher. »Das hatte sich zufällig in Verbindung mit einem unserer Fälle ergeben. Gut, wir hinken mit unseren aktuellen Berichten hinterher, aber –«

»Hören Sie auf, Klein. Ich will Fakten und keine Ausflüchte. Und das gilt für Sie beide. Wenn Sie die Aussicht genug bewundert haben, Richter, wäre ich für eine Erklärung außerordentlich dankbar.«

Vergeblich bemühte sich Dirk um eine Unschuldsmiene, doch sein Vorgesetzter schnaubte nur. »Und vergessen Sie nicht, die Beteiligung der SEALs zu erwähnen. Und damit meine ich nicht die Seehunde im Hamburger Tierpark.«

Wohl wissend, dass es unpassend war, musste Dirk jetzt doch grinsen, schüttelte sicherheitshalber jedoch wortlos den Kopf. Sofort setzte Tannhäuser nach: »Wie schön, dass Sie sich amüsieren, Richter. Aber ich fasse gerne für Sie zusammen: Eine Schießerei auf einem Spielplatz. Ein Verdächtiger taucht nie im Präsidium auf, das Opfer scheint nicht zu existieren, hakt man beim Bundeswehrkrankenhaus nach, stellt man fest, dass ein amerikanischer Offizier an seinen Verletzungen gestorben ist. Wenig später wird im *Steigenberger* ein international gesuchter Killer verhaftet. Den Sie beide angeblich im Alleingang erwischt haben, indem Sie das Zimmer gleichzeitig über den Balkon und durch die Tür gestürmt haben. Beeindruckende Leistung. Merkwürdig nur, dass der Hotelchef von vier Beamten des LKA gesprochen hat, aber nur noch Klein vor Ort war. Vielleicht sollte ich mich bei Ihnen bedanken, dass Sie sich kein Hotel in Niedersachsen vorgenommen haben.« Trotz seines beherrschten, aber ironischen Tonfalls schlug Tannhäuser den vor ihm liegenden dünnen Aktenordner energisch zu, ein Indiz dafür, dass ihr Chef keineswegs so ruhig war, wie es auf den ersten Blick wirkte. »Möchten Sie sich zu den Vorgängen äußern?«

Nahezu synchron schüttelten Dirk und Sven den Kopf.

Tannhäuser nickte, als ob er nichts anderes erwartet hätte. »Dann weiter. Ich habe noch den bereits angesprochenen mysteriösen Motorradunfall in Schleswig-Holstein. Und wieder ist ein amerikanischer Offizier das Todesopfer. Jemand, den Sie, nehme ich an, auch nicht kennen, und Sie wissen natürlich auch nicht, zu welcher Sondereinheit er gehört hat oder warum er dort unterwegs war? Rein zufällig fliegt dann die Fabrik, vor deren Toren sich der Unfall ereignet hat, wenige Stunden später in die Luft. Wie war eigentlich Ihr Urlaub in den Staaten, Richter? Tragisch, wenn man so kurz hintereinander seine Freunde verliert. Leider fällt es mir außerordentlich schwer, Ihnen angemessen zu kondolieren.«

Möglichst gelassen erwiderte Dirk den forschenden Blick und schwieg.

Tannhäuser schob den Aktenordner zur Seite. »Als Letztes hätte ich noch den Verfassungsschutz im Angebot, der mir die Tür einrennt, sich über Sie beschwert und Informationen haben möchte, die ich selbst nicht habe. Würden Sie mir bitte verraten, was hier vorgeht?« Trotz der Formulierung bestand kein Zweifel daran, dass es sich um eine Anweisung handelte, keinesfalls eine Bitte.

Sven setzte zu einer Antwort an, schüttelte dann jedoch den Kopf. »Das kann ich nicht. Sie kennen mich lange genug, bitte lassen Sie mir Zeit.«

Tannhäusers Geduld war am Ende. »Sie wollen Zeit, Klein? Die können Sie haben. Was halten Sie davon, wenn ich Ihre Ausweise einkassiere und Sie vorläufig vom Dienst suspendiere? Ich denke, Sie brauchen *Zeit*, um sich darüber klarzuwerden, wer Ihr Dienstherr ist.«

Svens Gesicht wirkte absolut beherrscht, als er in die Tasche seiner Jeans griff, seinen Ausweis hervorzog und diesen auf den

Schreibtisch legte. »Ich hatte gehofft, dass Sie mir und Herrn Richter genug vertrauen, um uns etwas Spielraum zu geben.«

Ohne zu zögern folgte Dirk dem Beispiel seines Freundes.

»Meine Dienstwaffe liegt im Büro, die erhalten Sie selbstverständlich ebenfalls zurück. Die Wagenschlüssel gebe ich beim Fuhrparkleiter ab.« Sven deutete mit dem Kopf auf Dirk. »Herr Richter benutzt seine eigene Sig Sauer und seinen eigenen Wagen. Das wäre alles, oder habe ich noch einen Punkt vergessen?«

Dirk war entsetzt, erst jetzt wurde ihm klar, dass Svens gesamte Existenz auf dem Spiel stand. Er konnte jederzeit wieder als Wirtschaftsprüfer arbeiten, und Alex und er hatten in den Jahren vor Tims Geburt ausgezeichnet verdient, sodass sie ausreichend Reserven hatten. Er öffnete den Mund und wusste nicht, was er sagen sollte. Marks Beteiligung offenzulegen kam nicht infrage.

»Wollen Sie endlich reden, Richter?«

Svens Kopf fuhr herum, er sah ihn warnend an und schüttelte langsam den Kopf.

Mit einem leisen Summton meldete sich Tannhäusers Telefon. Ihm war die Erleichterung über die Ablenkung anzumerken, als er den Hörer abnahm. »Nein, das haben Sie richtig gemacht. Danke, Luise. Er soll reinkommen.«

Sichtlich zufrieden schob Tannhäuser die Unterlagen auf seinem Schreibtisch zu einem ordentlichen Stapel zusammen. Sie schienen entlassen zu sein. Sven stand auf, sofort folgte Dirk seinem Beispiel.

»Sie bleiben. Wir sind noch nicht fertig«, beschied ihnen Tannhäuser, ohne sie eines Blickes zu würdigen.

Dirk konnte sich nicht entscheiden, was schlimmer wäre: Wenn er sich wie ein gehorsamer Dackel wieder hinsetzte? Einfach ging? Stehen blieb?

Aus dem Vorzimmer drangen die gedämpften Stimmen einer Frau und eines Mannes an sein Ohr. Überrascht drehte Dirk sich um. Tannhäuser stand nun ebenfalls auf und ging dem Besucher lächelnd entgegen.

»Captain Rawlins, ich freue mich, Sie wiederzusehen. Vor allem, da beunruhigende Nachrichten über Ihre Gesundheit die Runde machen.«

Lächelnd breitete Mark die Hände aus. »Dann beginne ich am besten mit einer Entschuldigung für das Versteckspiel, Herr Tannhäuser.« Mark nickte ihnen grüßend zu und stutzte merklich, als er die Ausweise auf dem Schreibtisch sah.

»Erklärungen wären mir lieber als Entschuldigungen. Bitte nehmen Sie Platz.« Tannhäuser wies einladend auf die Sitzecke.

Innerlich stöhnte Dirk auf. Die Situation wurde immer verworrener. Sollten Sven und er vor dem Schreibtisch stehen bleiben und den beiden zuhören? Und wieso wurde Mark respektvoll und freundlich begrüßt, während Sven und er wie Schuljungen abgekanzelt wurden? Tannhäuser wandte sich ihnen zu. »Stecken Sie Ihre Ausweise ein und setzen Sie sich zu uns.«

Sven verzog den Mund, gehorchte aber und sah ihn auffordernd an. Mit Verzögerung folgte Dirk seinem Beispiel. Mark schilderte Tannhäuser zunächst die groben Zusammenhänge und ging auf seine Nachfragen hin auch ins Detail. Elegant streifte er die Explosion bei *VirTech* nur am Rande, und Tannhäuser verzichtete aus gutem Grund darauf, auf diesem Punkt zu beharren. Dirk hatte keine Ahnung, welche Konsequenzen die Tatsache hatte, dass sie die Explosion nicht verhindert hatten. Wenigstens hatten sie die Wachleute gerettet.

Nachdenkliches, aber keineswegs unfreundliches Schweigen breitete sich aus, nachdem Mark den Bericht beendet hatte.

»Offiziell kann ich Ihr Vorgehen nicht billigen, aber ich muss zugeben, dass ich Sie verstehe, und bin Ihnen für Ihre Offenheit dankbar, Captain. Insbesondere das Vorgehen des Verfassungsschutzes gefällt mir nicht, das lässt Rückschlüsse zu, die mich schockieren. Außerdem ist mir unklar, ob ich meine beiden Mitarbeiter für ihre eigenwillige Dienstauffassung loben oder suspendieren soll.«

»Beide haben auf meinen ausdrücklichen Wunsch gehandelt. Ich trage die Verantwortung für das inoffizielle Vorgehen und bin bereit, die Folgen zu tragen«, erklärte Mark sofort.

Damit hatte Dirks Ärger ein neues Ziel gefunden. »Wir sind nicht bei der Navy. Ich treffe meine eigenen Entscheidungen und verantworte die auch.«

Sven nickte zustimmend. »Du nimmst mir das Wort aus dem Mund.«

»Ich denke, wir beenden die Diskussion an dieser Stelle«, beschloss Tannhäuser. »Was ist mit diesem Ort in Mecklenburg-Vorpommern? Wenn ich es richtig verstanden habe, wollen Sie sich dort allein umsehen. Warum?«

Mark gab Sven ein Zeichen, die Antwort zu übernehmen. »Uns wäre es auch lieber, wir könnten dort offiziell vorgehen, aber leider ist es so, dass wir im Moment noch nichts Belastbares in der Hand haben. Dirk hat Unterlagen in der Firma gefunden, aus denen der Ort auf der Insel Poel hervorgeht. Der Geschäftsführer hat dies auch bestätigt. Wir wissen, dass es sich um ein ehemaliges Militärgelände der Nationalen Volksarmee handelt, das heute einer privaten Grundstücksgesellschaft gehört. Wir haben nicht einen einzigen Beweis, der die Staatsanwaltschaft überzeugen würde, uns einen Durchsuchungsbeschluss auszustellen, geschweige denn genug, um die Kollegen vor Ort um Hilfe zu bitten. Im Gegenteil, ich befürchte, dass die Kollegen lediglich einen Streifenwagen losschicken und nichts finden würden. Damit warnen wir nur die Verbrecher. Oder aber es kommt zu einer bewaffneten Auseinandersetzung mit fatalen Folgen. Wir müssen uns dort erst umsehen und sicher sein, dass wir den richtigen Ort im Visier haben.«

Dirk sah Tannhäuser an, dass ihm Svens Erläuterungen nicht gefielen, aber er nickte. »Na gut, machen Sie weiter wie bisher, aber halten Sie mich auf dem Laufenden. Sie sind autorisiert, jede Unterstützung anzufordern, die Sie benötigen. Außer mir wird keiner über die laufende Untersuchung unterrichtet werden.« Tannhäuser schwieg kurz und sah dann Sven und Dirk eindringlich an. »Passen Sie auf sich auf.«

30

Mark sah Dirk seine Verärgerung an. Weder er noch Sven schienen über sein Eingreifen besonders glücklich zu sein, aber wenigstens hatte Sven sich sofort an den PC gesetzt und die eingegangenen Mails überprüft, während Dirk gegen die Fensterbank gelehnt auf den Boden starrte, als ob dessen Einheitsgrau in den letzten Stunden einem interessanten Farbschema gewichen wäre. »Was ist los? Bist du sauer auf mich?«

Zögernd hob Dirk den Kopf. »Warum? Weil Tannhäuser Sven und mich wie Idioten behandelt und dich mit allem Respekt, der dir als Navy-Offizier zusteht?«

Mühsam verkniff sich Mark ein Grinsen, das seinen Freund garantiert zur Weißglut getrieben hätte. »Lasst mich raten, er hat euch unter Druck gesetzt, und Ihr habt ihm die Ausweise hingeschmissen, richtig?«

Sven lehnte sich mit hinterm Kopf verschränkten Armen zurück. »Stimmt, aber Dirk hat recht. Wir arbeiten zwar zusammen, aber du bist nicht unser Boss. Spar dir den Mist für deine Jungs auf.«

Es würde nichts bringen, die Diskussion zu vertiefen. Um das Thema zu wechseln, deutete er auf Svens Monitor. »Was war eben wichtiger, als mich zusammen mit Dirk auseinanderzunehmen?«

Ein flüchtiges Lächeln huschte über Svens Gesicht. »Der Unfallbericht vom BKA.« Ratlos zuckte Mark mit den Schultern. »Na, Birte Kiebig, die Buchhalterin, die uns die Finanzdaten von *VirTech* zugespielt hat. Ich hätte meine Lederjacke drauf verwettet, dass der Wagen der Frau manipuliert wurde, aber das BKA kommt zum gleichen Ergebnis wie unsere eigenen Kriminaltechniker: technisches Versagen, unglückliches Zusammentreffen von Gegenverkehr und Straßenverhältnissen. Fremdverschulden ausgeschlossen.« Sven sah nachdenklich aus dem Fenster. »Einiges wird allmählich klarer, vieles bleibt noch völlig verschwommen. Es würde uns vielleicht weiterhelfen, wenn wir an Kranz rankämen, aber ich bin sicher, den hat sich Stephan Reimers geschnappt.« Sven stutzte und schlug sich gegen die Stirn. »Mensch, das wollte ich doch vorhin überprüfen, als Tannhäuser dazwischengefunkt hat.«

»Was meinst du?«, fragte Dirk.

»Sekunde, nur ein vager Verdacht, aber vielleicht finde ich eine Verbindung zwischen Kranz und der Kiebig.« Sven tippte rasend schnell auf der Tastatur. Neugierig ging Dirk um den Schreibtisch herum und blickte ihm über die Schulter. »Google?«

»Ja, manchmal ist das besser und schneller.« Sven schickte mit einem Tastendruck die Suchanfrage ab und schlug heftig mit der Faust auf den Schreibtisch. »Bingo.«

Statt sich hinter Svens Schreibtisch zu drängeln, drehte Mark den Monitor, bis er den Bildschirminhalt erkennen konnte, und pfiff durch die Zähne, als er Kranz' Namen zusammen mit dem der Buchhalterin vor sich sah. »Du bist ein Genie, darauf wäre ich nie gekommen.«

Sven lächelte zufrieden. »Eigentlich war das ein Schuss ins Dunkle. Na ja, nicht ganz. Mir war aufgefallen, dass Kiebig und Kranz gleichaltrig waren. Deshalb wollte ich das überprüfen, denn ich hatte mir überlegt, dass Kranz davon profitieren würde, wenn wir uns *VirTech* genauer angesehen hätten. Der Tipp kommt damit eigentlich von ihm, mit dem Umweg über die Kiebig. Ich kann mir gut vorstellen, dass er die Karte als

Nächstes gespielt hätte, um seine Behauptung zu beweisen, dass er Informationen über Zerberus hat. Er konnte kaum ahnen, dass wir mit den Amerikanern zusammenarbeiten und so von alleine auf die Verbindung zwischen *VirTech* und Zerberus kommen. Das hätten wir ja auch nie, wenn es diesen Anschlag aufs SEAL-Team nicht gegeben hätte, den ich nicht richtig einordnen kann. Aber zurück zu Kranz. Wir wissen leider noch nicht, wo er jetzt steckt. Ich vermute, dass Stephan ihn irgendwo sicher untergebracht hat. Also, Kranz nennt uns den Begriff ›Zerberus‹ und will uns dann etwas später mit dem Hinweis auf *VirTech* einen Beweis liefern, dass er wirklich weiß, wovon er spricht. Für ihn wäre das die ideale Basis für einen Deal gewesen. Leider kommen ihm erst der Unfall der Kiebig und dann auch noch Stephans Einmischung dazwischen, der verhindert, dass er mit uns weiter verhandelt. So weit meine Theorie.«

Das klang zwar schlüssig, aber überzeugt war Mark noch nicht. »Kennen denn diese Kiebig und Kranz sich wirklich?«

Während ihres Gesprächs hatte Sven weiterhin ab und zu auf der Tastatur getippt und nickte nun. »Ich kann bieten: Eltern wohnten in der gleichen Straße, gleicher Abschlussjahrgang am Gymnasium, und beide hatten zur selben Zeit Assistentenstellen an der Hamburger Uni. Mehr bekomme ich so schnell nicht heraus, aber das ist schon einiges. Dazu passt doch auch, dass die Kiebig den Job über Beziehungen bekommen hat. Ich wette, das hängt mit Kranz zusammen, der wiederum die Eigentümer kennt. So wird das ganze Bild langsam rund.«

Dirk nickte heftig. »Für mich passt das. Jetzt müssen wir nur noch herausbekommen, wer die Eigentümer sind und in welcher Beziehung sie zu Kranz stehen. Bisher führt jede Spur zu einer Finanzholding in der Schweiz, aber ich grabe weiter. Irgendwie müssen sie an ihr Geld rankommen.«

»Und ich nehme die Familie Kranz auseinander. Mal sehen, ob wir nicht auf eine Verbindung stoßen.« Sven sah Mark ironisch an. »Außer Laura, die überlasse ich noch genau einen Tag dir, dann will ich endlich ein Ergebnis sehen, oder ich muss leider andere Saiten aufziehen. Uns läuft die Zeit weg, Mark.«

Mark spürte, wie sich bei Svens durchaus berechtigter Forderung seine Nackenhaare aufstellten. »Nimm die Familie auseinander, gründlich. Ruf Jake an, wenn du Hilfe brauchst, oder benutze Dirks neue Programme.«

Überrascht runzelte Sven die Stirn. »Irgendetwas, das ich wissen müsste?«

»Einerseits ein Gefühl, und zwar kein gutes, und andererseits immer noch die Mutter. Um Laura kümmere ich mich und – «

Weiter kam er nicht, Sven und Dirk brachen in Gelächter aus, und Dirk winkte ab. »Hast du denn auch wirklich verstanden, was Sven von ihr braucht?«

»Ich könnte es dir sonst auch gerne aufschreiben, damit du es nicht vergisst«, bot Sven an. »Nicht, dass du deine Aufgabe so wie deine Waffe vergisst.«

Dirk grinste breit. »Er meint die Sig Sauer.«

Mark bemühte sich um eine ausdruckslose Miene – vergeblich. »Hört auf«, brummte er verlegen, «ich will doch nur – «

»Schon gut, wir haben verstanden, du hoffentlich auch. Viel Spaß. Sieh zu, dass du loskommst.«

Kopfschüttelnd wandte Mark sich ab, griff zur Türklinke, drehte sich jedoch noch einmal um. »Ihr seid …« Er brach ab, als er Dirks und Svens spöttisches Grinsen sah. »Danke. Nicht für die blöden Sprüche, sondern dafür, dass ihr gegenüber Tannhäuser den Mund gehalten habt.«

Als er seinen Audi im Carport neben Lauras Haus entdeckte, war Mark nicht überrascht. Tom wusste, dass er keinen Wert darauf legte, mit dem Mercedes zu fahren. Aber wo war Lauras Volvo? Erleichtert erkannte er auf dem Weg zur Haustür Lauras Silhouette hinter dem Küchenfenster. Sie redete erregt auf Tom ein. Ohne zu klingeln schloss er mit dem Schlüssel auf, den Laura ihm überlassen hatte, und ging in die Küche.

Laura bemerkte ihn zunächst nicht, aber Tom sah ihm erleichtert entgegen. »Gut, dass du da bist, Mac.«

Laura wirbelte zu ihm herum und sah ihn erfreut an. »So früh habe ich nicht mit dir gerechnet. Gut, dass du da bist. Dann kannst du Tom gleich erklären, dass seine Theorie schwachsinnig ist.«

Beide begannen gleichzeitig, auf Mark einzureden. Er stieß einen durchdringenden Pfiff aus. »Nacheinander bitte. Tom, Bericht.«

Laura funkelte ihn empört an. Dann hob sie das Knie und warf einen vielsagenden Blick auf das Körperteil, das sie zu treffen beabsichtigte. Lachend zog er sie in die Arme, ehe Tom Gelegenheit hatte, etwas zu sagen. »Ich habe deine Drohung nicht vergessen. Aber das galt nur fürs Privatleben. Im Job entscheide ich, wo es langgeht. Klar?«

»Wenn du jetzt deine Augenbraue hochziehst …« Sie schob ihn auf Armeslänge von sich, musterte ihn und boxte ihn gegen den Oberarm. »Dein Grinsen ist genauso schlimm.«

Er wandte sich ab, der Anblick von Tom, der sich mit hochrotem Gesicht verzweifelt bemühte, ein Lachen zu unterdrücken, veranlasste ihn dann doch, eine Augenbraue hochzuziehen. »Wenn es dir besser geht, spuck es aus, Tom.«

»Sorry, Mac. Ich … Aber …« Lachend brach er ab, und es dauerte einige Sekunden, bis er weitersprechen konnte. »Ich hätte nie gedacht, dass es dich jemals so erwischt, Captain.«

Tom winkte ab, als er Marks Gesicht sah. »Schon klar, das Wochenende nach unserer Rückkehr verbringe ich auf dem Hindernisparcours.«

»Wochenende? Ihr solltet euch besser alle für die erste Woche in Little Creek abends nichts vornehmen.«

»Das klingt aber fies. Übertreibst du es nicht, Mark?«, warf Laura ein.

»Sie sind selbst schuld«, kommentierte Mark augenzwinkernd und ignorierte Toms lauten Seufzer.

»Gib nicht auf, Laura, wenn er bei dir handzahm ist, schaffst du es vielleicht, uns das grausame Schicksal zu ersparen.« Eine Hand aufs Herz gepresst sah Tom Laura hoffnungsvoll an.

Handzahm? Tom konnte froh sein, das Haus lebend zu verlassen, aber Lauras Kichern über die pathetische Klage ließ Mark an mildernde Umstände denken. Entschieden kehrte er zum eigentlichen Thema zurück. »Schön, dass ihr euch wieder einig seid. Was war denn los? Wo ist der Volvo?«

»Steht vorm Einkaufszentrum. Fox kümmert sich darum, dass er dort verschwindet. Die Kinder sind wieder bei Em. Von dem Augenblick an, als Laura und Rami das Kaufhaus betreten hatten, haben sich zwei Schatten an sie drangehängt.« Tom signalisierte ihm mit zwei schnellen Handbewegungen, dass die Männer bewaffnet gewesen waren, und als ob das noch nicht reichen würde, fügte er noch das Zeichen für akute Gefahr hinzu.

Aber zunächst konzentrierte Mark sich auf die naheliegende Schlussfolgerung. »Willst du damit andeuten, sie haben dort auf euch gewartet? Vorher kein Schatten?«

»Definitiv nicht. Das wäre mir aufgefallen. Dass Dirks Adresse sicher ist, wussten wir, und jetzt haben wir die Gewissheit, dass dies auch für Ems Wohnung gilt.«

»Aber das heißt, sie wussten, wo ihr hinwolltet. Laura, wem gegenüber hast du euern Einkaufsbummel erwähnt?«

Tom hob beide Hände. »Vorsichtig, Mac. Gefährliches Terrain. Genau darüber haben wir gesprochen, als du gekommen bist.«

»Dann reden wir gleich darüber. Was hast du mit den Verfolgern gemacht?«

»Unauffällig ausgeschaltet und mir ihre Brieftaschen geschnappt. Sven überprüft die Namen bereits und veranlasst, dass sie eingesammelt werden. Selbst wenn er sie wieder laufen lassen muss, werden sie sich nicht wieder in Lauras Nähe wagen. Dann habe ich Laura überredet, den Einkaufsbummel abzubrechen, aber natürlich musste Rami vorher noch ihre Jeans bekommen.« Er verzog gequält das Gesicht.

»Was ist los? Noch mehr Probleme?«

»Nicht direkt, Mac, alles klar, aber meine Gefahrenzulage habe ich mir diesen Monat wirklich verdient. Ich musste mir stundenlang ihre in Betracht kommenden Jeans ansehen und ihren Fragen ausweichen.«

Toms klagender Ton brachte Laura zum Lachen. Mark grinste. »Du hast mein tiefstes Mitgefühl. Und weiter?«

»Ich wäre lieber nach Ahrensburg zurückgefahren, aber da du hier mit Laura die letzten Sachen durchsehen wolltest, war das keine Option. Ich habe darauf bestanden, den Volvo stehen zu lassen, und die Kinder wieder bei Em abgesetzt.«

»Gute Entscheidung. Laura, du ziehst die nächsten Tage mit den Kindern zu Alex und Dirk. Die Sache wird allmählich zu riskant.«

Besonders begeistert sah Laura nicht aus, dann nickte sie. »Gut, aber die Kinder bleiben bei Em. Sie freut sich, wenn Rami und Nicki ein paar Tage dort wohnen, aber für uns alle wird es dort vor allem nachts zu eng. Und Rami würde euch mit ihrer Neugier in den Wahnsinn treiben.«

Mark überlegte und nickte dann. Der Gedanke gefiel ihm.

»Gut, einverstanden. Dann zurück zu meiner Frage. Wer wusste davon, wo ihr heute Morgen hinwolltet?«

»Außer Em und Nicki nur meine Mutter, aber ich habe Tom bereits gesagt, dass das ausgeschlossen ist.«

»Sekunde, Laura. Deine Mutter wusste doch auch, in welchem Parkhaus du am Flughafen geparkt hast und von euern Spielplatzbesuchen, oder?«

Widerstrebend nickte Laura. »Schon, aber sie würde weder mir noch den Kindern etwas antun, selbst wenn mein Verhältnis zu ihr nicht das beste ist.«

Nachdenklich spielte Mark mit seinen Autoschlüsseln. Es war schwer vorstellbar, dass Lauras Mutter in die Anschläge auf ihre Tochter verwickelt war. Auf der anderen Seite schien Lauras Familie aus ähnlichem Holz wie ihr Exmann geschnitzt zu sein, arrogant und prestigesüchtig. Aber Giftgas und Auftragskiller? Und doch war dies in seinen Augen ein Zufall zu viel. Auf irgendeine Art und Weise musste die Frau in den Fall verwickelt sein.

Tom deutete zum Fenster. »Da kommt Besuch. Boss?«

Laura verzog den Mund. »Wenn man vom Teufel spricht … Dann macht euch am besten selbst ein Bild. Das ist meine Mutter. Die hat mir heute noch gefehlt.«

»Kennt Sie meinen Namen?«

»Nur den Vornamen, Rami hat bei etlichen Gelegenheiten von dir geschwärmt. Wieso?«

»Abwarten. Tom, mach dich unsichtbar. Laura, überlass das Reden mir.«

Laura murmelte etwas über seinen Befehlston, ging aber widerspruchslos zur Haustür, während Tom über die Treppe im ersten Stock verschwand. Der unerwartete Besuch von Lauras Mutter ausgerechnet zu diesem Zeitpunkt konnte in Marks Augen auch kein Zufall sein.

Entspannt gegen die Arbeitsplatte gelehnt betrachtete Mark Lauras Mutter. Perfekt gestylt und geschminkt, wie sie war, konnte er ihr Alter nicht einschätzen. Das Platinblond der mittellangen Haare war sicher nicht natürlichen Ursprungs, und für den Gegenwert ihres Schmucks konnte man sich vermutlich einen Kleinwagen kaufen, vielleicht keinen deutschen, aber für einen japanischen würde es reichen.

»Das ist meine Mutter, Larissa Hartung.«

Lächelnd streckte Mark die Hand aus. Er hatte keine Ahnung, was ihn dazu bewog, aber gelernt, seinen Instinkten zu vertrauen. »Rawiz, Mark Rawiz. Nett, Sie kennenzulernen«, stellte er sich vor und benutzte den Nachnamen, mit dem er geboren worden war.

»Möchtest du vielleicht einen Kaffee und dich kurz hinsetzen?«, bot Laura wenig begeistert an.

Mark presste die Lippen fest zusammen, als Laura das Wort »kurz« überdeutlich betonte.

Larissa Hartung lächelte kühl. »Ich will dich nicht aufhalten. Ich soll dir nur etwas geben.« Sie wandte sich an Mark. »Rawiz ist ein ungewöhnlicher Name, kommt mir aber bekannt vor. Kennen wir uns?«

»Der Name stammt aus Afghanistan. Begegnet sind wir uns bisher nicht, vermutlich kennen Sie den Namen meiner Schwester, Shara Rawiz. Ich bin der leibliche Onkel von Rami und besuche sie so oft es geht, solange meine Schwester in der Klinik ist.«

»Dann weiß ich, wer Sie sind. Rami ist ja ganz begeistert von Ihnen. Die Geschichte mit Joachim ist wirklich bedauerlich. Aber ich hoffe, dass die Missverständnisse noch aufgeklärt werden und er bald wieder bei seiner Familie ist.«

»Ich nicht«, fauchte Laura. »Kaffee?«

»Nein, danke. Ich wollte auch nicht lange stören. Friedrich

machte sich nur Sorgen um dich und meint, ein paar Tage auf der Insel würden dir guttun.« Sie suchte kurz in ihrer Handtasche und warf einen Schlüsselbund auf den Tisch. »Es ist alles für dich und die Kinder vorbereitet. Eine Woche Schulausfall wird Rami schon verkraften.«

Laura starrte ihre Mutter mit offenem Mund an. »Ich soll einfach so nach Sylt fahren? Wieso das denn? Du weißt doch genau, was ich von dem ganzen Schickeriakram dort halte.«

»Du musst ja nicht da einkaufen und essen, wo wir es üblicherweise tun. Geh mit den Kindern an den Strand und lasst euch den Wind um die Ohren wehen.«

»Einfach so? Während der Schulzeit? Das ist eine sehr seltsame Idee.« Laura runzelte plötzlich die Stirn und wurde blass.

»Denk wenigstens drüber nach. Deinem Onkel liegt viel daran, dass du dich von den Anstrengungen der letzten Zeit einmal richtig erholst.«

Taxierend fuhr ihr Blick über Marks Lederjacke und Jeans; sie bemerkte nicht, dass die Hände ihrer Tochter zitterten. »Wem gehören die Fahrzeuge im Carport?«

Laura wirkte, als ob sie die Frage gar nicht gehört hätte, und Mark interessierte wesentlich mehr, wer dieser Onkel war, der Laura offensichtlich aus der Schusslinie haben wollte. Und sich damit an die Spitze ihrer Verdächtigen katapultiert hatte. »Den Audi benutzt Laura, während ihr Volvo in der Werkstatt ist, und der Mercedes gehört mir.«

Der Blick von Lauras Mutter wanderte von dem Mercedes über Marks Kleidung und blieb an seiner Taucheruhr, einer Breitling, ein Geschenk seines Vaters, hängen. Ein affektiertes Lächeln, das ihre Augen nicht erreichte, formte ihren Mund zu einem perfekten Halbkreis. »Ihr könntet ja sonst auch zusammen fahren und ein paar Tage dort verbringen. So, ich muss dann aber auch. Melde dich nachher, wenn du weißt, wann du losfährst.«

»Ich habe doch gar nicht gesagt, dass ich fahre. Aber ich bringe dich noch zur Tür.«

Das klang eher, als ob sich Laura überzeugen wollte, dass ihre Mutter wirklich endlich ging, als nach einem höflichen Abschied. Ungeduldig wartete Mark, bis die Haustür hinter Larissa Hartung ins Schloss gefallen war. »Was ist mit dir los?«

»Ich weiß es. Endlich weiß ich, was mit Zerberus war.« Sie wich vor ihm zurück und rannte ins Wohnzimmer.

Tom kam zögernd die Treppe herunter. »Was hat das zu bedeuten?«

»Das werden wir hoffentlich gleich erfahren.«

Sie folgten Laura ins Wohnzimmer. Ungläubig sah Mark auf den Stapel Fotoalben, den sie aus einem Schrank gezerrt und auf dem Fußboden verteilt hatte. Unschlüssig fuhr sie mit dem Finger über ein Album und warf es dann zur Seite.

»Laura? Was soll das?«

»Lass mich. Ich muss überlegen, wie alt Nicki war, als ich …« Sie brach ab und griff zum nächsten Album. »Das muss es sein.« Hektisch blätterte sie einige Seiten um, dann tippte sie triumphierend auf ein Foto. »Hier: Zerberus.«

»Was?« Mark war wie elektrisiert. Verständnislos betrachtete er die beiden Männer und den Schäferhund, die vor einer Jacht standen. Der Name des Schiffes prangte unübersehbar am Bug: »Zerberus«. Kranz erkannte er sofort, der ältere Mann kam ihm bekannt vor, er konnte ihm jedoch keinen Namen zuordnen. »Wer ist das?«

»Mein Onkel, sogar Patenonkel. Er und mein Exmann waren dicke Freunde. Das passt ja, von Joachim hätte ich auch nie geglaubt, dass er … Seinen Namen müsstest du eigentlich kennen, Friedrich von Ehlersleben, der Bruder meiner Mutter. Er besteht auf der Anrede ›Konsul‹, weil er Honorarkonsul für irgendein südamerikanisches Land ist, hat eigentlich Geld genug, beste Verbindungen zu Politikern jeder Couleur. Alter Hamburger Adel sozusagen, Kunstmäzen. Mehr fällt mir im Moment nicht ein. Wir haben kaum noch Kontakt, seitdem ich nicht mehr im Golf- und Tennisclub erscheine. Den Rest musst du im Internet nachlesen. Ich kann es nicht glauben, aber das mit der Einladung nach Sylt ausgerechnet jetzt ist doch auch nicht normal, oder?«

Ihre stockende Stimme fuhr ihm direkt ins Herz. Zärtlich zog er sie in seine Arme. »Nein, ist es nicht, aber wir klären das.«

Erst schmiegte sie sich an ihn, dann legte sie den Kopf in den Nacken. »Verstehst du, wie das zusammenhängt?«

»Ich habe einen Verdacht, aber noch nichts Konkretes. Was ist mit der Jacht?«, wechselte er das Thema.

»Gehört ihm und heißt wie sein Hund. Was bedeutet das?«

»Dass ich zu Sven und Dirk fahre und den Background von deinem Onkel checke. Danach reden wir und die letzten Kartons haben sich erledigt.«

»Gut.« Laura atmete noch einmal tief durch und hatte sich dann wieder gefasst. »Ich könnte Hilfe dabei gebrauchen, den ganzen Kram endgültig zu entsorgen. Im Kofferraum des Mercedes wäre genug Platz, und wenn ich sowieso Tom am Hals habe, dann könnten wir das doch gleich erledigen. Und dann will ich in die Ostseeklinik. Ich muss etwas tun, sonst werde ich wahnsinnig.« Verlegen sah sie Tom an. »Das war nicht böse gemeint, ich wollte nur … Ich meine, ich bin dir unheimlich dankbar, dafür dass du heute Morgen da warst, aber irgendwie ist das alles …« Verlegen wich sie Toms Blick aus und zupfte am Ärmel ihres Pullis.

»Kein Problem, ich verstehe dich und helfe dir gerne. Ansonsten mache ich mich wieder unsichtbar. Keine Angst, du wirst überhaupt nicht merken, dass ich da bin.«

Die ruhige und herzliche Art des SEALs verfehlte ihre Wirkung nicht. Laura wirkte zunehmend entspannter, schüttelte dann aber wieder energisch den Kopf. »Das musst du nicht. Ich weiß, wie das aussieht. Aber ein Punkt passt nicht: Mein Onkel würde nie zulassen, dass mir oder den Kindern etwas passiert. Das kann und will ich nicht glauben. Darum verstehe ich nicht, warum er mich nun anscheinend weghaben will und vorher ...«

Mark dachte an Svens Überlegungen, der von zwei verschiedenen Tätern bei den Anschlägen auf Laura ausging. »Auch das werden wir herausfinden. Aber bis dahin sind dein Onkel und ich uns sogar einig. Deine Sicherheit steht an oberster Stelle, da werde ich kein Risiko eingehen, weder in Bezug auf dich noch auf die Kinder.«

31

Mark hörte die hitzige Diskussion zwischen Sven und Dirk bis auf den Flur. Trotz ihrer engen Freundschaft gerieten sie sich regelmäßig in die Haare, wobei der Ärger genauso schnell verrauchte, wie er aufflammte. Da er Svens Wutausbrüche kannte, wunderte es ihn nicht, dass Dirk es nicht immer gelang, ruhig zu bleiben.

Leise öffnete er die Bürotür und stellte amüsiert fest, dass die beiden sich dermaßen gereizt anstarrten, dass sie ihn nicht bemerkten.

»Ausgerechnet du willst mir etwas von einem Zufall erzählen?« Dirks Tonfall war durch und durch spöttisch. Er lehnte sich zurück, bis sein Stuhl nur noch auf zwei Beinen stand, und hielt dem wütenden Blick seines Freundes stand.

»Du hast nicht mehr als eine an den Haaren herbeigezogene Vermutung. Was soll ich damit anfangen?«

»Das ist mehr, als du bisher zustande gebracht hast.«

Damit hatte Dirk einen empfindlichen Treffer gelandet. Aufgebracht sprang Sven auf, hatte die Hände zu Fäusten geballt.

Dirk ließ den Stuhl zurückkippen und verschränkte die Arme spöttisch vor der Brust. »Beeindruckend. Möchtest du Nachhilfe in Karate, oder was soll das?« Er bemerkte Mark und grinste ihm flüchtig zu.

»Du machst mich wahnsinnig.«

»Weil du weißt, dass ich recht habe. Ich kann auch nichts dafür, dass alles auf jemanden mit schneeweißer Weste und tollem Namen hindeutet. Jetzt gib endlich zu, dass mein Verdacht richtig sein könnte. Das ist der einzige Name, der bei dir und bei mir auftaucht. Mir ist egal, wie unwahrscheinlich es ist, das kann kein Zufall sein. Denk lieber nach, wie das zusammenpasst.«

Mark pfiff überrascht durch die Zähne. Damit hatte er nicht gerechnet. »Geht es um Ehlersleben? Dazu hätte ich auch was zu sagen.«

Sven ließ sich auf seinen Schreibtischstuhl fallen. »Du auch noch.« Dirk wollte etwas sagen, doch Sven schnitt ihm das Wort ab. »Schon gut, schon gut. Das kann dann wirklich kaum ein Zufall sein. Ich geb's ja zu.«

»Kein Problem.« Dirk begann wieder mit dem Stuhl zu kippeln. »Verrat mir lieber, wie das passt. Kranz, Ehlersleben, *VirTech*, dazu noch der Verfassungsschutz, der Killer und diese beiden Experten aus dem Einkaufszentrum. Selbst wenn wir davon ausgehen, dass uns die Daten von Kranz zugespielt worden sind, weil er einen Deal abschließen wollte, macht das alles keinen Sinn.«

Nachdenklich starrte Sven auf die Neonröhren an der Decke. »Doch, eine gewisse Struktur zeichnet sich ab. Aber erst mal will ich wissen, warum Mark mit demselben Namen auftaucht.«

»Weil Ehlersleben nicht nur Lauras Onkel ist, wie ihr vermutlich bereits herausgefunden habt, sondern auch eine Jacht und einen Hund mit sehr interessantem Namen besitzt.«

»Jacht? Hund? Zerberus!«, schloss Sven sofort.

»Bingo. Und nicht nur das. Er und Kranz hingen eng zusammen, und seine Schwester, also Lauras Mutter, ist vorhin aufgetaucht und wollte in seinem Auftrag Laura und den Kindern einen Kurzurlaub auf Sylt spendieren.«

»Um sie aus der Schusslinie zu bringen«, ergänzte Sven sofort.

Dirks Miene war ein einziges Fragezeichen. »Nachdem er ihr vorher im Einkaufszentrum zwei widerliche Typen auf den Hals gehetzt hat?«

Sven schüttelte den Kopf. »Nein, das war er nicht. Neben dem Konsul muss es noch jemanden geben. Der ist dann für den Killer und die Typen in Wandsbek verantwortlich gewesen. Die Informationen, wo sich Laura aufhielt, muss derjenige vom Konsul, über den Umweg über Lauras Mutter erhalten haben. Aber dem Konsul scheinen die Mittel nicht zu gefallen. Und deshalb nun der Versuch, Laura in Sicherheit zu bringen. Wenn du an die Mails denkst, heißt das, einer sitzt in Berlin und der Konsul eben hier in Hamburg.«

Dirk schüttelte nachdenklich den Kopf. »Ziemlich viel Theorie, aber möglich wäre es.«

Sven warf seinem Freund einen amüsierten Blick zu. »Zu gütig. Ich nehme das mal als Zustimmung. Es gibt eben auch eine Welt jenseits von Zahlen und Fakten. Ist für einen Wirtschaftsprüfer natürlich schwierig.«

Dirks Gesichtsausdruck verhieß nichts Gutes. Bevor die beiden erneut loslegten, wechselte Mark schnell das Thema. »Wie seid ihr auf den Konsul gestoßen?«

»Dirk ist hinter der Schweizer Holding auf eine Gesellschaft gestoßen, an der Ehlersleben beteiligt ist. *VirTech* überweist in unregelmäßigen Abständen hohe Summen an diese Firma. Seiner Meinung nach könnten so Gewinne heimlich abgezogen und transferiert werden, denn ihm gefielen die Buchungstexte bei den entsprechenden Umsätzen nicht, die sahen nach Verschleierungstaktik aus. Ich hatte ihm vorher eine Übersicht über Lauras Familienangehörige gegeben, er hat den Namen erkannt, und sofort stand der Konsul bei ihm ganz oben auf der Liste der Hauptverdächtigen, während ich überzeugt war, dass er sich irrt. Vergessen wir es lieber. Alles richtig zusammengefasst?«

Dirk nickte und griff nach seinem Kaffeebecher. »Einen Punkt hast du noch vergessen. *VirTech* ist an einer Firma für

Objektschutz beteiligt. Die Buchungen laufen übers gleiche System, daher hatte ich sie mir kopiert, aber erst jetzt angesehen. Sorry, ich dachte, die wären nicht so wichtig. Egal, diese Objektschutzfirma macht einen Großteil des Umsatzes mit *VirTech*. Laut Rechnungen geht es dabei auch um ein Gelände auf der Insel Poel und ein Grundstück direkt an der Elbe. Nun ratet mal, wer dort wohnt.«

Mark nickte nachdenklich und ließ sich auf dem zweiten Besucherstuhl nieder. Damit erhärtete sich der Verdacht gegen den Konsul und das Gelände auf Poel, es blieben aber noch genug offene Punkte. »Was ist mit dem Verfassungsschutz?«

Sven zog die Stirn kraus. »Die Daten von dem Notebook haben nichts Neues gebracht. Am interessantesten war der Bericht über euern Einsatz vom letzten Jahr und die Tatsache, dass der Verfassungsschutz seit Kurzem auch von dem Gelände auf Poel weiß. Ansonsten sah es für mich eindeutig so aus, dass Reimers selbst hinter *VirTech* her ist. Wir sollten wirklich mit ihm reden. Wenn wir das gleiche Ziel haben, ergibt sein Verhalten keinen Sinn.«

Mark schüttelte den Kopf. »Später. Jake hat noch ein paar Informationen über ihn ausgegraben, die ich mir noch ansehen will. Im Moment haben wir genügend Anhaltspunkte. Außerdem weiß Reimers ja, wo er dich findet, wenn er wirklich mit uns zusammenarbeiten wollte.« Sein Handy meldete sich. Jake. Er hörte dem knappen Bericht zu und beendete zufrieden das Telefonat. »Nächster Punkt geklärt: Bereits die ersten Satellitenaufnahmen waren eindeutig: Unsere Experten haben spezielle Filteranlagen in den Schornsteinen entdeckt. Die sind bei der Herstellung von chemischen Erzeugnissen üblich. Dass der Laden für solche Dinge keine Genehmigung hat, ist klar, oder? Jake und Pat sehen sich das mal vor Ort an.«

Sven nickte, starrte dann aber wieder an die Decke.

»Was ist?«, fragte Dirk.

»Mir fehlt insgesamt ein Puzzlestück, eigentlich sind es sogar zwei. Pass auf, ich fasse mal zusammen: Unsere Gegner, wahrscheinlich mit dem Konsul und einem Unbekannten in Berlin an der Spitze, wissen, dass wir ihnen mit den SEALs zusammen auf der Spur sind, denken aber, Mark und Jake hat es erwischt. Kranz wusste von den Geschäften des Konsuls und hat versucht, einen Deal abzuschließen. Da er den deutschen Behörden wegen des Einflusses des Konsuls nicht traute, wollte er mit den Amerikanern ins Geschäft kommen. Aber jetzt wird es unsauber: Kranz wusste nicht, dass Mark ein SEAL ist, sondern ging vom Schatzamt aus. Ist der Anschlag auf Rage und sein Team Zufall oder Absicht gewesen? Wir sind bisher immer von Absicht ausgegangen. Da fehlt noch etwas Wichtiges, vielleicht ist das dann auch die Erklärung für das merkwürdige Verhalten von Stephan.«

»Berlin«, platzte Dirk heraus.

»Spinnst du jetzt?«, erkundigte sich Sven übertrieben höflich.

Dirk ließ sich nicht beirren. »Nein, es ist zwar auch nur eine Theorie, vielleicht sogar eine abenteuerliche. Aber meint ihr, dass es Zufall ist, dass Reimers eigentlich von Berlin aus agiert und einer der Eigentümer von *VirTech* von dort aus das Fax wegen der Bezahlung des Killers geschickt hat?«

Sven verzog den Mund. »Weißt du eigentlich, wie groß Berlin ist?«

»Natürlich. Aber es könnte doch theoretisch sein, dass der Konsul und einer aus der Behörde zusammenarbeiten. Also quasi Partner sind.«

Als Sven widersprechen wollte, hob Mark eine Hand. »Nicht so schnell, Sven. Lass uns den Faden mal weiterspinnen. Dieser Typ in Berlin hätte dann auch irgendwie die Möglichkeit, an die Unterlagen über die SEALs heranzukommen, und vermutlich waren ihm die Einschüchterungsversuche des Konsuls zu harmlos. Dann macht es wieder Sinn: Tötet eins der Kinder, und schon denkt die Mutter nicht mehr über ihren Exmann und ihre missratene Familie nach.«

»Und wie passt Reimers in das Spiel? Wie kommt es, dass der von Jakes angeblichem Tod weiß, aber nichts von Mark? Der müsste doch dann von dem Typen beim Verfassungsschutz mit Informationen versorgt werden«, überlegte Dirk laut.

»Keine Ahnung, aber der Motorradunfall von Jake war eine reguläre Polizeimeldung, während wir das andere gezielt in Richtung Amerika verbreitet haben, um das Leck dort ausfindig zu machen.« Sven hob die Schultern. »Ich weiß es nicht, aber Stephan hat garantiert nichts mit dem Killer zu tun. Niemals. Dafür lege ich meine Hand ins Feuer.«

Mark dachte an die Informationen, die Jake über Stephan Reimers ausgegraben hatte, und legte zweifelnd den Kopf auf die Seite, widersprach Svens Einschätzung jedoch nicht. Reimers war in der Vergangenheit nicht gerade zimperlich gewesen, wenn es darum ging, seinen Auftrag zu erfüllen. »Wir werden sehen. Wir nehmen uns erst Poel vor, dann den Konsul. So lange wühlen wir weiter im Dreck. Auch wenn unsere Theorie verdammt gut ist, will ich handfeste Beweise haben.«

Sven gähnte. »Damit wäre unser Nachmittagsprogramm gesichert. Aber wir können nach dem Mittagessen bei Dirk weitermachen. Ich bin gegen drei sowieso mit Britta verabredet und muss mich für eine gute Stunde ausklinken.«

Dirk rieb sich über die Augen und gähnte ebenfalls. »Es ist gleich halb eins. Wie sieht's aus? Steakhaus und dann ab zu mir, oder?«

»Ihr seht aus, als ob ihr ein Mittagsschläfchen vertragen könntet«, stellte Mark süffisant fest.

Ruckartig fuhren Dirks und Svens Köpfe zu ihm herum. »Wir haben schließlich die letzten Tage nicht im Krankenhaus faul herumgelegen«, schoss Sven zurück. Ehe Dirk in die gleiche Kerbe schlug, winkte Mark ab. »Schon gut. Ich mache mir eben Sorgen um euch.«

»Hatten wir das heute nicht schon, Daddy?«, knurrte Dirk, zwinkerte ihm dabei aber zu und gähnte erneut.

»Wo steht geschrieben, dass ich für die Getränke zuständig bin?«, beschwerte sich Mark bei Dirk und nahm eine Flasche Cola aus dem Kühlschrank. Als er gewohnheitsmäßig aus dem Küchenfenster blickte und erkannte, mit wem Alex sprach, landete die Flasche mit einem dumpfen Knall auf der Arbeitsplatte und kippte um. »Verdammter Mist.«

Dirk sprang vor und fing die Flasche auf, ehe sie auf den Boden fiel. »Hey, langsam, wenn es dir so wichtig ist, dann …«

Mark hielt sich nicht mit einer Erklärung auf. »Sieh raus«, sagte er, während er bereits aus der Küche stürzte.

Fluchend folgte Dirk ihm, zerrte aber auf dem Weg zur Haustür seine Sig aus der Lederjacke – damit wenigstens einer von ihnen bewaffnet war, auch wenn es unwahrscheinlich war, dass er die Pistole benötigte. Andererseits hatten sie keine Ahnung, welches Spiel Reimers eigentlich spielte und wieso er nun hier auftauchte.

Mark riss die Tür auf und überbrückte die Entfernung zu Dirks BMW mit wenigen Schritten. Reimers fuhr erschrocken herum, wich zurück und stieß dabei gegen Dirks Wagen.

»Haben Sie mich nicht verstanden? Ich sagte, Sie sollen mir nicht zu nahe kommen«, fuhr Mark ihn an.

»Er hat Mark oder Sven gesucht«, erklärte Alex.

»Dann hat er uns ja gefunden. Nimm Tim und geh zum Spielplatz. Wir müssen in Ruhe miteinander reden«, befahl Dirk.

Aufatmend sah Mark, dass Alex, ohne nachzufragen oder zu zögern, ausnahmsweise tat, was ihr Mann verlangte. Andererseits war die Spannung zwischen ihnen auch unübersehbar. Reimers verfolgte ebenfalls, wie Alex mit dem Kind zwischen den Häusern auf einen Sandweg einbog. »Wollen wir hier draußen reden? Meinetwegen. Und dass wir miteinander reden müssen, hatte ich Ihnen gesagt. Was haben Sie daran nicht verstanden?«

Während Mark noch überlegte, wie er mit der unerwarteten Begegnung umgehen sollte, bog Svens BMW in die Straße ein und hielt mit quietschenden Reifen neben ihnen.

Der LKA-Beamte sprang aus dem Wagen raus und betrachtete sie irritiert. »Was macht Stephan hier? Wieso weiß er, wo Dirk wohnt …? Oh, verdammt.« Er ging zur Beifahrerseite des BMWs und tastete den Wagenboden ab. Mit einem schwarzen Kasten in der Hand ging er auf Reimers los. »Du Mistkerl.«

Der Anflug eines Grinsens zeigte sich bei Reimers. »Notwehr, wenn keiner mit mir redet. Es war ein wirklich netter Trick von euch, dass euer Vorgesetzter eure Adressen mit der Anschrift des Polizeipräsidiums ersetzen lassen hat. Aber jetzt ist Schluss mit den Spielchen. Im Präsidium kannst du dich hinter deinem Vorgesetzten verstecken, hier nicht. Seid doch froh, dass ich nicht mit einem Großaufgebot der Polizei aufgetaucht bin.« Er kniff die Augen drohend zusammen. »Aber deine Adresse kenne ich ja sowieso, das kann ich gerne nachholen.«

»Das wird dir schwerfallen, wenn du tot bist«, konterte Sven kalt.

Reimers hob beschwichtigend die Hände. »Nun reg dich ab. Was hätte ich denn tun sollen? Irgendwie musste ich an dich und deine merkwürdigen Freunde rankommen und herausbekommen, wo ihr euch herumtreibt. Willst du ernsthaft abstreiten, dass es Zeit ist, miteinander zu reden?«

»Merkwürdige Freunde?«, fragte Dirk und schüttelte den

Kopf. »Könnten wir das Gespräch vielleicht drinnen fortsetzen? Bei den Nachbarn sind schon die Gardinen in Bewegung. Aber ehe Sie mein Haus betreten, geben Sie mir Ihre Waffe.«

Reimers zögerte kurz, händigte ihm dann aber seine Dienstwaffe aus.

»Hinsetzen«, befahl Mark und zeigte auf einen der Stühle in der Essecke.

Erst als Dirk drohend auf ihn zutrat, gehorchte Reimers. Nur in seinen Augen zeigte sich Wut, die er sofort wieder unter Kontrolle hatte. Unheilvolles Schweigen breitete sich aus, während sie mit undurchdringlichen Mienen auf den Verfassungsschützer herabblickten.

Ohne Vorwarnung sprang Reimers auf und wich an die Wand zurück. »Es reicht. Ich kenne diese Spielchen genauso gut wie Sie. Schluss damit. Die bringen uns nicht weiter, und ich will endlich Antworten haben. Deshalb bin ich hier.«

»Ich denke nicht, dass Sie in der Position sind, Forderungen zu stellen.«

»Und? Was wollen Sie jetzt machen? Mich erschießen?«

Mark sah Reimers ausdruckslos an, und seine Rechnung ging auf, dem Verfassungsschützer verging das spöttische Grinsen. »Das wäre allerdings der Beweis, dass wir tatsächlich auf unterschiedlichen Seiten stehen.«

Sven schnaubte aufgebracht. »Wofür hältst du uns eigentlich? Und wieso weißt du über Mark und seine Leute so gut Bescheid? Hast du Zugriff auf die Personalakten der SEALs?«

Reimers reagierte verblüfft. »Personalakten? Wie sollte ich denn daran kommen? Ich kenne die Namen der beiden Teamchefs und weiß, dass sie zu einem Spezialteam der SEALs gehören und was sie letztes Jahr in Hamburg getan haben. Mehr nicht.«

Mark hob fragend eine Augenbraue. »Sven?«

»Kann sein, dass er die Wahrheit sagt, sicher bin ich mir nicht. Was willst du von uns, Stephan?«

»Das habe ich doch schon gesagt. Ich will immer noch wissen, was hier läuft. Insbesondere, ob ihr heute auf Poel gewesen seid.«

Respekt keimte in Mark auf. Reimers ließ sich weder einschüchtern noch ablenken, sondern verfolgte beherrscht und zielstrebig seinen Weg. Aber so kamen sie nicht weiter. »Ich sagte Ihnen bereits, dass Sie nicht in der Position sind, Forderungen zu stellen.«

»Arroganz gehört wohl bei Ihnen zum Geschäft. Ihr Auftreten hat es wirklich in sich. Wollen wir jetzt ernsthaft über Rechtsgrundlagen diskutieren? Dabei habe ich die besseren Karten. Ich befürchte nur, dass wir offiziell nicht weiterkommen, deshalb ist dies mein letzter Versuch, mit Ihnen vernünftig zu reden. Außerdem interessiert mich nicht nur, was Sie hier treiben, sondern vor allem, ob Sie etwas mit dem Verschwinden meiner Leute auf Poel zu tun haben.« Mark stutzte, verbarg aber seine Überraschung. Das waren völlig neue Informationen.

»Wenn wir beim Thema Recht sind, hätte ich zur Behandlung durch Ihre Leute auch einiges zu sagen. Was ist mit Ihren Leuten?«

»Westphals Vorgehen wird offiziell untersucht. Dass er nicht auf meine Anweisung gehandelt hat, dürfte auch Ihnen mittlerweile klar sein. Aber er gehörte zu meinem Team, das hätte nicht passieren dürfen, und letztlich trage ich die Verantwortung. Wenn Sie nicht sofort abgehauen wären, hätte ich mich bei Ihnen auch offiziell dafür entschuldigt. Aber Vergangenes bringt uns nicht weiter.« Er schwieg, schien auf eine Antwort zu warten, die aber nicht kam, und sah schließlich Sven an.

»Meine Leute hatten den Auftrag, sich das Gelände auf Poel genauer anzusehen. Seitdem fehlt von ihnen jede Spur, und ich mache mir ernsthafte Sorgen. Deshalb bin ich hier und nicht, um mich mit Ihnen über Kompetenzen oder Rechtsgrundlagen zu streiten.«

Allmählich verstand Mark, warum Reimers und Sven sich angefreundet hatten. Auch wenn der Verfassungsschützer nicht leicht zu durchschauen war, gefiel ihm, was hinter der kühlen Fassade durchschimmerte. »Wann sind Ihnen Ihre Leute auf Poel abhandengekommen? Ich brauche wenigstens die ungefähre Uhrzeit.«

»Waren Sie dort aktiv?«

Mark wurde eine Antwort erspart, als die Haustür sich öffnete. Jake betrat die Essecke und blieb bei Reimers' Anblick sichtlich überrascht stehen.

»Du kommst genau richtig«, begrüßte Mark seinen Stellvertreter. »Das ist Stephan Reimers. Er hat durch einen billigen Trick Dirks Adresse rausbekommen und wollte uns gerade verraten, wann zwei seiner Leute auf Poel verschwunden sind.«

»Fielding? Ich dachte, Sie wären tot.«

Jake sah ihn ausdruckslos an. »Anscheinend nicht. Welche Uhrzeit?«

Reimers wirkte ratlos, dann zeigte sich Verständnis in seiner Miene. »Haben Sie einen Satelliten auf das Gelände gerichtet? Die letzte Meldung haben sie gegen halb elf abgegeben. Sie hatten das Gelände erreicht und wollten sich dort umsehen.«

Jake schüttelte den Kopf. »Das war weit vor unserer Ankunft dort. Wir haben nichts bemerkt. Dirk? Hol dein Notebook, vielleicht bekommen wir damit heraus, was mit den Leuten geschehen ist.«

Sichtlich verwundert beobachtete Reimers wenig später, wie Dirk mit einigen Mausklicks die Bilder der Satellitenüberwachung aufrief. Rasch blätterte Dirk durch die Fotos und stoppte schließlich. Mit einem scharfen Atemzug veränderte er die Ansicht, sodass zwanzig Bilder, die im Abstand von wenigen Sekunden aufgenommen worden waren, auf dem Monitor erschienen. Fluchend wich er zurück, um Platz für die anderen zu machen, legte dabei aber kurz Reimers die Hand auf die Schulter. »Tut mir leid.«

Auf den Aufnahmen waren deutlich zwei Männer zu erkennen, die neben einem dunklen Kombi standen. Dann Bilder, auf denen sie sich mit einer anderen Gestalt unterhielten. Zwei weitere Männer tauchten auf, dann lagen Reimers' Leute neben dem Fahrzeug auf dem Boden. Die letzten Fotos zeigten, wie die Körper weggeschleift wurden. Danach war das Gelände bis auf einen Mann am Tor, der anscheinend rauchte, wieder menschenleer.

Müde rieb sich Reimers über die Augen und war auffallend blass geworden. »Was geht hier vor? Wie sieht Ihr Auftrag aus?«, fragte er schließlich gefasst.

Mark deutete auf das Notebook. »Das zu beenden.«

»Ist das alles?«

Verständnislos zuckte Mark bei der Nachfrage mit den Schultern. »Ich denke, das reicht für den Anfang. Sie sind dran: Warum will der Verfassungsschutz uns daran hindern?«

Reimers' Miene wurde undurchdringlich. »Wenn das Ihr einziges Interesse wäre, könnte ich damit leben.«

Verärgert mischte sich Sven ein. »Hör endlich mit deinen Anspielungen auf. Was meinst du? Was glaubst du eigentlich von uns? Reicht es nicht, dass du zwei Leute verloren hast? Wie lautet dein Auftrag? Warum mauerst du so, wenn wir an der gleichen Sache dran sind? Macht Westphals Verhalten dich nicht misstrauisch? Ich befürchte, irgendwas stimmt bei dir in Berlin nicht. Komm schon, Stephan, vertrau uns.«

Reimers wirkte kurz nachdenklich, aber dann schnaubte er geringschätzig. »Vertrauen? Weißt du überhaupt noch, für welches Land du arbeitest?«

Bisher hatte Dirk geschwiegen, doch jetzt stieß er sich energisch von der Wand ab. »Den gleichen Mist habe ich mir bereits in Norfolk anhören dürfen, nur andersrum. Wenn ich mir die Daten auf Ihrem Notebook ansehe, wissen Sie, worum es geht. Sie haben doch gelesen, was dem SEAL-Team in Afghanistan zugestoßen ist. Wen interessieren noch nationale Interessen, wenn es darum geht, was richtig ist?«

Reimers wich Dirks vorwurfsvollem Blick nicht aus. »So einfach ist das nicht. Ich verstehe, dass Sie befreundet sind und die Angelegenheit nicht objektiv betrachten, aber es steht mehr auf dem Spiel, und ehe Sie nicht mir gegenüber offen sind, werden Sie von mir nichts erfahren.«

Ehrlich ratlos zuckte Mark erneut mit den Schultern. »Ich weiß wirklich nicht, worauf Sie hinauswollen. Dirk hat Ihnen die Antwort bereits gegeben. Wir sind hier, um die Sache zu beenden und zu verhindern, dass das Zeug weiterproduziert und vor allem verkauft wird.«

Es war offensichtlich, dass dies Reimers nicht reichte, aber Mark hatte keine Vorstellung davon, was der Deutsche noch von ihm erwartete. Mittlerweile konnte er ihn jedoch gut genug einschätzen, um zu wissen, dass sie von ihm nichts mehr erfahren würden. Aber vielleicht würde Reimers bei Detailfragen nachgiebiger sein. »Was ist mit Westphal?«

Reimers verzog das Gesicht. »Als ich ihn mir vornehmen wollte, war er bereits untergetaucht. Die Fahndung nach ihm läuft, bisher ergebnislos. Ich weiß nicht, für wen er gearbeitet hat, für mich anscheinend nicht.«

Mark konnte sich vorstellen, was den Verfassungsschützer das offene Eingeständnis gekostet hatte. Sven hakte sofort nach. »Wenn du das selbst so siehst, solltest du langsam aufwachen und dich fragen, was hier eigentlich los ist. Verdammt, Stephan, du tust, als ob wir auf verschiedenen Seiten stünden, und das begreife ich nicht.«

Reimers ging auf Svens Bemerkung nicht ein. Vielleicht würde er später darüber nachdenken, aber nun darauf zu beharren, brachte sie nicht weiter. Mark wechselte erneut das Thema. »War Steilmann einer von den beiden auf Poel?«

Reimers antwortete, ohne zu zögern: »Nein. War er nicht. Ich arbeite normalerweise alleine und kannte die beiden kaum, das ändert aber nichts daran, dass ihr Tod nicht umsonst gewesen sein darf.«

Mehr würden sie kaum bei ihm erreichen. »Wenn Sie nicht mit uns zusammenarbeiten wollen oder können, halten Sie sich von hier und von *VirTech* fern.«

Reimers nickte langsam und sah Sven mit einem undefinierbaren Ausdruck an. »Schade, Sven. Ich hatte mir das anders vorgestellt. Aber es ist deine Entscheidung.« Jake und Dirk ignorierend wandte er sich mit einem bitteren Lächeln an Mark. »Vermutlich können Sie sich vorstellen, was ich von Ihrer Warnung halte, oder muss ich detailliert beschreiben, was Sie damit tun können?« Auffordernd streckte er die Hand aus. »Sie haben noch etwas, das mir gehört. Ich denke, Sie haben genug eigenes Spielzeug.«

Mark lächelte kaum merklich, als Dirk Reimers seine Waffe zurückgab.

32

Jake wartete, bis Reimers verschwunden war, und ließ sich dann auf einen der Stühle fallen. »Deine Entscheidung. Ich hätte auch nicht gewusst, was wir mit ihm machen sollen. Erschießen wäre wahrscheinlich übertrieben gewesen.«

Sven grinste. »Auf mich wirkte er ehrlich.«

Mark schüttelte leicht den Kopf. »Wollen wir hoffen, dass ich mich nicht getäuscht habe und du nicht ohne Grund mit ihm befreundet warst oder bist. Sag mal, weißt du eigentlich, was er die letzten zwei Jahre gemacht hat?«

»Nein, er hat nur erwähnt, dass er lange an einer Sache dran war. Aber wir hatten kaum Kontakt, und ich bezweifele, dass er mit mir offen über seine Aufträge reden würde. Was weißt du?«

»Jake hat sich gestern Abend seine Akte besorgt, weil ich hoffte, wir könnten ihn dann besser einschätzen. Das zwar nicht, aber die war verdammt interessant. Er hat sich eine perfekte Scheinidentität als Drogendealer in Spanien aufgebaut, saß dafür sogar sechs Monate im Gefängnis und hat es hinbekommen, einen Drogenring zu sprengen, ohne seine Tarnung auffliegen zu lassen. Der Mann ist gut und versteht es perfekt, jede Rolle zu spielen, die er will. So viel zum Thema ›wirkte ehrlich‹.«

»Und warum hast du ihn dann laufen lassen?«

Mark atmete tief durch. »Weil Alex mich wegen der Blutflecken auf den Fliesen umgebracht hätte?« Trotz des lockeren Spruchs fühlte er sich unwohl, aber normalerweise konnte er sich auf seinen Instinkt verlassen.

»Woher habt ihr die Akte von Stephan eigentlich?« Sven winkte sofort ab. »Ach so, ich vergaß, dass wir einen Hacker am Tisch sitzen haben. Wieso siehst du so fertig aus, Jake?«

Jake griff über den Tisch und drehte das Notebook um. »Pat und ich sind nicht direkt vorgegangen, sondern haben den Umweg durch das Waldstück genommen.« Er zoomte das Bild so zurecht, dass er das gesamte Gelände auf dem Monitor hatte. »Der Wald ist hervorragend präpariert. Bewegungsmelder, Lichtschranken, absolut professionell. Wir haben eine Ewigkeit gebraucht, um unbemerkt hin und zurück zu kommen. Gleiches gilt für die Zufahrt. Die ist videoüberwacht und der einzige Zugang vom Strand aus über die Steilküste nach oben wird ebenfalls unauffällig, aber geschickt überwacht. Sorry, Mark, im Moment sehe ich keine Möglichkeit, wie wir den Laden hochgehen lassen könnten. Selbst wenn ich Dirk und Sven berücksichtige, fällst du nahezu aus, und damit haben wir nicht genug Leute und außerdem die falsche Ausrüstung. Wir müssten mit Booten am Strand landen und dann über die Steilwand nach oben, gleichzeitig müsste ein zweites Team durchs Waldstück vorrücken, oder zumindest Scharfschützen. Selbst wenn wir das hinbekämen, wären wir zu wenige und ein offener Kampf Wahnsinn. Es gibt nur einen Weg: sofort die Kontrolle zu übernehmen. Und das funktioniert nur mit ausreichender Mannstärke und mit einem Angriff von zwei Flanken. Alles andere wäre eine mittlere Schlacht mit ungewissem Ausgang.«

»Wie viele arbeiten dort?«

Jake hob die Schultern. »Ich schätze, ungefähr dreißig. Davon vielleicht die Hälfte eher harmlos, und der Rest hat es in sich. Was sagst du dazu, Dirk?«

»Achtundzwanzig. Zwölf davon harmlos und sechzehn gefährlich.«

Sven starrte seinen Partner an. »Woher willst du das wissen?«

Dirk grinste schief. »Wirtschaftsprüfer eben. Ich habe mir heute Morgen noch angesehen, wie viele Leute von der Wachfirma dort arbeiten, und für die restlichen Mitarbeiter wird ganz normal Lohnsteuer ans zuständige Finanzamt abgeführt.«

Auf den ersten Blick teilte Mark Jakes Einschätzung, aber bisher war ihnen immer ein Ausweg eingefallen und Improvisation gehörte zu ihrem Handwerk.

Im Zweifel mussten sie doch auf die örtliche Polizei zurückgreifen, selbst mit Dirk und Sven wären sie nicht in der Lage, ein solches Gelände unter Kontrolle zu bringen.

»Zwei Teams, und das Problem wäre gelöst«, überlegte er laut.

Jake fuhr wie von der Tarantel gestochen hoch. »Genau das ist es. Und ich weiß auch, wo wir das andere Team herbekommen. Wo steckt Tom?«

»Der müsste jeden Moment mit Laura eintreffen. Warum?«

Dirk schlug mit der flachen Hand so hart auf den Tisch, dass sein Notebook wackelte. »Natürlich, das ist es. Ihr braucht nicht auf Tom zu warten. Ich weiß auch, dass sie gerade in Warnemünde sind.«

Es tröstete Mark etwas, dass Sven anscheinend genauso ratlos wie er war. »Würde mir bitte einer von euch verraten, was euch gerade in Begeisterungsstürme versetzt?«

Das Grinsen seiner Freunde war durch und durch selbstgefällig. »Na, Andi und Mike trainieren gerade in Warnemünde, das liegt praktisch auf dem Weg dorthin.«

Eine Unterstützung durch die beiden KSK-Soldaten und ihr Team konnte wirklich die Lösung ihrer Probleme sein. Trotzdem stellten Dirk und Jake sich die Sache etwas zu einfach vor. »Und wie soll ich ihre Unterstützung offiziell anfordern? Wenn ich das tue, dann wissen unsere Gegner sofort, dass wir unterwegs sind.«

Dirk winkte lässig ab. »Wenn wir die beiden fragen und sie hören, worum es geht, helfen sie uns auch so sofort. Andi weiß doch eh schon, wo wir dran sind. Und hinterher alles glatt zu ziehen, ist doch deine Spezialität.«

Der Gedanke, der Gummiwulst des Zodiacs einen kräftigen Tritt zu versetzen, war verführerisch, stattdessen richtete sich Andreas Pohl, von allen nur »Andi« genannt, auf und fuhr sich durch die nassen, dunkelbraunen Haare. Sein Körper befolgte den Befehl zum Aufstehen nur mit Verzögerung. Er reckte sich und spürte förmlich, wie die Wirbel sich knackend und protestierend in die richtige Position brachten. Als ob es nicht reichte, dass er abwechselnd die Bürokraten, die ihnen diese Übung eingebrockt hatten, und das Wetter verfluchte. Jetzt meldete ihm jeder seiner Instinkte, dass an dem Abschnitt der Steilküste vor ihnen etwas nicht so war, wie es sein sollte. Ein Aufeinandertreffen mit neugierigen Reportern wäre zwar ärgerlich gewesen, aber vergleichsweise harmlos. Trotzdem glaubte er nicht daran, dass ihr nächstes Problem so einfach zu lösen wäre.

»Was ist los, Andi?«

Normalerweise konnte nichts und niemand Michael König die Laune verderben, doch die steile Falte auf seiner Stirn inmitten der feuchten blonden Strähnen deutete darauf hin, dass auch er um seine Beherrschung kämpfen musste. Mit einer anatomisch interessanten Aufforderung an sämtliche Schreibtischhengste der Welt versuchte Mike, wie er im Team genannt wurde, das Meerwasser zumindest teilweise aus seinen Hosenbeinen zu wringen. Seine sonst amüsiert blickenden blauen Augen wirkten dunkler, ein unverkennbares Zeichen seines Ärgers. Und Andi konnte ihn verstehen.

Dass sie auf Neoprenanzüge verzichtet hatten und stattdessen ihre normalen schwarzen Kampfanzüge trugen, war laut der Theoretiker ein ergänzender Belastungstest unter widrigen Umständen. Vermutlich war deshalb auch der Start der Übung auf fünf Uhr morgens gelegt worden, als die Temperaturen knapp über dem Gefrierpunkt lagen.

»Antwortest du heute noch?«, hakte Mike ungeduldig nach.

Die Versuchung lag nahe, im gleichen Ton darauf hinzuweisen, dass er sich kaum zu rechtfertigen brauchte. Aber dafür waren sie zu gut befreundet, und Mike war weder für das Wetter noch für ihren Trainingsplan verantwortlich.

»Ein schlechtes Gefühl.«

Ein weiteres Mal überprüfte Andi den Küstenabschnitt. Der überwiegende Abschnitt des Strands lag noch im Schatten und war damit kaum einsehbar, daneben boten einige Felsen ausreichend Sichtschutz für einen Hinterhalt. Er rief sich zur Ordnung. Nach dem Überwinden der Steilküste hatten sie das Trainingsziel erreicht, von simuliertem Feindkontakt war nicht die Rede gewesen. Trotzdem blieb ein mieses Gefühl.

»Wolf? Sieh dich mit Matz bei den Felsen dahinten um.«

Der grauhaarige Oberfeldwebel musterte Andi erstaunt und bearbeitete sein Kaugummi heftiger. »Meinetwegen, dann wird uns wenigstens warm, Boss.«

Andi verkniff sich ein Grinsen und sah zu, wie das zweite Schlauchboot an Land gezogen wurde. Bei entsprechenden Temperaturen war dies ein netter Ort, und die Ostsee lud zu einem ausgedehnten Badeaufenthalt ein, doch im Moment hätte er die Stechmücken in den Sümpfen Floridas der kalten Nässe und dem feuchten Sand, der sich in jeder Ritze seiner Kleidung festsetzte, vorgezogen. Kein Wunder, dass sein Teamchef mit einer Erkältung im warmen Bett geblieben war, überlegte er zynisch. Überraschend oft hatte er die Gelegenheit, das Team des KSK zu führen, vorzugsweise dann, wenn es unbequem und anstrengend wurde. Allerdings hatte das durchaus Vorteile: Der Ton im Team war dann lockerer und die Stimmung wesentlich besser.

»Eigentlich ist es noch viel zu früh für einen Spaziergang und das Wetter zu schlecht.«

Erstaunt drehte sich Andi zu Mike um. »Was meinst du?«

Wortlos deutete Mike auf die Gestalt eines Mannes, der sich ihnen mit schnellen Schritten näherte. Ihr Übungsort war zu abgelegen, einen Anwohner würde wohl auch ein ausgedehnter Morgenspaziergang nicht hierhinführen, und die Kombination aus grau-braun gemusterter Tarnhose und schwarzer Lederjacke war auch eher ungewöhnlich. Als der Mann näher kam, erkannte Andi ihn. Mark. Was machte der denn hier? Er runzelte die Stirn und wollte ihm gerade entgegengehen, als ein lauter Pfiff von Wolf die morgendliche Stille beendete.

»Was zum Teufel ist hier los?«, fragte er, ohne sich an jemand Bestimmten zu wenden. Sowohl Wolf als auch Matz signalisierten mit knappen Handbewegungen, dass sie Probleme hatten. Da sie sich nicht rührten, sondern wie angewurzelt mitten auf dem Strand zwischen Ostsee und Steilküste standen, war Andi auf die Erklärung gespannt.

Mike löste leise vor sich hin fluchend das Kampfmesser aus dem Futteral an seiner Wade. »Wird das eine ungeplante Ausweitung der Übung, Andi? Wenn ich mich nicht sehr täusche, kommt da gerade Mark auf uns zu.«

»So weit war ich auch schon. Ich habe keine Ahnung. Es war weder von simuliertem Feindkontakt noch von einer Beteiligung der SEALs die Rede. Ich schätze, wir sollten Mark einfach fragen.« Ruhig sah er dem Amerikaner entgegen. »Guten Morgen, Mac. Die Überraschung ist dir geglückt. Was soll das hier werden?«

»Das hängt von euch ab. Wer hat das Sagen?«

»Im Moment ich, der Major hat sich mit einer Erkältung ins Bett verzogen.«

Die Antwort schien Mark zu gefallen. »Sehr gut, darauf hatte ich gehofft.«

Anscheinend war die Arbeitseinstellung seines Vorgesetzten bis zu den Amerikanern durchgedrungen. Eigentlich nicht erstaunlich, bei ihrer gemeinsamen Übung vor einigen Wochen in Florida war das auch kaum zu übersehen gewesen.

»Verrätst du mir, warum Wolf und Matz dort wie festgewachsen stehen?«

Der Anflug eines Grinsens zeigte sich auf dem Gesicht des SEALs. »Vermutlich sind sie ein wenig nervös, weil unsere Laservisiere ein nettes Muster auf ihre Oberkörper zeichnen.«

Allmählich reichte es Andi, zumal Mike bei Marks Erklärung instinktiv zurückgewichen war und sein Messer in einer eindeutigen Position hielt. »Langsam werde ich auch ein wenig nervös. Mike, lass den Mist und steck das Messer weg. Also gut, Mark, ich fasse dann mal zusammen. Ihr wusstet, wo ihr uns findet, und habt euch da drüben hinter den Felsen positioniert. Netter Empfang oder meinetwegen auch Hinterhalt. Und jetzt? Heißen Kaffee habt ihr nicht zufällig dabei? Oder wollt ihr es jetzt wirklich auf eine Konfrontation ankommen lassen?«

»Nein, natürlich nicht. Ich möchte nur, dass offiziell und formell feststeht, dass wir in der Lage wären, uns eure komplette Ausrüstung auszuleihen, ohne dass du es verhindern könntest.«

Verwirrt blinzelte Andi. »Warum? Wenn du unsere Hilfe brauchst, kannst du einfach fragen oder es sogar anweisen. Wo ist dein Problem?«

Marks Lächeln war ungewöhnlich gezwungen. »Mein Problem fängt schon damit an, dass euer Grundgesetz Einsätze auf deutschem Boden verbietet. Ich weiß, dass das über die

NATO-Mandate trotzdem möglich wäre, aber dieser Fall liegt anders.«

Während Marks Erklärung hatte Andi zunehmend Mühe, sich seine Bestürzung nicht anmerken zu lassen. Er hätte nie gedacht, dass sich Svens Fall derart entwickeln würde, aber die Schlussfolgerungen für das weitere Vorgehen lagen auf der Hand. »Du setzt darauf, mit einem Angriff von zwei Seiten und genügend Männern sofort die Kontrolle zu übernehmen. Das könnte klappen. Aber dafür brauchst du nicht nur unsere Boote und unsere Kletterausrüstung, sondern auch uns.«

»Das stimmt, aber das ist deine Entscheidung, wir würden es auch ohne euch probieren. Der Admiral und Tannhäuser, der Hamburger Polizeipräsident, decken unsere Aktion und arbeiten schon an der Begründung, warum wir so und nicht anders vorgehen mussten. Aber auch ihr Einfluss ist begrenzt.«

»Das ist mir auch klar. Aber jedes andere Vorgehen scheidet aus, bei den Lecks auf deutscher und amerikanischer Seite würden sie euch mit entsicherten Waffen empfangen. Dann ist das LKA auch dabei? Dirk und Sven? Wir reden doch über Svens Fall, oder?«

»Ja.«

Andi brauchte keine Sekunde zu überlegen. »Die Kaserne liegt knapp vierzig Fahrminuten entfernt, und zwar in die Richtung, in die wir sowieso müssen. Wir machen dort die Detailplanung und legen dann los.«

In einer freundschaftlichen Geste legte Mark ihm eine Hand auf den Rücken. »Du musst das nicht tun. Ich kann dir nicht garantieren, dass du ohne Probleme aus der Sache rauskommst.«

»Tja, genau da irrst du dich, Mac. Ich muss das tun, weil es getan werden muss, und ich wage mal zu behaupten, dass meine Jungs die Sache besser hinbekommen als ein Trupp vom Mobilen Einsatzkommando der Polizei. Wir werden ja sehen, wie der Mist ausgeht. Nur noch eine Frage. Reden wir über das Zeug, mit dem das Team von Rage ausgeschaltet worden ist?«

»Ja.« Mark musterte ihn prüfend. »Du bist ja bestens informiert.«

Andi grinste nur. So sehr er Mark auch schätzte, er musste nicht alles wissen.

Wolf war zu ihnen zurückgekehrt und hatte einen Großteil des Gesprächs mitbekommen. Für den Augenblick hatte er sein Kaugummi vergessen. »Bist du sicher, dass du das tun willst, Andi? Gibt es da nicht so etwas wie ein Grundgesetz? Wenn das abgeschafft wurde, habe ich das nicht mitbekommen.«

Andi winkte ab. »Den Punkt hatten wir schon. Aber *wir* werden auch gar nicht auf deutschem Boden aktiv. Wie kommst du auf so etwas, Wolf? Die Amerikaner sind im Rahmen eines Anti-Terror-Einsatzes auf ein Problem gestoßen, und wir unterstützen sie. Das ist alles. Reicht das, oder soll ich das entsprechende NATO-Mandat und die Zustimmung des Bundestages kopieren und vorlesen lassen?«

Mike lachte leise, aber Wolf blieb ernst. »Darum geht es mir nicht, Andi. Ich würde mich auch sofort freiwillig melden, aber ich will nicht, dass du hinterher dafür aufgehängt wirst.«

»Wird er nicht«, versprach Mark, aber Andi war nicht sicher, ob der Amerikaner das Versprechen halten konnte. Dennoch war er bereit, das Risiko einzugehen.

33

Mark hasste das Warten auf den endgültigen Beginn eines Einsatzes, und dieses Mal noch mehr als sonst. Die Tatsache, dass er rein körperlich nicht in der Lage war, ganz vorne mitzumischen, nagte an ihm. Ihr Plan war trotz der kurzen Vorbereitungszeit verdammt gut und erfolgversprechend. Leider bestand seine einzige Aufgabe darin, für eine gewisse Absicherung zu sorgen. Als er widersprochen hatte, war das überhaupt nicht gut bei den anderen angekommen. Irgendwann später würde er vielleicht über ihre Drohungen lachen können, jetzt allerdings noch nicht. Es wäre ihm lieber gewesen, wenn Dirk und Sven sich ganz aus dem Einsatz herausgehalten hätten, aber da sie auch mit Andis Team immer noch sehr wenige Männer waren, konnten sie es sich nicht leisten, auf die Unterstützung der beiden zu verzichten. Und Dirks Miene, als ihm klar wurde, dass Daniel vorhatte, den Anhänger des Lkws in die Luft zu jagen, den Dirk steuern würde, hatte für allgemeine Heiterkeit gesorgt. Noch gut zwanzig Minuten, dann ging es los. Irgendwie musste er die Zeit bis dahin überstehen.

Leise Geräusche. Jemand näherte sich seiner Position und gab sich dabei viel Mühe, das zu verbergen. Innerlich fluchend schmiegte Mark sich enger an den Waldboden, der nach dem tagelangen Regen immer noch nass und schlammig und trotz der Isolierfolie unangenehm kalt war. Die Tarnkleidung und das zusätzliche Netz mussten ihn eigentlich ausreichend verbergen. Eigentlich. Nichts schützte einen Scharfschützen, wenn ein Gegner zufällig über ihn stolperte. Er klickte zweimal auf das Mikrofon seines Headsets, um Pat zu warnen, der zwanzig Meter von ihm entfernt lag.

Wenige Meter vom Haupttor entfernt war das der ideale Standort, um einen Großteil des Geländes zu überblicken und bei Bedarf eine Bedrohung mit einigen gezielten Schüssen aus der Welt zu schaffen. Später würde Pat jedoch seine Position aufgeben und die anderen unterstützen. Mark biss die Zähne fest zusammen, aber er war ehrlich genug, einzusehen, dass dies die einzige Möglichkeit war. Der Zwei-Kilometer-Marsch durch den Wald mit den Bewegungsmeldern und Stolperdrähten und das Liegen auf dem Boden bekamen seiner Verletzung nicht besonders gut. Und ehe er einen der anderen in Gefahr brachte, übernahm er eben die ungeliebte Aufgabe des Scharfschützen.

Wer immer sich ihm von hinten näherte, war jetzt stehen geblieben. Umdrehen konnte Mark sich nicht, die Gefahr, seine Tarnung durch die geringste Bewegung zu verlieren, war immens. So vorsichtig wie möglich tastete er nach seinem Kampfmesser. Wenn es zu einer Auseinandersetzung kam, hatte er so vielleicht die Chance, diese geräuschlos für sich zu entscheiden.

Die Schritte kamen näher, und endlich erschien der Mann in seinem Sichtfeld. Mark fluchte. Stephan Reimers. Es hätte ihm klar sein müssen, dass der Verfassungsschützer nicht so leicht aufgab. Vermutlich hatte Reimers ebenso wie sie darauf spekuliert, dass in den Mittagsstunden die Aufmerksamkeit am niedrigsten war. Reimers bückte sich und warf wenige Augenblicke später mit einem Fluch einen Bewegungsmelder in das Gebüsch, wobei er Pat nur um Zentimeter verfehlte.

Damit war Reimers' Anwesenheit spätestens jetzt aufgeflogen. Wenn er nun floh und die Verbrecher das Waldstück durchkämmten, bekamen Mark und Pat ein Problem. Kurz sah es aus, als ob Reimers den Rückzug antreten wollte, dann ging er entschlossen auf das Haupttor zu.

Ein Motorengeräusch erklang, und ein japanischer Geländewagen fuhr durch das Tor und hielt direkt vor Reimers. Zwei Männer, die jedes Klischee eines Türstehers erfüllten, stiegen aus und bauten sich vor Reimers auf.

Mark verstand nur einzelne Worte, aber er musste zugeben, dass Reimers verdammt gut war. Die verängstigte Miene war genauso überzeugend wie die unsicher hervorgebrachte Erklärung vom liegengebliebenen Wagen und nicht funktionierenden Handy. Wortreich entschuldigte er sich für sein unbefugtes Eindringen in Privatgelände.

Langsam stieß Mark den angehaltenen Atem aus. Es sah aus, als ob Reimers mit seinem oscarreifen Schauspiel durchkam – und das war auch besser für ihn. Mark konnte nicht, um Reimers zu retten, die gesamte Mission gefährden, zumal er immer noch nicht sicher war, auf welcher Seite Reimers stand. Wenn sie ihre Gegner jetzt warnten, würden sie verschwinden und irgendwo neu anfangen. Sie kämen nie wieder so dicht an sie heran, von den Hintermännern ganz zu schweigen. Mehr als ein paar vage Indizien hatten sie nicht, die Lauras Onkel mit Zerberus in Verbindung brachten. Jeder Staatsanwalt würde sie auslachen, wenn sie damit ankamen, aber vielleicht wären sie einen Schritt weiter, wenn sie den Produktionsort stillgelegt und auseinandergenommen hatten.

Marks Erleichterung verflog schlagartig, als zwischen dem Hauptgebäude und einem flachen, bungalowähnlichen Bau ein blonder Mann auftauchte, den er gut kannte – und Reimers noch besser. Westphal. Der, der ihn fast umgebracht hätte und nun vermutlich das Gleiche mit Reimers vorhatte. Mark blickte durch das Zielfernrohr.

»Sollen wir einschreiten? Habe freies Schussfeld.«

Pats Stimme kam leise und heiser aus dem Kopfhörer.

»Negativ, wiederhole: negativ.«

Pat kannte die Folgen für den Deutschen ebenso gut wie Mark, aber er hatte keine Wahl. Er zwang sich, die verkrampfte Hand vom Gewehr zu lösen. Es wäre kein Problem, Reimers mit drei gezielten Schüssen dort rauszuholen, aber das kam nicht infrage. Noch nie in seiner Zeit bei der Navy hatte Mark es so sehr gehasst, solche Prioritäten setzen zu müssen.

Noch schien Reimers zu glauben, dass er davonkam, zumal einer der schwarz gekleideten Männer ungeduldig auf den Sandweg Richtung Bundesstraße deutete. Aber ehe der Verfassungsschützer den Rückweg antreten konnte, hatte der Blonde die kleine Gruppe erreicht. »Haltet ihn auf. Er darf nicht entkommen.«

Reimers war keine Schrecksekunde anzumerken, er zog sofort seine Waffe. Er war schnell, wirklich schnell, hatte aber gegen die schussbereite Maschinenpistole in der Hand von Westphal keine Chance. Die Waffe traf ihn seitlich an der Schläfe, er brach in die Knie.

Wieder sah Mark durch das Zielfernrohr und erkannte deutlich den Moment, als Reimers begriff, dass seine Lage aussichtslos war, gefolgt von sofortiger Entschlossenheit, die Sache nach seinen Regeln zu beenden. Er warf sich nach vorne, und es gelang ihm, Westphal zu Boden zu reißen. Aber ehe er ihm die Waffe entwinden konnte, war einer der anderen Männer bei ihm und schlug ihn hinterrücks nieder. Reimers brach bewusstlos zusammen.

Wenigstens hatten sie ihn nicht sofort umgebracht, damit blieben ihnen einige Minuten. Vermutlich würde die Zeit nicht reichen, aber versuchen mussten sie es. Er schaltete sein Mikrofon ein. »Sie haben gerade Reimers erwischt. Wenn er noch eine Chance haben soll, müssen wir schneller als geplant sein.«

Andi und Jake bestätigten beide, dass sie einige Minuten rausholen konnten. Dann erklang Svens Stimme, dem die Sorge um Reimers anzuhören war: »Wo haben sie ihn hingebracht?«

»Ins flache Gebäude.«

»Das übernehmen dann Dirk und ich. Wir schaffen es auch eher.«

Kaltes Wasser rann Stephan über den Kopf, drang in Mund und Nase ein und versickerte schließlich in seinem Jackenkragen. Hustend und würgend kam er zu sich, sofort setzte der Schmerz ein. Er wusste nicht, was schlimmer war: das Stechen in den Schultern oder das Pochen im Kopf, das durch jede Bewegung verstärkt wurde.

Deutlicher konnte ihm nicht bewusst werden, dass er in Schwierigkeiten steckte, und zwar in ernsthaften. Zwei Männer blickten auf ihn herab. Er unterdrückte einen Schmerzenslaut, als er sich auf die Beine kämpfte. Das Pochen im Kopf steigerte sich, bis er das Gefühl hatte, sein Schädel würde mit einem Presslufthammer bearbeitet werden, aber wenigstens ließ der Schmerz in den Schultern nach. Seine Hände waren mit Kabelbindern an ein Rohr gefesselt, sodass seine Schultergelenke das gesamte Körpergewicht getragen hatten. Leider war ihm sein Zeitgefühl abhandengekommen, und das Ziffernblatt seiner Uhr konnte er nicht erkennen. Es konnten erst Minuten vergangen sein, aber auch sehr viel mehr Zeit. Probeweise zerrte er an dem Rohr, aber dadurch grub sich das Plastikband nur noch stärker in seine Haut. Alleine kam er hier nicht raus, und schon gar nicht, solange zwei der Mistkerle direkt vor ihm standen.

Westphals sadistische Miene verhieß nichts Gutes, aber das hatte er erwartet.

»Endlich wach? Und? Geht's wieder?« Er lachte. »Ich helfe

dir auf die Sprünge: Du wirst uns noch ein paar Fragen beantworten, und das war's dann.«

Stephan würdigte ihn keiner Antwort. Leider waren sowohl Westphal als auch der zweite Mann außerhalb seiner Reichweite. Damit hatte er keine Chance, zuzutreten. Das hätte ihn zwar nicht weitergebracht, aber ihm zumindest eine gewisse Befriedigung verschafft. Westphals schwarzhaariger Begleiter hielt einen Revolver auf ihn gerichtet und verriet dadurch entweder seine Unerfahrenheit oder seine Dämlichkeit. Als ob er in dieser Position noch etwas unternehmen konnte.

Stephan ignorierte die Männer und sah sich um: geflieste Wände, keine Fenster, statt einer Tür eine schleusenartige Konstruktion. Etliche Rohre in verschiedenen Größen verliefen an den Wänden und Decken, an einigen Stellen waren Ventile und Düsen sichtbar. Er hatte keine Ahnung, wo er sich befand und was das für ein Ort war.

»Sieh dich ruhig um, ich kenne deinen guten Ruf bei unserem oder eher deinem Verein. Aber hier ist Endstation. Wenn du es schnell hinter dir haben willst, beantwortest du mir einige Fragen, ansonsten wird es sehr, sehr unangenehm.«

»Was ist mit meinen Leuten?«

»Die hatten Pech. Sie haben mich erkannt, und damit konnte ich sie kaum gehen lassen.«

Obwohl Stephan seit den Satellitenaufnahmen der Amerikaner damit gerechnet hatte, musste er hart um seine Beherrschung kämpfen. Die Mischung aus Gleichgültigkeit und Befriedigung in Westphals Stimme verursachte ihm akute Übelkeit, die nicht von den eingesteckten Schlägen kam.

»Du wirst damit nicht durchkommen.« Zufrieden stellte Stephan fest, dass seine Stimme ruhig und sicher klang. Keine Spur von der Wut, die in ihm tobte.

»Du hast doch keine Vorstellung, mit wem du es zu tun hast.

Du wärst schon längst tot, wenn ich nicht eine Frage hätte. Ich habe heute Morgen die Nachricht bekommen, dass dieser Rawlins tot sein soll. Angeblich schon vor Tagen an einer Schussverletzung im Bundeswehrkrankenhaus gestorben. Das kann ja wohl kaum stimmen. Seinen Stellvertreter hatte es doch auch erwischt. Was weißt du darüber?«

Allmählich begriff Stephan die Zusammenhänge, aber das sich abzeichnende Bild gefiel ihm nicht. Rawlins war zwar nicht tot, hatte aber eindeutig etwas abbekommen. Deshalb hatte er bei ihrem ersten Aufeinandertreffen gewirkt, als ob er jeden Moment zusammenbrechen würde. Vielleicht hatte sich der Amerikaner deswegen geweigert, mit ihm zu sprechen. Wenn das stimmte, konnte Stephan ihn verstehen, unter den Umständen wäre er selbst auch möglichst schnell verschwunden. Svens Warnungen kamen ihm in den Sinn, und auf einmal setzte sich das Puzzle zusammen. Sven, Rawlins und er standen auf der gleichen Seite. Es war genauso, wie Rawlins es ihm gesagt hatte: LKA und SEALs wollten die Giftgasproduktion beenden. Mehr nicht. Sein verdammter Auftrag war von vornherein manipuliert worden, um sie gegeneinander aufzuhetzen, was auch in gewisser Weise gelungen war. Er hätte seinem Instinkt vertrauen sollen. Jetzt war es zu spät.

Alles, was er noch erreichen konnte, war, das Täuschungsmanöver der Amerikaner aufrechtzuerhalten, auch wenn er keine Ahnung hatte, warum sie erst den Tod von Fielding und dann von Rawlins vorgetäuscht hatten. Andererseits ergab das schon einen Sinn, wenn die Männer wissen wollten, wo welche Information hingelangte.

Er hatte zu lange schweigend nachgedacht und Westphal zu wenig beachtet. Obwohl er noch versuchte, auszuweichen, traf der Fuß des Mistkerls ihn in der Magengegend. Er brach zusammen, nur die Fesseln hielten ihn aufrecht.

Mühsam kämpfte er sich wieder hoch. Als er endlich wieder einigermaßen sicher auf seinen Beinen stand, war Westphal bereits wieder außerhalb seiner Reichweite. Verdammt.

»Du bringst mich sowieso um. Warum sollte ich dir helfen?«, stieß er nach Atem ringend hervor.

»Weil du eine einfache Wahl hast: Kugel oder das Gas. Rede, und du hast es schnell hinter dir.«

Jetzt wusste Stephan, welche Funktion die Ventile und Düsen hatten. Ungewollt erinnerte er sich plötzlich an sämtliche Details aus dem Bericht über den Anschlag auf das SEAL-Team. Großartig, auf eine eigene Erfahrung mit dem Zeug konnte er gut verzichten.

»Fielding ist definitiv tot. Die Polizeimeldung war eindeutig, ich habe das überprüft. Außerdem wirkte Rawlins ziemlich fertig. Wenn er gerade seinen Stellvertreter und Freund verloren hat, wäre das eine Erklärung. Sonst hättest du ihn nie so einfach von hinten erwischt.«

Hass zeigte sich auf Westphals Gesicht. Der SEAL war offenbar ein rotes Tuch für ihn. Sehr schön. Er trat näher und hob die Hand. Dieses Mal war Stephan schneller. Das Knacken, mit dem sein Fuß auf Westphals Knie traf, klang wie Musik in seinen Ohren. Mit schmerzverzerrtem Gesicht und einem lauten Aufschrei wich Westphal zurück und stützte sich an der gegenüberliegenden Wand ab.

Der Schwarzhaarige stürzte auf Stephan zu und presste ihm die Revolvermündung an die Schläfe.

»Nicht, das will er doch nur«, befahl Westphal und humpelte heran.

Stephan zwang sich zu einem Grinsen. »Schade, ich dachte, du kannst das Knie komplett abschreiben.«

»Scheißkerl.« Westphals Faust schoss vor und traf Stephan am Kinn. Sein Kopf flog zurück und prallte hart gegen die

Wand. Schwärze verdrängte die Schmerzen. Er kämpfte nicht gegen die Bewusstlosigkeit an. Wieder brachte ihn ein Schwall Wasser in die Wirklichkeit zurück.

»Weiter. Was ist mit Rawlins?« Westphal wirbelte zu dem Schwarzhaarigen herum und entriss ihm den Revolver. »Rede, oder ich nehme mir erst deine Knie und dann die Ellbogen vor.«

Immer noch benommen schüttelte Stephan den Kopf. »Schon gut. Ich weiß es nicht. Vor einigen Tagen soll das passiert sein? Keine Ahnung, vielleicht ein Übermittlungsfehler. Die Amis schreiben die Eins und die Sieben anders und verdrehen das Datum. Und wir wissen beide, dass er vor einigen Tagen noch gelebt hat. Es würde doch keinen Sinn machen, wenn du erst Tage nach Rawlins' Tod davon erfährst.« Der Appell an Westphals Ego zeigte Wirkung. Der Mistkerl nickte bedächtig, und Stephan setzte sofort nach. »Wenn die Amerikaner führungslos sind, sind sie keine Gefahr für euch. Verrat mir wenigstens, für wen du arbeitest.«

»Ich dachte, das weißt du? Für den Verfassungsschutz natürlich.« Westphal lachte, wie über einen gelungenen Witz. Vielleicht war es tatsächlich so, überlegte Stephan. Das würde auch erklären, warum sein eigener Auftrag inhaltlich so manipuliert worden war. Seinen direkten Vorgesetzten schloss er aus, aber dann musste der Verräter verdammt weit oben in der Hierarchie sitzen, um solche falschen Informationen über die Amerikaner zu verbreiten. Er hätte sich den Verantwortlichen zu gerne vorgenommen, aber es sah nicht so aus, als ob er die Chance dazu bekommen würde. Allerdings war es dann extrem wahrscheinlich, dass derjenige mit den Giftgasproduzenten direkt zusammenarbeitete. Der Gedanke, dass seine eigene Behörde vielleicht doch ein falsches Spiel spielte, war unerträglich.

Westphal hörte auf zu lachen und legte den Kopf leicht schief. »Weißt du, ich habe noch nie etwas von Filmen gehalten, in denen der Bösewicht im letzten Moment eine Beichte ablegt. Das war's dann.«

Ohne es zu wollen blickte Stephan zu der Düse, die sich neben seinem Kopf befand. Verdammt, nicht so. Er biss die Zähne fest zusammen.

Westphal schien auf etwas zu warten, aber Stephan schwieg eisern. Ihn um Gnade anzuflehen hätte ohnehin nichts geändert. Wenn er die Wahl gehabt hätte, hätte er eine Kugel vorgezogen, aber das Endergebnis blieb das gleiche.

Mit einem boshaften Grinsen steckte Westphal seine Waffe weg und gab dem Schwarzhaarigen ein Zeichen. Sie verließen den Raum, und die Tür fiel schwer hinter ihnen ins Schloss.

Er fluchte, als ein leises Zischen einsetzte. Wie hypnotisiert starrte er auf den feinen, fast unsichtbaren Nebel. Er zwang sich, ruhig weiterzuatmen. Alternativen gab es nicht. Minutenlang den Atem anhalten und dann doch nach Luft ringen und verlieren? Dann zog er es vor, es schnell hinter sich haben. Westphal blickte durch das Glasfenster in der Tür. Der Anblick gab Stephan genug Ansporn, die unbeteiligte Miene aufrechtzuerhalten und jedes Anzeichen von Wut und Resignation zu verbergen. Er schmeckte etwas Metallisches im Mund, dann, ganz plötzlich, hatte er das Gefühl zu ersticken. Blut tropfte aus seiner Nase vor ihm auf den Boden. Als sich eine undurchdringliche Schwärze über ihn senkte, ließ er sich bereitwillig in die Dunkelheit fallen.

34

Dirk jagte mit dem Lkw weit jenseits der erlaubten Geschwindigkeit über die Bundesstraße. Neben ihm klammerte sich Sven an dem Haltegriff fest, sagte aber nichts. Dirk ahnte, dass an seiner Blässe Marks Nachricht und nicht das schwankende Fahrzeug schuld war.

Endlich sah Sven ihn an. »Bist du sicher, dass du weißt, was du tust?«

»Natürlich. Es gibt Dinge, die verlernt man nie. Wir sind früher mit den Dingern in diesem Tempo sogar durchs Gelände geheizt.«

Dirk bremste nur kurz ab, um in den Waldweg abzubiegen, und beschleunigte dann wieder auf ein Tempo, das für den Zustand der Straße eindeutig zu hoch war. Aber ihm war jedes Mittel recht, um die entscheidenden Sekunden für Reimers rauszuholen.

»Du magst ihn überhaupt nicht und riskierst dennoch einiges. Aber er hat auch eine ganz andere Seite als die, die du von ihm kennst.«

Dirk konnte es sich nicht leisten, den Blick von den Bäumen abzuwenden, die gerade weit genug auseinanderstanden, um ohne größere Schäden durchzukommen. »Du bist mit ihm befreundet, und das reicht mir. Das Kennenlernen holen wir nach, wenn das hier vorbei ist.« Er zögerte kurz. »Wir haben nie darüber gesprochen, weil es nicht weiter wichtig war. Aber ich kann mit Gewehren ziemlich gut umgehen.«

Aus den Augenwinkeln sah Dirk, dass es ihm gelungen war,

Svens Aufmerksamkeit auf sich zu lenken. »Das habe ich vorhin festgestellt, als du mit Pat zusammen dein Gewehr durchgecheckt hast. Mark hat das auch erwähnt. Wie kommt das? Und warum weiß Mark davon und ich nicht?«

Dirk schnaubte. »Mark hat sich letztes Jahr meine Bundeswehrakte besorgt. Ich habe das einfach nicht für wichtig gehalten und deshalb nie erwähnt. Die Kurzfassung lautet, dass sie bei der Bundeswehr festgestellt haben, dass ich sehr gut mit Gewehren umgehen kann und überhaupt nicht mit vorgesetzten Offizieren. Deshalb ist es drauf hinausgelaufen, dass ich nur Lkw gefahren bin. Vermutlich liegt es an unserem Training mit den Pistolen, dass die eingestaubten Erinnerungen zurückgekehrt sind.«

Sven gab einen Laut von sich, der ein Lachen hätte sein können. »Wenn du noch mehr verborgene Fähigkeiten hast, wäre jetzt ein guter Zeitpunkt, mir das zu sagen.«

»Habe ich nicht. Da vorne ist es. Bist du bereit, mich fertigzumachen?«

»Mit Vergnügen.«

Dirk brachte den Lkw mit einer Vollbremsung zum Stehen. »Wir sind schnell genug, Sven. Ganz bestimmt. Wir holen ihn da raus.«

Sven sagte nichts, aber das knappe Nicken reichte ihm.

Dirk sprang mit seinem Gewehr in der Hand aus dem Lkw und musterte gespielt fassungslos den Maschendrahtzaun und das massive Tor. Die Tür auf der Beifahrerseite wurde mit Nachdruck zugeschlagen. »Großartige Leistung. Worauf warten Sie? Darauf, dass Ihnen jemand den Rückwärtsgang zeigt? Ich habe Ihnen gesagt, dass wir falsch sind.«

»Auf der Karte ist an diesem Ort eine militärische Stellung eingezeichnet, und vorhin auf der Bundesstraße waren Sie auch noch der Meinung, dass das unser Ziel ist.«

»Das haben Sie falsch verstanden.«

»Na sicher doch«, murmelte Dirk und wandte sich demonstrativ ab, wohl wissend, dass mindestens zwei Videokameras ihren Auftritt verfolgten. »Mit dem Hänger bis zur Hauptstraße rückwärtszufahren klingt nicht besonders verlockend. Ich wende.«

»Hier? Das bekommen Sie nie hin.«

Dirk umfasste sein G36-Gewehr fester und funkelte Sven wütend an. »Wenn Sie mir anzeigen würden, wie viel Platz ich habe, klappt das.«

»Und wie lange wollen Sie rangieren? Das dauert doch eine Ewigkeit, und wir haben bereits eine ordentliche Verspätung.«

Dirk hob unschlüssig die Schultern. »Haben Sie eine bessere Idee?«

Endlich wurde auf ihren Auftritt reagiert. Sven wartete, bis zwei Männer einen japanischen Geländewagen verlassen hatten und sich in ihrer Hörweite befanden. »Vielleicht haben die Herren ein Einsehen mit Ihrer Unfähigkeit, und Sie dürfen auf dem Grundstück wenden.«

Dirk warf ihm einen verärgerten Blick zu. Sofort hob Sven eine Augenbraue und rückte den Schulterriemen seiner Maschinenpistole zurecht. »Wollen Sie etwas sagen?«

Dirk stellte sich gerader hin. »Nein, Herr Oberleutnant.«

Einer der Männer betätigte eine Fernbedienung, und die Torflügel schwangen auf. Die schadenfrohen Blicke zeigten Dirk deutlich, dass sie Svens Worte mitbekommen hatten. Einer wies fragend auf Dirks Gewehr. »Spielen Sie Krieg?«

»Nein, wir sind mit Munition auf dem Weg zur Ostseekaserne und haben uns völlig verfahren. Es ist Vorschrift, diese Transporte bewaffnet zu begleiten.«

Der Schwarzhaarige nickte. »Stimmt, daran kann ich mich

noch erinnern. Aber wenn Sie zur Ostseekaserne wollen, sind Sie schon vor Ewigkeiten falsch abgebogen.«

Dirk verzog den Mund. »Das habe ich mir fast gedacht. Laut unserer Karte sollte hier eine militärische Anlage sein, und ich dachte … Vergessen Sie es, mit Navi wäre das nicht passiert, aber anscheinend reicht es in diesem Laden nicht einmal für aktuelle Karten.« Dirk warf Sven einen betont geringschätzigen Blick zu und deutete auf den Platz vor dem flachen Gebäude. »Könnte ich auf Ihrem Gelände wenden?«

Während der Typ mit den spärlichen braunen Haaren noch misstrauisch wirkte, schien der Schwarzhaarige Verständnis für Dirks Situation zu haben. »Komm schon, Lutz, der Laden war früher eine Radaranlage der NVA. So eine Verwechslung kann passieren. Fahr mal eben den Jeep weg, dann kann er locker wenden.«

»Na gut, ehe er noch den Zaun umreißt.«

»Vielen Dank.« Dirk wartete, bis der Jeep zurückgesetzt hatte, und lenkte dann den Lkw langsam auf das Gelände. »Halt dich fest.«

Er schlug das Lenkrad scharf ein und gab Gas. Der Lkw machte einen Satz nach vorne und knallte mit voller Wucht in den Geländewagen. Dirk sprang aus der Kabine und riss die Fahrertür des Geländewagens auf. Der Schwarzhaarige sah Dirk noch benommen an, da warf er ihn schon mit einem Hebelgriff zu Boden und fesselte ihn mit Plastikhandschellen an Händen und Füßen. Mit einem raschen Blick vergewisserte er sich, dass Sven auf der Beifahrerseite ebenfalls erfolgreich gewesen war, und sah sich dann um. Verdammt, die Kerle hatten noch schneller reagiert als erwartet. Vier bewaffnete Männer rannten auf sie zu.

»Weg hier!«, rief Dirk.

Seite an Seite liefen sie zu dem Gebäude, in dem sie Reimers vermuteten. Sollte einer vorhaben, von hinten auf sie zu schießen, würden Pat und Mark dies verhindern.

Als sie die Tür erreicht hatten, drehte sich Dirk um.

Ungeduldig packte Sven ihn am Arm. »Worauf wartest du? Jag den Mist endlich in die Luft.«

Den Fernauslöser in der Hand, schüttelte Dirk den Kopf. »Noch nicht.«

»Wenn sie uns erschossen haben? Das könnte zu spät sein.«

Dirk verneinte. Ursprünglich hatte die Explosion nur ein Ablenkungsmanöver sein sollen, aber jetzt konnten sie es ausnutzen, dass die Männer an dem Lkw vorbeilaufen würden. Als der Erste auf Höhe des Anhängers war, drückte er den Auslöser. Mit einem ohrenbetäubenden Knall flog der Anhänger in die Luft, während die Fahrerkabine unbeschädigt blieb. Eine dichte Rauchwolke stieg auf.

»Ich hätte trotzdem keinen Wert darauf gelegt, noch dichter dran zu sein«, stellte Dirk leise fest.

Draußen würden nun die SEALs übernehmen, ihre Aufgabe war es, Reimers zu finden. Eine weitere Detonation. Das musste der Stromgenerator gewesen sein, den Daniel übernehmen wollte.

Mit ihren schussbereiten Waffen in der Hand jagten sie über den Flur. Leer. Genau wie jedes der Büros. Am Ende des Korridors war ein hallenartiger Raum, außer verlassenen Arbeitsplätzen fanden sie dort nichts. Dirk lehnte sich gegen einen der Schreibtische. »Alles ausgestorben. Verstehst du das?«

»Nein. Aber sieh mal da drüben.« Sven zeigte auf eine weitere Tür und sprintete los.

Doch Dirk war knapp vor ihm da. Ein Blick durch das Glasfenster auf Reimers' zusammengesunkene Gestalt reichte ihm, um zurückzutaumeln.

»Oh nein.« Jetzt wusste er, warum das Gebäude leer war.

Giftgasproduktion war eine Sache, aber Mord eine andere. Dabei wollten sie anscheinend keine Zeugen haben.

Vergeblich drückte Sven auf den Türgriff. »Verdammt, das Schloss wird elektrisch gesteuert, und da Daniel den Generator in die Luft gejagt hat, bekommen wir das Ding nicht auf.«

Dirk hatte nicht umsonst fünf Jahre lang ein Chemieunternehmen geprüft, da war einiges hängen geblieben. »Es muss eine manuelle Entriegelung geben.«

Mit einem gezielten Schlag seines Gewehrkolbens zertrümmerte er die Plastikabdeckung eines grauen Kastens an der Wand. Ein Hebel kam zum Vorschein, den er herunterriss. Mit einem hörbaren Knacken öffnete sich das Schloss der äußeren Tür.

Sven wollte die Tür aufziehen, doch Dirk hielt ihn zurück. »Warte. Das ist eine Schleuse. Normalerweise wird das Gas erst abgesaugt. Das funktioniert durch den Stromausfall nicht. Es sieht aus, als kämen wir zu spät. Vielleicht …« Dirk brach ab, als er Svens entschlossene Miene sah. Seufzend nickte er. »Also gut. Aber wenn das Scheißgas da rauskommt und sich verteilt, gehen wir mit drauf.«

Marks Stimme meldete sich aus dem Kopfhörer. Nahezu synchron rissen sie sich die Headsets runter, sodass sie locker um den Hals hingen. Es war alles gesagt, eine weitere Meinung brauchten sie nicht. Dirk löste das Kampfmesser von seinem Gürtel. »Hier, für die Fesseln. Wenn du es nicht schaffst, übernehme ich.«

Sven drückte fest seine Schulter. »Danke, Partner.«

Ein letztes Mal atmete Sven tief durch, ehe er beide Türen aufriss. Er hastete zu Reimers, schnitt ihn los, packte ihn unter den Achseln und schleifte ihn zum Ausgang. Dann musste er nach Luft schnappen und geriet ins Stolpern. Mit Mühe bekam er die innere Tür aufgedrückt und schaffte es, Reimers in die Schleuse zu bugsieren. Die schwere Tür fiel von alleine ins Schloss, während Sven hustend in die Knie ging.

Ohne zu zögern öffnete Dirk die Schleuse und zerrte ihn heraus, ehe er Reimers an den Armen packte und ebenfalls in Sicherheit brachte. Mit einem Fußtritt schloss er die Tür hinter sich und atmete prüfend ein. Lediglich ein metallischer Geschmack im Mund, sonst ging es ihm gut. Anscheinend war nicht viel von dem Giftzeug entwichen.

Sven schnappte hustend nach Luft und versuchte, aufzustehen. Sofort war Dirk bei ihm und hielt bereits eine der Atropinspritzen in der Hand, die Daniel ihnen gegeben hatte. »Ganz ruhig.«

Sven schüttelte den Kopf. »Stephan. Mir geht es …« Hustend und würgend brach er ab.

»Sehr überzeugend.« Dirk setzte ihm den Autoinjektor an den Oberschenkel und löste die Nadel aus, die das Atropin tief in Svens Muskel jagte. Die wütenden Kommentare seines Freundes ignorierend, griff er nach der zweiten Spritze. Reimers' Puls war kaum fühlbar, Atmung konnte er nicht feststellen. Daniel hatte ihnen eingebläut, was sie in dem Fall zu tun hatten. Eine Injektion in den Oberschenkel würde nicht ausreichen. Dirk zerrte Reimers' Hemd aus der Jeans und tastete nach der Stelle, die Daniel ihnen gezeigt hatte. Entschlossen setzte er Reimers die Nadel auf die Brust und spritzte ihm das Atropin direkt ins Herz. Besorgt überprüfte er erneut den Puls, dieses Mal spürte er ein schwaches Pochen, und auch der Brustkorb hob sich kaum merklich. Aufatmend lehnte Dirk sich zurück. »Ich glaube, das Zeug wirkt. Der Puls ist regelmäßig, und er atmet wieder. Mehr können wir im Moment nicht tun. Was ist mit dir?«

Sven brachte den Ansatz eines Grinsens zustande. »Mein Oberschenkel schmerzt höllisch.«

»Wenn das alles ist … Bekommst du genug Luft?«

»Ja.« Sven sah ihn rachsüchtig an. »Und was ist mit dir? Ich habe auch noch zwei Spritzen.«

»Nichts, nur kurz einen widerlichen Geschmack. Es ist wohl zu wenig Gas entwichen.«

»Schade. Ich hätte mich gerne revanchiert. Ich meine … ach, vergiss es.«

Der lockere Ton war nicht echt, das hörte Dirk. »Das war verdammt mutig.« Er klopfte Sven auf die Schulter. »Oder bescheuert. Ich sage dir Bescheid, wenn ich mich entschieden habe.« Er griff zum Mikrofon. »Dirk hier. Wir haben Reimers. Er lebt. Das Gebäude ist leer.«

»Gut, bleibt – « Mark wurde von Pats Stimme unterbrochen: »Ich könnte etwas Hilfe gebrauchen.« Über die Kopfhörer war ein fantasievoller Fluch zu hören, gefolgt von einem lauten Schusswechsel.

»Position, Pat.«

»Sorry, Mac. War beschäftigt. Rechtes Ende des Hauptgebäudes.«

»Bin unterwegs.«

Hauptgebäude? Das war das Haus, in dem sie sich aufhielten. Dirk rief sich die Satellitenaufnahme ins Gedächtnis. Bis Mark Pat erreicht hatte, konnte es zu spät sein, von den Einschränkungen durch seine Verletzung mal ganz abgesehen. »Ich bin schneller da.«

Sven sprang auf, sackte aber wieder zusammen und sah ihn benommen an. »Bekommst du das alleine hin?«

»Geht ja nicht anders.«

»Pass auf dich auf«, rief Sven ihm nach, während Dirk bereits zu einem der Notausgänge rannte, der ihn hoffentlich direkt nach draußen brachte. Er drückte die Tür auf und spähte ins Freie. Der Rasenstreifen vor ihm war verlassen, aber in unmittelbarer Nähe wurden Schüsse abgegeben. Da war eindeutig etwas aus dem Ruder gelaufen, denn Schusswechsel waren in ihrem Plan nicht vorgesehen gewesen.

Als er, das Gewehr im Anschlag, nach draußen trat, entdeckte er Pat hinter einem Verteilerkasten, der zum Glück aus Beton war. Zwei Männer hatten sich aus ihrer Sicht hervorragend postiert. Einer der Männer gab sporadisch Schüsse ab, die Pat zwangen, in Deckung zu bleiben, während der andere sich langsam auf ihn zubewegte. Wenn es ihm gelang, seitlich an Pat heranzukommen, war der SEAL tot.

»Pat, ich bin da. Halte den Kopf unten«, sprach er in das Headset.

Dirk hielt sich dicht neben dem Gebäude, als er auf Pat zulief. Der Mann durfte ihn nicht zu früh bemerken, sonst war Dirk es, der völlig ohne Deckung in Schwierigkeiten geriet. Die ersten Meter ging alles gut, dann drehte der Typ sich zu ihm um und erstarrte für einige Sekunden, ehe er die Maschinenpistole auf Dirk richten wollte. Die Verzögerung nutzte Dirk, um sich zur Seite zu werfen und abzudrücken. In den Oberkörper getroffen brach der Mann zusammen. Sein Partner schien von der Entwicklung überrumpelt und gab seine Deckung auf. Ein Fehler, den Pat sofort nutzte und ihn mit einem Schuss in die Schulter außer Gefecht setzte.

Dirk stand wie erstarrt da, den Blick auf die Wunden gerichtet, die seine 5,56-mm-Munition im Oberkörper des Mannes verursacht hatte. Fahrig strich er sich mit der Hand über die Stirn. Ohne sein Eingreifen wäre Pat verloren gewesen, das wusste er. Trotzdem lag dort ein Mann, dessen Tod er auf dem Gewissen hatte. Als er eine Berührung an seinem Arm spürte, zuckte er heftig zusammen. Pat. Dirk blinzelte nur.

Der SEAL, der den Überlebenden bereits gefesselt hatte, schaltete sein Headset aus. »Die Lage ist unter Kontrolle.

Durch Andis Team und unser unerwartetes Auftauchen waren sie so geschockt, dass keiner mehr an ernsthaften Widerstand gedacht hat. Bis auf diese beiden hier. Danke, Dirk. Ohne dich hätte ich keine Chance gehabt. Sag dir das, wenn dich die Bilder einholen.«

Dirk schluckte hart. Pat legte ihm eine Hand auf die Schulter. »Als ich das erste Mal … nun ja, du weißt schon … habe ich so lange gekotzt, dass Daniel schon ganz unruhig wurde. Das ist normal.«

Jetzt fand Dirk die Kraft für ein Nicken, und da er nicht wusste, was er sonst tun sollte, und die Lage unter Kontrolle war, ging er an den Gebäuden vorbei, bis er direkt an der Steilküste stand. Unter ihm war die Ostsee, über der eine dünne Nebeldecke lag. Die Wasseroberfläche war beinahe spiegelglatt, trotzdem schlugen Wellen gemächlich an das Ufer. Möwen kreisten am Himmel. Der dichte Wald, der das ehemalige Militärgelände umgab, stand in einem Widerspruch zu dem vor ihm liegenden Meer. Der schmale Strand hatte bis auf den feinen Sand keinerlei Ähnlichkeit mit dem, den er aus den Touristenorten kannte. Die Fläche war übersät von Felsen in den unterschiedlichsten Größen, und der letzte Sturm hatte zwei Bäume aus ihrer Verankerung gerissen. Eine Baumkrone ragte bis in das Wasser hinein, während die Wurzeln in den Himmel ragten. Verkehrte Welt und doch irgendwie passend zu seiner eigenen Situation. Er mochte Pat, und sie waren mehr oder weniger befreundet. Sein Verstand sagte ihm, dass er keine Wahl gehabt hatte. Leider brachte das die Stimmen in seinem Inneren nicht zum Schweigen.

Unvermittelt brach die Sonne durch das trübe Grau, und der Nebel über dem Wasser verschwand wie von Geisterhand. Dirk hatte nie an übersinnliche Phänomene geglaubt, aber bei dem Anblick verspürte er einen Trost und eine Bestätigung, die er dringend brauchte. Im hellen Sonnenschein bemerkte er auch erstmals die ursprüngliche Schönheit der Landschaft. Es war gut, so wie es war. Etwas anderes kam nicht infrage. Sie hatten einen wichtigen Sieg errungen, aber der Endkampf lag noch vor ihnen. Und die Hintermänner waren es, die er im Gefängnis sehen wollte, denn letztendlich trugen sie auch dafür die Verantwortung, dass er getötet hatte. Und dafür würden sie bezahlen.

35

Nachdem die Lage unter Kontrolle war, hieß es auf die regulären Polizeieinsatzkräfte warten. Es gab reichlich Material sicherzustellen und auszuwerten. Außerdem würden Experten dafür sorgen, dass von den Unmengen an Chemikalien keine Gefahr mehr ausging.

Die deutschen Soldaten hatten es übernommen, die Gefangenen zu bewachen.

Dirk ging zu Mark. »Ich sehe mal nach Sven und gehe dann den Kram in den Büros da drinnen durch. Es könnte sinnvoll sein, einige Sachen sofort einzupacken und mitzunehmen. Ehe sie für Monate in der Asservatenkammer verschwinden.« Außerdem brauchte er dringend etwas zu tun, damit er nicht immer wieder an den Toten dachte.

Mark nickte. »Guter Punkt. Tu das. Pat, du hilfst Dirk.«

Sie waren noch keine drei Schritte gegangen, als Dirk abrupt stehen blieb und automatisch sein Gewehr in Anschlag brachte. »Hat Andi nicht gesagt, sie haben alle?«

Pat folgte seinem Blick und zuckte mit den Schultern. »Jedenfalls alle die, die sie entdeckt haben. Hast du was gesehen?«

»Ja, da drüben. Aber vielleicht …«

Dirk kam nicht dazu, den Satz zu vollenden. Ein schwarzer Geländewagen jagte in hohem Tempo auf Mark und Jake zu. Dirk schoss sofort, ohne sich mit einer Warnung aufzuhalten. Pat nahm den Wagen ebenfalls unter Feuer, aber obwohl schon Rauch aus dem Kühlerraum aufstieg und die Vorderreifen nur noch aus zerfetztem Gummi bestanden, schien nichts das schwere Fahrzeug von seinem Kurs abbringen zu können. Es hielt weiterhin direkt auf Jake und Mark zu. Beide hatten die Gefahr erkannt, sahen dem Wagen jedoch ruhig und bewegungslos entgegen. Erst als Dirk befürchtete, dass die Kollision unausweichlich war, sprangen sie zur Seite.

Jake war bereits wieder auf den Beinen, während Mark reglos liegen blieb. Der Geländewagen war gegen einen Baum geprallt. Schwarzer Rauch stieg aus dem Motorraum auf.

»Kümmere du dich um Mark. Ich übernehme den Fahrer.«

Pats Befehl riss Dirk aus seiner Erstarrung, und er rannte zu Mark. Sein Freund war bei Bewusstsein, aber seine Miene so verzerrt, dass Dirk nur ahnen konnte, welche Schmerzen er ausstand. »Bleib ganz ruhig liegen.«

Natürlich hörte Mark nicht auf ihn und versuchte, sich aufzurichten.

Dirk atmete auf, als nun auch Daniel auf sie zugesprintet kam. Der Teamarzt drückte Mark zurück. »Liegenbleiben. Was habe ich dir gesagt – ?«

»Hätte ich mich umfahren lassen sollen? Hilf mir hoch, und halt die Klappe.«

Mark schob Daniel zur Seite. Seufzend half Dirk ihm beim Aufstehen, da ertönten zwei Schüsse in unmittelbarer Nähe. Hörte das denn nie auf? Ratlos sah er sich um und entdeckte Pat, der mit kreidebleichem Gesicht neben dem Geländewagen stand.

Er hatte Jake abgesichert, während der sich das Wageninnere vorgenommen hatte. Langsam ging Dirk auf den Geländewagen zu und beschleunigte sein Tempo auch nicht, als Mark und Daniel an ihm vorbeiliefen. Auf den Anblick, der ihn erwartete, hätte er gern verzichtet.

Trotz zweier Schussverletzungen im Brustbereich lebte der Fahrer noch und war bei Bewusstsein. »Das ist Westphal«, erklärte Mark ihm, ohne den Blick von dem Verletzten abzuwenden. »Daniel?«

Der Arzt schüttelte den Kopf. »Keine Chance.«

Der Verletzte schien Daniels Worte nicht gehört zu haben. Hasserfüllt sah er Mark an. »Scheiße, Reimers hat gelogen. Mir gefiel der Gedanke, dass Sie arrogantes Arschloch tot sind.« Er hustete schwach. »Wenigstens habe ich Reimers erwischt.«

Die Worte waren kaum zu verstehen. Dirk konnte nicht begreifen, wie jemand, der offensichtlich im Sterben lag, in seinen letzten Sekunden noch so voller Hass war.

Mark schüttelte langsam den Kopf. »Irrtum, Westphal. Reimers lebt, ihm geht's gut. Sie haben komplett versagt.«

Etwas flackerte in Westphals Augen auf, das Dirk nicht interpretieren konnte oder eher wollte. Dann sackte er endgültig zusammen. Daniel legte ihm zwei Finger an den Hals und schüttelte dann wie erwartet den Kopf.

»Das ist kein Verlust für die Menschheit«, stellte Mark fest. Dirk öffnete den Mund, um zu protestieren. Zwar gab er Mark durchaus recht, dennoch empfand er die Bemerkung als unangebracht. Dann begriff er schlagartig, dass Marks Worte an Pat gerichtet waren, der weiter mit erstarrter Miene auf den Mann blickte, den er erschossen hatte.

»Es wird also nicht einfacher«, sagte er mehr zu sich selbst, aber Mark hatte ihn trotzdem verstanden und legte ihm eine Hand auf die Schulter.

»Nein, wird es nicht, und wenn es so wäre, hätten wir den falschen Beruf.«

Jeder Atemzug jagte neue Schmerzen durch Stephans Körper und bewies ihm auf unmissverständliche Weise, dass er nicht tot war. Etwas berührte ihn am Hals. Abwehrend hob er einen Arm. Versuchte es vielmehr. Er bekam die Hand nicht einmal ansatzweise angehoben. Unerwartet sanft wurde er an den Schultern gepackt. »Ganz ruhig, ich bin es, Sven. Ich wollte nur deinen Puls kontrollieren. Es ist alles in Ordnung, du bist in Sicherheit und wirst es überleben.«

Sven? Stahlringe um seine Brust schienen zu verhindern, dass er ausreichend Luft bekam. Er zwang sich, in flachen Zügen zu atmen, statt hektisch nach Luft zu schnappen. Es funktionierte. Das Gefühl zu ersticken verschwand. Er öffnete die Augen einen Spalt, konnte aber nichts erkennen. Seine Sicht war genauso verschwommen wie seine Erinnerung. Er versuchte, zu sprechen, aber das löste einen Hustenanfall aus. Keuchend bemühte er sich, wenigstens einzelne Worte hervorzubringen. »Was … passiert?«

»Insel Poel. Dein Alleingang ist gründlich schiefgegangen. Zum Glück waren wir auch gerade dabei, uns den Laden vorzunehmen.«

Nicht nur seine Sicht klärte sich, schlagartig kehrte auch seine Erinnerung zurück. »Westphal. Dieser verdammte Mistkerl.« Wieder musste er husten und spürte jede Erschütterung im Brustkorb wie einen Messerstich.

»Stimmt, aber jetzt halt lieber den Mund, bis es dir besser geht. Doc hat gesagt, dass du dich hinsetzen sollst, sobald du bei Bewusstsein bist. Dann fällt dir das Atmen leichter.«

»Doc?« Stephan hustete erneut, schaffte es aber, sich mit Svens Hilfe hinzusetzen und sich gegen die Wand zu lehnen.

»Daniel, ein SEAL, ihr Teamarzt. Er hat uns einen Crashkurs in Sachen Giftgas verpasst. Ihm verdankst du es, dass wir wussten, was wir zu tun hatten. Daniel müsste jeden Moment hier eintreffen.«

Stephan rieb sich über eine schmerzende Stelle an der Brust und wunderte sich über den derangierten Zustand seiner Kleidung. »Was ist denn passiert?«

Sven deutete auf eine Stahltür mit Glasfenster. »Wir haben dich da rausgeholt und dir eine Spritze verpasst.«

»Wir?«

»Wenn du schon wieder alles hinterfragst, muss es dir ja besser gehen. Ich habe dich rausgeholt, und Dirk hat dir die Spritze verpasst.«

»Spritze?«

Sven grinste breit. »Einzelheiten möchtest du nicht wissen.«

Stephans Gehirn arbeitete offenbar noch nicht wieder richtig. Erst jetzt bemerkte er, dass Sven mit Tarnanzug und Headset reichlich ungewöhnlich ausgerüstet war. Er hob lauschend den Kopf, als sich ihnen Schritte näherten, aber da Sven keine Anstalten machte, zu seiner Maschinenpistole zu greifen, entspannte er sich wieder. Rawlins und ein Rothaariger, beide in schlammverschmierten Tarnanzügen und mit Präzisionsgewehren in der Hand, blickten sie besorgt an.

»Alles in Ordnung bei euch?«, erkundigte sich der Amerikaner.

Mühsam stand Stephan auf und blieb schwankend stehen. Den Amerikanern sitzend zu begegnen kam nicht infrage.

Sven schüttelte missbilligend den Kopf, sagte aber nichts. »Wie sieht's bei euch aus?«, erkundigte er sich.

»Es hat niemand was abbekommen. Von den anderen haben es zwei nicht überlebt, der Rest wartet aufs Eintreffen der Polizei.«

»Wo ist Dirk?«

»Ist sofort hier. Er wollte sich mit Pat zusammen die PCs und Unterlagen ansehen. Vielleicht haben sie Glück und finden eine Verbindung zu unserem Verdächtigen. Es wäre vielleicht ganz gut, wenn du ihnen hilfst.«

Stephan hätte sich der Suche am liebsten ebenfalls sofort angeschlossen, musste aber einsehen, dass er dazu kaum in der Lage war. Trotzdem war es Zeit, einige Dinge zu klären. Er zwang sich zu einem freundlichen Gesichtsausdruck, der hoffentlich einigermaßen gelang. »Danke, Captain.«

Rawlins winkte ab. »Bedanken Sie sich bei Sven und Dirk. Die beiden haben Sie rausgeholt. Wenn man es genau nimmt, haben Sie keinen Grund, sich bei mir zu bedanken.« Ein Schatten huschte über sein Gesicht. »Es tut mir leid, aufrichtig leid, dass es so weit gekommen ist. Ich konnte vorher nicht eingreifen, ohne den Einsatz zu gefährden.«

Das offene Eingeständnis verblüffte Stephan. Damit hatte er nicht gerechnet, zumal er ebenso gehandelt hätte. »Dann waren Sie schon hier und haben meine Auseinandersetzung mit Westphal mitbekommen? Ich hatte im Wald so ein Gefühl, als ob ich nicht alleine wäre, konnte aber niemanden entdecken.«

»Das ist unser Job«, mischte sich der Rothaarige erstmals ein, wirkte dabei aber eher frech als arrogant.

Stephan grinste unwillkürlich zurück. »Verstanden. Was ist mit Westphal? Übrigens ging er davon aus, dass Sie tot wären, Captain.«

»*Er* ist es. Ich habe mir schon gedacht, dass Sie ihm die Wahrheit verschwiegen haben. Ich möchte nicht wissen, was Sie das gekostet hat. Danke.«

Stephan verzog das Gesicht. »Er hat die Nachricht von Ihrem Tod aus Amerika bekommen, allerdings mit ein paar Tagen Verspätung. Allmählich verstehe ich Ihr Vorgehen.«

Rawlins grinste. »Das ist doch ein Anfang.«

Ehe Stephan nachfragen konnte, was genau passiert war, erschien Svens Partner. Er war zwar unverletzt, aber auffallend blass. »Wenn wir uns noch einige Sachen sichern wollen, sollten wir uns langsam umsehen.«

Stephan wartete, bis die Männer sich entfernt hatten. »Wie geht es weiter, Captain?«

»Mac oder Mark reicht. Wir überlassen das Ganze dem zuständigen LKA, allerdings hoffe ich, dass die drei sich vorher alles kopieren, was uns weiterhelfen kann. Es ist noch genug zu tun. Außerdem sollten wir uns in Ruhe unterhalten, aber erst, wenn unser Arzt sein Okay dazu gibt. Ihre Gesundheit ist erst einmal wichtiger. Aber eins noch: Setzen Sie sich endlich, ehe Sie umkippen.«

Stephan kannte die Gepflogenheit der Spezialeinheiten, sich mit Vornamen oder Spitznamen anzusprechen, und hatte nicht vor, auf Formalitäten zu beharren. »Stephan reicht«, knurrte er als Antwort. Der SEAL war eindeutig zu scharfsinnig, aber dennoch würde er so lange stehen bleiben, wie es ging.

Ein weiterer Amerikaner kam zu ihnen. Der Typ wirkte kaum alt genug, einen Führerschein zu haben. Er warf einen schwarzen Rucksack auf den Boden und bedachte Stephan mit einem missbilligenden Kopfschütteln. »Lieutenant Daniel Eddings, Doc oder Daniel gehen in Ordnung. Eigentlich gehörst du ins Krankenhaus, aber vermutlich siehst du das anders, oder? Ich möchte nur ein einziges Mal einen Patienten haben, der einsichtig ist und weiß, was für ihn gut ist.« Ein aufgebrachter Blick traf Mark. »Und nicht mit einem Loch im Rücken durch die Gegend springt. Wir beide sind auch noch nicht fertig miteinander.«

Erstaunlicherweise trat Mark den Rückzug an. »Ich sehe lieber nach, ob ich Sven helfen kann.«

»Wir reden noch miteinander, Mark, garantiert. Und sag Sven, dass er gleich danach drankommt«, rief Doc ihm hinterher. »So, und jetzt zu dir, Stephan. Was soll eigentlich der Mist, dass du hier herumstehst, statt erst einmal schön brav sitzen zu bleiben? Ich kann dich auch auf einer Trage festbinden, wenn es erforderlich sein sollte.«

Jetzt verstand er Marks auffallend schnellen Rückzug. Vergeblich sah er sich nach einem Fluchtweg um.

Behutsam löste sich Mark aus Lauras Umarmung und verließ mit einem Anflug von Bedauern das Bett. Doch es gab Dinge, die konnten nicht warten. Dösend hatte er auf das Geräusch von Dirks Motorrad gewartet. Diesmal würde er seinem Freund keine Gelegenheit geben, einem Gespräch auszuweichen. Seit dem Ende der Kampfhandlungen auf Poel hatte Dirk ihn freundlich, aber bestimmt auf Distanz gehalten, sich später zu Hause intensiv mit seinem Sohn beschäftigt und war dann mit dem Motorrad weggefahren. Mark kannte ihn zu gut, um sich von der scheinbar ruhigen Art täuschen zu lassen. Leise ging er ins Erdgeschoss. Nirgends brannte Licht, aber vor dem Wohnzimmerfenster erkannte er die Silhouette seines Freundes, der gegen das Fenster gelehnt auf den nächtlichen Garten starrte.

»Irgendetwas Interessantes da draußen?«, erkundigte sich Mark.

»Kannst du auch nicht schlafen?«, erwiderte Dirk, ohne sich umzudrehen.

Mark zuckte mit den Schultern. »Wo warst du so lange?«

»Bei deinem Team. Pat und Tom haben mich gefragt, ob ich mitkommen will. In einer Oldesloer Theaterkneipe spielte eine irische Band, die Pat unbedingt sehen wollte. Daniel hatte eigentlich auch vor zu kommen, ist dann aber bei Stephan im Krankenhaus geblieben.«

Mark wusste, dass sich seine Männer nach einem Einsatz gerne zusammensetzten, war aber überrascht, dass sie Dirk dazu eingeladen hatten. Er ging in Dirks Arbeitszimmer, entschied sich für einen Whisky und goss zwei Gläser ein.

Dirk stand weiter unbeweglich am Fenster, nahm aber das Glas entgegen und prostete ihm stumm zu. Nach einem

Schluck drehte er sich überrascht um. »Black Bush? Seit wann trinkst du irischen Whisky?«

Mark schwieg. Schließlich hob Dirk erneut das Glas. »Ach so. Wegen Pat? Also dann: Auf den Iren.«

»Ja, auf Pat, der ohne dich tot wäre.«

Dirk schwieg und atmete dann tief ein. »Ich weiß, es gab keine andere Lösung. Trotzdem werde ich das Bild nicht los. Und ich frage mich dauernd, ob irgendwo eine Frau oder Kinder auf ihn gewartet haben. Ob vielleicht Eltern das einzige Kind verloren haben und wie es dazu kommen konnte, dass er so weit ging, auf Polizisten und Soldaten zu schießen. Ich mache mir zu viele Gedanken, ich weiß.«

»Das geht jedem von uns so, und wäre es anders, würde ich ihn nicht im Team haben wollen.« Mark legte ihm die Hand auf die Schulter.

Überzeugt schien Dirk nicht. »Du vergisst, dass ich nicht zu deinem Team gehöre.«

»In gewisser Weise schon, jedenfalls solange wir zusammenarbeiten; außerdem hätte es auch bei deiner normalen Zusammenarbeit mit Sven passieren können. Dafür hast du schließlich trainiert.«

Dirks Stimme wurde kalt und klang heiser. »Eigentlich nicht dafür, aber mir war schon klar, dass es so weit kommen kann.«

»Und warum dann das ganze Training?«

»Weil ich mich niemals wieder hilflos fühlen will. Sollte es mich jemals wieder erwischen, will ich besser vorbereitet sein. Darum ging es mir und nicht darum, dass ich bei euch ›mitspielen‹ will.«

»Aua, den Spruch vergisst du wohl nie, oder?« Mark grinste, und Dirk lächelte schwach zurück. »Ob du willst oder nicht, solange wir zusammenarbeiten, spielst du bei uns mit, und zwar besser als erwartet.«

»Das klang ja fast wie ein Kompliment.« Dirk reckte sich und stöhnte leise. »Irgendwie spüre ich plötzlich Muskeln, von deren Existenz ich nichts wusste.«

»Lass das besser nicht Daniel hören.«

»Ich bin doch nicht wahnsinnig. Was hast du vor?«

»Gegenfrage: Was hast du vor?«

»Noch ein paar Minuten Musik hören und mich dann ans Notebook setzen. Schlafen kann ich heute nicht mehr.«

»Gut, einen besonderen Wunsch? Wenn du nichts dagegen hast, leiste ich dir noch ein bisschen Gesellschaft.«

»Such dir was aus und mach es dir bequem.«

Mark brauchte nicht lange zu überlegen, sondern griff zielsicher nach einer seiner Lieblings-CDs. Nach den ersten Takten erkannte Dirk Dire Straits' *Brothers in Arms*.

»Himmel, Mark. Subtiler geht's wohl nicht?«, beschwerte er sich, während er sich auf ein Ende der u-förmigen Couch fallen ließ.

Mark antwortete nicht, und auch Dirk hörte dem ruhigen, aber eindringlichen Stück schweigend zu. Kaum waren die letzten Takte verklungen, fiel sein Kopf auf die Brust. Sekunden später schlief Dirk tief und fest und wirkte dabei endlich entspannt. Lächelnd breitete Mark eine Decke über ihn. »Das war ein Kompliment, Wirtschaftsprüfer«, teilte er seinem schlafenden Freund leise mit und ging zurück zu Laura.

36

Ungeduldig trommelte Dirk mit den Fingern auf die Arbeitsplatte und wartete darauf, dass die Kaffeekanne sich füllte. Mark musste zugeben, dass der Kaffeeverbrauch allmählich beängstigende Ausmaße annahm. Es schien, als ob die Kanne ständig leer wäre, dabei sorgten sie regelmäßig für Nachschub. Eher zufällig fiel sein Blick aus dem Küchenfenster. »Sven kommt, und Stephan hat er gleich mitgebracht.«

»Auf das Gespräch bin ich gespannt. Ich hätte eigentlich gedacht, dass wir uns nachher im Präsidium treffen«, murmelte Dirk leise.

»Vielleicht denkt Sven, dass es hier besser laufen wird.«

»Du meinst, ich soll ihm nicht wieder seine Waffe abnehmen? Aber wenn er weiter mauert, werde ich ernsthaft sauer.«

»Ich glaube nicht, dass er das tun wird.«

Überzeugt wirkte Dirk nicht, ging aber zur Haustür und begrüßte die beiden freundlich. Einladend deutete er auf einen der Stühle in der Essecke. »Wie geht es dir?«

»Geht schon wieder. Sorry wegen des Überfalls, aber Sven hielt es für eine gute Idee, möglichst schnell miteinander zu sprechen.«

»Das ist grundsätzlich auch in Ordnung, es gibt nur ein Problem.«

Stephans Miene wurde wachsam. »Und welches wäre das?«

Dirk zwinkerte ihm zu. »Ich habe Hunger.«

Nachdem Dirk zusammen mit Sven den Tisch gedeckt hatte, war auch endlich der Kaffee fertig.

Stephan wirkte über das unerwartete Frühstücksbuffet etwas erstaunt, setzte sich dann jedoch und nahm sich eine Scheibe Schinken, ohne sich mit Brot oder einem Teller aufzuhalten. Sven stürzte sich wie gewohnt auf einen Schokoladenpudding. »Fang einfach an, Stephan. Und ich meine nicht das Essen, sondern stell deine Fragen. Aber danach sind wir dran, denn ich begreife dein Vorgehen immer noch nicht.«

»Gut. Einiges ist mir mittlerweile schon klar. Ihr wart hinter den gleichen Leuten her wie ich. Euer Problem war und ist, dass es in Amerika und Deutschland Stellen gibt, die euch daran hindern wollen, das Giftzeug vom Markt zu nehmen.«

Sven nickte mit vollem Mund. »Wir haben dir offen gesagt, was wir wollen. Der Einzige, der um seinen Auftrag ein Geheimnis gemacht hat, warst du.«

»Dazu komme ich gleich. War das gestern eigentlich wirklich das gleiche Zeug wie in Afghanistan? Ich verstehe nicht ganz, wieso es das SEAL-Team dermaßen heftig erwischt hat und es mir heute schon wieder ganz gutgeht.«

Sven gab Mark ein Zeichen, dass er die Antwort übernehmen sollte. »Wir wussten, was uns erwarten würde, und hatten ausreichend Atropin als Gegenmittel. Die Menge, die Dirk dir gestern reingejagt hat, musste dort für vier SEALs reichen. Es geht dabei um Schnelligkeit und vor allem die Höhe der Dosis. Das ist ein weiterer Grund, warum wir unbedingt verhindern mussten, dass das Zeug weiter produziert wird. Bei den Voraussetzungen hat niemand Hemmungen, den Mist herzustellen: Wenn etwas schiefgeht, reicht eine einfache Spritze. Lediglich wenn man dem Gas zu lange ausgesetzt ist, gibt es Probleme mit der Lungenfunktion, aber ich denke, bei dir ist alles klar, oder?«

»Ja, nur auf Marathonläufe und Luftballonaufpusten muss ich noch einige Zeit verzichten. Wie geht es den SEALs mittlerweile? Ich kenne nur den Bericht über den Angriff auf sie.«

Durch das ehrliche Interesse verbuchte Stephan einen Pluspunkt bei Mark. »Sie werden es überleben, lediglich der Teamchef fällt noch längere Zeit aus.«

»Gut.«

»War's das aus deiner Sicht?«, fragte Mark.

»Nicht ganz. Was habt ihr jetzt weiter vor?« Stephan nahm sich ein Stück Brot und biss hinein.

»Die eigentliche Gefahr ist vorbei, aber nur für den Moment. Solange wir die Hintermänner nicht aus dem Verkehr gezogen haben, können die problemlos an einem anderen Ort von vorne anfangen.«

Stephan kaute langsamer. »Das habe ich mir auch überlegt.«

Sven kratzte mit dem Löffel im Puddingbecher, als ob es der letzte auf der Welt wäre. Schmunzelnd stand Dirk auf und holte ihm einen neuen. »Hier, du machst mich sonst wahnsinnig.«

»Britta kauft die nie, sondern hält mir dauernd Vorträge über den Zucker- und Fettgehalt von dem Zeug.«

»Dann musst du eben selbst einkaufen. Und jetzt interessiert mich, warum Stephan uns oder die SEALs als schlimmste Bedrohung seit Wegfall des eisernen Vorhangs gesehen hat.« Dirks Miene war nicht länger freundlich-abwartend, sondern ernst.

Stephan verzog das Gesicht und ließ die Hand mit einer weiteren Scheibe Schinken sinken. »Können wir den Punkt nicht überspringen?«

»Nicht, wenn du es hier weiter gemütlich haben willst.« Dirk milderte die Drohung mit einem Grinsen, aber es war offensichtlich, dass er ungeduldig auf Antwort wartete.

Seufzend gab Stephan nach. »Dass es eine neue Wunderwaffe namens ›Zerberus‹ geben soll, hat sich nicht nur bei den potenziellen Abnehmern, sondern auch bei den Nachrichtendiensten herumgesprochen. Allerdings wurde mir gesagt, dass

VirTech bei der Entwicklung amerikanische Hilfe hatte und ein Teil eures Auftrags lautete, dies zu vertuschen und dafür zu sorgen, dass amerikanische Hintermänner offiziell nirgends auftauchen.«

Schweigen breitete sich aus, und es war Sven, der als Erster den Kopf schüttelte. »Und den Mist hast du ernsthaft geglaubt?«

»Sagen wir mal so, es gab da einige Widersprüche, wie zum Beispiel den Anschlag auf das SEAL-Team in Afghanistan. Aber tu jetzt bitte nicht so, als ob die Amerikaner nicht tatsächlich manchmal zu außergewöhnlichen Mitteln greifen würden. Als die Fabrik in Bad Oldesloe in die Luft flog, war ich sogar sicher, dass es stimmt.«

»Warum das?« Dirk machte ein ratloses Gesicht, und auch Mark war auf die Erklärung gespannt.

Stephan zuckte mit den Schultern. »Es passte dazu, dass Spuren verwischt werden sollten. Möglich wäre ja vielleicht auch ein Racheakt gewesen, weil es angeblich Jake erwischt hatte.«

Mark schüttelte den Kopf. »An deiner Vorstellung über SEALs sollten wir dringend arbeiten. Was ist mit Westphal? Hat dessen Verhalten dich nicht misstrauisch gemacht?«

»Doch, natürlich. Ich habe es für möglich gehalten, dass er gekauft worden ist, aber ich hätte niemals gedacht, dass schon mein Auftrag manipuliert wurde. Als Fazit bleibt, dass ich mit einer Mischung aus Wahrheit und Lüge in die falsche Richtung geschickt wurde. Aber ich bin nicht sicher, ob euch die Konsequenz klar ist.«

Sven nickte sofort. »Das liegt auf der Hand. Zum einen hat Westphal definitiv für die Gegenseite gearbeitet, sonst hätten wir ihn nicht auf Poel getroffen, und zum anderen stimmt in deinem Laden etwas nicht.«

»Ich weiß, aber das Problem muss dann sehr weit oben angesiedelt sein. Normalerweise arbeite ich alleine, aber dieses Mal wurde ich von einem ganz anderen Bereich angefordert und bekam ein schwer bewaffnetes Team und die direkte Anweisung, ohne Rücksicht gegen euch vorzugehen.«

»Na großartig.« Dirks Kaffeebecher landete mit einem lauten Knall auf der Tischplatte. »Sehe ich das richtig, dass du dann gedacht hast, Sven und ich unterstützen die Amerikaner bei einer solchen Vertuschungsaktion?«

»Ja.«

Dirk schüttelte ungläubig den Kopf. »Na super. Wie konntest du das nur ernsthaft glauben?«

»Etwas unsicher war ich schon. Vor allem, als euer Vorgesetzter sich weigerte, mit mir zusammenzuarbeiten. Ich hätte ja nachvollziehen können, dass ihr aus Freundschaft den Amerikanern geholfen hättet, aber dass der Polizeipräsident da mitspielt, schien mir dann doch zu unwahrscheinlich.«

Mark fluchte innerlich, als er Svens gerötete Wangen bemerkte. Das Warnzeichen kannte er nur zu gut: Ein Wutanfall stand unmittelbar bevor.

Sven beugte sich über den Tisch, als würde er Stephan am liebsten anspringen. »Vor etwas über drei Jahren habe ich dir dein verdammtes Leben gerettet. Meinst du nicht, dass du es mir da geschuldet hättest, offen zu sein? Du hast ernsthaft gedacht, ich vertusche die Produktion von Giftgas? Wofür hältst du mich eigentlich? Ich hätte dich da gestern –«

Dirk schlug mit der flachen Hand auf den Tisch. »Es reicht, Sven. Du gehst zu weit. Stephan, vergiss seinen letzten Satz. Ich gehe davon aus, du weißt, wie er manchmal ist.«

Damit hatte Svens Wut ein neues Opfer gefunden. »Spiel dich hier nicht auf wie ein Oberlehrer.«

»Dann benimm dich nicht wie ein Kind. Weißt du eigentlich,

was du da gerade gesagt hast? Ich verstehe ja, dass du enttäuscht bist, aber immerhin war Stephan bei dir und hat dich gewarnt. Das hätte er auch nicht tun müssen. Und jetzt will ich wissen, was genau beim Verfassungsschutz los ist. So ganz habe ich das nicht verstanden.« Dirk wandte sich direkt an Stephan. »Wer hat dir denn diese ganzen Fehlinformationen geliefert? Ich kann dir nur versichern, dass es bei aller Freundschaft zu Mark und seinem Team Grenzen gibt, die ich niemals überschreiten würde. Ich habe im Moment zwei Fragen und ein Problem.«

Einladend breitete Stephan die Hände aus. »Schieß aus.« Als Dirk schief grinste, schob er nach: »Bitte nur im übertragenen Sinne.«

»Zum einen fehlt mir der Plan, wie wir weiter vorgehen. Sven ist noch gut damit beschäftigt, den ganzen formalen Kram durchzugehen. Dann steht noch auf dem Programm, die Dateien und Unterlagen durchzugehen, die wir gestern mitgenommen oder kopiert haben. Aber das Zeug wird uns kaum dichter an den Konsul bringen oder uns sagen, wer in Berlin falschspielt.«

Stephan nickte langsam. »Ich wusste nicht, dass ihr jemanden Bestimmten im Visier habt. Den Personenkreis in Berlin kann ich ganz gut eingrenzen. Da kommen nicht mehr als vielleicht vier oder fünf Männer infrage, keiner sonst hätte die Kompetenz und die Möglichkeit, mich loszuschicken und mit falschen Informationen zu versorgen. Die werde ich mir nun einzeln vornehmen und nach einer Verbindung zu *VirTech* suchen. Was ist das Problem, von dem du sprachst?«

»›Im Visier‹ trifft es gut. Wir haben eine solide Theorie, aber nur vage Indizien. Offiziell bekommen wir im Moment nicht einmal die Erlaubnis, mit ihm zu sprechen. Wie wir auf den Konsul kommen, kann Sven dir am besten erklären. Er hat da eine abenteuerliche, aber überzeugende Theorie, wie Hamburg und Berlin zusammenpassen. Aber irgendein Punkt fehlt noch, ich komme nur nicht drauf, welcher.«

Sven schmunzelte. »Da kann ich dir helfen. Ich weiß, was noch fehlt: Was ist mit Kranz?«

Mark wusste nicht, ob er Svens Kombinationsgabe bewundern oder sich darüber ärgern sollte, dass er nicht selbst auf den naheliegendsten Punkt gekommen war.

»Den habe ich in die Justizvollzugsanstalt Neumünster verlegen lassen. Ich bekam die Information, dass er mit euch einen Deal abschließen wollte, und hatte vor, das zu verhindern. Aber leider hat er uns gegenüber komplett dichtgemacht und darauf bestanden, mit jemandem vom amerikanischen Schatzamt zu sprechen. Also bei ihm hat dein Cover aus dem letzten Jahr gehalten, Mark, er ahnt nicht, dass du ein SEAL bist. Vielleicht solltest du tatsächlich mit ihm reden.«

Alleine die Vorstellung, Lauras Exmann zu begegnen, der noch dazu dafür verantwortlich war, dass seine Schwester Shara im Koma lag, ließ Wut in Mark aufsteigen. Entschieden verbarg er seinen Ärger und nickte knapp. »Das hatte ich von Anfang an vor, bisher scheiterte es daran, dass wir nicht wussten, wo wir ihn finden.« Er fuhr sich mit der Hand durch die Haare. »Aber so ganz verstehe ich nicht, warum einerseits bekannt ist, wer wir sind, und wir offen angegriffen werden, und andererseits Kranz immer noch an mein Cover glaubt.«

»Dann sollten wir ihn das fragen.«

Da Sven als Verhörexperte galt, sah Mark ihn fragend an, doch er schüttelte den Kopf. »Das bekommt ihr auch alleine hin. Ich werde heute noch genug damit zu tun haben, das mit dem KSK irgendwie unter den Tisch fallen zu lassen.«

Stephan grinste etwas gezwungen. »Und bei euern Methoden wundert ihr euch, dass ich euch in Verdacht hatte.«

Dieses Mal war es Dirk, der aufgebracht schnaubte. »Nun

hör doch auf mit dem Blödsinn. KSK oder eine Polizeisondereinheit wie MEK oder SEK oder meinetwegen GSG9, wo ist denn da der Unterschied? Am Ergebnis ändert sich nichts, es sind eben dieses Mal ein paar Vorschriften nicht eingehalten worden. Na und? Außerdem glaube ich persönlich, dass SEALs und KSK gestern um einiges besser geeignet waren, die Situation ohne größere Verluste zu klären. Und du bist ja sonst in der Wahl deiner Methoden auch nicht gerade zimperlich.«

Stephan sah Dirk ratlos an. »Was meinst du mit ›meinen Methoden‹?«

»Glaubst du, du bist der Einzige, der sich Informationen über vergangene Einsätze besorgen kann? Einiges klang richtig nett, ich wollte schon immer einen deutschen James Bond kennenlernen. Noch einen Kaffee oder lieber einen Martini? Gerührt oder geschüttelt?«

Dirks lockere Worte entspannten die Atmosphäre, lächelnd schüttelte Stephan den Kopf. »Einen Kaffee nehme ich noch. Leider hat die Realität mit dem Film nicht viel gemeinsam. Keine schnellen Autos, keine schönen Mädchen, nicht mal eine Lizenz zum Töten.«

Dirks Miene verhärtete sich bei Stephans letzten Worten, dann entspannte er sich wieder. »Den Kaffee kannst du bekommen, dein Wagen steht in Hamburg beim Präsidium, darum hat sich einer der Kollegen gekümmert. Aber die Mädchen musst du dir alleine besorgen. Was genau hast du jetzt vor?«

»Erst Kranz besuchen, dann nach Berlin fahren und herausbekommen, wer dort falschspielt. Und vorher noch erfahren, was ihr bereits wisst.«

Mark signalisierte seine Zustimmung und trank seinen Kaffee aus. So wie es aussah, kam er um den Besuch bei Kranz nicht herum.

37

Browning blickte nicht auf, sondern blätterte weiter in den Unterlagen. Irgendwann würde Tamms kapieren, dass er kein Interesse an einem Gespräch, geschweige denn am Austausch von vermeintlichen Vertraulichkeiten hatte.

Aufatmend stand Browning auf, als die Tür hinter seinem aufdringlichen Kollegen ins Schloss fiel, und verließ ebenfalls sein Büro. Die Pantry für die Angestellten war wie alles in der Villa hochwertig ausgestattet und eingerichtet. Im Gegensatz zu seinem Vorgesetzten und seinen Kollegen war die Kaffeemaschine eine der wenigen erfreulichen Seiten seiner Arbeit. Das Mahlwerk zerkleinerte innerhalb von Sekunden die Kaffeebohnen, während bereits das Wasser auf die richtige Temperatur erhitzt wurde. Heraus kam eine braune Flüssigkeit, die den Namen »Kaffee« verdiente, besonders in der Einstellung »extra stark«, die Browning bevorzugte.

Nachdenklich nippte er an dem heißen Getränk und ließ sich die Informationen der letzten Tage und Stunden durch den Kopf gehen. Sein Chef schien beruhigt und hatte vor dem Aufbruch zum Empfang in der Industrie- und Handelskammer entspannt und eloquent wie immer gewirkt. Niemand käme auf die Idee, dass dem ehrwürdigen Konsul das Wasser buchstäblich bis zum Hals stand. Wenn diese viel gerühmte chemische Waffe nicht bald Geld in die Kasse spülte, war er am Ende. Der Konsul schien jedoch sicher zu sein, dass sämtliche Probleme beseitigt waren – und das zu einem Zeitpunkt, an dem er gerade seine bisher einzige Produktionsstätte verloren hatte. Das ergab keinen Sinn. Ebenso wenig wie die Informationen über das Vorgehen der Polizei und der Amerikaner.

Für seinen Geschmack gab es zu viele offene Fragen, zu viele lose Fäden, die nicht zusammenpassten. Er kannte die Fähigkeiten der SEALs und ihre Art, Dinge anzugehen, zu gut, um die einfachste Interpretation leichtfertig zu akzeptieren. Ein SEAL-Team, das aus blinder Rachsucht wegen des Todes eines Offiziers eine Fabrik in die Luft jagte? Niemals. Außerdem gab ihm Tamms' süffisantes Lächeln zu denken. Da lag die Vermutung näher, dass der Konsul selbst sämtliche Spuren beseitigt hatte, nachdem feststand, dass sich bei *VirTech* ein verdeckter Ermittler eingeschlichen hatte. Aber wieso dann diese abstruse Geschichte von der Rache der Amerikaner? Der Konsul schien Brownings Vorbehalte gegen ihn und seine Geschäfte zu spüren. Vermutlich zog er eher Tamms ins Vertrauen, dessen beschränkte Auffassungsgabe und Skrupellosigkeit für ihn von Vorteil war.

Immerhin schien der Konsul über das unerklärliche Verschwinden des Geschäftsführers beunruhigt zu sein. Das hieß dann wohl, dass dieser Punkt an ihre Gegner ging.

Trotz des selbstsicheren Auftretens seines Arbeitgebers fragte sich Browning, wer eigentlich die Zügel in der Hand hielt. Mittlerweile war er nicht mehr sicher, dass es der Konsul war, sondern tippte auf den Unbekannten in Berlin. Immerhin wusste er nun, dass es neben dem Konsul einen weiteren, wesentlich einflussreicheren Verantwortlichen für Zerberus gab. Einen Mann, der nicht davor zurückschreckte, einen Killer auf Kinder anzusetzen.

Hatte Browning sich zuvor gefragt, wo seine persönliche Grenze lag, so kannte er jetzt die Antwort. Tamms' Einschüchterungsversuche waren vergleichsweise harmlos gewesen, aber mit der Vorstellung, ein Kind zu töten, konnte er nicht leben.

Automatisch dachte er an Mark Rawlins, der offenbar ebenso gedacht hatte. Das Kind hatte er gerettet, war aber selbst im Krankenhaus an den Folgen der Schussverletzung gestorben. Wieder ein Punkt, der weitere Frage aufwarf. Was genau war auf diesem Spielplatz vorgefallen? Warum war der SEAL dort überhaupt aufgetaucht?

Browning leerte den Becher und stellte ihn in die Spüle. So sehr er auch den Tod des SEALs bedauerte, war er doch erleichtert, dass sie nicht als Gegner aufeinandertreffen würden. Nun mussten sie nur noch mit den Männern vom LKA fertigwerden, und das Geschäft des Konsuls lief wieder im ruhigen Fahrwasser – sofern sich nicht noch unangenehme Überraschungen ergaben.

Gedankenverloren beobachtete er eine Möwe vor dem Fenster. Unbeirrt von den heftigen Sturmböen suchte sie sich ihren Weg, ließ sich nicht von ihrem Ziel abbringen und endlich auf der Anlegestelle des Grundstücks.

Der Flug des Vogels erschien ihm plötzlich wie ein Sinnbild seines eigenen Lebens. Er wandte sich vom Fenster ab. Es gab einiges zu planen und zu veranlassen. Trotzdem blieb ein bitterer Beigeschmack, der nicht von dem hervorragenden Kaffee kam.

Stephan entpuppte sich als angenehmer Beifahrer, der die meiste Zeit schweigend aus dem Fenster sah und offenbar seinen eigenen Gedanken nachhing. Mark konnte sich nicht einmal ansatzweise vorstellen, was es für den Deutschen heißen musste, in der Vergangenheit mehr als einmal sein Leben riskiert zu haben, nur um jetzt so getäuscht zu werden.

Mark vermutete, dass Stephan das schon seit dem Vortag klar war. Wahrscheinlich beschäftigte ihn der Gedanke auch jetzt noch.

Sein Handy durchbrach die Stille im Wagen. Er warf einen schnellen Blick aufs Display. Dirk. Dann musste es wichtig sein. »Was gibt's?«

»Schalt mich auf Lautsprecher, dann musst du gleich nicht alles für Stephan wiederholen.« Mark drückte die entsprechende Taste. »Du bist auf laut gestellt.«

»Wir sind auf etwas gestoßen, das verdammt gut das Motiv für die Beteiligung des Konsuls sein kann.«

»Und was wäre das?«

»Schiffe.«

Dirk warf ihnen das Wort hin, als ob damit alles gesagt wäre. Zu Marks Erleichterung konnte auch Stephan offensichtlich nichts damit anfangen. »Kannst du das ein wenig ausführlicher erklären?«

Dirk lachte leise. »Ich dachte, so gut wäre euer Allgemeinwissen. Durch die Finanzmarktkrise sind jede Menge Schiffe in die Schieflage geraten. Ich erspare euch einen Vortrag über Schiffsbeteiligungen und so einen Kram. Fakt ist, dass dem Herrn Konsul das Wasser bis zum Hals steht. Lange werden sich die Banken nicht mehr ruhig verhalten. Wenn du mich fragst, ist das der Grund, warum er sich auf den Scheiß eingelassen hat.«

»Klingt plausibel. Wie bist du darauf gekommen?«

»Intuition und eine dezente Nachfrage bei einem Exkollegen meiner Frau. Das Problem ist nur, dass ich jetzt zwar einige nette Unterlagen über die Finanzsituation des Herrn auf dem Rechner habe, wir die aber nicht vor Gericht verwenden können.«

»Dann hilft uns das nicht weiter.«

»Nicht so schnell, Mark. Vor Gericht können wir das Zeug nicht verwenden, aber es ist durchaus geeignet, um bei der Staatsanwaltschaft Eindruck zu machen.«

Da auch Stephan nickte, akzeptierte Mark die Einschätzung der Deutschen. Nachdem er das Telefonat beendet hatte, zwang er sich zu einem Grinsen. »Trotzdem ist es noch ein weiter Weg, bis wir genug haben, um ihn ins Gefängnis zu bringen.«

Stephan winkte ab. »Das geht manchmal schneller, als man vorher denkt. Die Hinweise verdichten sich doch schon. Da vorne musst du abbiegen.«

Mark verließ die Umgehungsstraße und folgte den Wegweisern Richtung Innenstadt, während nun Stephan telefonierte. Neumünster wirkte trist und grau, aber vermutlich war es unfair, die Stadt nach dem ersten Eindruck und den Häusern rechts und links der Ringstraße zu beurteilen.

Stephan steckte sein Handy weg. »Bernd hat alles arrangiert. Wir können ohne besondere Formalitäten direkt zu Kranz. Du bist als Vertreter des Schatzamtes avisiert. Ich denke, das ist in deinem Sinne, oder?«

»Ja –« Sein eigenes Handy meldete sich erneut. »Sekunde.« Kurz überlegte er, Lauras Anruf nicht anzunehmen, aber dann tat er es doch. Er hätte ihr fairerweise erzählen sollen, dass er vorhatte, sich ihren Exmann vorzunehmen.

»Störe ich? Ist irgendetwas passiert?«

»Nein, warum? Was sollte sein?«

»So, wie ihr den halben Kühlschrankinhalt auf dem Esszimmertisch zurückgelassen habt, haben wir sonst was befürchtet.« Mark verzog das Gesicht, aber eine Grundsatzrede über Ordnung und Hilfe im Haushalt blieb ihm erspart. »Seid ihr wieder im Einsatz?«

»Wenn du meinst, ob ich im Moment dienstlich unterwegs bin, hast du recht, aber keine Sorge. Alles harmlos, ich will mich mit deinem Exmann treffen.«

Die Leitung blieb still, und Mark fluchte im Stillen auf Englisch, während er den Audi mit einer Hand durch den dichter werdenden Verkehr lenkte.

»Grüß ihn nicht von mir. Wenn er nicht redet, reiß ihm die Fingernägel raus, oder was ihr sonst so macht, um Leute zum Reden zu bringen.«

Mark verschluckte sich vor unterdrücktem Lachen und räusperte sich, ehe er antworten konnte. »Ich glaube, wir müssen über dein Bild von unseren Methoden reden.«

»Ich habe mal einen Film gesehen, da hat jemand einen Gefangenen mit einem Bunsenbrenner –«

»Bitte, Laura, hör auf, sonst setze ich den Audi gegen den nächsten Baum. Wir brauchen zwar ein paar Antworten von ihm, aber ganz bestimmt nicht so. Wir sehen uns heute Abend bei Dirk, und bis dahin solltest du dir keine Horrorfilme ansehen.«

»Ich wollte nur helfen. Pass auf dich auf.«

»Tu ich immer. Bis dann.«

Stephan sagte zwar nichts, aber seine Miene sprach Bände. Mark spürte, wie bei seinem Beifahrer wieder Misstrauen aufflackerte.

»Wir haben uns letztes Jahr kennengelernt.«

»Das klang nach mehr.«

»Ist es auch, aber das spielt für unseren Fall keine Rolle. Kranz weiß davon nichts, und genau so soll es bleiben.«

»Kein Problem. Und ich werde bestimmt nicht mit dir über dein Privatleben diskutieren. Aber wie sieht es mit ihrem Onkel aus? Wenn ihr glaubt, dass er hinter Zerberus steckt, wie kannst du …?« Stephan brach ab und musterte ihn prüfend. »Schon gut. Verstanden. Noch hundert Meter, dann rechts und gleich links auf den Parkplatz.« Der abrupte Themenwechsel brachte Mark zum Schmunzeln, aber wenigstens war der Punkt definitiv erledigt.

Bis auf die Tatsache, dass er sich von seiner Waffe trennen musste, verlief ihre Ankunft auf dem Gelände der JVA problemlos, aber damit hatte er gerechnet. Das Gebäude mit den farblosen Gängen und den allgegenwärtigen Gittern war ein typischer Gefängnisbau, der bereits bessere Zeiten gesehen hatte. Lediglich das Eingangsportal mit der roten, treppenförmigen Fassade erinnerte ihn an die Häuser aus der Hansezeit in Lübeck und schien zu der Bestimmung des Gebäudes nicht zu passen. Das karge Fußballfeld im Innenhof, das von einer Grasfläche umgeben war, die aus mehr Sand als Grün bestand, passte da schon eher.

Vor einer Tür mit einem Beobachtungsfenster stand Steilmann, hielt einen Plastikbecher in der Hand und sprach mit einem uniformierten Mann. Als sie sich näherten, entfernte sich der Justizangestellte. »Das ist doch mal eine nette Überraschung, euch heute friedlich zusammen zu sehen. Kranz wartet bereits, weiß aber nicht, dass sich ein amerikanischer Besucher angekündigt hat. Herr Laazen hat ihn als ängstlich, aber nach wie vor unverbesserlich bezeichnet. Er führt sich auf, als ob er morgen herauskommt, und sein Schuldbewusstsein oder seine Bereitschaft, sich zu integrieren, tendiert gegen null.«

»Also alles unverändert«, stellte Mark trocken fest.

»Es ist eben nicht jeder so einsichtig wie ihr. Wenn ihr gleich auf mich gehört und miteinander geredet hättet, hättet ihr das auch leichter haben können.«

Stephan runzelte warnend die Stirn, während Mark nur eine Augenbraue hob. »Wollen wir das vertiefen oder bringen wir es hinter uns?«

»Was immer Sie befehlen, Captain. Ich warte draußen und habe Herrn Laazen bereits gesagt, dass ihr auf euch aufpassen könnt und niemanden dabeihaben wollt.«

Tief durchatmend stieß Mark die Tür auf. Auf eine weitere Begegnung mit Kranz hätte er verzichten können. Zu der Wut wegen des Schicksals seiner Schwester kam ein anderes Gefühl hinzu, das er nicht benennen konnte. Wenn er sich auf die Fakten konzentrierte, musste er dem Mistkerl für seine Taten beinahe dankbar sein, weil er sonst niemals Laura kennengelernt hätte. Aber für philosophische Betrachtungen war dies der falsche Ort und Zeitpunkt.

Die Zeit im Gefängnis war Kranz schlecht bekommen. Das braune Haar war nun grau und die Sonnenbräune der typischen Gefängnisblässe gewichen. Doch am meisten überraschten Mark die tiefen Falten, durch die Kranz viel älter wirkte. Der charmante, selbstbewusste Manager, der zunächst Shara und dann Laura in seinen Bann gezogen hatte, war verschwunden, geblieben war ein gehetzt wirkender Mann, der ihnen unsicher entgegenblickte.

Kranz stand langsam auf und wandte sich Mark zu. »Danke, dass Sie –«

Mark winkte ab. »Bleiben Sie sitzen. Ich hoffe, mein Besuch bei Ihnen lohnt sich. Was wollen Sie von mir?«

Er lehnte sich scheinbar gelangweilt gegen die Wand, während Stephan sich an den Tisch setzte und den Stuhl so zurechtrückte, dass er und Kranz sich direkt gegenübersaßen.

»Das Stichwort ›Zerberus‹ müsste Ihnen doch genug sagen, oder? Sonst wären Sie ja nicht hier. Was ist für mich drin?« Kranz' Worte überschlugen sich. Andeutungsweise flackerte die Arroganz auf, die Mark von ihm kannte. Er betrachtete ihn genauer. Da lag noch etwas anderes in seinem Blick, vielleicht etwas Berechnendes. Als weder Stephan noch Mark reagierte, rieb sich Kranz über den Arm, und die Arroganz verschwand. »Mich interessiert nur eins: Ich will Ihnen helfen, damit ich raus und zurück zu meiner Familie komme.«

Am liebsten hätte Mark verächtlich aufgelacht. Seine Familie hatte den ehemaligen Manager nie übermäßig interessiert und noch weniger, seitdem die Scheidung offiziell war und Laura das alleinige Sorgerecht für die Kinder besaß. Sollte das ein Versuch gewesen sein, an ihr Mitgefühl zu appellieren, so hatte er das Gegenteil erreicht. Nun war Mark endgültig überzeugt, dass Kranz ihnen etwas vorspielte, und intelligent, wie er war, handelte es sich um eine genau einstudierte Inszenierung. Zeit genug hatte der Mistkerl ja gehabt, sich einen Plan auszudenken.

Die Stille zog sich hin, und wie erwartet verlor wieder Kranz als Erster die Nerven. »Haben Sie mit meinem Anwalt gesprochen?«

Stephan gab Mark ein Zeichen, die Gesprächsführung zu übernehmen. Obwohl dies Sinn machte, hätte er lieber weiter geschwiegen. »Es wäre ein wenig voreilig, mit Ihrem Anwalt zu sprechen, ehe wir nicht wissen, ob es sich überhaupt lohnt. Ich habe erhebliche Zweifel, dass Sie uns etwas anzubieten haben. Aber bitte. Überzeugen Sie mich.«

»Nicht ohne Zugeständnisse. Wann kann ich raus?«

Stephan schnaubte verächtlich. »Bei guter Führung in vier Jahren.«

»Das meinte ich nicht. Hat es Ihnen nicht gereicht, ein SEAL-Team zu verlieren? Mir ist klar, dass das Schatzamt der falsche Ansprechpartner ist. Aber stellen Sie eine Verbindung zu den richtigen Leuten und Entscheidungsträgern her, dann sehen wir weiter.«

Mark verstand Stephans stumme Aufforderung, aber alles in ihm wehrte sich dagegen, seine Tarnung aufzugeben. »Ich denke, Sie haben den richtigen Ansprechpartner vor sich, und Ihre Informationen sind mehr als dürftig. Wir haben kein SEAL-Team verloren. Sie müssen schon überzeugendere Argumente vorbringen, damit ich bereit bin, meine Zeit mit Ihnen zu verschwenden.«

Kranz' Selbstbewusstsein bekam einen gehörigen Dämpfer, und jetzt erkannte Mark auch das Gefühl, dass da immer wieder sekundenlang in seinen Augen aufblitzte. Blanker Hass. Was immer Kranz vorhatte, Mark war eine der Zielscheiben. Vielleicht weil er daran beteiligt gewesen war, ihn ins Gefängnis zu bringen. Das würde interessant werden.

»Ich kann Ihnen die Verantwortlichen für die Produktion einer chemischen Waffe liefern. Ich dachte, das Gas wäre schon erfolgreich getestet worden.«

»Wie ich schon sagte: Ich bezweifle, das Sie mir etwas Neues erzählen können. Das Gas gibt es nicht mehr. Die Standorte in Bad Oldesloe und auf der Insel Poel sind Vergangenheit.«

Jetzt gab es keinen Zweifel daran, dass Kranz keineswegs nur von dem Wunsch nach Freiheit getrieben wurde. Der Mann wollte mehr, viel mehr. Seinen alten Status quo zurück, aber auch Rache an denen, die seinen Verbrechen ein Ende gesetzt hatten. Auch Stephan wirkte sehr nachdenklich.

Der Verfassungsschützer beugte sich vor. »Ich habe heute noch mehr Termine. Kommt von Ihnen noch etwas?«

Kranz nickte. »Machen Sie mir ein Angebot, und Sie bekommen meine Aussage und wasserdichte Beweise über den Drahtzieher der ganzen Sache.«

»Den in Hamburg oder den in Berlin?«

Stephans Frage kam so schnell und scharf, dass Kranz zurückzuckte. Zumindest diese Reaktion war ehrlich. Der Mann hatte seine Angst kaum unter Kontrolle.

»Vielleicht wissen Sie wirklich noch mehr, aber Sie haben keine Beweise, sonst hätten Sie schon Festnahmen durchgeführt. Was haben Sie mir anzubieten?«

Mark trat an den Tisch und stützte die Hände auf die Platte. »Ihr Leben und vielleicht ein Jahr weniger. Mehr ist nicht drin. Sehen Sie eigentlich nicht, was für ein gefährliches Spiel Sie spielen? Sie mögen ja glauben, dass Sie alles unter Kontrolle haben, aber da irren Sie sich. Wir sind es nicht, die Ihnen gefährlich werden können, sondern die, die Sie hier verkaufen wollen. Es ist doch nur eine Frage der Zeit, bis der Konsul herausfindet, wo wir Sie versteckt haben. Der wird dann schon die richtigen Maßnahmen ergreifen.«

Kranz fuhr hoch. »Wird er nicht. Wir stehen uns sehr nahe.«

Als Beweis vor Gericht gegen den Konsul reichte das leider nicht, aber es war ein Anfang. »Was muss denn noch passieren, um Sie zu überzeugen? Reicht es nicht, dass der Konsul einen Killer auf Ihren Sohn angesetzt hat?«

»Das hat er nicht!«

»Vielleicht nicht persönlich, aber er hat auch nichts getan, um zu verhindern, dass Nicki getötet wird. Denken Sie endlich nach, Kranz. Ich kann mir gut vorstellen, dass Sie sich das alles so schön ausgemalt haben. Sie spielen einen gegen den anderen aus, am Ende gehen noch einige drauf, die dafür verantwortlich sind, dass Sie hier sind, und Sie kommen durch diesen angeblichen Deal auch noch frei. Vergessen Sie es. Wir haben Ihr Spiel durchschaut.«

»Sie wissen nicht einmal ansatzweise, mit wem Sie es zu tun haben. Sie haben doch nichts, gar nichts, in der Hand. Sonst wären Sie nicht hier. Geben Sie mir das, was ich fordere, und Sie bekommen alles, was Sie brauchen. Tun Sie es oder lassen Sie es.«

»So, wie es im Moment aussieht, lehnen wir Ihr Angebot dankend ab. Aber eine Sache interessiert mich doch. Ihre alte Schulfreundin, Birte Kiebig, die dem LKA die Daten über Zerberus zugespielt hat. Wusste die, worauf sie sich eingelassen hat?«

Kranz fiel nicht auf, dass sie die Verbindung zwischen ihm und der Buchhalterin kaum kennen konnten. »Nein, sie hatte keine Ahnung, worum es geht, nur dass bei *VirTech* einiges nicht zusammenpasste. Aber ich war sicher, dass die Daten ausreichen, um Ihnen zu zeigen, womit Sie es zu tun haben, und das hat ja auch funktioniert. Hätte ich darauf verzichtet, hätten Sie den Anruf meines Anwalts ignoriert.«

Damit stand endgültig fest, dass Sven mit seiner Theorie richtiggelegen hatte. »Und warum haben Sie die Daten ausgerechnet an Sven Klein geschickt?«

Wieder flackerte Hass in Kranz' Miene auf. »Warum nicht? Das reicht jetzt. Bieten Sie mir etwas an, und ich liefere Ihnen das Dreiergespann frei Haus.«

Drei? Auch Stephan hatte sekundenlang Probleme, seine Überraschung zu verbergen, dann schüttelte er den Kopf. »Sie leben in einer Traumwelt. Es wird etwas Zeit kosten, die drei Namen ausfindig zu machen, aber wir bekommen sie. Den Hamburger kennen wir, bei dem Berliner stehen wir kurz davor, und was den Amerikaner angeht, da …« Stephan zeigte lässig auf Mark. »Da erwartet er minütlich den Anruf, dass wir ihn haben. So schwer ist es nun auch nicht, den gemeinsamen Nenner der drei aus der Vergangenheit auszugraben.«

Stephans Bluff hatte eine beinahe umwerfende Wirkung. Sichtlich angeschlagen sank Kranz auf seinem Stuhl zusammen, dann fuhr sein Kopf wieder hoch. »Wir werden sehen, wer am Ende lacht.«

Mark schnaubte verächtlich. »Sie jedenfalls nicht.«

Trotzig erwiderte Kranz seinen Blick. »Das bleibt abzuwarten. Ich habe vor Jahren einen einzigen Fehler gemacht, aber jetzt habe ich lange genug bezahlt. Das Blatt wird sich wenden.«

Stephan runzelte irritiert die Stirn. »Sie meinen die Geldunterschlagungen?«

Kranz winkte ungeduldig ab. »Nein, ich habe aus den falschen Gründen die richtige Frau gehen lassen und mich für eine entschieden, die mich zwar beruflich weitergebracht hat, aber das war's auch.«

Marks Beherrschung bekam deutliche Risse, als Kranz so über Shara und Laura sprach. »›Gehen lassen‹? Sie meinen wohl, dass Sie sie fast umgebracht hätten, Sie …« Mühsam bekam er sich wieder unter Kontrolle. »Aber ich warne Sie. Wenn Sie glauben, Sie können den Konsul und die anderen weiter nach Ihrer Pfeife tanzen lassen, dann irren Sie sich. Wenn Sie das versuchen, sind Sie verdammt schnell tot. Bleiben Sie in Deckung, und halten Sie ausnahmsweise mal den Mund.«

Es war alles gesagt, und eine offizielle Aussage, die sie weitergebracht hätte, würden sie nicht bekommen. Länger als unbedingt erforderlich würde Mark sich nicht mit dem Mistkerl in einem Zimmer aufhalten. »Stephan?«

»Wir haben alles. Ich kann nur hoffen, dass Sie die Warnung meines Kollegen ernst nehmen. Lassen Sie mich anrufen, wenn Sie zur Vernunft gekommen sind.«

Stephan wartete, bis die Tür hinter ihnen ins Schloss gefallen war. »Was war das eben zum Schluss mit dir und Kranz?«

»Nichts, das eine Rolle spielt.«

»Erzähl mir nichts. Es gehört einiges dazu, dich aus der Ruhe zu bringen.«

»Woher willst du das wissen? Lass es gut sein.« Mark rieb sich mit beiden Händen über das Gesicht, obwohl ihm bewusst war, dass er damit Stephans Verdacht bestätigte. »Es hat mit unserem Fall nichts zu tun, sondern liegt viele Jahre zurück«, schob er dann nach.

»Jetzt hast du mich neugierig gemacht.« Stephan musterte ihn prüfend. Mark erwiderte seinen Blick, bis Stephan das stumme Duell verloren gab. »Okay, dann reicht mir das fürs

Erste. Zurück zu Kranz: Hattest du auch den Eindruck, dass du ganz oben auf seiner Abschussliste stehst?«

»Ja, definitiv, und zwar direkt neben Sven und Dirk. Ich weiß nicht, wie er an uns herankommen will, aber wir sollten ihn nicht unterschätzen. Ich halte es für möglich, dass er den Konsul ganz schön manipuliert. Allerdings befürchte ich tatsächlich, dass auch Kranz ganz oben auf einer Abschussliste steht, und das wäre schade. Seine Aussage könnten wir gut gebrauchen.«

»Wir schirmen ihn ab, können aber kaum was dagegen tun, wenn er selbst den Kontakt sucht.«

»Stimmt, das wird er dann auf die harte Tour zu spüren bekommen. Übrigens: Du hast verdammt schnell geschaltet, als es um das Dreiergespann ging. Wir machen nun genauso weiter, wie du gesagt hast: Es muss eine Verbindung zwischen den Männern geben, und die werden wir finden.«

»Aber beeilt euch. Ich fürchte, er meinte es wirklich ernst, und ich habe keine Vorstellung davon, was er eingefädelt haben könnte, um an dich oder Sven oder Dirk heranzukommen.«

38

Frustriert verfolgte Sven die Verkehrsmeldungen auf dem Bildschirm des PC. Gute Taten wurden offenbar nicht belohnt. Dirk hatte es vor gut drei Stunden noch problemlos nach Ahrensburg geschafft und ging vermutlich inzwischen zusammen mit den Amerikanern die sichergestellten Unterlagen und Dateien durch. Vor gut einer Stunde war der Verkehr Richtung Lübeck nahezu komplett zusammengebrochen. Auf der A1 ging nach einer Vollsperrung gar nichts mehr, und sämtliche Ausweichstrecken waren überlastet. Die voraussichtliche Fahrtzeit hatte ein Kollege von der Verkehrspolizei mit mindestens zweieinhalb Stunden eher großzügig geschätzt. Und das alles nur, weil er es für seine Pflicht gehalten hatte, persönlich die Details ihres Einsatzes auf Poel mit Tannhäuser durchzugehen. Immerhin hatte sein Vorgesetzter ihnen Rückendeckung gegenüber den dortigen Polizeibehörden verschafft und überlegte nun, ebenso wie sie selbst, ob und wann sie die Staatsanwaltschaft hinzuzogen. Zeit wurde es, aber leider waren sie sich auch beide einig, dass sie noch nichts Stichhaltiges in der Hand hielten. Die Hoffnung, dass Kranz ihnen eine verwertbare Aussage liefern würde, hatten sie nun auch begraben müssen. Sven hatte Marks Warnung noch im Ohr, dass die miese Ratte sich an ihnen rächen wollte, doch für dieses Verkehrschaos war er wohl kaum verantwortlich.

Es klopfte leise an seiner Bürotür, und der Kollege von der Verkehrspolizei, mit dem er vorhin gesprochen hatte, trat ein und warf ein Blatt Papier auf seinen Schreibtisch.

»Ein Kollege von mir hat das gleiche Problem wie du. Nur seins ist noch um einiges größer. Wenn er nicht pünktlich zum Familienessen erscheint, hängt ihn seine Frau an den Ohren auf. Er hat sich was am PC zusammengebastelt, was dir auch helfen könnte. Diese Straßen sind frei, und du kommst auf ungefähr fünfunddreißig bis vierzig Minuten Fahrzeit.«

Begeistert sah sich Sven die vorgeschlagene Route über Ohlstedt und Duvenstedt weiter nach Ahrensburg an. Auf diesen Umweg wäre er nie gekommen. »Du hast was bei mir gut.«

»Ach was, dafür nicht. Aber sieh zu, dass du nicht falsch abbiegst, dein Navi wird ständig versuchen, dich zurück zur Bundesstraße oder Autobahn zu führen, das kannst du vergessen.«

»Das bekomme ich hin.«

Keine zehn Minuten nachdem er den Parkplatz des Polizeipräsidiums verlassen hatte, war die Strecke sein kleineres Problem. Wieder blickte er in den Rückspiegel, aber der schwarze Mercedes folgte ihm weiterhin mit einem Fahrzeug Abstand. Das konnte kein Zufall sein. Der Wagen war ihm schon in der Hindenburgstraße, keine hundert Meter vom LKA entfernt, aufgefallen und hatte seitdem jeden Spurwechsel und auch einen unsinnigen Umweg, der wieder direkt auf diese ursprüngliche Strecke geführt hatte, mitgemacht. Es gab eine mögliche harmlose Erklärung, die ihm jedoch auch nicht gefiel. Er griff zum Handy, drückte die Kurzwahltaste für Mark und sagte ohne einen Gruß: »Habt ihr mir einen Schatten verpasst?«

»Natürlich nicht. Wie kommst du darauf?«

»Seit einigen Kilometern klebt ein schwarzer Mercedes an mir, genau so einer wie der, den ihr fahrt.«

»Wir sind es nicht. Wo bist du?«

»Auf dem Weg nach Ahrensburg, aber auf einer ganz anderen Strecke als sonst, weil hier das absolute Verkehrschaos herrscht.«

»Sekunde.« Marks Stimme wurde leiser, aber Sven verstand jedes Wort. »Jake, peil Svens Handy an. Jemand sitzt ihm im Nacken.«

Auch wenn er die Methoden der Amerikaner zweifelhaft fand, manchmal hatte es auch Vorteile, jederzeit auf solche Mittel zugreifen zu können. Die Ampel vor ihm wurde rot.

Marks Stimme klang leicht irritiert, als er sich wieder meldete. »Du fährst in die falsche Richtung.«

»Nein, ich biege nachher ab, und dann stimmt es wieder. Das ist der einzige Weg, zu euch zu kommen, ohne stundenlang im Stau zu stehen.«

»Dann gib mir mal die Route durch, die du fahren willst.«

Die Wartezeit an der Ampel reichte gerade, und als er fertig war, schwieg Mark. Aber Sven ahnte, dass ihm die gleichen Gedanken durch den Kopf gingen wie ihm selbst. Ihre Gegner hatten schon bewiesen, dass sie umfangreiche Ressourcen besaßen. Eine Beschattung mit mehreren Fahrzeugen oder mithilfe eines untergeschobenen Senders war nahezu unmöglich zu entdecken. Das konnte nur bedeuten, dass sie bemerkt werden wollten.

»Das gefällt mir nicht«, sagte Mark schließlich.

»Tja, so weit war ich auch schon. Entweder wollen sie uns aus der Reserve locken, oder sie haben es auf mich abgesehen. Immerhin bin ich der Einzige, an den man relativ leicht rankommt, wenn man lange genug vorm Präsidium wartet.«

»Kehr um und fahr zurück ins Präsidium.«

»Vergiss es. Die Kerle schnappen wir uns. Der Verfassungsschutz ist es dieses Mal nicht.«

Sekundenlang war die Leitung still. »Das Risiko ist zu hoch.

Du bist alleine, und deine Strecke führt durch Gegenden, in denen nicht besonders viel los sein dürfte.«

»Im Gegensatz zu dir habe ich wenigstens kein Loch im Rücken.«

»Verdammt, Sven. Du bist wirklich … warte.« Nur das Klicken der Tastatur war zu hören. »Wir haben dich auf dem Satelliten und deine Route auf dem Monitor. Wir kommen dir entgegen. Fahr so langsam wie möglich, wir brauchen Zeit. Und pass auf dich auf, du verdammter Sturkopf.«

»Du mich auch, Mark«, verabschiedete sich Sven betont freundlich.

Ausnahmsweise hielt Sven jede Geschwindigkeitsbegrenzung ein und atmete auf, als er Duvenstedt erreichte. Damit war er rein theoretisch schon an Ahrensburg vorbeigefahren, aber sein Kollege hatte recht behalten: Diese Strecke war frei gewesen, und die kurze Fahrt zurück zu seinem Wohnort war nun kein Problem mehr. Theoretisch. Ein schlechtes Gefühl beschlich ihn, als er plötzlich rechts und links nur noch Wald sah.

Mit Häusern um sich herum hatte er sich um einiges sicherer gefühlt. Er war der Einzige auf der Straße, sodass der Mercedes nun beinahe an seiner Stoßstange klebte. Beim nächsten Blick in den Rückspiegel blinzelte er irritiert. Urplötzlich waren zwei schwarze Fahrzeuge hinter ihm. Automatisch beschleunigte er, griff zum Handy und drückte die Wahlwiederholungstaste. »Auch auf die Gefahr hin, dass ich mich wiederhole: Seid ihr das, hinter dem ersten Mercedes?«

»Nein, wir sind noch gut zehn Kilometer von dir entfernt, aber gleich da.«

»Dann hat sich mein kleines Problem gerade verdoppelt.«

»Mist, das ist zu riskant. Hau ab da.«

»Bin schon dabei.« Sven warf das Handy auf den Beifahrersitz und trat das Gaspedal bis zum Anschlag durch. Verdammt, seine Verfolger hatten die stärkeren Motoren, er würde sie nicht abhängen können. Wie lang mochte es dauern, bis der verdammte Wald endlich aufhörte und sie wieder bewohntes Gebiet erreichten? Der Wagen hinter ihm setzte zum Überholen an. Sven zog seinen BMW in die Fahrbahnmitte. Jetzt versuchte der Mercedes es auf der anderen Seite. Fluchend jagte Sven den BMW in Schlangenlinien über die Straße. Beim nächsten Blick in den Rückspiegel glaubte er, drei Wagen zu entdecken, war sich aber nicht sicher. Zwei reichten ihm eigentlich auch schon. Ein harter Schlag von hinten brachte seinen BMW ins Schleudern. Im letzten Moment reagierte die Lenkung wieder, und er kam heil um eine Kurve. Es folgte ein gerades Stück, das war seine Chance. Irgendwann musste der Wald ja aufhören und Mark auftauchen. Wieder trat Sven das Gaspedal voll durch. 140 km/h waren eindeutig zu schnell für diese Straße, doch der Mercedes fuhr noch schneller und schaffte es, sich neben ihn zu setzen. Sven erhaschte noch einen Blick auf Beifahrer und Fahrer, dann wurde er seitlich gerammt. Der BMW kam von der Straße ab und schlug eine lange Schneise durch das lichte Unterholz. Das Lenkrad fest umklammert kämpfte Sven um die Kontrolle über den Wagen. Bisher hatte er Glück gehabt, die Geschwindigkeit war eigentlich viel zu hoch gewesen, und um ihn herum waren nur noch Bäume. Jetzt tauchte vor ihm eine Reihe Birken auf. Vergeblich suchte er nach einer Lücke, aber die Lenkung reagierte nicht. Verdammt. Der dünne Stamm gab unter dem Aufprall nach, und mit einem heftigen Ruck kam der Wagen zum Stehen. Als Sven nach vorne geworfen wurde, hielt ihn der Sicherheitsgurt zurück. Schmerz schoss durch seinen Körper. Sein Gesicht war umhüllt von etwas Weichem, Nachgiebigem, das ihn am Atmen hinderte. Orientierungslos versuchte er zu verstehen, was geschehen war. Viel zu langsam verflog seine Benommenheit, und die Einzelheiten setzten sich zu einem Gesamtbild zusammen. Sie hatten ihn von der Straße abgedrängt, der Airbag war aufgegangen und lag nun wie eine weiße Wolke vor ihm. Sven schob das dünne Plastikzeug zur Seite und löste das Gurtschloss.

Er hätte besser nach seiner Waffe greifen sollen. Die Tür wurde aufgerissen, er an der Schulter gepackt und herausgezerrt. Mit dem Gesicht nach unten landete er auf dem Waldboden.

»Aufstehen. Aber schön langsam und vorsichtig.«

Zwei Männer, einer blond, einer schwarzhaarig, blickten auf ihn herab und hielten Pistolen auf ihn gerichtet. Damit war es ausgeschlossen, dass er an seine eigene schnell genug herankam. Er befolgte die Anweisung, musste sich aber an dem BMW festhalten, um nicht sofort wieder auf dem Boden zu landen. Immer noch spürte er den Aufprall am ganzen Körper und musste blinzeln, um klar zu sehen. Überrascht stellte er fest, wie tief er sich bereits im Wald befand. Von der Straße war nichts mehr zu sehen.

»Umdrehen und Hände aufs Wagendach.«

Seine Waffe wurde ihm abgenommen. Ohne eine Aufforderung abzuwarten, drehte Sven sich wieder um. »Und jetzt? Was soll der Scheiß?«

Der Blonde trat mit einem hämischen Grinsen näher und packte ihn mit einem schmerzhaften Griff an den Schultern. »Von Umdrehen hat keiner was gesagt. Hände auf den Rücken.«

Zähneknirschend gehorchte Sven.

Plastikhandschellen legten sich viel zu eng um seine Handgelenke. Die Zähne fest zusammengebissen unterdrückte er einen Schmerzenslaut. Er hatte keine Ahnung, was die Kerle von ihm wollten. Nach einer Entführung sah es nicht aus, aber warum hatten sie ihn dann nicht gleich umgebracht? Auch wenn ihm das durchaus recht war. Der Schwarzhaarige war einige Schritte zur Seite gegangen und telefonierte leise. Leider konnte Sven kein Wort verstehen, aber er schien zufrieden zu sein. Da ihre Interessen vermutlich ziemlich weit auseinanderlagen, war das nicht gut.

»Was soll das werden?«, wiederholte Sven, rechnete aber nicht mit einer Antwort.

Der Blonde grinste wieder auf eine widerwärtige Art. »Sie reden nur, wenn Sie gefragt werden.« Wohl um seinen Worten Nachdruck zu verleihen, schlug er ihm den Pistolenlauf gegen die Schläfe. Benommen sackte Sven zusammen, wurde jedoch sofort wieder hochgerissen. Blut rann aus der Platzwunde über sein Gesicht, aber er gab keinen Ton von sich, sondern beschränkte sich auf einen verächtlichen Blick. Als der Blonde erneut ausholte, war der Schwarzhaarige mit einem Satz bei ihm und riss ihn zurück.

»Lass ihn in Ruhe.«

Der Blonde schien zunächst einer Auseinandersetzung nicht abgeneigt, aber der kalte Blick aus den auffallend grünen Augen des Schwarzhaarigen reichte, um ihn in seine Schranken zu weisen. Das war dann wohl der Anführer. Die kurz geschorenen Haare und das ganze Auftreten wiesen auf einen militärischen Hintergrund hin, und er sprach mit deutlichem amerikanischen Akzent. Kein einfacher Gegner. Sven konnte nur noch auf ein rechtzeitiges Eintreffen der SEALs hoffen. Aber da er keine Ahnung hatte, ob sein Handy den Unfall überlebt hatte und ob der Ort, an dem sie ihn abgedrängt hatten, von der Straße her einsehbar war, machte er sich nicht allzu große Hoffnungen. Doch mehr hatte er nicht.

Der Anführer musterte ihn mit unergründlicher Miene. »Sie haben zwei Möglichkeiten: Sie kooperieren und leben, oder Sie sind tot. Suchen Sie sich eine aus.«

»Was verstehen Sie unter ›kooperieren‹?«

»Wo finden wir Ihre amerikanischen Freunde? Eine einfache Antwort, und Sie sind raus aus der Geschichte.«

Sven zeigte offen seine Zweifel. »Und das soll ich Ihnen glauben?«

»Haben Sie eine andere Wahl?«

»Es gibt immer eine. Was wollen Sie haben? Eine Adresse, eine Telefonnummer? Und dann lassen Sie mich gehen?«

Der Schwarzhaarige trat noch dichter an ihn heran. Instinktiv wich Sven zurück, stieß aber gegen seinen BMW. »Ganz genau. Die Adresse. Sie werden ja kaum in einem normalen Hotel abgestiegen sein.«

Das Haus, in dem die SEALs wohnten, hatte Dirk ihnen privat besorgt, und aus gutem Grund hatte der Admiral dafür gesorgt, dass die Adresse nicht in den offiziellen Unterlagen erschien.

»Ich habe keine Ahnung, wo sie wohnen. Wir treffen uns im Präsidium.«

»Na sicher doch. Wenigstens leugnen Sie nicht, mit ihnen zusammenzuarbeiten.«

»Würde das etwas bringen?«

»Nein, das wäre Zeitverschwendung. Aber Sie sollten sich überlegen, ob es sich lohnt, zu schweigen. Wollen Sie wirklich für sie sterben?«

Sven biss die Zähne zusammen. »Egal, was ich Ihnen sage, Sie bringen mich sowieso um.«

Sven konnte seine Resignation nicht verbergen und verfluchte sich innerlich dafür. Etwas flackerte in den Augen seines Gegenübers auf, das er nicht deuten konnte, dann war der Moment vorbei, und die ausdruckslose Miene saß wieder.

»Sie kennen mein Angebot. Nehmen Sie es an oder lassen Sie es sein.«

Kampflos aufgeben kam trotz der gefesselten Hände nicht infrage. Ansatzlos trat Sven zu. Aber der Schwarzhaarige wich scheinbar mühelos aus, verzichtete aber auf eine Revanche, der Sven kaum etwas entgegenzusetzen gehabt hätte.

»Ich denke, ich habe die Antwort verstanden. Ihre Entscheidung.« Gleichgültig wandte sich der Schwarzhaarige an den Blonden. »Schaff ihn da rüber. Da ist mehr Licht und Platz.«

Der Blonde zerrte ihn zu einer kleinen Lichtung und stieß ihn dort zu Boden. Unfähig, den Sturz abzufangen, landete Sven hart auf der Schulter und biss sich so fest auf die Lippen, dass es blutete. Egal, was es ihn kosten würde, er würde vor dem Dreckskerl keine Schwäche zeigen. Er versuchte, aufzustehen, aber ein Tritt in die Rippen warf ihn zurück. Flach atmend kämpfte er gegen die stechenden Schmerzen an. Als der Blonde erneut ausholte, sah Sven ihn fest an. »Feiges Arschloch.«

Er warf sich zur Seite und entging knapp einem Tritt gegen den Kopf, der den Kampf endgültig beendet hätte. Drohend trat der Blonde noch näher. Sven nutzte die Chance und revanchierte sich mit einem Tritt gegen das Knie, der den Mann zurücktaumeln ließ.

Als der Blonde sich wieder auf ihn stürzen wollte, mischte sich der Schwarzhaarige ein. »Lass ihn in Ruhe. Ich sage das nicht noch einmal.«

Aufgebracht fuhr der Blonde zu seinem Anführer herum. »Auf welcher Seite stehst du eigentlich, Browning?«

»Auf meiner eigenen. Er hat sich entschieden. Beende es, aber ohne überflüssige Quälerei.«

»Ist das ein verspäteter Anflug von Gewissen, oder glaubst du noch an dieses ganze Gerede von Ehre und diesem Blödsinn?«

Browning beschränkte sich erneut auf einen Blick, aber der reichte, um den Blonden zwei Schritte zurückstolpern zu lassen.

Langsam kam Sven bis auf die Knie hoch. Als er aufstehen

wollte, schüttelte Browning warnend den Kopf, und Sven gab nach. »Was soll das werden?«

Browning sah ihn mit einem unergründlichen Ausdruck an. »Es war Ihre Wahl. Wir werden sicherstellen, dass es so schnell niemand mehr wagen wird, sich mit uns anzulegen.«

Erst jetzt bemerkte Sven, dass sie nicht länger alleine waren. Mindestens zwei weitere Männer hatten sich ihnen genähert, einer hielt einen Camcorder in der Hand. Schlagartig wurde ihm die Bedeutung von Brownings Worten klar. Sie wollten eine Art Hinrichtung inszenieren und filmen. Als Warnung, Abschreckung oder sonst was.

Der Blonde trat an ihn heran und versuchte, seinen Kopf herunterzudrücken. Sven wehrte sich erbittert. Ein Schlag ins Genick ließ ihn vornüberstürzen. Er ignorierte das höllische Pochen in seinem Schädel und kämpfte sich wieder hoch. Der Blonde stand jetzt hinter ihm, und ehe Sven reagieren konnte, legte er ihm den Arm um den Hals und schnürte ihm die Luft ab. »Gib endlich auf.«

Wenn er gekonnt hätte, hätte Sven den Kopf geschüttelt. Er wollte nicht sterben, und schon gar nicht so, als Hauptdarsteller einer ekelhaften Dokumentation. Aber er hatte keinerlei Spielraum mehr, konnte sich weder bewegen noch wehren. Der fehlende Sauerstoff machte sich bemerkbar, ihm wurde schwarz vor Augen. Trotzdem spürte er die Mündung einer Pistole am Hinterkopf. Sein Puls raste, und sein Herzschlag übertönte jedes andere Geräusch. Sein Verstand sagte ihm, dass der Blonde in dieser Position nicht abdrücken konnte, ohne selbst etwas abzubekommen, aber sicher war er nicht, und vielleicht war der Kerl zu dämlich, um das zu begreifen.

Zu verlieren hatte Sven nichts. Mit letzter Kraft warf er sich nach hinten. Kein Schuss. Es gelang ihm, den Blonden umzureißen. Keuchend rang Sven nach Luft. Dann erkannte er seine

Chance und riss den Fuß hoch. In den Magen getroffen wälzte sich der Blonde am Boden. Der kurze Anflug von Befriedigung wich einem Gefühl von Panik. Keiner der anderen Männer hielt sich in Svens Nähe auf, mit den gefesselten Händen konnte er nichts weiter ausrichten. Außer etwas Zeit hatte er nichts gewonnen. Neben ihm rappelte sich der Blonde bereits wieder hoch. Sven ignorierte ihn und blickte wie hypnotisiert auf Brownings Glock, die direkt auf seine Stirn zielte. Sein Mund war plötzlich staubtrocken, und er bekam kein Wort hervor.

Wieso zögerte Browning? Sven nutzte die unerwartete Reaktion. »Wie wäre es mit einem letzten Wunsch? Eine einfache Antwort auf die Frage: Warum?« Seine Stimme klang seltsam heiser.

Die Waffe senkte sich kaum merklich. »Sie sind den Leuten im Hintergrund zu nah gekommen. Zufrieden?«

»Nein, erst wenn ich den Finger am Abzug habe und der Konsul im Gefängnis verrottet, aber ich schätze, das muss mir im Moment reichen.« Sven wusste selbst nicht, wo er diese Entschlossenheit hergenommen hatte, jetzt spürte er förmlich, wie ihn jede Kraft verließ. Das war's dann also.

Browning stieß ein heiseres Lachen aus. »Also kennen Sie sogar den Namen.«

»Es reicht jetzt.« Der Blonde stand wieder hinter Sven und stieß ihm brutal die Waffe gegen den Hinterkopf. Sven schluckte, weigerte sich aber, die Augen zu schließen, obwohl alles in ihm danach schrie. Das Geräusch, mit dem die Waffe entsichert wurde, ließ seinen Herzschlag einen Sekundenbruchteil aussetzen, dann rasend schnell weiterschlagen.

Wie in Zeitlupe bemerkte er, dass Brownings Glock nicht mehr auf ihn, sondern den Blonden zielte. Aber das änderte nichts daran, dass der Blonde jeden Moment abdrücken würde. Absurderweise fragte sich Sven, ob er den Knall noch hören würde oder es einfach so vorbei wäre. Die Antwort würde er nicht erfahren, denn auf einmal brach um ihn herum die Hölle los.

Gewehrfeuer aus unterschiedlichen Richtungen, der Druck an seinem Hinterkopf verschwand, Browning ging zu Boden, bewaffnete, schwarz gekleidete Männer stürmten auf die Lichtung.

»Verdammt, Deckung, du Idiot.«

Wieder landete er unsanft auf dem Waldboden, aber Sven wehrte sich nicht, diesmal konnte er damit leben. Dirk hatte sich schützend auf ihn geworfen.

Dann war es vorbei. Dirk half ihm hoch und schnitt die Fesseln durch. »Mann, habe ich eine Angst um dich gehabt.«

Sven brachte kein Wort heraus. Eine unnatürliche Stille lag über dem Wald, die erst von einem unterdrückten Stöhnen unterbrochen wurde.

Als Mark auf ihn zukam, fühlte Sven, dass Wut in ihm aufstieg. »Hättet ihr nicht noch länger warten können?«

Mark sah ihn ruhig an. »Du meinst, wir hätten unterwegs nicht bei *McDonald's* anhalten sollen?«

Sven setzte zu einer heftigen Erwiderung an, merkte aber noch rechtzeitig, wie unsinnig sein Vorwurf und ungerechtfertigt sein Ärger war. »Ich bin … es war nur … Scheiße. Es tut mir leid.«

»Muss es nicht. Es war verdammt knapp.«

Mit beiden Händen gleichzeitig fuhr sich Sven durch die Haare und stöhnte auf, als er auf eine blutende Wunde traf. Schlagartig setzten die Schmerzen ein, und seine Beine gaben unter ihm nach. Dirk hielt ihn fest.

»Daniel ist sofort da. Setz dich, ehe du umkippst.«

Widerspruchslos befolgte er Marks Anweisung und rang um Fassung. Dirk setzte sich so dicht neben ihn, dass sich ihre Schultern berührten.

»Es war ein Hinterhalt. Nicht nur für dich, sondern auch für uns. Wir wurden von sechs gut getarnten Männern erwartet. Es hat gedauert, sie auszuschalten«, erklärte Dirk ihm leise.

»Dann waren es doch drei Fahrzeuge?«

»Ja, waren es. Das war perfekt geplant und verdammt gut improvisiert, schließlich konnte kein Mensch ahnen, wo du heute langfährst.«

»Das war dann bestimmt dieser Schwarzhaarige. Browning.« Sven kämpfte sich hoch. »Wir müssen mit dem reden. Wenn der auspackt, sind wir einen Schritt weiter. Lebt er noch?«

Dirk verzog den Mund. »Bis auf den Blonden leben alle noch und sind höchstens etwas angekratzt. Aber da hatte Mark keine Wahl.«

»Na, ich werde mich deswegen bestimmt nicht beschweren.« Sven sah sich um und stutzte. Daniel versorgte den Schwarzhaarigen, der offenbar im Schulterbereich etwas abbekommen hatte. Mark stand gleich daneben, das Gewehr im Anschlag. Auf seinem Gesicht lag ein seltsamer Ausdruck. »Sag mal, was ist denn da los?«

Dirk folgte seinem Blick und zuckte dann mit den Schultern. »Keine Ahnung. Aber ich möchte nicht in der Haut von dem Typen stecken. Wenn Mark diesen Gesichtsausdruck drauf hat, brennt meistens die Luft. Ist das Browning?«

»Sagtest du ›Browning‹?« Unbemerkt war Fox zu ihnen getreten.

Sven nickte. »Ja, so heißt der Anführer, der Typ, um den sich Daniel gerade kümmert.«

Erstmals schien Fox seine sonst unerschütterliche Ruhe zu verlassen. »Das ist nicht gut, überhaupt nicht gut.«

»Was meinst du?«

Der SEAL schüttelte den Kopf und legte Sven eine Hand schwer auf die Schulter. »Das muss der Boss dir erklären.«

39

Daniel stand auf und reckte sich. »Ich bin fertig. Sein Schlüsselbein ist angekratzt. Ohne Röntgengerät kann ich nicht mehr machen. Das muss im Krankenhaus versorgt werden, aber er wird es überleben. Wenn du ihn etwas fragen willst, kannst du das jetzt tun. Das Schmerzmittel müsste auch gleich wirken.«

Mark wünschte sich, er hätte sich getäuscht, aber eigentlich war er bereits beim ersten Blick durchs Zielfernrohr sicher gewesen. Browning wollte aufstehen, aber ein Blick von Mark reichte, und er ließ sich zurücksinken. »Ich dachte, du wärst tot.«

»Dann solltest du deine Informationsquellen überprüfen und deinen Arbeitgeber gleich dazu. Verdammt, Brownie. Mit allem hätte ich gerechnet, aber nicht damit, hier auf dich zu treffen.«

»Ich hätte mich nicht gegen dich gestellt, Mark.«

»Glaubst du, es hilft dir, dass du es *nur* auf mein Team und meinen Freund abgesehen hattest?«

»Wohl eher nicht.« Browning schloss die Augen. Das bleiche, schweißbedeckte Gesicht zeigte deutlich, dass er unter starken Schmerzen litt.

»Docs Schmerzmittel müsste jeden Moment wirken, Gunny.«

Browning atmete tief durch. »Dein Arzt hätte sich das sparen können, im Gefängnis werde ich keine vierundzwanzig Stunden überleben und will es auch nicht. Noch einmal stehe ich das nicht durch. Und vergiss den Gunny, Captain. Das liegt hinter mir.«

Mark kniff die Augen zusammen. »Irrtum, den Rang hattest du dir verdient, Gunnery Sergeant Browning. Es tut mir wahnsinnig leid, was damals gelaufen ist, aber ich hatte dir gesagt, dass du dich nach deiner Entlassung aus Leavenworth bei mir melden solltest. Dass du stattdessen bei einem Mistkerl wie dem Konsul landest, kann ich nicht begreifen. Aber es war deine Wahl, Gunny, allerdings definitiv die falsche.«

Sven und Dirk kamen näher. »Wie geht es dir, Sven?«, fragte Mark.

»Solange Daniel in der Nähe ist, werde ich dazu nichts sagen. Was ist hier los?«

»Was hast du mit Browning vor?«

»Ich habe zuerst gefragt. Woher kennt ihr euch?«

»Willst du ihn im Gefängnis sehen?«

Sven hob resigniert die Hände und ließ sie wieder fallen. »Was glaubst du denn? Dass ich ihm das Bundesverdienstkreuz verleihen will? Gefängnis wird allerdings nicht ganz einfach. Es gibt da einige, die ein Interesse daran haben werden, dass er nicht mit uns redet. Ein sicheres Haus mit entsprechendem Schutz wäre naheliegend. Aber irgendwie habe ich den Eindruck, dass du etwas dagegen haben könntest.«

»Und wenn es so wäre?«

Sven schwieg und fuhr sich wieder mit seiner typischen Geste durch die Haare. »Mach mit ihm, was du willst. Er gehört dir.«

Damit hatte Mark nicht gerechnet. »Bist du sicher?«

»Ja.«

»Na gut. Lasst mir ein Fahrzeug hier und verschwindet. Sven, sorg dafür, dass die anderen Kerle dort landen, wo sie hingehören, und veranlass eine Kontaktsperre. Um die einzelnen Anklagepunkte kümmern wir uns hinterher, der Sachverhalt ist so eindeutig, dass es kein Problem geben dürfte.«

»Sven kann mit den anderen losfahren. Ich warte, bis die Kollegen eintreffen, und sorge dafür, dass alles so geregelt wird, wie wir es wollen. Zur Not kann mir Matthias helfen«, bot Dirk an. »Aber was hast du vor?«

Fox stellte sich mit vor der Brust verschränkten Armen neben Dirk. »Genau das würde mich auch interessieren, Boss.«

»Das geht dich nichts an. Abrücken, aber sofort.«

Mark und Fox starrten sich einen Moment lang unnachgiebig an, dann nickte Fox.

Jake, der bisher dafür gesorgt hatte, dass ihre Gefangenen ihnen keine Probleme bereiteten, und nun mit seinem untrüglichen Gespür für den richtigen Augenblick zu ihnen gekommen war, schüttelte ungläubig den Kopf. »Gilt das auch für mich?«

»Davon kannst du ausgehen.«

Dirk lachte leise, aber wenig amüsiert. »Na wie gut, dass du uns keine Befehle geben kannst. Ich komme nachher bei euch vorbei, Jake, und erzähle dir, wie's weiterging. Wirklich großartiger Auftritt, Mark. Oder soll ich dich Captain nennen und auch noch salutieren?«

Sven wirkte immer noch völlig überfahren. Mark würde ihm später alles erklären, auch wenn er durch sein Vorgehen vielleicht ihre Freundschaft zerstörte. Er hatte keine Wahl. Stumm verfolgte er den Abzug seiner Männer. Das hier war ganz allein seine Verantwortung. Seine Männer würden keinerlei Folgen seiner Entscheidung tragen müssen. Er ging zurück zu Browning.

»Kannst du aufstehen?«

Statt zu antworten, richtete er sich auf. Nur die angespannten Kiefermuskeln zeigten, wie schmerzhaft die Bewegungen für ihn sein mussten. »Was hast du vor?«

»Ich gehe zu meinem Wagen. Und du kommst mit. Da lang.

Versuch keine Tricks. In deinem Zustand brauche ich nicht einmal eine Waffe, um mit dir fertigzuwerden.«

»Ich habe dir schon gesagt, dass ich gegen dich nicht vorgegangen wäre.«

Die ersten Meter legten sie schweigend zurück. Mark überlegte, wie er mit Browning umgehen sollte. Auf direkte Fragen würde Browning zumindest im Moment kaum antworten. Aber nicht nur Sven hatte bei Verhören einige Tricks drauf, und wenn das Eis erst mal gebrochen war, rechnete er sich gute Chancen aus, dass Browning auspackte. Mark schnaubte verächtlich. »Anschläge auf Kinder und Frauen. Mensch, Brownie, das hätte ich von dir nicht erwartet.«

Brownings Kopf ruckte zu ihm herum. »Damit hatte ich nichts zu tun. Wenn ich davon gewusst hätte, hätte ich alles getan, um das zu verhindern. Es hieß immer, dass der Frau und den Kindern auf keinen Fall etwas passieren darf.«

Marks Augenbraue fuhr hoch. »Und das soll ich dir glauben? Schließlich geht es für dich auch in Ordnung, LKA-Beamte oder meine Männer umzubringen.«

»Das ist etwas anderes. Die wussten, welches Risiko sie eingehen, das ist ihr Job.«

»Beeindruckende Logik. Wieso lebt Kranz eigentlich noch?«

»Weil er zur Familie gehört. Die beiden mögen sich wirklich und stehen sich sehr nahe. Außerdem hat Kranz einige nette Verbindungen hergestellt.«

Das ergab Sinn. Darauf hätten sie eigentlich auch selbst kommen können. Mit seinen Unterschlagungen hatte Kranz Geld für die al-Qaida besorgt. Auch wenn der Kerl zunächst nicht gewusst hatte, dass er für die Terrororganisation arbeitete, hatte er später weitergemacht. Natürlich lag es nahe, die damaligen Verbindungen für den Absatz einer neuartigen chemischen Waffe zu nutzen. Bei der Vorstellung, wie Sven darauf reagieren würde, dass ihnen der Gedanke nicht gekommen war, unterdrückte Mark ein Grinsen. »Wer steckt neben dem Konsul noch mit drin?«

»Keine Ahnung. Jemand in Berlin, einer, der selbst Ehlersleben den Angstschweiß auf die Stirn treibt. In Amerika macht ein Senator mit den beiden gemeinsame Sache, und der bekommt seine Informationen direkt aus Little Creek von den SEALs. Als euer Flieger in Hamburg gelandet ist, waren wir bereits dort und haben euch erwartet.«

Das war nichts Neues, doch der Senator in den USA, das war interessant. Das schränkte den Täterkreis deutlich ein und sollte die Suche nach einer Verbindung zum Konsul erleichtern. »Warum habt ihr euch Sven geholt?«

»Es ist alles vorbereitet, um die Produktion an einem neuen Ort fortzusetzen, wo, weiß ich allerdings nicht. Nach euerm Einsatz auf Poel wollte der Konsul ein Zeichen setzen. Ich bin mir nicht sicher, es kann auch sein, dass Kranz ihm in den Ohren lag. Er ist wohl auf dich und deine deutschen Freunde ziemlich sauer.« Browning geriet ins Stolpern, fing sich aber wieder. »Aber ich habe auch eine Frage. Der Dunkelblonde eben. Das war Jake Fielding, oder? Ihr habt es mit den Gerüchten über euern Tod ganz schön übertrieben.«

Die Formulierung brachte Mark zum Grinsen. »Das war Svens Werk, aber der Erfolg gibt ihm recht. Da drüben, der Audi. Schaffst du die letzten Meter?«

Browning schnaubte nur. Als sie den Audi erreicht hatten, sah Mark ihn fest an. »Gib mir dein Wort, dass du keinen Fluchtversuch unternimmst, sonst verbringst du die Fahrt mit Handschellen.«

»Und meinem Wort würdest du trauen?« Mark sah ihn stumm an, bis Browning nickte. »Du hast mein Wort.«

Mark hoffte, dass er sich nicht in Browning irrte und sein

Vertrauen in ihn gerechtfertigt war. Wie sehr konnte ein Mann sich in sechs Jahren ändern? Andererseits musste er ihm ja nicht verraten, dass seine Sig Sauer weiterhin entsichert und schussbereit im Oberschenkelhalfter steckte.

Schweigend fuhren sie Richtung Hamburg. Erst als Mark den Audi vor dem Klinikgebäude stoppte, sah Browning ihn irritiert an. »Was soll das?«

»Wonach sieht es aus?«

Mark sprach die erste Krankenschwester an, die ihm nach dem Betreten des Gebäudes über den Weg lief. »Ist Dr. Brenner zufällig im Dienst?«

Die Schwester, deren Namensschild sie ungeachtet ihres asiatischen Aussehens als »Schwester Heidi« auswies, nickte und musterte Brownings verbundene Schulter. »Gehen Sie durch zur Unfallchirurgie. Den Weg kennen Sie noch, oder? Er kommt gleich zu Ihnen, Captain.«

Jetzt erkannte Mark, dass es sich um eine der Schwestern handelte, mit denen er bei seinem unfreiwilligen Aufenthalt zu tun gehabt hatte, und lächelte ihr zu. »Vielen Dank.«

Schwester Heidi schmunzelte. »Gerne. Sie können ja sogar richtig nett sein, wenn Sie nicht gerade als Patient hier sind.«

Browning hustete leise, und zum ersten Mal grinste er. »Patient?«

»Vergiss es. Nicht weiter wichtig.«

Zunächst folgte Browning ihm, blieb dann aber vor einer Glastür stehen. »Du bist wirklich dazwischengegangen, um den Jungen zu beschützen.«

Mark sah keinen Grund, das Offensichtliche zu leugnen. »Stimmt, aber wie du schon sagtest, die Berichte über unseren Tod waren übertrieben.«

»Der Kerl soll Hohlspitzgeschosse benutzen.«

»Jetzt nicht mehr, er sitzt in U-Haft.«

Dr. Brenner kam ihnen bereits auf dem Korridor entgegen. »Captain Rawlins, schön, dass Ihnen Ihre eigenmächtige Entlassung anscheinend bekommen ist. Vermutlich sind Sie nicht hier, um sich zu erholen, oder?« Der Arzt musterte bereits Brownings Schulter. »Einer Ihrer Männer? Soll er die Behandlung überleben oder nicht? Oder waren Sie nie hier und Rechnung wieder ans LKA?«

»Letzteres.« Darauf kam es auch nicht mehr an, Sven würde ihn so oder so umbringen. »Doc fehlte ein mobiles Röntgengerät in unserer Ausrüstung. Er hat getan, was er konnte, den Rest müssten Sie übernehmen.«

»Tun wir. Die Diskussion über einen stationären Aufenthalt ersparen wir uns. Kommen Sie mit.«

Während sich die Türen des Behandlungszimmers hinter Browning schlossen, ließ sich Mark auf einen der unbequemen Plastikstühle fallen und zog sein Handy hervor. Kurz spielte er mit dem Gedanken, seinen Vater über sein Vorgehen zu informieren, doch das musste warten. Es war nicht ausgeschlossen, dass ihm sofort sämtliche Kompetenzen entzogen wurden, und das konnte er nicht riskieren. Noch war er mit Browning nicht fertig. Er wählte die Nummer des amerikanischen Konsulats in Hamburg und hoffte, dass er das Richtige tat. Ihm kam der Gedanke, dass wenigstens Laura sich freuen würde, wenn er hochkant aus der Navy flog. Oder auch nicht. Sie wusste, was ihm der Job bedeutete.

Auffallend blass im Gesicht stand Browning mit einem festen Verband um die Schulter schließlich wieder vor ihm. »Und jetzt?«

Die Frage ignorierend deutete Mark auf den Verband. »Und?«

»Wie Doc schon sagte, ich werde es überleben.«

»Gut, dann ab zu unserem nächsten Termin.«

»Und wo ist der?«

»Konsulat.«

Brownings Blässe verstärkte sich, und Mark ahnte, welche Schlussfolgerungen der Exmarine zog. Er wartete auf eine Reaktion. Doch Browning stellte sich lediglich etwas gerader hin und atmete tief durch, machte aber keinerlei Anstalten, zu fliehen oder zu protestieren.

Durch das nur langsam abflauende Verkehrschaos dauerte ihre Fahrt länger als erwartet. Ungeduldig hielt Mark an dem Zaun, der seit den Terroranschlägen das Gelände an der Alster zusätzlich absicherte, und zeigte den deutschen Bundespolizisten seinen Navy-Ausweis. Vor dem Haupteingang wurde es komplizierter, anscheinend galt wieder eine erhöhte Sicherheitsstufe. Zwei uniformierte Marines, beide auf den ersten Blick noch nicht alt genug, um ein Bier zu trinken, blickten ihnen misstrauisch entgegen. Einer umfasste sein Gewehr fester, der andere brachte es in den Anschlag, als Mark keine Anstalten machte, den Audi zu parken, sondern den Wagen direkt unter dem Vordach anhielt. »Großartig, hoffentlich erschießen die mich nicht aus Versehen. Nimmt man bei den Marines heute schon Schulkinder?«

»Typisch Navy-SEALs, halten sich immer für was Besseres.«

»Das liegt daran, dass wir es auch sind.«

Browning schnaubte empört, sagte aber kein Wort, sondern blickte auf die Wasserfläche der Alster auf der anderen Straßenseite. Mark legte ihm eine Hand auf den Arm. »Warte kurz. Ich kläre das.«

Mit seinem Ausweis in der Hand stieg er langsam aus. »Captain Mark Rawlins, US Navy.« Obwohl er zivile Kleidung trug, nahmen beide Haltung an und grüßten militärisch. Mark erwiderte die Geste lässig mit zwei Fingern. »Sie müssten etwas für mich haben?«

Einer der beiden sprintete los und kehrte mit einem dicken Umschlag in der Hand zurück.

Browning blickte ihm ratlos entgegen. »Was soll das? Ich dachte, hier wäre Endstation, bis ich in netter Begleitung und an Händen und Füßen gefesselt in einem Flieger in die Staaten sitze.«

»Dann hast du dich getäuscht. Nicht hier.« Mark verließ das Konsulatsgelände, parkte den Wagen verkehrswidrig auf der gegenüberliegenden Straßenseite und winkte den Polizisten zu. »Zehn Minuten?«

Er wartete das zustimmende Nicken ab und wandte sich an Browning. »Lass uns ein paar Schritte gehen.« Sie überquerten die Rasenfläche und den Kiesweg und gingen direkt ans Ufer. Dort reichte Mark ihm den Umschlag. »Mach auf.«

Fassungslos betrachtete Browning den Inhalt. »Flugticket? Papiere, Bargeld und eine Kreditkarte? Warum?«

»Damit du spurlos vom Radar des Konsuls verschwinden kannst.«

»Das ist mir schon klar. Ich meine, warum übergibst du mich nicht den deutschen oder amerikanischen Behörden? Hast du vergessen, dass ich fast deinen Freund getötet hätte?«

»Hättest du das wirklich? Das werden wir wohl nie erfahren. Ist vielleicht auch besser so. Außerdem kann ich mich gut daran erinnern, was du vor sechs Jahren für mich oder uns getan hast. Für mich gleicht sich das aus, auch wenn Sven das vermutlich anders sehen wird.« Mark sah einem Schwanenpaar nach, das ihnen misstrauische Blicke zuwarf und dann weiterschwamm. »Ich kann das, was dir passiert ist, nicht ändern, aber ich weiß verdammt gut, dass nicht nur ich, sondern auch unser Land dir einiges schuldet. Nicht nur unseretwegen, sondern vor allem wegen der Art und Weise, wie du behandelt wurdest. Du verdienst eine zweite Chance, Gunny. Damals konnte ich nichts tun, heute schon.«

»Du riskierst deine Streifen für mich, obwohl …« Brownings Stimme schwankte, er räusperte sich. »Deine Männer wären dir schon damals durch die Hölle gefolgt. Ich kann verstehen, warum.«

Marks Mund verzog sich zu einem Grinsen. »Ich glaube nicht, dass Jake und mein Senior Chief dir im Moment zustimmen würden. Die werden mir heute noch einiges zu sagen haben. So, genug geredet. Genieß es, dass ein SEAL für dich Taxi spielt. Ich kann einiges arrangieren, aber nicht, dass die Lufthansa den Flug nach Frankfurt später starten lässt.«

Diesmal kamen sie früher als geplant am Hamburger Flughafen an. »Sehr gut, damit reicht die Zeit für einen Kaffee.« Mark blickte auf die Uhr und korrigierte sich. »Oder ein Bier. Mir reicht es für heute, und ich könnte eins vertragen. Wie sieht's mit dir aus?«

»Was immer du sagst, Mark.«

Browning wartete, bis in dem Flughafen-Bistro vor ihnen eine Flasche gut gekühltes Jever stand. »Ich könnte mir vorstellen, dass du dir die Villa des Konsuls direkt vornehmen willst.«

»Was sollte ich dort suchen? Und wenn? Käme ich da rein?«

»Sein Arbeitszimmer gibt nicht viel her, aber ich weiß, dass er im Schlafzimmer einen Tresor hat. Dem darf sich niemand nähern. Wenn du im Haus was Interessantes finden willst, dann da. Allerdings weiß ich nicht einmal, wo das Ding genau ist. Ich habe es nicht gefunden, als ich mich dort ein paar Minuten umgesehen habe. Und ja, du kämst rein, aber nicht auf normalem Weg.«

»Sondern?«

»Unterschätze den Konsul nicht. Er beschäftigt eine Privatarmee aus professionellen Söldnern, die ich geführt habe. Das heißt dann auch, dass die Männer wissen, wie sie ihren Job zu erledigen haben. Es waren ursprünglich fünfundzwanzig Männer, nach der heutigen Aktion noch sechzehn. Und außerdem ist dort die beste Überwachungstechnik installiert, die man für Geld kaufen kann.«

»Willst du mir jetzt erzählen, dass es aussichtslos ist, dort reinzukommen?«

»Nein, wenn man weiß, wie, ist es möglich. Es gibt offiziell nur zwei Möglichkeiten, auf das Grundstück zu gelangen: nach einem rigorosen Sicherheitscheck durch den Vordereingang oder über den Steg auf der Wasserseite. Aber dort ist nur der Steg mit Bewegungsmeldern ausgestattet, das gesamte Ufer ist frei, weil es für ein Boot unmöglich ist, dort anzulegen.«

»Und Taucher?«

»Die kommen problemlos rauf, und die obere Dachterrasse ist für geübte Fallschirmspringer groß genug.«

»Klingt doch gar nicht schlecht.«

»Eine Kugel aus sicherer Entfernung für den Konsul wäre trotzdem einfacher.« Browning winkte sofort ab. »War nur Spaß. Ich weiß, dass das nicht dein Stil ist und du noch Antworten von ihm brauchst. Aber es wird sehr schwer, an ihn heranzukommen. Du würdest kaum über das Thema reden, wenn du genug für ein offizielles Vorgehen in der Hand hättest, und ein militärischer Zugriff auf deutschem Boden scheidet auch aus.«

Damit hatte Browning die Situation treffend zusammengefasst, aber bisher war ihnen immer etwas eingefallen.

Browning sah Mark nach, der nach einem knappen, aber nicht unfreundlichen Abschied das Terminalgebäude verließ. Der Schmerz in seiner Schulter war einem erträglichen Pochen gewichen. Zweimal war er nun schon auf Mark getroffen. Beide

Male hatte der ihn überrascht und sein Leben auf den Kopf gestellt.

Die Ellbogen auf den Tisch gestützt zog Browning eine Bilanz der letzten Monate, dachte an Mark und vor allem an den deutschen Polizisten, der mit dem SEAL befreundet war. Hätte er es wirklich fertiggebracht, einen wehrlosen Mann zu erschießen, dessen einziges Verbrechen es war, seinen Job verdammt gut zu erledigen und dabei dem Konsul zu dicht auf den Pelz zu rücken? Vielleicht hatte Mark recht, und es war besser, wenn er die Antwort niemals erfuhr. Blicklos starrte er auf das Ticket nach Frankfurt. Eigentlich stand seine Entscheidung bereits fest, aber noch war er nicht so weit, sich auch den Konsequenzen zu stellen. Dann musste er beinahe lachen. Vielleicht zeigte die Mischung aus Schmerztabletten und Alkohol nun Wirkung, denn wem machte er noch etwas vor? Er hatte niemals von einem SEAL Befehle entgegengenommen und würde nun nicht damit beginnen. Wenn Mark glaubte, dass er sich so einfach in den Flieger setzen und untertauchen würde, hatte er sich geirrt.

40

Browning lehnte sich gegen eine der Säulen vor dem Flughafengebäude und beobachtete die Reihe der Taxifahrer, die gelangweilt auf ankommende Fahrgäste warteten. Dann hatte er seine Wahl getroffen. Er ging an den Taxen vorbei, bis er den Fahrer erreicht hatte, den er sich ausgesucht hatte. »Wie lange brauchen Sie von hier aus nach Blankenese?«

Der Fahrer wies ihn nicht darauf hin, dass andere Taxen schon länger warteten und vor ihm dran wären, Fahrgäste aufzunehmen. »Eine gute halbe Stunde.«

Browning schüttelte den Kopf. »Hundert Euro, wenn Sie es in zwanzig Minuten schaffen.«

Wortlos öffnete der Mann die Beifahrertür. »Wir haben einen Deal.«

Die Fahrt glich einem Albtraum, aber Browning war über den Punkt hinweg, an dem er sich Sorgen um sein Leben oder seine Gesundheit machte. Der Taxifahrer hielt sein Versprechen und kam mit blockierenden Reifen vor dem Zaun, der die Villa umgab, zum Stehen. Browning hatte nicht unbedingt damit gerechnet, dass er seinen Zeitplan tatsächlich einhalten könnte, aber nun sah er eine realistische Chance, ihn erfolgreich zu Ende zu bringen.

Browning gab ihm hundertfünfzig Euro. »Wenn Sie zehn Minuten warten, können Sie sich weitere hundert Euro verdienen.«

»Was muss ich dafür tun?«

»Den Rückweg in der gleichen Zeit schaffen.«

»Gebongt, Mann.«

Viel Zeit blieb Browning nicht, eigentlich war es Wahnsinn, es überhaupt zu probieren, aber wenigstens den Versuch war er sich schuldig. Wenn es schiefging, würde der Taxifahrer vergeblich auf den nächsten Hunderter warten, und er selbst wäre vermutlich tot.

Browning lief eilig die Zufahrt zur Villa hinauf, öffnete das schmiedeeiserne Tor mit seiner Fernbedienung und nutzte seinen eigenen Schlüssel, um ins Innere zu gelangen. Ein Blick auf die Garderobe reichte, um sich zu vergewissern, dass der Konsul nicht von seinen Gewohnheiten abwich. Kein Mantel, also war sein Boss, oder genauer gesagt: ehemaliger Boss noch unterwegs, aber mehr als ein paar Minuten blieben ihm nicht bis zur Rückkehr des Konsuls. Sollte der ihn bemerken, würde er Antworten über das Schicksal von Sven Klein und den Verbleib seiner Männer fordern, die Browning ihm nicht geben konnte. Leider hatte der Konsul Leibwächter nicht für notwendig gehalten, sodass Tamms ihn bereits erwartete. Eigentlich schade, dass der Idiot sie nicht in den Wald begleitet hatte. Nun würde er anders mit dem Kerl fertigwerden müssen.

Tamms stand wie angewurzelt mitten in der großen Eingangshalle und starrte Browning mit offenem Mund an. Für eine lange Diskussion hatte er keine Zeit, außerdem würden ausschweifende Erklärungen nur Misstrauen erregen. Browning sah ihn fest an. »Wir haben ein Sicherheitsleck. Kümmere dich darum, dass draußen jeder auf seinem Posten ist. Und zwar wirklich jeder.«

»Aber ich dachte –«

»Fürs Denken werde ich bezahlt. Los jetzt, oder muss ich dir auf die Sprünge helfen?«

Wie erwartet wich Tamms der drohenden Konfrontation aus. Auf seine Feigheit war Verlass. Ohne ihn weiter zu beachten, ging Browning in das Arbeitszimmer des Konsuls und schloss die Tür hinter sich. Er war sich nicht sicher gewesen, ob er überhaupt so weit kommen würde. Sehr gut.

Browning sah sich suchend um und öffnete dann eine der Schreibtischschubladen. Treffer. Dort lag das in Leder gebundene Notizbuch mit den Adressen und Kontaktdaten seiner Freunde und Geschäftspartner. Zum Durchblättern hatte er keine Zeit, und es einfach mitzunehmen wäre ein Signal, das den Konsul alarmieren und zum Verwischen sämtlicher Spuren veranlassen konnte. Browning zog sein Handy aus der Tasche und schaltete die Schreibtischlampe ein. Das Licht müsste ausreichen, und die eingebaute Kamera in seinem Mobiltelefon war nicht schlecht. Rasend schnell fotografierte er eine Seite nach der anderen und war gerade fertig, als er Stimmen vor dem Arbeitszimmer hörte. Verdammt, das hatte länger als geplant gedauert. Browning warf das Notizbuch zurück in die Schublade, riss die Terrassentür auf und schloss sie leise hinter sich. Hinter einem Busch ging er in Deckung und beobachtete die beiden Gestalten, die er im hell erleuchteten Arbeitszimmer mühelos erkennen konnte. Der Konsul und sein schmieriger Assistent. Das war knapp gewesen. Er konnte froh sein, das verdammte Notizbuch kopiert zu haben, eine Suche im Schlafzimmer nach dem Tresor schied endgültig aus.

Jemand kam auf sein Versteck zu. Die schweren Schritte erkannte Browning sofort. Tamms! Verdammt. Den Kerl umzubringen würde sein Gewissen keine Sekunde belasten, ihm allerdings auch nicht weiterhelfen. Er presste sich enger an den Boden und hoffte, dass auf Tamms' Unaufmerksamkeit Verlass war. Obwohl seine Lage denkbar schlecht war, musste Browning grinsen. Die vorige Begegnung mit Tamms, die er zunächst als Problem angesehen hatte, war vermutlich gar keins. Der Kerl war so darauf bedacht, vor dem Konsul gut dazustehen, dass er ihm das Aufeinandertreffen mit Browning vermutlich verschweigen würde. Sobald herauskam, dass der Polizist noch lebte und Browning und seine Männer verschwunden waren, würde Tamms wissen, dass Brownings Auftauchen in der Villa kein Höflichkeitsbesuch gewesen war.

Der Gegenstand seiner Überlegungen sah sich noch einmal um und stapfte dann davon. Browning wartete keine Minute länger, sondern sprang auf und rannte auf den Zaun zu. Noch im Laufen drückte er auf den Knopf der Fernbedienung, und die Torflügel schwangen auseinander. Der Taxifahrer sah ihn misstrauisch an, als Browning sich auf den Beifahrersitz fallen ließ. Er zwang sich zu einem Grinsen. »Hundertfünfzig Euro, wenn Sie keine Fragen stellen und mich vergessen.«

»Klar, Mann. Solange der Abend nicht damit endet, dass Sie mich abmurksen, ist das die beste Fahrt, die ich jemals angenommen habe.«

Dieses Mal fiel Browning das Lächeln leichter. »Wenn ich Sie loswerden wollte, würde das Ziel kaum der Flughafen sein.«

»Stimmt auch wieder.«

Nachdem der Fahrer offenbar beruhigt war, zeigte er wieder sein Können am Lenkrad und erreichte das Ziel in neuer Rekordzeit. Damit würde Browning nicht nur noch locker den Anschlussflug in Frankfurt bekommen, sondern hatte auch noch genügend Zeit, den US-Senator im Adressbuch des Konsuls ausfindig zu machen, der in die Giftgasproduktion verstrickt war. Das war nun nicht mehr als eine reine Fleißarbeit.

Marks Stimmung hatte sich auf dem Rückweg nach Ahrensburg kontinuierlich verschlechtert, und als er in die Straße einbog, in der das Haus der SEALs lag, hatte sie ihren Tiefpunkt erreicht. Er spürte jeden Muskel und war froh, dass er den Einsatz im Wald Dirk und seinen Männern überlassen hatte. Den restlichen Abend in aller Ruhe mit Laura zu verbringen hätte ihm gefallen, stattdessen würde er um einen Bericht an seinen Vater und vor allem eine Erklärung für Sven nicht herumkommen. Dazu kam noch das unbefriedigende Gefühl, trotz wichtiger Informationen in einer Sackgasse gelandet zu sein, da er nach wie vor keine Möglichkeit sah, legal an Ehlersleben heranzukommen. Brownings Aussage wäre vor einem deutschen Gericht kaum etwas wert, da er für den Konsul gearbeitet hatte und offiziell als vorbestraft galt, auch wenn er im Prinzip damals unschuldig gewesen war. Die Chancen für einen Durchsuchungsbeschluss waren vermutlich nicht signifikant gestiegen. Aber irgendwie mussten sie an den Konsul und vor allem den Tresor im Schlafzimmer herankommen. Leider schied ein militärischer Zugriff aus.

Eine Frau winkte ihm von der anderen Straßenseite zu. Mit einem Lächeln, dem sie hoffentlich nicht ansah, wie gezwungen es war, winkte Mark zurück, hielt aber nicht an. Eigentlich mochte er Alex' Freundin, die Staatsanwältin Natascha Berg, und genoss die hitzigen Debatten mit ihr, wenn ihre gegensätzlichen Rechtsauffassungen kollidierten, aber er war nicht in der Stimmung für Small Talk. Gedankenverloren ließ er den Audi neben Dirks BMW ausrollen und starrte auf die Haustür. Der Anblick der Staatsanwältin hatte ihn auf eine Idee gebracht. Zumindest für Natascha hätte sein Wort durchaus Gewicht. Ein grober Plan nahm Form an.

Sven riss die Haustür auf und kam auf ihn zugestürmt. Seufzend stieg er aus.

»Das wurde auch Zeit. Wo warst du?«

»Wir reden, wenn ich geduscht habe.«

»Vergiss es, Mark. Ich will Antworten, und zwar jetzt. Was hast du mit Browning gemacht?«

»Ein Bier getrunken.« Sven starrte ihn fassungslos an. Mark

konnte es ihm nicht verdenken. »Verdammt, es tut mir leid, Sven. Du hast jedes Recht der Welt auf eine Erklärung, aber gib mir ein paar Minuten.«

Svens Nicken kam mechanisch. Mark legte ihm eine Hand auf die Schulter. »Entschuldige, Sven, das war daneben.«

Nach einer heißen Dusche und einer Anleihe bei Jakes Klamotten fühlte Mark sich besser. Bedauernd entschied er sich gegen ein weiteres Bier und für ein Glas Cola zu einem Stück der noch warmen Pizza. Den Teller und das Glas in einer Hand balancierend blieb er in der Wohnzimmertür stehen und sah sich suchend um. Das Zimmer war mit der Essecke und der Couchgarnitur für seine Männer zu einer Mischung aus Großraumbüro und Aufenthaltsraum geworden. Während Dirk es sich in einem Sessel bequem gemacht hatte und konzentriert an seinem Notebook arbeitete, lag Pat entspannt auf der Couch und las in einem Taschenbuch. Mark grinste, als er den Titel erkannte. Matthew Reilly mit seinen wilden Geschichten. Anscheinend reichten dem Iren ihre eigenen Einsätze nicht. Daniel war mit einem Computerspiel beschäftigt, und so wie er auf die Maus hämmerte, eskalierte gerade ein virtueller Kampf.

Sven beschränkte sich auf stumme, aber durchdringende Blicke. Mark stellte Teller und Glas auf dem Tisch ab und setzte sich auf die Lehne des Sofas. Die Pizza hatte mehr Ähnlichkeit mit einer Knetmasse als einem knusprigen italienischen Teigfladen. »Was ist denn das? Liegt das schon seit drei Wochen in der Küche?«

»Nein, Pat hat das Zeug in der Mikrowelle aufgewärmt.«

»Großartige Idee.« Selbst die Salami hatte jeden Geschmack verloren und klebte an seinem Gaumen.

Fox nahm weder Rücksicht auf seine abweisende Miene noch auf den Kampf mit der Pizza. Der Senior Chief baute sich vor ihm auf und sah aus seinen zwei Metern grimmig auf ihn herab. »Habe ich die Erlaubnis, frei zu sprechen, Sir?«

Mark spülte die zähe Masse in seinem Mund mit einem Schluck Cola herunter. »Seit wann fragst du um Erlaubnis?«

Fox lehnte sich ihm gegenüber gegen den Tisch »Ist es dir lieber, wenn wir unter vier Augen reden?«

»Die Frage kommt ein bisschen spät, oder? Außerdem schulde ich, wenn überhaupt, Sven eine Erklärung, aber bestimmt nicht dir.«

»Ich denke, dass es für die Stimmung im Team besser ist, wenn jeder weiß, worum es geht, Captain.«

»Zu dem Ergebnis bin ich auch schon gekommen, Senior Chief. Sonst noch was, Fox?«

Fox ignorierte die deutliche Warnung. »Yes, Sir. Mein Job ist es, zwischen Offizieren und Unteroffizieren zu vermitteln. Bisher war das bei uns nie ein Problem, aber mir, oder genauer gesagt: uns passt es nicht, dass du dir jede Verantwortung alleine auflädst und uns ausschließt. Ich habe das gleiche Recht wie du, meine Streifen zu riskieren. Hast du vergessen, dass der Junge damals auch meinen Hintern gerettet hat?«

Mark stellte die Cola weg und griff stirnrunzelnd nach Jakes Bierflasche. Sein empörtes Luftholen ignorierte er. »Bist du fertig, Fox?«

»Aye, Sir.«

»Dann ist es wohl Zeit für ein wenig Nachhilfe. Ich treffe die Entscheidungen, und ich trage die Verantwortung. Das heißt auch, dass ich meinen Kopf hinhalte, wenn etwas schiefgeht. Das ist mein Job, meine Aufgabe im Team. Ist das klar?«

»Aye, Sir.«

»Gut, dann sind wir uns ja einig. Was stellst du dir eigentlich vor? Hätte ich Stimmzettel verteilen sollen, damit die Mehrheit entscheidet, was mit Browning geschieht?«

»Nein, Sir, aber –«

»Kein ›Aber‹. Du redest von Zusammenarbeit zwischen Offizieren und Unteroffizieren? Gut, dann verrate mir, wie viele Captains sich vor ihrem Team für eine Entscheidung rechtfertigen würden, Huntington?«

»Sir, Captain … Sorry, Mac, das meinte ich nicht …«

Zufrieden sah Mark, wie Fox dunkelrot anlief. Sven hatte sich erstaunlich lange zurückgehalten. Nun schob er seinen Stuhl so heftig zurück, dass er umgefallen wäre, wenn Daniel ihn nicht schnell festgehalten hätte. »Seid ihr endlich fertig? Offensichtlich weiß jeder außer Dirk und mir, wer dieser Browning ist.«

Mark schüttelte den Kopf. »Nein, nur Fox und Jake, die anderen waren damals noch nicht dabei.« Vergeblich suchte er nach den richtigen Worten.

»Rede endlich«, forderte Sven.

Mit einem lautstarken Stöhnen klappte Dirk sein Notebook zu. »Mann, Sven, du hast ihm Browning überlassen, jetzt lebe auch damit. Was gibt's denn da nicht zu verstehen? Dieser Browning hat den SEALs, als er noch Marine war, irgendwann mal aus der Klemme geholfen, das ist doch klar.«

Mark lachte leise. Typisch Dirk, er brachte die Sache ganz trocken auf den Punkt. »Dirk hat recht. Vor fast sechs Jahren war ich Lieutenant und hatte meinen ersten Einsatz als Teamchef. Die ganze Mission drohte in einer Katastrophe zu enden. Die nachrichtendienstlichen Informationen waren falsch, die Gegner in der Überzahl, die Örtlichkeiten stimmten nicht mit unseren Karten überein, und wir saßen in der Falle, kamen keinen Meter vor, keinen zurück. Sobald uns die Munition ausgegangen wäre, hätten sie uns erwischt. Jake hatte einen Querschläger abbekommen, war bewusstlos und brauchte dringend medizinische Versorgung. Luftunterstützung fiel aus, und die einzige mögliche Verstärkung bestand aus einem Zug Marines, der sich in der Nähe aufhielt. Dessen kommandierender Offizier hielt sich in sicherer Entfernung auf und pfiff seine Leute zurück. Er wollte keine eigenen Verluste riskieren. Wir bekamen über Funk mit, wie der Gunny des Zuges den Befehl ignorierte, angeblich weil er wegen Störgeräuschen nichts verstehen konnte. Er hat uns geholfen. Es war ein höllischer Kampf, aber am Ende haben wir es geschafft, weil irgendjemand genug Mut hatte, uns einen Hubschrauber zu schicken. Alleine hätten wir nie lange genug durchgehalten.«

Mark schmunzelte, als er daran zurückdachte, wie er und Brownie sich angebrüllt hatten, wer nach ihren Männern als Letztes an Bord des verdammten Hubschraubers ging. Irgendwann lagen sie nebeneinander nach Atem ringend auf dem Boden des Black Hawk, während Fox sie fertigmachte. Zunächst hatten sie die Predigt stumm über sich ergehen lassen, dann hatte sich die Anspannung in Lachen aufgelöst. Eine solche gemeinsame Erfahrung verband, wie er heute festgestellt hatte.

Wesentlich ruhiger als zuvor setzte sich Sven wieder auf einen Stuhl. »Der Marine, das war Browning?«

»Ja, aber das war noch nicht alles. Brownies Vorgesetzter ahnte, dass sein Gunny den Befehl zum Rückzug absichtlich ignoriert hatte. Er konnte ihm zwar nichts nachweisen, aber das Verhältnis der beiden wurde noch schlechter. Es eskalierte einen Tag später, als der Offizier einen der verletzten Marines schikanierte. Brownie stellte sich schützend vor seinen Mann, ließ sich zu einem tätlichen Angriff auf den Lieutenant hinreißen und sagte ihm vor versammelter Mannschaft, was für ein unfähiges und feiges Arschloch er wäre. Es kam zu einer Gerichtsverhandlung, und trotz seiner Verdienste wurde er zu zwei Jahren Militärgefängnis verurteilt. Logisch, der Richter gehörte dem Offizierskorps an, und der Lieutenant hatte beste

Verbindungen. Selbst der Einsatz für mein Team wurde ihm als Befehlsverweigerung ausgelegt. Ich habe alles Mögliche versucht, um ihm zu helfen, hatte aber als Navy-SEAL gegen das Marinekorps keine Chance.«

»Und was hast du heute getan?« Svens Miene verriet Mark, dass er die Antwort bereits kannte, sie aber von ihm hören wollte.

»Ihm die zweite Chance gegeben, die unser Land und auch ich persönlich ihm schulde. Es tut mir leid, wenn ich damit unsere Freundschaft aufs Spiel gesetzt habe, aber ich stehe vor dir und meinen Vorgesetzten zu der Entscheidung«, erklärte Mark ruhig.

»Das kann ich alles verstehen, aber warum nicht gleich so? Du redest immer vom Team, aber führst dich wie ein Einzelkämpfer auf. Das nervt.«

Schweigen, vereinzeltes Hüsteln und mehr oder weniger verborgenes Grinsen folgten.

Dirk griff boshaft lächelnd nach seinem Notebook. »Da keiner widerspricht, wäre damit alles gesagt. Jake? Hast du eine Sekunde? Ich will in diese verdammte Datenbank rein und werde dauernd rausgeschmissen.«

Seufzend gestand Mark seine Niederlage ein. Als Ausgleich genehmigte er sich den Rest von Jakes Bier. »Kein Alkohol während der Arbeit«, antwortete er auf Jakes finsteren Blick.

»Und was ist mit dir?«

»E-Mails checken, eine schreiben, nicht wirklich Arbeit. Und dann mache ich Schluss.«

»Bringst du mich nach Hause?«, fragte Sven.

»Natürlich. Aber du kannst dir auch einen der Wagen ausleihen.«

»Brauche ich nicht, morgen früh hat sich das Thema erledigt, da steht ein neuer BMW vor der Tür.«

Pat sah von seinem Buch hoch. »Aber setz den nicht gleich wieder gegen einen Baum.«

»Danke, Pat, für den guten Rat. Hol uns lieber ein Jever, wir haben bereits Feierabend.«

»Kein Alkohol zu den Schmerztabletten«, meldete sich Doc, ohne den Blick vom Monitor oder die Finger von der Maus zu nehmen.

Pat hob bedauernd eine Schulter und kehrte mit einer Dose Cola und einer Flasche Bier zurück. Mark sah, wie er die Dose augenzwinkernd Sven gab, der überrascht stutzte. Obwohl sein Freund sonst nie Cola trank, nahm er sichtlich genüsslich einen Schluck. Mark ahnte, was die Dose enthielt, und wandte sich grinsend seinem Notebook zu.

Eine halbe Stunde später war er mit seinen Mails fertig. Sven schien durch die Mischung aus Tabletten und Bier kurz vorm Einschlafen zu sein. »Kommst du? Wenn du willst, kannst du auch hier schlafen.«

Gähnend stand Sven auf und reckte sich. »Nein, lass mal. Ich bin froh, wenn ich zu Hause bei Britta und Jan bin.«

Einen Augenblick fragte sich Mark, warum er dann nicht schon längst gefahren war. Aber vermutlich hatte er die Zeit und vielleicht auch ihre Gesellschaft gebraucht, um mit den Ereignissen fertigzuwerden. Besorgt sah er Sven an, der sich mit einem leisen Stöhnen auf den Beifahrersitz des Audis fallen ließ. »Geht es?«

»Ja, nur ein paar Prellungen, nichts Gravierendes.«

»Ich hatte eigentlich damit gerechnet, dass du mich wegen Browning fertigmachst.«

»Ich habe heute schon genug eingesteckt, da werde ich mich nicht noch mit einem SEAL anlegen.« Sven warf ihm einen Seitenblick zu. »Weißt du, manchmal beneide ich dich, und dann bin ich wieder heilfroh, dass ich nicht deinen Job habe.«

Mark zwang sich zu einem schiefen Grinsen. »An Tagen wie heute klingt ein normaler Job als Wirtschaftsprüfer für mich auch ziemlich verlockend.«

»So wie Dirk? Außerdem: Der einzig leichte Tag war gestern«, zitierte Sven den Wahlspruch der SEALs.

Mark grinste. Den Rest der Fahrt schwiegen sie. Als Sven sich langsam aus dem Wagen stemmte, hielt er ihn noch einmal zurück. »Alles in Ordnung zwischen uns?«

Sven zögerte, dann sah er ihn an. »Alles in Ordnung.«

41

Ein unbarmherziges Piepsen drang langsam in Dirks Bewusstsein und vertrieb die zusammenhanglosen Traumsequenzen, eine beängstigende Mischung aus dem Einsatz auf Poel und der Suche nach Sven im Wald. Er richtete sich auf und rieb sich erleichtert über den Nacken. Es gab sicher bequemere Haltungen als mit dem Kopf auf seinem Schreibtisch, direkt neben der Tastatur seines Notebooks. Verständnislos starrte er auf den Bildschirm, ehe ihm wieder einfiel, dass er unerwartet von Browning eine Mail bekommen hatte, die für den dringend benötigten Durchbruch gesorgt, ihn allerdings auch die Nachtruhe gekostet hatte. Rasch schloss er den Netzstecker an, und endlich verstummte der nervtötende Piepton.

Zufrieden blickte er auf die Datei, in der er den Namen des amerikanischen Senators Richard Schroeder und dessen Consulting-Firma, an der auch der Konsul und ein weiterer Deutscher beteiligt waren, gelb markiert hatte. Ohne Brownings Mail wäre er vermutlich auch darauf gestoßen, aber erst in ein paar Tagen. Ein Blick in die öffentlich zugänglichen Daten der US-Steuerbehörde hatte gereicht, um letzte Zweifel zu beseitigen. Das Einkommen der drei Eigentümer war immens, und wenig später hatte Dirk den Fluss der Geldmittel von *VirTech* bis hin zum Konsul und dessen Mitstreitern nahtlos nachgewiesen. Das widersprach allerdings der Information, die sich Dirk von der Bank des Konsuls besorgt hatte. Offenbar verschwieg der Konsul seine Einnahmen, die direkt in der Schweiz landeten. Er hatte noch kurz überlegt, wie sie das ausnutzen konnten, dann hatte die Müdigkeit gesiegt. Für eine kurze Mail an Stephan Reimers mit Kopie an Mark und Jake hatte es noch gereicht, aber nicht für eine weitere Mail an Marks Vater. Rasch überflog er den Text. Nun blieb noch die Tatsache, dass Mark Browning hatte laufen lassen. Rasch tippte er weiter:

»Jim, ohne Brownings Hinweis wäre ich nie so schnell auf diese Verbindung gestoßen. Sollte das nicht ausreichen, um Marks Entscheidung zu rechtfertigen, sollte ich dich vielleicht daran erinnern, dass Svens und meine Bereitschaft zur Zusammenarbeit mit euch personengebunden ist! Wir können den Rest auch problemlos alleine klären. Ob das Ergebnis dann allerdings in deinem Sinne ist, wird sich zeigen.

Gute Nacht oder guten Morgen, such es dir aus, Dirk.«

Die Drohung hielt einer genaueren Betrachtung zwar nicht stand, würde aber hoffentlich seine Meinung ausreichend deutlich machen. Gähnend fuhr Dirk das Notebook runter und machte es sich auf der Couch bequem, der Weg ins Schlafzimmer war viel zu weit. Begleitet von dem Gezwitscher der Amseln, die lautstark den neuen Tag begrüßten, schlief er wieder ein.

Es war erst elf Uhr, aber Mark war bereit, den Tag als kompletten Reinfall abzuschreiben. Seitdem er hier im Team-Haus eingetroffen war, reihte sich eine schlechte Nachricht an die andere. Mittlerweile waren Jake und er alleine, während seine Männer die unerwarteten freien Stunden genossen und nach Hamburg oder Lübeck gefahren waren.

Gähnend kam Dirk herein und ließ sich auf einen Stuhl fallen. »Ihr hättet mich eigentlich auch wecken können.«

»Warum? Du konntest es gebrauchen. Saubere Arbeit. Jetzt haben wir noch etwas, wo wir ansetzen können.«

Dirk schenkte sich einen Becher Kaffee ein. »Meinst du den

Senator oder die Einnahmen, die der Konsul in der Schweiz versteckt? Über Letzteres habe ich schon mit Sven am Telefon diskutiert. Ein Steuerstrafverfahren würde zu lange dauern. Da hätten wir wieder das Problem, dass wir ihn warnen und es ihm möglicherweise gelingt, entscheidende Beweise verschwinden zu lassen. Aber wir haben da noch eine Idee.« Dirk gähnte erneut. »Und wegen des Senators geht das Kompliment auch an Browning. Ohne seine Infos hätte ich die Verbindungen nicht so schnell herstellen können.« Er nahm einen Schluck. »Und damit sind wir beim nächsten Problem. Ich habe einen Namen in Berlin, aber der Herr ist achtundsiebzig Jahre alt und leidet an Demenz. Dort ist im Moment Endstation. Ich habe trotzdem alle Fakten an Stephan gemailt. Was hast du jetzt vor?«

In diesem Moment erschien das Bild der Villa des Konsuls auf dem Monitor des Notebooks. »Ich dachte mir das so«, sagte Mark grimmig lächelnd. »Wir bereiten sämtliche Unterlagen für die Staatsanwaltschaft auf, und ich bekomme so einen netten Durchsuchungsbeschluss für diese Hütte. Ich klingele dann brav am Vordereingang und locke den Herrn aus der Reserve, indem ich behaupte, seine Verbrechen lückenlos nachweisen zu können. Danach wird er mich kaum wieder so einfach gehen lassen. Aber in der Zwischenzeit landen einige SEALs aus der Luft hier oben auf der Terrasse und weitere dort unten am Ufer. Die geben mir dann ein wenig Rückendeckung, und dann –«

Dirk starrte ihn mit offenem Mund an. »Spinnst du jetzt total? Erstens bekommen wir mit unseren bisherigen Unterlagen so einfach keinen Durchsuchungsbeschluss, es gibt noch nicht einmal eine vernünftige Ermittlungsakte. Zweitens kannst du dort nicht alleine reingehen. So funktioniert das bei uns mit einem Durchsuchungsbeschluss sowieso nicht. Und wenn du ihn dir wirklich alleine vornimmst und er auf die Provokation auch noch eingeht, hättest du schneller eine Kugel im Kopf, als deine Jungs bei dir wären. Außerdem haben die bei deinem schwachsinnigen Plan überhaupt keine Berechtigung, irgendwas zu unternehmen. Die bekommst du nicht einmal vorher legal in Stellung gebracht.« Dirk schüttelte heftig den Kopf. »Mit den Methoden spielst du dem Konsul sogar in die Hand, weil er allen Grund hätte, sich gegen deine Leute zur Wehr zu setzen. Aber weiter. Drittens hast du nicht genug Männer, um das Riesengelände abzusichern. Viertens scheidet Verstärkung aus Norfolk aus, solange jede Nachricht sofort beim Senator und damit auch beim Konsul landet. Ich hätte da noch so einige Punkte, aber ich denke, das reicht.«

»Das war auch erst einmal nur eine grobe Skizze. Hast du eine bessere Idee?«

Dirk leerte den Kaffeebecher in einem Zug und nickte. »Natürlich. Kannst du Verstärkung aus Norfolk anfordern, ohne dass es offiziell wird?«

»Habe ich schon. Nicht offiziell, sondern über das Privathandy meines Vaters, und der wird auf ganz altmodische Art und Weise Kontakt mit Dell aufnehmen. Das ist der stellvertretende Chef des Teams, gegen das sie das Gas eingesetzt haben. Offiziell sind die Jungs noch nicht wieder im Dienst, aber garantiert fit genug, um uns ein wenig unter die Arme zu greifen. Und vor allem werden sie dichthalten. Damit wären wieder zwei Punkte erledigt. Habe ich noch etwas vergessen?«

Dirk richtete den Kaffeebecher wie eine Waffe auf ihn. »Ja, dass wir hier nicht im Wilden Westen sind. Ich sagte ja schon, dass ich auf der Fahrt hierher mit Sven gesprochen habe. Unser Plan steht auch fest. Uns fehlte nur noch die Verstärkung, für die du ja nun hoffentlich gesorgt hast.«

»Und wann erfahre ich, wie euer Plan aussieht?«

»Du und Jake habt einen Termin gegen zwei Uhr. Da geht's

um die offizielle Abstimmung. Wenn du mir noch einen Kaffee holst, erkläre ich dir vielleicht, was wir uns überlegt haben. Erst einmal verrate ich dir nur, dass du keineswegs alleine dort hineingehst.«

Es war Dirk deutlich anzusehen, dass er es genoss, ihn noch einige Augenblicke im Dunkeln zu lassen. Widerstrebend beschloss Mark fürs Erste nachzugeben und ging in die Küche.

Als er mit einer gefüllten Thermoskanne das Wohnzimmer wieder betreten wollte, hörte er seinen Namen. Dirks Tonfall machte ihn sofort misstrauisch, sodass er etwas zurückwich, um das Gespräch ungestört verfolgen zu können.

»Hast du Mark eigentlich schon erzählt, was wir mit Feltons Konto gemacht haben?«

Mark stutzte. Das Geld des Auftragkillers? Interessant.

»Nein, das sollten wir auch besser vergessen.«

Vergessen? Wohl kaum. »Zu spät. Was habt ihr damit getan?«, erkundigte er sich betont freundlich.

Dirk sprang erschrocken auf und stieß mit dem Knie gegen das Tischbein. »Verdammter Mist, wie lange stehst du da schon?«

»Lange genug.« Er stellte die Kanne ab und verschränkte die Arme vor der Brust.

Wortlos starrten sich Jake und Dirk an und fochten einen stummen Kampf aus, wer die Erklärung übernehmen sollte.

»Je länger ihr mich warten lasst, desto saurer werde ich. Also? Die Sache mit Felton hat garantiert irgendetwas mit der Onlinebanking-Software zu tun. Was habt ihr getan? Oder soll ich fragen, wohin ihr sein Geld überwiesen habt?« Unglauben und Verwirrung zeigten sich auf beiden Gesichtern. Das gefiel ihm. Immerhin hatte er einfach nur geraten. »Kann ich davon ausgehen, dass ihr alle Spuren verwischt und euch nicht persönlich bereichert habt?«

Empörung löste die Verwirrung ab, dann ging Dirk auf ihn los: »Was glaubst du eigentlich von uns? Das Geld ist an Unicef, den WWF und die ›Make-a-Wish‹-Foundation gegangen. Da du dich für die Organisation sonst auch engagierst, sprach ja wohl nichts dagegen, oder? Felton hatte alle Passwörter und Zugangscodes auf der Festplatte gespeichert, es wäre eine Schande gewesen, das nicht auszunutzen.«

»Und die Frage nach den Spuren war hoffentlich nicht ernst gemeint, oder?«, ergänzte Jake beleidigt.

Mark grinste. »Und wenn?«

Jake zog eine Augenbraue hoch.

»Wann hattet ihr vor, mich darüber zu informieren?«, fragte Mark.

»Wenn du mich so fragst: überhaupt nicht. Warum auch?« Unnachgiebig starrte Dirk ihn an.

»Vielleicht weil ich der Boss bin?«, schlug Mark vor.

»Boss? Vergiss es. Finanzielle Angelegenheiten fallen in mein Ressort, und ich informiere dich dann, wenn ich es für richtig halte, im Zweifel eben gar nicht. Also halt dich da raus, ich schreibe dir auch nicht vor, wie du das Team führst, und halte die Klappe, wenn du Fast-Killer laufen lässt.«

Mark ignorierte das angriffslustige Funkeln in Dirks Augen. Er goss erst Dirks Tasse voll, dann schenkte er sich selbst nach. »Was ist mit deinem Plan?«

Der Anblick der Reihenhaussiedlung in unmittelbarer Nähe der Naval Base war für James Rawlins wie eine Zeitreise. Vor mittlerweile über dreißig Jahren hatten er und seine Frau hier gelebt, nur wenige Meter vom Strand entfernt. Über den Chesapeake Boulevard hatte er innerhalb kürzester Zeit die Base erreichen können. Seine Kinder hatten begeistert jede freie Minute am Strand verbracht. Mit Freunden hatten sie häufig am Meer gegrillt. Aber er war nicht hier, um seine Zeit mit einem Ausflug in die Vergangenheit zu verschwenden.

Als er auf die Klingel des Reihenendhauses drückte, geschah nichts. Irritiert sah er sich um. Der Wagen im Carport gehörte Dell, und er hatte fest damit gerechnet, den SEAL um diese Zeit zu Hause anzutreffen. Vielleicht hatte er im Garten mehr Glück.

James ging um das Haus herum und blieb schmunzelnd stehen. Fast tat es ihm leid, Dell zu stören. Der SEAL hatte es sich auf einem Liegestuhl bequem gemacht, und seine kleine Tochter lag auf seiner Brust. Beide hatten die Augen geschlossen und schliefen anscheinend. Als James langsam näher ging, spürte er den Moment, als Dell schlagartig hellwach war, die Augen jedoch geschlossen hielt.

»Lieutenant? Es tut mir leid, Sie zu wecken.«

Blinzelnd sah Dell zu ihm hoch und runzelte die Stirn. »Sir?« Er richtete sich vorsichtig auf und hielt dabei seine Tochter fest. Er deutete auf den Kinderwagen. »Wenn ich sie dort ablege, wird sie sofort wach und brüllt los.«

»Das ist kein Problem, Lieutenant. Ich muss mich bei Ihnen für den Überfall entschuldigen. Können wir uns kurz unterhalten?«

»Natürlich, Sir.«

Dell war blass und hatte dunkle Augenringe. Die dunkelblonden Haare waren ungekämmt. Er unterdrückte ein Gähnen. Allmählich zweifelte James an Marks Idee, aber er war nicht so weit gefahren, um sofort wieder umzukehren. »Wie geht es Ihnen?«

»Gut.« Dell lächelte müde. »Vermutlich wäre ein Einsatz um einiges erholsamer. Die Kleine hält uns ordentlich auf Trab. Solange man sie auf dem Arm hält, könnte kein Rockkonzert sie wecken, aber kaum legt man sie hin, brüllt sie los.«

Und außerdem hatte James gehört, dass der SEAL viele Nächte an Rages Bett verbracht hatte.

»Das geht vorbei. Meine Tochter war genauso.«

»Das freut mich zu hören. So schlimm ist es ja auch nicht, die guten Seiten überwiegen. Wir lieben jede Minute mit ihr und …« Er brach mitten im Satz ab, und sein Lächeln verschwand jäh. »Verdammt, wie konnte ich vergessen, dass … Es tut mir leid, Sir. Ich bin wohl noch nicht ganz wach. Es hat mich schwer getroffen, als ich gehört habe, dass Sie Ihren Sohn verloren haben. Ich mochte Mark. Er war …«

James unterbrach ihn, indem er die Hand hob. Er hatte Mühe, sein Entsetzen nicht zu deutlich zu zeigen. Woher hatte Dell diese Information? Bisher hatten weder er noch Ramsey noch der NCIS feststellen können, dass das Gerücht von Marks angeblichem Tod in den USA durchgesickert war, und jetzt stieß er ausgerechnet hier darauf. Sekundenlang überlegte er, ob Dell in die Sache verwickelt sein konnte, dann verwarf er den Gedanken. »Mark ist nicht tot, und jetzt möchte ich von Ihnen wissen, woher Sie die Information haben.«

Dell sah ihn so ungläubig an, dass James schmunzelte. »Ich bin nicht verrückt geworden. Ich erkläre Ihnen das gleich. Woher haben Sie die Information?«

Der SEAL wirkte immer noch verwirrt. »Sind Sie sicher?«, platzte er heraus.

»Wollen Sie Mark anrufen?«

»Nein, natürlich nicht, Sir. Ich bin einige Minuten zu früh zu einem Termin mit Admiral Ramsey erschienen. Sein Adjutant, Lieutenant Dawson, stand am Fenster und telefonierte mit dem Handy. Ich hörte noch, dass es Jake und Mark bei einem Einsatz in Deutschland erwischt hat. Ich war so entsetzt, dass ich einfach gegangen bin. Was ist denn hier eigentlich los? Ich dachte, die offizielle Mitteilung kommt, wenn der Einsatz abgeschlossen ist, aber wenn das gar nicht stimmt, dann … das verstehe ich nicht.«

»Ich werde Ihnen gleich alles erklären, Dell. Für den Moment sollten Sie Ihrem Schutzengel danken, dass Dawson Sie nicht bemerkt hat. Wir haben das Gerücht gezielt gestreut, weil wir wissen wollten, wo es an die Oberfläche kommt, aber bisher haben wir darauf vergeblich gewartet. Wie fit ist Ihr Team, Dell?«

»Einsatzbereit – bis auf Rage natürlich. Sehe ich das richtig, dass Dawson uns mit dem gefälschten Befehl losgeschickt hat?«

»Ich fürchte, ja.«

Dell hielt es nicht länger auf der Liege. Er sprang auf und ging mit dem Kind auf dem Arm hin und her. »Können Sie die Festnahme von dem Dreckskerl uns überlassen?«, fragte er schließlich, und seine unterdrückte Wut war ihm deutlich anzuhören.

James winkte ab. »Den lassen wir erst mal schön da sitzen, wo er sitzt, und füttern ihn mit falschen Informationen. Aber wie wäre es, wenn Sie Mark helfen, einen der Hintermänner auszuschalten?«

Ein breites Grinsen erschien auf Dells Gesicht. »Sofort, Sir. Allerdings unter einer Bedingung.«

»Und die wäre?«

»Sie bringen Rage bei, dass er noch zu Hause bleiben muss.«

Der Stil des SEALs gefiel ihm. Spontan entschloss er sich, auch dem zweiten Vorschlag seines Sohnes zu folgen. »Ich werde mit ihm reden und ihm dabei auch klarmachen, dass es keinen Grund mehr gibt, sich mit einem Auswahltraining aufzuhalten, wenn Sie sich im Einsatz mit Marks Team bewähren.«

»Danke, Sir.«

»Danken Sie Mark. Es war seine Idee. Wann sind Sie abflugbereit? Die Ausrüstung besorgen wir uns über den NCIS.

Admiral Ramsey weiß natürlich Bescheid, aber sonst wird kein Mensch erfahren, dass Sie unterwegs nach Hamburg sind.«

»Sobald meine Frau zurück ist und ich die Männer zusammengetrommelt habe, Sir.« Dell grinste ihn schief an. »Wenn Sie kurz Janey halten, kann ich die Jungs anrufen.«

Sollte Dell gedacht haben, ihn damit in Verlegenheit zu bringen, hatte er sich getäuscht. Er hatte nicht umsonst zwei Kinder großgezogen und war bereits Großvater. Vorsichtig nahm er Dell das Baby ab. »Bei uns in den Teams halten wir nicht viel von Formalitäten. Jim reicht, mein Junge.«

42

Browning hasste es, auf andere angewiesen zu sein. Ausgesprochen gereizt betrachtete er das Washingtoner Kapitol, das nur noch wenige Meter entfernt war. Dort würde er die Antworten finden, die er brauchte. Ihm blieb keine andere Wahl. Ohne Hilfe würde er nicht an die Informationen herankommen. Allerdings konnte er nicht einschätzen, wie sein ehemaliger Freund auf seine unerwartete Bitte reagieren würde. Browning hatte den Kontakt zu ihm vor Jahren abgebrochen, und nun einfach ohne Vorwarnung aufzutauchen und ihn um einen Gefallen zu bitten, der ihm einigen Ärger einbringen konnte, war riskant. Einen anderen Weg sah er jedoch nicht. Wenn er Mark helfen wollte, würde er seinen Stolz überwinden müssen. Ehe er es sich anders überlegte, schloss er sich dem Strom aus Touristen und Regierungsbeamten an und ging auf das Kapitol zu. Während die meisten Touristen in Richtung des Besucherzentrums abbogen, folgte Browning den Männern und Frauen, die mit ihren dunklen Anzügen und Kostümen auch eine Art Uniform zu tragen schienen. Mit seiner Jeans und dem dunklen T-Shirt wäre er unangenehm aufgefallen, wenn nicht auch einige Boten oder Techniker unterwegs gewesen wären, die ähnlich wie er gekleidet waren.

Zielstrebig ging er auf den Empfang zu und zwang sich zu einem, wie er hoffte, hilflosen Lächeln. »Ich hoffe, Sie können mir helfen. Ich habe einen Termin mit Timothy Welden. Leider bin ich etwas zu früh dran und weiß auch nicht mehr, wo wir uns treffen wollten. Dummerweise hat der Akku von meinem

Handy den Geist aufgegeben, da stehen seine Telefonnummer und der Treffpunkt natürlich drin. Könnten Sie ihn vielleicht für mich anrufen? Er ist im Bereich der Technik tätig.«

Die Frau in den Fünfzigern wirkte unschlüssig. »Eigentlich … aber Sie sagen, Sie waren verabredet?«

»Ja, wir haben uns schon seit Wochen gefreut, uns zu sehen, wenn ich in DC bin.«

»Also gut, ich rufe in seinem Büro an. Wie ist Ihr Name?«

»Es reicht, wenn Sie ihm sagen, dass Browning schon hier ist und auf ihn wartet.«

Das Telefonat dauerte nur wenige Augenblicke. Leider gelang es Browning nicht, auch nur ein Wort aufzuschnappen. Angespannt wartete er auf das Ergebnis. Als die Frau sich wieder zu ihm umdrehte, lächelte sie. »Sie werden gleich abgeholt. Alleine würden Sie sich hoffnungslos verirren. Ich stelle Ihnen einen Besucherausweis aus.«

Director? Anscheinend hatte Timothy nach seinem Ausscheiden bei den Marines eine eindrucksvolle Karriere hingelegt. Allerdings befürchtete Browning, dass dies seine Chance auf Hilfe, die sich am Rand der Legalität bewegte, nicht gerade förderte.

Es dauerte nur wenige Minuten, dann eilte Timothy auf ihn zu. Die Zeit reichte gerade noch, um den Ausweis entgegenzunehmen und an seinem T-Shirt zu befestigen. Dann zog sein alter Freund ihn ohne Umschweife in eine kurze, aber herzliche Umarmung. »Verdammt, tut das gut, dich zu sehen. Außerdem ersparst du mir eine stinklangweilige Budgetsitzung. Komm mit.«

Timothy führte ihn über unterirdische Gänge immer tiefer in das Kapitol, blieb aber ein ums andere Mal stehen, um Browning zu erläutern, wo sie sich befanden, oder ihn auf Besonderheiten aufmerksam zu machen. Schließlich erreichten sie über eine Treppe einen Bürotrakt. Timothy öffnete einladend eine der ersten Türen und deutete auf eine Besprechungsecke. »Kaffee oder lieber etwas Kaltes?«

»Warte erst mal, bis ich dir gesagt habe, warum ich hier bin. Ich bezweifele, dass du mir dann etwas zu trinken anbietest.«

Mit einem Seufzer ließ Timothy sich auf einen der Stühle fallen. »Setz dich wenigstens. Außerdem kenne ich dich zu gut, um an einen reinen Freundschaftsbesuch zu glauben. Aber ich freue mich trotzdem, dich zu sehen. Verdammt, Brownie, ich wusste nicht einmal, ob du noch lebst.«

Browning wusste nicht, was er zu dem Vorwurf sagen sollte. Schon während seiner Haft hatte er bewusst sämtliche Kontakte zu Freunden und Kameraden abgebrochen. Selbst wenn der Schritt falsch gewesen sein sollte, konnte er daran nichts mehr ändern.

Als er auf der Suche nach den richtigen Worten schwieg, umspielte ein bitteres Lächeln Timothys Mundwinkel. »Egal, fangen wir damit an, warum du hier bist.«

Obwohl er sich eine unverfängliche Geschichte zurechtgelegt hatte, entschied sich Browning nun dagegen. Timothy hatte es nicht verdient, belogen zu werden.

»Erinnerst du dich an Mac, Mark Rawlins?«

»Na klar, wie könnte man den vergessen?«

So knapp wie möglich schilderte Browning den Anschlag auf das SEAL-Team, das Leck in Norfolk und die Verbindung zu Senator Schroeder.

Als er fertig war, atmete Timothy tief durch. »Verdammte Schweinerei. Du warst zwar offen, hast aber auch Etliches verschwiegen.« Als Browning antworten wollte, winkte Timothy ab. »Vergiss es. Das klären wir später. Was hast du dir vorgestellt?«

»Laut Internet macht Schroeder einen faulen Eindruck.

Drückt sich vor jeder Ausschussarbeit, sitzt seine Zeit hier ab und wird immer fetter. Ich hatte die Hoffnung, dass er vielleicht von seinem Büroapparat aus mit Norfolk telefoniert hat.« Browning verzog den Mund. »Es ist wirklich nur eine vage Hoffnung, aber ihn einem scharfen Verhör zu unterziehen oder sein Büro zu durchsuchen, scheidet ja leider aus.«

»Stimmt, schon deshalb, weil er es morgens betritt und erst abends wieder verlässt, selbst sein Essen bestellt er sich dorthin.«

»Woher weißt du das?«

»Es gab vor Kurzem ein Problem mit seiner Internetleitung, und meine Jungs sind verzweifelt, weil sie einen Termin brauchten, an dem er nicht in seinem Schreibtischsessel sitzt. Schließlich mussten sie bis abends warten. Deine Vermutung könnte stimmen, aber das bekommen wir schnell raus. Komm mal mit.«

Timothy ging zu seinem Schreibtisch, setzte sich und tippte rasend schnell auf seine Tastatur ein. Browning verfolgte es über seine Schulter hinweg und stieß einen überraschten Laut aus, als er das Programm erkannte. Timothy hatte Zugriff auf die komplette Telefonanlage des Senats. »Was genau ist eigentlich dein Job hier?«

»Dafür zu sorgen, dass alles läuft. Wir können uns hier die Anrufe von Schroeder ansehen, aber ich rufe die Liste nur unter einer Bedingung auf.«

»Und woran denkst du? Außerdem möchte ich nicht, dass du deshalb Ärger bekommst.«

»Werde ich schon nicht. Ich möchte bei deinem nächsten Besuch in DC alles erfahren, und ich möchte nicht, dass du wieder spurlos verschwindest. Lass mir wenigstens eine Handynummer oder eine Mail-Adresse hier. Ich habe dich vermisst, mein Freund.«

Browning schluckte und brachte dann ein Nicken zustande.

Timothy schien keine andere Antwort erwartet zu haben, denn er überflog bereits eine Aufstellung von Ziffern. »Ich hätte hier eine Thai-Masseuse zu bieten, die bei einigen Senatoren ziemlich beliebt ist. Angeblich kümmert sie sich um Nackenprobleme, aber man munkelt, dass sie auch ... Verdammt, hier ist eine Nummer. Sieh mal, da wieder. Sekunde, ich lasse es sortieren.«

Nach einem Mausklick hatten sie eine Nummer auf der Naval-Base in Norfolk identifiziert, die Schroeder mindestens zweimal die Woche angerufen hatte. Beim Anblick der vertrauten Ziffern räusperte sich Browning. »Wenigstens kennen wir die Durchwahl nicht. Es wäre ein Albtraum, wenn einer unserer alten Jungs in einen solchen Scheiß verwickelt wäre.«

»Würde keiner von ihnen machen. So, dann wollen wir mal sehen, wer der Scheißkerl ist.« Ohne Umschweife griff Timothy zu seinem Telefon, drückte eine Taste und wählte die Nummer, die ihnen angezeigt wurde.

»Büro von Admiral Ramsey«, klang es aus dem Hörer.

»Guten Tag, mein Name ist Myers. Myers mit ›y‹. Haben Sie sich schon einmal Gedanken über Ihre Altersversorgung gemacht?« Mit einer gemurmelten Verwünschung wurde die Verbindung getrennt. »Ups, da mag einer keine Telefonverkäufer. Meine eigene Nummer hatte ich natürlich unterdrückt, falls du dich das fragen solltest. Was hast du jetzt vor?«

»Hinfahren und mir ansehen, wer bei Ramsey im Vorzimmer sitzt. Vielleicht ist es ja auch Ramsey selbst, aber das bekomme ich heraus.«

»Und das Ganze natürlich im Alleingang. Mensch, Brownie, du änderst dich nie.« Timothy sah kurz auf die Uhr. »Heute erreichst du da niemanden mehr. Am besten startest du morgen ganz früh, dann hast du heute Nacht Gelegenheit, unser Gästezimmer zu testen. Außerdem sage ich Chris Bescheid, dass du kommst. Der bringt dich auf die Basis rauf und kennt dort jeden.«

Browning wollte automatisch widersprechen, aber stattdessen nickte er.

Mark musste zugeben, dass der Plan, den Sven und Dirk zusammen entwickelt hatten, um einiges eleganter war als seine eigenen Überlegungen. Vor allem würde ihr Vorgehen nicht mit den deutschen Gesetzen kollidieren – sofern es ihnen gelang, die Staatsanwaltschaft auf ihre Seite zu ziehen. Da Sven und Dirk mit Natascha jedoch befreundet waren und die Staatsanwältin ihnen schon einmal trotz ihrer recht unkonventionellen Methoden geholfen hatte, rechnete er sich gute Chancen aus.

Matthias hatte dafür gesorgt, dass in dem Besprechungsraum des Polizeipräsidiums Kaffee und Teller mit Keksen auf sie warteten. Spöttisch wies Mark auf die verschiedenen Gebäckstücke. »Dein Werk, Matthias?«

»Nein, das ist nicht ganz meine Gehaltsklasse. Die hat Tannhäusers Sekretärin spendiert. Probier mal die mit Vanille, die sind unschlagbar.«

Sven bedachte seinen Freund mit einem genervten Blick. »Die waren aber eher dazu gedacht, um Natascha gnädig zu stimmen, und nicht, um deinen Bauch noch weiter anwachsen zu lassen.«

»Alles Muskeln, und außerdem habe ich mir die verdient, nachdem wir in Rekordzeit etwas zusammengestellt haben, das zumindest auf den ersten Blick Ähnlichkeit mit einer Ermittlungsakte hat.«

Durch die offene Tür hörten sie Schritte näher kommen, und Sven wurde sofort ernst. »Okay, nun kommt's darauf an.

Ohne dieses verdammte Stück Papier können wir den ganzen Plan vergessen, und du kannst Dells Team wieder zurückschicken. Also halte dich etwas zurück, Mark. Auf eine deiner üblichen Auseinandersetzungen mit Natascha kann ich heute verzichten.«

Mark zog eine Augenbraue hoch, doch zu einer Erwiderung bekam er keine Gelegenheit, weil Dirk in Begleitung von Natascha und einem unbekannten Mann den Raum betrat.

Dirk deutete auf den Neuankömmling. »Jens Maurer, stellvertretender Leiter des Mobilen Einsatzkommandos. Sven und ich haben uns überlegt, dass wir eine erste Einsatzplanung und Abstimmung mit der Staatsanwaltschaft in einem Zug erledigen. Das ist zwar etwas ungewöhnlich, aber wenn es Fragen gibt, sollten wir die heute klären. Wenn wir nachher auseinandergehen, dann mit einer klaren Ansage, ob wir grünes Licht haben oder die ganze Aktion gestoppt ist. Jens, das sind Jake Fielding und Mark Rawlins. Sven und ich haben die Ermittlungen bisher gemeinsam mit ihnen durchgeführt. Nun sind wir an einem Punkt angekommen, wo wir dich und deine Jungs und das Okay der Staatsanwaltschaft brauchen.«

Jens Maurer musterte sie zwar ausgesprochen neugierig, begrüßte sie aber nur freundlich und verzichtete auf Fragen nach ihrer genauen Funktion.

Sven begann mit der Feststellung, dass ihr Vorhaben mit dem Polizeipräsidenten abgesprochen war und lediglich ein seit Längerem geplanter Termin im Rathaus Tannhäusers Teilnahme an dem Gespräch verhindert hatte. Innerlich zollte Mark ihm Respekt. Der Schachzug war überaus geschickt und klärte von vornherein die Fronten.

Sven und Dirk umrissen abwechselnd den Fall und betonten immer wieder die Verbrechen des Konsuls, die bisher nachweisbar waren, dabei begannen sie mit der Produktion des Giftgases und endeten bei den Einnahmen, die der Konsul offensichtlich am Finanzamt vorbeileitete.

Natascha wirkte zunehmend nachdenklich, schließlich ergriff sie das Wort. »Alles schön und gut, Dirk, aber wenn die Sache so klar wäre, säßen wir nicht hier, und Tannhäuser hätte nicht seinen Keksvorrat geplündert. Wo ist der Haken?«

Mit einem kaum merklichen Nicken signalisierte Dirk, dass Sven die Erklärung übernehmen sollte. »Der Konsul ist verdammt geschickt darin, sich abzusichern. Durch einen glücklichen Zufall wissen wir, wo wir die Beweise finden, die wir benötigen. Davon ahnt er jedoch nichts. Wir wollen uns den Zugriff darauf sichern, haben aber Bedenken, wie er reagieren wird, wenn ihm bewusst wird, dass wir genau wissen, wo wir die notwendigen Beweismittel finden. Er könnte jedoch seine Flucht vorbereitet haben, die wir verhindern müssen. Geld genug hat er jedenfalls im Ausland geparkt. Vielleicht hat er auch etwas ausgetüftelt, um die Beweise in letzter Minute zu vernichten. Und wir können auch nicht ausschließen, dass die Lage anderweitig eskaliert.« Sven breitete die Hände aus. »Wir hoffen natürlich, dass es nicht so weit kommt, aber möglich ist hier alles. Da wäre zum einen das bisher absolut skrupellose Vorgehen und zum anderen die kleine Privatarmee, die der Konsul sich als angebliche Wachleute hält. Wir wollen jedenfalls sicherstellen, dass wir auf alle Eventualitäten vorbereitet sind.«

Mark hätte nicht gedacht, dass Sven die Tatsachen dermaßen auf den Punkt brachte. Jens Maurer hatte bisher schweigend zugehört und nur gelegentliches Stirnrunzeln verriet, dass ihm Svens Ausführungen nicht gefielen. Nun beugte er sich vor. »Die Zustimmung der Frau Staatsanwältin vorausgesetzt, werden wir natürlich alles unternehmen, um mit diesem Wahnsinn aufzuräumen. Das ist völlig klar. Aber ich verstehe nicht, was genau du dir vorstellst. Wie soll unsere Rolle dabei aussehen?«

Natascha nickte ebenfalls und tippte mit dem Finger auf einen dicken Aktenordner. »Gute Frage. Ich gehe davon aus, dass du hier sämtliche Informationen noch einmal vernünftig aufgeführt hast. Damit sehe ich im Moment nicht das Problem. Für die Beantragung eines Durchsuchungsbeschlusses hast du genug in der Hand.«

»Nein, nicht ganz. Es geht um den Informanten, der uns das entscheidende Material zur Verfügung gestellt hat. Er hat mir und Mark gegenüber bestätigt, dass der Konsul hinter allem steckt, aber wir haben kein offizielles Vernehmungsprotokoll, du müsstest dich allein auf unsere Aussagen verlassen.«

»Warum kein offizielles Protokoll?«

»Weil wir ihn schnell aus der Schusslinie bringen mussten. Ich hätte hier für seine Sicherheit nicht garantieren können, und wir dachten, dass er uns in Amerika besser unterstützen könnte. Das hat sich bisher auch bestätigt. Ohne seinen Hinweis wäre Dirk nicht so schnell auf das Konto des Konsuls in der Schweiz gestoßen. Leider sind dabei ein paar Formalitäten auf der Strecke geblieben.«

»Und er hat das dir gegenüber ausgesagt?«

»Ja, und Mark hat früher schon mit ihm zusammengearbeitet und vertraut ihm. Du kennst nun alle Fakten, und es liegt an dir, wie es weitergeht. Er hat mir gegenüber ganz klar gesagt, dass der Konsul hinter der ganzen Angelegenheit steckt.«

So konnte man das Gespräch zwischen Sven und Browning natürlich auch darstellen. Überzeugt wirkte die Staatsanwältin jedoch noch nicht. »Ich denke darüber nach. Vielleicht beantwortest du erst einmal die Frage von Herrn Maurer. Wie hast du dir die Durchsuchung vorgestellt?«

Sven hob die Schulter. »Im Idealfall gehen wir rein, wissen, wo wir zu suchen haben, stellen die Beweise sicher und nehmen ihn vorläufig fest. Aber ich fürchte, so einfach wird der

Herr uns das nicht machen. In dem Moment, in dem er mitbekommt, dass wir wissen, wo er seine Akten aufbewahrt, wird er fliehen oder zurückschlagen. Deshalb habe ich Jens dazugebeten. Ich möchte, dass die Aktion nicht von normalen Streifenbeamten begleitet wird, sondern von erfahrenen MEK-Kräften. Wenn es zur Eskalation kommt, wissen die Männer von Jens, was sie zu tun haben.«

Die Hand der Staatsanwältin verharrte auf dem Weg zu ihrem Kaffeebecher. »Du hältst so etwas wirklich für möglich?«

»Ja, aber ich würde mich freuen, wenn ich mich irrte.«

Natascha nickte langsam, wie in Zeitlupe. »Und wie kommen Mark und seine Männer ins Spiel?«

Sven wich ihrem forschenden Blick nicht aus. »Hoffentlich gar nicht. Sie sind nur als Back-up eingeplant, wenn sich unsere Befürchtung bestätigt. Stell dir vor, es kommt zu einer Geiselnahme. Dann können sie am besten …«

Der warnende Rippenstoß von Dirk kam zu spät. Jens hatte bereits die Augen zu Schlitzen verengt. »Ich glaube, das solltest du mir genauer erklären, Sven. Geiselnahmen fallen ja wohl in unser Ressort, und ich kann mir niemanden vorstellen, der solche Situationen besser klärt als meine Jungs.«

Das Letzte, was sie brauchen konnten, war ein Kompetenzgerangel. Auch wenn Sven die Gefahr herunterspielte, ging Mark fest davon aus, dass der Konsul zu irgendwelchen fiesen Tricks greifen würde, wenn ihm klarwurde, dass sie kurz davor waren, seine Machenschaften nicht nur aufzudecken, sondern auch beweisen zu können. Außerdem konnte er nicht ausschließen, dass Sven, Dirk und er selbst auf der Abschussliste des Konsuls standen.

Bisher hatte Mark das Gespräch schweigend verfolgt, nun kam es darauf an, den drohenden Konflikt zu entschärfen. »Niemand zweifelt Ihre Kompetenz an, und ich schließe mich

Sven an. Ich wäre extrem froh, wenn meine Jungs sich umsonst bereithielten. Aber wenn, ich betone ausdrücklich, wenn es zu einem Fluchtversuch oder einer Eskalation kommt, hätten die regulären Polizeikräfte keine Möglichkeit, gleichzeitig aus der Luft und aus dem Wasser einzugreifen.«

»Aus der Luft und aus dem Wasser?«, wiederholte Jens zweifelnd und legte dann den Kopf etwas schief. »Navy-SEALs?«

Die Schlussfolgerung überraschte Mark nicht. Es würde die Vorzeichen ihrer Zusammenarbeit nicht verbessern, wenn er dies nicht offen zugab, sodass er knapp nickte und gespannt auf das finale Urteil wartete.

Jens griff zunächst zu seinem Kaffeebecher und trank, dann lachte er leise. »Es gibt ein paar interessante Gerüchte über die Typen, mit denen Sven und Dirk zusammenarbeiten. Also gut, unsere Zustimmung hättet ihr. Aber dass eins klar ist …«

Als er nicht weitersprach, hakte Sven ungeduldig nach. »Was denn?«

»Na, ihr erklärt es meinem Boss, dass eine solche Aktion ausgerechnet in seinem Urlaub stattfindet. Darüber wird er gar nicht glücklich sein.«

Befreites Lachen löste die Spannung, dem sich nach einem kurzen Zögern auch Natascha anschloss. Sie griff nach dem Aktenordner und stand auf. »Ich werfe noch einen Blick auf die Unterlagen, aber geht davon aus, dass ihr den Beschluss bekommt. Wenn ich es richtig verstanden habe, reicht es, wenn ihr euch nur die Villa vornehmt, oder gibt es noch irgendwelche Büros außerhalb der Elbchaussee?«

Sven schüttelte den Kopf. »Nach unserem Kenntnisstand nicht. Alles, was wir brauchen, müssten wir dort finden.«

»Na gut, ich hoffe nur, ich bereue meine Entscheidung nicht. Denn wenn ihr schon SEALs als Back-up auffahrt, müsst ihr Bedenken haben, die ihr hier herunterspielt. Aber gut, ich verlasse mich darauf, dass ihr wisst, was ihr tut.« Sie sah Mark streng an. »Aber dies ist und bleibt eine LKA-Aktion, für die deutsche Gesetze gelten. Ich hoffe, das ist dir klar, Mark.«

Es gelang ihm nicht, sein Grinsen zu unterdrücken. »Selbstverständlich. Du kennst mich doch.«

»Eben.« Mit dem Schlusswort eilte sie aus dem Raum.

43

Browning knüllte das Einwickelpapier des Hamburgers zu einem handlichen Ball zusammen und warf ihn durch das offene Fenster auf den Beifahrersitz seines Mietwagens.

»Wer ist das?« Mit dem angebissenen Hamburger deutete er auf einen grauhaarigen Mann im Tarnanzug, der eilig und sichtlich erregt auf einen Jeep zuging.

»Marks Vater, Admiral Rawlins, er leitet zwei oder drei SEAL-Teams, die für Anti-Terror-Einsätze zuständig sind, ähnlich wie früher Team Six. Sie sind völlig anders als die normalen Teams organisiert und sollen Tier-1 zugeordnet sein. Details sind nicht offiziell bekannt, aber es gibt jede Menge Gerüchte. Fest steht, dass Mark und Reese, das ist Lieutenant Commander Brian Relston, Teams des Admirals leiten. Die beiden Teamchefs sind eng befreundet. Mehr weiß man über sie nicht«, erklärte ihm Chris Monroe, Sergeant der Marines.

Browning pfiff leise durch die Zähne, »Tier-1« war die höchste Rangstufe innerhalb der amerikanischen Spezialeinheiten und wurde ausgesprochen selten vergeben, aber passen würde es und gleichzeitig erklären, warum die Teamleitung ungewöhnlich hochrangig war. Er verfolgte, wie der Jeep Richtung Strand fuhr, und wandte dann seine Aufmerksamkeit wieder dem flachen Bungalow zu.

Chris fasste Browning am Arm. »Da, Gunny, das ist Dawson. Wenn du mich fragst, ein arroganter Hund, erkennst du schon daran, dass er ständig in Uniform herumläuft. Alle anderen tragen meist Tarnhose und T-Shirt. Er arbeitet für Admiral Ramsey als Bürohengst und soll dreimal beim Auswahltraining gescheitert sein. Aber Geld muss er haben. Er fährt einen richtig geilen Porsche.«

Kauend beobachtete Browning, wie Dawson mit zwei Soldaten in Tarnanzügen sprach. Die Körperhaltung der drei Männer gefiel ihm nicht, und Dawson sah sich wiederholt misstrauisch um. Allem Anschein nach handelte es sich um ein konspiratives Treffen. Und wenn Chris' Einschätzung zutraf, woran er keine Sekunde zweifelte, würde sich der Offizier mit zwei einfachen Soldaten kaum auf dem Parkplatz treffen, sondern sie in sein Büro zitieren.

Die drei sprangen ebenfalls in einen Jeep und fuhren in die gleiche Richtung wie der Admiral. »Das gefällt mir nicht.«

»Verrätst du mir, was das Ganze soll, Gunny? Timothy hat mir nur gesagt, dass du kommst.«

Browning schüttelte den Kopf. Es war besser, wenn Chris keine Details kannte, solange er selbst nicht genau wusste, wer der Verräter war. Im Moment würde er allerdings das Guthaben auf seinem Schweizer Konto auf Dawson setzen. Das Verhalten von Ramseys Adjutanten war einfach zu auffällig. »Nur ein kleiner Gefallen für Mac«, wiegelte er ab.

»Was hast du mit den SEALs zu tun?«

»Eigentlich nichts. Danke für deine Hilfe, Chris, aber jetzt mache ich alleine weiter. Ich muss nur kurz mit dem Admiral reden und ihm etwas über Dawson erzählen.«

Chris deutete auf die verbundene Schulter. »Komm schon, Gunny. Lass mich dir helfen.«

»Danke, Chris, nicht nötig.«

Browning wollte die Fahrertür öffnen, aber Chris hielt ihn zurück. »Es sind noch einige von den alten Jungs da, Brownie. Sie würden sich freuen, wenn du dich meldest, und meine Steaks sind immer noch legendär.«

»Vermutlich genau wie Julios mexikanische Bowle. Mixt er die Kopfschmerztabletten endlich mit in seine Teufelsmischung, oder muss man die immer noch am nächsten Morgen schlucken? Mal sehen, Chris. Danke erst mal.« Er wandte sich ab und fuhr los. Erst das Treffen mit Mark, und jetzt überkam ihn schon nach diesem kurzen Aufenthalt in der alten, vertrauten Umgebung ein sentimentales Gefühl, das ihm nicht gefiel. Seine aktive Zeit war vorbei, und zwar unwiderruflich. Einen Weg zurück gab es für ihn nicht. Aber er konnte zumindest dafür sorgen, dass keine Rechnungen offenblieben.

Das Ziel der Jeeps war nicht schwer zu erraten. Die Straße führte ohne weitere Abbiegemöglichkeit zu einem Übungsgelände der SEALs am Strand. Browning stoppte seinen Chrysler neben den Geländefahrzeugen und sah sich um. Der Parkplatz war ebenso menschenleer wie die umliegenden Dünen. Seufzend stieg er aus und erklomm den höchsten Sandberg. In einiger Entfernung erkannte er Dawson und seine Begleiter, vom Admiral keine Spur. Langsam ließ er sich auf den Bauch nieder. Von seiner Anwesenheit musste niemand etwas erfahren. Das Ganze gefiel ihm immer weniger. Wenn Rawlins zu seinem Wagen zurückging und dabei nicht den beschwerlichen Weg über die Dünen nahm, würde er unweigerlich auf die Männer stoßen – ein klassischer Hinterhalt an einer engen Stelle. Vielleicht hätte er Chris' Hilfe nicht leichtfertig ablehnen sollen, zumindest eine Waffe wäre jetzt nicht verkehrt. Seine verletzte Schulter verfluchend schob er sich unauffällig dichter an die Männer heran.

Eigentlich hatte er sich auf eine längere Wartezeit eingerichtet, doch Rawlins kehrte überraschend schnell zurück. Offenbar war er eine Runde gejoggt. Als er die Männer vor sich sah, blieb er wie angewurzelt stehen. Die auf ihn gerichteten Pistolen ließen keinen Zweifel an ihren Absichten. Trotzdem sah er Dawson ruhig an. »Woher wissen Sie es?«

»Ich habe Ramseys Telefon so manipuliert, dass ich seine Gespräche im Büro mithören kann. Auf so einen einfachen Trick sind Sie wohl nicht gekommen, was? Da hätten Sie noch tagelang nach Wanzen suchen können. Aber mir hätte auch Ihr Blick gereicht, als Sie sein Büro verlassen haben.«

»Und jetzt? Wollen Sie erst mich umbringen und dann Ramsey? Glauben Sie ernsthaft, Sie kommen mit Morden an zwei Admirälen durch? Sie sind nicht nur ein mieser Verräter, sondern auch ein Schwachkopf, Dawson.«

»Wir werden sehen. Wenn Sie den NCIS eingeschaltet hätten, wäre ich längst verhaftet worden. Sie haben nichts in der Hand, und ich denke, es reicht, wenn Sie verschwinden. Wie wäre es mit einem klassischen Selbstmord, weil Sie mit dem Verlust Ihres Sohnes und Schwiegersohnes nicht fertigwerden, die Sie selbst in den Tod geschickt haben?«

Aus zusammengekniffenen Augen musterte der Admiral die bewaffneten und wesentlich jüngeren Männer. Browning ahnte, dass er nicht kampflos aufgeben würde. Damit standen ein Admiral, dessen letzter Kampfeinsatz Jahrzehnte zurücklag, und er, mit nur einem funktionsfähigen Arm, gegen drei bewaffnete Männer im Vollbesitz ihrer Kräfte. Er musste verrückt sein. Vorsichtig drehte er sich auf den Rücken und starrte trotz der Sonnenbrille blinzelnd in den strahlend blauen Himmel. Seine Entscheidung war in dem Moment gefallen, als der Flieger in Hamburg ohne ihn abgehoben hatte, und es gab schlechtere Orte zum Sterben. Lautlos zog er sich zurück, stand auf und klopfte sich den Sand von der Kleidung. Dann umrundete er die Düne und stand nach wenigen Schritten direkt vor den Männern, die ihn überrascht ansahen, aber immerhin nicht abgedrückt hatten.

»Selbstmord … Sind Sie sicher, dass Sie das hinbekommen, Dawson? Bisher haben Sie nur Mist gebaut.«

Erschrocken fuhr Dawson zusammen, dann wanderte sein Blick unsicher zwischen Browning und Rawlins hin und her. »Wer sind Sie?«

»Sehen Sie? Das meinte ich mit ›Mist bauen‹. Ich arbeite für den Senator. Er will sicherstellen, dass Sie diesmal nicht versagen.« Es war Jahre her, dass Browning mit Mark über persönliche Dinge geredet hatte, aber er erinnerte sich noch daran, dass sie beide fließend Deutsch sprachen. Browning, weil seine Mutter Deutsche gewesen war, und Mark, weil er in Deutschland aufgewachsen und zur Schule gegangen war. Theoretisch mussten auch beim Admiral wenigstens einige Worte hängengeblieben sein.

»Sie nehmen den Rechten«, befahl Browning beiläufig.

Dawsons Waffe zielte wieder auf Browning. »Was sollte das?«

»Nichts, ich habe ihm nur gesagt, dass er keine Chance hat.« Browning deutete mit ausgestreckter Hand auf das Meer. »Eine Kugel führt nur zu unbequemen Fragen. Machen Sie ihn im Wasser fertig. Mit etwas Glück geht das als natürlicher Tod oder Unfall durch. Ihre Selbstmordgeschichte ist Blödsinn.«

Dawson sah nachdenklich aufs Meer, die Waffe nun auf den Boden gerichtet. Eine bessere Chance würde er nicht bekommen. Browning riss seinen Ellbogen hoch und landete einen Treffer zwischen Dawsons Mund und Nase. Mit einem Fußtritt in den Magen schickte er den zweiten Soldaten zu Boden und wirbelte herum. Der Admiral hatte den dritten Mann niedergeschlagen, aber jetzt weiteten sich seine Augen entsetzt. Browning fuhr herum. Dawson hatte sich zu schnell von dem Schlag erholt. Diesmal war der Offizier schneller, ein harter Schlag in die Brust warf Browning rückwärts in den Sand. Er wollte sich umdrehen, wieder hochkommen, weiterkämpfen, aber jede Kraft schien ihn verlassen zu haben. Dumpf ahnte er, dass es ihn endgültig erwischt hatte, trotzdem versuchte er, sich aufzurappeln.

»Deckung, Gunny, unten bleiben.«

Brownings Sicht verschwamm, aber instinktiv gehorchte er. Ein dumpfer Aufschrei und dann nur noch ein leises Stöhnen. Erst mit Verspätung begriff er, dass es von ihm kam. Nässe breitete sich auf seinem T-Shirt aus, und er wusste, dass er ernsthaft getroffen war, sonst hätten bereits die Schmerzen eingesetzt. Stattdessen fühlte er nichts, bekam aber nur noch schwer Luft. Chris … Es war Chris, der sich besorgt über ihn beugte.

»Alles unter Kontrolle, Gunny. Verdammt, Brownie, warum musstest du Idiot das alleine durchziehen?« Statt einer Antwort kam nur ein trockener Husten aus seinem Mund. »Ganz ruhig liegenbleiben. Ein Hubschrauber ist unterwegs. Mit einer verletzten Schulter gegen drei bewaffnete Männer, du bist noch genauso verrückt wie früher.«

»Marks Vater?«, brachte er kaum hörbar hervor.

Eine Stimme neben ihm und eine Hand auf seiner gesunden Schulter. »Mir geht es gut, mein Junge. Dank dir, und jetzt halt den Mund und kämpfe.«

Er wollte gegen den Befehlston protestieren, aber dazu reichte seine Kraft nicht. Müde schloss er die Augen, hörte noch das überraschend leise Geräusch von Rotoren, dann war es vorbei.

Nach und nach schwand das angenehme Gefühl von Frieden und Ruhe. Mit aller Kraft wehrte sich Browning dagegen, er ahnte, dass ihm nicht gefallen würde, was danach kam. Aber vergeblich, Schmerzen bahnten sich ihren Weg über verschiedene Nervenenden bis in sein Gehirn und ließen ihn keuchend nach Luft schnappen.

Eine Hand legte sich auf seine Schulter, hielt ihn fest. »Ganz ruhig, mein Junge. Es wird gleich leichter.«

Die Stimme kannte er, konnte sie aber nicht einordnen, dennoch hielt er sich an den Worten wie an einem Rettungsanker fest. Der Stich an seinem Unterarm war kaum der Rede wert, zumal sich danach eine angenehme Mattigkeit in seinem Körper ausbreitete und keinen Platz für die Schmerzen ließ. Mit Mühe schaffte er es, die Lider zu öffnen, aber seine Sicht blieb verschwommen. Die Welt drehte sich um ihn und kam dann plötzlich zum Stillstand. »Chris?«

»Sergeant Monroe war die ganze Nacht hier. Ich habe ihn schlafen geschickt.«

Nacht? Das helle Quadrat rechts von ihm schien ein Fenster zu sein. Es war taghell, die Sonne schien, wenigstens das konnte er erkennen. Damit fehlten ihm etliche Stunden, und er wusste nicht, ob es ihm gefiel, überlebt zu haben. Unsicher tastete er mit der Hand über seinen bandagierten Oberkörper.

»Du kommst wieder in Ordnung, Junge. Vollständig, keine Angst.«

Großartig, und dann? Erneut ein Aufenthalt im Gefängnis? Er hatte keine Ahnung, was sie ihm diesmal zur Last legen würden, aber ihnen würde schon etwas einfallen. Warum war der Admiral hier? »Was machen Sie hier?«

»Chris und ich haben uns abgewechselt. Wir wollten nicht, dass du alleine bist, wenn du aufwachst.«

Endlich konnte er wieder vernünftig sehen und blickte Rawlins direkt an. »Wenn Sie mir helfen wollen, dann sorgen Sie dafür, dass ich hier herauskomme, Sir.«

»Mit einer Schussverletzung an der Schulter und einer in der Brust? Das dürfte sogar für einen Marine etwas viel sein.«

»Sir, bitte, ich …« Browning brach ab. Er würde einen anderen Weg finden, zu verschwinden, den Admiral anzubetteln war keine Option.

»Was ist?«, erkundigte sich der Admiral sofort besorgt.

»Nichts, ich würde nur gerne etwas trinken.« Rawlins half ihm, sich halb aufzurichten, und stellte das Bett so ein, dass er bequem sitzen und einen Wasserbecher erreichen konnte. »Danke, Sir.«

»Gerne. Aber vergiss die Formalitäten, Brownie. Ich heiße Jim.« Jim wartete, bis er getrunken hatte. »Ich habe mit deinem alten Freund Timothy Welden telefoniert. Er hat mir erzählt, wie ihr auf Dawson gekommen seid.«

»Er hat damit nichts zu tun. Ich habe ihn …«

Jim legte ihm eine Hand auf die Schulter. »Beruhige dich. Das war kein Vorwurf, weder gegen dich noch gegen ihn gerichtet. Ich musste nur wissen, wie du auf ihn gekommen bist. Mein letzter Stand war, dass du Dirk Richter die Informationen über Schroeder gemailt hattest. Mark hatte dir befohlen, unterzutauchen. Warum hast du das nicht getan?«

»Seit wann muss ich mir von einem SEAL etwas befehlen lassen? Ich wollte die undichte Stelle in Little Creek finden. So viel schuldete ich ihm. Aber wir waren nicht sicher, ob es Dawson oder Ramsey ist. Erst als ich gesehen habe, wie Dawson dir nachgefahren ist, wusste ich, wer der Verräter ist.«

»Und das alles in achtundvierzig Stunden? Nicht schlecht, mein Junge.« Ein Grinsen, das er nicht einschätzen konnte, breitete sich im Gesicht des Admirals aus. »Wenn du nachher fit genug bist, hat ein guter Freund von mir noch einige Fragen. Harm Richards vom NCIS. Überleg dir, ob der Verein nicht was für dich wäre.«

Verwirrt blinzelte Browning und lachte dann bitter. »Na sicher doch. Die haben auch noch auf mich gewartet. Kennst du meine Akte nicht?«

»Die interessiert mich nicht, sondern nur, dass du heute unbewaffnet und verletzt gegen drei bewaffnete Männer angetreten bist. Und ich habe auch nicht vergessen, was du für Marks Team getan hast und wie du dafür behandelt wurdest. Ich kann Harm keine Anweisungen geben, aber überlege es dir. Er war früher selbst Gunny und hat einen Fluch nach dem anderen ausgestoßen, als er gehört hat, was du in den letzten Stunden so alles aufgedeckt hast.« Jim stand auf und reckte sich. »Schlaf dich erst einmal weiter aus. Ich sehe nachher noch mal vorbei. Draußen sind noch ein paar Jungs, die zu dir wollen. Meine Karte liegt neben dem Telefon, wenn irgendwas ist, ruf an.«

Zu viel war nach seinem Erwachen auf ihn eingestürzt, und einen Augenblick befürchtete Browning, dass doch noch die Militärpolizei auf ihn wartete. Stattdessen betraten zunächst zögernd, dann deutlich erleichtert vier Marines sein Zimmer, an deren Gesichter er sich noch gut erinnerte.

»Stimmt das? Du gehst zum NCIS? Mann, dann müssen wir uns ja warm anziehen«, waren Julios erste Worte. Der Mexikaner hatte nichts von seiner ungestümen Art eingebüßt, und erstmals seit Jahren hatte Browning das Gefühl, dazuzugehören.

44

Zunehmend ungeduldig wartete Mark auf die Ankunft von Dell und seinen Männern. Er warf die zusammengehefteten Blätter zur Seite. Das Urteil eines Psychologen, den Sven um eine Einschätzung des Konsuls gebeten hatte, bestätigte ihre Vermutung, dass der Konsul einen Plan für den Fall bereithielt, dass sie auf sein Geheimversteck stießen. Vermutlich wäre es zu einfach, dort hineinzumarschieren, den Tresor auszuräumen und wieder abzuziehen. Damit wäre zwar die Verstärkung durch Dell überflüssig geworden, aber damit konnte Mark leben. Alles war besser, als wenn es zu einem offenen Kampf mit dem Konsul kam. Die Wahrscheinlichkeit war groß, dass er noch etwas anderes in der Hinterhand hatte; leider hatten sie keine Idee, wie sein Plan aussehen könnte. Damit wurde der Einsatz zu einem unkalkulierbaren Risiko für alle Beteiligten, und das schloss auch Sven und Dirk ein. Vor dem Haus erklang Motorengeräusch. »Endlich. Das würde auch Zeit. Fox, nimm sie in Empfang.«

Eine halbe Stunde später hatte Mark das Gefühl, in einem Irrenhaus gelandet zu sein. Nachdem Pat Dell lautstark zur Geburt seiner Tochter gratuliert hatte, gab es zwischen Jake, Dirk und Dell nur noch ein Thema.

»Diese Sechs-Wochen-Koliken sind auch schnell wieder vorbei. Dann brauchst du sie nicht mehr endlos herumzutragen«, versprach Dirk.

»Hoffentlich stimmt das. Es ist wirklich unglaublich. Sie schläft tief und fest, und …«

Jake nickte. »… sobald du sie hinlegst, geht das Gebrüll los. Kenne ich. Aber es geht wirklich vorbei.«

Dell seufzte. »Wir haben wirklich alles Mögliche versucht. Fön, Bauchmassagen. Nichts hilft. Nur herumtragen. Stundenlang. Das Schreien macht dich wahnsinnig, dazu diese Angst und Hilflosigkeit, dass sie doch irgendwas hat. Unglaublich. Wie alt ist dein Sohn, Dirk?«

»Zwei Jahre, und der bekommt gerade Zähne. Das ist auch kein Vergnügen, aber ich war die letzten Nächte so fertig, dass ich nichts gehört habe.«

Die Grundrisse der Villa schienen nur noch Nebensache zu sein. »Ich könnte euch ja stundenlang zuhören, aber könnten wir uns auf unser Einsatzziel konzentrieren? Morgen haben wir ein anderes Problem als eure Kinder.«

Plötzlich waren die drei sich einig und sahen ihn empört an, als ob das kleine Mädchen die wichtigste Sache der Welt wäre und sie keine anderen, dringenderen Probleme hätten. Mark tippte auf sein Notebook, auf dem die Satellitenaufnahmen der Villa zu sehen waren. »Das ist unser Ziel.«

Als er sicher war, dass die Aufmerksamkeit wieder den richtigen Dingen galt, fuhr er fort: »Wir gehen davon aus, dass die Lage eskalieren wird, wenn dem Konsul während der Durchsuchung klar wird, dass wir genau wissen, wo wir suchen müssen. Wir haben keine Ahnung, was er plant, und müssen auf alles vorbereitet sein.«

Dell hob eine Hand. »Sekunde. Was passiert denn, wenn dieser Konsul euch freundlich hereinbittet und alle Sachen ausliefert?«

»Dann hättet ihr den Weg umsonst gemacht. Aber ich glaube nicht daran.«

Dell kratzte sich am Kopf. »Na gut, ich habe mir euern Plan ja schon während des Fluges angesehen, aber ein Punkt gefällt mir nicht. Ich finde es gut, dass ihr statt der normalen Polizisten eine Spezialeinheit einsetzt, aber warum müsst ihr drei denn unbedingt auch an der Durchsuchung teilnehmen? Im Zweifel provoziert euer Anblick diesen Dreckskerl noch mehr.«

Mark bekam keine Gelegenheit, zu antworten. Sven sprang auf. »Möglich, aber das werden wir in Kauf nehmen.«

Nachdenklich sah Dell ihn an und nickte dann. »Also gut. Zur Not hauen wir euch da raus, aber wenn er vorher abdrückt, habt ihr ein Problem.«

Sven wich Dells forschendem Blick nicht aus. »Dann müsst ihr eben schnell genug sein. Außerdem: Wenn es wirklich so weit kommt, wird er wissen wollen, was wir wissen und von wem wir die Informationen über sein kleines Privatversteck haben. Das müsste uns ausreichend Zeit verschaffen.«

Auch nach einem Tag intensiver Planung und nur wenige Minuten vor Beginn ihres Einsatzes hatte Mark sich nicht mit dem Gedanken anfreunden können, dass Sven und Dirk ihn in die Villa des Konsuls begleiteten. Die Vorteile lagen auf der Hand, aber trotzdem wäre er das Risiko lieber alleine eingegangen. Knapp einen halben Kilometer von der Elbvilla entfernt deutete Mark auf einen freien Parkplatz. »Halt da an.«

Bisher war von dem enormen Polizeiaufgebot, das sich bereithielt, noch nichts zu sehen, aber andererseits verstanden die deutschen Kollegen ihren Job, und es wäre fatal, wenn die Männer des Konsuls durch einen dummen Zufall zu früh gewarnt wurden.

Kaum hatte Sven den BMW in die enge Lücke rangiert, stieg er aus und legte den Kopf in den Nacken. Obwohl es erst kurz nach sieben Uhr war, herrschte durch die dichte Wolkendecke bereits tiefe Dunkelheit.

»Wenn du sie siehst, ist etwas schiefgelaufen«, sagte Dirk.

Sven schnaubte nur, ehe er fröstelnd die Schultern hob. »Ehrlich gesagt, möchte ich nicht mit ihnen tauschen. Ich würde eh nie springen, aber dann noch bei Dunkelheit und mit so einem kleinen Ziel. Ein bisschen verrückt seid ihr schon.«

Dirk zog seine Waffe aus dem Holster und wog sie in der Hand, ehe er sie im Handschuhfach verstaute. »Ich glaube, ›verrückt‹ sind wir wohl alle.«

Mark sah ihn prüfend an. »Kein Mensch würde es dir übel nehmen, wenn du jetzt aussteigst.«

»Dann hätte ich stundenlang mit deinen Jungs umsonst trainiert, das kann ich ihnen nicht antun.«

Trotz der lockeren Worte lag eine Anspannung in seiner Stimme, die Dirk offenbar selbst bemerkte. Er grinste schief. »Mach dir keine Gedanken. Vorher bin ich immer nervös, aber wenn's erst einmal losgeht, klappt es auch.«

»Das habe ich gesehen und Dell auch.«

Dirk lachte, und seine Nervosität legte sich ein wenig. »Er hätte eben Pats Warnung ernst nehmen sollen.«

Dell hatte es übernommen, einen der Verbrecher zu spielen, die sich hoffentlich von Dirks Auftritt als harmloser Wirtschaftsprüfer täuschen lassen würden. Dells Miene, als Dirk ihn unerwartet schnell und überzeugend zu Boden geschickt hatte, hatte für schadenfrohes Gelächter bei den Deutschen und den SEALs gesorgt. Aber letztlich schützte sie keine noch so intensive Vorbereitung vor den Überraschungen während eines Einsatzes.

Dirk ging ein paar Schritte in Richtung Elbe und starrte gegen ein Holzgeländer gelehnt gedankenverloren auf die dunkle Wasserfläche. Mark sah ihm nach. Obwohl er es ihm absolut zutraute, seine zugedachte Rolle überzeugend zu spielen, hätte er ihn doch lieber in Sicherheit gewusst.

Mark ließ den Blick über das Gelände schweifen, das ihm

dank der Satellitenaufnahmen vertraut und in der Realität dennoch fremd war. Seine Männer hatten sich hier abwechselnd unauffällig umgesehen, aber er selbst hatte es vorgezogen, in Deckung zu bleiben.

Direkt am Elbufer standen auf weitläufigen Grundstücken imposante Villen, umgeben von alten Bäumen. Die Gegend wirkte, als ob sie aus einer längst vergangenen Epoche stammen würde, Pferdekutschen schienen eher in dieses Umfeld zu passen als Svens BMW. Eigentlich unglaublich, dass ausgerechnet hier einer der Verantwortlichen für die Giftgasaffäre residierte. Wirklich überrascht war er jedoch nicht, zu oft war er in der Vergangenheit mit menschlichen Abgründen konfrontiert worden und hatte häufig genug erkennen müssen, dass auch hinter angeblich religiös motivierten Verbrechen nichts anderes als finanzielle Interessen steckten.

Sven hatte an einer Stelle geparkt, an der sie nur ein schmaler, öffentlich zugänglicher Uferstreifen vom Fluss trennte. Leider waren zu viele Spaziergänger unterwegs, sonst wäre das der ideale Ausgangspunkt für Dells Männer gewesen. Aber das Boot der Wasserschutzpolizei war eine mehr als akzeptable Alternative. Die Äste einer hohen Eiche gerieten in Bewegung. Er griff nach dem Headset auf dem Armaturenbrett.

»Jake?« Ein zweimaliges Klicken antwortete ihm. »Hier unten ist starker, böiger Wind aufgekommen, wechselnde Richtung.« Er verkniff sich die überflüssige Ermahnung, vorsichtig zu sein, schließlich wussten seine Männer, was sie zu tun hatten.

»Wir hätten doch Dell diesen Part überlassen sollen.«

»Halt die Klappe, Pat. Alles klar, Mark. Wir sind bereit, wenn ihr uns braucht. Pass da unten lieber auf dich selbst auf. Wir kommen schon runter.«

»Verstanden. Ende.«

Jake antwortete mit einem Klicken, und Mark sah sein Grinsen fast vor sich. Jake wusste, wie sehr er es hasste, nicht im Zentrum des Geschehens zu sein. Unwillkürlich blickte er nach oben. Irgendwo weit über ihnen kreiste in rund viertausend Meter Höhe ein Hubschrauber der Bundeswehr, der perfekt für ihren Einsatz geeignet war. Doch Nachtsprünge bargen ein erhöhtes Verletzungsrisiko, insbesondere wenn das Ziel so klein war und zu allem Überfluss ein kaum berechenbarer Wind in Bodennähe wehte.

Dell lächelte noch über Pats Spruch, als Mark sich über Funk an ihn wandte. »Dell. Status?«

»Bereit, wenn ihr das Zeichen gebt. Der aufkommende Wind sorgt für leichte Wellen und verschafft uns eine perfekte Deckung.«

»Wie schön für euch.« Wieder Pat.

Prüfend ließ Dell seinen Blick über das Team schweifen. Die zurückzulegende Entfernung betrug kaum einen Kilometer, sodass sie auf Neoprenanzüge und Sauerstoffflaschen verzichtet hatten und nur mit Flossen unterwegs waren. Das Nylonmaterial der schwarzen Kampfanzüge würde schnell trocknen, und die restliche Ausrüstung konnten sie in wasserdichten Rucksäcken verpackt bequem hinter sich herziehen. Durch den leichten Wellengang konnten sie normal schwimmen und im Notfall die Strecke auch tauchend zurücklegen. Die Wassertemperatur hätte angenehmer sein können, aber sie hatten schon unter weitaus schlechteren Bedingungen gearbeitet.

Der Kommandant des Polizeibootes kam auf ihn zu. »Können wir noch irgendwie helfen?«

»Nein, vielen Dank. Es verläuft alles planmäßig.«

Der Kapitän legte den Kopf in den Nacken und schmunzelte. »Heute Abend macht ihr euerm Namen alle Ehre.«

Er meinte das Akronym SEAL, das für Einsätze zu Wasser, Luft und Land stand. Dell nickte grinsend. »Stimmt, wobei wir den einfachsten Part erwischt haben.«

Die Hand prüfend in die Luft erhoben nickte der Kapitän. »Bei dem Wind zu springen ist eine echte Herausforderung.«

Dell nickte, obwohl er fand, dass Mark und die deutschen Polizisten die schwierigere Aufgabe hatten. »Der Zeitplan ist eng und das Wetter in Norddeutschland gelinde gesagt eigenwillig. Aber sie werden das schon hinbekommen. Danke für Ihre Hilfe.«

Der Kapitän verstand die unterschwellige Botschaft: Sie wollten die letzten Minuten vor dem möglichen Start alleine verbringen. »Kein Problem, für Sven jederzeit.«

Als Sven nicht aufhörte, auf dem Lenkrad zu trommeln, verlor Mark die Geduld. »Was ist mit dir? Nervös?«

»Nicht mehr als sonst. Ich hasse die Warterei, bis es endlich losgeht.« Mark rechnete nicht mehr damit, dass er weitersprach, aber schließlich neigte Sven den Kopf in Dirks Richtung. »Hoffentlich geht es gut. Ich würde es hassen, wenn Dirk zwischen die Fronten gerät. Für den Notfall haben wir ihm eine ganz schöne Verantwortung aufs Auge gedrückt.«

»Traust du es Dirk nicht zu? Oder bereust du es, ihn zum LKA geholt zu haben?«

»Letzteres.«

»Er hat sich dafür entschieden. Wenn es nicht in ihm stecken würde, wäre er längst wieder bei seinen Bilanzen. Er ist ein Kämpfer, genau wie wir. Sonst wäre er letztes Jahr nicht am Ball geblieben.« Mark grinste Sven breit an. »Und hätte sich gegen das LKA gestellt.«

Fluchend fuhr sich Sven mit der Hand durch die Haare, die daraufhin wie gewöhnlich in alle Richtungen abstanden. »Ach verdammt, auf den Kommentar hättest du verzichten können.«

»Wieso? Wirkt doch, endlich prügelst du nicht mehr auf das verdammte Lenkrad ein. Komm schon, vertrau ihm, er war letztes Jahr schon gut, und es ist deutlich zu merken, was du ihm beigebracht hast.«

»Trotzdem: Wir sind seit Jahren dabei, ihn trifft alles auf einen Schlag.« Was sollte Mark dazu sagen? Ehe ihm eine passende Erwiderung eingefallen war, sprach Sven weiter: »Egal, ändern können wir es nicht mehr.« Sven griff zum Headset. »Bist du bereit, Jens?«

»Ich dachte schon, ihr hättet uns vergessen. Natürlich. Sag Bescheid, wenn ihr losfahrt, wir werden direkt hinter euch sein.«

Dirk kehrte zurück, die Haare vom Wind zerzaust. Obwohl in seinen Augen eine ungewohnte Kälte lag, lächelte er grimmig. »Wird Zeit, oder?« Dirks Ton war ruhig und gelassen und verriet keinerlei Anspannung oder Nervosität mehr. Entweder hatte er sich bewundernswert im Griff, oder er war tatsächlich so ruhig. »Fahr los, Sven.«

Sven klemmte das magnetische Blaulicht aufs Dach und gab Gas. Schon nach wenigen Metern reihten sich die Fahrzeuge des MEK hinter ihm ein.

Vor dem schmiedeeisernen Tor hielt Sven und deutete auf eine Videokamera, die in ihre Richtung schwenkte. »Die Show beginnt.« Er ließ seine Fensterscheibe herunter und drückte den Knopf der Gegensprechanlage. »Sven Klein, Landeskriminalamt Hamburg. Ich würde gern den Konsul sprechen.«

Nach einem kurzen Zögern erfolgte die Antwort: »Wenden Sie sich während der üblichen Geschäftszeiten an sein Büro und vereinbaren Sie einen Termin.«

»Meine Terminvereinbarung heißt Durchsuchungsbeschluss. Sie sollten mal genauer hinsehen.«

Wie auf Kommando ließen sämtliche Polizeifahrzeuge die Blaulichter rotieren. »Reicht das, oder sollen wir Ihnen auch noch unsere Martinshörner demonstrieren?«

Ohne weitere Verzögerung öffneten sich die beiden Torflügel, und Sven hielt direkt vor dem Haupteingang, dicht gefolgt von drei dunklen Kombis und zwei Polizeitransportern. Eine breite, geschwungene Steintreppe führte zu einer mit aufwendigen Schnitzereien verzierten Holztür. Dirk ließ seinen Blick langsam über die weiße Frontseite der Villa schweifen. Bei der oberen Dachterrasse verweilte er länger. »Netter Bau, der könnte mir gefallen«, lobte er, statt auf den aus der Nähe beängstigend kleinen Landeplatz der Fallschirmspringer einzugehen.

Sven war Dirks Blick gefolgt. »Dafür reicht nicht einmal dein Gehalt.«

Die Haustür öffnete sich, sodass Dirk nicht mehr zu einer Antwort kam. Ein blonder Mann in ihrem Alter stand vor ihnen und sah sie herablassend an. Trotz der späten Stunde trug er einen dreiteiligen dunklen Anzug, weißes Hemd mit passender dezenter Krawatte, jedes Haar seiner Fönfrisur saß perfekt. »Was soll das heißen: Sie haben einen Durchsuchungsbeschluss?«

»Warum sollte ich Ihnen den zeigen? Wo ist Ihr Chef?«, erwiderte Sven unbeeindruckt.

»Martin Tietzen, persönlicher Assistent von Herrn Konsul von Ehlersleben. Sie müssen schon mit mir vorliebnehmen. Zeigen Sie mir das Formular.«

»Aber gerne.« Sven hielt ihm das Schreiben so dicht vors Gesicht, dass Tietzen instinktiv zurückwich und ihnen einen Blick ins Innere der Villa ermöglichte: eine dunkle Holztreppe, die ins obere Geschoss führte, und ein überaus großzügiger Eingangsbereich.

»Reicht das, oder soll ich Sie wegen Behinderung einer Polizeiaktion festnehmen?«

Aus dem Schatten der Treppe löste sich eine Gestalt. Der Konsul kam auf sie zu. »Martin, lassen Sie die Herren nicht vor der Tür stehen, bitten Sie sie herein.«

Der Konsul blieb inmitten der Eingangshalle stehen, den Blick für einige Sekunden fest auf Mark gerichtet, als ob Dirk und Sven nicht existierten. Obwohl er nächstes Jahr seinen siebzigsten Geburtstag – hoffentlich im Gefängnis – feiern würde, zeigten seine Figur und gerade Haltung, dass er auf körperliche Fitness achtete. Mit der dunkelblauen Strickjacke und der legeren grauen Hose wirkte er wie Ende fünfzig, aber die nur noch spärlich vorhandenen grauen Haare und die Falten in seinem sonnengebräunten Gesicht verrieten das wahre Alter.

»Martin, rufen Sie Dr. Reder an und bitten Sie ihn her. Und Sie geben mir bitte das Formular.«

Sven ignorierte den herablassenden Ton und reichte ihm den Durchsuchungsbeschluss. »Wir haben die Erlaubnis, Ihre Arbeits- und Wohnräume sowie eventuell vorhandene Nebengebäude zu durchsuchen.«

»Steuerhinterziehung, Herstellung und Verbreitung von Waffen, die unter das Kriegswaffenkontrollgesetz fallen, versuchter Mord in zwei Fällen? Das ist doch nicht Ihr Ernst.«

»Ist es.«

»Hier wird nur angedeutet, was Sie zu finden hoffen.«

»Die Formulierung ›jegliche Unterlagen in elektronischer oder Papierform‹ sollte erst einmal ausreichen. Weiterhin sind wir berechtigt, sämtliche Dinge mitzunehmen, die geeignet sind, unseren Verdacht zu untermauern. Wo ist Ihr Schlafzimmer?«

Etwas flackerte in der Miene des Konsuls auf, das schnell wieder verschwand. »Im oberen Stockwerk.«

Sven gab den Polizisten, die sich teils in Uniform, teils in ziviler Kleidung in der Eingangshalle verteilt hatten, ein Zeichen. »Meine Kollegen werden sicherstellen, dass Ihre Männer nichts verschwinden lassen.« Sven betrachtete bedeutungsvoll einen massigen Kerl, der aussah, als ob er sich auf ihn stürzen wollte. »Pfeifen Sie Ihre Truppe besser zurück. Jeder Widerstand wird sofort entsprechend beantwortet.«

Der Konsul wandte sich von Sven ab, als ob er nichts gesagt hätte. »Martin, Sie helfen den Herren hier unten. Tamms, Sie kommen mit mir. Ich weiß zwar nicht, was Sie in meinen Schlafräumen zu finden hoffen, aber selbstverständlich werde ich Sie unterstützen. Folgen Sie mir. Allerdings sollten Sie sich ab morgen nach einem neuen Job umsehen.«

Ehe der Konsul auf die Treppe zuging, traf Mark erneut ein taxierender Blick, den er ausdruckslos erwiderte. Sven blieb wie geplant im Erdgeschoss und sah sich im Arbeitszimmer um, während Mark und Dirk dem Konsul in den ersten Stock folgten.

45

Jeder normale Schlafraum wäre mit insgesamt acht Männern hoffnungslos überfüllt gewesen – dieser nicht. Trotz des Doppelbettes und der wuchtigen Kleiderschränke blieb noch genug Platz, um bei Bedarf Tänze einzustudieren.

»Himmel, das ist ja ein Ballsaal. Leider gefallen mir die Gäste nicht besonders«, zischte Dirk Mark zu und blickte vielsagend auf den Mann, den der Konsul mit »Tamms« angesprochen hatte. Der Kerl strahlte etwas Aggressives aus, das Mark nicht gefiel. Überhaupt lag eine Spannung in der Luft, bei der der geringste Funke zur Explosion führen konnte. Auf den ersten Blick war keiner der Männer des Konsuls bewaffnet, aber Sven war von vornherein davon ausgegangen, dass jeder von ihnen eine Pistole trug und damit auch umgehen konnte. Sie hatten lange darüber diskutiert, ob sie die Männer sofort nach ihrem Eintreffen entwaffnen sollten, sich dann aber dagegen entschieden, weil eine sofortige Eskalation unter Umständen die Sicherstellung des Beweismaterials gefährdet hätte oder der Konsul so die Gelegenheit bekam, den Inhalt des Tresors zu vernichten. Dann hätten sie am Ende mit leeren Händen dagestanden und nichts erreicht, zumal sie davon ausgehen mussten, dass die angeblichen Objektschützer formal berechtigt waren, Waffen zu tragen. Jens und einer seiner Männer gingen langsam die Wand des Schlafzimmers ab und blickten in jeden Winkel. Der Konsul ließ sich zwar nichts anmerken, aber Mark war sicher, dass seine unerschütterliche Ruhe nur vorgetäuscht war. Ein Bilderrahmen auf dem Nachttisch zog

Marks Aufmerksamkeit auf sich, und ohne es zu wollen, trat er näher, um das Foto von Laura und den Kindern zu betrachten.

Der Konsul war ihm gefolgt. »Sie sind Ramis Onkel. Mark Rawlins.«

»Stimmt«, gab Mark zu.

»Die Ähnlichkeit ist nun unverkennbar, trotz der unterschiedlichen Namen, die Sie offenbar nutzen. Sie hätten diese Aktion nicht unterstützen sollen.«

Mark beschränkte sich auf einen verächtlichen Blick und wandte sich ab, ehe er sich noch zu einer Erwiderung hinreißen ließ. Jens und einer seiner Männer hatten den Kleiderschrank in der Mitte der massiven Schrankwand geöffnet und betrachteten den Inhalt. »Bisher keinerlei Hinweise auf einen Tresor«, teilte Jens ihnen mit, wobei die Botschaft eigentlich an den Konsul gerichtet war. Ein Augenlid des Mannes zuckte kurz, dann saß die blasierte Miene wieder. Jens öffnete bereits den nächsten Schrank, aber sein Kollege war noch nicht fertig, sondern runzelte die Stirn. »Sekunde mal. Hier sind die Regale unterschiedlich tief. Ich könnte schwören, dass dahinter …«

Der junge Polizist bekam keine Gelegenheit, den Satz zu vollenden oder seinem Verdacht nachzugehen. Mit einem Satz war Tamms bei ihm, riss ihn in einen Würgegriff und hielt ihm eine Pistole an den Kopf.

Mark und Dirk waren beide zu weit entfernt gewesen, um eingreifen zu können, und Jens war schlicht und einfach überrascht worden. Gespannte Stille breitete sich aus.

»Zurück«, befahl Tamms Jens, der sofort gehorchte.

»Damit kommen Sie nicht durch. Lassen Sie meinen Kollegen los«, forderte Jens und lenkte die Aufmerksamkeit auf sich.

Nach der ersten Schrecksekunde hatte Jens' Kollege seinen Schock überwunden. Hustend lehnte er sich schwer gegen Tamms und holte unauffällig mit dem Ellbogen aus. Nicht unauffällig genug. Mit einem dumpfen Geräusch landete die Mündung von Tamms' Pistole an seinem Kopf. Bewusstlos brach er zusammen und wurde nur noch von dem festen Griff aufrecht gehalten.

Dirk starrte aus weit aufgerissenen Augen auf Tamms und machte einen Schritt Richtung Tür. »Das ist doch Wahnsinn«, sagte er mit auffallend stockender Stimme.

»Stehen bleiben, keinen Schritt weiter.« Nachdem Dirk wie angewurzelt stehen blieb, zielte die Mündung der Pistole nun auf Mark. »Sorgen Sie dafür, dass die Leute verschwinden. Sofort. Sie bleiben hier, genauso wie der Konsul.«

Wieder bewegte Dirk sich auf die Tür zu und wurde sofort mit einem scharfen Befehl gestoppt. »Sie bleiben auch hier.«

»Wieso? Ich bin nur …«

»Interessiert mich nicht, weg von der Tür.«

An Dirks schauspielerischer Leistung gab es nichts auszusetzen, er wirkte dermaßen eingeschüchtert, dass Tamms ihn kaum eines Blickes würdigte.

Ohne Tamms aus den Augen zu lassen gingen Jens und ein weiterer Kollege zu der Tür. »Was stellen Sie sich weiter vor?«

»Wenn Sie den Konsul und Ihre Kollegen lebend wiedersehen wollen, werden Sie meine Forderungen erfüllen: Ich will einen Hubschrauber. Vorne, vor dem Eingang. Der Pilot wird mich zu einem bestimmten Ziel bringen, und ich lasse die Leute frei. Ganz einfach.«

Jens zuckte mit der Schulter. »Das wird etwas dauern. Was ist mit meinem Kollegen? Wenn Sie ihn erwürgen, bekommen Sie überhaupt nichts.«

»Schaffen Sie ihn hier raus und sehen Sie zu, dass sämtliche Polizisten abziehen.« Der Konsul hatte bisher geschwiegen, nun runzelte er die Stirn und verengte die Lider. Sofort ergänzte Tamms: »Bis auf den Blonden, der die Aktion leitet. Der bleibt auch hier. Wenn meine Männer innerhalb der nächsten zwei Minuten noch einen Polizisten sehen, erschieße ich den Ersten.« Die Mündung der Waffe schwenkte zu Dirk herum. »Und mit dem fange ich an.«

Erstmals ergriff der Konsul das Wort: »Lassen Sie den Blödsinn, Tamms. Wenn Sie jetzt aufhören, besorge ich Ihnen einen guten Anwalt, und Sie kommen mit einem blauen Auge davon.«

»Sie haben mir gar nichts mehr zu sagen.«

Mark rollte innerlich mit den Augen, der Wortwechsel war so aufgesetzt und einstudiert, dass niemand, der halbwegs intelligent war, den beiden das Schauspiel abnahm. Dennoch war der Schachzug des Konsuls perfekt vorbereitet. Er stellte sich als Opfer von Tamms dar, und mit seinem Mitarbeiter präsentierte er ihnen bereits einen geeigneten Sündenbock.

Jens atmete lediglich tief durch und ließ sich nichts anmerken. Im Gegenteil, er sah den Konsul fest an. »Bitte bleiben Sie ganz ruhig. Wir holen Sie hier schon raus und werden dieses Spektakel beenden.« Niemandem außer Dirk und Mark würde die Doppeldeutigkeit der Ankündigung auffallen. Der Konsul wirkte jedenfalls zufrieden.

Jens trug mithilfe seines Kollegen den verletzten Polizisten aus dem Raum. Wenige Augenblicke später erklang lautes Stimmengewirr im Erdgeschoss, aber Jens sorgte mit einigen klaren Befehlen für Ruhe. Mark atmete auf. Nicht auszudenken, wenn die Aktion mit unerfahrenen Polizisten eskaliert wäre. Das hätte leicht in einem Blutbad enden können.

Nun lag es an den SEALs, das Blatt wieder zu ihren Gunsten zu ändern. Marks Handy musste die Ereignisse direkt auf die Headsets von Jake und Dell übertragen haben. Sollte dies nicht geklappt haben, würde Jens dafür sorgen, dass die Teams loslegten. Kaum hatten die Polizisten das Schlafzimmer verlassen, gab der Konsul das Schauspiel auf.

»Gut gemacht, Tamms. Vergewissere dich, dass sie weg sind, und schaff diese beiden ins Arbeitszimmer. Wir gehen weiter vor wie geplant, aber erst einmal muss ich erfahren, was sie wissen.« Ein verächtlicher Blick traf Mark. »Beweise haben Sie ja offenbar noch nicht. Aber Sie werden mir verraten, woher Sie von dem Tresor wussten.«

Weder Dirk noch Mark würdigten ihn einer Antwort.

Zwei Männer des Konsuls stürmten mit vorgehaltenen Maschinenpistolen in den Raum. Wenn die Situation nicht so ernst gewesen wäre, hätte Mark über die Idioten den Kopf geschüttelt. Wieso brauchten sie drei bewaffnete Männer, um sicherzustellen, dass er und Dirk das Arbeitszimmer erreichten? Wesentlich naheliegender wäre es gewesen, sie zunächst einmal auf Waffen zu durchsuchen. Aber er würde sich bestimmt nicht über die Unprofessionalität ihrer Gegner beschweren. Im Prinzip hatten sie sich so verhalten, wie sie es vermutet oder eher befürchtet hatten.

Im Arbeitszimmer des Konsuls sah ihnen Sven entgegen und rollte demonstrativ mit den Augen. »Als ob Sie damit durchkommen«, begrüßte er den Konsul.

»Das werden wir sehen.«

»Nehmt ihnen die Waffen ab. Aber passt auf, achtet auf freies Schussfeld.«

Mark unterdrückte den Impuls, verächtlich zu schnauben. Beeindruckende Abstimmung, wenn solche Selbstverständlichkeiten angewiesen werden mussten, aber ihnen konnte das nur recht sein.

Einer der Männer sah sie unschlüssig an. »Werfen Sie Ihre Waffen auf den Boden, aber schön langsam«, befahl er dann.

Mit betont gleichgültiger Miene befolgte Mark die Anweisung, während Sven seinen Ärger offen zeigte und Tamms die Walther schwungvoll vor die Füße warf. Nur Dirk tat nichts, sondern trat einen Schritt zurück. Sofort konzentrierte sich Tamms' Aufmerksamkeit auf ihn. »Brauchen Sie eine Extraeinladung?«

Nervös schüttelte Dirk den Kopf. »Ich trage keine Waffe und wüsste nicht einmal, was ich damit soll. Ich bin Wirtschaftsprüfer und arbeite fürs LKA. Sie müssen verrückt geworden sein, Sie können doch nicht einfach….« Wie gebannt blickte Dirk auf die Männer mit den Maschinenpistolen und wich einen weiteren Schritt zurück.

»Das hätten Sie sich vorher überlegen müssen. Hände hintern Kopf und keine weitere Bewegung.« Tamms deutete auf Mark. »Durchsucht sie, aber gründlich, vor allem bei ihm müsst ihr aufpassen.«

Ohne Gegenwehr ließ Mark die Durchsuchung über sich ergehen, senkte aber sofort die Hände, als es vorbei war. Unschlüssig sah Tamms ihn an, sagte aber nichts. Weiterhin verlief alles planmäßig, sogar besser als erwartet. Statt sie sofort zu erschießen, wollte der Konsul mit ihnen reden, und ihre Bewegungsfreiheit wurde nicht durch Fesseln eingeschränkt.

Dirk schluckte hart und räusperte sich. »Sie können das doch nicht ernst meinen. Ich will nicht –«

»Wie gesagt, das hätten Sie sich früher überlegen müssen, jetzt ist es zu spät.« Tamms sah ihn verächtlich an und bezog neben dem Konsul Stellung. Die Mündung der Glock war über den Schreibtisch hinweg auf Mark gerichtet. Die zwei mit MP5s bewaffneten Männer blieben hinter ihnen, zielten jedoch mit ihren Maschinenpistolen auf die Stuckdecke. Es hätte wesentlich schlechter aussehen können, noch hatten sie durchaus eine realistische Chance, auch ohne Unterstützung der SEALs das Blatt zu ihren Gunsten zu wenden.

Bis auf eine lederne Unterlage und einen teuer aussehenden Füllfederhalter war der Schreibtisch leer. Mehrere Ordner lagen jedoch auf dem Boden, einige bereits in Transportkisten verstaut. Das waren dann auch die einzigen Spuren der unterbrochenen Durchsuchung. Ungeachtet Tamms' missbilligenden Blickes trat Mark dicht an den Schreibtisch heran, sodass er in der Reflexion der Fensterscheibe problemlos erkennen konnte, was hinter seinem Rücken geschah. Sven hielt sich rechts von ihm, während Dirk mit ausreichendem Abstand quasi zwischen ihnen stand. Exakt so, wie sie es geplant und am Vortag wieder und wieder geübt hatten. Keiner kommentierte ihre Anordnung, damit ging auch der zweite Punkt an sie.

Hinter dem Schreibtisch bot die breite Fensterfront einen direkten Blick auf den parkähnlich angelegten Garten und die Elbe, die in der Dunkelheit nur anhand der Positionslichter vorbeifahrender Schiffe zu erkennen war. Er hätte einiges für ein Nachtsichtgerät gegeben, um zu erfahren, ob Dell bereits in Position war. Unauffällig schielte er auf seine Armbanduhr. Jeden Moment konnten die ersten Fallschirmspringer landen. Mark versuchte, anhand der schemenhaften Bewegungen eines dicht an der Terrasse stehenden Baumes die aktuelle Windsituation einzuschätzen, zwang dann aber seine Aufmerksamkeit zurück auf den Konsul. Helfen konnte er seinem Team nicht, und seine unmittelbare Umgebung war weitaus wichtiger.

An den Wänden standen deckenhohe Holzregale mit Büchern und einigen maritimen Gegenständen. Dicke Teppiche, edles Holz, bei der Einrichtung hatte Geld keine Rolle gespielt. Wenigstens würde ihnen nichts in die Quere kommen, wenn es losging.

Schließlich sah der Konsul Mark direkt an, Sven und Dirk ignorierte er. »Haben Sie ernsthaft geglaubt, Sie kommen damit durch? Wenn Sie etwas in der Hand hätten, wären Sie mit einem Haftbefehl erschienen. Die Beweismittel, auf die Sie spekuliert haben, werden Sie jedenfalls nicht mehr verwenden.« Eine flüchtige Handbewegung Richtung Sven. »Von ihm hätte ich mir so ein undurchdachtes Verhalten vorstellen können, von Ihnen hätte ich mehr erwartet. Da war Ihr angeblicher Tod schon ein geschickterer Schachzug.«

Der Konsul hatte gewusst, dass sein Tod nur vorgetäuscht war? Mark verbarg seine Überraschung. Der Mann würde ihm wohl kaum mitteilen, wie er dies erfahren hatte. Sven hustete leise und zog Marks Aufmerksamkeit auf sich. Stumm formte sein Freund den Namen »Kranz«. Natürlich, Kranz und der Konsul mussten sich ausgetauscht haben, und dabei war auch seine Tarnung als Beamter des Schatzamts aufgeflogen. Aber das spielte nun auch keine Rolle mehr.

Da keiner von ihnen einen Ton sagte, sprach der Konsul weiter. »Ich habe keine Lust, mich mit Ihnen noch lange aufzuhalten. Woher wussten Sie von dem Tresor im Schlafzimmer?«

Sven schnaubte verächtlich. »Glauben Sie ernsthaft, es reicht, wenn Sie uns drei umlegen? Ihre Akte ist schon so dick, dass ein Beamter alleine sie nicht tragen kann. Sie sind am Ende, Ehlersleben.«

»Ich glaube Ihnen kein Wort. Und selbst, wenn. Ohne Beweise wird mir überhaupt nichts passieren. Zwei Dinge noch, und Sie haben es hinter sich. Woher stammt die Information mit dem Tresor und was hat es mit der angeblichen Steuerhinterziehung auf sich?«

»Heißt das, Sie geben die anderen Verbrechen zu, die Ihnen zur Last gelegt werden?«, hakte Sven sofort nach und brachte damit den Konsul zum Lachen.

»Das muss Sie nicht länger interessieren. Und nun die Antworten, ehe es hässlich wird.«

Als niemand auf seine Drohung reagierte, wandte der Konsul sich direkt an Dirk. »Sie hätten bei Ihren Bilanzen und Konten bleiben sollen. Wieso Steuerhinterziehung?«

Das schien der Punkt zu sein, den der Konsul tatsächlich fürchtete, die Sache mit dem Tresor schien er eher aus Neugier wissen zu wollen.

Dirk reagierte nicht auf die direkte Ansprache, sondern rieb sich lediglich nervös über die Stirn. Bisher funktionierte ihre Taktik, die bewaffneten Männer konzentrierten sich auf Mark und Sven, während sie Dirk für harmlos hielten. Sven fuhr sich mit der Hand durch die Haare, sofort richteten sich die Mündungen der Waffen auf ihn. Mark hatte keine Mühe, das kaum sichtbare Aufblitzen in Svens Augen richtig zu interpretieren. Hinter der ausdruckslosen Fassade war sein Freund genauso zufrieden wie er selbst. Von ihren Gegnern unbemerkt hatten sie die Regie im Raum übernommen. Sven beugte sich vor und machte eine das ganze Zimmer umfassende Handbewegung. »Sie glauben doch nicht ernsthaft, dass Sie damit durchkommen. Ich hätte Sie für intelligenter gehalten. Liegt das am Alter oder leiden Sie unter krankhafter Selbstüberschätzung, wie sie schon Napoleon und Hitler zum Verhängnis geworden ist? Mit Ihrer Beteiligung an so einem Teufelszeug wie Zerberus haben Sie sich ein ähnliches Ende verdient und werden es auch bekommen.«

Einer der Männer trat näher und hob drohend die MP5, als ob er zuschlagen wollte. Ehlersleben schüttelte den Kopf. »Später. Nicht hier.«

»Haben Sie auch noch einen empfindlichen Magen? Die amerikanischen Soldaten waren Ihnen doch auch egal? Oder ist das einfach Angst um den teuren Teppich?«, legte Sven nach.

Erneut reagierte der Konsul nicht auf Svens Provokation, sondern konzentrierte sich weiter auf Dirk. »Sie haben meine Frage nicht beantwortet.«

Wieder übernahm es Sven, für Ablenkung zu sorgen. »Wie steckt eigentlich Kranz in dieser ganzen Angelegenheit mit drin? Ich dachte bisher, der wüsste nichts von Marks Arbeitgeber. Aber das hörte sich an, als ob Sie noch vor Kurzem mit ihm geredet haben. Der Kerl wechselt tatsächlich ständig die Seiten. Ist er damit nicht ein unkalkulierbares Risiko?«

Unerwartet zeigten sich tiefe Falten auf der Stirn des Konsuls, und er schien Dirk vorübergehend vergessen zu haben. »Damit haben Sie recht. Ich wünschte, er hätte auf mich gehört.«

»Was heißt das?«, hakte Sven sofort nach.

»Was glauben Sie denn? Es gibt Leute, die haben nicht so viel Geduld und Vertrauen in ihn gesetzt wie ich. Joachim ist vor einer Stunde tot in seiner Zelle aufgefunden worden. Der Gefängnisarzt hat Selbstmord attestiert.«

»Das glauben Sie doch selbst nicht. Wenn ich eine ausführliche Autopsie veranlasse, werden Sie damit nicht durchkommen.«

»Ich habe damit nichts zu tun, und Sie werden nichts mehr veranlassen. Ich dachte, das hätten Sie mittlerweile begriffen. Zurück zu Ihnen, Rawlins, wieso treten Sie bei Laura unter einem anderen Namen auf? Rawlins ist Ihr richtiger Name, also klären Sie mich auf. Was für ein Spiel treiben Sie mit meiner Nichte?«

Mark blinzelte verblüfft. Damit hatte er nicht gerechnet. Der Konsul schien aufrichtig um Laura besorgt zu sein. »Sie und ihre Kinder vor skrupellosen Verbrechern zu schützen, trifft es am besten. Sie mögen ja den fürsorglichen Onkel vortäuschen, aber erklären Sie mir, warum Felton Lauras Sohn umbringen sollte.«

Aufgebracht beugte sich der Konsul vor. »Damit habe ich nichts zu tun. Das hätte ich niemals zugelassen.«

Sven schnaubte verächtlich. »Wer soll Ihnen das abnehmen? Ohne Ihre Hilfe hätte Felton nie gewusst, wo er Laura und den

Jungen findet. Und Ihnen ist es bestimmt nicht zu verdanken, dass es Rami noch gut geht.«

»Rami? Wovon reden Sie?«

Mit wenigen Worten fasste Mark den von Tom vereitelten Anschlag im Einkaufszentrum zusammen.

»Verdammt.« Die Faust des Konsuls prallte leicht auf die fein gemaserte Holzplatte des Schreibtisches. »Davon wusste ich nichts. Ich hatte angeordnet, dass es auf harmlose Einschüchterungsversuche beschränkt bleibt. Sie sollte nur beschäftigt werden, damit sie nicht die Verbindung zwischen Zerberus, mir und Joachim zieht.«

Mark zeigte offen seine Verachtung. »Dann würde ich mir an Ihrer Stelle ernste Gedanken machen. Ich dachte, Sie wären der Mann im Hintergrund. Aber es wird immer deutlicher, dass Sie die Lage nicht im Geringsten im Griff haben.«

Seine Worte zeigten Wirkung. Der Konsul hatte viel von seiner Selbstsicherheit eingebüßt. »Halten Sie den Mund. Auch wenn ich Ihnen für den Schutz von Laura und den Kindern dankbar bin, endet es hier für Sie. Uns läuft die Zeit davon. Mittlerweile sind mir Ihre Antworten auch egal. Tamms, übernimm das. Lass sie verschwinden. Bei Klein kannst du dir Zeit lassen. Und dann sorgst du dafür, dass draußen die Wachen verstärkt werden. Wir müssen davon ausgehen, dass seine Männer über den Besuch hier informiert sind. Weiteres Vorgehen dann wie geplant.«

»Sollen sie kommen, auf die sind wir vorbereitet«, erklärte Tamms nüchtern und hob seine Glock ein Stück höher.

46

In dem Augenblick, in dem die Fahrzeuge in eine Straße einbogen, die Stephan nur zu gut kannte, wusste er, dass er einen fatalen Fehler begangen hatte. Mit einer Vollbremsung brachte er seinen Wagen zum Stehen und stieg aus.

Alleine konnte er nichts tun, um die Katastrophe zu verhindern, nur zusehen und hoffen, dass ihm genug Zeit blieb, um für Verstärkung zu sorgen. Es war beinahe zu einfach gewesen, auf den Verräter beim Verfassungsschutz zu stoßen. Dank Dirks Nachforschungen hatte er einen Ansatzpunkt gehabt. Der demenzkranke Mann, den Dirk als Eigentümer der Schweizer Holding identifiziert hatte, schied selbst als Verdächtiger aus. Aber als Stephan auf den offiziellen Betreuer gestoßen war, hatte er sofort gewusst, dass er richtiglag. Den Namen »Rieckmann« kannte er, und zwar sehr gut. Regierungsdirektor Rieckmann war nicht nur ein hohes Tier beim Verfassungsschutz, sondern auch direkt für seinen Einsatz verantwortlich gewesen.

Unauffällig hatte Stephan sich an seine Fersen geheftet und war schnell misstrauisch geworden, als sich Rieckmann mit einigen anderen Männern traf und Richtung Hamburg davonraste. Mit viel Mühe war es ihm gelungen, die Verfolgung erfolgreich zu Ende zu bringen. Er war sicher gewesen, dass sie am Ende der Fahrt vor der Villa des Konsuls standen. Ein klarer Irrtum, für den Unschuldige bezahlen mussten, wenn ihm nicht verdammt schnell etwas einfiel.

Laura blickte ebenso angespannt wie Alex auf die Leuchtdioden des Babyfons. Schließlich griff Alex zu der Fernbedienung und hielt die DVD an. Beide lauschten.

»Vermutlich hat er nur im Schlaf geredet. Jetzt ist wieder Ruhe.« Alex deutete auf den Fernseher. »Typisch, grundsätzlich an der spannendsten Stelle. Wie macht der Bengel das nur?«

»Das ist bei denen eingebaut.« Laura blickte ebenfalls auf den Fernseher, der eine Nahaufnahme von Daniel Craig als James Bond zeigte. »Aber ich bin Tim für die Störung beinahe dankbar. Ich weiß, dass ich den Film sehen wollte, aber irgendwie überlege ich dauernd, ob …« Laura suchte vergeblich nach unverfänglichen Worten.

Verständnisvoll nickend beugte Alex sich vor und füllte ihre Weingläser. »Du meinst, ob Mark auch aus fahrenden Zügen springt und ohne Fallschirm eine Staumauer runterhüpft? Keine Angst, die Jungs haben zwar einiges drauf, aber so was dann doch nicht.«

Verlegen versuchte Laura, dem Gespräch eine andere Richtung zu geben. »Aber wetten, es würde ihnen Spaß machen, mit so einem Wagen durch die Stadt zu brettern?«

»Klar, das ist sicher.« Alex blickte durch das Wohnzimmerfenster und zog die Augenbrauen zusammen. »Nanu, war das eine Katze? Aber warum geht der Bewegungsmelder nicht an? Komisch.«

»Vielleicht ist so ein Viech zu klein?«

»Nein, sogar ein Igel löst die Festtagsbeleuchtung aus. Apropos Igel. Habe ich dir schon erzählt, wie mich ein Igel beim Containerhafen fast zu Tode erschreckt hat?«

Da Alex kaum über die Ereignisse des letzten Jahres sprach, nutzte Laura die Gelegenheit. »Nein, los, erzähl.«

»Gut. Lass mich nur kurz nachsehen, was –« Ein ohrenbetäubendes Klirren ließ Alex erschrocken aufschreien. Laura sprang auf und blieb wie angewurzelt stehen. Unfähig, sich zu rühren, starrte sie auf die zerbrochene Fensterscheibe. Kalter Wind drang in das Wohnzimmer und brachte sie zum Frösteln. Aber das war nichts gegen den Anblick der bewaffneten Männer, die wie selbstverständlich den Raum durch den leeren Fensterrahmen betraten.

Wesentlich häufiger als sonst überprüfte Jake mithilfe des GPS-Gerätes an seinem Arm seine Position im Verhältnis zum angepeilten Landeplatz. Unberechenbare Böen brachten ihn ständig vom Kurs ab, ein ums andere Mal musste er den Landeanflug durch Ziehen an den Steuerleinen korrigieren, um Sekunden später erneut die Richtung zu ändern. In der Dunkelheit konnte er die anderen nicht ausmachen, die vermutlich ebenfalls mit den Windverhältnissen kämpften. Trotz ihrer Erfahrung brauchten sie bei diesen Bedingungen fast ein kleines Wunder, um auf der Dachterrasse anzukommen. Endlich konnte er durch die Nachtsichtbrille ihr Zielobjekt erkennen. Ein Schatten unmittelbar vor ihm. Das konnte nur Pat sein, der beste Springer im Team und wenige Sekunden nach ihm abgesprungen. Der Ire hatte ein unglaubliches Gespür für Wind und Wellen, und es überraschte Jake nicht, dass er ihn überholt hatte. Mit einer Pendelbewegung brachte sich Jake in eine Rechtskurve, um dann auf der Terrasse zu landen.

Seine Füße berührten den Boden, als eine Böe den Schirm unerwartet aufblähte und ihn wieder in die Luft hob. Mit einem kräftigen Ruck löste Jake das Gurtzeug und kam hart und unelegant auf dem Boden auf, während der Schirm sich über ihn senkte. Pat hatte nicht so viel Glück gehabt. Die Böe hatte den Iren früher und heftiger erwischt. Er bekam die Gurte nicht gelöst. Viel zu spät gelang es ihm, den Schirm abzuwerfen, sodass er keine Chance hatte, den Vorwärtsschwung zu stoppen, sondern ungebremst über die Brüstung der Dachterrasse flog. Jake hechtete nach vorne und bekam Pats Schirm zu fassen. Neben ihm tauchte mit einem kaum hörbaren Rauschen eine dunkle Gestalt auf. Daniel. Der Teamarzt drohte ebenfalls in die Tiefe zu stürzen. Wieder schnellte Jake vor und riss ihn zurück. »Lass die Schirme verschwinden. Schnell«, flüsterte er ihm übers Headset zu.

Jetzt machte sich ihre detaillierte Vorbereitung bezahlt. Jake wusste, dass fünf Meter unter ihnen eine weitere, wesentlich kleinere Terrasse lag. Dicht an die Außenwand gepresst spähte er vorsichtig über die Brüstung.

Obwohl er das Unheil kommen sah, konnte er nichts tun. Pat hatte nach dem Sturz instinktiv die Haltung für Landungen in feindlicher Umgebung eingenommen und schwenkte in kniender Position sein Gewehr in einem Halbkreis. Dass sich zwei Männer direkt hinter ihm befanden, hatte er noch nicht bemerkt. Jake riss sein Gewehr vom Rücken und legte es an. Zu spät. Durch das Zielfernrohr sah er Pat nach einem Schlag ins Genick zusammenbrechen. Innerlich fluchend setzte Jake das Gewehr wieder ab. Zwei weitere bewaffnete Männer betraten die Terrasse, damit war die Möglichkeit vertan, sie unauffällig und vor allem schnell genug auszuschalten. Die Männer hatten sich strategisch perfekt verteilt. Er konnte zwei erwischen, blieben noch zwei, die Pat sofort eine Kugel in den Kopf jagen würden. Und ihr Standort war aufgrund der offenen Brüstung nicht geeignet für ein Feuergefecht.

Nachdem die Männer sich ratlos umgesehen hatten, waren sie offenbar zum Ergebnis gekommen, dass der Ire alleine unterwegs war. Einer drehte Pat mit einem Fußtritt auf die Seite. Die halbherzige Abwehrbewegung des SEALs zeigte deutlich, dass er benommen und vermutlich halb bewusstlos war. Er leistete keinen Widerstand, als ihm Gewehr, Nachtsichtbrille und Headset abgenommen wurden. Jake fuhr sich mit dem Finger über den Hals, um seinen Männern zu signalisieren, die Mikrofone auszuschalten. Solange ihre Gegner eines ihrer Headsets in den Händen hielten, würden sie sich mit Handsignalen verständigen müssen. Blieb nur zu hoffen, dass Dells Team nichts zu sagen hatte.

Pat kämpfte sich mühsam hoch und blieb unsicher schwankend stehen. Einer der Männer trat dicht an ihn heran und presste ihm die Mündung einer Pistole an die Stirn. »Wie viele? Das sieht verdammt nach einer Spezialeinheit aus. Welche? Polizei? Oder Amerikaner?«

Pat reagierte nicht.

Jake hielt den Atem an. Der Ire trug seine Sig offen am Oberschenkel, daneben ein Kampfmesser. Dass sie ihm die Waffen nicht abgenommen hatten, war kein gutes Zeichen. Offenbar war nicht vorgesehen, dass Pat die nächsten Minuten überleben würde.

Der Mann unternahm keinen Versuch, Pat zu einer Antwort zu zwingen, sondern hielt sich das Mikrofon des Headsets vor den Mund. »Ich gehe davon aus, dass mich jemand hört. Sie haben zehn Sekunden Zeit, sich zu zeigen und zu ergeben, sonst ist Ihr Freund tot.«

Jake war innerlich wie erstarrt. Sie konnten nichts tun. Das ganze Team für einen Mann zu opfern, war keine Option. Das würde Pat genauso gut wie jeder von ihnen wissen. Tom und Daniel hatten die Schirme verstaut und die Balkontüren lautlos geöffnet. Damit war das Team einsatzbereit. »Fox, los, schalte mit Tom möglichst viele aus. Aber absolut lautlos. Daniel bleibt hier.«

Sichtlich widerstrebend nickte Fox, ehe er Tom ins Innere der Villa folgte.

Jake blickte wieder nach unten. Erneut sprach der Mann in das Mikrofon: »Die Zeit ist abgelaufen.« Er presste die Waffe wieder fest gegen Pats Schläfe. Die Absicht war unverkennbar, aber ehe er den Abzug durchziehen konnte, riss Pat seine Handkante hoch. Tödlich am Kehlkopf getroffen sackte der Mann zusammen, drückte aber in einem letzten Reflex den Abzug durch. Der Knall des Schusses dröhnte durch die Nacht. Mit einem erstickten Aufschrei brach Pat neben ihm zusammen.

Sekundenlang schloss Jake die Augen. Er hätte in der Situation genauso gehandelt. Lieber einen mitnehmen, als sich widerstandslos umbringen zu lassen. Entschieden kämpfte er gegen die Wut und die Trauer an, dafür war später Zeit. Da er keine Rücksicht mehr auf Pat nehmen musste, wurde der Impuls übermächtig, die drei Männer einfach zu erledigen, aber das widersprach allem, wofür sie kämpften. Außerdem wollte er nicht derjenige sein, der ihre Anwesenheit verriet.

Daniel legte ihm eine Hand auf den Arm. »Sieh genau hin.«

»Was ist?«

Jake hob erneut das Gewehr, hatte aber diesmal nicht den Finger am Druckpunkt, sondern blickte angestrengt durch das Zielfernrohr. Zunächst war die Bewegung kaum wahrnehmbar, dann wälzte sich Pat auf die Seite und brach mit einem Stöhnen wieder zusammen. Damit hatte er nicht gerechnet.

Einer der Männer sprach kurz in ein Handy. »Lasst Köhler liegen, um den kümmern wir uns später. Bringt den Kerl rein, Tamms will wissen, ob er zur Polizei oder zu den Amerikanern gehört und ob noch weitere von denen unterwegs sind. Sein Anblick dürfte die Typen, die bei ihm sind, zum Reden bringen. Frank, du hilfst mir. Ingmar, du wartest hier.«

Kaum waren die beiden mit Pat verschwunden, zündete Ingmar sich eine Zigarette an und entfernte sich so weit wie möglich von seinem toten Kollegen. Bewegungslos blickte er auf die Elbe. Lautlos hangelte Jake sich an der Brüstung herab und landete geräuschlos hinter dem Raucher. Ihn niederzuschlagen und zu fesseln war eine Sache von Sekunden. Nachdem Daniel ihn zunächst von oben abgesichert hatte, sprang er jetzt ebenfalls herunter. Rasch hob Jake Pats Gewehr und Headset auf. Ein nettes Versäumnis ihrer Gegner, das sie gut nutzen konnten. »Fox, Bericht«, forderte Jake.

»Oberste Etage sauber. Fünf Tangos down. Noch hat uns keiner bemerkt.«

»Gut, ich folge ihnen ins Erdgeschoss. Sie wollen Pat zu den anderen bringen. Daniel stößt wieder zu euch.«

»Vergiss es, Jake. Pat braucht mich dringender als dich.«

Seit wann wurden Befehle diskutiert? Aber Jake war ehrlich genug, zuzugeben, dass Doc recht hatte. »Planänderung. Ich habe unsere medizinische Koryphäe weiter am Hals.«

Jake beugte sich über die Terrassenbrüstung und sah in die Tiefe. »Komm, wir nehmen den direkten Weg, das geht schneller.«

»Wieso bin ich nur Arzt geworden? Das sind mindestens fünfzehn Meter, und wir haben keine Seile.«

»Dann musst du dich eben gut festhalten. Ansonsten geht's zu Fox und Tom da lang.« Jake deutete auf die Balkontür, aber Doc schwang sich bereits übers Geländer. Grinsend folgte Jake ihm.

Das Geräusch des Schusses ließ Tamms herumfahren. Angestrengt starrte er in die Dunkelheit hinter der Scheibe und holte schließlich ein vibrierendes Handy aus seiner Tasche. Zunächst hörte er schweigend zu, ließ dabei jedoch Mark nicht aus den Augen. »Bringt ihn her. Ich will wissen, zu wem er gehört und was hier gespielt wird. Bis wir sicher sind, dass er alleine war, haltet die Augen offen.«

Mark fluchte innerlich. Der verdammte Wind, es musste einen der Fallschirmspringer erwischt haben. Bevor weitere bewaffnete Männer auftauchten, mussten sie das Blatt wenden. Tamms' Misstrauen war unverkennbar und dem Konsul dämmerte anscheinend langsam, dass sie ihn keineswegs in selbstmörderischer Absicht aufgesucht hatten.

Dirk hatte bereits geahnt, dass es losging, und war unauffällig weiter zurückgewichen. Kaum merklich nickte Mark Sven zu und gab damit das Startsignal.

Sven beugte sich vor und stemmte die Hände auf den Schreibtisch. »Auch wenn ich mich wiederhole: Denken Sie endlich nach und geben Sie auf. Glauben Sie, der Durchsuchungsbeschluss ist vom Himmel gefallen? Die Beweislage gegen Sie ist spätestens jetzt eindeutig. Noch haben Sie keinen Dreifachmord begangen, aber die Justiz versteht keinen Spaß, wenn es um Polizistenmörder geht, von den Amerikanern ganz zu schweigen.«

Der Konsul schüttelte herablassend den Kopf. »Sie haben eben keine Beweise. Allmählich sollte Ihnen klargeworden sein, dass meine Planung alle Unwägbarkeiten berücksichtigt. Ihre eigenen Kollegen werden bezeugen, dass ich ein Opfer der kriminellen Machenschaften meines Mitarbeiters geworden bin. Und was das Schreiben angeht, mit dem Sie sich Zutritt verschafft haben, so erwarte ich dafür spätestens morgen früh eine Entschuldigung des Innensenators. Und jetzt habe ich von Ihnen genug.«

Dirk fuhr sich mit einer nervösen Geste durch die Haare, sah den Mann links neben sich unsicher an und bewegte sich einen Schritt in seine Richtung. »Was heißt das? War … war das eben ein Schuss?«

Die Mündung der Maschinenpistole zeigte nicht mehr auf die Decke, sondern auf Dirks Brust. »Gehen Sie zurück!«

Scheinbar erschrocken hob Dirk die Hände und wich zurück. »Entschuldigung, ich wollte nicht …« Er verstummte, als er mit dem zweiten Mann zusammenstieß.

»Jetzt reißen Sie sich zusammen«, fuhr der Erste Dirk genervt an.

Dirk tat, als wollte er Richtung Wand ausweichen, fuhr stattdessen herum und schlug den Mann hinter ihm mit einem gezielten Handkantenschlag gegen den Kehlkopf nieder. Er nutzte den Schwung, um die Drehbewegung zu vollenden, und stand wieder dem Ersten gegenüber, der ihn schockiert anstarrte. Dirk gab ihm keine Gelegenheit, sich von der Überraschung zu erholen, sondern warf sich zur Seite und landete dabei einen Fußtritt in der Magengegend des Mannes. Keuchend ging sein Gegner zu Boden. Sofort war Dirk bei ihm und schlug ihm die geballte Faust gegen die Schläfe.

Dirk war zu schnell für Tamms gewesen. Der hatte Mühe, seiner Bewegung zu folgen, sodass seine Glock nur ungefähr in seine Richtung zeigte. Mark nutzte die Chance sofort. Er flankte über den Schreibtisch und versetzte dem Kerl einen Tritt gegen die Brust, der ihn zurücktaumeln ließ. Dann war Sven da und schlug ihn mit einem Kinnhaken bewusstlos. Mark hob Tamms' Glock auf und richtete sie auf den Konsul, der aufgesprungen war und sie entsetzt anstarrte. »Hinsetzen.«

Stumm befolgte der Konsul den Befehl.

Dirk warf Sven eine der Maschinenpistolen zu und hielt die andere etwas ratlos in der Hand. Unter anderen Umständen hätte der Anblick Mark zum Lachen gebracht, er kannte die Abneigung seines Freundes gegen Maschinenpistolen.

»Dirk, wir tauschen. Nimm die Glock und behalte die Tür im Auge. Sven, du hilfst ihm. Wenn sie erscheinen, müsst ihr verdammt schnell sein.«

»Es muss einen der Fallschirmspringer erwischt haben, oder?«

Mark bestätigte Dirks Vermutung mit einem knappen Nicken und behielt den Konsul im Auge. Angespannt warteten sie auf das Erscheinen der Männer mit ihrem Gefangenen.

Nach einem Klopfen wurde die Türklinke herabgedrückt. Dirk packte den Griff und zog die Tür so heftig auf, dass der Mann auf der anderen Seite ihm entgegenstolperte. Er schlug ihn nieder, Sven übernahm den anderen.

»Macht die Tür zu, ehe noch mehr auftauchen.«

Sven schleifte die bewusstlosen Männer in das Arbeitszimmer des Konsuls hinein, während sich Dirk wesentlich sanfter um Pat kümmerte, der hart auf dem Boden gelandet und sichtlich angeschlagen war. Der Anblick der stark blutenden Kopfwunde jagte Mark einen Schauer über den Rücken. Seine medizinischen Kenntnisse reichten, um zu erkennen, dass Pat dringend mehr ärztliche Versorgung benötigte, als sie ihm hier bieten konnten.

Als Pat versuchte, sich aufzurichten, drückte Dirk ihn bestimmt zurück. »Ganz ruhig liegenbleiben, Pat. Dich hat's ziemlich erwischt.«

»Dirk?« Blinzelnd sah sich Pat um. »Verdammt, ich sehe nichts.«

»Das liegt an dem ganzen Blut in deinem Gesicht. Überlass das einfach uns und komm uns nicht in die Quere.«

Sven stand neben Dirk und sah besorgt auf den SEAL hinunter. »Wir brauchen Handschellen und den ganzen Mist. Es wäre mir zwar ein Vergnügen, den Mistkerlen alle paar Minuten einen über den Schädel zu ziehen, aber allmählich wird's hier eng.«

»Sei froh, dass das Arbeitszimmer des Herrn Konsul mehr als doppelt so groß ist wie meins.«

Ein leises Klopfen an der Terrassentür ließ sie erschrocken herumfahren und die Waffen hochreißen. Erleichtert atmete

Dirk auf, als er Jake und Daniel erkannte. Er eilte zur Terrassentür und ließ die beiden herein.

»Das wird auch Zeit. Wie sieht es draußen aus?«, begrüßte er die SEALs.

Daniel ignorierte die Frage und stürzte zu Pat. »Alles ruhig. Dells Männer haben anscheinend alle erwischt«, erklärte Jake und holte bereits Plastikhandschellen aus seiner Schutzweste. »Ihr ward ja schon fleißig.«

Dirk verzog den Mund. »Wenn's nach mir geht, würde ich jetzt gerne hier abhauen.«

47

Eine dumpfe Explosion brachte die Scheibe des Arbeitszimmers zum Vibrieren. Mark fluchte. Das sah nicht gut aus. »Verdammt, Deckung. Jake, der Schreibtisch.«

Mark stieß den Konsul kurzerhand zu Boden und warf zusammen mit Jake den massiven Schreibtisch um. Seine Verletzung am Rücken protestierte gegen die Anstrengung, aber darauf konnte er keine Rücksicht nehmen. Keine Sekunde zu früh warf er sich hinter der Platte auf den Boden. Eine weitere Explosion erschütterte das Zimmer. Dieses Mal zersplitterte die Scheibe, und ein kühler Wind wehte in das Arbeitszimmer und durch den Raum.

Dirk zog den Kopf ein. »Ihr habt doch gesagt, das ist Panzerglas.«

»Ist es auch, aber das waren Granaten.«

»Granaten?«, wiederholte Sven entsetzt und presste sich enger an den Boden.

Jake warf Dirk Pats Gewehr und ein Headset zu. »Behalt die Tür im Auge, Dirk. Sven, du auch. Irgendwas läuft hier anders als geplant. Doc, was ist mit Pat?«

»Bewusstlos, Puls und Atmung stabil, kann noch nichts sagen, außer dass er sofort ins Krankenhaus gehört.«

Sven fluchte vor sich hin und schüttelte dann den Kopf. »Was ist denn hier los? Wieso schießen die auf uns, wenn wir ihren Boss haben? Den hätte es als Erstes erwischt, wenn ihr nicht so schnell reagiert hättet. Und woher wussten sie, dass wir den Finger am Abzug hatten?«

»Gute Fragen. Sobald es ruhig ist, fragen wir das den Herrn Konsul. Jake, übernimm die linke Seite. Wenn eine Granate hier drinnen losgeht, überleben wir es nicht.« Konzentriert starrte Mark in die Dunkelheit, aber es blieb überraschend still. Für den Moment waren sie halbwegs sicher, doch der – wenngleich riesige – Schreibtisch war nicht lang genug, um auch Pat und Daniel abzuschirmen. Pat lag vor dem Bücherregal, und Daniel hockte gleich neben ihm. Damit waren beide gegen Schüsse von draußen ungeschützt.

Dirk sah immer wieder zu den beiden hinüber. Auch Mark verfolgte Pats Behandlung aus den Augenwinkeln. Sie waren einfach zu wenige, um den Raum erfolgreich halten zu können. Wenigstens machte der Konsul ihnen keine Probleme. Er lag mit gefesselten Händen bei seinen bewusstlosen Männern und war damit ebenfalls gegen Schüsse von außen ungeschützt. Doch das war Marks geringstes Problem.

Sven hatte den Ernst der Lage ebenfalls erkannt. »Ihr könnt nicht zu zweit die ganze Fensterfront abdecken. Ich helfe euch. Die werden es kaum durch die Tür versuchen, und wenn doch, kann ich immer noch schnell genug reagieren.«

Mark signalisierte seine Zustimmung mit einem Nicken. Sekunden später bemerkte er neben einem Baum eine Bewegung. Wo zum Teufel war Dell, der draußen für Ruhe sorgen sollte?

Der Teamarzt wühlte in seinem Rucksack, als Pat zu sich kam und sich stöhnend aufrichtete.

Ehe Mark eingreifen konnte, warf sich Dirk auf Pat und riss ihn wieder runter. Einen Sekundenbruchteil später schlug ein Kugelhagel knapp über Dirk und Daniel ein. Beide hielten sich schützend die Hände über den Kopf, als Holzsplitter und Buchfetzen auf sie niederprasselten.

Das Mündungsfeuer reichte Mark und Jake als Orientierung. Sie deckten den Standort des Schützen mit Dauerfeuer ein.

Dann herrschte wieder angespannte Ruhe. Jake atmete zischend aus. »Wenn das eine Granate gewesen wäre …«

»Mir hat es gereicht«, gab Mark zurück und drehte sich auf die Seite.

Daniel und Dirk hatten den Zwischenfall offensichtlich unverletzt überstanden.

Daniel hatte Pat eine Hand auf die Brust gelegt und hielt ihn so am Boden. »Wenn du dich noch mal ohne Erlaubnis bewegst, dann … Wir sind mitten im Gefecht, du Idiot.«

»Was ist mit meinen Augen? Ich kann nichts sehen, und es tut höllisch weh«, stieß Pat keuchend hervor.

»Ich kann dir kein Morphium geben. Nicht bei der Kopfverletzung, tut mir leid, du musst da so durch. Jetzt halt erst mal still, dann wissen wir gleich mehr.«

Jake fasste Mark am Arm und lenkte seine Aufmerksamkeit von den beiden ab. Energisch verdrängte Mark den Gedanken, was es bedeuten würde, wenn der Ire blind wäre. Jake deutete auf ein dünnes Kabel, das an der Unterseite des Schreibtisches verlief und an einem schwarzen Kasten endete. »Da habt ihr die erste Antwort. Als es für ihn brenzlig wurde, hat euer Freund Alarm ausgelöst, aber das Ergebnis scheint ihn zu überraschen.«

Mark streifte den Konsul, der auffallend blass und verängstigt am Boden lag, mit einem schnellen Seitenblick. »Wie ich vorhin sagte: Es sieht nicht aus, als ob Sie die Fäden in der Hand hätten.«

»Nachdem Sie meine Männer ausgeschaltet haben, hat mein … Geschäftspartner mir Verstärkung geschickt.«

Sven lachte bitter auf. »Für mich sieht es aus, als ob Ihre Männer von Ihrem Partner die eigentlichen Befehle erhalten, und die sehen offenbar nicht vor, dass Sie hier lebend rauskommen.«

»Und ich wette, der kommt aus Berlin«, ergänzte Mark.

Jake warf ihnen einen genervten Blick zu. »Das reicht jetzt, klärt das später. Konzentriert euch auf diesen verdammten Garten. Wenn hier eine Granate reinfliegt, haben sich sämtliche Fragen erledigt.«

Die Silhouette eines Mannes, der sie mit einem Gewehr mit Granatwerferaufsatz anvisierte, unterstrich Jakes Forderung wirkungsvoll. Ehe Mark reagieren konnte, sackte der Schütze zusammen. Mark schaltete das Mikrofon seines Headsets ein. »Dell?«

»Habt ihr jemand anderen erwartet? Aber wenn ihr das lautloses Eindringen nennt, dann …«

»Und was hat euch so lange aufgehalten?«

Dells tiefes Lachen kam aus dem Kopfhörer. »Die Tatsache, dass uns doppelt so viele Männer, wie von euch angekündigt, erwartet haben. Überlass das Zählen das nächste Mal lieber Dirk.«

Sein lockerer Ton sagte ihnen, dass wenigstens ein Problem gelöst war. Damit blieb die Frage, was noch in der Villa selbst vor sich ging.

»Fox, Bericht?«

»Man sollte Häuser mit mehr als vier Zimmern verbieten. Es ist etwas unübersichtlich, aber bis aufs Erdgeschoss haben wir aufgeräumt. Die Polizei wird nachher einiges einsammeln müssen.«

Damit war die unmittelbare Bedrohung vorbei. Dirk stand bereits neben Daniel und schluckte hart. Erstmals erkannte auch Mark das Ausmaß von Pats Verletzungen und verstand, warum Daniel keinen Gedanken an ihre Gegner verschwendet hatte.

Er richtete sich ebenfalls auf und ging zu ihnen. Daniel blickte flüchtig hoch. »Er war zu dicht dran. Der Streifschuss ist nicht so schlimm. Das sieht übler aus, als es ist. Die Verbrennungen und das Kordit durch den aufgesetzten Schuss sind das Problem. Ich hoffe, die Blutung hat die Giftstoffe ausreichend rausgespült.«

Pat ballte die Hände zu Fäusten, sagte aber kein Wort. Mark ließ den Gedanken nicht zu, dass der SEAL sein Augenlicht verlieren könnte. Ein leises Poltern vor der Tür lenkte ihn ab. Er riss die Maschinenpistole hoch. »Vorsicht, Tür. Granate.«

Seine Warnung ging in einer Explosion unter. Die Tür flog aus dem Rahmen, und ein Stück Holz traf ihn an der Schulter. Ein greller Blitz blendete ihn. Instinktiv ließ er sich zu Boden fallen und schoss. Nur verschwommen erkannte Mark, dass Dirk sich wieder schützend auf Pat geworfen hatte und ebenfalls auf das offene Loch, in dem vorher die Tür gewesen war, schoss.

»Feuer einstellen! Wir haben sie.«

Fox. Damit war es dann endgültig vorbei. Aufatmend ließ Mark seine Waffe sinken. Dirk rieb sich mit der Hand über die tränenden Augen und wälzte sich langsam von Pat herunter. Leise fluchend tauchte jetzt Sven neben ihm auf. »Auf diese verfluchte Blendgranate hätte ich gut verzichten können.«

Fox stand im Türrahmen und sah sich kopfschüttelnd um. »Beschwer dich bei denen da draußen. Was ist mit Pat?«

Pat stemmte sich hoch. »Frag mich gefälligst selbst. Dank meines persönlichen Leibwächters gut. Aber Dirk, wenn du dich weiter ständig auf mich wirfst, entsteht ein falscher Eindruck.«

Die Stimme des SEALs klang noch unsicher, aber Mark nahm es als gutes Zeichen, dass er noch Kraft genug für seine frechen Sprüche hatte.

Daniel hob kurz den Kopf. »Besorgt mir einen Hubschrauber. Mark und Dirk können bleiben, der Rest verschwindet hier, und zwar sofort.« Wesentlich sanfter wandte sich Daniel an Pat. »Ich spüle dir jetzt noch einmal die Augen aus. Danach wissen wir mehr. Bist du bereit?«

Pats Kiefermuskeln zuckten. Er bekam kein Wort heraus, aber Daniel reichte das kaum merkliche Nicken. Dirk fasste nach Pats Hand, und der SEAL umklammerte die Hand des Deutschen so fest, dass Dirks Finger beinahe weiß aussahen.

Daniel ließ eine klare Flüssigkeit über Pats Augen laufen und tupfte ihm dann vorsichtig das Blut von den Lidern.

»Links war es das. Ganz langsam öffnen. Siehst du was? Und dann sofort wieder schließen. Deine Augen brauchen dringend Ruhe, um sich zu erholen.«

Es dauerte einige Augenblicke, bis Pats Lid sich hob, dann nickte er. »Verschwommen. Was ist mit dem rechten? Das ist viel schlimmer. Daniel, ich …« Pat keuchte schmerzerfüllt auf. Sofort presste Daniel ihm eine Kompresse auf das linke Auge. »Du hast es gleich geschafft. Die Schmerzen sind im Prinzip ein gutes Zeichen.«

»Für die blöden Sprüche bin ich zuständig.«

»Das heißt, dass deine Nerven noch funktionieren. Und nun lieg still.«

Daniel wiederholte die Behandlung bei dem rechten Auge, drückte Pat jedoch dieses Mal sofort eine Kompresse auf das Lid.

»Nimm das weg«, forderte Pat.

»Das wird höllisch schmerzen.«

»Egal, ich will wissen, was ist.«

»Mark, halt ihn fest.«

Mark legte ihm beide Hände auf die Schultern, um ihn zur Not zurückzuhalten. Mit einem Ruck nahm Daniel die Kompresse weg, aber Pat hielt das Auge geschlossen. »Du musst das Auge schon öffnen, wenn du etwas sehen willst«, empfahl ihm Mark.

Wie in Zeitlupe hob Pat das Lid, und Mark wagte es nicht zu

atmen. Dann zuckte Pat heftig zusammen und krümmte sich. »Verdammt, was ist … Daniel?« Tränen liefen über sein Gesicht, erst vereinzelt, dann ein wahrer Sturzbach.

»Gut, sehr gut. Das zeigt, dass deine Tränenkanäle noch funktionieren und versuchen, den letzten Rest Dreck rauszuspülen, den ich nicht erwischt habe. Keine Angst, Pat, niemand denkt, dass du heulst. Siehst du etwas?«

»Ja. Genug um dich …« Er sank zurück und verlor das Bewusstsein.

Daniel sah offenbar ihm und Dirk die Sorge an. »Beruhigt euch. Er wird es überleben, und ich denke, seine Augen werden sich auch erholen. Schwere Gehirnerschütterung, vielleicht auch angeknackster Schädel. Aber da er ansprechbar ist, Puls, Atmung und alle sonstigen Reaktionen ganz gut sind, dürfte es nicht so schlimm sein. Aber sieh zu, dass du endlich den verdammten Heli herschaffst.«

Mark holte sein Handy hervor. Sven hatte ihnen einen Ansprechpartner bei der Polizei besorgt, der für die Koordination zuständig war und seinen Job offenbar verstand. Er hielt sich nicht mit Fragen auf, sondern kündigte an, dass der Hubschrauber in den nächsten fünf Minuten direkt vor der Villa landen würde. Mark bedankte sich und versprach dafür zu sorgen, dass der Pilot vernünftig eingewiesen wurde. Mit seinem untrüglichen Gefühl dafür, wann er gebraucht wurde, kehrte Fox genau in diesem Moment zurück, sodass ein kurzer Befehl reichte. Statt das Handy wieder wegzustecken, betrachtete Mark überrascht das Display. Insgesamt viermal hatte Stephan Reimers versucht, ihn zu erreichen, und ihm dann eine SMS geschickt: »Ruf zurück. Sofort.«

Ehe er Stephan anrufen konnte, kam Sven auf ihn zugesprintet. »Irgendwo brennt es. Eine dringende Nachricht von Tannhäuser. Du sollst sofort Stephan anrufen.«

»Das habe ich auch gerade gesehen. Weißt du, was los ist?«

»Nein, ich habe die Nachricht nur von einem Kollegen und dachte, wir rufen zusammen an. Draußen geht jetzt alles seinen normalen Gang. Deine Jungs übernehmen es, den Hubschrauber heil landen zu lassen.«

Mark schaltete den Lautsprecher ein, damit Sven mithören konnte, und wählte Stephans Nummer.

Stephan hielt sich nicht mit einer Begrüßung auf. »Wo seid ihr?«

»In Hamburg, wir haben den Konsul hochgehen lassen. Was ist los?«

Stephan zögerte. »Es tut mir leid, Mark. Ich habe den Verantwortlichen beim Verfassungsschutz gefunden und bin ihm gefolgt. Leider habe ich ihr Ziel zu spät erkannt.« Fassungslos hörte Mark zu. Kälte breitete sich in ihm aus, und er kämpfte um Beherrschung. Erst das Geräusch des landenden Hubschraubers brachte ihn dazu, wieder wie ein SEAL zu denken. Er verbannte seine Angst und seine Wut über die unerwartete Entwicklung in einen Winkel seines Gehirns und analysierte die Lage. Viele Möglichkeiten hatten sie nicht. »Sekunde, Stephan.« Mark sah sich suchend um. »Fox, der Hubschrauber hebt nicht ab.«

Sein scharfer Befehl führte zu irritierten Blicken und überraschtem Schweigen.

»Jake, Dell, hierher«, befahl er im gleichen Ton. »Dell, wie gut ist euer Scharfschütze?«

»Das bin ich, also verdammt gut. Was ist los?«

»Gleich.« Marks Blick irrte durch den Raum und fand Dirk. Sein Freund sah ihn bereits alarmiert an und kam näher.

»Ich dachte, die Sache wäre erledigt. Was ist los, Mac?«

Mark suchte nach den richtigen Worten, fand jedoch keine. »Es tut mir leid, Dirk«, wiederholte er unwillkürlich Stephans

Worte. »Der Einsatz geht weiter. Sie haben deine Adresse herausgefunden und –«

Kreidebleich taumelte Dirk zurück. »Alex? Tim?«

»Ja, sie haben sie und Laura in ihrer Gewalt. Aber wir holen sie da raus, das schwöre ich dir.«

»Nein, nicht meine Familie.« Dirks Stimme war ein kaum hörbares Flüstern.

Der Konsul, um den sie sich bisher noch nicht gekümmert hatten, hatte mitbekommen, worum es ging, und schien wieder Oberwasser bekommen zu haben. Spöttisch sah er Mark entgegen. »Probleme, Rawlins?«

Alles in Mark schrie danach, einfach zuzuschlagen. »Laura ist ebenfalls dort. Wenn ihr oder den anderen etwas zustößt, werden Sie damit leben müssen, und ich bezweifele, dass Sie das können.«

Der Konsul brach vor seinen Augen zusammen, aber das verschaffte Mark keine Befriedigung. »Woher haben Sie Dirks Adresse?«

»Von Joachim. Ich wusste nicht, dass Laura … Ich dachte … ich wollte nicht …«

Neben ihm stöhnte Sven entsetzt auf, und Dirk schlug so heftig gegen die Überreste des Bücherregals, dass das Möbelstück beinahe auseinanderbrach. Wie hatten sie nur vergessen können, dass Alex für Kranz gearbeitet hatte und der natürlich ihre Adresse kannte? Mark ignorierte den Konsul und sah zu Dirk. Sein Freund war blass, hatte sich aber im Griff. Mit seinem scharfen Pfiff sorgte er dafür, dass die SEALs sich um sie herum versammelten. Kurz und knapp informierte er die Männer über die Lage. »Es sind drei Männer draußen, vier drinnen, sie halten sich alle im Wohnzimmer auf. Vom Garten aus erwischen wir sie. Sie warten auf Dirk, vermutlich auch auf mich. Also werden wir ihren Wunsch erfüllen und für Ablenkung sorgen. Wir haben einen Mann vor Ort, der die Lage im Auge behält und uns unterstützt. Problem: Die Mistkerle laufen mit entsicherten Maschinenpistolen herum und zielen auf die Frauen. Sobald sich die Gelegenheit zu einem sauberen Schuss ergibt, schießt. Oberste Priorität ist, dass den Frauen und dem Kind nichts passiert. Sven?«

»Kein Problem. Sogar das deutsche Gesetz sieht in diesem Fall den finalen Rettungsschuss vor.«

Mit einem deftigen Fluch auf den Lippen ging Dell zu Dirk und packte ihn an beiden Schultern. »Wir holen sie da raus. Ich habe noch nie vorbeigeschossen und werde heute Abend nicht damit anfangen.«

Dirk nickte lediglich. Mark sah ihm an, dass er kein Wort hervorbrachte.

»Ich gehe mit euch vorne rein«, bot Sven an.

»Nein, Sven. Erstens brauche ich dich hier, um sicherzustellen, dass der Konsul nicht doch noch verschwindet. Und dann warten sie auf Dirk, weil sie etwas von ihm wollen. Vermutlich wollen sie wissen, wie weit er ihre finanziellen Tricks durchschaut und dokumentiert hat. Sonst hätten sie die Frauen schon getötet.« Mark erstickte fast an den Worten, zwang sich aber, ruhig weiterzusprechen. »Da auch Laura dort ist, werden sie auch mit mir rechnen. Jeder weitere wäre ein zu großes Risiko für sie, und sie würden ihn sofort töten.« Mark hatte Jakes Gedanken bereits erraten. »Das gilt auch für dich, Jake. Du übernimmst die Leitung draußen. Such dir aus, wen du mitnimmst.«

»Fox kann Sven beim Aufräumen unterstützen, Daniel und Pat fallen aus. Bleiben Tom, Dell und ich. Dell, wen noch von euch?«

»Grey.«

Daniel hob eine Hand, als ob er in der Schule wäre. »Was ist denn? Ist die Zwischenlandung für Pat ein Problem?«

»Nein, auf die paar Minuten kommt es nicht an. Wie wollt ihr euch mit dem Hubschrauber unbemerkt nähern?«

»Gut mitgedacht, aber das übernimmt Stephan.«

Damit war alles gesagt. Anders als bei ihrem Besuch in der Villa konnten sie nichts planen, und mit den Frauen als Geiseln war ihr Handlungsspielraum stark eingeschränkt. Aber dank Stephans Informationen hatte Mark eine klare Vorstellung, was er zu tun hatte und wie er die Lage in den Griff bekam. Das Ganze war seine Verantwortung, sein Einsatz und letztlich auch sein Fehler, der zu dieser Entwicklung geführt hatte. Er hätte Kranz nicht unterschätzen dürfen. Jetzt würde er tun, was getan werden musste, damit niemandem etwas geschah. Es reichte, wenn Dirk einen ausschaltete oder ablenkte und die SEALs für ihre Absicherung sorgten. Seine eigene Aufgabe war es, die Aufmerksamkeit auf sich zu ziehen und zuzuschlagen, die Scharfschützen würden den Rest erledigen. Er hatte zwar kaum eine Chance, diesen Alleingang zu überleben, aber das war in Ordnung, solange Laura und seine Freunde am Leben blieben. Aufgeben oder verlieren war keine Option, kämpfend untergehen schon, das konnte er akzeptieren.

Jake, Sven und Dirk sprachen leise miteinander, zu leise, als dass er verstehen konnte, was sie sagten, aber es interessierte ihn auch nicht, genauso wenig wie die besorgten Blicke in seine Richtung. Dirk schien sich unter Kontrolle zu haben, nur darauf kam es an.

Per Handsignal gab er den Befehl zum Abrücken und Sammeln beim Hubschrauber, aber Fox hielt sie zurück. »Zieht die besser an. Dirk, deine Sig. Und das ist deine, Mark.« Sichtlich ratlos griff Dirk nach der dünnen, schusssicheren Weste und seiner Waffe. »Danke. Woher hast du die?«

Der wortkarge und eher zurückhaltende Senior Chief lächelte Dirk aufmunternd zu und legte ihm eine Hand auf die Schulter. »Logistik ist mein Job, und mach dir nicht zu viele Sorgen. Wir bekommen das hin, alles wird gut.«

Dann war Mark an der Reihe, aber nach einem Blick in sein Gesicht reichte Fox ihm die Sachen, ohne ein Wort zu sagen.

48

Als Stephan das Geräusch des sich nähernden Hubschraubers hörte, drückte er die Mündung stärker an den Hals des Mannes, der über das Funkgerät mit »Remke« angesprochen worden war. »Hast du verstanden, was du gleich sagen wirst?«

Remke stieß ein Geräusch aus, das Stephan als Zustimmung deutete. »Wer sind Sie?«

»Derjenige, der den Finger am Abzug hat, das muss dir reichen.«

»Wenn Sie von der Polizei sind, dürfen Sie das nicht.«

»Dann kannst du wohl davon ausgehen, dass ich nicht von der Polizei bin. Und nun halt den Mund.«

Die anderen Männer hielten sich direkt beim Haus auf. Die Dunkelheit und die Entfernung schützten ihn davor, von ihnen bemerkt zu werden. Der Hubschrauber kam schnell näher, und schon ertönte aus der Jacke des Mannes ein melodischer Ton.

»Versau es nicht«, warnte Stephan ihn.

Remkes Kehlkopf zuckte, aber dann hatte er sich im Griff und nahm das Gespräch an. »Alles ganz harmlos. Hier oben an der Kreuzung, da hatte eine alte Frau einen Herzanfall. Der Krankenwagen ist schon da, und gleich landet der Rettungshubschrauber. Aber keine Polizei. Sonst ist alles ruhig.«

Stephan wartete, bis Remke das Telefonat beendet hatte, und schlug ihm zur Belohnung für sein kooperatives Verhalten die Mündung gegen die Schläfe, verpasste ihm Handschellen und zerrte ihn in das Gebüsch. Er blieb neben seinem Wagen stehen und hielt sich schützend die Hand vor die Augen, als der

Rettungshubschrauber mitten auf der Kreuzung niederging. Der Wind zerrte an seinen Haaren, und der Lärm der Rotoren dröhnte in seinen Ohren. Die Kufen hatten den Boden kaum berührt, als der Hubschrauber bereits wieder abhob. Selbst wenn Rieckmann und seine Männer den Landeanflug verfolgt hatten, würden sie keinen Verdacht schöpfen. Der rote Hubschrauber war bei Rettungseinsätzen aller Art ein gewohnter Anblick in dieser Gegend.

Verwundert sah er sich um und suchte nach Anzeichen, dass er nicht mehr alleine war. Außer einem vagen Gefühl war da nichts. Argwöhnisch drehte er sich langsam im Kreis und entsicherte seine Walther. »Waffe runter, ich bin es, Jake.«

Trotz der ruhigen Warnung zuckte Stephan erschrocken zusammen. »Verdammt, muss das sein?«

Jakes Mundwinkel hoben sich geringfügig. »Wie sieht's aus?«

Stephan wartete, bis Mark und Dirk ihn erreicht hatten, und erschrak erneut, als er ihre Mienen sah. Dirk wirkte beherrscht, strahlte aber eine tödliche Kälte aus. Von Mark ging etwas anderes aus, das er zunächst nicht einordnen konnte. »Unverändert. Den Frauen geht es gut. Freies Schussfeld vom Garten aus. Allerdings sind ein bis zwei Pistolen, Glocks oder tschechische MPs auf sie gerichtet. Bei der Garage steht einer und soll vermutlich eure Ankunft melden, die beiden anderen habe ich schlafen geschickt. Sie haben sich regelmäßig alle zwanzig bis dreißig Minuten gemeldet, sodass ihr Verschwinden nicht auffällt, bis es zu spät ist.«

Mark nickte knapp, und zu Stephans Erstaunen war es wieder Jake, der das Kommando übernahm. »Gut, dann verteilen wir uns auf der Rückseite. Wenn Dirk und Mark an ihm vorbei sind, kannst du dich um den Typen bei der Garage kümmern.«

»Kein Problem, soll ich anschließend auch vorne reingehen?«

»Nein, auf keinen Fall. Du könntest ins Kreuzfeuer geraten.

Mark und Dirk gehen rein. Sie nehmen für die restlichen Meter deinen Wagen, es würde zu viele Fragen aufwerfen, wenn sie dort zu Fuß auftauchten.«

»Wie wollt ihr an dem Wachposten bei der Garage vorbei ...? Okay, dumme Frage, vergiss es.«

Trotz der ernsten Lage hoben sich Jakes Mundwinkel erneut, ehe er besorgt Mark und Dirk ansah. Dirk verzog den Mund zu einem missglückten Grinsen. »Ich gehe wie besprochen vor, Jake.«

»Ich verlass mich auf dich.«

Stephan konnte mit dem Wortwechsel nichts anfangen. Auch Mark runzelte irritiert die Stirn. Allmählich glaubte er, die Körpersprache des SEALs interpretieren zu können. So sah kein Mann aus, der in einen Kampf zog und an einen Sieg glaubte, sondern jemand, der mit allem abgeschlossen hatte, aber überzeugt war, das Richtige zu tun. Er öffnete den Mund und wollte Mark ansprechen, als Dirk den Kopf schüttelte. »Lass es, Stephan, das bringt nichts. Gib mir deinen Wagenschlüssel.«

»Der steckt.«

»Gut.«

Jake stieß sich von dem Wagen ab, gegen den er sich gelehnt hatte. »Mark, wir verschwinden jetzt. Pass auf dich auf.«

»Mach ich, du wirst das Team schon führen.«

Die Lippen fest zusammengepresst, das Gesicht eine ausdruckslose Maske, wandte sich Jake ab. Erst jetzt bemerkte Stephan die drei Männer, die mit den Schatten förmlich verschmolzen waren. Die SEALs verschwanden so leise, wie sie aufgetaucht waren.

Unschlüssig sah Stephan Dirk an.

»Danke, Stephan. Du kannst ihnen folgen. Ich muss noch etwas mit Mark besprechen.«

»Kann ich dir – « Stephan brach ab, als Dirk sofort den Kopf schüttelte. »Gut, ich hoffe, ihr wisst, was ihr tut. Wir sehen uns.« Er glaubte zu wissen, was zwischen den Männern vor sich gehen würde. Hoffentlich hatte Dirk Erfolg. Erstaunt darüber, wie persönlich er die Angelegenheit nahm, folgte er den SEALs mit ausreichendem Abstand.

Mark wartete, bis Stephan außer Hörweite war. »Was gibt es denn noch?«

»Ich denke, wir müssen etwas Grundsätzliches klären, Mark.«

Bevor er reagieren konnte, stieß Dirk ihn gegen den Mercedes und presste ihm den Unterarm gegen die Kehle. Mark war gezwungen, den Oberkörper weit zurückzubiegen, wenn er überhaupt noch Luft bekommen wollte. Dirk stand so dicht vor ihm, dass er seine Arme nicht bewegen konnte und er keine Chance hatte, sich zu wehren. »Bist du verrückt geworden? Was soll das?« Ihm ging der Sauerstoff aus, er konnte nicht weitersprechen. Schwarze Schatten senkten sich über ihn, während er noch verzweifelt überlegte, was das zu bedeuten hatte. Dirk nahm seinen Ellbogen um Millimeter zur Seite, erleichtert rang Mark nach Atem.

»Sorry, Mark, aber für eine Diskussion haben wir keine Zeit, also hör genau zu: Glaubst du, Jake und ich wissen nicht, wie dein hirnrissiger Plan aussieht? Du gibst mir dein Wort, dass du keinen Blödsinn machst, oder ich schlage dich nieder und ziehe die Sache mit deinen Jungs alleine durch. Ist das klar?«

Mark biss die Zähne so fest zusammen, dass es wehtat. Er weigerte sich, zu antworten und erwiderte Dirks Blick mit ausdrucksloser Miene. Unauffällig versuchte er, seinen Arm freizubekommen, und testete, ob er sein Knie hochgerissen bekam, hatte aber nicht genügend Bewegungsfreiheit.

Beinahe herablassend schüttelte Dirk den Kopf. »Das ist

auch eine Antwort. Wie du willst, dann eben ohne dich.« Er verstärkte den Druck und schnürte ihm wieder die Luft- und Blutzufuhr ab. Wütend sah Mark ein, dass er verloren hatte. Der Angriff war zu überraschend gekommen, und in dieser Position war er wehrlos. Er brachte nur ein Keuchen zustande, aber Dirk wich sofort zurück. »Gibst du mir dein Wort?«

»Vergiss es. Ich trage die Verantwortung – «

»Ich habe gesagt, es wird nicht diskutiert. Wir holen sie da gemeinsam raus. Ich kann damit leben, wenn wir etwas abbekommen, aber nicht damit, dass du von vornherein Selbstmord begehen willst. Ist das klar? Entscheide dich.« Dirk presste ihm erneut den Ellbogen stärker an die Kehle, Mark reagierte nicht. »Gute Nacht, Mac.«

»Du wagst es nicht …«, stieß Mark hervor und erkannte im gleichen Augenblick, dass er sich irrte. »Korrigiere: Du würdest es doch wagen. Hör auf«, brachte er keuchend hervor.

Wieder gab Dirk ihm etwas Spielraum. »Dein Wort?«

»Ich …« Die unmissverständliche Drohung in Dirks Augen machte ihm klar, dass sein Freund keine weitere Verzögerung akzeptieren würde. »Du hast mein Wort, lass mich endlich los.«

Sofort sprang Dirk zurück. Während Mark sich seinen schmerzenden Hals rieb und um Beherrschung rang, holte Dirk scheinbar gelassen ein Headset aus seiner Jacke und klickte zweimal auf das Mikrofon. Ohne auf Antwort zu warten schmiss er den Kopfhörer auf den Rücksitz des Daimlers. Schlagartig wurde Mark klar, was die Blickwechsel zwischen Jake und Dirk bedeutet hatten. Er wies mit dem Finger auf das Headset. »Na toll, du und Jake, ihr macht wohl gemeinsame Sache?«

Dirk zog nur die Augenbraue hoch und wartete, bis Mark eingestiegen war. Dann startete er den Motor, fuhr ohne Licht rückwärts aus der Straße heraus und bog dann mit eingeschalteten Scheinwerfern wieder in die Wohnstraße ein. Für den

Wachposten an der Garage musste es wirken, als ob sie gerade ankamen. Dirk parkte den Wagen direkt neben seinem BMW. »Noch irgendwelche Befehle?«

»Ich dachte, die gibst du mittlerweile«, sagte Mark in eisigem Ton.

Dirk fuhr sich mit der Hand übers Gesicht und betrachtete dann das Lenkrad vor sich, als ob er noch nie zuvor eins gesehen hätte. »Ich werde mich nicht dafür entschuldigen, das in meinen Augen Richtige getan zu haben. Nicht, wenn ein Freund eine Lektion nötig hatte.«

»Wir reden später darüber.«

»Solange es ein ›Später‹ gibt.« Für einen Augenblick verließ Dirk die Beherrschung, und Mark erkannte eine gefährliche Mischung aus Panik und Unsicherheit.

Mark schob den Ärger über Dirks Vorgehen zur Seite, dafür hatten sie keine Zeit. Stattdessen legte er Dirk eine Hand auf den Arm und sah ihn eindringlich an. »Ganz ruhig, mein Freund, wir schaffen das. Ich hätte das auch alleine hinbekommen, aber wenn du unbedingt mitmachen willst, bitte. Wir werden jetzt aussteigen und deine ungebetenen Gäste rausschmeißen. Und dann werde ich dich und Jake in aller Ruhe auseinandernehmen. Du glaubst gar nicht, wie ich mich darauf freue. Und wenn ich mit dir fertig bin, wirst du es niemals wieder wagen, mich anzugreifen. Scheiße, Wirtschaftsprüfer, wenn sich das herumspricht, bin ich erledigt.«

Dirk grinste, wenngleich wenig überzeugend, aber er hatte sich wieder im Griff. In seinen Augen lag eine Kälte, die Mark bei seinem Freund noch nie erlebt hatte. Wer immer die Männer in Dirks Haus waren, sie hatten sich mit den Falschen angelegt. Plötzlich war Mark froh, seinen Freund an seiner Seite zu haben. Vielleicht hatten Dirk und Jake recht, und es gab einen anderen Weg.

Während Dirk die Haustür aufschloss, versuchte Mark, durch das in die Tür eingelassene Glas Einzelheiten zu erkennen. Das offene Wohnzimmer war vom Flur her einsehbar, daher mussten sich ihre Gegner sofort zeigen.

Dirk blieb im Windfang stehen und stutzte. »Was ist denn hier los? Wieso ist es so kalt, hat Alex die Terrassentür offen gelassen?« An Dirks Schauspielkunst gab es nichts auszusetzen. Scheinbar erschrocken fuhr er herum, als plötzlich die Flurbeleuchtung aufflammte.

Instinktiv griff Mark in die Jackentasche, stoppte die Bewegung jedoch sofort, als ihm die Mündung einer Waffe in die Rippen gestoßen wurde. Dirk hatte ebenso reagiert und ließ seine Hand langsam sinken. Ein Grauhaariger hielt ihm eine Pistole an den Kopf. Zumindest war es ihnen gelungen, ihre Gegner davon zu überzeugen, dass sie ihnen ahnungslos in die Falle gelaufen waren.

»Ehe Sie auf dumme Ideen kommen, werfen Sie einen Blick ins Wohnzimmer.«

Laura und Alex standen mitten im Wohnzimmer und saßen nicht mehr auf der Couch, wie beim letzten Mal, als Stephan die Lage überprüft hatte. Hinter ihnen waren zwei Männer, die ihre Maschinenpistolen auf sie gerichtet hielten. Damit hatten die SEALs keine Chance, einen tödlichen Schuss anzubringen. Die Gefahr, dass der Abzug in einem letzten Reflex durchgezogen wurde, war unkalkulierbar.

Der Grauhaarige, der Dirk bedrohte, schien Rieckmann und damit der Anführer der Kerle zu sein. Stephans Beschreibung traf exakt auf ihn zu, aber es gab keinen Grund, zu zeigen, dass sie wussten, wer er war. Damit hatte es sich gelohnt, dass Stephan und er sich während des kurzen Flugs gegenseitig auf den neuesten Stand gebracht hatten. Äußerlich gelassen sah Mark ihn an. »Was haben Sie vor?«

»Trennen Sie sich schön langsam und vorsichtig von Ihren Waffen, und dann verschränken Sie die Hände hinterm Kopf.«

Dirk drehte sich trotz der Anweisung um. »Wer sind Sie? Was wollen Sie von uns?« Statt einer Antwort bekam er die Waffe hart gegen die Schläfe gestoßen. Stöhnend hielt er sich am Esszimmertisch fest. »Schon gut.« Langsam griff er in die Jackentasche, legte seine Sig auf den Tisch und trat dann freiwillig zurück, aber ohne die Hände zu heben.

Mark folgte dem Beispiel, warf jedoch die Sig auf den Boden und ließ dann ebenfalls die Hände sinken. »Bekommen wir jetzt eine Antwort? Was soll das?«

»Ich will ein paar Antworten und dann die Sache möglichst schnell beenden.«

»Lassen Sie die Frauen da raus. Egal, worum es geht, sie haben damit nichts zu tun«, bat Dirk.

»Das hätten Sie sich vorher überlegen müssen. Vielleicht lassen wir Ihren Sohn leben.« Dirk wurde blass und musste sichtlich um Fassung kämpfen. Diesmal war seine Nervosität nicht gespielt.

Rieckmann musterte Mark spöttisch. »Glauben Sie wirklich, ich lasse mich so leicht ablenken? Schluss jetzt. Hände hoch, keine Spielchen mehr, sonst stirbt die Erste.«

Ohne weitere Verzögerung folgten sie der Anweisung. Rieckmann deutete mit der Waffe auf das Wohnzimmer. »Rein da.«

Mark hatte Mühe, seine ausdruckslose Miene aufrechtzuerhalten, als er die angespannten Gesichter von Alex und Laura sah. Zwei der fußbodentiefen Fensterscheiben waren komplett aus dem Rahmen gebrochen. Splitter lagen auf dem Boden und zeigten, wie die Männer in das Haus gekommen waren. Der Gedanke daran, was sich hier abgespielt hatte, weckte in ihm eine Wut, die er sofort niederkämpfte. Er hatte etliche Stunden in diesem Wohnzimmer verbracht und sich hier mehr zu Hause gefühlt als in seinem Reihenhaus in Virginia.

Alex' gerötete und geschwollene Wange zeigte, dass sie sich gewehrt und einen heftigen Schlag eingesteckt hatte, und ihr war anzusehen, dass sie ebenso wütend wie verängstigt war. Hoffentlich behielt sie ihr Temperament unter Kontrolle und ließ sich zu keiner unbedachten Tat hinreißen. Er musste sich zwingen, den Blick von Lauras bleichem Gesicht abzuwenden.

Rieckmann stellte sich zwischen die beiden Männer, die ihre Waffen weiterhin auf Laura und Alex gerichtet hielten. »Nicht näher kommen, stehen bleiben.« Damit waren Dirk und er zu weit entfernt für einen direkten Angriff. Der vierte Mann, ein Blonder, blieb hinter ihnen stehen und war so kein Ziel für die SEALs. Diesmal waren ihre Gegner eine Klasse besser als die Männer des Konsuls. Rieckmann wusste genau, was er tat, einfach würde es nicht werden. Aber er schien sich sicher zu fühlen, zu sicher – vielleicht konnten sie seine überhebliche Art nutzen. Oder er probierte es doch alleine, um die Aufmerksamkeit auf sich zu ziehen.

Doch als Mark Dirk einen Blick aus den Augenwinkeln zuwarf, stellte er fest, dass der ihn drohend ansah. Anscheinend ahnte er, woran er dachte. Mark nickte kaum merklich, um ihm zu signalisieren, dass die wortlose Warnung angekommen war. Sofort konzentrierte sich Dirk wieder auf Alex, vielmehr den Mann hinter ihr.

Mark wandte sich direkt an Rieckmann. »Gibt es irgendeine Aussicht auf einen Deal, damit Sie die Frauen freilassen?«

»Keine. Sie entscheiden nur, wie schnell und schmerzlos es zu Ende geht.«

Laura gab bei den Worten einen entsetzten Laut von sich. Zögernd nickte er. »Verstanden. Trotzdem interessiert mich, wer Sie sind. Sie wirken nicht besonders überrascht, mich zu sehen, während ich keine Ahnung habe, wer Sie sein könnten.«

Der Ausdruck von Zufriedenheit auf dem Gesicht des Mannes zeigte, dass Mark mit dem Appell an seine Eitelkeit auf dem richtigen Weg war. »Sehen Sie es so: Ich bin der Einzige, der aus dieser Sache unbeschadet rauskommt und Zerberus wieder auf die richtige Spur bringt. Der Trick mit Ihrem vorgetäuschten Tod war zwar nett, aber insgesamt hätte ich von Ihnen mehr erwartet. Es war schon auffällig, dass Ihr angeblich führerloses Team erfolgreich weitermachte und nicht zu stoppen war.«

Mark täuschte einen Anflug von Ärger vor, ehe er wieder eine ausdruckslose Miene aufsetzte. »Ich habe nicht damit gerechnet, dass hinter dem Konsul noch jemand steht. Mein Fehler.«

»Stimmt. Ihr letzter. Was ist mit Ehlersleben?«

Mark zuckte betont gleichgültig mit den Schultern. »Das können Sie morgen in jeder Nachrichtensendung sehen.«

»Ich habe Sie gefragt. Schon vergessen, wer das Sagen hat, Captain?« Aus dem Mund des Mannes klang sein Rang wie eine Beleidigung. Statt einer Antwort hob Mark arrogant eine Augenbraue.

Mark spürte, wie der Blonde nach einem Zeichen Rieckmanns näher trat, dennoch traf ihn der Schlag in den Rücken unvorbereitet. Der Kerl hatte die kaum verheilte Wunde nur knapp verfehlt. Von dem plötzlichen Schmerz überwältigt, keuchte Mark auf und taumelte einen Schritt nach vorne. Ohne die Pufferwirkung der schusssicheren Weste wäre er nicht auf den Beinen geblieben. Aber offenbar war das nicht in Rieckmanns Sinn. Ein Schlag ins Genick schickte ihn endgültig zu Boden. Sekundenlang sah er nur noch Sterne. Als sich seine Sicht wieder klärte, kniete Dirk ungeachtet der auf ihn gerichteten Waffen neben ihm.

»Sag ihm, was er wissen will, Mark. Dann haben wir es hinter uns. Zeit, aufzugeben, oder?«

Der Ausdruck in Dirks Augen stand in Widerspruch zu seinen Worten, und sein Freund hatte schon im letzten Jahr bewiesen, dass er niemals aufgab und bis zuletzt kämpfte, egal, wie schlecht die Aussichten waren. Mark nickte knapp.

»Das reicht. Zurück mit Ihnen.« Der Blonde stieß Dirk hart die Pistole in die Rippen.

Scheinbar gehorsam stand Dirk auf und ging einen Schritt zur Seite, befand sich damit aber bereits wesentlich dichter bei Alex. Auch Mark hatte sein Ziel erreicht und war näher an Laura und Rieckmann herangekommen, jedoch nicht nahe genug. Ihre Taktik war aufgegangen. Doch seine Zufriedenheit war nur von kurzer Dauer, er hatte Lauras Reaktion nicht einkalkuliert. Sie sah ihn entsetzt an, ignorierte Marks stumme Warnung und machte einen Schritt auf ihn zu. Brutal riss der Mann hinter ihr sie zurück. Ihre Gefühle für ihn standen ihr offen ins Gesicht geschrieben. Erstmals drohte Mark von der Angst um sie überwältigt zu werden. Die Situation lief aus dem Ruder. Er würde niemals lebend an den Mann, der Laura festhielt, rankommen. Ehe er ihn erreicht hatte, wären sie beide tot.

Rieckmann verzog seinen Mund zu einem durch und durch boshaften Lächeln. »Das ist eine Überraschung.«

Er riss Laura aus dem Griff des Mannes, hielt sie wie einen Schutzschild vor sich und presste ihr die Mündung der Pistole so fest gegen die Schläfe, dass sie vor Schmerz das Gesicht verzog. Mark hatte das Gefühl, an einem Abgrund zu stehen. Er wollte kämpfen und konnte es nicht.

Dirks Stimme riss ihn aus der Erstarrung. »Hören Sie auf, Sie haben gewonnen. Was wollen Sie noch? Stellen Sie Ihre Fragen, Sie bekommen die Antworten. Aber bitte lassen Sie die Frauen in Ruhe …« Dirks Stimme schwankte. »… und meinen Sohn am Leben. Wir wissen, wann wir aufgeben müssen.«

Aufgeben? Niemals! Solange sie lebten, gab es eine Chance, das Blatt zu wenden. Zum Glück verstand niemand außer ihm den zweideutigen Appell und den Ausdruck in Dirks Gesicht. Langsam senkte sein Freund die Arme und machte einen Schritt auf Alex zu. Sanft legte er die Hand auf ihre verletzte Wange. »Wie ist das passiert?«

»Der Scheißkerl hinter mir war das. Tim hat geschrien, aber sie wollten mich nicht zu ihm lassen, sondern haben gedroht, ihn umzubringen, wenn er nicht ruhig ist.«

»War einer oben?«

»Nein.«

»Gut.«

»Sind Sie verrückt geworden? Hände hoch, aber sofort«, fuhr Rieckmann Dirk an.

49

Jake stieß langsam seinen angehaltenen Atem aus und löste den Finger vom Abzug. »Abwarten, aber bereithalten. Ich denke, Dirk hat die Situation erst mal entspannt«, flüsterte er kaum hörbar in sein Mikrofon. Ein dreimaliges Klicken bestätigte ihm, dass die anderen SEALs verstanden hatten. Er bemühte sich, seinen beschleunigten Puls wieder unter Kontrolle zu bringen. Einen Moment lang hatte es ausgesehen, als ob Mark sich zu einem Angriff hinreißen lassen würde. Dann hätten sie eingegriffen, vielleicht ihn gerettet, aber Laura so gut wie sicher verloren. Er mochte nicht daran denken, was das für Mark bedeutet hätte.

Jake ahnte, dass Dirk jeden Moment etwas unternehmen würde, aber der Gedanke gefiel ihm nicht. Auch wenn es ihm gelang, die Mündungen der Waffen von den Frauen weg zu bekommen, hatten sie kein freies Schussfeld, und Dirks und Marks Überlebenschancen waren minimal.

Neben ihm erklang ein leiser Pfiff. Geräuschlos schob sich Stephan neben ihn. Erstaunt musterte Jake das Headset. »Dirks oder Marks. Habe ich mir ausgeliehen. Solange einer hinten steht, habt ihr ein Problem. Ich klingele und locke einen an die Tür. Wetten, dass der Blonde hinter ihnen geht?«

Darüber hatte Jake bereits selbst nachgedacht, wollte aber auf keinen der Scharfschützen verzichten. »Das kann verdammt gefährlich werden.«

»Ach, wirklich?«

Jakes Mundwinkel hob sich. »Viel Glück und pass auf, dass du nicht ins Kreuzfeuer gerätst.«

»Das heißt wohl, dass du einverstanden bist.« Ohne eine Antwort abzuwarten, entfernte sich Stephan so lautlos, wie er aufgetaucht war.

Keine Minute später klingelte es an der Haustür. Zunächst reagierte keiner der Männer im Wohnzimmer. Stephan klingelte erneut, ungeduldiger. Als wieder nichts geschah, hämmerte er gegen die Tür. Er musste das Mikrofon eingeschaltet gelassen und das Headset in seiner Jacke verstaut haben, denn Jake konnte jedes Wort verstehen, wenn auch gedämpft. »Mach endlich auf, Dirk, ich weiß, dass du da bist. Dein BMW steht vor der Tür, und das Licht ist nicht zu übersehen. So einfach kommst du mir nicht davon.« Stephan schlug noch einmal fest gegen die Haustür. »Ich kann auch mit Verstärkung wiederkommen und die Tür aufbrechen lassen. Deine Entscheidung, die Kollegen können in fünf Minuten hier sein.«

Sichtlich aufgebracht vergaß Rieckmann Dirk für den Moment und gab dem Blonden hinter ihnen ein Zeichen. »Kümmere dich um den Typen an der Tür. Sorg dafür, dass er ruhig ist.« Dann sah er Dirk drohend an. »Wer ist das? Und gehen Sie von Ihrer Frau weg, aber sofort.«

»Lassen Sie ihn in Ruhe, Rieckmann. Es ist Zeit, die Sache zu beenden«, mischte sich Mark ein und lenkte die Aufmerksamkeit von Dirk ab.

Fassungslos fuhr Rieckmann zu ihm herum. »Woher kennen Sie meinen Namen?«

Mark wartete, bis die Mündung der Waffe auf ihn zeigte, dann hechtete er auf Laura zu, riss sie von den Füßen und drehte sich im Fallen mit ihr. Zwei harte Schläge in die Seite pressten ihm die Luft aus dem Brustkorb, erst dann hörte er Schussgeräusche, und es wurde schwarz um ihn.

Der Mann hinter Alex hatte sich instinktiv Mark zugewandt. Mit einer fließenden Bewegung stieß Dirk seine Frau zur Seite und brachte sich zwischen sie und die Waffe. Der Mann wirbelte wieder herum, war aber zu langsam. Mit einem Handkantenschlag gegen die Kehle schaltete Dirk ihn aus. Kampfbereit sah er sich um, aber es war vorbei. Sämtliche Männer lagen am Boden, während die SEALs mit den Waffen im Anschlag ins Wohnzimmer stürmten.

»Stephan?«, schallte Jakes Stimme quer durchs Wohnzimmer.

»Alles in Ordnung«, kam die Antwort aus dem Flur.

Eilig kniete Dirk sich neben Mark. Mit zitternden Fingern öffnete er die Lederjacke und konnte erst im zweiten Anlauf die Klettverschlüsse der Weste lösen. Erleichtert stellte er fest, dass die Kugeln die Kevlarpanzerung nicht durchdrungen hatten. Mark atmete, und sein Puls war normal. Erst jetzt bemerkte er Laura, die voller Angst auf Mark blickte. »Ihm ist nichts passiert. Er wird gleich aufwachen und fürchterlich fluchen.«

Eine Hand legte sich schwungvoll auf seine Schulter und hätte ihn fast umgerissen. »Seid ihr verrückt geworden, hier hereinzukommen, wenn ihr genau wusstet, was euch erwartet? Ihr verdammten Idioten hättet draufgehen können«, fauchte Alex ihn wütend an.

Dirk stand auf und zog sie in seine Arme. Typisch. Seine Frau behielt die Nerven, wurde nicht hysterisch, sondern machte sich sofort Sorgen um andere. »Ich liebe dich auch.« Er küsste sie. »Ganz ruhig, es ist ja vorbei.« Sie wollte ihn empört wegschieben, doch er hielt sie fest und vergrub das Gesicht in ihren Haaren. Am ganzen Körper zitternd genoss er die Gewissheit, dass sie gewonnen hatten. Und am Leben waren. Dann fiel ihm sein Sohn ein. »Ich sehe nach Tim.«

Die Waffe bereits wieder im Anschlag folgte ihm Dell. »Aber

nicht alleine. Sicher ist sicher.« Natürlich ließ seine Frau sich nicht davon abhalten, mit nach oben zu laufen, aber damit hatte er schon gerechnet.

»Alles unter Kontrolle, Mark.« Jakes ruhige Stimme drang als Erstes in Marks Bewusstsein. Blinzelnd öffnete er die Augen und sah Lauras besorgten Blick auf sich gerichtet. Er ignorierte die Schmerzen in seiner Seite und zwang sich zu einem Grinsen. »Hey, es ist vorbei. Sieh mich nicht so an, mir geht's bis auf ein paar blaue Flecken gut.«

»Du bist dazwischengegangen, als er auf mich geschossen hat. Bist du verrückt geworden? Er hätte dich umbringen können.« Lauras Stimme war nicht mehr als ein Flüstern. Der Schock stand ihr ins Gesicht geschrieben.

Mark ergriff dankbar Jakes Hand und ließ sich hochziehen, löste dabei jedoch keine Sekunde den Blick von Laura. Kaum stand er aufrecht, umfasste er sanft ihr Gesicht. »Hat er aber nicht, außerdem wusste ich, was ich tue, und hatte im Gegensatz zu dir eine schusssichere Weste.«

Laura blinzelte, als ob sie aus tiefem Schlaf erwachen würde. »Mach so was nie wieder, du verdammter Idiot, du bist wohl völlig verrückt geworden. Ich will nicht, dass du für mich …« Sie brach mit sich überschlagender Stimme ab, holte aus und versetzte ihm einen Boxhieb in die Seite, dort, wo ihn bereits die Kugeln getroffen hatten. Zusammengekrümmt ging er zu Boden und starrte ungläubig zu Laura hoch.

Jake lachte leise. »Brauchst du Hilfe, um mit Laura fertigzuwerden, Mac?«

»Anscheinend. Hilf mir gefälligst hoch.«

»Vielleicht ist es für dich sicherer, wenn du erst mal unten bleibst.« Trotz der spöttischen Worte hielt Jake ihm die Hand hin. »Geht es?«

Grinsend sah er Laura an, die zwischen Sorge und Verlegenheit zu schwanken schien. »Bist du fertig?«, erkundigte er sich vorsichtig.

Wortlos nickte sie, und er zog sie eng an sich. Rasch sah er sich um und war nicht überrascht, dass sämtliche SEALs und Stephan ihn belustigt angrinsten.

»Verdammt gute Arbeit, Jungs, aber wenn nicht innerhalb der nächsten Sekunde das Grinsen aus euren Gesichtern verschwindet, verbringt ihr jede freie Minute des nächsten Jahres auf dem Hindernisparcours.«

Stephans Grinsen wurde noch breiter, als er demonstrativ einen Schritt zur Seite trat. »Für mich kann das kaum gelten.«

»Du wirst dich wundern«, gab Mark grimmig zurück, lächelte aber dabei.

Aus dem oberen Stockwerk kehrten Dirk und Dell zurück. Alex war anscheinend oben geblieben. Statt Dirk trug Dell Tim auf dem Arm, der begeistert an der Kante seiner Schutzweste nagte.

Das Bild von dem schwer bewaffneten SEAL, der zärtlich das Kind auf dem Arm hielt, brannte sich tief in Marks Inneres ein und machte ihm noch einmal deutlich, wie knapp es gewesen war und was auf dem Spiel gestanden hatte.

Sanft stupste er Laura an. »Vielleicht gehst du auch besser nach oben. Wir müssen hier noch ein wenig aufräumen.« Erleichtert blickte Mark ihr nach. Nächster Punkt. Tief durchatmend ging er zu Dirk. »Du hast jederzeit genau gewusst, was ich vorhatte, oder?«

»Ja.« Dirk verschränkte die Arme vor der Brust. »Die ganze Zeit. Ich weiß nicht, wie, aber irgendwie wusste ich, was du denkst oder was in dir vorgeht.«

»Das habe ich gemerkt.« Er drehte sich um und gab Jake ein Zeichen, näher zu kommen. Dirk war die Doppeldeutigkeit seiner Worte nicht entgangen, zufrieden bemerkte Mark den Blick, den Jake und Dirk wechselten, eindeutig schuldbewusst. Dirk fuhr sich mit der Hand unsicher durch die Haare. »Hör zu, Mark, ich kann mir vorstellen, dass –«

»Wie sagtest du vorhin? Halt den Mund.«

Jake presste die Lippen fest zusammen, bevor er sich an einer Erklärung versuchte: »Mark, wir wollten nur –«

»Das gilt auch für dich, Jake.« Bewusst grimmig sah er beide an und ließ sich nicht anmerken, dass er es genoss, wie seine Freunde von Sekunde zu Sekunde unsicherer wurden. Schließlich nickte er knapp. »Ihr hattet recht. Danke.«

Dirk öffnete den Mund, klappte ihn wieder zu, ohne ein Wort gesagt zu haben. Jake war schneller und grinste ihn an. Endlich breitete sich ein befreites Lächeln auch auf Dirks Gesicht aus. »Ich hatte es mir irgendwie anders vorgestellt, von dir auseinandergenommen zu werden. Jederzeit wieder, Mark.«

»Hoffentlich nicht.«

Das Geräusch von quietschenden Reifen erklang. Mit einem lauten Pfiff kündigte Sven sein Erscheinen an und sah sich dann erleichtert im Wohnzimmer um. »Alles in Ordnung? Wo sind die Frauen?«

»Oben. Dank Stephans Hilfe haben wir es hinbekommen. Allerdings …« Mark zuckte mit den Schultern und deutete hilflos auf Dirks Wohnzimmer.

»Kein Problem. Spätestens morgen Mittag sind keine Spuren mehr zu sehen. Sobald die Spurensicherung durch ist, macht sich ein Aufräumtrupp ans Werk.« Sven musterte die zerbrochenen Fensterscheiben. »Ich denke, das bekommen wir auch eine Klasse besser hin. Noch einmal wird hier keiner ungebeten reinkommen. Wo ist Stephan?«

Stephan beendete sein Telefonat und trat näher. »Hier.

Apropos Spurensicherung. Ich lege nicht unbedingt Wert darauf, dass meine Teilnahme bekannt wird.«

Mark nickte verständnisvoll. »Kein Problem. Der Blonde hat sich selber schlafen geschickt, weil du nie hier warst.«

»Hört sich gut an. Es tut mir aufrichtig leid, dass ich viel zu spät begriffen habe, was sie heute Abend vorhatten, sonst hätte ich sie vorher festnehmen lassen.«

Dirk fuhr sich müde mit der Hand über die Augen. »Es erwartet keiner von dir, dass du hellsehen kannst. Ich bin dir auch so schon verdammt dankbar. Wenn wir ohne Warnung und Rückendeckung aufgetaucht wären …« Er verzog das Gesicht. »Lassen wir das lieber. Können Laura, Alex und Tim heute Nacht bei euch schlafen, Sven? Dann können die SEALs und Stephan verschwinden, und wir übernehmen den Rest.«

»Sicher, das ist doch selbstverständlich. Aber wir verschwinden alle und überlassen Tannhäuser das Kommando hier. Ich habe schon mit ihm gesprochen, er schickt ein paar Leute her, und wir machen Schluss. Den Rest klären wir morgen in Ruhe. Es wird sowieso Tage oder Wochen dauern, bis wir das alles geregelt haben.« Sven fuhr sich durch die Haare. »Hauptsache, es ist vorbei. Und für heute reicht es.«

Keiner widersprach ihm.

Epilog

Obwohl Sven befürchtete, dass Dirk sauer wurde, konnte er sich ein Grinsen nicht verkneifen. Sein Partner hatte sich gegen die Fensterbank in Svens Büro gelehnt und spielte mit grimmiger Miene mit dem goldenen Abzeichen in seiner Hand.

»Willst du jetzt mit mir reden oder nur Löcher in die Luft starren?«, erkundigte sich Sven ausgesprochen freundlich.

»Ich habe mich noch nicht entschieden.«

Sven verbarg sein Lachen hinter einem Hüsteln. Als er Dirks finsteren Blick sah, hob er abwehrend die Hände. »Vergiss es. Ich bin nicht in der Stimmung für einen Streit.«

»Schade.«

Sven wurde schlagartig ernst. »Dir fehlt es, oder?«

»Was meinst du? Mark? Die SEALs?«

»Nein, die Gefahr, das Adrenalin, das Gefühl, das Richtige zu tun. Wie immer du es nennen willst.«

Svens prüfendem Blick ausweichend starrte Dirk jetzt auf die Kabel an der Rückseite des Monitors. »Du hast recht. Solange Pat hier war und wir mit dem Papierkram gekämpft haben, hatte ich das Gefühl, die Sache sei noch nicht vorbei. Natürlich bin ich froh, dass Pat wieder völlig gesund ist, aber jetzt … Verdammt, ausgerechnet Unterschlagung. Es ist mir völlig egal, ob der Geschäftsführer irgendwo eine Jacht auf Firmenkosten unterhält.«

Sven zog die Augenbrauen hoch. »Dann ruf Tannhäuser an und beschwer dich.«

»Deine Vorschläge helfen mir wirklich weiter.« Dirk schwieg

und grinste dann schief. »Wieso verstehst du mich besser als ich mich selbst?«

»Weil das normal ist. Mir geht's auch so, und ich wette, Mark und seinen Jungs auch. Aber wenn du länger dabei bist, lernst du, die Auszeiten zwischen den einzelnen Jobs zu schätzen.«

Der plötzliche Hoffnungsschimmer in Dirks Miene brachte Sven erneut zum Lachen. »Du meinst, es war nicht das letzte Mal – «

Lächelnd vollendete Sven den Satz für ihn: »Dass dir Kugeln um die Ohren fliegen?« Grinsend deutete Sven auf Pats SEAL-Abzeichen, das Dirk in der Hand drehte. »Jetzt steck dein neues Spielzeug endlich weg, ehe ich auch sentimental werde. Hast du eigentlich herausgefunden, was Mark in seinem Urlaub plant?«

»Nein, leider nicht. Er macht bei dem Thema total dicht, das sieht nach einem seiner Alleingänge aus.« Dirk schob das Abzeichen in die Tasche seiner Jeans. Pat hatte es ihm kurz vorm Abflug geschenkt. Es hatte lange gedauert, bis Pats Verletzung komplett verheilt war, und noch länger, bis er die Erlaubnis zu einem Langstreckenflug bekommen hatte. Aber Dirk hatte ihn eingeladen, so lange in seinem Gästezimmer zu wohnen, sodass Pat nach einem kurzen Krankenhausaufenthalt nur noch zu den Behandlungsterminen in die Lübecker Uni-Klinik gefahren war. Die beiden hatten sich noch enger angefreundet, und die herzliche Geste zum Abschied hatte Sven nicht überrascht. Er fischte zwei Speisekarten aus einem Stapel Unterlagen und warf sie Dirk zu.

»Such es dir aus: Italiener oder Steakhaus?«

Dirk nahm die beiden Karten. »Weiß ich noch nicht. Ich sage es dir, wenn ich diese bescheuerte Jacht des Geschäftsführers überprüft habe.«

Als die Tür hinter seinem Partner ins Schloss fiel, schüttelte Sven den Kopf. So launisch hatte er Dirk nur selten erlebt.

Er hatte die ersten Absätze der Mail eines Kollegen überflogen, als seine Bürotür wieder geöffnet wurde. Ohne den Blick vom Monitor abzuwenden, seufzte er. »Was ist denn jetzt schon wieder?«

»Kann es sein, dass Sie jemand anderen erwartet haben?«

Sven fuhr zu seinem unerwarteten Besucher herum und wollte unwillkürlich nach der Walther in seiner Schreibtischschublade greifen.

»Was wollen Sie, Browning?« Suchend warf er einen Blick an ihm vorbei. Er war allein. »Wie sind Sie hier reingekommen?«

»Ich wollte mit Ihnen reden.« Der Exmarine wirkte angespannt und müde, war deutlich hagerer als bei ihrem ersten Zusammentreffen.

Verblüfft fuhr sich Sven mit der Hand durch die Haare und wartete ab.

Browning trat näher. »Ich will die Sache zwischen uns in Ordnung bringen.«

»Und an was haben Sie da gedacht?«

Browning lächelte schwach. »Ich gehe davon aus, dass es Gesetze in Ihrem Land gibt, die es verbieten, Polizisten von der Straße abzudrängen und fast zu erschießen.«

»Davon können Sie ausgehen.« Sven lehnte sich in seinem Stuhl zurück. »Ich dachte, Sie wollten bei dieser Navy-Polizei, dem NCIS, anfangen. Weiß Mark, dass Sie hier sind?«

»Nein. Warum auch? Ich habe mir noch nie von einem SEAL Vorschriften machen lassen.«

Sven entspannte sich ein wenig. »Da sind Sie nicht der Einzige. Ich dachte, Mark und Jim hätten dafür gesorgt, dass Sie bei der Navy-Polizei unterkommen.«

Ohne auf eine Einladung zu warten, nahm sich Browning einen Stuhl und setzte sich. »Der Leiter des NCIS lässt sich nichts vorschreiben. Aber Sie haben recht. Er hat mir ein Angebot gemacht, und wir haben es ausprobiert. Aber das wird nicht funktionieren.«

»Dann wollen Sie den Job gegen ein deutsches Gefängnis tauschen? Warum?«

»Reicht es nicht, dass ich hier bin? Der Grund spielt keine Rolle.«

»Für mich schon.« Sven trank gelassen einen Schluck seines inzwischen kalten Kaffees, wandte aber den Blick nicht von dem Amerikaner ab und gewann das stumme Duell.

Achselzuckend gab Browning nach. »Also gut. Mit den Dingen, die ich in den letzten Jahren getan habe, kann ich gut leben. Aber die Sache mit Ihnen war anders. Ändern kann ich nichts mehr, aber die Konsequenzen tragen.«

Sven hielt es nicht länger auf dem Stuhl. Er stand auf und lehnte sich gegen die Wand hinter seinem Schreibtisch. Der Amerikaner schien es absolut ehrlich zu meinen, trotzdem lief Sven bei der Erinnerung an ihr Aufeinandertreffen im Wald ein Schauer über den Rücken. Erst als ihm bewusst wurde, dass das Schweigen zu lange andauerte, räusperte er sich. »Ich habe die Angelegenheit damals Mark überlassen, und dabei bleibt es. Ich akzeptiere und respektiere seine Entscheidung. Mit Ihrer Hilfe erst für Dirk und dann für Jim haben Sie bewiesen, dass Marks Entscheidung richtig war. Aber auch ohne Ihre Kamikaze-Aktion hätte ich seinem Urteil vertraut.« Svens Blick verlor sich in der Ferne. »Sicher werden wir nie erfahren, ob Sie abgedrückt oder auf wen Sie geschossen hätten. Zwischen uns ist nichts offen.«

Tief durchatmend breitete Browning in einer hilflosen Geste die Hände aus. »Das ist nicht Ihr Ernst.«

»Doch, ist es. Fliegen Sie zurück und machen Sie beim NCIS weiter.«

»Einfach so?«

Ein Gedanke kam Sven, der ihn zum Grinsen brachte. »Nicht ganz. Als Navy-Polizist haben Sie doch bestimmt interessante Möglichkeiten, auf die Daten der SEALs zuzugreifen. Unser gemeinsamer Freund plant wieder einen seiner Alleingänge, und wir könnten etwas Hilfe gebrauchen, um ihm den zu versauen.«

Mark lächelte, als sich Laura trotz der sommerlichen Temperaturen eng an ihn schmiegte. Bisher hielt ihr Aufenthalt an der dänischen Nordseeküste, was er sich davon versprochen hatte. Erstmals hatten sie Zeit für sich, ohne Kinder, die bei Em waren, oder die ständige Gefahr eines Einsatzes. Die letzten sieben Tage hatten sie für Motorradtouren und ausgedehnte Spaziergänge am Meer oder für faule Stunden im Zimmer des kleinen, aber gemütlichen Hotels genutzt. Nachdem sie den erforderlichen Mindestaufenthalt hinter sich gebracht hatten, stand der entscheidenden Unterschrift am nächsten Tag nichts im Wege.

Lächelnd zerzauste er Lauras Haare, die durch Sonne und Salzwasser einen rötlichen Schimmer bekommen hatten. »Was ist los? Du wirkst plötzlich so nachdenklich.«

»Ich überlege, ob ich dich etwas frage. Na ja, eigentlich zwei Sachen. Oder nein, drei.«

Überrascht über den ernsten Ton blieb er stehen. »Statt lange zu überlegen, tu es einfach.«

»Ich will diese Stimmung nicht verderben.«

»Tust du nicht. Wenn ich nicht antworten will, wirst du es schon merken.«

Laura knuffte ihn. »Also manchmal könnte ich dich …«

»Küssen?«, schlug er grinsend vor.

»Eher nicht. Also gut. Mit wem hast du heute Morgen telefoniert, als ich im Badezimmer war?«

Um Zeit zu gewinnen, beobachtete er, wie eine Möwe mit schrillem Kreischen auf die Wasseroberfläche hinabstieß, und entschloss sich dann zu einer ehrlichen Antwort. »Wenn ich geahnt hätte, dass du das mitbekommen hast, hätte ich es dir schon früher erklärt. Der Anruf war von Henrik.«

Als er Lauras weit aufgerissene Augen sah, wurde ihm schlagartig bewusst, dass sie bei der Erwähnung des Chefarztes der Ostseeklinik, in der seine Schwester behandelt wurde, die falschen Schlussfolgerungen gezogen hatte. »Beruhige dich, keine schlechten Nachrichten. Eher im Gegenteil.«

»Was hat er gesagt?«

»Eine neue Zahl: dreizehn nach Glasgow.«

»Dreizehn«, wiederholte Laura verblüfft. Dr. Henrik Fischer hielt eigentlich nicht besonders viel von der Glasgower Skala, die üblicherweise zur Beurteilung komatöser Zustände herangezogen wurde. Ihm waren die Kategorien zu standardisiert, und er bevorzugte seine eigene Methode. »Vor vier Wochen waren es höchstens sechs. Wenn Henrik sich zu solch einer Aussage hinreißen lässt, dann heißt das einiges. Er ist übervorsichtig mit seinen Prognosen«, überlegte Laura laut.

Mark wehrte sofort ab. »Mach dir nicht zu große Hoffnung. Sicher ist nur, dass Sharas Zustand sich gebessert hat. Du hast genügend Patienten erlebt, die wieder aufgewacht sind; selbst wenn meine Schwester aus dem Koma erwacht, dauert es Monate, bis sie ein normales Leben führen kann – wenn überhaupt.«

»Aber ›dreizehn‹ bedeutet obere Grenze bei mittleren Fällen. Das klingt richtig gut. Hat er Details genannt?«

»Ja, unter anderem hat sie sehr heftig auf einen Besuch von Rami reagiert, dieses Mal mit Worten, die zunächst nicht verständlich waren. Aber Rami und Henrik haben sofort die richtige Idee gehabt. Für sie war das nicht verständlich, aber für

Tom schon, er spricht fließend Paschtu und versteht etliche afghanische Dialekte. Ich habe ihn gebeten, für Henrik zu übersetzen. Das war alles. Zufrieden?«

»Ja. Nein.«

»Was denn jetzt?«, hakte Mark nach.

»Du hättest es mir gleich sagen sollen.«

»Vielleicht. Aber ich wollte nicht, dass irgendetwas unsere Zeit stört.«

»Du meinst wohl eher: mich stört? Hör auf damit, Mark. Du musst mich nicht ständig beschützen, wir machen so was gemeinsam durch. Verstanden? Was glaubst du denn, wie ich zurechtkomme, wenn du unterwegs bist?«

Er musste ihr zustimmen. Obwohl er so oft wie möglich nach Hamburg flog, gab es immer wieder tage- und wochenlange Trennungen. »Also gut, tut mir leid. Was meinst du: Fahren wir zurück ins Hotel?«

»Und was wollen wir da?«, fragte sie mit einem frechen Grinsen.

»Ich lasse mir was einfallen«, versprach er.

Lauras Lachen blitzte auf, dann wurde sie schnell wieder ernst. »Da ist noch was.« Sie machte eine kurze Pause, ehe sie weitersprach. »Mein Vorschlag war falsch.«

Mark runzelte verständnislos die Stirn.

»Na, die ganze Art und Weise. Alleine hierherzufahren.«

Absichtlich übertrieben seufzte er. »Das ist schon in Ordnung so. Können wir nicht einfach …?« Bedeutungsvoll sah er in die Richtung, in der der Parkplatz lag, auf dem seine Yamaha stand.

»Nein, es ist mir wichtig. Ich wusste, dass du mit Sven und Dirk befreundet bist und irgendwie auch mit Jake. Aber eigentlich habe ich erst begriffen, wie viel dir dein Team bedeutet, als du mir ein bisschen was von ihnen erzählt hast. Du hättest sie bei unserer Hochzeit gerne dabei, oder? Ich nämlich jetzt auch.«

»Diese Nervensägen? Ich bin froh, sie einige Tage nicht zu sehen. Aber es war deine Entscheidung, einfach nur ein Blatt Papier zu unterschreiben. Du hättest es auch anders haben können.«

»Hör auf, Mark. Es geht hier nicht um mich. Und in Deutschland gibt es außer Em und deinen Freunden niemanden, der auch mir nahesteht. Bei euch und in deinem Team ist das völlig anders: Ihr seid euch näher als manche Familienmitglieder. Sie werden sauer sein.«

Er erinnerte sich noch an Dirks Versuche, ihn auszufragen, winkte aber lässig ab. »Mach dir nicht so viele Gedanken. Erstens bin ich der Boss, und zweitens haben sie mir bisher jeden Alleingang verziehen. Sie werden sich am Ende einfach mit uns freuen. Außerdem hat dein Entschluss auch Vorteile. Der Papierkram in Deutschland hätte uns wahnsinnig gemacht.« Mark dachte an einen bestimmten Punkt in den Navy-Vorschriften und lachte. »Habe ich eigentlich erwähnt, dass ich meinen vorgesetzten Offizier um eine Heiratserlaubnis bitten müsste? Ganz schöner Schwachsinn, oder?«

Überzeugt schien Laura nicht, aber sie ließ das Thema fallen, und Mark atmete auf. Das Rotorengeräusch eines tief fliegenden Hubschraubers übertönte das Plätschern der Wellen und Kreischen der Möwen. Automatisch verfolgte er den Kurs des Helikopters. Weil die Sonne ihn blendete, konnte er das Nationalitätskennzeichen nicht erkennen, aber soweit er wusste, verfügte das dänische Militär über keine der recht neuen NH 90-Transporthubschrauber. Die Maschine schwebte sekundenlang über ihnen, dann drehte sie ab und setzte ihren Flug fort. Der Hubschrauber schien in einiger Entfernung zu landen, jedenfalls wenn er das leiser werdende Geräusch richtig interpretierte. Aber das war keine Überraschung, die deutsche Grenze war nicht allzu weit entfernt, und beide Armeen trainierten regelmäßig zusammen.

Nach wenigen Minuten hatten sie die schmale sandbedeckte Straße erreicht, die mitten in den Dünen endete. Verlassen stand seine Yamaha auf dem kleinen Parkplatz, der bei ihrer Ankunft noch gut besucht gewesen war. Laura wollte auf das Motorrad zugehen, aber Mark hielt sie zurück.

»Warte«, befahl er. Aufmerksam betrachtete er die umliegenden Dünen. Eine flüchtige Bewegung hinter einem ausgetrockneten Busch und ein rötlicher Schimmer, der dort nicht hingehörte, alarmierten ihn. Rasch zog er Laura hinter sich. »Irgendwas stimmt nicht«, teilte er ihr leise mit. Er hätte einiges für sein Gewehr mit Zielfernrohr gegeben, aber im Moment musste seine Digitalkamera reichen. Mit einem Griff hatte er sie aus seiner Lederjacke gezerrt und zoomte den Busch dichter heran. Als er den Grund für die rote Färbung erkannte, musste er lachen. »War das vorhin dein Ernst?«

»Was meinst du?«

»Ich meine, dass du deine Meinung geändert hast?«

»Ja, sicher. Warum? «

»Darum«, antwortete Mark und grinste, als er ihre verwirrte Miene sah. Als sie den Mund öffnete, um etwas zu sagen, stieß er einen gellenden Pfiff aus.

»Was soll das?«

»Warte einfach. Das wirst du gleich sehen.« Das Geräusch mehrerer Motorräder wurde stetig lauter. Mit hoher Geschwindigkeit tauchten vier Maschinen aus der Kurve auf und bremsten vor ihnen so scharf, dass der Sand zu allen Seiten spritzte. Kaum hatten die Fahrer ihre Zweiräder zum Stillstand gebracht, rissen sie sich die Helme herunter. Lauras Augen weiteten sich überrascht. »Das gibt es doch gar nicht.«

Dirk stieg von seiner Suzuki ab und war als Erster bei ihnen. »Habt ihr wirklich geglaubt, damit durchzukommen?«

Alex hatte die zweite Maschine gefahren, und ihr herablassender Gesichtsausdruck stand dem ihres Mannes in nichts nach. »Ich hätte euch für intelligenter gehalten.«

Sven und Jake beschränkten sich auf ein spöttisches Grinsen.

Kopfschüttelnd betrachtete Mark seine Freunde. »Die Überraschung ist euch gelungen. Wer ist noch dabei?«

»Ich würde sagen: alle. Em wartet mit den Kindern im Hotel. Dein Vater übrigens auch, der will mit dir auch noch ein paar Worte über gewisse Vorschriften wechseln, die du gekonnt ignoriert hast. Wie hast du uns bemerkt?«

Mark deutete auf die Dünen. »Ihr hättet nicht Pat als Späher nehmen sollen. Was ist mit Tom?«

Jake verzog den Mund. »Der konnte sich nicht von Andi losreißen. Und ehe du selbst überlegst: Ja, das KSK-Team ist auch komplett da, schon weil wir deren Hubschrauber gebraucht haben, und Rage und Dell natürlich auch und noch einige andere. Brian will auch noch kommen. Lasst euch überraschen, nur so viel: Das wird eine Riesenfeier, und die Geschenke gibt's ausnahmsweise schon vorher. Dirk, erst einmal du.«

»Meinetwegen.« Dirk zog einen Umschlag aus seiner Lederjacke. »Hier. Ein notarieller Vorvertrag für das Haus, das ihr fürs Team in Ahrensburg gemietet hattet. Es war ja nicht zu übersehen, dass es dir gefiel, und die Besitzer sind froh, es loszuwerden. Der Preis ist mehr als günstig.«

Laura und er hatten schon überlegt, das Reihenhaus zu verkaufen, doch bisher hatten sie sich nicht auf einen anderen Wohnort geeinigt. Ratlos wollte Mark sich erkundigen, was er mit einem Haus in Ahrensburg sollte, aber Jake ließ ihn nicht zu Wort kommen, sondern reichte ihm den nächsten Umschlag. »Ehe du überflüssige Fragen stellst, lies das. Ehrlich gesagt haben wir lange genug auf euch Turteltauben gewartet und könnten nach der Fahrt endlich ein kühles Bier vertragen.«

Mark überflog den kurzen Text und konnte es im ersten Moment nicht glauben. »Das ist nicht euer Ernst.«

Jake lachte. »Damit haben wir nichts zu tun. Das ist schon seit letztem Jahr im Gespräch gewesen und wurde seit Monaten vorbereitet. Die Entscheidung fiel nach unserem gemeinsamen Training in Florida. Leider gilt das nicht auch schon für Andis Team, aber das ändert sich vielleicht irgendwann noch.«

Mark las die wenigen Sätze erneut, und erst Lauras ungeduldiges Schnauben erinnerte ihn daran, dass er ihr eine Erklärung schuldete.

»Was ist denn das?«

»Eine Versetzung für mich und mein Team, zunächst auf zwei Jahre befristet.«

»Wohin? Wieso?«

»Wir sind zukünftig für Europa und Einsätze in Afghanistan zuständig, aber viel interessanter ist der Stationierungsort: eine Kaserne in der Nähe von Rostock, also keine zwei Stunden mit dem Wagen von Ahrensburg entfernt.«

Laura brauchte einen Moment, um die Information zu begreifen, dann fiel sie Jake um den Hals. »Hey …«, protestierte Mark, wurde aber ignoriert.

Schmunzelnd reichte Dirk ihm eine Dose gut gekühltes Bier. »Hier, eine ist erlaubt, den Rest gibt es später.«

Alex verteilte bereits weitere Dosen an die Männer und wartete überraschend geduldig, bis Laura wieder ansprechbar war.

»Worauf trinken wir?«, fragte sie lächelnd. »Auf das Hochzeitspaar wird nachher noch oft genug angestoßen. Dieser Moment gehört euch.«

Dirk lachte. »Na, dann weiß ich den richtigen Spruch.« Für einen Augenblick verlor sich sein Blick in der Ferne, dann sah er die Männer der Reihe nach fest an und hob seine Bierdose. »Aufgeben ist keine Option!«

Ohne zu zögern und absolut synchron erwiderten Mark, Jake und Sven den Gruß und antworteten wie aus einem Mund: »Niemals!«

Es ist wieder Zeit, Danke zu sagen …

Ohne Egmont Lyx und dort ganz speziell Alexandra Panz und Stephanie Bubley hätte es das Buch in dieser Form nicht gegeben. Danke! Irgendwie hatte sich einiges (alles?) gegen Zerberus verschworen, aber letztlich hatten alle Hindernisse gegen die Koordinations- und Terminzaubereien von Stephanie Bubley keine Chance! Ein Dank geht auch an Stefanie Zeller, die in unglaublich kurzer Zeit (erwähnte ich schon die Verschwörungen?) nicht nur das Buch wahnsinnig gut lektoriert hat, sondern auch die Lösung für ein Problem gefunden hat, an dem sich einige Leute (darunter auch ich) zuvor die Zähne ausgebissen hatten. Danke – so passt es!

Dann natürlich ein herzliches Danke an alle, die ich mal wieder mit meinen Fragen zu Waffen, rechtlichen Dingen und Nahkampftechniken endlos genervt habe. So genau wollte ich eigentlich gar nicht wissen, wie Schusswunden mit 5,56er-Munition aussehen, aber gut, nun weiß ich es (und Dirk auch). Über Wunden durch Explosivgeschosse könnte ich nun vermutlich eine Doktorarbeit schreiben, aber ich lasse es lieber. Einen lieben Dank auch an meine Lieblingsstaatsanwältin Tanja für die unermüdliche Nachhilfe in rechtlichen Fragen (schließlich sollen am Ende die Richtigen im Gefängnis landen!), vor allem natürlich für den Durchsuchungsbeschluss! Es waren einige Hürden zu überwinden, bis ich (ähm, Sven) das Ding endlich in den Händen hatte. Aber es hat funktioniert!

Natürlich geht ein ganz spezieller Dank an meine Familie: Ihr seid die Besten und meine wahren Helden! Und bei Marks (fiktiver) Geschichte darf ein ganz besonderer Dank an Mark (real) natürlich nicht fehlen. Ohne dich … aber das hatten wir schon.

Ein lieber Dank geht auch an Michelle Raven, Olga A. Krouk und Katharina Kramp, die immer wieder aufmunternde Worte für mich hatten, wenn ich fast am Verzweifeln war. Erwähnte ich schon, dass sich einiges gegen dieses Projekt verschworen hatte? Aber nun ist ja alles gut! Dank euch allen …

Und last but not least, natürlich noch ein ganz herzliches Danke an alle Leserinnen und Leser. Für eure Mails, eure Postings auf Facebook, euer Feedback bei persönlichen Treffen, euer Interesse an den DeGrasse-Brüdern und nun auch noch an meiner LKA/SEAL-Serie. Für euch zu schreiben macht einfach Spaß! Danke!

Nun darf nur noch eins nicht fehlen, dann war's das auch: Sämtliche Fehler, die sich noch eingeschlichen haben sollten, liegen natürlich in meiner Verantwortung. Und sämtliche Ereignisse sind fiktiv und frei erfunden. Ähnlichkeiten mit lebenden oder verstorbenen Personen sind rein zufällig und keinesfalls beabsichtigt.